탄생 100주년 문학인 기념문학제
논문집

2022

**폐허의 청년들,
존재와 탐색**

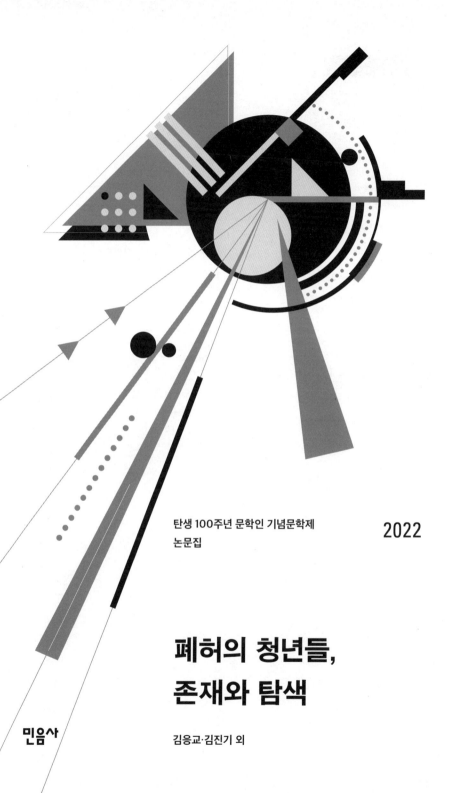

탄생 100주년 문학인 기념문학제
논문집

2022

폐허의 청년들,
존재와 탐색

민음사

김응교·김진기 외

차례

폐허의 청년들, 존재와 탐색*

김응교 | 숙명여대 교수

1 폐허와 존재 사이

2001년부터 지금까지 21회 개최해 온 대산문화재단 탄생 100주년 심포지엄에서 논의의 대상이 되는 작가를 선정하는 범주가 보인다. 이 심포지엄은 대중적 인기나 사회적 지위가 아니라, 오롯이 '기억해야 할 작품을 남긴 작가'를 연구 대상으로 한다는 사실이 하나의 전통이 되었다. 당시에만 읽힌 작품이 아니라, 지금도 다시 읽고, 다시 연구해야 할 '작품', 그 작품을 쓴 작가를 심포지엄의 연구 대상으로 선정해 온 것이다.

'2022년 탄생 100주년 심포지엄'은 1922년에 태어난 문학인들을 대상으로 한다. 1922년에 태어난 시인으로는 김구용, 김차영, 김춘수, 김공천, 김소영, 김영삼, 유정, 이덕성, 이영순, 전승묵, 정석모, 황양수가 있고, 소설

* 이 글은 2022년 5월 12일 대산문화재단 주최로 열린 '2022년 탄생 100주년 문학인 기념문학제'에서 발표한 총론 원고다. 학술대회를 열어 주신 대산문화재단에 감사드린다.

7

가로는 손창섭, 선우휘, 정한숙, 승지행, 최창희 등이 있다. 평론가로는 곽복록, 송민호, 양병탁, 황희영이 있고, 희곡 분야에는 여석기 등이 있다.

이 많은 이름 앞에서, 기획위원[1]들은 앞서 언급한 범주로 상의하여, 올해 2022년에는 시인 김춘수, 김구용, 김차영, 유정, 그리고 소설가 손창섭, 선우휘, 정한숙, 그리고 연극에 여석기, 평론에 정병욱을 연구 대상으로 선정했다. 다만 김차영, 유정, 정병욱은 발표에서 다루지 않고 총론에서 언급하기로 했다.

강화 길상면에서 태어난 김차영(金次榮, 1922~1997)은 일본으로 유학 가서 리쓰메이칸 대학(立命館大學)에서 영문학을 공부하고 귀국하여 히다치제작소[日立製作所], 타나카공업주식회사[田中工業株式會社] 등에서 근무한다. 1941년 문예지 《신시대(新時代)》에 「야영(夜詠)」 등을 발표하면서 등단한 그는 임화, 오장환, 현덕, 배인철 등 좌파 문인들과 교류한다. 해방이 되고 1945년 11월 인천에서 문인들과 동인지 《문예탑》을 발간한다. 12월에 인천문학동맹 결성에 참여하고, 좌익 계열 작가들로 구성된 조선문학가동맹에도 참여한다. 이듬해에는 1945년에 10월에 창간된 《대중일보》에 기자로 입사한다. 한국전쟁 이후 부산으로 피란 간 김차영은 김규동 시인 등과 '후반기(後半紀)' 동인에 참가해 모더니즘 계열의 시를 쓴다. 1948년 박인환, 김경린, 김수영, 이봉래, 김규동 등과 함께 시집 『새로운 도시와 시민들의 합창』을 낸 그는 세 권의 시집 『상아환상(象牙幻想)』(1969), 『부릅뜬 태풍의 눈』(1984), 『얼굴 그 얼굴들의 여울』(1989)을 냈다.[2] 1970년대에 동

---

1) 2022년의 기획위원은 다음과 같다.(가나다순) 기획위원은 곽효환(시인, 한국문학번역원 원장), 오창은(평론가, 중앙대 교수), 이경수(평론가, 중앙대 교수), 이명원(평론가, 경희대 교수), 황종연(평론가, 동국대 교수), 기획위원장은 김응교(시인, 평론가, 숙명여대 교수)가 올해 행사의 기획, 진행을 맡았다.

2) 김차영에 관해서는, 권경아, 「1950년대 한국 모더니즘 시의 근대성 연구: '후반기' 동인을 중심으로」, 한양대 대학원 박사 논문, 2011; 조영미, 「1950년대 모더니즘 시의 이중언어 사용과 내면화 과정 ─ 김경린, 김차영, 김규동을 중심으로」, 《한민족문화학회》, 2013 등의 연구가 있다.

양통신 기자, 대한상공회의소 출판부장으로 근무한다.

경상남도 하동에서 태어난 평론가 정병욱(1922~1982)은 일제감정기 때 말소된 한글 문학과 한국 고전문학의 체계를 세운 문인이다. 윤동주의 후 배로 윤동주 시집 원본을 보관하고, 이후 윤동주 시집을 발간하는 과정에 서 중요한 역할을 한다. 윤동주와 관련된 정보 외에, 정병욱은 판소리 연 구와 한국 고전문학 분야에 혁혁한 업적을 남겼다. 판소리학회를 창립하 여 1974년부터 1978년까지 20여 명의 명창을 초빙하여 100회에 이르는 판 소리 감상회를 열어 판소리를 대중화하는 일에도 헌신했다. 판소리 연구 의 고전 『한국의 판소리』(1981) 등을 통해 판소리를 민족 예술의 학문이 되도록 크게 기여했다. 『국문학 산고』(1959)를 시작으로, 2,376수의 시조에 주석을 단 『시조문학 사전』(1966), 『한국 고전시가론』(1976) 등 저서를 펴 내 해방 후 한국 고전문학 연구에 초석(礎石)을 놓은 종요로운 문인이며 학자다. 윤동주와 정병욱, 판소리와 정병욱, 한국 고전문학과 정병욱이라 는 세 가지 항목은 그의 삶이 이 땅에 헌사한 세 가지 선물이다. 부산대· 연세대 조교수, 서울대 교수, 서울대 박물관장, 학술원 정회원을 역임한 정병욱을 기억하며 이번 대산문화재단 심포지엄과 별도로 연세대 문과대 주최로 '백영 정병욱 선생 탄생 100주년 기념 특별전 개막식'[3]을 진행하고 있다.

함경북도 경성에서 태어난 시인 유정(1922~1999)은 도쿄 니혼대학 예술 학부를 졸업했다. 이미 경성고보 재학 시절 문예지 《와카쿠사(若草)》에 연 속 최우수작으로 당선된 그는 시인 호리구치 다이가쿠(堀口大學)의 서문 을 받아 1941년 일본어 시집 『춘망(春望)』을 간행한다. 태평양전쟁 때 징집 을 피해 귀향한 후 생기령(生氣嶺)초등학교 대용 교원으로 지내면서, 영어 교사로 있던 김기림과 가까이 지낸다. 시집 『사랑과 미움의 시』(1957), 『사

---

3) '백영 정병욱 선생 탄생 100주년 기념 특별전 개막식'은 2022년 4월 26일부터 7월 22일 에 연세대 신촌캠퍼스 핀슨관 3층에서 열렸다. 4월 26일 개막식 날에 허경진 교수의 「백 영 정병욱 선생과 연희전문」을 주제로 강연이 있었다.

랑앓이』(1989)를 낸 그는 이후 자유신문·중앙일보 문화부장을 역임한다. 유유정이라는 필명의 번역가로도 중요한 역할을 했다. 두 권의 일본 대표 시선집 『일본 근대 대표 시선』(1997), 『일본 현대 대표 시선』(1997)을 내고 대학에서 일본 문학을 강의하기도 한다. 특히 무라카미 하루키를 처음 소개한 인물로 언급된다. 원제 『노르웨이의 숲』을 『상실의 시대』라는 다른 제목으로 낸 그의 번역은 지금도 정확한 번역으로 호평받고 있다. 자신의 시집보다, 번역서 『댄스 댄스 댄스』, 『하루키 걸작 단편선』 등 무라카미 하루키 전문 번역자로도 주목된다. 유정의 창작과 활동은 한일 문학 교류의 측면에서도 중요한 연구 대상이다.

매년 좀 더 논의를 집중해야 할 작가가 있다. 새롭게 발견된 사실이 있거나, 잘못 알려진 사실을 수정해야 할 내용이 있는 중요한 작가의 경우에는 두 명의 연구자가 다른 시각에서 발표하기로 했다. 올해는 시인 김춘수와 소설가 손창섭을 두 명의 연구자가 다른 시각에서 발표한다.

1922년에 태어난 한국 작가라 하면 어떤 공통점이 있을까. 피식민지 국민으로 태어난 1922년생 작가들이 아홉 살이었을 1931년 만주사변이 일어난다. 스무 살일 때 1942년 일본은 진주만을 공격하고 태평양전쟁이 일어난다. 징집 대상이었던 이들은 다행히 23세에는 8·15광복을 맞이한다. 한국전쟁이 끝날 때 서른 살을 맞이한 이들은 1950년대와 1960년대의 궁핍한 한국문학을 역설적으로 풍요롭게 했다. 당연히 이들의 작품에는 '전후문학'의 성격이 강하게 나타난다. 폐허가 된 비극적인 사회(선우휘, 손창섭)에서 실존의 의미를 묻는 탐구(김춘수, 김구용) 등이 두 가지 큰 항목이다.

이 글에서는 1922년 탄생 작가의 성격을 가장 극명하게 보여 주는 손창섭, 선우휘, 김춘수, 3인만을 일별하려 한다. 이외에 정한숙, 김구용, 여석기에 관한 중요 이력을 살펴보자.

정한숙(1922~1997)은 1948년부터 1992년까지 45년간 약 160여 편의 소설과 시집 3권, 수필집 2권, 연구서 8권 등 방대한 작품을 남긴 작가다.[4] 1949년 《신천지》에 김수경이라는 필명으로 「산중야」를 발표하면서 데뷔한 김구용(1922~2001)[5]은 필명을 바꾸면서 시집과 한서 번역서 등을 출간한다. 평생 번역한 동양 고전과 동양 정신을 시로 쓴 시편들, 가령 「곡」에는 전후 무너진 삶을 회복하는 의지가 보이고, 「송」에서는 음양오행에서 생명과 영원성을 깨닫고, 「거」에서는 대자대비한 우주의 원리에 대한 감사가 흐른다. 여석기(1922~2014)[6]는 1960년대 최초의 전문 연극 평론가로 등장한다. 1960년대 그의 평론을 보면 제국대학에서 훈련된 교양주의 비평 성향이 강하게 나타난다. 드라마센터 극작워크숍을 통해 신진 극작가를 양성한 여석기는 최초의 연극 전문지 《연극평론》을 발간한다.

이들은 한국전쟁까지 모든 것이 허물어진 폐허를 체험했던 '폐허의 청년들'이었다. 한국전쟁 이후 실존의 의미를 묻는 사조(思潮)가 흘렀다. 수없이 많은 사람들이 죽어 가는 지옥 같은 현실에서 살아 있음의 의미를 묻는 '존재에의 탐색'은 이들이 거쳐야 할 통과제의의 용광로였다. 1922년 생 문사(文士)들의 고투를 '폐허의 청년들, 존재와 탐색'으로 명명할 수 있겠다. 이제 분석하는 세 명의 작가를 통해 100년 전에 탄생한 작가들의 공통성을 볼 수 있기를 바라면서 논의를 시작한다.

2 폐허의 심연을 직시하는 손창섭: 소설 「비오는 날」, 「잉여인간」

미학적인 면에서 볼 때 1922년생 중의 별종적 개성을 지닌 손창섭은 1950년대 비극적 현실과 난민의 정신적인 증환을 심각하게 그려 냈다. 한

---

4) 공임순, 「체험의 비극과 의지의 낙관, 그 사이의 인간 군상 ─ 정한숙론」, 이 책의 「정한숙론」 참조.
5) 장이지, 「우주의 변전과 생명의 이어짐, 감사와 기도의 노래 ─ 김구용의 '아리랑 3부작'을 중심으로」, 이 책의 「김구용론」 참조.
6) 이상우, 「여석기와 연극 평론의 길」, 이 책의 「여석기론」 참조.

편 손창섭의 소설을 '수치심'과 기독교적 영향 관계에서 연결점을 찾아, 유년기에 겪었던 충격적인 수치심을 자아 파괴와 자아분열의 위태로운 경계선상에서 기독교를 통해 이를 극복한다고 보는 김진기의 논의[7]는 독특한 시각을 보여 준다. 손창섭의 「비 오는 날」은 처음부터 기독교에 대한 태도를 보여 준다.

기독교 가정에서 성장했을 뿐 아니라 몇몇 교회에서 다년간 찬양대를 지도해 온 동욱의 과거를 원구는 생각하며, 요즈음은 교회에 나가지 않느냐고 물어보았다. 동욱은 멋쩍게 씽긋 웃고 나서 이따금 한번씩 나가노라고 하고, 그런 때는 견딜 수 없는 절망감에 숨이 막힐 것 같은 날이라는 것이었다. 동욱은 소매와 깃이 너슬너슬한 양복저고리에, 교회에서 구제품을 탄 것이라는, 바둑판처럼 사방으로 검은 줄이 죽죽 간 회색 바지를 입고 있었다.[8]

제목처럼 이 소설은 사십 일이나 계속 장마비가 내리는 날씨에서 시작한다. 줄곧 비가 내리는 우울한 나날이다. 한국전쟁 이후 무기력한 삶을 살아가는 김동욱과 여동생 김동옥 그리고 동욱과 소학교부터 대학까지 동창인 정원구가 등장한다. 기독교 신자였고 영문학을 공부한 동욱은 미군 부대를 다니며 초상화를 주문받아 먹고산다. 신학교에 들어가 목사가 되겠다는 정원구는 두 남매를 연민의 눈으로 본다. 그의 시선을 통해 작가는 전쟁 이후 우울한 내면과 허무를 재현한다. 신체적, 정신적 장애를 가진 남매와 비가 내리는 분위기를 통해 그 시대 인물의 허무한 내면을 표현한 소설이다. 가난과 절망에 찌들어 사는 동욱과 동옥 남매에게 원구는 어떤 도움도 줄 수 없다. 서양의 선물인 기독교는 이 우울한 이들에게 희망이 되지 못한다. 비오는 날만 되면 원구는 두 남매를 떠올린다.

---

7)　김진기, 「손창섭 소설과 기독교」, 이 책의 「손창섭론 2」 참조.
8)　손창섭, 「비오는 날」(1952), 『잉여인간』(민음사, 2005), 266쪽.

이 작품은 삶을 극복하려는 적극적인 의지가 없는 무기력한 작중인물들의 모습을 통해 전쟁이 낳은 패배적이고 부정적인 인간상을 보여 주고 있다. "그의 소설에는 우스꽝스러운 상황과 무력한 인물, 현실을 비약하는 서사가 등장한다."[9]라고 오창은은 평가한다.

> 만기 치과의원에는 원장인 서만기 씨와 간호원 홍인숙 양 외에도 거의 날마다 출근하다시피 하는 사람 둘이 있다. 그 한 사람은 비분강개파 채익준 씨요, 다른 한 사람은 실의의 인간 천봉우 씨다. 두 사람은 다 같이 서만기 원장의 중학교 동창생이다.[10]

첫 장면에서 이 소설의 핵심 인물 의사 서만기, 간호원 홍인숙, 비분강개파 친구 채익준, 실의의 인간 천봉우가 등장한다. 여기에 부차적 인물로 서만기의 아내와 처제, 채익준의 아들, 청봉우의 바람난 아내가 등장한다.

소설에서 제시하는 잉여인간은 채익준, 천봉우, 천봉우의 아내로 보이지만, 나머지 인간들도 모두 시대에게 버림받은 잉여인간으로 등장한다. 인간을 잉여인간으로 만드는 배경에는 부조리한 사회가 있다. 외국제 포장곽을 밀수입해서 인체에 해로운 위조품으로 외국 약인 듯 약장사하는 사회를 채익준은 "옛날처럼 네거리에서 효수를 해야 돼요. 극형에 처해야 마땅하단 말요!"라며 분통해 한다. 서만기는 채익준을 "남달리 정의감과 의분에 강한 자네니까 남보다 몇 배 격분하지 않을 수 없으리란 말일세. 그렇지만 혼자 흥분해서 펄펄 뛰면 뭘 하나!"[11]라고 평가한다. 채익준은 아내가 죽어 가는 줄도 모르고, 열한 살짜리 아들 채갑성이 굶어 지내는 것도 모르는 무능한 아비다.

---

9) 오창은, 「미학적 우스꽝스러움과 기대 규범의 위반 — 손창섭의 문학 세계」, 이 책의 「손창섭론 1」 참조.
10) 손창섭, 「잉여인간」(1958), 앞의 책, 266쪽.
11) 위의 글, 270쪽.

또한 병적인 스토커 천붕우가 등장한다. 천붕우는 피란 나갈 기회를 놓치고 인민군 치하에서 3개월을 꼬박 숨어 살면서 공포감에 휩싸였고, 전쟁통에 양친과 형제를 잃으면서, 완전히 의욕을 잃고 간호사 홍인숙만 따라다니는 스토커다.

채익준과 천붕우, 두 인물을 1950년대 작가들이 많이 사숙했던 니체의 생각과 비교해 생각해 보자.[12] 니체가 『자라투스트라는 이렇게 말했다』에서 말한 세 가지 인간 유형에 비교하면, 천붕우는 대책 없이 불만만 토로하는 사자형 인간이고, 천붕우는 모든 일에 굴종하는 낙타형 인간이다.

니체는 창의적인 인간을 "어린아이는 순진무구요 망각이며 새로운 시작, 놀이, 제 힘으로 돌아가는 바퀴이며 최초의 운동이자 거룩한 긍정이다."[13]라고 표현한다. 니체는 아이와 같은 창의적인 인간을 위버멘쉬(Übermensch)라고 썼다. 「잉여인간」에는 위버멘쉬 같은 인물 유형이 없다. 의사 서만기 또한 경제적인 토대를 마련하지 못해 건물에서 쫓겨나야 하는 불완전한 인물이다. 등장하는 모든 남성이 제대로 된 인물이 아니다. 이들은 모두 한국전쟁 이후 1950년대의 무너진 남성상의 자화상이다.

손창섭의 「잉여인간」은 전쟁 이후 무너진 가부장 체제를 해체한다. 손창섭 소설은 독자에게 비극과 더불어 극복으로 향하려는 재구성에의 힘을 일으킨다. 해체에서 끝나지 않고 재구성(Reconstruct)의 반작용을 떠올리게 하는 희미한 슬픔이 그의 소설에 내장돼 있다. 주체성을 상실한 광기(채익준)와 비극을 겪었던 트라우마(천붕우)의 정신병리학적 시각에서 「잉여인간」을 분석하는 것이 많은 연구자들의 시각이다.

---

12) 니체는 《개벽》 창간호(1920. 6. 25)에 소개된 뒤, 서정주, 유치환, 이육사, 김동리, 조연현 문학에서 보인다. 1945년 해방 이후 크게 일어났던 니체 붐은 김수영 문학에서 강하게 나타난다. 김응교, 「김수영 니체의 철학」, 《시학과 언어학》, 2015. 10; 김응교, 「김수영에게서 니체가 보일 때」, 《외국문학연구》, 2021. 11 참조.

13) 프리드리히 니체, 정동호 옮김, 『자라투스트라는 이렇게 말했다』(책세상, 2000), 40쪽.

3 분단의 풍속을 담아낸 선우휘: 단편소설 「단독강화」, 「불꽃」, 신동엽과의 논쟁

소설가 선우휘(1922~1986)는 평안북도 정주 출신으로, 이 이력은 그의 문학이 갈 길을 예시한다. 그는 해방 직후 1946년 조선일보 사회부 기자로 언론 활동을 시작한다. 이어 1948년 육군에 정훈장교로 입대했고, 이듬해 4월 소위로 임관한다. 정훈국에만 있지 않고 한국전쟁이 일어나자 1951년 특수부대원 선발에 자원하여 유격대장으로 참전하기도 했다. 이에 빠른 시간에 대령까지 승진한다. 북한의 공산주의를 피해 월남한 그는 신문 논설 등에서 반공을 강력하게 표방했다.

선우휘는 1955년 33세에 「귀신」(《신세계》)을 발표하여 등단한다. 당시 다른 작가들의 등단에 비해 다소 늦은 나이지만, 빠른 시간에 그는 문학적 입지를 마련한다. 38선을 월남한 이들이 남한 사회에서 어떻게 분단의 폐허를 극복해 가는가가 그의 주요 관심사였으며, 첨예한 이념적 성향이 강한 「테러리스트」 같은 작품을 발표했다. 구한말로부터 일제강점, 해방, 한국전쟁 그리고 1950년대 후반까지 청년 지식인 고현의 삶을 서술한 「불꽃」(1957)은 그의 대표작이다. 특히 주의 깊게 보아야 할 작품은 「단독강화」다.

눈은 저녁녘이 되어서야 멎었다.

산과 골짜구니에는 반 길이나 눈이 깔리고 소나무와 떡갈나무는 가지와 잎새의 눈을 그득히 얹고 힘에 겨운 듯 서 있었다.

간밤의 포격으로 무너지고 파인 산허리나 골짜구니의 상처도 온통 흰 눈에 덮여 버리고 말았다.[14]

첫 문장은 이미 이 소설의 사건을 암시한다. 전쟁의 비극으로 시체가

---

14) 선우휘, 「단독강화」(1959), 『불꽃』(문학과지성사, 2006), 165쪽.

쌓이고 비행기의 폭음 소리를 뒤덮는 흰 눈은 마치 인간의 모든 비극을 덮어 버리려는 듯하다. 작가가 소망하는 세계가 첫 문장에 드러나 있다. 이 첫 장면은 소설의 끝 장면에 놓아도 될 만하다.

곧이어 어느 쪽인지 모를 두 병사가 이쪽저쪽 웅덩이에서 튕겨 나왔다. 이들은 처음엔 소속을 모르다가, 나이 많은 이는 남한의 국군이고 나이 적은 이는 북한 인민군이라는 사실을 알아챈다. 갈등을 겪지만 이들은 서로 위하는 마음을 느낀다. 이 소설에서 특이한 점은 두 병사가 버려진 짐짝을 발견하고 물건을 보면서 하는 말에서 나타난다.

"촌놈의 새끼, 양키들 먹는 것 말야. 초콜릿 비스킷 통조림 과일통조림도 있을걸."[15]

이 소설에는 분단 전쟁의 뒷면에 있는 외세에 대해 반감이 군데군데 쓰여 있다. 서로 적이라는 사실을 깨닫고 하는 대화에서 같은 민족의 비극이 나타난다.

"너 괴뢰구나."
"괴뢰?"
가냘픈 편의 손에서 깡통이 떨어져 땅바닥에 굴렀다.
"너 괴뢰지?"
"아, 아냐 난 인민군야?"
"역시 괴뢰군."
"너, 넌 뭐가?"
가냘픈 편의 목소리가 떨렸다.
"나? 나는 국군이다."

---

15) 위의 글, 167쪽.

"국방군! 괴 괴뢰구나."16)

괴뢰(傀儡)는 꼭두각시라는 말이다. 인민군은 소련의 괴뢰고, 국군은 미군의 괴뢰라는 뜻이다. 긴장은 있었으나 서로 신뢰가 생기면서 열여덟 살 동생뻘의 인민군 장가는 형뻘인 국군에게 "양 형!"이라고 부른다. 마지막에 두 병사는 중공군에게 사살되어 죽는다.

이 소설에 등장하는 두 인물들은 이데올로기를 둘러싼 갈등(「불꽃」)보다는 인간적 유대감을 보여 준다. 소설 「불꽃」에는 총탄을 겨누고 서로가 서로를 죽이는 명확한 적대 관계가 설정되어 있다.

> 살아서 먼저 청부업자들을 거부하자. 떠들어 대어야 인생은 더욱 무의미할 뿐이라는 것을 뼈저리도록 알려 주자. 꺼리고 비웃는 데 그치지 말고 정면으로 알몸을 던져 거부하자. 나 같은 처지의, 아니 나 이상의 경우의 무수한 인간들.17)

소설 「불꽃」의 주인공 현은 공산주의를 "알몸을 던져 거부"한다. 선우휘 소설 중 강렬한 이데올로기의 성향을 보여 주는 소설로는 「테러리스트」(1956)도 있다.

이후 선우휘의 소설은 풍속형 세태소설을 보여 준다. 이명원은 선우휘 소설의 특성을 "선우휘의 소설은 '이념형 역사소설'이 아닌 '풍속형 세태소설'로 나타나며, 그 안에서 집중적으로 조명되는 것은 분단된 남한에서의 생존과 생활을 선택한 서북인들의 생계 윤리와 실향의 비애, 그럼에도 불구하고 간절히 희구되는 서북인들의 결속과 갈등을 둘러싼 풍경들이다."18)라고 요약했다. 대표적인 소설로는 『망향』을 생각할 수 있겠다.

---

16) 위의 글, 168~169쪽.
17) 선우휘, 「불꽃」(1957), 앞의 책, 115쪽.
18) 이명원, 「소민주의(小民主義)의 에토스 — 선우휘의 소설에 나타난 서북인(西北人)의 문

소설과 달리 선우휘의 산문은 반공 지향성이 강하게 나타난다. 시인 신동엽과의 논쟁[19]이 그러했다. 김수영은 자신보다 여덟 살 아래 후배인 신동엽에게 많은 기대를 걸고 있었다. 김수영은 신동엽의 시를 "세계적 발언을 할 줄 아는 지성이 숨쉬고 있고 죽음의 음악이 울리고 있다."라고 평가했다. 신동엽의 시에 나오는 동학, 후고구려, 삼한 같은 고대에의 귀의에 대해서는 "예이츠의 '비잔티움'을 연상"시킨다고 상찬했다.

두 사람의 생각을 소설가 선우휘는 못마땅한 시각으로 보았다. 논쟁은 1968년 6월 16일 김수영이 사망하고 시작된다.

한반도 위에 그 긴 두 다리를 버티고 우뚝 서서 외로이 주문(呪文)을 외고 있던 천재 시인 김수영. 그의 육성이 왕성하게 울려 퍼지던 1950년대부터 1968년 6월까지의 근 20년간, 아시아의 한반도는 오직 그의 목소리에 의해 쓸쓸함을 면할 수 있었다. 그는 말장난을 미워했다. 말장난은 부패한 소비성 문화 위에 기생하는 기생벌레라고 생각했다. 그는 기존 질서에 아첨하는 문화를 꾸짖었다. 창조만이 본질이라고 굳게 믿었다. 그래서 육성으로, 아랫배에서부터 울려 나오는 그 거칠고 육중한 육성으로, 피와 살을 내갈겼다. 그의 육성이 묻어 떨어지는 곳에 사상의 꽃이 피었다. 예지(叡智)의 칼날이 번득였다. 그리고 태백(太白)의 지맥(地脈) 속에서 솟는 싱싱한 분수가 무지개를 그었다.[20]

김수영 사망 나흘 후 발표한 추모 글 「지맥 속의 분수」에서 신동엽은 김수영을 "태백의 지맥 속에서 솟는 싱싱한 분수가" 긋는 "무지개"로 비유했다. 신동엽 시인은 등단작부터 「향아」, 「아니오」, 「진달래 산천」 등에 대

화심리 구조」, 「이 책의 선우휘론」 참조.

19) 상세한 논의는 김응교, 「작가에게 참여란 무엇인가」, 『김수영, 시로 쓴 자서전』(삼인, 2021), 629~637쪽 참조.

20) 신동엽, 「지맥 속의 분수」, 《한국일보》, 1968. 6. 20.

해 '빨갱이 시인'이라는 공격을 받고 있는 상황이었다. 이런 배경에서 김수영을 추모하는 신동엽의 글 몇 문장을 떼어 내 공격하는 칼럼 「현실과 지식인」(1969)을 선우휘가 발표한 것이다. 선우휘는 위 인용문의 바로 다음 문장을 인용하여 비판한다.

그의 죽음에 대한 히스테리컬한 반응이 나타났다. 그 대표적인 것을 여기 추려 본다.

"……정말로 순수한 것, 정말로 민족적인 것, 정말로 인간적인 소리를 싫어하는 구미적(歐美的) 코카콜라 상품주의의 촉수들이 그이를 미워하고 공격했다. 그날 밤 그 좌석버스의 눈이 먼 톱니바퀴처럼 역시 눈이 먼 관료적인 보수주의의 톱니바퀴가 그를 길바닥에 쓰러뜨렸다…… 한반도는 오직 한 사람밖에 없는, 어두운 시대의 위대한 증인을 잃었다. 그의 죽음은 민족의 손실, 이 손실은 서양의 어느 일개 대통령 입후보자의 죽음보다 앞서 5천만 배는 더 가슴 아픈 손실로 기록되어야 할 것이다. 그러나 시인 김수영은 죽지 않았다. 위대한 민족시인의 영광이 그의 무릎(신동엽은 '무덤'이라고 썼는데, 선우휘는 '무릎'이라고 썼다—인용자) 위에 빛날 날이 멀지 않았음을 민족의 알맹이들은 다 알고 있다."

이것은 누가 보아도 정의가 깊던 시우(詩友)의 죽음을 슬퍼하는 감정을 벗어나 있음이 분명하다. 도대체 무슨 말을 하려는 것인가?

구미적(的) '코카콜라' 상품주의의 촉수 – 관료적인 보수주의의 톱니바퀴는 누구를 가리키는 것인가?

위대한 민족시인의 영광이 그의 무릎 위에 빛날 날이 멀지 않았음을 민족의 알맹이들은 다 알고 있다니 그 멀지 않은 날이란 언제며 그때 이 나라는 어떻게 될 것이란 말인가?

민족의 알맹이들이란 그 집필자 외의 또 어떠한 사람들이란 것인가? 아무리 문학적인 수식이라 하더라도, 아니 문학적 수식이라면 더욱 그런 어휘의 나열은 생각하기 힘들다.

나는 이 조사(弔詞)야말로 김수영 씨의 죽음을 빈 비열한 인신공격으로서 그의 죽음을 욕되게 하는 것이라고 단정한다.[20]

선우휘는 겹따옴표 안에 신동엽의 추도문 일부분을 인용하면서 신동엽 이름도 인용하지 않았다. 이름을 쓰지 않고 인용했다는 것은 무시하는 태도일 수 있다. 선우휘의 소설이나 숨겨진 얘기 중 좋은 면도 있으나 하필 추모문의 한 부분을 따서 비판하는 것은 좋은 모습으로 보이지 않는다.

선우휘가 보기에 신동엽은 멀지 않은 '혁명'의 날을 "민족의 알맹이들"과 더불어 바라는 위험한 시인이다. 선우휘의 머릿속에 혁명이란 공산주의 혁명, 마르크스 혁명 외에는 없어 보인다. 사실 신동엽의 추도문 안에는 사회주의 같은 '주의(主義)'를 거부하는 문장이 있는데도 선우휘는 이를 모른 척 건너뛴다. 신동엽이 김수영을 기억하며 쓴 아래 문장을 선우휘는 건너뛴다.

그가 어느 날 대폿집에서 한 말을 나는 잊지 못한다.
"신형, 사실 말이지 문학하는 우리들이 궁극적으로 무슨무슨 주의의 노예가 될 순 없는 게 아니겠소?"[22]

김수영이 신동엽에게 시인은 어떤 주의자가 될 수 없다고 한 말을 신동엽이 잊지 못한다고 썼는데, 선우휘는 이 문장은 빼 버리고 두 시인을 마치 어떤 이념주의자처럼 썼다. 10년 가까이 군인의 삶을 살아온 선우휘의 이력을 생각하게 한다.

「현실의 지식인」에서 선우휘는 신동엽의 글을 "혁명을 선동하는 사회주의자의 태도"라고 평가한다. 신동엽은 「선우휘 씨의 홍두깨」(1969년 4월)

---

21) 선우휘, 「현실의 지식인」, 《아세아》, 1969. 2. 1.
22) 신동엽, 「지맥 속의 분수」, 앞의 글.

에서 베트남전쟁에서 죽은 여자 베트콩 시신 앞에서 눈물 흘리는 석가와 시인 이야기로 글을 시작한다. 죽은 여자 베트콩 시신 앞에서 잠시 애도하고 있는 석가를 국민학생이 '빨갱이'라고 신고했다고 한다. 반대로 죽은 미군 병사 앞에서 애도하면 "저기 미국 병사의 주검을 보고 서럽게 우는 놈이 있어요. 틀림없이 백색인 것 같아요."라며 신고한다고 한다. 선우휘 같은 이들의 눈이 바로 이 국민학생처럼 두 가지 색밖에 못 본다는 것이다. 신동엽은 선우휘의 글 「현실과 지식인」이 "그 보기 흉한 꼴을 적나라하게 세상에 노정시키고 말았다."라고 비판하면서 일침을 놓는다.

첫째번의 경우, 즉 몰라서라면 공부를 해야 한다.
세상은, 특히 관리들이나 장사꾼들의 세상이 아닌 창조자들의 세상은 단차원이나 2차원의 세계가 아니라는 사실을 알아야 한다. 선우 씨의 눈으로 보면 세계는 백색이거나 적색이거나 2색으로만 보이는 모양인데, 무지개의 빛깔만 보아도 일곱 가지 이상의 색깔이 있다는 것을 알아야 한다. 자유주의 사회 속에서 사는 작가가 자기 현실에 불만을 느낀다는 것이, 어째서 그것이 바로 전체주의를 긍정하기 위한 수단이라고 해석되어져야 한단 말인가.[23]

신동엽은 현실을 보는 눈은 붉은색/백색만 있는 것이 아니라, 일곱 가지 무지갯빛 이상의 다양한 색깔이 있다며 안타까워한다. "작가·시인들의 내면세계는, 초등학교 2학년 식의 사고 방법, 적이냐 백이냐 식의 2차원적 사고 방법을 저 발밑에 깔아뭉개고 벗어나서, 4차원, 5차원, 아니 무한 차원의 세계 속을 높이 주유하고" 있다고 썼다. 시인은 사회주의자와 자본주의자 둘 중 하나만 택해야 하는 존재가 아니다. 시인은 "영원한 자유주의자"이고 "영원한 불만자요 영원한 부정주의자"라고 항변한다. 얼마

---

23) 신동엽, 「선우휘 씨의 홍두깨」, 《월간문학》, 1969. 4. 1.

나 안타까운지 마지막으로 신동엽은 일갈했다.

안이하게, 세계를 두 가지 색깔의 정체(正體) 싸움으로밖에 인식하지 못 하는 군사학적·맹목기능학적 고장난 기계하곤 전혀 인연이 먼 연민과 애정 의 세계인 것이다.[24]

이제 이 글 서두에서 죽은 베트콩과 죽은 미군 병사를 "연민과 애정"으 로 애도하는 석가와 시인의 모습이 연결된다. 선우휘는 소설과 달리 신문 논설에서는 이념적 성향이 강했다. 이에 관해 이명원은 "반공 국가주의에 기반한 선동적 산문의 가면을 벗기면, 소민주의라는 선우휘 소설의 맨얼 굴이 드러난다."[25]라고 평가했다. 선우휘의 글 중 분단 시대가 낳은 아픔 을 직시했던 그의 논설보다, 그의 소설이 지금도 소중히 읽히고 있는 이유 일 것이다.

4 존재를 성찰하는 김춘수: 시「꽃」, 「나의 하나님」

해방 후 빼놓을 수 없는 중요한 시인인 김춘수에 관한 연구에는 몇 가 지 아쉬움이 있다. 그의 시「꽃」과 그의 정치성에 집중되다 보니 다른 연 구들이 잘 안 되어 있다. 제5공화국 당시의 국회의원, 방송심의위원장 역 임 등 김춘수는 그의 정치 행보로 외면받아 오기도 했다. 그의 대표작 「꽃」도 정치적으로 해석되곤 한다.

내가 그의 이름을 불러주기 전에는
그는 다만
하나의 몸짓에 지나지 않았다.

---

24) 위의 글.
25) 이명원, 앞의 글.

내가 그의 이름을 불러주었을 때,
그는 나에게로 와서
꽃이 되었다.

— 김춘수, 「꽃」, 1·2연[26]

여기까지 보면 '나'라는 주체는 꽃들에게 이름을 주는 주체라는 것이다. 꽃들에게는 스스로 자기 이름을 붙일 주체성이 없다고 해석한다. "내가 그의 이름을 불러주었을 때"에만 그는 꽃으로서의 주체성을 회복한다는 해석이다. 결국 이런 심리는 천지에 깔린 꽃을 '나'의 소유물로 보는 전체주의적 사고이며, 이런 생각을 갖고 있기에 제5공화국 정치인으로 나설 수밖에 없었다고 해석하는 이도 있다. 김춘수의 전체주의성과 비교하면 "산에/ 산에/ 피는 꽃은/ 저만치 혼자서 피어 있네"라는 김소월의 「산유화」는 '저만치 혼자선 피어' 있는 자유로운 단독자로서의 꽃을 형상한다는 해석이다. 「꽃」을 활용한 많은 패러디 시들이 있다. 과연 옳은 해석이고 패러디일까. 다음 3, 4연을 읽어 보면 이 해석은 달라져야 한다.

내가 그의 이름을 불러준 것처럼
나의 이 빛깔과 향기에 알맞는
누가 나의 이름을 불러다오.
그에게로 가서 나도
그의 꽃이 되고 싶다.

우리들은 모두
무엇이 되고 싶다.
너는 나에게 나는 너에게

---

26) 김춘수, 「꽃」, 《현대문학》, 1952.

잊혀지지 않는 하나의 눈짓이 되고 싶다

　　　　　　　　　　　　　　　　— 김춘수, 「꽃」, 3·4연

　여기에서 시인은 반대 반향으로 자신을 드러낸다. 나 역시 꽃처럼 누군가가 불러 줄 때 "잊혀지지 않는 하나의 눈짓"이라는 주체로 태어나고 싶다고 토로한다. 시의 뒷부분을 읽으면 앞선 해석이 시의 텍스트를 무시한 지나친 정치적 해석이라는 것을 금방 알 수 있다. 서로가 서로를 꽃으로 불러야 한다며 인간관계의 소외를 극복하려는 시로 읽어야 할 것이다. 김춘수는 말년에 「꽃」을 실존 문제를 다루는 관념적 주제로만 해석하는 평가를 거부하기도 했다.

　김춘수 시인이 1960년대 후반에 무의미시를 실험하기 시작하지만, 그 무의미시는 오히려 고통과 절망이 기교를 낳고 그 기교가 다시 절망으로 침잠되는 경로를 피하기 위한 노력의 일환이라고 조강석[27]은 논한다. 결국 김춘수 시인이 무의미시론을 주장했지만 의미의 세계, 고통의 세계로부터 완전히 벗어나지는 못했다는 논의다.

　아울러 김춘수 시인에 대한 전기적 고찰이 아쉬운 터에, 김춘수가 써낸 텍스트를 통해 '통영'이 갖는 의미를 살핀 이경수의 논의[28]는 중요한 성과물이다. 김춘수가 통영에서 거주한 시간은 유소년기와 청년기의 약 18년 정도이지만 경상도 지역에서 생애의 50년 정도를 거주한 것으로 보았을 때, 통영을 중심으로 한 로컬리티는 김춘수의 시 세계를 볼 때 중요한 항목이 아닐 수 없다. 김춘수의 후반기 시에도 더욱 깊은 연구가 필요하다.

　사랑하는 나의 하나님, 당신은

---

27)　조강석, 「김춘수 시에 나타난 정동적 동요와 변증법적 몽타주의 길항에 관해」, 이 책의 「김춘수론 1」 참조.
28)　이경수, 「김춘수 시와 통영의 로컬리티 — 장소, 인물, 언어를 중심으로」, 이 책의 「김춘수론 2」 참조.

늙은 비애다.

푸줏간에 걸린 커다란 살점이다.

시인 릴케가 만난

슬라브 여자의 마음속에 갈앉은

놋쇠 항아리다.

손바닥에 못을 박아 죽일 수도 없고 죽지도 않는

사랑하는 나의 하나님, 당신은 또

대낮에도 옷을 벗는 어리디어린

순결이다.

삼월에

젊은 느릅나무 잎새에서 이는

연둣빛 바람이다.

—— 김춘수, 「나의 하나님」 전문[29]

　이 시를 푸는 열쇠는 '나의 하나님'과 연결되는 비애, 살점, 놋쇠 항아리, 순결, 연둣빛 바람 등 보조관념들의 비의를 푸는 것이다. 이러한 보조관념은 원관념을 은유하면서 새로운 인식의 지평을 보여 준다. 'A=B'의 은유적 나열, 다시 말해 A는 원관념 '숨은 신'이요, B는 다양한 보조관념으로 나열된 은유법의 대표적인 작품이다.

　"사랑하는 나의 하나님"(A1)은 애처로운 늙은 비애, 희생물인 푸줏간의 고기 살점, 묵중한 슬라브 여인의 놋쇠 항아리다. 성큼 늙어 버린 하나님은 인간 세상에 비애를 느끼는 존재다. 십자가에 못 박힌 예수의 육체는 푸줏간에 걸린 고기 살점으로 은유된다. 또한 푸줏간 고기처럼 인간에게는 하찮게 보이기도 한다. 다만 슬라브 여자(도스토옙스키를 좋아했던 김춘수 시인에게는 당연히 선호할 인물 유형이다.)의 마음속에 무겁게 자리한 놋쇠 항

---

29)　김춘수, 「나의 하나님」, 『처용』(민음사, 1974). 이 시에 대한 논의는 졸저, 『그늘 — 문학과 숨은 신』(새물결플러스, 2012)에 실린 내용을 수정하여 싣는다.

아리처럼 쉬 사라지지 않는 존재로, '숨은 신'은 변두리에 사는 이의 삶 그 중심에 놓여 있다.

"사랑하는 나의 하나님"(A2)은 순결한 어린애 같은 순결, 연둣빛 바람이다. "대낮에도 옷을 벗는 어리디어린/ 순결"이라는 표현은 시의 앞부분 "푸줏간에 걸린 커다란 살점"과 전혀 다른 은유다. 벌거벗긴 채 십자가에 달려 있는 예수의 모습이 시의 앞부분에서는 "커다란 살점"으로, 뒷부분에서는 "어리디어린 순결"로 대조되고 있다. 이쯤 되면 사물을 삐딱하게 보는 것이 아니라, 전혀 다른 영적 차원의 응시를 느끼게 된다.

시인은 상투적인 부활의 계절인 4월을 피하고, 겨울이 막 끝나는 3월의 "젊은 느릅나무 잎새에서 이는/ 연둣빛 바람"으로 마무리한다. 이렇게 이 시는 원관념 "나의 하나님"(A)을 많은 보조관념들(B)이 꾸며 주고 있다. 이렇게 하나의 원관념에 여러 개의 보조관념이 있는 경우를 확장은유라고 한다. 확장은유를 통해 원관념은 보다 입체적이며 다성적(多聲的)으로 표상된다. 이러한 보조관념들은 '시인의 정서를 가시화하고 구체화해 주는 일련의 사물·상황·사건'(T. S. 엘리엇)을 말하는 객관적 상관물(objective correlative)이기도 하다.

나아가 은유로 이루어진 텍스트는 '드러난 의미'(외연의미, denotation)와 '숨어 있는 의미'(내포의미, connotation) 사이에 괴리가 발생하는데, 우리는 보조관념들 사이에서 외연의미(B)와 내포의미(A) 사이에서 발생하는 긴장(tension)을 느끼게 된다.

이 시의 보조관념(혹은 객관적 상관물)들은 하강과 상승으로 긴장을 발생시킨다. 가스통 바슐라르의 물질적 상상력[30]으로 비유하면, 앞부분은 비극적 정서로 무거워진 '하강의 역동성(逆動性)', 뒷부분은 밝은 정서로 하늘로 오르는 '상승의 역동성'[31]을 보여 주고 있다.

---

30) 그는 오히려 원체험을 통해 생성된 무의식을 중요하게 여겼다. 곽광수, 「물질적 이미지」, 『가스통 바슐라르』(민음사, 1995), 14~21쪽.

31) 상승적인 역동적 상상력에 대해서는 곽광수, 「사라짐과 영원성」, 위의 책, 287쪽 참조.

두 상상력을 극렬히 충돌시켜, 이질적인 충격을 독자에게 던져 주고 있는 응축 긴장된 작품인 것이다. 이런 식의 설명이 이 시에 대한 보편적인 설명일 것이다. 김춘수는 무의식의 모든 영역을 동원하여, 기독교적 개념의 하나님을 은유하고 있는 것이다.

「나의 하나님」은 성부(늙은 비애), 성자(커다란 살점), 성령(연둣빛 바람)이라는 삼위일체를 은유로 담아낸 시다. 이로 인해, 김춘수 시의 은유(metaphor)는 새롭게 생성된다. 은유를 통해 감각의 단계에서 사유의 단계를 여는 작품이다. 「나의 하나님」을 통해 김춘수는 시적인 것과 비시적(非詩的)인 것의 경계를 은유로 허물었다. 시인의 심연에서 솟아 나오는, 우리 곁에 있어 왔지만 전혀 낯선 메타포로 인해 기념비적 시가 탄생할 수 있었다.

그에게 어두운 역사도 있었다. 김춘수는 1981년 민주정의당 11대 전국구 국회의원으로 제5공화국 전두환 군부를 찬양한다. "님이 태어난 곳은 경상남도 합천군 율곡면 내천리 내동 마을"로 시작하여 "님이 헌헌장부로 자라 마침내 군인이 된 것은 그것은 우연이라고 할 수 없습니다."라며, "제5공화국이 탄생하고 님은 그 방향을 트는 가장 핵심의 자리에 앉았습니다."(「님이시여 겨레의 빛이 되고 역사의 소금이 되소서」)라는 전두환 찬양시를 쓴 것은 김춘수 시인의 약력에 지울 수 없는 흠이다. 김춘수는 이후 "한마디로 100퍼센트 타의에 의한 것이었다. 처량한 몰골로 외톨이가 되어, 앉은 것도 선 것도 아닌 엉거주춤한 자세로 어쩔 줄 모르고 보낸 세월"[32]이라며 안타까운 회고를 남겼다.

김춘수의 현실도피에 대해 아쉬운 면이 남아 있지만, 그가 남긴 무의미 '환상시'의 실험, 회화적(繪畫的) 상상력을 거쳐 김춘수의 후기 시는 기독교적 상징을 시에 녹여 낸다. 기독교 사상이라는 이국의 코드를 한국인으로 내면화시켰다는 사실은 놀랍다. 1922년생의 대표 시인으로 그가 잔혹한 흑역사를 피할 수 없었던 것은 개인을 넘어 한국 현대시 역사에 남은

---

32) 김윤식, 「김춘수 시인 별세/ 순수와 참여 홀연히 초월 '무의미詩'로 투명한 울림」, 《한국일보》, 2004. 11. 30.

슬픔이기도 하다.

5 전후 문학의 새로운 전개

이 글은 1922년생 작가들, 그중 손창섭, 선우휘, 김춘수 작품의 특징을 살펴본 글이다.

1922년생 작가들은 대부분 한국전쟁의 영향을 강하게 보이는데, 손창섭이 미학적인 층위에서 별종으로 보인다면, 선우휘는 극적인 인생 이력이 별종으로 보인다. 8년 이상 군인 생활을 한 선우휘는 대구에서 공군 정훈단에 참여했던 2016년생 박두진이나, 북한 의용군에 참여했다가 포로수용소에 갇힌 1921년생 김수영과는 다른 군대 생활을 했다. 선우휘처럼 오랜 기간 그리고 실제 전투에도 참여했던 경험을 가진 작가는 드물다.

이 글에서 논했던 손창섭, 선우휘, 김춘수의 작품을 보며 전후문학의 몇 가지 양상을 살펴보았다. 이 작품들에는 식민지와 전쟁 이후에 주체성을 잃고 결핍된 인물들, 그리고 존재의 의미를 희구하는 인간상이 등장한다.

마치 1960년대에 태어난 작가들에게 1980년 광주민주화항쟁이라는 용광로가 있었듯이, 1922년생 작가들은 몇 가지 큰 사건을 통과해야 했다. 1942년 스무살 때 태평양전쟁, 1945년 스물세 살 때 해방, 그리고 1950년 스물여덟 살 때 한국전쟁을 경험하면서, 작가로서 최고의 활동기에 전후 문학의 특징을 보여 준 것이다. 이들의 풍성한 창작 활동으로 인해, 그 무너진 상상력의 공간은 그나마 허기(虛飢)를 다소 면할 수 있었고, 이어서 1960년대 이후 새로운 기운의 시민문학으로 나아갈 수 있었다.

참고 문헌

1차 자료

김춘수, 「꽃」, 《현대문학》, 1952

김춘수, 「나의 하나님」, 『처용』, 민음사, 1974

선우휘, 「단독강화」(1959), 『불꽃』, 문학과지성사, 2006, 165쪽

선우휘, 「불꽃」(1957), 위의 책, 115쪽

선우휘, 「현실의 지식인」, 《아세아》, 1969. 2. 1

손창섭, 「비오는 날」(1952), 『잉여인간』, 민음사, 2005, 266쪽

손창섭, 「잉여인간」(1958), 위의 책, 266쪽

신동엽, 「지맥 속의 분수」, 《한국일보》, 1968. 6. 20

신동엽, 「선우휘 씨의 홍두깨」, 《월간문학》, 1969. 4. 1

2차 자료

곽광수, 「물질적 이미지」, 『가스통 바슐라르』, 민음사, 1995, 14~21쪽

김윤식, 「김춘수 시인 별세/ 순수와 참여 홀연히 초월 '무의미詩'로 투명한 울림」, 《한국일보》, 2004. 11. 30

김응교, 「김수영 니체의 철학」, 《시학과 언어학》, 2015. 10

_____, 「김수영에게서 니체가 보일 때」, 《외국문학연구》, 2021. 11

_____, 「작가에게 참여란 무엇인가」, 『김수영, 시로 쓴 자서전』, 삼인, 2021, 629~637쪽

권경아, 「1950년대 한국 모더니즘 시의 근대성 연구 ― '후반기' 동인을 중심으로」, 한양대 대학원 박사 논문, 2011

대산문화재단, 『폐허의 청년들, 존재의 탐색─2022년 탄생 100주년 문학인 기념문학제 논문집』, 대산문화재단, 2022

조영미, 「1950년대 모더니즘 시의 이중언어 사용과 내면화 과정─김경린, 김차영, 김규동을 중심으로」,《한민족문화학회》, 2013

프리드리히 니체, 정동호 옮김, 『자라투스트라는 이렇게 말했다』, 책세상, 2000, 40쪽

우주의 변전과 생명의 이어짐, 감사와 기도의 노래*

김구용의 '아리랑 3부작'을 중심으로

장인수 | 제주대 교수

1 머리말

구용 김영탁은 1922년 경북 상주 출생으로, 1949년 10월 《신천지》에 '김수경'이라는 필명으로 시 「산중야」를 발표하면서 데뷔한다.[1] 그는 1949년 6월 김동리에게 원고를 먼저 보인다. 김동리는 곧 창간되는 《문예》(1949. 8. 창간)에서 서정주의 추천을 받아 보자고 말한다.[2] 김구용이 원고를 다시 정리하여 김동리 댁에 전한 것이 7월 6일이다. 그는 다음 날에는 경제적 문제로 낙향을 결심한다. 그의 시가 《문예》가 아닌 《신천지》로 넘어간 것

---

* 이 글은 《한민족문화연구》 78집(2022. 6. 30)에 실린 논문을 다소 고친 것이다.

1) 『시집 I』의 뒤표지에 문단 등장을 '1949년'으로 특정했다. 『52인 시집』에는 《조광》의 활동을 언급(1941년으로 잘못 언급)하면서 본격적인 활동은 1949년부터인 것으로 썼다. 이는 김구용이 '김수경'이라는 필명을 쓴 학생 시대부터를 자신의 본격적인 활동으로 인식했음을 보여 준다.

2) 김구용, 『구용일기』(솔, 2000), 183~208쪽.

은 이런 시기적인 탓이 있었을 것이다.《신천지》에는 신인 작품이라는 별도의 언급 없이 그의 시가 기성 작가의 작품과 함께 실린다. 사실 그는 본명으로《조광》에 「빛」(1943. 2), 「설야」(1943. 3), 「고려청자기부」(1943. 4), 「등불」(1943. 6) 등을 발표한 바 있다. 이 일련의 작품은 시조 형식으로, 그는 시조에 큰 뜻이 없어서 활동을 이어 가지 않는다.[3]《신천지》에서의 기성 대우가 그 때문인지는 확실치 않다.

김구용은《신천지》에 「조혼」(1950. 1), 「분광의 심장」(1953. 6)을 더 발표한다. 전자는 김수경, 후자는 김구용이라는 필명으로 발표한다.《신천지》에 실린 그의 「사우록」 및 이형기의 「한등기」(1952. 3)에도 김구용이라는 이름이 보인다. 흔히 그의 등단작으로 「산중야」와 함께 거론되는 「백탑송」은《주간 서울》(1950. 4. 17)에 김수경이라는 필명으로 실린 것이다. 이로 보면 '김구용'은 부산 피란 때 쓰기 시작한 이름이라 할 수 있다.《문예》의 산문 「일기초」(1952. 5) 및 시 「탈출」(1953. 2), 『한국시집 (상)』(1952. 12)의 「제비」 외 2편의 저자는 '김구용'으로 되어 있다.

김구용은 『시집 I』(1969), 『시』(1976), 『구곡』(1978), 『송백팔』(1982) 등의 시집을 간행하고, 여기에 『구거』, 『구용일기』, 『인연』 등을 모아 『김구용 문학 전집』(2000) 전 여섯 권을 출간한다. 첫 시집은 한국시인협회의 '오늘의 한국시인집' 시리즈로 나온다. 이 시리즈는 독지가의 기부금으로 조성되었기에 분량의 제한이 있어 그의 장형 산문시는 여기에 실리지 못한다. 『시』가 『시집 I』을 포함한 전(全) 시집의 형태가 된 것은 그 아쉬움에서 비롯한다. 그는 건강에 자신을 잃고(1972년 십이지장궤양 수술) 시집 엮기를 서두른다.[4] 그의 시집 제목은 그저 '시'이거나 시를 뜻하는 '곡', '송', '거'로 되어 있다. 이것은 제목에 얽매이지 않으려는 뜻이 있지만, 궁극적으로 그는 개별 시의 총체로서 한 편의 대작을 지향한 것이 아닐까. 그는 「곡」,

---

3) 위의 책, 77쪽.
4) 배인환, 『완화초당의 그리움』(리북, 2005), 81~82쪽.

「송」, 「거」를 합하여 '아리랑'이라고 부른다.[5] 이 3부작이야말로 그의 필생의 '한 편'이다. 그 외에도 그는 한서 번역가로『채근담』(1955), 『옥루몽』(1957),『삼국지』(1974),『노자』(1979),『수호전』(1981),『열국지』(1995) 등을 남긴다. 그의 번역 작업은 서양의 도덕이나 선악과는 다른 동양적 인의(仁義)나 덕(德)의 세계에 그를 머물게 하며, 그의 시에도 영향을 준다.

서정주가 김구용의 '표현도의 독자성'을 상찬하면서 그를 현대문학 신인상 제1회 수상자로 정하지만,[6] 당대의 평단에서 그가 충분히 인정받은 것은 아니다. 그에 관한 논의는 거의 언제나 유보적인 편이다. 전봉건은 김구용의 「잃어버린 자세」에는 과거와 오늘만 있고 미래가 없다고 하는 한편, 「중심의 접맥」에는 자기 영토를 확대해 가는 성실성이 있다고 본다.[7] 김수영은 김구용 시를 탐탁지 않게 보면서도 "김구용의 것은 실험기의 유산을 상당히 물려받고 있고 새로운 방향으로 그 유산을 활용해 보겠다는 어느 정도의 능동적인 노력이 엿보인다."라며 장점도 인정한다.[8] "김구용의 시들은 거의 완벽하게 우연에 지배되고 있다. 낯선 이미지들을 강렬하게 충돌시키고 언어가 사물이 되려는 순간을 급습하고 의미를 지우고 해서, 그의 시는 매우 난삽하고 애매모호"하다고 한 김현의 「3곡」에 대한 평가는 종국에는 「3곡」이 매우 성공한 작품이라는 데 이른다.[9] 김광림은 「7곡」의 실험성을 "슈르적인 발상과 선적인 발상의 합주"로 얼마간 인정하면서도 시상의 통일성이 떨어지고 아날로지가 불분명하다는 점에서 평가절하한다.[10] 이에 비해 유종호는 「소인」이 "산문에의 절대

5) 김구용·김종천, 「대담」, 《현대문학》, 1983. 2, 131쪽.
6) 서정주, 「김구용의 시험과 그 독자성」, 《현대문학》, 1956. 4, 134쪽.
7) 전봉건 「무내용과 비역사성」, 《동아일보》, 1955. 11. 24, 4쪽; 전봉건, 「6월호 시작평: 자기 세계의 발굴과 확대 (下)」, 《조선일보》, 1957. 6. 15, 4면.
8) 김수영, 「요동하는 포즈들 — 1964년 7월 시평」, 『김수영 전집 2』 2판(민음사, 2003), 532~533쪽.
9) 김현, 「암시의 미학이 갖는 문제점」, 백철 외 편, 『52인 시집』(신구문화사, 1968), 451쪽.
10) 김광림, 「변혁된 서정」, 《조선일보》, 1976. 6. 13, 5면.

적 굴종"이고 문장이 좋지 않다고 단정한다.[11] 이상의 논의는 김구용 시의 실험성, 난해성, 현대성, 혹은 난삽성 등을 지적한 것이다. 이런 언급은 잡지나 신문의 리뷰 비평의 한계 속에서 행해진 것으로 그의 시의 전체상을 보여 주는 것은 아니다.

　김구용 시에 관한 기존 연구를 몇 갈래로 범주화하면 다음과 같다. 우선 그의 시를 초현실주의로 보면서 그의 표현 기법에 주목하는 연구가 있다.[12] 이 연구는 그의 문학사적 위치를 이상이나 전후 모더니즘의 계보 속에 정위하거나, 불교적 상상력에 관한 탐구로 나아간다. 두 번째로 그의 시에 나타난 근대성을 천착하는 연구가 있다.[13] 그것은 그 자신의 근대성에 관한 글에 기대는 것으로 현실의 복잡성에 따른 산문성의 강화에 주목하거나, 근대적 공간성을 역사적으로 추적하는 방향에서 진행되고 있다. 세 번째로 시 의식과 사상에 관한 연구이다.[14] 그의 시에 나타난 자아 탐구,

11)　유종호, 「불모의 도식 — 1957년의 시」, 『비순수의 선언』(신구문화사, 1971), 296~297쪽.

12)　김윤식, 「「뇌염」에 이른 길」, 《시와시학》, 2000년 가을호; 장인수, 「한국 초현실주의 시 연구」, 성균관대 박사 학위 논문, 2006; 이수명, 「50년대 초현실주의의 운명 — 김구용 시와 그 위상」, 《리토피아》, 2010년 겨울호; 이수명, 「김구용의 「꿈의 이상」에 나타난 불교적 상상력」, 《한국문학이론과비평》 61, 한국문학이론과비평학회, 2013, 101~118쪽; 이진숙, 「김구용의 「구곡」 연구 — 불교적 사유의 형상화를 중심으로」, 아주대 박사 학위 논문, 2018.

13)　박선영, 「김구용 시에 나타난 근대 공간성 연구」, 《아시아문화연구》 29, 가천대 아시아 문화연구소, 2013, 117~139쪽; 이수명, 「김구용 시의 무장소성 연구」, 《한국문학논총》 68, 한국문학회, 2014, 291~313쪽; 윤선영, 「김구용 시의 시각 구조 연구」, 고려대 석사 학위 논문, 2016; 송승환, 「김구용의 산문시 연구 — 부산 피란 체험과 「불협화음의 꽃 II」(1961)」, 《한국문예비평연구》 54, 한국현대문예비평학회, 2017, 95~123쪽.

14)　조연정, 「김구용의 『시』에 나타난 "자기" 실현의 의미」, 《관악어문연구》 27, 서울대 국어 국문학과, 2002, 497~524쪽; 박선영, 「김구용 시의 입체성 — 시집 『송백팔』을 중심으로」, 《비평문학》 18, 한국비평문학회, 2004, 175~199쪽; 이숙예, 「김구용 시 연구: 타자와 주체의 관계 양상을 중심으로」, 중앙대 박사 학위 논문, 2007; 김청우, 「김구용 시의 정신분석적 연구: 시집 『시』의 욕망 구조를 중심으로」, 전남대 석사 학위 논문, 2011; 이수명, 「김구용의 「소인」에 나타난 수금 의식 연구」, 《한국문학이론과비평》 58, 한국문학이론과비평학회, 2013, 141~159쪽; 송승환, 「김구용의 「꿈의 이상」에 나타난 환상 연구」, 《우리문학연구》 44, 우리문학회, 2014, 601~626쪽; 김양희, 「전후 시에 나타난

수인 의식, 타자 인식, 시간 의식, 생명성, 입체성, 정신분석학적 접근 등이 이 계열에 속한다. 그 외에도 서지 사항 및 개작 과정에 관한 논의에 일부 진전이 있다.[15] 기존 연구는 다양한 방면에서 이루어지고 있지만, 여전히 김구용 시의 전체적 윤곽을 제시하는 데는 미치지 못하는 실정이다. 최근의 학위 논문에서도 '아리랑 3부작'의 비중은 그리 크지 않다. 그의 사상적 배경을 불교로만 보는 것도 단순하다. 그의 시에는 『주역』의 영향이 엿보이지만, 이것을 지적한 연구는 아직 못 보았다. 그의 사상은 유·불·선을 아우르는 '동양 정신'이다. 그가 화려한 물질문명에 대해 '동양 정신의 확립'을 역설했음은 잘 알려져 있다.[16] 또 그의 번역과 시를 함께 설명하려는 노력이 필요하다.

이 글에서는 김구용의 시 세계를 관통하는 일종의 사상으로서 '노래'의 의미와 의의를 '아리랑 3부작'을 통해 해명하고자 한다. 그에게 시는 노래 그 자체였거니와, 그는 그것을 다시 인생 그 자체에 필적하는 것으로 만들려고 한 것이 아닐까. 그는 30여 년간의 연작 작업을 '아리랑'이라는 그 자신도 모르는 미지의 음악으로 요약한다. 이 3부작의 완성을 기다리지 않고는 그의 세계를 말할 수 없다. 그것은 그가 평생에 걸쳐 번역한 동양 고전의 세계와 닮은 것이고, 불교나 『주역』의 원숙한 세계관으로 구체화한 문학이다. 사상이나 철학이 사갈시되어 온 우리 근대시의 풍토에서 그의 존재는 단연 돋보인다. 그러나 '아리랑 3부작'의 의미가 해명되지 않으면, 우리는 그의 사상이나 철학의 실질적 내용을 말할 수 없다.[17]

"여성"과 "사랑"의 의미」, 《어문논총》 65, 한국문학언어학회, 2015, 181~211쪽; 김청우, 「시의 개념적 혼성 양상과 상상력의 구조 — 김구용의 「뇌염」을 중심으로」, 《문화와융합》 42, 한국문화융합학회, 2020, 455~482쪽; 김명인, 「김구용 시 연구 — 시간 의식과 타자성을 중심으로」, 인하대 박사 학위 논문, 2021.

15) 민명자, 『김구용의 사상과 시의 지평』(청운, 2010).

16) 김구용, 「현대 동양 시의 위치」, 『인연』(솔, 2000), 380쪽.

17) 이 글에서는 『시』(1976), 『구곡』(1978), 『송백팔』(1982) 및 전집(2000)의 『구거』, 『구용일기』, 『인연』을 기본 텍스트로 삼았다.

2 인생 그 자체로서의 노래, 장시의 형식: 「꿈의 이상」과 「불협화음의 꽃 II」

김구용의 시에서 '노래'는 매우 중요한 요소이다. 그것은 전전(戰前)의 시에서부터 이미 자연의 소리와 구분되지 않는 것으로 나타난다. '물소리'는 노래나 말씀처럼 영감이 되고,(「밤」, 「그대」, 「물」(1948)) '해'는 "하늘을 수놓는/ 지상의 노래"(「해」(1950))가 된다. 이런 자연의 노래를 그가 "들리지 않는 노래"(「나비」(1953))로 포착하고, 다시 "당신은 듣는 사람이 없는 노래를 보지 못하는가"(「심장 있는 인형」(1957))와 같이 '보는 행위'에 연결한 것은 주목된다. 이런 발상은 "이러한 들리지 않는/ 소리를 보시는가", "그러한 보이지 않는/ 소리를 들으시는가"(「송 10」) 등으로 이어지며 그의 시적 세계관으로 발전한다.

김구용에게 '보는 행위'는 거의 전부이다. 『반야심경』은 "관자재보살 행심반야바라밀다시 조견오장개공 도일절고야(觀自在菩薩 行深般若波羅蜜多時 照見五臟皆空 度一切苦也)"로 시작하여 관음보살이 몸과 마음의 '공'을 보는 데서 시작하거니와, 본다는 것은 그의 중요한 주제인 관음보살에 이미 내재한 것이다. '보는 것'은 『주역』의 관괘(觀卦, ▤)에서 '바람'과 연관된다. "바람이 지상으로 다니는 것을 관이라 한다."(風行地上 觀) 했는데, 이는 관괘의 윗부분이 바람을 뜻하는 손괘이고 아랫부분이 땅을 뜻하는 곤괘이기 때문이다. 『주역』 대상전에서는 "풍행지상 관"에 이어 "선왕이 이로써 사방을 살피고 백성을 관찰하여 가르침을 베푼다." 하였다.[18] 그런데 '바람'은 『시경』의 '국풍(國風)'으로 이어져 곧 '노래'가 된다. 따라서 '보는 것'은 그 자체가 노래인 셈이다. 김구용이 '보는 것'은 사방〔方〕에서 고통받는 백성의 고(苦)이다. 그는 그 고통을 봄으로써 고통을 건너는 '노래'를 부르게 된다. 그 노래는 '국풍'의 그것처럼 세상으로 퍼져 나간다.

김구용이 번역한 『옥루몽』에는 이 풍교론적 세계가 '음악'과 관계를 맺

---

18) 장치청, 오수현 옮김, 『주역 완전 해석 (상)』(판미동, 2018), 519쪽.

는 중요한 장면이 나온다. 간신이 어지러운 음악으로 세상을 혼란케 하자, '벽성선'이라는 여성이 음악의 가장 높은 경지를 들어 간신을 꾸짖는다.

공은 이름 있는 음악은 알고, 이름 없는 음악은 알지 못함이로다. 효제충신은 소리 없는 음악이며 희로애락은 이름 없는 음악이라. 대저 사람이 희로애락의 허물이 없으면 기상이 화평하고, 효제충신의 돈독한 행실을 닦으면 마음이 쾌락하고 기상이 평화로우며, 비록 벽지에 고요히 앉았을지라도 소리 없는 큰 음악이 귀에 자재히 들리나니, 어찌 명칭으로써 음악을 논할 수 있으리요.[19]

"이름 없는 음악"이나 "소리 없는 음악"과 같은 표현은 바로 "들리지 않는 노래"의 주제와 상통한다. 효제충신과 같은 도덕이나 희로애락과 같은 인간의 감정이 모두 '음악'이라는 『옥루몽』의 발상은 인간사를 넘어 우주의 변전까지 '음악'으로 보며, 그러한 총체로서의 노래를 지향한 김구용의 생각과 일치한다. 그것은 그의 시 세계에서 장형 산문시의 형식으로 이어진다. 산문성은 물론 현실의 복잡성에서 온 것이나, 그것만이 전부는 아니다. 비록 평단의 반응은 시원치 않았으나, 그에게는 소설가 허윤석, 김동리가 인정한 소설적 가능성이 있었다.[20]

「꿈의 이상」(1958)은 『옥루몽』의 번역에 빚진 장형 산문시이다. 『옥루몽』은 천상의 존재인 문창성군이 양창곡으로 환생하여 천녀의 환생인 다섯 여성과 가정을 이루고 외적을 물리쳐 나라를 평안하게 하는 이야기이다. 『옥루몽』과 「꿈의 이상」에는 공히 '관음보살'이 등장한다. 「꿈의 이상」이 주인공 '그'가 잡지사에서 주최한 미혼 여성 좌담회에서 만난 여의사, 여교사, 여대생 중에서 혼인할 상대를 찾는 이야기라는 점은 『옥루몽』과 유사한 지점이다. 「꿈의 이상」에는 예외적으로 번역가로서의 그 자신의

19) 옥련자, 김구용 역주, 『옥루몽』(현암사, 1966), 468쪽.
20) 김구용, 『구용일기』, 앞의 책, 288쪽.

갈등이 드러난다.

「꿈의 이상」에서 '그'는 굶주릴 때 자신에게 오렌지를 건넨 백의의 여성을 찾아 헤맨다. 사실 '그'가 찾는 것은 마음이 빚어낸 환상에 불과하다. '그'는 백의의 여성이 관음보살로 비치는 거울 안에서 자기 자신은 비치지 않는 이상한 꿈을 꾼다. 이 꿈이 말하는 것은 백의의 여성이란 '그'의 마음이 만들어 낸 환상일 뿐이라는 것이다. "여래의 눈으로 그 속의 실상을 보면 모든 것은 사라지지도 않고 나타나지도 않으며 모든 생명체는 그대로 살아 있을 뿐, 이 세상을 떠난다고 하는 것은 본래 없음이라."(『법화경』「여래수량품」)와 그 뜻이 같다. 결국 그는 자기가 만들어 낸 환상보다 현실 속의 여성과 가정을 꾸리고 서로 도우며 사는 것이 더 진실한 삶임을 깨닫는다. 부부가 아이를 실은 달구지를 끌고 가는 풍경에서 그는 "변하지 않는 실상(實相)"을 확인한다. 그는 마음이 지은 형상에 연연하기보다 실재에 충실한 삶을 살고자 한다.

「꿈의 이상」은 소설에 육박하는 긴 호흡의 형식 아래 인생의 의미를 찾는다. 특히 "현실에 나타난 정신의 영역"으로서, 혹은 세계를 정신적 형상으로 응축한 것으로서 여성 인물을 내세운 점에서 「소인」과 더불어 큰 의의가 있다. 김구용은 여성 인물과 시적 주체 사이의 갈등 속에서 세계의 진상에 다가간다.

「불협화음의 꽃 II」는 전후의 피폐한 현실에서 소외와 자기 상실을 경험하는 사람들의 이야기이다. 전쟁은 여전히 죽음의 악몽을 환기하며, 전후의 불안은 수인 의식을 조장한다. 현실은 사람들에게 굴욕과 곤궁을 안기며 '성자'가 되기를 강요한다. 희망은 없다. 오히려 절망에서 서로 이해하고 동정하는 길이 열린다. 각자의 취약성을 깨달았을 때, 인간은 서로 의존해야 한다는 것이 분명해진다.

「불협화음의 꽃 II」는 「곡」 연작의 형식과 방법을 압축적으로 미리 보여 준다. 이 시에서 김구용은 다양한 인물의 일화와 회화를 교차시킴으로써 도시의 불협화음을 형상화한다. 단일한 플롯으로 된 「소인」이나 「꿈의 이상」과는 다르다. 그는 「불협화음의 꽃 II」에서 다성성의 형식을 실현한다. 「불협화음의 꽃 II」는 '파리'가 '청년'이 되고 '모던형 라디오'가 '교외의 공장'이 되는 디오라마풍의 장치를 곳곳에 내장한다. 젊은 과부와 입대를 앞둔 대학생의 교접은 면장이 공무원에게 "이번 비에 논밭은 해갈했어요." 하는 말과 조응한다. 고양이에게 습격당하는 쥐의 참상은 전쟁 때 죽은 전우의 모습과 겹쳐진다. '실험관'과 '형무소'와 '새장'은 수인 의식을 나타내는 장치로 잇달아 제시된다. 이와 같은 몽타주는 일종의 세밀화나 디오라마로서 시의 구성을 중층적인 것으로 만든다. '등대지기의 자살', '열차 사고를 당한 농부'에 관한 언급은 실제 사건 기사의 인유로 시의 레퍼토리를 풍부하게 한다.[21] '마조도 상공의 공중전' 역시 당대 국공 대결과 관련한 시사적 사실에 기초한다. 이러한 저널리즘의 개입은 '실재'가 무엇인지 구분하기 어렵게 한다.

　　피란 당시, 港都에서 한 부인은 賣淫을 하여, 한동안 병든 남편과 어린 것을 扶養하였다. 그들 夫婦만이 아는 純金의 秘密이었다. 一線에선 송장들을 넘으며 전투가 불로 뒤덮였다. 남편은 어린것의 손을 잡고 밤골목에 서 있었다. 방에서 손님이 나올 때를 기다렸다. 판자 틈 사이로 불빛이 꺼진다. 그럴 때마다 가슴은 깜깜하였다. 분노와 비애가 꺼졌다. 아내는 바로 그의 生存이었다. 아무도 自己 목숨을 미워할 수는 없었다. 병든 남편이 일자리를 찾아 거리로 나간 후면, 아내는 거울조각 속에서 여윈 얼굴을 쓰다듬었다. 汚辱은 서로를 雪梅로 보았다. 한 생각을 內包한 千년의 씨앗은 어둠에서 싹트며 있었다. 氣流는 미처 날뛰었다. 눈[眼]은 검은 언덕에 선 理解였다. 所望을 잃었을 때, 찾은 것이다. 그는 물결을 진정시켜 거울로 삼았다. 저녁노을이 胚芽의 音樂으로 나부끼었다.

—「불협화음의 꽃 II」 부분

---

21) 「안일한 농부들 선로서 낮잠 자다 역사」, 《동아일보》, 1957. 8. 1, 3면; 「색연필」, 《조선일보》, 1959. 5. 22, 3면.

「불협화음의 꽃 II」에서 김구용은 단순히 '줄거리가 없는 이야기'를 만들려고 한 것이 아니다. 그는 여러 이야기를 중첩함으로써 인생에 가까운 것을 그려 보려고 한다. 그것은 소음이나 불협화음이 되겠지만, 그래도 거기에서 그는 '꽃'을 찾으려 한다. 불협화음을 '노래'로 전환하는 순간을 모색한다. 「꿈의 이상」에서 시적 화자가 변압기 수리공의 추락사로 혼자가 된 매음녀의 사연에서 이상보다 현실의 무게를 깨달은 것처럼 「불협화음의 꽃 II」에서도 매음녀 모티프가 전기가 된다. 매음으로 병든 남편과 아이를 부양한 여자의 일화는 이 복잡하고 산만한 시에서 단연 아름다운 순간을 형성한다. 「불협화음의 꽃 II」에서 그가 깨달은 것은 분노나 비애보다 훨씬 큰 문제로서 '생존'이다. 살아가는 것보다 더 소중한 것은 없다. 살아가려면 서로 이해하는 눈으로 바라보아야 한다. 선악보다 '인(仁)'이 우선한다. 이것을 깨달았을 때, 자연(='저녁노을')은 "배아의 음악"으로 시적 주체에게 감각된다. 이 음악의 주제는 '아리랑 3부작'으로 이어진다. 이 주제의 완성을 위해서는 그에 필적할 만한 규모가 필요하다. "시는 나에게 있어 식사와 같다. 우리가 밥을 먹는 것은 살기 위해 먹는 것도 아니며 먹기 위해 사는 것도 아닌 까닭이다." 혹은 "나의 시작 방법은 도달이 아니고 비록 그것이 지지할지라도 항상 진행할 수 있는 불만과 여백에 있다."라고 한 그의 언급은 새겨 들어야 한다.[22] 소설은 끝나도(「아리랑 III」) 인생은 끝없고, 인생이 끝나지 않는 한 끝나지 않는 '시'야말로 그의 주제이다.

---

3 전후의 피폐한 현실과 다성성의 형식: 연작 「곡」의 경우

「곡(曲)」은 김구용이 1961년부터 1977년까지 발표한 9곡 연작시이다. 이 연작은 내용상 전후의 피폐한 현실과 아노미를 세계의 붕괴로 경험하는

---

22) 김구용, 「내 시의 발상과 방법」, 『인연』, 앞의 책, 423∼426쪽.

시적 주체가 내면적으로 세계를 재구축하고 삶을 회복하려는 고투를 담고 있다. 또 이 연작은 일제강점기에서 냉전과 분단으로 이어지는 포스트콜로니얼한 현실 인식이 중후하고 다양한 인물 군상의 현실과의 고투를 다성적으로 종합해 내는 세계관이 돋보인다. 연작이 아홉 수를 취한 것은 『주역』 건괘 용구(用九) 효사에 '견군용무수(見群龍无首)'라 하고, 소상전에서 그것을 풀이하기를 "하늘의 덕은 우두머리가 되면 안 된다."한 것과 무관하지 않다.[23] '구'는 열에서 하나가 모자란 수로 자신을 낮추고 대자연의 법칙에 따라 만물이 평등하게 되는 것이 좋다는 취지에서 쓴 것으로 보인다. 「곡」은 전후의 혼란상을 불협화음으로 보여 주나, 궁극적으로는 모든 개인이 서로 다르지 않으며[不二], 서로 도움으로써 '우리'가 되는 형국을 지향한다. 연작의 전체적 흐름을 일별하면 다음과 같다.

「곡」의 주제의식과 모티프

곡	주제 의식	주요 모티프
1곡	자기 상실과 죽음 의식	임신중절수술(불모성)
2곡	죽음을 죽이기(죽음의 초극)	가짜 장렬(葬列)(분단 모순), 교통사고
3곡	패자 없는 승리의 노래	분신과 만남(분단 모순)
4곡	성자가 되기를 강요하는 피폐한 현실	연극, 형무소, 병원
5곡	답이 없는 현실	자살(전망 부재), 골목/벽
6곡	불이(不二)에의 각성과 신생	태양의 신생, 돌과 나무
7곡	전통의 단절과 뿌리 상실	치근 상실(전통 단절), 이혼
8곡	선악의 초극	사과(선악과)
9곡	삶의 연속성 속에서 '우리'의 발견	손이 닿지 않는 등[背]

「곡」에서 김구용은 '거울'이나 '창'과 같은 반영적 장치를 자주 활용한다. 그것은 시공간을 이중화하고 화제를 전환하며 자기 자신을 비춤과 동시에 타자의 삶이나 일상도 비춘다. 그는 인간이 가시(可視)의 외부와 가

---

23) 장치청, 앞의 책, 247쪽.

사(可思)의 내부로 이루어진다고 말하곤 했거니와,[24] '거울'과 '창'은 인간의 안팎을 종합하기 위한 장치이다. 이 이중화의 장치는 "도시는 동시에 너무나/ 많은 손발이 말한다./ 도시는 동시에 너무나/ 많은 입이 일을 한다."(「1곡」)와 같은 동시성의 주제와 맞닿는다. 「곡」에는 많은 인물이 익명으로 등장한다. 그들의 일상은 하나의 연(聯) 안에서 병치된다. 예를 들어 젊은 과부와 노련한 인쇄소장의 스캔들은 총소리와 시체의 이미지에 연이어 제시되고(「1곡」) 아이를 안은 채 얼어 죽은 두 다리가 없는 사나이의 사연은 매음굴에서의 남녀 이미지에 연달아 나오며(「2곡」) 곶감에서 억센 남자를 떠올리는 마담의 모습은 아내의 결혼반지를 팔 수밖에 없었던 남자의 사연에 잇달아 등장한다.(「3곡」) 참혹하거나 애틋한 일이 일상의 소극(笑劇)과 교대로 나온다. 이러한 병치는 동떨어진 두 이미지가 모종의 관계에 있는 것은 아닌지 묻게 하며, 전후의 착잡한 현실을 더 강화하는 역할을 한다.

전후 현실에 직면하여 시적 주체는 자기를 잃고 방향감각마저 상실한다. "직장에 들어서면/ 그는 그가 아니었다." 혹은 "그는 흔들릴 뿐/ 어느 곳을 지나는지 알 길이 없다."(「1곡」)와 같이 그것은 직설적 방식으로 제시되거나, 면도하다가 밤 사이 코 옆의 사마귀가 사라진 것을 발견하고 (「2곡」) 얼굴에 흉터가 있는 '임'이라는 분신과 대면하는(「3곡」) 등 삽화 형식으로 표현된다. 전후의 절대적 빈곤 상태에서 「곡」의 시적 주체는 항상 "어떻게 할래?"라는 현실의 압박에 직면한다. 그것은 "쥐는 실내에 부풀어 오르는/ 제 그림자에 포위되어/ 구멍을 찾아 미처 날뛴다."(「1곡」)와 같이 수인 의식으로 이어진다. 현실은 시적 주체에게 선택과 결단을 재촉하고 시적 주체는 그 난제에 사로잡히게 된다. 「1곡」에서 "소파수술"이나 '도마 위에 눕는 아이들' 등 낙태와 죽음의 주제가 반복되는 것이 대표적인 예이다. "한 목숨일지라도/ 수많은 우주가 없어진 것"이라는 언급에서 알

---

24) 김구용, 「동양 문화의 근대적 과제」, 『인연』, 앞의 책, 415쪽.

수 있듯 선택은 간단하지 않다.

「곡」은 필연적으로 '도덕'의 문제에 부딪힌다. 시적 주체가 자기를 잃고 수인 의식에 사로잡히는 것은 사회적 규범과 도덕률이 전쟁으로 완전히 무너져 내린 탓이다. 규범과 도덕이 제대로 기능하지 않아서 시적 주체는 "갈피를 잡을 수 없는 나날/ 어수선한 생활에서/ 무엇을 단정하는가."(「1곡」)라고 판단을 중지한다. 오히려 「곡」에서는 도덕에 관한 일반적 관념을 뒤집는 전언이 자주 등장한다. 아무도 도덕률을 어기고 싶은 사람이 없는데도 살려면 악한이 되지 않을 수 없다. "자기만을 위해서 일하는 이는 없었다./ 도둑은 자녀를 위해서/ 부정은 아내를 위해서/ 뭔가가 성자로 만들고 있다."(「7곡」)에서 알 수 있듯 훼손된 세계에서 훼손된 방식으로 싸울 수밖에 없는 사람은 이 훼손된 세계의 희생양이 될 수밖에 없다. 매음녀는 인종을 가리지 않는데, 이 차별하지 않음은 성자의 덕목이되 그것은 곧장 훼손된 세계로 회수된다.(「3곡」) 김구용은 양공주를 비극적 근대사와 겹쳐 본다. 어머니는 일제강점 치하에서 왜병에게 농락당하고, 그 딸은 양부인이 되어 장렬(葬列)을 가장한 데모대를 바라본다.(「2곡」) 그 '응시'는 식민 체제에서 냉전과 분단으로 이어진 우리 근대사에 대한 반성을 촉구하고, 완전한 죽음 속에서의 신생을 요구하게 한다. "죽음을 다시 한번 죽여 보아라."라는 「2곡」의 반복은 그 두꺼운 역사의식에서 도출된다.

김구용 시에서 선악은 현실을 판단하는 준거로서 더는 유효하지 않다. 현실을 이해하는 데 선악을 가르는 도덕률만으로는 부족하다. 선악은 삶의 한 부면일 뿐 전체가 아니다.

圓滿하여라,
사과[檎]의 바다는.
우리는 언제나 안다.
뭐고, 그것만은 아닐 것이다.

언제나, 이것만은 아닐 것이다.

살아 있는 죽음이

자기 자신에게 절[拜]할 때

시작은 잃은 데서 찾지만

부모님을 살 수는 없어

아내와 자녀들을 팔 수는 없다.

—「8곡」 부분

'사과'는 원만한데, 그것은 '사과' 안에 우주[='바다']가 있어서이다. 그것은 여전히 미지로 남아 있다. "가지에 달린 사과는/ 대답이 아니며/ 생각하게끔/ 우리를 출발시킨다."(「8곡」)라는 전언은 '선악과'로서의 사과가 우리를 고민하게 할 뿐 절대적인 대답이 되지는 않는다는 점을 일깨운다. 생활을 영위하는 것은 언제나 결핍[="잃은 데"]을 채우려는 데서 출발하지만, 결핍을 채우려고 가족을 버릴 수는 없다. 김구용은 선악은 하나의 방편이며, 삶은 가족을 일구고 서로 돕는 것임을 말한다. "아내여, 자기 손이 닿지 않는/ 등의 일부분/ 서로를 필요로 하는 도움/ 그 작은 터전이, 우리인 것이다."(「9곡」)라는 깨달음은 「곡」에 그려진 수많은 일상의 소음, 방황과 갈등이 빚어내는 불협화음 속에서 어렵사리 도출된 결론이다.

「곡」에서 김구용은 "불빛 구슬 안에서/ 하늘만큼 열리는/ 노래 한 송이"를 찾아 헤맨다. 그것은 일상 언어로는 찾을 수 없다. "언어를 지우면서" 살아나고 "언어가 끝난 곳"에서 '노래'는 발생한다.(「1곡」) 그에게 '노래'는 세계의 재구축과 관련이 있으며, 그것은 '나'를 비우고[無我] '내'가 '천백억화신'으로, 타자로 '창/거울'과 같은 장치에 나타나 자아내는 만사를 종합하는 행위에서 달성된다. "당신의 생각은, 나의 생각은/ 분명 중요하지 않다./ 중요한 것은, 보기만 하며/ 스스로를 못 보는 눈 안에 있었다."(「6곡」)에서처럼 중요한 것은 스스로를 비워 다른 사람의 삶을 종합해 내는 능력이다. 그는 전후 우리의 현실에 어울리는 노래를 불협화음으로 포착한다. 유마가 중생의 병을 대신 앓듯 그는 전후 현실의 병폐를 타자로 변신하여 대신 앓고, 그 속에서 선악을 초월하여 삶의 전체상을 볼 수 있게 된다. 삶은 현세만이 아니고 '나'를 벗어난 곳에 있다.

4 우주의 음악과 생명의 연속성: 연작 「송」의 경우

「송(頌)」은 김구용이 1971년부터 1980년 8월 사이에 발표한 연작시이다. 장시인 「곡」에 비해 시상이 정돈되어 있고 언어가 절제된 점이 주목된다. 개개의 작품은 전작의 산문성에서 벗어나 서정적이지만, 연작 전체의 주제는 여전히 심오하다. 「송」은 108수에 담긴 의미 때문에 자주 불교적 시로 여겨지지만,[25] 더 큰 동양적 사고에서 조망해야 그 의미를 제대로 파악할 수 있다. "석가는 나에게 말한다./ '신앙에 묶이지 말라'"(「16」)라는 「송」의 직접적 전언을 무시해서는 안 된다.

「송」은 『주역』의 사상까지 포괄한다. 『주역』의 괘(卦)는 여섯 개의 효로 되어 있고, 효에는 음과 양의 두 종류가 있거니와, 팔괘가 중첩하여 나오는 총 64개의 괘는 순양을 나타내는 건괘와 순음을 나타내는 곤괘를 제하고 모두 음효와 양효의 조합으로 되어 있다. 음이 늘어나면 양이 줄어들고, 양이 성하면 음이 쇠한다. "무리는 유리한 문을 여는데/ 나의 오래인 습관은 옳지 않았다.// 여정은 가면서 돌아온다."(「1」)라는 「송」의 일성은 '유불리'의 교체나 '가는 것과 오는 것'의 교대를 노래한다는 점에서 『주역』을 연상케 한다. "무관심하면/ 의문은 떠나갈까"(「3」), "버리는 짓은/ 기르는 일"(「14」), "떠나간 잎사귀들이/ 돌아오는 날개짓이다."(「18」), "오기 전은/ 떠난 뒤의 상태"(「24」) 등은 모두 그와 같다.

『주역』의 '周'는 나라 이름이지만, 순환과 주기를 의미하고, '易'은 그 글

---

25) 108은 인간사 번뇌의 숫자이다. 『법화경』에서는 번뇌를 '보시(普施)'로 본다.

자 자체가 일월(日月)의 변화, 우주의 변전을 뜻한다. "한 가지도 버릴 원점은 없어/ 보라, 변수(變數)하는 그릇을"(「26」)이나 "다르기에 필요하였다./ 변화는 재미있었다."(「66」)에서 보듯 '변화'는 「송」의 핵심이다. 『주역』의 괘는 길흉이 교차하고 변화가 심해 해석이 분분하거니와, "엇갈리는 내용을 읽으면서/ 백일(白日)을 찾는다."(「33」), "뒤틀린 이야기를 듣는다./ 책들은 모순을 읽는다."(「34」)에서처럼 「송」에는 해석의 시도나 그 어려움에 대한 언급이 나온다.

특정한 괘를 연상시키는 내용도 있다. "입은 여전히/ 빚 많은 그릇과/ 입맞추어 합장한다.// 없는 데서/ 생겨나는 목소리,/ 그녀는 벌써 만조(滿潮)였다."(「4」)는 이괘(頤卦, ䷚)가 마치 입을 벌리고 있는 듯한 상이며 '만물을 기르는 이치'를 강조한 것처럼 '먹고 사는 문제의 성스러움'을 노래한 것이다. "한 가지도 버릴 원점은 없어/ 보라, 변수(變數)하는 그릇을.// 밤은 자손들을 회향(廻向)하여/ 조선(祖先)들은 배(船)를 회향한다."(「26」)는 고괘(蠱卦, ䷑)가 '그릇(皿) 위의 음식이 썩어 벌레가 꼬인' 상을 통해 선조의 공과를 어떻게 다룰 것인지 고구하는 괘인 것처럼 선조와 자손들의 회향, 즉 방향을 고치거나 바꿈을 다룬 것이다.

「송」에는 불, 물, 나무, 쇠, 흙 계열의 시어가 자주 쓰인다.[26] 이 평범한 시어는 '오행'을 나타낸다. 자연계에서 사물은 서로 이어져 있고 이 이어짐은 우주의 변전을 촉진한다. 오행은 상생과 상극의 원리에 따라 우주의 생명이 상대적 균형을 이루고 서로 돕게 한다.[27] "화성(火星)에는 뿌리(根)가 없다지"(「58」)라는 뜬금없는 발화는 오행의 '불'과 '나무'가 상극이

---

26) '불'이 7편, '물'이 13편, '나무'는 17편, '쇠'는 6편, '흙'은 12편에 나온다. 이것을 팔괘로 보아도 하늘(乾卦, 27편), 연못·호수·샘물(兌卦, 9편), 불(離卦, 7편), 우레(震卦, 0편), 바람(巽卦, 14편), 비(坎卦, 16편), 산(艮卦, 6편), 땅·밭·들(坤卦, 10편) 등이다. '해(10편)'는 이괘이고, '달(12편)'은 감괘다. 건괘와 곤괘가 각각 음양이다. 편수에 다소 차이가 있을 수 있다.

27) 장치청, 앞의 책, 132~137쪽.

라는 점을 말한다.

오행이 결국 음양에서 온 것이거니와, 「송」이 노래하는 것은 음양의 조화이자 생명의 이어짐이다. "따뜻한 빛이 알을 따독거리면/ 흙은 비에 젖어서 낳듯이"(「37」)나 "그는 애쓰면서/ 그녀가 된다.// 땅은 믿어서/ 하늘이 된다.// 한 몸이기에/ 바라지 않는다/ 서로가 주기 위해서는"(「70」)에서 보이듯 「송」에는 하늘과 땅의 결합과 같은 음양의 조화와 남녀의 결합이나 자식을 낳아 기르는 인간사가 자주 등장한다. 『주역』 계사전에서도 "낳고 낳음이야말로 역"(生生之謂易)이라 하고 있다.[28] "가난한 씨앗은/ 비옥한 마음,/ 흙을 믿는다"(「80」)나 "겨울의 열매를/ 찬송하기 위해서는/ 아직도 믿으리"(「101」) 등에서 보이는 '씨앗'과 '열매'의 비유는 「송」에서 자주 볼 수 있다. 음양의 조화와 생명의 면면한 이어짐은 불교적 비유에 담긴다. "손들이 합쳐서/ 연꽃은 피었다."(「64」) 등이 그러하다. 김구용은 해탈이나 열반을 말하는 대신 생명의 이어짐, "만나는 사람마다 나"(「9」)와 같이 무아와 불이의 사상을 불교에서 가져온다.

「송」에서 음양오행으로 표상되는 우주의 비의는 자주 '말씀'으로 나타난다. 108편의 「송」에서 26편에 '말씀'이라는 시니피앙이 나온다. '말씀'은 참된 것, 진리이다. '말씀'에 인접한 시어인 '빛·광명'의 출현 빈도 역시 높다.(총 22편) '노래·음악'과 '악기 소리'는 '말씀'을 보완한다.(총 18편) '말씀'은 음악의 형태로 변주되고 세계로 확산한다. "말씀에도/ 후진국이 있나.// 어제와 내일은/ 거울에서 한 몸(身)이니// 미움은 사라지면서/ 봄 종소리"(「2」)에서처럼 '말씀'은 '미움'을 '봄 종소리'로 바꾼다. 이 '말씀'의 계열체는 우주의 신호이며 시적 화자는 이 기호를 지각한다. 그 지각은 일견 역설적이다.

　　동작마다 피는 蓮꽃과

---

28) 위의 책, 459쪽.

破産마다 뜨는 해,
白紙에 피[血]는 茂盛하였다.

이러한 들리지 않는
소리를 보시는가.

세상을 위하여
제각기 행복하다.

그러한 보이지 않는
소리를 들으시는가.

―「10」 부분

　이 시에서 '연꽃'과 '해'는 가시적이거니와, 그것은 "들리지 않는 소리"
로 전이된다. 우주의 일부인 '해'는 일종의 음악이 된다. 또 '행복'은 가청
적인데, 그것은 "보이지 않는 소리"로 전이된다. '행복'이라는 관념 역시 일
종의 음악으로 시적 화자는 간주한다. 가시적인 '해'는 본다는 행위와 호
응하고 행복의 속삭임은 듣는다는 행위와 호응한다. 여기에서 중요한 것
은 가시적인 것과 비가시적인 우주의 모든 기호가 다 일종의 '음악'이라는
인식이다. 앞에서 본 『옥루몽』의 발상과 같다. 이름 있고 악보가 있는 음
악보다 우주의 음악을 감지하는 것이 가치 있는 일이다. "구름소리를/ 나
무테의 음악을/ 없는 말씀을 듣는다."(「76」)에서 보듯 '말씀'은 따로 있는
것이 아니라, 이미 오행의 변화, 우주의 음악으로서 우리와 함께 있다. 그
것은 감춰진 것이 아니기에 찾기 전에 있고, 삶과 분리하여 따로 있는 것
이 아니기에, 즉 '없는' 것이기에 끝이 없다. "한없는 숑을 누가 알리/ 면면
한 숑을 어찌 다 삶으리/ 없기에 무진한 숑을/ 그대가 전하리"(「108」)라는
이 연작의 대미는 우주의 운행은 끝이 없어서 다 사뢸 수 없으니 후손이

그 노래를 이어 가라는 당부로 이해할 수 있다.

「송」은 지식인만의 전유물이 아니라 그것을 따라 부르는 사람 모두의 것이다. 「송」을 곱씹고 우주의 음악에 주의하는 후손이 있다는 것 자체가 결국 음양의 조화에 따라 후손이 생겼음을 보여 준다. 그런 맥락에서 「송」은 합창이고 기도인 노래로 이행하지 않을 수 없다. 「거」로 말이다.

5 '집'의 계열체와 대자대비의 확산: 연작 「거」의 경우

「거(居)」는 김구용이 1980년 12월부터 1990년 겨울까지 발표한 아홉 수의 연작시이다.[29] 「거」의 완성으로 「곡」, 「송」과 더불어 '아리랑 3부작'이 완결된다. 그의 시 세계가 귀착한 지점은 이 3부작의 마지막에 해당하는 「거」를 통해 확인하지 않을 수 없다. 「거」는 「곡」이 과거, 「송」이 현재인 것에 대해 미래를 지향하는 노래이다. 그것은 그의 '추억의 고향'인 동학사 대웅전의 풍경에 대응한다. "동학사 대웅전에는 협시보살도 없이 삼존불이 계신다. 아미타불, 석가모니불, 약사여래불이시라고들 하지만 내게는 과거불, 현재불, 미래불로만 여겨졌다. 그래서 그런지 대웅전에 들어서면 삼세가 현재요, 영겁을 동시에 느끼고는 했었다."[30] 「거」에서 그는 후손에게 삶의 방편을 일러 준다. 「거」는 그에게 『열국지』 번역과 이어져 있다. 그 책머리에서 그는 "6국을 망하게 한 것은 6국이요, 진나라가 아니다. (……) 후세 사람이 슬퍼할 줄만 알고 이 사실을 교훈으로 삼지 않았기 때문에, 또한 후세 사람으로 하여금 다시 후세 사람을 슬퍼하게 한다."라는 두목지의 「아방궁부」를 인용한다.[31] 『열국지』는 서양의 도덕과는 다른

---

29) '居'는 『주역』 계사전에 "군자는 거하면 그 상을 보고 그 말을 살피며, 움직이면 그 변화를 보고 그 점을 살핀다.(君子居則觀其象而玩其辭 動則觀其變而玩其占)"에서 온 것이 아닐까 한다. 멈추어서〔居〕 '말'을 살피는 것이야말로 시인의 일이다.

30) 김구용, 「가을 산사 ― 동학사」, 『인연』, 앞의 책, 302쪽.

31) 김구용, 「책 머리에」, 풍몽룡, 김구용 역주, 『열국지』(민음사, 1990), 7쪽.

의미의 덕성을 고취하는 동양의 고전이다.[32] 『일리아스』가 전쟁을 찬미한
다면, 「거」는 수변의 새소리를 들려주고 요조숙녀는 군자의 짝임(「관저(關
雎)」)을 노래하는『시경』의 세계를 반복한다.[33]

　「거」는 형식상 4행시로 되어 있다. 이 정형의 틀 안에서 김구용은 전작
에 비해 쉬운 언어로 보편적 메시지를 전한다. '사랑, 진실, 지혜, 성숙, 보
람, 행복, 은혜, 감사, 기도' 등 「거」에 쓰인 관념어는 일상에서도 자주 쓰
인다. 「거」에는 고차원적 비유보다 전언을 직설적으로 드러내거나 대구법
으로 표현한 것이 많다. 「거」에서 빈출하는 시어를 확인하면서 그 주제 의
식을 정리하면 다음과 같다.

「거」의 주제 의식과 주요 시어

거	주제 의식	주요 시어의 빈도(횟수)
1거	'세계와 나' 사이의 순환과 변전	말씀(20), 집·가족(21), 세계·세상(18), 믿음(10), 고마움(4), 덕(4), 노래(3)
2거	목숨을 기르는 말씀, 자아 탐구	말씀(17), 세계·세상(10), 생명·목숨(9), 고마움(6), 아낌(4), 종소리(3), 기도(3)
3거	삼세가 한 몸인 화합의 세계, 감사와 기도	말씀(7), 집·가족(4), 소중함(4), 대자대비·사랑(3), 믿음(2), 노래(2)
4거	말씀을 오곡칠과로 바꾸는 시	말씀(5), 종소리(4), 생명·목숨(5), 대자대비·사랑(3), 집·고향(5), 나라·조국(5)
5거	가족 안의 위안과 감사	말씀(11), 대자대비·사랑(6), 집·가족·고향(10), 나라·조국(3), 고마움(3), 아낌·소중함(4), 종소리(2)
6거	호애의 원리	사랑(6), 믿음(2), 감사(2)
7거	모름에서 출발하는 기도	말씀(9), 집·가정·고향(14), 조국(4), 세계(3), 기도(5), 대자대비·사랑(8), 생명(3), 평화(2)
8거	삼매에서 깨어날 미래, 후세에의 기대	말씀(4), 집·가족·고향(8), 나라(3), 사랑(4), 평화(5), 노래(3)
9거	사랑·대자대비에 이르게 하는 시	말씀(4), 대자대비·사랑(8), 평화(1), 시(15)

　'말씀'은 「거」에서는 시상의 시발점이 된다. "말씀은 체험이어서/ 다시

---

32) 유종호, 「독서 에세이: 동주 열국지」, 《동아일보》, 1995. 12. 1, 27면.
33) 김구용, 「동양 문화의 근대적 과제」, 앞의 책, 415쪽.

만날 것이다."(「1거 23」)에서 알 수 있듯 그것은 체험적인 것으로서 어디에서나 존재한다. 또 "마음의 땅을 찾아/ 말씀을 심으리라./ 바라는 바를 고마운/ 오곡 칠과로 나타내리라."(「4거 1」)에서 알 수 있듯 '말씀'은 결실의 원인이자 가장 기본적인 질료의 의미를 내포한다. 「거」에서 '말씀'은 우리 삶의 비근한 체험으로 바뀌고 보편적 '덕(德)'으로 귀결한다. '말씀'의 빈출은 「거」를 덕의 주제에 근접하게 한다.

「거」는 제목인 '거'가 공간이나 장소의 점유, 혹은 그곳에서의 삶을 의미하는 데서 이미 예견되듯 '집'과 '조국'의 계열체가 중심이 된 연작이다. 다시 말해 「거」는 '집'을 이루거나 회복함으로써 얻은 화락한 기운을 '세계'로 확산시키는 의미 구조를 취한다. "네가 찾은 곳은 집이다./ 자연보다 좋은 데가 있는지요./ 해가 충만하듯이 단 하나/ 푸른 사과가 매달린 뜨락이다."(「1거 3」)에서 보듯 '집'은 충일감 있는 장소이고 그 내부에 이미 또 하나의 우주를 포함하는 순환적 공간이다. 또 "그의 집은/ 바로 고향이 된다./ 그의 가족은/ 바로 세계가 된다."(「7거 8」)에서 보듯 '집'의 계열체는 더 넓은 '세계'로 확산해 간다.

이 계열체에는 "세계의 고민을 앓는 조국"(「4거 21」), '큰 오동나무가 앓는 몸살'(「8거 2」), "자기 병과 몸은 싸우고 있다"(「9거 7」) 등에서 보이듯 '병'이나 '아픔', '고통'과 같은 부정적 의미가 개입한다. '병'의 상징은 냉전 체제의 소산으로서 분단 상황과 이어진다. 한반도의 분단은 "북쪽의 아내여/ 제발 잘 있어요./ 남쪽의 남편이여/ 제발 잘 계셔요."(「6거 9」)와 같이 가족 해체이자 "남쪽은 북쪽 고향을 잃었으니/ 북쪽은 남쪽 고향을 잃었다."(「7거 10」)와 같이 고향 상실로 되풀이하여 경험된다. 「끊어진 땅은 없었다」, 「절단된 허리」(이상 1960)의 주제의 반복이다. 「거」는 그 부정적 경험을 극복하기 위한 삶의 태도를 '아끼다, 소중히 하다, 돕다' 등 상호부조의 긍정적 의미를 띤 어휘로 제시한다. "아껴야 할 대상이 있어야 하나 보다./ 자신을 위해서는 상대를 염려하다가/ 아이들에게 돌려줌으로써/ 자기 자신으로 환원한다."(「2거 14」)와 같이 '아낌' 계열의 시어는 순환적 세계에서 이타성, 생명 존중, 후대에 대한 기대 등의 의미를 구현한다. 이 '아낌'이 주체의 시혜가 아니라 어떤 상호성을 내포한 것임은 특기할 만하다. 근대적 의미의 실존은 취약한 상태로 세계에 던져져 있거니와, 혼자서는 할 수 있는 것이 많지 않다. 취약하므로 서로 의존하지 않으면 안 된다. 혼자서는 살 수 없다. '생명'이나 '목숨'은 "한 생명의 모든 세상들과/ 모든 세상들의 한 생명이/ 서로들 모르면서도 서로를 위해/ 제각기 작용들을 하나 보다."(「2거 31」)처럼 상호부조와 연기(緣起)의 세계에 있다. 이처럼 모든 생명이 자기 자리에서 서로 도우며 조화를 이루리라는 발상은 종교적이다. 이 지나칠 정도로 낙관적인 발상은 시간적 순환의 보완으로 완결성을 띤다. 예를 들어 그것은 후대에 대한 거의 맹목적인 기대로 드러난다. "아이들아 아이들아./ 우리가 못한 일을 해다오."(「6거 6」), "선생이 못하는 일을/ 제자들은 다한다."(「8거 4」), "아이들은 잘생겼으니/ 나라가 잘될 것이다."(「8거 8」) 등이 그것이다.

「거」는 기도와 감사가 '시'의 전부라는 것을 보여 준다.

알 수가 없으므로 믿는다.
그와 아내는 남남이기에
둘은 분명한 하나였다.
함께 집으로 돌아온다.

지붕마다 대보름달이구나,
별마다 부호일세.
허다한 혼란을 겪지 않았던들
어찌 찬송하였으리오.

순간의 삼세는
삼생의 계속,

오지도 떠나지도 않아서

내일은 가득하였다.

—「1거 15」 부분

    김구용에게 '믿음'은 논리적으로 설명할 수 없다. 그것은 오직 연기의 세계 속에서 우리가 서로 아끼고 도우며 관계를 맺게 되는 과정에서 우러나온다. '믿음'은 부부가 "함께 집으로" 돌아오게 한다. '집'이 안온하면 '세계' 역시 그러하다. 그것은 '지붕' 위의 '대보름달'이나 '별'이 보증한다. 게다가 그 조화로운 세계는 꿈과 현실, 윤회전생, 아버지의 생명이 아들에게 이어지는 것 속에서 다채롭게 변주되면서 영원히 반복된다. 「거」는 그 변주의 양상을 재현하지 않고, 그 믿음과 약속만을 되풀이하여 기린다. '생명의 지속'이나 '평화'에 감사한다.

    「거」의 마지막 수인 「9거」는 '아리랑'이라는 부제를 달고 있다. 표에서 보이듯 이 시에는 '시'라는 어휘가 자주 쓰인다. 김구용은 "간절히 알고 싶은 만큼/ 생각은 미지를 가능으로 바꾸었다./ 시가 필요하기 때문에/ 시인들이 시를 쓰는가 보다.// 대자와 대비를 믿고/ 대자대비가 비로소/ 이루어지기 시작했다."(「9거 12」)라고 노래한다. 대자대비에의 믿음이 곧 시=찬송이고, 대자대비의 성취와 확산을 위해 시가 필요하다. 「거」의 사상은 일견 보통 사람의 소박한 생각과 구분하기 어려우나, 가장 평범한 것이 때로 진리일 수 있다. 「거」의 범용함은 김구용 사상의 정점을 보여 준다. 그는 최고의 순간에 범부의 자리로 내려와 자연의 원리에 순응한다. 「거」는 대동(大同)의 사유에서 나온 것이고, 또한 겸양의 소산이다.

6 맺음말

    김구용은 평생 '들리지 않는 노래'라는 화두를 품고 산다. 그것은 현실을 제대로 '봄'으로써 찾을 수 있는 것, 찾기 이전에 이미 있는 것으로서 현실 그 자체다. 거기에서 그는 십자가에 매달리지 않고는 가족을 부양할 수 없는 비참한 사람들을 만난다. 그는 그 산문적 진실을 산문시의 형식 아래 두고자 한다. 그는 이 세계의 비참함을 넘어서는 방법을 시적으로 모색한다. 그것이 바로 '아리랑 3부작'이다.

'아리랑 3부작'은 필생의 역작이다. 「곡」은 전후의 피폐한 현실과 혼란상을 다성적 형식으로 보여 준다. 이 연작에서 김구용은 사회적 아노미를 극복하고 무너진 삶을 회복하는 데 초점을 둔다. 여러 인물의 일화, 거리의 소음, 회상과 몽상 등을 병치함으로써 동시성을 창출한다. 동시대의 모든 삶은 서로 이어져 있다. 그는 무아와 불이의 몰개성적 방법을 통해 '나'를 벗어나고 선악의 도덕관념마저 넘어선다. 생명을 이어 가는 것이 도덕보다 앞선다. 삶을 이어 가려면 서로 돕는 수밖에 없다. 「송」은 음양오행을 관찰함으로써 생명의 지속성, 혹은 영원성을 깨닫는 노래이다. 오행이 서로 관계를 맺는 것이 음양이며, 음양은 부단히 서로 위치를 바꾼다. 길흉과 성쇠는 쉼 없이 변한다. 그 속에서 음양은 생명을 낳고 기른다. 거기에 번뇌가 따를 수밖에 없으나, 그것이 이 우주에서의 삶이다. 「거」는 '집'의 계열체가 '세계'로 확산하는 구조를 띤다. 「거」는 가족을 사랑하듯 타자와 그 자식을 사랑하면 세계가 편안하다는 대동의 사유를 함축한다. 「거」는 그 대자대비한 우주 원리에 대한 감사이자 기원의 노래이다. 이 '3부작'은 그의 사상이 원숙해지는 단계를 일이관지 보여 준다. 그것은 동학사의 삼존불에서 그가 착안한 것으로, 각각 과거, 현재, 미래에 대응한다. 그래서 각각 개별성을 띠면서도 삼존불이 한 장소에 거하는 것처럼 '하나의 노래'로서 영겁을 구현한다. 한편 그 메시지를 한마디로 요약하면 '인의(仁義)'에 가깝다. 선악도, 길흉화복도 끝없이 변하니, 한 세상이 전부가 아니다. 따라서 안으로 어진 마음을 기르고, 바깥으로 서로 도우라는 의미이다.

김구용은 20세기 최후의 문사이자 유·불·선을 아우르는 동양 사상가이다. 식민지 체험에서 분단으로 이어지는 민족적 상황을 누구보다 뼈저리게 경험한 그는 전쟁으로 황폐해진 민족적 삶을 회복하는 원리로서 유가의 '인의'나 '대동', 불가의 '무아'나 '불이', 음양오행의 '역' 등을 모색한다. 그리고 그것이 '국풍'의 노래처럼 사람 사이로 퍼져 나가길 바란다. 거기에서 더 나아가 그는 감사와 기도로서의 노래에 귀착하는데, 그것은 거의 종교에 가깝다. 그가 걱정한 것은 우리 민족이 끝내 화합을 이루지 못하고, 다시 전쟁을 겪는 일인지 모른다. 그는 감사와 기도의 노래를 후대가 이어 부름으로써 민족 화해의 장을 마련하기를 바란다. 그의 시는 평생에 걸쳐 쓴 단 하나의 '장대한 당부'로 후손에게 이르고 있다. 30여 년에 걸친 그의 대작 '아리랑 3부작'은 그 시사적 가치를 논하기가 버거울 정도로 이미 단순한 문학을 넘어선다. 그의 시를 제외하고서는 한국문학의 사상사를 기술하는 것은 불가능하다. 그에게는 단절이나 이식의 문학사는 적용할 수 없다.

전쟁과 폭력, 차별과 혐오가 끊이지 않는 지금이야말로 그의 시적 위상은 더 분명해진다. 그는 근대적 개인의 취약성을 확인하고 그 대안으로 상호의존성을 내세운다. '아낌과 돌봄'이 특정한 주체의 시혜라기보다 '나'를 내세우지 않는 호혜의 사상이었음은 그의 사상이 얼마나 원숙한 것이었는지 방증한다. 그의 우주적 세계관은 인간중심주의를 넘어 인간과 자연, 인간과 우주의 공존을 노래한다는 점에서도 시사하는 바가 크다.

참고 문헌

1 기본 자료

김구용, 『시 I』, 삼애사, 1969

_____, 『시』, 조광출판사, 1976

_____, 『구곡』, 어문각, 1978

_____, 『송백팔』, 정법문화사, 1982

_____, 『김구용 문학 전집』, 솔, 2000

옥련자, 김구용 역주, 『옥루몽』, 현암사, 1966

풍몽룡, 김구용 역주, 『열국지』 제1권, 민음사, 1990

『반야심경』, 『법화경』

《조광》, 《신천지》, 《문예》, 《현대문학》, 《주간 서울》, 《조선일보》, 《동아일보》

2 단행본

김수영, 「요동하는 포즈들 ─ 1964년 7월 시평」, 『김수영 전집 2』, 2판, 민음사,
    2003, 532~533쪽

김현, 「암시의 미학이 갖는 문제점」, 백철 외 편, 『52인 시집』, 신구문화사,
    1968, 451쪽

민명자, 『김구용의 사상과 시의 지평』, 청운, 2010

배인환, 『완화초당의 그리움』, 리북, 2005, 81~82쪽

유종호, 「불모의 도식 ─ 1957년의 시」, 『비순수의 선언』, 신구문화사, 1971,
    296~297쪽

장치청, 오수현 옮김, 『주역 완전 해석 (상), (하)』, 판미동, 2018

3 논문

김명인, 「김구용 시 연구 — 시간 의식과 타자성을 중심으로」, 인하대 박사 학위 논문, 2021

김양희, 「전후 시에 나타난 "여성"과 "사랑"의 의미」, 《어문논총》 65, 한국문학언어학회, 2015, 181~211쪽

김윤식, 「「뇌염」에 이른 길」, 《시와시학》, 가을호, 2000

김청우, 「김구용 시의 정신분석적 연구 — 시집 『시』의 욕망 구조를 중심으로」, 전남대 석사 학위 논문, 2011

_____, 「시의 개념적 혼성 양상과 상상력의 구조 — 김구용의 「뇌염」을 중심으로」, 《문화와융합》 42, 한국문화융합학회, 2020, 455~482쪽

박선영, 「김구용 시의 입체성 — 시집 『송백팔』을 중심으로」, 《비평문학》 18, 한국비평문학회, 2004, 175~199쪽

_____, 「김구용 시에 나타난 근대 공간성 연구」, 《아시아문화연구》 29, 가천대 아시아문화연구소, 2013, 117~139쪽

송승환, 「김구용의 「꿈의 이상」에 나타난 환상 연구」, 《우리문학연구》 44, 우리문학회, 2014, 601~626쪽

_____, 「김구용의 산문시 연구 — 부산 피란 체험과 「불협화음의 꽃 II」(1961)」, 《한국문예비평연구》 54, 한국현대문예비평학회, 2017, 95~123쪽

윤선영, 「김구용 시의 시각 구조 연구」, 고려대 석사 학위 논문, 2016

이수명, 「50년대 초현실주의의 운명 — 김구용 시와 그 위상」, 《리토피아》, 겨울호, 2010

_____, 「김구용의 「꿈의 이상」에 나타난 불교적 상상력」, 《한국문학이론과비평》 61, 한국문학이론과비평학회, 2013, 101~118쪽

_____, 「김구용의 「소인」에 나타난 수금 의식 연구」, 《한국문학이론과비평》 58, 한국문학이론과비평학회, 2013, 141~159쪽

_____, 「김구용 시의 무장소성 연구」, 《한국문학논총》 68, 한국문학회, 2014, 291~313쪽

이숙예, 「김구용 시 연구: 타자와 주체의 관계 양상을 중심으로」, 중앙대 박사
　　학위 논문, 2007

이진숙, 「김구용의 「구곡」 연구 — 불교적 사유의 형상화를 중심으로」, 아주대
　　박사 학위 논문, 2018

장인수, 「한국 초현실주의 시 연구」, 성균관대 박사 학위 논문, 2006

조연정, 「김구용의 『시』에 나타난 "자기" 실현의 의미」, 《관악어문연구》 27, 서
　　울대 국어국문학과, 2002, 497～524쪽

제1주제에 관한 토론문

이수명 | 중앙대 교수

올해로 김구용 시인이 탄생한 지 100년이 되었고 타계한 지 20년이 넘었지만 그의 시에 대한 수용과 이해는 미미하기만 한 편이라 할 수 있습니다. 전체적 이해는 말할 것도 없고 그나마 몇몇 알려진 시들에 대한 이해도 여전히 아쉽기만 한 실정입니다. 물론 이는 거의 50년에 이르는 긴 시력 동안 이루어진 시인의 방대한 작품 세계, 장르를 헐거나 새로 세우는 듯한 형식의 다양한 실험, 그리고 유불선을 비롯한 동서양을 가로지르는 지성적 깊이가 접근을 어렵게 하기 때문입니다. 그럼에도 그가 이룩해 놓은 시 세계를 생각해 볼 때 시기, 주제, 형식의 변화, 기법에 대한 분화된 연구뿐 아니라 시 세계 전체를 아우르는 비평적 접근도 긴요한 실정입니다.

발표문은 김구용 시인의 등단 과정을 위시하여 시의 위상, 그동안의 연구사와 방향, 평가 등을 아우르는 포괄적인 소개에서 시작하고 있습니다. 그리고 짧은 한 편의 논문에서 김구용의 시 세계를 한 번에 조망하기가 쉽지 않은데, 『시』에서부터 『구곡』, 『송백팔』, 『구거』에 이르기까지 일생에 걸친 작업을 두루 살펴보며 김구용 시를 개관하는 데 유효한 한 방향을 제시하고 있습니다. 그것은 읽기 쉽지 않은 장시인 「꿈의 이상」과 「불협화음의 꽃 II」의 독해에서 출발해, 김구용 시인이 직접 아리랑 3부작이라 한 「곡」, 「송」, 「거」를 노래의 관점에서 조밀하게 살펴본 점입니다. 이러한 의미 있는 작업에 몇 가지 의견을 덧붙여 볼 수 있을 것 같습니다.

첫째, 김구용 시인은 아리랑 3부작 『구곡』, 『송백팔』, 『구거』를 30년 계획을 잡고 10년마다 집중적으로 써 왔다고 직접 밝혔지만, 사실 이 시집들 이전에 출간된 『시』에 아리랑 연작시가 등장합니다. 『시』에 이미 1960년에 쓴 아리랑 I, II, 1961년에 쓴 아리랑 III이 실려 있는 것입니다.

이 세 편의 시가 이후 1960년대에서 1980년대에 이르는 세 권의 아리랑 3부작에 어떠한 단초를 제공하는지 살펴보는 것은 의미가 있을 것입니다. 예컨대 아리랑 I에는 그, 그녀, 가, 나, 다로 주체들이 등장하여 다양한 발화나 내면을 보여 주고 있어 발표문에서 『구곡』을 분석한 '다성성 형식'의 실마리가 엿보입니다. 아리랑 II에는 『송백팔』, 『구거』에 자주 등장하는 '말씀'의 세계를 예시라도 하듯 "언어 이전의 말씀"에 대한 이야기가 나옵니다. 아리랑 III의 "무념을 구조(構造)한다./ 천연의 시간은 온다./ 누가 시간에서 탈출하는가"라는 구절은 발표문에서 『구거』를 분석한 '범용함', '자연의 원리에 순응'에 어우러지는 것 같습니다. 따라서 짧은 자유시인 아리랑 I, II, III이 이후 세 권의 연작 장시 아리랑 3부작으로 태어나는 과정을 살펴볼 필요가 있습니다.

둘째, 발표문 제목이 "우주의 변전과 생명의 이어짐, 감사와 기도의 노래"이고, 2장에서는 「꿈의 이상」과 「불협화음의 꽃 II」가 "인생 그 자체로서의 노래, 장시의 형식"으로 분석되고 있습니다. 2장에서도 노래적 요소가 주목되고 있는 것입니다. 주지하다시피 「꿈의 이상」과 「불협화음의 꽃 II」는 아리랑 3부작이 아닌 『시』에 실려 있고 산문시입니다.

사실 『시』에는 산문시가 압도적으로 많습니다. 짧은 산문시는 말할 것도 없고 「소인」과 「꿈의 이상」은 거의 40페이지, 「불협화음의 꽃 II」는 25페이지에 달하는 산문시입니다. 한 평론가는 이 세 편의 긴 산문시들을 중편 산문시라 이름 붙이기도 했습니다. 길이도 그렇거니와 「소인」과 「꿈의 이상」은 소설적 서사를 가지고 있는 까닭에 소설에서 쓰는 '중편'이라는 말을 사용한 것입니다. 그리고 이 긴 산문시들은 노래의 형식보다는 소설의 형식에 근접하며, 소설과 다름없다는 인상을 줄 정도로 장르 해체적이라 할 수 있습니다. 비록 「불협화음의 꽃 II」는 두 시에 비해 일정한 서사가 없고, 제목이 '불협화음'으로 되어 있어 음악적 요소를 떠올리게 하지만, 난해한 이미지의 중첩으로 되어 있어 노래라는 말을 붙이기에는 마찬가지로 어색합니다. 이 세 편의 긴 산문시들을 시로 만들어 주는 것은 이미지의 병치와 속도일 것입니다. 이 장시들에서 노래적 운율, 리듬, 승화, 종합을 느끼기는 쉽지 않은 까닭입니다. 내용 면에서도 아리랑 3부작의 자유시에서 볼 수 있는 찬미, 기도, 말씀, 생명, 연속, 우주 등을 찾아보기가 쉽지 않습니다. 김구용의 산문시와 자유시는 형식만 다른 것이 아니고 세계관도 이렇게 상이한 부분이 있는 것으로 보이며, 이 대조가 또한 그의 시를 읽는 한 방식이 될 수 있음을 제안하고 싶습니다.

셋째, 형식상으로는 모두 연작 장시로 되어 있지만 『구곡』은 그야말로 9개의 장시, 『송백팔』은 108개의 짧은 자유시, 『구거』는 9개의 시 속에 일련번호들이 빼곡히 붙어 있는 정형적인 사행시들입니다. 이 형식상의 차이가 다성성, 송찬, (서정적) 정형성이라는 내용상의 차이를 낳는 것으로 보입니다. 하지만 이 차이에도 불구하고 『구곡』, 『송백팔』, 『구거』는 소리, 말씀, 노래라는 음악성으로 상통되고 있음("하나의 노래로서 영겁을 구현")을 발표문은 보여 줍니다. 요컨대 아리랑 3부작은 형식과 내용에서 근소한 차이가 있지만 '노래'라는 점에서 본질적으로 같은 맥락을 지닌 것으로 파악되는 것입니다. 김구용 시인이 아리랑 3부작이라고 명시한 것도 이러한 이해를 가능하게 하는 것으로 생각됩니다.

하지만 세 시집을 묶는 '노래'(아리랑)라는 말은 어떻게 보면 다소 보편적이고 일반적인 용어인 측면이 있습니다. 시인이 아리랑 3부작이라 칭한 것도 자신의 기획 의도를 밝힌 것에 지나지 않는 것으로 보이기도 합니다. 이것을 받아들여서 논지로 유지하고 전개하는 것은 단지 그 의도의 세심한 적용에 머무르는 것이 될 수 있습니다. 세 작품의 형식상의 차이와 내용상의 차이가 좀 더 날카롭게 분석되어 더 정치한 노래의 특성이 제시되면 좋을 것 같습니다. 그럴 경우 "「거」는 「곡」이 과거, 「송」이 현재인 것에 대해 미래를 지향하는 노래이다."라는 분석이 더 설득력을 얻을 것입니다. 과거를 지향한다는 것과, 현재, 미래를 지향하는 것으로 세 작품이 변별된다는 것은 '노래'라는 '공통성'만으로 설명하기에는 근본적인 차이를 지닌 것으로 보이기 때문입니다.

마지막으로, 발표문에서 향후 김구용 연구에서 보완되었으면 하는 부분을 제시한 점도 돋보입니다. 김구용이 한서 번역가로 『채근담』, 『옥루몽』, 『삼국지』, 『노자』, 『수호전』, 『열국지』 등을 남긴 것에 주목하여 그의 번역 작업의 의미를 묻는 부분입니다. 지금까지의 김구용 연구가 번역을 도외시한 것에 대한 반성과 더불어 "그의 번역과 시를 함께 설명하려는 노력이 필요하다."라는 지적은 한학자로서의 김구용의 면모를 문학에 연결시키는 시도라는 점에서 충분히 의미가 있습니다. 다만 번역이 그의 시에 영향을 미친 것은 짐작할 수 있는 것을 넘어서 까다로운 추적이 요구될 것입니다. 김구용은 불교나 동양 사상뿐 아니라 상징주의나 초현실주의 등의 모더니즘, 기독교와 같은 서구 사상에도 조예가 깊었으며, 실제로 그의 시는 초현실주의의 데페이즈망과 이미지 병치가 두드러지기에 쉬르적 접근으로 이해하려는 연구들이 많은 것은 주지의 사실입니다. 한서 번역가로서의 면모를 살필 때, 자칫 동양 사상에 치우치지 않도록 균형을 유지하면서 번역과 시 세계의 관련을 탐색해 들어간다면 충분히 의미 있는 작업이 될 수 있으리라 생각됩니다.

김구용 생애 연보

1922년	경북 상주군 모동면 수봉리에서 아버지 김창석, 어머니 이병 사이의 6남 1녀 중 4남으로 태어남.
1925년(3세)	철원군 월정역에서 멀지 않은 어느 마을에서 유모 삼마와 그 해 겨울을 보냄.
1926년(4세)	금강산 마하연에서 보냄.
1931년(9세)	대구 복명보통학교에서 2학년으로 전학하여 5학년까지 다님.
1936년(14세)	수원 신풍보통학교 6학년으로 전학함.
1937년(15세)	서울 보성고등보통학교에 입학함.
1938년(16세)	금강산 마하연에서 다시 병 치료를 위해 요양함.
1940년(18세)	일제의 징병과 징용을 피해 공주 동학사에서 은둔하며 독서 와 습작을 계속함. 7월, 서사시 「백화와 그 선생」 습작을 중단 함. 1962년까지 동학사에서 기거하면서 노장과 불경 및 문학 에 심취함. 시 습작과 동양 고전 번역을 시작함.
1943년(21세)	《조광》에 「빛」, 「설야」, 「고려청자기부」, 「등불」 등 시조 작품 이 실림. 시조에 뜻이 있었던 것이 아니어서 더 이상 활동하 지 않음.
1949년(27세)	6월, 김동리에게 시고를 들고 찾아감. 10월, 김수경을 필명으 로 《신천지》에 시 「산중야」를 발표함. 성균관대학교에 입학 함. 범부 김정설, 박목월 등에게 인사함. 소설가 허백년 등 문 인과 교유.
1950년(28세)	《주간 서울》(4. 17)에 김수경이라는 필명으로 「백탑송」 발표.

한국전쟁의 와중에 구사일생했으나 천애고아가 됨.

1951년(29세)　부산 피란. 묘심사에서 기거하며 피란 문인들과 어울림.

1952년(30세)　김동리의 주선으로 《사랑의 세계》 기자가 됨. 시인 이형기의 하숙으로 거처를 옮김. 봄, 동학사로 돌아와 『육도삼략』 등을 강함. 다시 부산으로 돌아와 상명여자중고등학교 교사가 됨.(~1954년) 이한직이 편집한 『한국 시집』(상)에 「제비」, 「뇌염」, 「시각의 결정」 등을 실음.

1953년(31세)　성균관대학교 국문학과를 졸업함. 《문예》에 「탈출」, 「산재」, 「오늘」 등을 발표함.

1955년(33세)　월간 《현대문학》 기자가 됨. 이듬해 제1회 현대문학 신인문학상을 수상함. 『채근담』을 번역·간행함.

1956년(34세)　성균관대학교 문과대학 강사가 됨.

1957년(35세)　고전 한문 소설 『옥루몽』을 번역·간행함. 한국시인협회 발기인으로 참여함.

1960년(38세)　능성 구씨 구경옥 여사와 혼인함.

1962년(40세)　동학사 산방을 정리하고 서울 성북동으로 이사함.

1963년(41세)　불교문화예술원 이사로 참여함.

1969년(47세)　삼애사에서 첫 시집 『시집 I』을 간행함. 이 시집은 '오늘의 한국 시인집' 시리즈(총 24권)의 한 권으로 출판된 것임. 이 시리즈는 후원자의 지원으로 한국시인협회가 기획한 것임. 이 시집에는 김구용의 대표작이라 할 수 있는 장시들은 분량 문제로 실을 수 없었음. 문화재위원회 전문위원으로 위촉됨.

1972년(50세)　십이지장궤양 수술을 받음.

1974년(52세)　『삼국지』를 번역·간행함.

1975년(53세)　문인서화 12인전(양지화랑)에 출품함.

1976년(54세)　시집 『시』를 간행함. 2월, 명사(名士) 스케치전(展)(신세계미술관)에 출품.

1978년(56세)	연작 장시집 『구곡』을 간행함.
1979년(57세)	『노자』를 번역·간행함.
1981년(59세)	『수호전』을 번역·간행함. 월간 《문학사상》 통권 100호 기념 문인·화가 합작 도화전(陶畫展)(롯데화랑)에 참여함.
1982년(60세)	연작시집 『송백팔』을 간행함. 10월, 월간 《문학사상》 창간 10주년 문인·화가 부채전(展)에 참여함.(샘터사 전시장)
1983년(61세)	11월, 월탄 박종화 선생 추모비 제막에 참여. 추모비의 글씨를 씀.(글은 윤병로의 것임)
1987년(65세)	성균관대학교를 정년퇴직함.
1995년(73세)	『열국지』를 완역·간행함.
2000년(78세)	시집 『시』, 『구곡』, 『송백팔』, 『구거』 및 『구용일기』와 수필집 『인연』 등을 묶어 솔출판사에서 『김구용 문학 전집』을 간행함.
2001년(79세)	노환으로 별세함.
2005년	7월 16일, 김구용 선생 시비를 제막함.(강원도 인제군 백담사 경내)

김구용 작품 연보

발표일	분류	제목	발표지
1936	시	회고	미상
1938	시	부여/시/아버님 생각	미상
1939	시	내 마음/청류정/나그네/무제/ 수상	미상
1943	시	석사자	
1943. 2	시	빛	조광
1943. 3	시	설야/바람이 부는 밤	조광
1943. 4	시	고려자기부	조광
1943. 6	시	등불	조광
1946	시	사색의 날개/보이지 않는 손님/ 각옥사 야마	미상
1947	시	산속의 오후 2시/동화/관음찬	미상
1948	시	길거리에서/밤/冬/그대	미상
1949	시	원천/그리운 고백/고궁 오후의 기류/비둘기/ 님이여 ― 오호 백범 선생	미상
1949. 10	시	산중야	신천지
1950	시	바다의 꽃/해/실내/피곤/ 잎은 우거졌는데/해바라기	미상

발표일	분류	제목	발표지
1950. 1	시	조혼	신천지
1950. 4. 17	시	백탑송	주간 서울
1951	시	이씨 일가/신화/검은 꽃/ 어둠에서/눈/판화/계절 마지막 곡예/이유/밤/겹/ 미지의 모습/희망/노래/비상	미상
1952	시	반수신/ 나는 유리창을 나라고 생각한다 성염 — 뱀의 소묘/기도/ 차이/내일/생명의 능각/	미상
1952	시	제비/뇌염/시각의 결정	한국시집(상)
1952. 3	산문	사우록	신천지
1952. 4	시	유리창	사랑의 세계
1952. 5	산문	일기초	문예
1952. 5	산문	일기초	사랑의 세계
1953	시	십자로/이월의 소식/나비/요기도	미상
1953	시	바다/성숙 — 너의 눈은 하나의 과실이었다/정경	시집 청룡 (해병대 사령부)
1953	시	그림자/이별/과목	미상
1953. 1	시	다방(=TEA ROOM)	협동
1953. 2	시	탈출	문예
1953. 5	산문	일기초	전선문학 5호
1953. 6	시	빛을 뿜는 심장(=분광의 심장)	신천지
1953. 9	시	散在	문예
1953. 11	시	오늘	문예

발표일	분류	제목	발표지
1953. 11	시	깨독나무	영문
1953. 12	산문	일기초	전선문학 7호
1954	시	서재	미상
1954	시	초적/벗은 노예/동양의 뜰/ 과정/그대의 마음/소리	
1954. 6	시	충실—석굴암에서	시정신
1954. 6	시	심상	문학예술
1954. 7	시	지침 없는 시계	새 가정
1955	시	그네의 미소	시정신 3집
1955. 2	시	위치	현대문학
1955. 6	시	슬픈 계절	현대문학
1955. 11	시	잃어버린 자세/육체의 명상	현대문학
1956. 2	시	관조	문학예술
1956. 7	시	무상의 모태	현대문학
1957	시	送詞	미상
1957. 6	시	중심의 접맥	문학예술
1957. 2~3	시	소인	현대문학
1957. 4	시	물/헌사/인간 기계	성대문학
1957. 7	시	관음찬 II	현대문학
1957. 12	시	심장 있는 인형	현대문학
1958	시	百號—축 성대신문 100호	성대신문
1958	시	장미와 철조망	미상
1958. 2	산문	손창섭 창작집(신간평)/ 지방 문예 강연 행각기	현대문학
1958. 6	시	침묵	현대문학

발표일	분류	제목	발표지
1958. 6	시	화관	한국평론
1958. 8	시	주인 없는 열쇠	사상계
1958. 9	시	녹엽	청파문학
1958. 11	시	반수신의 독백	성대문학
1958. 11	시	항상 미지에만	사조
1958. 12 ~ 1959. 2	시	꿈의 이상	현대문학
1959	시	어린이 나라/말하는 풍경	
1959. 6	시	피난지/묵상/양지(=비탄)	성대문학
1959. 7	시	무의 존재	현대문학
1959. 9	산문	현대 문학과 체험	성균
1960	시	끊어진 땅은 없었다/절단된 허리	미상
1960	시	많은 머리(=4.19송)	항쟁의 광장 (4월혁명기념시집)
1960. 1	시	불협화음의 꽃 I	현대문학
1960. 3	시	절벽	청파문학
1960. 3	산문	전봉건 시집 『사랑을 위한 되풀이』(신간평)	현대문학
1961	시	언제나 삼·사월이면	미상
1961. 1~2	시	불협화음의 꽃 II	현대문학
1961. 6. 5	산문	황동규 시집 어떤 개인 날	경향신문
1961. 7	시	9월 9일	사상계
1961. 11 ~ 1962. 1	시	아리랑(상·중·하)	현대문학
1963. 3	시	2곡	현대문학

발표일	분류	제목	발표지
1963. 8	시	누구도 가난하지 않는	사상계
1963. 12. 30	산문	김영삼 저 아란의 불	경향신문
1964. 7	시	盲	사상계
1964. 10	시	거울을 보며	성대문학
1964. 12	시	사랑을 위하여 나는 잊는다	현대문학
1965. 9	시	선인장	신동아
1966	시	어느 날	시정신 5집
1966. 9	시	창에 밝힌 포도	문학
1966	시	언젠가	미상
1967	시	지유산방 — 최진원 교수에게	미상
1967. 3	시	원허대사	현대문학
1968	시	응원가 — 성대	미상
1968. 1	시	5곡	현대문학
1968. 3	시	玉	신동아
1968. 8	시	그 말씀	현대문학
1968. 8. 15	시	습작	동아일보
1968. 11	시	簫	사상계
1969	시집	시집 I	삼애사
1969. 1	시	따뜻한 장판방에서	월간문학
1969. 2	시	6곡	현대문학
1969. 5	시	祝	대한불교
1969. 9	시	배	월간문학
1969. 12	산문	나의 레크리에이션 — 필적 수집	현대문학
1970. 5	시	풍미	신동아
1970. 6	시	유월	주간조선

발표일	분류	제목	발표지
1970. 8	시	나무	현대시학
1970. 9	시	두보 ― 천이백 주기	월간중앙
1971. 4	시	영상	월간중앙
1971. 4	시	7곡 1	여성동아
1971. 9	시	말씀에도	세대
1971. 10	시	관심하지 않으면/나는 밤이면	시문학
1971. 10	시	볼 것이다	월간문학
1972. 1	시	둘 아닌 합장	월간문학
1972. 4	시	어둠을 낳는	현대시학
1973. 2	시	아침	문학사상
1973. 2	시	병원에서	세대
1973. 4	시	4·19송(=많은 머리)	다리
1973. 7	시	여름	시문학
1973. 7~9	시	7곡(상·중·하)	현대시학
1973. 11	시	아내는 새벽녘에	심상
1974. 1	시	거룩한 인내	현대문학
1974. 1	시	밤마다 종이는	월간문학
1974. 1	시	있는 것과 없는 것	한국문학
1974. 9	시	송 32	월간문학
1975. 2	시	송 37	한국문학
1975. 3	시	송 35	월간문학
1975. 4	시	송: 연습 1~5	심상
1975. 7~12	시	8곡 연재 1~6	현대시학
1975. 9	시	송 43	한국문학
1976	시집	시	조광출판사

발표일	분류	제목	발표지
1976. 1	시	송	여성세계
1976. 3	시	송 46	한국문학
1976. 10	시	송 52	한국문학
1976. 10	시	송 49, 송 50	현대시학
1977. 봄	시	송	시와의식
1977. 3	시	송 57	춤
1977. 3	시	송 60	신동아
1977. 4	시	송 59	현대시학
1977. 4	시	송 61	시문학
1977. 6~11	시	9곡 연재 1~6	현대시학
1977. 7	시	송 68	월간문학
1977. 7	시	송 69	세대
1977. 8	시	송 70	문학사상
1977. 12	시	송 71	한국문학
1978	시집	구곡	어문각
1978. 1	시	송 72	여원
1978. 1	시	송	동서문화
1978. 5	시	송 74, 송 75	시문학
1978. 8	시	송 77, 송 78	심상
1978. 9. 22	시	보람과 생명과 빛을	중앙일보
1978. 12	시	송 83, 송 84	현대문학
1979. 1	시	송	주부생활
1979. 1	시	신년송	불광
1979. 1	시	송 87	여성중앙
1979. 1. 7	시	송	독서신문

발표일	분류	제목	발표지
1979. 2	시	송 89	한국문학
1979. 8	시	송	한국문학
1979. 12	시	송 99, 송 108	현대문학
1980. 4	시	송	한국문학
1980. 5	시	송	현대시학
1980. 8	시	송	현대시학
1980. 12	시	있음은 듣는다	월간문학
1981	시	어디에나 있었다	정정헌 10집
1981. 1	시	그동안 소식이	한국문학
1981. 1	시	누리에	월간조선
1981. 1	시	안녕하세요	가정과에너지
1981. 1	시	처음 읽는 책	문학사상
1981. 1	시	오랜만이군요	현대시학
1981. 2	시	빛과 그림자	광장
1981. 2	시	오호 월탄 선생님	월간문학
1981. 3	시	산들바람	여성중앙
1981. 4	시	달리는 차창/기러기 가족	현대문학
1981. 6	시	정지순	월간문학
1981. 6	시	대보름	현대시학
1981. 6	시	말씀은	현대시학
1981. 8	시	가난한 악기	문학사상
1981. 8	시	同視	정화
1981. 9	시	먼 곳에서	죽순
1981. 9	시	1거 연재 1~5	현대시학
~ 1982. 1			

발표일	분류	제목	발표지
1981. 9	시	노점상	월간조선
1981. 12	시	기지	한국문학
1981. 12	시	회생	통일세계
1982	시집	송백팔	정법문화사
1982. 1	시	연꽃의 씨앗	한국YWCA
1982. 2~12	시	2거 연재 6~16	현대시학
1982. 3	시	온 곳을 모르듯이	문학사상
1982. 5	시	깨끗한 거울은	월간문학
1982. 5	시	나 혼자만	월간문학
1982. 7	시	종	현대문학
1982. 7	시	오호 묵사 선생	소설문학
1982. 8	시	2거 연재 12	현대시학
1982. 8	시	심청	문학사상
1982. 8	시	여름	한국문학
1982. 8	시	우림	죽순
1982. 가을	시	광명의 눈/점/뿌리/방파제	문예중앙
1982. 12	시	호화선/백마	월간문학
1983. 1~12	시	3거 연재 17~28	현대시학
1983. 2	시	3거 연재 18	현대시학
1983. 2	시	좋은 면	문학사상
1983. 3	시	병원	신동아
1983. 3	시	천화	한국문학
1983. 10	시	옥빛	기러기
1983. 10	시	보주	문학사상
1983. 12	시	보현	불교사상

발표일	분류	제목	발표지
1984. 1	시	편지	축구
1984. 1~12	시	4거 연재 29~40	현대시학
1984. 2	시	축	승가
1984. 3	시	아리랑	죽순
1984. 5	시	거처	한국문학
1984. 9. 20	시	축	성대신문
1984. 12	시	위안	한국문학
1984. 12	시	유통	현대문학
1984. 12	시	외출복	현대문학
1985. 1	시	인연	금강
1985. 1	시	變相	불교사상
1985. 1	시	송	한전
1985. 1~12	시	5거 연재 41~52	현대시학
1985. 6	시	모음이여	한국문학
1985. 7	시	황금숲	소설문학
1985. 8	시	새	문학사상
1985. 10	시	송	법륜
1985. 12	시	願	주부생활
1986. 1	시	6거	심상
1986. 1	시	6거	월간문학
1986. 2	시	6거	현대문학
1986. 2	시	6거	동서문학
1986. 3	시	머리와 뿌리	문학사상
1986. 4	시	혈거 7, 8	한국문학
1986. 5	시	만나고 싶을 때	소설문학

발표일	분류	제목	발표지
1986. 9	시	우리의 시간	불교사상
1986. 10	시	점	기업과예술
1987. 3	시	7거	월간문학
1987. 3	시	7거	현대문학
1987. 5	시	7거	한국문학
1987. 7	시	7거	동서문학
1987. 11	시	7거	法施
1988. 1	시	해탈	현대문학
1988. 2	시	분신	현대문학
1988. 2	시	아리랑	Y.W.C.A
1988. 3	시	기도	월간에세이
1988. 6	시	해마다 새 잎들은 핀다	성대신문 100호
1988. 7	시	축배	월간문학
1988. 8	시	소식 1, 2	한국문학
1988. 9	시	기억	현대시학
1988. 9	시	후일담	동양문학
1988. 9	시	사모곡	동서문학
1988. 11	시	심안/탄생	현대문학
1988. 12	시	삼매	월간문학
1989. 1	산문	나의 새해 설계: 문학인 100인에게 듣는다	현대문학
1989. 1	시	희망	한국문학
1989. 3	시	아리랑	농어촌개발
1989. 4	시	심안	상주문학
1989. 5	시	아리랑 2, 아리랑 3	월간문학

발표일	분류	제목	발표지
1989. 7	시	아리랑 4	동서문학
1989. 8	시	아리랑 5, 아리랑 6	문학정신
1989. 10	시	아리랑 7	문학사상
1990. 5	시	아리랑 1	현대시
1990. 9	시	아리랑	문학예술
1990. 겨울	시	아리랑	민족과문학
1990. 12	시	아리랑	현대시학
1991. 1	시	아리랑 1, 아리랑 2	현대문학
1992	산문	내 말이 들리는가	새(천상병 시집)
1992. 9	시	귀머거리	현대문학
1955	산문	바다와 여인/인간의 성당/ 화접송/후배에게/고향 재방기/ 밤비는 봄을 알려주고/ 녹음 아래서/무대를 잃은 음악/ 고병에 핀 회상/고향/ 일순에서 영원으로/고독 예찬/ 일요일/어느 날의 경회루/ 나의 문학 수업/빛은 동쪽으로부터/ 내 시의 발상과 방법	인연(전집)
1956	산문	척신기/현대 시의 배경/ 동양의 향기/앙지미고/ 한시에 나타나는 함축성	인연(전집)
1957	산문	탱자/우스운 이야기/ 사랑의 계절/	인연(전집)

발표일	분류	제목	발표지
		함께 과실을 딸 때까지/ 돈가스와 가을과 바이올린/ 5월의 표정/암흑과 벽/탄생/ 눈은 자아의 창이다	
1958	산문	봄을 맞기 위하여/ 인공 위성 밑에서/문병기/ 쓰지는 않고 보관만/애정/ 바다로 한계 되지 않는 것/ 동양 문화의 근대적 과제/ 영성한 상고시	인연(전집)
1959	산문	집필 여담천년의 하늘/기우/ 대지송/인멸한 고대시	인연(전집)
1960	산문	시를 생각는 꽃들에게/ 사랑하는 이에게	인연(전집)
1961	산문	내가 본 월탄/ 문인으로서의 월탄 선생/ 목전과 일후/향수/ 한국 시에 대해서	인연(전집)
1962	산문	보석의 꿈/산방의 독서와 습작/ '레몽'에 도달한 길	인연(전집)
1963	산문	고서점 순회/환상/ 현대 동양 시의 위치	인연(전집)
1964	산문	백일몽/독서 유감/ 자연과 현대성의 접목	인연(전집)
1965	산문	문인 묘지	인연(전집)

발표일	분류	제목	발표지
1966	산문	보리수 잎	인연(전집)
1967	산문	못 보고도 안 사람들/ 연구실 여화/내가 보는 20대의 문학	인연(전집)
1968	산문	극장에 가면	인연(전집)
미상	산문	종교와 부부애	인연(전집)
1969	산문	인정극 2화/하숙생 남편/ 하늘과 찬 달/	인연(전집)
1970	산문	필적 수집/노초장 주인/ 삶과 기쁨/취미와 수집	인연(전집)
1971	산문	산길/망각이라는 의식/ 찾아온 독백/난초 그것은 평화이다/ 고려 팔만대장경	인연(전집)
1972	산문	무제 1/의미 없는 의미/ 조선 민화와 도자기	인연(전집)
1974	산문	동전 다섯 닢/요산요수/ 언제였던가/새해를 맞이하여/인연	인연(전집)
1975	산문	내 정신의 고향/ 서로 잊지 못하는 사람들/ 수집하는 마음/월탄 선생 편지/ 고양이와 조선 자기/시에의 관심/ 서정주론 서설	인연(전집)
1976	산문	다시 법화경으로/ 내 마음의 보석/고도의 예술과 인간성	인연(전집)
1978	산문	엽서/교외에서/믿음을 찾아서/ 주례/한옥/연하장/가을 산사/	인연(전집)

발표일	분류	제목	발표지
		책을 읽음으로써 사랑할 그 무엇을 찾아야 한다/	
		너무 많아서 탈/일기는 언제 시작해도 늦지 않다/	
		가장 아름다운 곳/초극의 창조/달마상	
1979	산문	못 잊으면 오나 보다/	인연(전집)
		미래의 고전/	
		마음의 눈으로 천지를 담는 운필	
1980	산문	김동리론	인연(전집)
1985	산문	여성과 화장	인연(전집)
1988	산문	전봉건 선생과 시극/	인연(전집)
		김기오 선생과 《현대문학》	
미상	산문	최남선의 글씨/보덕굴/무제 2/	인연(전집)
		현대인과 독서/정이 스민 연하장/	
		회고/내가 기억하는 첫 번째 우리 집/	
		만추의 달밤/추억/동양 문화와 한문/	
		남명 조식 선생의 『유두유록』/	
		글씨와 그 사람 됨됨/안복/	
		한국 서도사/영성한 고대시	

작성자 문지희 제주대 박사과정

김춘수 시에 나타난 정동적 동요와 변증법적 몽타주의 길항에 관해

조강석 | 연세대 교수

1 무의미시와 「처용단장」 사이의 긴장

주지하듯, 김춘수는 시작 활동의 초기에 (자신의 표현처럼) 선배 시인들의 시를 답습하는 한때를 보냈지만 1950년대에는 존재론적 탐구 쪽으로 방향을 선회한다. 「꽃」이 이 시기의 작품이다. 한동안 존재론적 탐구에 몰두하던 김춘수는 릴케와 같은 시인이 이 경로를 이미 완주했기도 했거니와, 이 경향의 시들에는 관념의 흔적이 너무 강하게 배어난다는 자기비판 아래 방향을 재차 수정한다.[1] 그런 맥락에서 1960년대에 접어들며 김

---

1) "50년대로 접어들면서 비로소 시작의 방향 설정에 대한 어떤 자각이 싹트기 시작했다. 매우 늦은 셈이다. 30을 바라보면서 시작된 일이니 말이다. 이때에 그동안(약 10년간) 잠재해 있던 릴케의 영향이 고개를 들게 되었다. 릴케 스타일이라고 할 수 있는(나대로 그렇게 생각한) 몸짓을 하게 되었다. 꽃을 소재로 하여 형이상학적인 관념적인 몸짓을 하게 되었다. 이런 상태가 한 10년 계속되다가 60년으로 들어서자 또 어떤 회의에 부닥치게 되었다. 내가 하고 있는 몸짓은 릴케 기타의 시인들이 더욱 멋있게 하고 간 것이 아닌가. (중

춘수는 상징적 의미로 가득한 비유적 이미지를 거부하고 '현상학적 스케치'가 주가 된 서술적 이미지로 이루어진 시를 써 나간다. 그리고 급기야 1960년대 후반에 이르러서는 마침내 이를 좀 더 발전시킨 무의미시를 실험하기 시작한다. 그런데, 여기에서 한 가지 눈여겨볼 것은 김춘수가 무의미시를 써 나가기 시작한 시점이, 1991년에 발표될 장편 「처용단장」을 처음 쓰기 시작한 시점과 정확히 일치한다는 것이다. 「처용단장」은 김춘수 자신이 젊은 시절 겪은 사건으로부터 비롯된 정신적 상처에 대한 기억을 통해 역사의 폭력과 그로부터 받은 고통에 대해 다룬 장편이다. 이처럼, 김춘수는 거의 같은 시기에 '방심 상태'에서 무상의 유희를 보여 준다는 무의미시의 세계와 스스로 일관된 시적 주제를 지니고 썼다고 밝힌 바 있는 장편 「처용단장」의 세계를 동시에 개진시켰다. 그러니까, 무의미시를 써 나가는 동안에도 실상 김춘수는 여전히 고통과 의미의 세계에 대해서 완전히 끈을 놓은 것이 아니었다.[2] 사실, 어떤 의미에서는 그가 1960년대 후반부터 몰두하기 시작한 무의미시는 고통과 절망이 기교를 낳고 그 기교가 재차 절망으로 침잠하게 되는 경로를 애써 피해 기교 — 유희 — 위안의 경로를 마련하기 위한 노력의 일환이었다고 볼 수 있다.[3] 장편연작시 「처용단장」을 준비하는 흐름이 고통과 의미에 대해 천착하는 방향이었다면 동시적으로 진행된 무의미시의 흐름은 바로 유희와 시적 위안을 위한 것이었다고 할 수 있다. 그런데 흥미로운 것은 무의미시의 대표작으로 손꼽히는 다음과 같은 작품에서도 김춘수가 끝내 의미의 세계, 그리고 고통

략) 그래서 어쩔 수 없이 아는 눈을 딴 데로 돌리게 되었다."(김춘수, 『의미와 무의미』(문학과지성사, 1976); 여기에서는 『김춘수 시론 전집 1』(현대문학, 2004, 이하 『시론 전집 1』) 487쪽에서 인용)

2) 그 자세한 내용과 의미에 대해 필자는 『비화해적 가상의 두 양태』(소명출판, 2011)에서 설명한 바 있다.

3) "나는 드디어 고통이 기교를 낳는다는 사실을 알게 되고 기교가 놀이에 연결되면서 생(고통)을 어루만지는 위안이 된다는 것을 깨닫게 되었다."(김춘수, 「장편 연작시 「처용단장」 시말서」, 『처용단장』(미학사, 1991), 139쪽)

의 세계로부터 완전히 벗어나지는 못했다는 사실이다.

男子와 女子의
아랫도리가 젖어 있다.
밤에 보는 오갈피나무.
오갈피나무의 아랫도리가 젖어 있다.
맨발로 바다를 밟고 간 사람은
새가 되었다고 한다.
발바닥만 젖어 있었다고 한다.

―「눈물」 전문

「눈물」은 「인동 잎」, 「하늘수박」과 함께 김춘수의 무의미시의 대표작으로 여겨진다. 물론 우리는 이 시를 시인 자신이 표방한 대로 지시 대상과 의미의 세계를 배제한 서술적 이미지들의 연쇄와 병치로 이루어진 시로 간주할 수 있을 것이다. 그리고 표면적으로는 김춘수 자신도 이 시에서 그런 방식의 '유희'와 '방심 상태'를 추구한 것으로 보일 수도 있다. 그러나, 좀 더 자세히 들여다보면 이 시의 이미지들은 모두 김춘수 자신의 개인적 체험으로부터 비롯된 것임을 알 수 있다.

이 시의 이미지 흐름은 '남자와 여자의 젖어 있는 아랫도리' ― '오갈피나무의 아랫도리' ― '맨발로 바다를 밟고 간 사람' ― '새' ― '젖은 발바닥'으로 이루어진다. 이 중에서 전반부와 후반부의 이미지를 중재하고 있는 "오갈피나무의 아랫도리"는 출처가 명백하다. 김춘수는 한 산문에서 어릴 적 운동회에서 본 한 아이에 대한 인상을 술회한 바 있다. 그는 그 아이의 "무릎 밑 노출된 아랫도리에는 바윗빛이 된 때가 엉기고 굳어져 그것 자체가 이미 살갗이 되어 버리고 있었다. 그것은 마치 오갈피나무의 껍질을 보는 듯했다."[4]라고 말하면서 "나는 오갈피나무와 같은 나무껍질을 보면 그가 곧 연상되고, 사람의 아랫도리를 보면 그의 그 바윗빛이 된 살

갖을 눈앞에 떠올리게 된다. 그럴 때 두 발을 가진 직립 동물이 왠지 자꾸 슬퍼지기만 한다. 사람은 구제될 수 없는 것일까? 사람의 능력의 한계는 어쩔 수 없는 것일까? 왜 사람은 죽어야 하고, 늙어 가야 하고, 하늘을 날 수도 없고, 바다를 맨발로 갈 수가 없는가?[5] 하고 말한 바 있다. 다시 말하자면, "맨발로 바다를 밟고 간 사람"을 곧 예수라고 지목하든 그렇지 않든 이 맥락에서 그는 "두 발을 가진 직립 동물"의 숙명을 가벼이 뛰어넘는 이라고 할 수 있겠다. 그러니까, 시 「눈물」의 흐름은 다시 이렇게 정돈될 수 있다. '남자와 여자의 젖어 있는 아랫도리'(땅 위에 두 발로 직립하는 인간의 한계와 숙명) — '오갈피나무의 아랫도리'(그 숙명을 환기시키는 어릴 적 경험) — '발바닥만 젖은 이가 맨발로 바다를 밟고 새가 되었다.'(지상적 존재의 숙명을 타고났으되 그것을 가벼이 뛰어넘은 존재자에 대한 선망과 동경)

따라서 이 시는 방심 상태에서 떠오르는 서술적 이미지들을 자유롭게 병치하는 기교에 의해 쓰인 것이지만 그 이면에는 지상의 삶에 구속된 것들과 초월자의 대비를 통해 시인 자신이 오래 품고 있는 근원적 비애를 내장하고 있다고 할 수 있다. 그런 의미에서 보자면 이 시는 무의미한 시라기보다 오히려 형이상학적 질문을 제기하는 시로도 읽힌다. 고통—기교로부터 유희—위안의 계열로 도약하기 위해 애써 마련한 무의미시의 계획의 이런 비밀은 김춘수의 극단적 계획 안에 항상 재차 고통(절망)으로 침잠할 요소들이 숨겨져 있다는 것을 의미한다. 김춘수가 무의미시와 동시에 명백한 목적성을 지닌 「처용단장」을 진행시킨 것은 의도적이든 비의도적이든 그 스스로도 고통—기교—고통의 경로와 고통—기교—위안의 경로를 원심분리함으로써 절망으로 재차 침잠하는 것을 한사코 지연시켜보기 위한 것이었음을 짐작해볼 수 있다. 그런데 이런 사실은 무의미시로 꼽혀 왔던 「눈물」에만 해당하는 것은 아니다. 시에서 이미지와 의미란 극단적인 양상 속에서도 실상 상호 배제적인 방식이 아니라 상호 교섭

---

4)   김춘수, 「내 속에 자란 예수」, 『왜 나는 시인인가』(현대문학, 2005), 125쪽.
5)   위의 글, 127~128쪽.

의 방식으로 공존할 수밖에 없기 때문이다.

2 외상과 충동 그리고 이미지와 모자이크

김춘수 스스로 여러 산문에서 거듭 언급하고 있듯이 그에게 평생의 화두는 "나는 왜 여기서 이러고 있는가?" 하는 물음이었다.[6] 그리고 그것은 폭력으로 현상한 역사(=이데올로기=폭력)와의 대결 의식과 결부된 것이었다. 무의미시의 시인으로 잘 알려진 김춘수 시인의 일생의 화두가 역사와의 대결 의식이었다는 것은 중요한 사실이다. 일련의 무의미시가 역사와 현실의 의미를 구축(驅逐)하는 흐름을 보여 준다면 「처용단장」은 그로부터 스스로 '도피'하려는 주체가 다시 역사와 이데올로기가 남긴 외상의 현장으로 거듭 귀환하는 운동 과정을 이미지들의 다채로운 변형을 통해 반복적으로 보여 주는 작품이다.[7]

정신분석에 따르면 주체가 외상의 현장으로 거듭 귀환하는 현상은 바로 '충동'(drive)과 관계된다. 자크 라캉은 외상의 장소가 은밀하게 충족되는 '충동'과 관계 깊다고 말한다.[8] 또한 이와 관련하여 콜레트 솔레는 외상을 거듭해서 더듬는 증상의 수수께끼를 푸는 열쇠는 바로 은밀하게 충족되는 '충동'이라고 설명한다.[9] 1960년대 김춘수의 시에 나타난 이미지를

---

6) "나는 왜 여기서 이러고 있는가 하는 정서라 할까 감정은 실은 하나의 형이상학적 물음이다. 이 물음은 내 화두가 돼 평생토록 나를 따라다니며 놓아주지 않았다."(『꽃과 여우』(민음사, 1997), 14쪽)

7) 이에 대해서는 조강석, 앞의 책 참조.

8) 자크 라캉, "주체는 그의 욕망이 단순히 타자의 주이상스를 좇는 헛된 우회에 불과하다는 것을 알게 될 것이다. 타자의 간섭이 있을 때에만 그는 쾌락 원칙 너머에 주이상스가 있다는 것을 깨닫게 될 것이다."(Jacques Lacan, "The transference and the drive", *The Four Fundamental Concepts of Psycho-Analysis*, edited by Jacques-Alan Miller, translated by Alan Aheridan(Penguin Books, 1998), pp. 183~184)

9) Colette Soller, "The Paradoxes of the symptom in Psychoanalysis", *The Cambridge companion to Lacan*(Cambridge University Press, 2003), pp. 86~87 참조.

살펴보고자 할 때 이는 대단히 중요한 시사점을 제공한다. 왜냐하면 이런 관점에서 볼 때 중요한 것은 외상의 장소에 반복적으로 이끌리는 주체가 그 외상을 어떻게 해소할 것인가 하는 문제가 아니라 외상의 장소에 끊임 없이 유인되는 이 주체가 고통의 현장에 이끌리면서도 미끄러지고 멀어짐을 반복하면서 자신의 증상을 거듭 확인하는 양상이기 때문이다. 특히, 이와 관련하여 이 글에서 각별히 주의를 기울이고자 하는 대목이 있다. 그것은 증상과 결부된 충동이 항상 몽타주의 형태를 취할 수밖에 없다는 것이다. W. J. T. 미첼은 "충동은 몽타주로만 재현될 수 있다는 라캉의 주장이 옳다면, 보는 것 자체는 오직 다양한 종류의 그림 속에서만 보일 수 있고 만져질 수 있게 된다."[10]라고 설명하고 있다. 외상과 귀환, 그리고 충동과 증상의 상호 관계가 명료한 문장 대신 몽타주의 형태를 취할 수밖에 없고 따라서 시의 경우라면 이미지를 통해 표현될 수밖에 없는 것이라면, 1960년대에 김춘수가 시도한 서술적 이미지의 시와 무의미시에서 다채롭고 중층적으로 현상하는 이미지들의 계통과 양상은 저 김춘수 고유의 증상이나 정동과의 관계 속에서 다시 검토될 수밖에 없는 것이다. 아래에서는 특히 이미지와 관련된 김춘수의 시론들과 더불어 1960년대 후반에 발표된 김춘수의 시집 『타령조·기타』(1969)를 중심으로 이 문제를 집중적으로 살펴보고자 한다.

3 김춘수의 시적 전회와 이미지의 이중 체제

3-1 서술적 이미지와 무의미시 지향

김춘수는 소위 릴케의 영향 아래 본질과 관념의 세계 탐색에 몰두하던

---

10) W. J. T. 미첼, 김전유경 옮김, 『그림은 무엇을 원하는가 — 이미지의 삶과 사랑』(그린비, 2010), 110~111쪽.

시 세계로부터 벗어나 서술적 이미지를 추구하고 나아가 무의미시를 추구하게 된 취지와 경과에 대해서 여러 시론에서 스스로 설명하고 있다. 아마도 이를 가장 명료하고 압축적으로 보여 주는 것은 『의미와 무의미』 (1976)일 것이다. 그중에서도 다음과 같은 대목들을 중요하게 참조할 수 있겠다.

(1)

묘사의 연습 끝에 나는 관념을 완전히 배제할 수 있다는 자신을 어느 정도 얻게 되었다. 관념공포증은 필연적으로 관념 도피에로 나를 이끌어 갔다. 나는 사생을 게을리하지 않았다 <u>이미지를 서술적으로 쓰는 훈련을 계속하였다. 비유적 이미지는 관념의 수단이 될 뿐이다. 이미지를 위한 이미지 — 여기서 나는 시의 일종 순수한 상태를 만들어 볼 수가 있을 것으로 생각했다.</u>[11]

(2)

사생이라고 하지만, 있는(실재) 풍경을 그대로 그리지는 않는다. (중략) 경우에 따라서는 대상의 어느 부분을 버리고, 다른 어느 부분은 과장한다. 대상과 배경과의 위치를 실지와는 전연 다르게 배치하기도 한다. 말하자면 실지의 풍경과는 전연 다른 풍경을 만들게 된다. 풍경의, 또는 대상의 재구성이다. 이 과정에서 논리가 끼이게 되고, 자유연상이 끼이게 된다. **논리와 자유연상이 더욱 날카롭게 개입하게 되면 대상의 형태는 부서지고, 마침내 대상마저 소멸한다. 무의미의 시가 이리하여 탄생한다.**[12]

(3)

나에게 이미지가 없다고 할 때, 나는 그것을 다음과 같이 말할 수 있다. **한 행이나 또는 두 개나 세 개의 행이 어울려 하나의 이미지를 만들어 가려는 기세**

---

11) 김춘수, 『의미와 무의미』; 여기에서는 『시론 전집 1』, 534쪽에서 인용.
12) 『시론 전집 1』, 535쪽.

를 보이게 되면, 나는 그것을 사정없이 처단하고 전연 다른 활로를 제시한다.[13]

(4)

이미지로부터 해방된다는 것이다. 탈(脫)이미지고 초(超)이미지다. 그것이 구원이다. (중략) 이미지를 지워 버릴 것, 이미지의 소멸 — 이미지와 이미지의 연결이 아니라,(연결은 통일을 뜻한다.) 한 이미지가 다른 한 이미지를 뭉개 버리는 일, 그러니까 한 이미지를 다른 한 이미지로 하여금 소멸해 가는 동시에 그 스스로도 다음의 제3의 그것에 의하여 꺼져 가야 한다. 그것의 되풀이는 리듬을 낳는다. 리듬까지를 지워 버릴 수는 없다.[14]

위에 발췌된 4개의 인용문은 관념의 세계를 벗어나 서술적 이미지로 나아가 무의미시로 진행하는 과정과 그 과정에서의 시적 지향을 요약적으로 보여 준다. 서술적 이미지로부터 무의미시에 이르는 경로에 대한 김춘수의 설명은 일종의 목적론과 방법론을 두루 갖추고 있다. 핵심은 첫째, 이미지의 변증법적 자기 전개, 둘째, 의미의 완전 배제를 통한 시적 구원이라고 정리될 수 있다. 그런데 사실 이런 논의 자체는 김춘수 스스로가 서술적 이미지를 시도하다가 결국 실패하고 말았다고 자인한 작품인 「인동 잎」의 시적 구성 과정과 상동성을 지니고 있다.

눈 속에서 초겨울의
붉은 열매가 익고 있다.
서울 근교에서는 보지 못한
꽁지가 하얀 작은 새가
그것을 쪼아먹고 있다.
월동하는 인동 잎의 빛깔이

---

13) 위의 책, 538쪽.
14) 위의 책, 546~547쪽.

이루지 못한 인간의 꿈보다도

더욱 슬프다.

—「인동 잎」 전문[15]

이 작품은 김춘수 스스로 "이미지를 위한 이미지"를 시도하다가 실패한 작품의 예로 든 것이다. 전반부는 사생을 통한 묘사만으로 이루어져 있지만 후반부에 "관념의 설명"이 개입되고 말았다는 것이다.[16] 그런데 흥미로운 것은 앞서 정리한, 서술적 이미지로부터 무의미시에 이르는 과정의 양상 자체가 이 '실패'를 반복하고 있다는 것이다. 대상의 소멸뿐만이 아니라 이미지마저 "처단"(김춘수 스스로의 표현이다.)한 시가 결국 도달하는 것이 "구원"이라고 천명할 때 김춘수는 이미 한 작품 속에서 노정한 저 실패의 과정을 그의 시작 과정 전체를 설명하는 구도에서 반복하고 있는 것이다. 무의미와 의미 배제의 궁극적 지향이 "구원"이 될 때, 어떤 방식으로든 한 번 '처단된' 이미지들은 다시 가장 강력한 의미론적 계기들과 더불어 귀환할 수밖에 없기 때문이다. 이런 양상은 무의미시를 향한 경로의 초입이라고 할 수 있는 『타령조·기타』(1969)로부터 장시 「처용단장」(1991)의 완성에 이르는 시적 경로에서도 고스란히 드러난다. 무의미시가 시작된 시점과 「처용단장」 연작이 시작된 시점이 정확히 일치한다는 것은 김춘수의 시적 지향의 '운명'을 예감하게 하는 것이라고 할 수 있다. 의미의 배제와 역사 또는 이데올로기의 문제를 정면으로 다루는 이율배반적 태도는 무의미시의 귀결이 구원이라는 모순된 구도로부터 이미 노정된 것이다. 그렇다면 이를 김춘수 시학의 예정된 실패라고 할 것인가?

---

15) 『타령조·기타』(문화출판사, 1969) 수록; 여기에서는 『김춘수 시 전집』(현대문학, 2004, 이하 『시 전집』)에서 인용.
16) 『시론 전집 1』, 534쪽.

물론 전혀 그렇지 않다. 왜냐하면 이미지의 속성 자체가 이런 모순을 잉태하고 있기 때문이다. 이미지에 대한 다음의 논의를 참조해 보자.

> 이미지들의 이러한 변증법적 작업을 무시한다면, 우리는 아무것도 이해하지 못하고 모든 것을 혼동할 ── 사실을 페티시와, 자료를 외양과, 작업을 조작과, 몽타주를 거짓말과, 유사를 동일시와…… 혼동할 ── 사위험을 무릅쓴다. **이미지는 '무'도 아니고 '전체'도 아니다. 이미지는 또한 '하나'도 아니다 ── 이미지는 '둘'조차 아니다.** 이미지는 '세 번째 관점의 시선 아래 대립되는 두 가지 관점'이 가정하는 최소한의 복합성에 따라 전개된다.[17]

조르주 디디-위베르만은 본래 이미지가 '무'도 아니고 '전체'도 아니라고 설명한다. 또한 이미지에서 중요한 것은 하나나 둘로 계량되는 개별성이 아니라 하나와 둘을 포괄하면서 새롭게 전개되어 세 번째 것이 도래하는 방식이라고 설명한다. 앞서 살펴본 것처럼 김춘수가 이미지의 상호 충돌 및 변증법적 자기 전개라는 맥락을 끌어들이며 변증법적 완성이 아니라 다시 열린 상태로 나아가는 것이 이미지의 속성이라고 설명한 것을 감안하면 "변증법적 완성이란 없"음[18]을 전제하는 조르주 디디-위베르만의 논의는 이미지에 대한 이해에 있어 중요한 시사점을 제공한다.

디디-위베르만은 이미지가 순수한 환영도, 전일적인 진실도 아니며 "베일의 갈라진 틈과 함께 베일을 동시에 동요시키는 그 변증법적 왕복운동"[19]이라고 규정하며 이를 이미지의 이중 체제로 규정한다.[20] 그리고 흥미

---

17) 조르주 디디-위베르만, 오윤성 옮김, 『모든 것을 무릅쓴 이미지들』(레베카, 2017), 233쪽.
18) 위의 책, 232쪽.
19) 위의 책, 126쪽.
20) 위의 책, 125~140쪽 참조.

롭게도 그는 "역사는 항구적으로 질문되고 결코 완전히 메워지지 않는 '결함들'을 둘러싸고 구축된다."[21]라고 설명하면서 이미지가 진실 전체도, 그렇다고 시뮬라크르에 그치거나 무에 귀속되는 것도 아니라고 주장하며[22] 이미지의 이중 체제라는 개념을 제출한다. 이는 첫째, 이미지는 역사나 현실 혹은 실재 전체를 지시하거나 완전한 가상에 그치는 것이 아니라 그 사이에서 연동하는 무엇임을 의미한다. 둘째, 이미지는 하나 혹은 둘이 아니라 계속해서 스스로를 배신하는, 혹은 김춘수의 용어를 사용하자면 '처단' 하는 연쇄로서의 몽타주라는 것을 뜻한다. 그리고 셋째, 이 몽타주는 항구적으로 질문되고 결코 완전히 메워지지 않는 결여태로서의 역사를 대리보충한다는 의미를 지닌다. 바로 그런 맥락에서 조르주 디디-위베르만은 "이미지는 현실을 탈구축한다."[23]라고 말한다. 현실의 윤리적 차원은 이미지들 속에서 사라지는 대신 반대로 그 속에서 고조되면서 동시에 이중 체제에 의해 '쪼개어'지기 때문이다. 이제 중요한 것은 이미지의 독해 가능성이 된다. 왜냐하면 이미지들은 이미 불가분의 '원천'으로는 존재할 수 없는 역사(혹은 현실)를 베일과 틈으로서, 즉 이중 체제로서 거듭 재진술하는 몽타주로 기능하기 때문이다.

김춘수의 일련의 시적 지향이 이미 실패를 노정하고 있다고 말할 수 있는 까닭은 바로 이미지의 이런 속성 때문이다. 다시 말하지만 이미지는 전체도 무도 아닌 이중 체제를 지니기 때문이다. 그런데, 바로 그런 까닭에 이 실패는 역설적으로 기능한다. 바로 그 실패 속에서 이미지가 말을 하고 있기 때문이다. 시집 『타령조·기타』가 중요한 까닭은 바로 이런 맥락에서 김춘수 시학 전체의 성패를 좌우하는 구도를 내포하고 있기 때문이다.

1969년에 출간된 『타령조·기타』는 1960년대 초입부터 시작된 김춘수의 시적 변모의 양상을 잘 보여 주고 있다. 즉 1960년대의 김춘수의 시적 성

---

21) 위의 책, 159~160쪽.
22) 위의 책, 55쪽.
23) 위의 책, 271쪽.

취를 고스란히 담고 있는 시집이라는 것이다. 동시에 이 시집은 김춘수의 시 세계 전체에서 일종의 중간적 혹은 매개적 위치를 차지하는 시집이다. 이 시집은, 한편으로는 1959년에 발표된 시집인 『꽃의 소묘』의 세계, 즉 존재론적 본질과 상징적 시어의 세계(소위 릴케적인 세계)로부터 벗어나 새로운 시를 지향하는 흐름이 개시되는 시집이며 또 한편으로는 1960년대 후반에 동시적으로, 그리고 양가적으로 개시되는 무의미시 탐구와 『처용단장』의 두 흐름을 분기시키는 관문과도 같은 시집이다. 이는 역사(=이데올로기=폭력)로부터 도피와 역사와의 마주 섬이라는 모순적 운동이 이 시집에 원형적으로 배태되어 있음을 의미한다. 그리고 이는 이 시집을 관통하는 이미지의 이중 체제와 깊이 결부된다고 할 수 있다.

4 메타시와 간극의 이미지 혹은 '간극-이미지'

(1)
동체(胴體)에서 떨어져 나간 새의 날개가
보이지 않는 어둠을 혼자서 날고
한 사나이의 무거운 발자국이 지구를 밟고 갈 때
허물어진 세계의 안쪽에서 우는
가을 벌레를 말하라.
아니
바다의 순결했던 부분을 말하고
베꼬니아의 꽃잎에 드는
아침 햇살을 말하라
아니
그을음과 굴뚝을 말하고
겨울 습기와

한강변의 두더지를 말하라.
동체에서 떨어져 나간 새의 날개가
보이지 않는 어둠을 혼자서 날고
한 사나이의 무거운 발자국이
지구를 밟고 갈 때,

—「시·I」전문

(2)
구름은 바보,
내 발바닥의 티눈을 핥아 주지 않는다.
핥아 주지 않는다. 내 겨드랑이에서 듣는
땀방울은 오갈피나무의 암갈색,
솟았다간 쓰러지는
분수의 물보래야, 너는
그의 살을 탐내지 마라.
대학 본관 드높은 지붕 위의
구름은 바보.

—「시·II」전문

김춘수는 근현대 시사에 대해서나 다른 시인들의 작품에 대해 상당히 방대한 분량의 저작을 남겼는데 이를 통해 해당 산문이 쓰이던 시점에서의 자신의 시적 지향성을 직·간접적으로 드러내곤 했다.[24] 또한 자신의 작품들에 대해 시작 취지나 창작 경위를 밝히는 글도 다수 남겼다.[25]

---

24) 『한국 현대시 형태론』(1959)이나 『시의 표정』(1979), 『김춘수 사색 사화집』(2002) 등을 그 대표적 예로 꼽을 수 있다.
25) 『의미와 무의미』(1976)가 대표적인 예이다. 그 밖에도 여러 산문을 통해 자신의 작품에 대한 설명을 직접 남겼다.

그런가 하면 그는 특정 시기의 시적 지향을 잘 보여 주는 메타시들을 주요 시집에 싣고 있다. 예컨대 첫 시집 『구름과 장미』(1948)와 두 번째 시집 『늪』(1950)의 경향을 단적으로 보여 주는 작품으로 「구름과 장미」를 꼽을 수 있다면[26] 소위 릴케의 영향 아래 존재론적 탐구를 보여 주던 1950년대의 시 세계에 대한 메타시로 「꽃을 위한 서시」나 「나목과 시」를 꼽을 수 있다. 비슷한 맥락에서 김춘수는 1960년대의 시 세계를 일괄하는 『타령조·기타』에서도 여러 편의 메타시를 선보이고 있다. 인용된 시를 보자.

「시·I」은 메타시이지만 개별적인 하나의 작품으로서도 '이미지를 위한 이미지'로서의 서술적 이미지를 선보이고 있다. 그런데 여기에서 확연히 눈에 띄는 것은 역사나 현실을 재현하거나 관념 혹은 의미를 정면으로 마주하고자 하는 이미지, 즉 '전체로서의 이미지'와 이 모든 것과 결별한 초월적 세계의 추상적 이미지 즉, '무로서의 이미지' 사이에 자리 잡고 있는 발화 주체의 정동(affect)이다. 이 시에서 가장 중요한 시어는 바로 그 양자의 사이를 지시하면서 두 번 사용된 "~ 때"라는 시어이다. 우선 첫 번째 사이는 무엇인가? 그것은 "동체에서 떨어져 나간 새의 날개" 즉, 몸의 중력과 하방의 벡터로부터 벗어나 초월적이고 비가시적 세계로 홀연히 비약하는 이미지와 "지구를 밟고" 가는 "한 사나이의 무거운 발자국" 이미지의 사이이다. 이는 비가시적 세계로의 초월적 상승과 인간적 삶의 무게 혹은 대지적 인력의 사이이다. 이때 날개와 발자국의 사이란 초월과 내재적 숙명의 사이에 다름 아니다. 그리고 이 구절은 시의 후반부에 다시 한번 반복됨으로써 간극을 더욱 선명하게 전경화한다. 다시 말해 "허물어진"으로 시작하는 시의 4행과 "말하라"로 끝나는 13행이 간극 그 자체의 상세한 내력을 지시하고 있음이 수미상관적 구조를 통해 선명히 드러난다는 것이다.

그렇다면 그 간극에서 "말하라"라는 시적 소명을 수행하는 일은 무엇

---

26) 이와 관련하여 "구름은 감각으로 설명이 없이 나에게 부닥쳐 왔지만, 장미는 관념으로 왔다."(「의미에서 무의미까지」, 『의미와 무의미』, 『시론 전집』 1, 526쪽)라는 김춘수 자신의 언급을 참조할 수 있다.

에 비견되고 있는가? 여기에서 김춘수는 이 시기 자신의 시론의 핵심인 사생적(寫生的) 시 쓰기를 지시하면서(tell) 동시에 보여 주고(show) 있다. 그 이미지들을 살펴보라. "허물어진 세계의 안쪽에서 우는/ 가을 벌레", "바다의 순결했던 부분", "베꼬니아의 꽃잎에 듣는/ 아침 햇살", "그을음과 굴뚝", "겨울 습기", "한강변의 두더지"가 이미지로 제시되고 있다. 타락과 순결, 선연한 것과 후미진 것, 의미로 비약하려는 상태의 자연과 물성을 담지한 구체자들이 모두 호명을 받고 있다. 초월과 숙명의 사이에 열거된 이 이미지들은 그 자체로 서술적 이미지들이 이미지의 이중 체제로서의 '간극-이미지'로 수렴되는 현장을 보여 주고 있다.

이는 「시·II」에서도 마찬가지다. "구름"과 "발바닥의 티눈"은 언뜻 보아 직접적인 관계가 없이 서술된 이미지로 보일 수도 있다. 그러나 "오갈피나무의 암갈색"과 '분수의 물보라'는 각기 인간의 자리와 상승의 의지의 대립을 명료하게 이미지화하고 있다는 것을 파악할 수 있다. "오갈피나무의 암갈색"이 초월이 불가능한 대지적 숙명을 지닌 인간의 처지와 관계된다는 것은 앞서 「눈물」을 읽으며 살펴본 바 있다. 그렇기 때문에 이 이미지는 김춘수가 지향하는 바로서의 서술적 이미지로 기능하기 어려운 것이다. 대신에 이 이미지는 "날개" 등과 같은 이미지와 병치되어 '간극-이미지'를 극대화하는 데 기여한다. 그렇게 보자면, "구름"과 "발바닥의 티눈" 역시 「시·I」의 "날개"와 "발자국"이 전경화한 '간극-이미지'의 또 다른 버전임을 짐작할 수 있다.

이처럼 김춘수는 관념과 본질의 세계를 벗어나 '이미지를 위한 이미지'로서의 서술적 이미지를 제시하는 메타시에서도 이미 선명하게 '간극'을 드러내고 있다. 그리고 이 '간극-이미지'는 김춘수가 일생 동안 궁구해 온 "나는 왜 여기서 이러고 있는가?" 하는 물음과 관련된 정동을 시의 전면에 배태시킨다.[27] 그것은 시적 방법론 안에 놓인 간극임과 동시에 역사와

---

27) 또 하나의 메타시인 「시법(詩法)」에서 "주어를 있게 할 한 개의 동사는/ 내 밖에 있다./ 어간은 아스름하고/ 어미만이 몹시도 가까이에 있다."라고 말할 때, 즉 하나의 술어를 통

현실 속에서의 실존적 정체성과 관련된 간극이기도 하다. 김춘수의 서술적 이미지는 이미 이 간극을 전면화하고 있다.

5 상징적 몽타주와 변증법적 몽타주

5-1 이미지의 위계와 상징적 몽타주

이제 앞서 언급한 「인동 잎」을 다시 초점의 중심에 놓아 보자. 김춘수는 스스로 실패한 사상과 성공적인 사생의 예로 각기 「인동 잎」과 「겨울밤의 꿈」을 꼽은 바 있다.[28] 말하자면 「인동 잎」에서는 후반부에서 "오랜 타성이 잠재 세력으로서 나의 의도에 저항"[29]하여 관념과 정서가 개진되었고 「겨울밤의 꿈」에서는 이를 배제하고 사생에만 집중한 결과 관념을 완전히 배제할 수 있다는 자신감을 얻게 되었다는 것이다. 물론 김춘수의 설명은 1960년대에 일관되게 주장된 그의 서술적 이미지 중심의 시론에 비추어 볼 때 충분히 납득 가능하다. 그러나 그의 지향과는 별개로 두 작품에 개진된 이미지들을 통해 독자들은 또 다른 양상을 살펴볼 수도 있다.

만약 「인동 잎」이 서술적 이미지를 지향했지만 정서나 관념의 개입을 차단하지 못한 경우라고 판단한다면 이는 표면적으로는 "월동하는 인동 잎의 빛깔이/ 이루지 못한 인간의 꿈보다도/ 더욱 슬프다"라는 진술에 '귀책 사유'가 있다고 할 수 있을 것이다. 그러나 보다 심층적으로는 이 시의 중심을 이루는 이미지들의 기원과 그 구성 원리의 차원을 눈여겨볼 필요가 있다. 이 시에 사용된 이미지들이 '이미지를 위한 이미지'가 될 수 없었던 것은 무엇보다도 이 시의 이미지들의 기원이 관찰과 사생의 대상이 아

해 주어를 확정하는 대신 복수의 술어들만 거듭 진술되고 어간 대신 어미만이 활용을 거듭하며 변주될 때 이 발화의 주체는 간극에 서 있음이 확연해 보인다.

28) 「의미에서 무의미까지」, 『의미와 무의미』, 『시론 전집 1』, 533~535쪽 참조.

29) 위의 글, 535쪽.

니라 오래 숙고되고 여러 방식으로 가공되며 되풀이된 유년의 경험에 닿아 있으며 이미지들의 구성 원리에 있어서도 이미지 사이의 위계적 분할이 완전히 사라진 수평적 병렬에 의한 것이 아니라 어떤 관념적 비전을 상징적으로 축조하는 방식으로 이루어졌기 때문이다. 이것이 무엇을 의미하는가? 이를 설명하기 위해 모자이크 이미지에 대한 자크 랑시에르의 논의를 잠시 참조해 보자.

자크 랑시에르는 이질적 이미지들의 충돌과 그 효과와 관련하여 두 가지 주요 방식, 즉 변증법적 방식과 상징적 방식이 있다고 설명한다. 우선 변증법적 방식이란 "상이한 것들의 충돌에 의해 어떤 이질적인 질서의 비밀을 표적으로 삼는"[30] 방식, 즉 "양립 불가능한 것의 마주침"[31]에 기초한 방식이고 이것의 효과는 "어떤 세계의 비밀을 폭로하는 간극과 충돌의 힘"[32]이라고 랑시에르는 설명한다. 반면, 상징적 방식이란 "서로 낯선 요소들 사이에서 실제로 친숙성과 간헐적인 유비를 수립하도록 (이질적인 요소들을) 사용하며 함께−속함(co-appartenance)이라는 보다 근본적인 관계, 즉 이질적인 것이 똑같은 본질적인 직물 속에서 포착되고 그리하여 새로운 은유의 우애를 따라 조합될 여지가 있는 동통의 세계를 증언"[33]하는 방식이다. 말하자면, 이질적인 이미지들의 충돌, '이미지들의 파토스'를 통해 새로운 세계를 가늠하게 하는 몽타주가 변증법적 몽타주이고, 이질적인 이미지 사이에서 보다 큰 공통성을 추출하고 새로운 합의에 이르게 하는 것이 상징적 몽타주라는 것이다.

이와 같은 구별은 김춘수의 시에 사용된 이미지들의 몽타주를 설명하는 데도 흥미로운 시사점을 제공한다. 이런 관점에서 보자면 「인동 잎」의 '실패'는 김춘수 스스로의 진단처럼 관념과 정서가 개입된 진술에 기인한

---

30) 자크 랑시에르, 김상운 옮김, 『이미지의 운명』(현실문화, 2014), 107쪽.
31) 위의 책, 103쪽.
32) 위의 책, 같은 곳.
33) 위의 책, 107쪽.

다기보다는, 이 시에 사용된 이질적 이미지들이 그 태생에서부터 이미 전통적 서정시의 요체로 설명되곤 하는 '회억(回憶, 회감·상기, Erinnerung)'에 기초한 어떤 정서로부터 유출된 것이며, 따라서 시의 출발점에서부터 이미 특정한 정서적 효과를 궁극적으로 겨냥하고 있기 때문인 것으로 설명될 수 있다. 유년에 대한 아스라한 기억으로부터 발생한 "붉은 열매"와 "하얀 작은 새" 이미지, 일화로부터 비롯된 "인동 잎"의 이미지들은 위계 없이 수평적으로 병렬된 것이라기보다는 공허 삶의 비애와 쓸쓸함이라는 정서적 효과를 지시하기 위해 사용된 것이다. 이를 랑시에르의 용어를 차용해 다시 말하자면, 이 시에서 이미지들의 병렬로 이루어진 양상은 종국에는 어떤 합의된 기성의 의미로 수렴된다는 점에서 상징적 방식으로 구성된 것이라고 할 수 있다. 양상은 조금 다르지만 다음과 같은 시도 역시 이와 같은 의미에서 상징적 모자이크의 예로 들 수 있을 것이다.

> 사랑하는 나의 하나님, 당신은
> 늙은 비애다.
> 푸줏간에 걸린 커다란 살점이다.
> 시인 릴케가 만난
> 슬라브 여자의 마음속에 갈앉은
> 놋쇠 항아리다.
> 손바닥에 못을 박아 죽일 수도 없고 죽지도 않는
> 사랑하는 나의 하나님, 당신은 또
> 대낮에도 옷을 벗는 어리디어린
> 순결이다.
> 삼월에
> 젊은 느릅나무 잎새에서 이는
> 연둣빛 바람이다.
>
> ──「나의 하나님」 전문

이 시에서 "늙은 비애", "푸줏간에 걸린 커다란 살점", "슬라브 여자의 마음속에 갈앉은/ 놋쇠 항아리", "어리디어린/ 순결", "젊은 느릅나무 잎새에서 이는/ 연둣빛 바람" 등은 그 자체로 이질적인 이미지들의 연쇄를 이룬다. 그리고 이 연쇄는 김춘수가 의도한 대로 이미지에 대한 이미지의 '처단'이라는 효과를 구현한다. 낯선 것들의 병치가 청신한 감각을 북돋기 때문이다. 그러나 결국 이 이미지들은 하나의 대표 단수격인 이미지와 교환관계를 이룬다. 일종의 상징적 교환관계를 형성하면서 이미지들의 위계관계 속에서 최상위에 "하나님"이라는 이미지가 자리 잡는다. 이렇게 되면 병치된 이미지들이 충돌과 파격을 이끈다 해도 결국 하나의 의미망 속으로 수렴되기 마련이다. 상징이 구체자들과 교환되는 하나의 보편자로 기능한다는 의미에서[34] 이 시의 이미지들은 상징적 모자이크를 구성한다. 그리고 김춘수가 하나님과 인간의 관계에 대해 언급하면서 분명한 단절이 존재하지만 불가능한 것을 알면서도 신적인 영역과 질서를 엿보는, 한계 속에서의 쉼 없는 되풀이를 강조했음을 상기한다면[35] 이 시의 의미망이 어떻게 구성되는지 충분히 파악할 수 있다. 이렇게 병치된 이미지들은 신적인 것과 인간적인 것, 상승적 초월 그리고 순수의 세계와 인간이 발자국을 남기며 딛고 있는 자리라는 대비적 의미망 속으로 수렴된다.

---

34) 이런 의미의 상징 개념에 대해서는 베냐민과 폴 드 만의 논의를 참조할 수 있다. Walter Benjamin, "Allegory and Trauerspiel", *The Origin of German Tragic Drama*, translated by John osborne(Verso, 2003), p. 176; Paul de Man, "The Rhetoric of Temporality", *Blindness and Insight*(University of minnesota Press, Minneapolis, 1983), p. 207 참조.

35) "하나님과 인간 사이에는 단절이 있을 뿐이다. 그 단절은 근원적으로는 능력의 단절이다. 그러나 우리는 이 사실을 알고 있다 하더라도 인간적 용기와 품위를 위해서도 간혹은 도전해 보고 싶어지고, 하느님의 영역을 침범해 보고 싶어지기도 한다. 그것이 바로 허무에의 도전이요 해체 현상이다. 시인인 이상 이런 충동이 가끔 일지 않는다면 시인이 아닐 것이다. 그러나 우리는 또 땅 위에 납작하게 떨어져서 어쩔 수 없이 어떤 질서(구조) 속에 스스로를 가둬 두지 않으면 안 된다. 그러나 그 구속은 또다시 도전을 받아야 한다. 쉬임 없는 되풀이가 계속되리라."(『시의 위상』, 『시론 전집 2』, 408~409쪽)

5-2 위계의 분할의 폐지와 변증법적 몽타주

저녁 한동안 가난한 시민들의
살과 피를 데워 주고
밥상머리에
된장찌개도 데워 주고
아버지가 식후에 석간을 읽는 동안
아들이 식후에
이웃집 라디오를 엿듣는 동안
연탄가스는 가만가만히
쥐라기의 지층으로 내려간다.
그날 밤
가난한 서울의 시민들은
꿈에 볼 것이다.
날개에 산홋빛 발톱을 달고
앞다리에 세 개나 새끼 공룡의
순금의 손을 달고
서양 어느 학자가
Archaeopteryx라 불렀다는
쥐라기의 새와 같은 새가 한 마리
연탄가스에 그을린 서울의 겨울의
제일 낮은 지붕 위에
내려와 앉는 것을.

―「겨울밤의 꿈」 전문

「겨울밤의 꿈」의 이미지 구성 원리는 이와 다르다. 이 시의 이미지들은,
김춘수의 표현을 다시 사용하자면, 이미지에 의한 이미지의 '처단'에 의해

변증법적 모자이크를 이루고 있으며 그것은 이질적인 이미지들의 충돌, '이미지들의 파토스'를 통해, 예기치 않았던 삶의 비의를 드러내고 있다. 이 시는 앞서 살펴본 「시·I」의 시적 지침(diction), 즉 "허물어진 세계의 안쪽에서 우는/ 가을 벌레를 말하라", "그을음과 굴뚝을 말하고/ 겨울 습기와/ 한강변의 두더지를 말하라"는 '테제'에 충실한 사생으로부터 비롯된 것이다. 그러나 김춘수 스스로의 평가에 따르면, 서술적 이미지의 좋은 용례가 되는 이 시 역시 이미지의 이중 체제를 품고 있다.

시민들의 소박한 저녁상 — 연탄 — 쥐라기의 지층 — 시조새로 연쇄되는 이미지들은 특정한 관념이나 정서를 기원이나 목적으로 삼아 위계적으로 구성된 것이 아니다. 다시 말해 상징적 모자이크의 구성 원리를 따르지 않는다는 것이다. 서울시민들의 소소한 일상과 쥐라기의 시조새 이미지는 위계적 관계를 갖지 않는다. 이질적인 것의 충돌을 야기하는 이 이미지들의 병치는 어느 한쪽을 다른 이미지의 부수적 효과로 삼게 하는 대신 시의 마지막에 이르기까지 대등한 수평적 위치를 점하게 한다. 그 결과 시인이 의도하지 않아도, 이미지의 모자이크를 통해 시민들의 소소한 삶은 자연 전체의 질서나 한 시대의 시공을 넘어서는 거대한 우주적 이법과 접속된다. 이 시가 성공적인 것은 의미와 관념을 완전히 배제한 이미지들을 사용하는 데 성공했기 때문이라기보다는 가시적인 것과 비가시적인 것, 실재와 무의식, 구체적인 것과 초월적인 것의 사이에서 진동하는 이미지의 이중 체제가 효과적으로 작동하기 때문이다. 그리고 그것이 바로 관념이나 의미 배제의 시학의 의도와는 상관없이 변증법적 모자이크에서 이미지가 하는 일인 것이다.

6 역사의 암호/중단으로서의 이미지

아마도 『타령조·기타』에서 이미지의 이중 체제를 가장 단적으로 보여주면서 이후 김춘수의 시 세계의 양가적 분기를 압축적으로 매개하고 있는 작품이 「처용단장」일 것이다. 『타령조·기타』에는 처용과 관련된 작품이 두 편 실려 있다. 「처용」과 「처용삼장」이 그것이다. 그런데 흥미롭게도 김춘수는 후일 1991년에 완결된 형태로 출판되는 장시 「처용단장」의 1부를 이 시집에 수록하려고 하다가 여기에 실린 처용 관련 시편들과 후일 완성되는 「처용단장」 시편들 사이에 있을 "이미지 상의 혼란"을 피하기 위해 이 시집에는 싣지 않았다고 말하고 있다. 여기에서 그 "이미지 상의 혼란"은 무엇일까? 「처용삼장」을 보자.

1
그대는 발을 좀 삐었지만
하이힐의 뒷굽이 비칠하는 순간
그대 순결은
형이 좀 틀어지긴 하였지만
그러나 그래도
그대는 나의 노래 나의 춤이다.

2
유월에 실종한 그대
칠월에 산다화가 피고 눈이 내리고,
난로 위에서
주전자의 물이 끓고 있다.
서촌 마을의 바람받이 서북쪽 늙은 홰나무,
맨발로 달려간 그날로부터 그대는
내 발가락의 티눈이다.

3
바람이 인다. 나뭇잎이 흔들린다.

바람은 바다에서 온다.
생선 가게의 납새미 도다리도
시원한 눈을 뜬다.
그대는 나의 지느러미 나의 바다다.
바다에 물구나무선 아침 하늘,
아직은 나의 순결이다.

이 작품 역시 이미지의 병렬과 모자이크를 구성 원리로 삼는다. 각 연에는 각기 중심적 이미지가 제시되어 있고 연마다 수사적 구조를 통해 의미 맥락을 통어하는 어사들이 제시되어 있다. 1연은 "하이힐의 뒷굽이 비칠하는 순간" 조금 기울어진 "그대"가, 2연에는 "서촌 마을의 바람받이 서북쪽 늙은 홰나무"가 있는 곳에 있는 "그대"가, 3연에는 바다와 관련된 이미지들 가운데서 상기되는 "그대"가 이 시적 발화의 청자이자 대상으로 상정되어 있다. 물론 여기에서 호명되는 "그대"를 구체적으로 특칭하기는 어렵다. 또한 그 대상을 구체적으로 지목하는 것이 여기에서 중요한 것도 아니다. 다만, 앞서 설명한 것처럼 이미지의 모자이크를 통해 시적 정황을 부여받은 대상으로서 "그대"가 존재할 뿐이다. 그런데 이 작품에서 가장 중요한 것은 각 연의 통사적, 의미론적 구조를 결정하는 몇몇 시어들이다. 1연에서는 "그러나 그래도", 2연에서는 "그날로부터", 3연에서는 "아직은"이라는 시어가 이 시의 구조적, 의미론적 핵심에 자리 잡고 있다는 것이다. 그리고 이 시어들은 바로, 앞서 언급한 「처용단장」 1부와의 "이미지 상의 혼란"과도 관계된다.
　「처용삼장」의 각 연을 이 시어들을 중심으로 재구성하면 다음과 같다.

　⑴ 본래의 "형(型)"과 달리 조금 기울어졌지만
　"그러나 그래도"
　"그대"는 "나의 노래 나의 춤"

(2) 산다화 피고 눈 내리는(이는 회상을 통한 시간의 중첩으로 보인다.)서촌 마을의 "그대"에게 맨발로 달려간

"그날로부터"

"그대는/ 내 발가락의 티눈"

(3) 나뭇잎이 흔들리고 납새미 도다리도 눈을 뜨는 바다에서 그대는

"아직은"

"나의 순결"

앞에서 살펴본 「시·II」에서 "발바닥의 티눈"이 "구름"과 대비되는 이미지 계열에서 인간적인 처지나 지위와 관련된 것임을 상기하면서 위의 재구성을 다시 생각해 보면 결국 「처용삼장」에서 "그대"는 원형으로부터 조금 기울거나 이지러진 채 인간의 지위에 머물러 있지만 "그러나 그래도" 시적 발화자의 노래와 춤의 원천이 되고 "아직은" 순결한 상태에 머물러 있는 존재라고 할 수 있다. 여기에서 "그러나 그래도", "아직은"과 같은 접속어가 중요한 것은 이것이 어떤 상태 변화의 이전과 이후를 가름하는 의미론적 계기를 포함하며 또한 포착하고 있기 때문이다. 바로 이런 맥락에서 볼 때 『타령조·기타』에 실린 또 다른 처용 관련 작품인 「처용」은 이와 상통하는 작품이다.

인간들 속에서
인간들에 밟히며
잠을 깬다.
숲속에서 바다가 잠을 깨듯이
젊고 튼튼한 상수리나무가
서 있는 것을 본다.
남의 속도 모르는 새들이

금빛 깃을 치고 있다.

―「처용」 전문

이 시가 지시하는 것은 다시 간극이다. "인간들 속에서/ 인간들에 밟히며", "남의 속도 모르는"과 같은 구절은 "바다"나 "상수리나무", 금빛 깃을 치는 "새들"과 처용의 존재론적 지위가 다름을, 그리고 바로 그 차이와 간극을 지시한다. 김춘수에게 그토록 오랜 시간 동안 처용이 문제적인 것은 아마도 바로 이 때문일 것이다. 처용은 다름 아니라 바로 이 간극에 사는 존재이기 때문이다. 그렇기 때문에 유년의 안온한 풍경에 대한 서술적 묘사로 '재처리'되어 한결 '단정해진'「처용단장」의 1부와, 아직 간극을 집요하게 응시하고 있는 발화자의 목소리를 담은 「처용삼장」의 이미지들은 외양은 비슷해 보여도 실질에 있어 크게 다를 수밖에 없다. 「처용삼장」의 이미지들은 아직 전체와 무, 현실과 초월적 세계, 순결과 타락, 의미와 무의미, 역사(=폭력=이데올로기)와 순결한 언어 사이에서 동요하고 있다. 즉, 역사의 암호로서의 이미지와 중단으로서의 이미지 사이에서, 바로 미학적 이미지의 이중적 본성[36] 안에서, 이미지의 이중 체제 안에서 요동치고 있다. 그리고 그것은 정확히 예의 "나는 왜 여기서 이러고 있는가"라고 말하는 주체의 정동을 지시하고 있다.

---

7 나오며

1960년대의 김춘수는 소위 '릴케류의 관념시'를 탈피하고 본질에 대한 형이상학적 탐구를 추구하는 시와 결별한다. 그 대안으로 김춘수가 지향한 것은 의미나 관념을 배제하고 순수한 사생에 입각한 서술적 이미지를 주로 하는 시를 쓰는 것이었다. 이 추구 과정에서 김춘수는 초기에 「인동

---

36) 자크 랑시에르의 개념이다. "역사의 암호로서의 이미지와 중단으로서의 이미지라는 미학적 이미지의 이중적 본성"(자크 랑시에르, 앞의 책, 51쪽)

잎」과 같은 시에서 실패를 하기도 했으나 결국 서술적 이미지를 통한 시 쓰기에서 성과를 거두게 되었다고 술회한다. 1969년에 출간된 『타령조·기타』는 1960년대의 김춘수의 이런 시적 지향의 성과를 담고 있는 시집이다. 그러나 이 시집이 출간될 즈음인 1960년대 후반에 김춘수가 두 가지 상관적인 작업을 다시 개시하고 있음은 주지의 사실이다. 무의미시 계열의 시 창작과 장편 「처용단장」의 출발점이 시기적으로 일치하고 있음은 김춘수 자신의 발언에 의해 확인된 것이다. 『타령조·기타』는 이 분기가 완전히 별개의 두 가지 실험이 아니라 이미지의 이중 체제 혹은 미학적 이미지의 이중적 본성 안에서 양가적으로 성립되는 것임을 보여 주는 문제적 시집이다. 그런 맥락에서 볼 때 역사(=폭력=이데올로기)로부터의 도피와 역사와의 마주 섬의 동시적 성립은 김춘수에게 있어 단계적 국면이 아니라 일종의 경향으로서 이미 1960년대부터 줄곧 내재하는 시적 특질임을 확인할 수 있다. 이는 1960년대의 김춘수의 작품들에 나타난 이미지들의 구성 원리와 속성들을 통해 명료하게 파악된다. 그리고 그것은 서술적 이미지나 무의미시가 논의될 때조차 김춘수의 시를 허무 의식이나 도피의 소산으로 간주할 수 없는 이유가 된다. 허무나 도피가 아니라 간극에서의 동요와 충돌이 1960년대 이후부터 「처용단장」이 완성되던 1991년 무렵에 이르기까지 그의 시에 일관되게 나타나는 주된 정동임을 여기에서 확인할 수 있다.

제2주제에 관한 토론문

오주리 | 가톨릭관동대 교수

김춘수 탄생 100주년을 맞아 개최된 심포지엄에서 조강석 선생님의 발제문에 대한 토론을 맡게 되어 영광입니다. 조강석 선생님께서는 김춘수 연구의 권위자로 알려져 있으십니다. 조강석 선생님께서 열어 보이신 김춘수 연구의 지평이 저의 박사 학위 논문 「김춘수 형이상 시의 존재와 진리 연구」에도 큰 지혜를 주셨음을 이 자리를 빌려 고백합니다. 부디 오늘의 심포지엄이 김춘수 탄생 100주년을 맞아, 그의 문학사적 의의를 바로 세우고, 앞으로 100년이 나아가야 할 바의 초석을 다질 수 있길 기원합니다.

조강석 선생님의 「김춘수 시에 나타난 정동적 동요와 변증법적 몽타주의 길항에 관해」는 '무의미시'와 「처용단장」으로 대표되는 김춘수의 중기 시에 나타난 '정동'과 '이미지'의 연관성을 새롭게 규정하고자 시도하신 논문입니다. 조강석 선생님께서는 김춘수가 던진 "나는 왜 여기서 이러고 있는가?"라는 질문이 김춘수가 역사 한가운데서 느꼈던 실존적 정체성의 갈등을 보여 주며, 바로 이러한 질문이 그의 가장 근본적인 창작의 태도라고 보십니다. 그러면서 이러한 갈등이 '정동적 동요'를 일으키고 이러한 심리적 요인이 이미지상으로 '변증법적 몽타주'로 나타난다고 논증하십니다. 이것을 '간극의 정체성'과 '간극의 이미지'로 보면서, 김춘수를 역사에 대해 허무와 도피의 시인으로만 볼 수 없다는 평가를 내리십니다. 저는 조강석 선생님의 이러한 논증에 전반적으로 동의하면서, 몇 가지 궁금한 점이 있어 질문을 드리는 것으로 토론을 대신하겠습니다.

첫째, 「눈물」은 무의미시의 대표작으로 간주되고, 지시 대상과 의미의 세계를 배제한 서술적 이미지들의 연쇄와 병치로 이루어진 시로 간주되어 왔습니다. 그렇지만 조강석 선생님께서는 이 시의 이미지가 개인적 체험으로부터 비롯된 것임을, 김춘수의 「내 속에 자란 예수」라는 수필의 구체적인 논거들과 대질하여 증명하십니다. 이에 대해서는 반박의 여지가 없습니다. 그렇지만, 이 시가 과연 의미가 배제된 시인지에 대해 의문이 듭니다. 시의 의미는 해석하는 자에 의해 생산될 수도 있습니다. 그러한 의미에서 이 시에서 의미가 배제되어 있다고 한다면, 그것은 숨겨진 의미를 해석해 내지 못한 결과일 수도 있지 않을까요? 저는 「눈물」이라는 시가 상당히 내적으로 완결된 상징들의 연쇄에 의해 구조화되어 있지 않은가 질문을 던져 봅니다. 예컨대, 1연은 성경의 구약에서 에덴동산의 최초의 인간 남자인 아담과 인간 여자인 이브가 원죄를 지었다는 것에 대한 상징이 있으며, 이와 대비되어 2연은 성경의 신약에서 원죄로부터 구원해 줄 예수가 물 위를 걸었다는 기적과 부활 후에 승천했다는 것에 대한 상징이 있는 것이 아닌가 궁금합니다. 또한 1행과 2행이 한 편의 시로서 일관성을 지니도록 하는 시어는 "젖어 있다"입니다. 이 시는 "젖어 있다"를 매개로 1연과 2연이 대칭적으로 대조되고 있습니다. 지금까지 말씀드린 이러한 이유들을 근거로 저는 이 시가 상당히 상징적인 의미, 그것도 개인적인 상징보다는 그리스도교의 상징적 의미로 구조화되어 있고, 또, 시작의 과정도 '유희'와 '방심 상태'가 아닌, 이성에 의해 논리적으로 계산되어 있지 않은가 질문을 드려 보고 싶습니다.

둘째, 조강석 선생님께서는 김춘수의 중기 무의미시의 '실패'를 '자기구원에의 실패'와 '전체 이미지도 무 이미지도 아닌 간극 이미지의 실패'로 보셨습니다. 그런데 이러한 실패는 김춘수의 후기 시가 종교적 구원을 추구하는 데 이르고, 의미의 시와 무의미의 시가 지양된 데 이르는 과정이라는 점에서 '유의미한 실패'였다고 볼 수 있지 않을까 질문을 드려 보고 싶습니다. 무의미시의 시작 시점과 「처용단장」 연작이 시작된 시점이 같지만, 「처용단장」 연작이 완성되어 『처용단장』이라는 한 권의 단행본인 서사시로 출간이 된 것은 1991년입니다. 『처용단장』이 완성되는 데는 30여 년, 그의 인생에서 중년이라는 시간 전부가 필요했습니다. 그 시간 동안, 김춘수의 인생에서는 여러 변화가 있었습니다. 그는 문단이 순수와 참여로 양분된 가운데 순수를 대표하는 시인이 되었으며, 문단에서의 성공적 입지를 바탕으로 1980년대 전두환 정권하에 정치에 입문하게 되었습니다. 그는 그것이 자신의 실수였다고 인정한 바 있습니다. 정치적 올바름으로부터 벗어난 처신을 했다는 것에 대한 반성은 그의 시에 다시 역사와 정치에 대한 소환을 가져왔습니다. 「처용단장」 제4부에서 신채호 등이 소환된 것은 초기 시 등에 나타난 민족의식, 그리고 후기 시 천사 시편 나타난 장준하 등과 연결되며, 김춘수의 시는 한국 현대사상사를 이해하는 데 빠져선 안 될 시로 남게 되었습니다. 이러한 맥락에서 그의 무의미시의 실험은 한국 현대시사에서 '유의미한 실패'로 볼 수도 있지 않을까요? 그리고 '서술적 이미지' 실험으로서의 무의미시의 성과로 볼 수 있는 것은, 관념의 대체물로서의 은유적 이미지를 벗어나, 대상의 즉물적이고 감각적인 아름다움을 포획하고 묘사하려는, 순수하게 미학적인 태도입니다. 이러한 성과는 김춘수가 무의미시를 포기한 이후에도 후기 시에 계승이 되었습니다. 김춘수의 후기 시에는 초기 시와 같은 관념적이고도 존재론적인 주제가 종교적인 변주로 다시 돌아와 있으면서도 중기 시와 같은 서술적 이미지가 공존합니다. 이러한 후기 시는 의미의 시와 무의미의 시가 변증법적으로 지양된 것이라고 김춘수는 스스로 자평했습니다. 그러므로 조강석 선생님께서 말씀하신 김춘수의 무의미시의 실패는 한 시인이 자신의 일생을 건 진리에의 도정에서 필연적이고도 유의미한 과정이라고 볼 수도 있지 않을까 여쭙습니다.

셋째, 조강석 선생님께서는 「겨울밤의 꿈」을 "이미지에 의한 이미지의 '처단'에 의해 변증법적 모자이크"로 해석해 주셨습니다. 조강석 선생님의 그러한 해석에 충실해서 이 시를 살펴보자면, ① 정립: 서민의 가정 이미지 → ② 반정립: 쥐라기의 시조새 이미지 → ③ 합: 서민의 집의 시조새로 변증법적 몽타주의 이미지가 형성된다는 것입니다. 이러한 해석도 상당히 타당해 보입니다. 그런데 "시민들의 소박한 저녁상―연탄―쥐라기의 지층―시조새로 연쇄되는 이미지"가 위계적으로 구성된 것이 아니라고 말씀하신 데는 또 다른 시각이 존재할 수 있지 않을까 질문드리고 싶습니다. 몽타주나 모자이크의 이미지는 무의식의 주체가 유년기에 상실했던 사랑의 대상을 되찾으려는 충동을 느낄 때, 그 충동의 목표가 되는 파편적인 타 대상(他對象)들의 이미지라고 이해됩니다. 무로부터 창조(creation ex nihilo)되는 것은 역사의 한가운데 던져져 '나는 여기서 무엇을 하고 있는가'라는 실존적 질문을 던지던 주체를 무로 되돌리고 새롭게 자기만의 언어로 자기 자신을 창조해 내는 예술가로서의 시인이라는 주체입니다. 그러한 의미에서 몽타주나 모자이크는 마치 '꿈-이미지'처럼 일련의 무의식의 심리적 메커니즘에 의해 형성된 것과 같은, 내면적이고도 비논리적인 이미지일 것이라고 예상됩니다. 그렇지만, 「겨울밤의 꿈」은 어떤 의미에서 그 이미지의 연쇄가 논리적으로 전개되어 가고 있는 것으로 보이기도 합니다. 예컨대, 이 시에서 "연탄"이 석탄으로 만들어졌다는 점에서 현재와 지질시대를 연결해 주는 열쇠 이미지가 아닌가 합니다. 이 시의 전반부에서 가장 중요한 시어는 '데워 주다'인데, 이 '데워 주다'도 바로 "연탄"으로부터 파생된 것입니다. 석탄이 파묻혀 있는 깊은 지층에서 시조새의 뼈가 나왔을 것이라는 연상과 함께, 연탄에 의해 온기로 가득해진 집의 지붕 위에는 시조새가 앉아 있을 것이라는 상상력이 가능한 것입니다. 이 시의 이러한 이미지들의 연쇄는 그러한 의미에서 상당히 과학적인 논리에 기대고 있는 것은 아닐까 의문이 드는데, 이에 대해 조강석 선생님의 말씀을 청하고 싶습니다. 감사합니다.

김춘수 시와 통영의 로컬리티*

장소, 인물, 언어를 중심으로

이경수 | 중앙대 교수

1 서론

올해로 탄생 100주년을 맞이한 김춘수의 시와 시론에 대한 연구는 2000년
대 이후 폭발적으로 이루어져 왔다. 김춘수의 시 세계 전반에 대한 연구[1]는

---

* 이 글은 2022년 5월 12일 대산문화재단과 한국작가회의가 주최한 탄생 100주년 문학인
기념문학제 심포지엄에서 발표한 원고를 수정해《한국시학연구》71, 한국시학회, 2022.
8에 수록한 원고를 재수록한 것이다.

1) 김두한,「김춘수 시 연구」, 효성여대 박사 학위 논문, 1991; 권혁웅,「김춘수 시 연구: 시
의식의 변모를 중심으로」, 고려대 석사 학위 논문, 1995; 이창민,「김춘수 시 연구」, 고려
대 박사 학위 논문, 1999; 송승환,「김춘수 사물시 연구」, 중앙대 박사 학위 논문, 2008;
표문순,「김춘수 시 연구: 시기별 변모 양상을 중심으로」, 경기대 석사 학위 논문, 2009;
이성희,「김춘수 시의 멜랑콜리와 탈역사성 연구」, 서울대 박사 학위 논문, 2011; 권온,
「김춘수 문학 연구」, 고려대 박사 학위 논문, 2012; 김지녀,「김춘수 시에 나타난 주체와
타자의 관계 양상 연구」, 고려대 박사 학위 논문, 2012; 이강하,「김춘수 시의 인지 주체
연구: 시간과 타자의 수용을 중심으로」, 전북대 박사 학위 논문, 2014; 한혜린,「김춘수

물론 '무의미시'와 시론에 대한 연구,[2] 시와 시론의 비교 연구,[3] 시와 시론

시에 나타난 감각의 논리와 만남 연구」, 연세대 석사 학위 논문, 2017; 임봄, 「김춘수 시의 고독 양상 연구」, 고려대 박사 학위 논문, 2019.

2) 문혜원, 「김춘수의 시와 시론에 나타나는 이미지 연구」, 『한국 현대시와 모더니즘』(신구문화사, 1996); 하재연, 「'순수 언어'의 추구와 현대시의 방향: 김춘수 시론 연구」, 《한국근대문학연구》 2권 2호, 한국근대문학회, 2001; 진수미, 「김춘수 무의미시의 시작 방법연구 ─ 회화적 방법론을 중심으로」, 서울시립대 박사 학위 논문, 2003; 최라영, 「김춘수의 무의미시 연구」, 서울대 박사 학위 논문, 2004; 정민구, 「김춘수 시의 '무의미성' 연구」, 전남대 석사 학위 논문, 2007; 김행숙, 「김춘수의 『한국 현대시 형태론』 고찰」, 《어문논집》 55, 민족어문학회, 2007; 이창민, 「김춘수 시론의 낭만적 성격」, 《우리어문연구》 29, 우리어문학회, 2007; 노지영, 「무의미의 주제화 형식과 독자의 의사소통」, 《현대문학의 연구》 32, 한국문학연구학회, 2007. 7, 377~408쪽; 오홍진, 「김춘수의 '무의미시학' 연구」, 충남대 석사 학위 논문, 2010; 이상호, 「김춘수의 무의미시에 함축된 진의 연구」, 《비평문학》 42, 한국비평문학회, 2011; 문혜원, 「김춘수의 무의미시의 현상학적 특징 연구」, 《비교한국학》 22(1), 국제비교한국학회, 2014. 4, 207~230쪽; 윤지은, 「김춘수 시에 나타난 '무(無)'의 미의식 연구」, 서울대 석사 학위 논문, 2015; 김윤정, 「김춘수 '무의미시'의 제의적 성격 연구」, 《한국시학연구》 47, 한국시학회, 2016. 8, 263~288쪽; 고봉준, 「김춘수 시론에서 무의미와 언어의 관계 ─ 시의 현대성과 언어의 관련성을 중심으로」, 《한국시학연구》 51, 한국시학회, 2017. 8, 63~93쪽; 한혜린, 「김춘수 시에 나타난 감각의 논리와 만남(Encounter) 연구」, 연세대 석사 학위 논문, 2017; 윤지영, 「무의미시론에 나타난 허무와 자유의 정체 ─ '재현적 사유'의 전복과 정동의 구현」, 《비평문학》 76, 한국비평문학회, 2020. 6, 243~270쪽; 윤지영, 「무의미시(론)의 기원에 대한 재고 ─ 관념과역사(이데올로기)의 공통 토대로서 재현적 사유」, 《한국문예비평연구》 66, 한국현대문예비평학회, 2020. 6, 65~94쪽; 윤지영, 「들뢰즈를 통해 김춘수 다시 읽기 ─ '무의미시론' 과 『감각의 논리』」, 《국제어문》 86, 국제어문학회, 2020. 9, 531~558쪽.

3) 이은정, 「김춘수와 김수영 시학의 대비적 연구」, 이화여대 박사 학위 논문, 1993; 노철, 「김수영과 김춘수의 시작 방법 연구」, 고려대 박사 학위 논문, 1998; 권혁웅, 「한국 현대시의 시작 방법 연구 ─ 김춘수, 김수영, 신동엽의 시를 중심으로」, 고려대 박사 학위 논문, 2000; 이기성, 「1950년대 모더니즘 시의 시간 의식과 시 쓰기」, 이화여대 박사 학위 논문, 2002; 최동호, 「시와 시론의 문학적·사회적 가치 ─ 1960년대 김수영과 김춘수 시론의 상호 관계」, 《한국시학연구》 22, 한국시학회, 2008. 8; 주영중, 「조지훈과 김춘수의 시론 연구 시론 형성의 문학사적 맥락을 중심으로」, 고려대 박사 학위 논문, 2009; 전병준, 「김수영과 김춘수 시 비교 연구」, 고려대 박사 학위 논문, 2010; 조강석, 「한국 근대시에서 절망과 기교가 교섭하는 두 가지 방식 ─ 이상과 김춘수를 중심으로」, 《한국근대문학연구》 23, 한국근대문학회, 2011. 4, 321~346쪽; 임곤택, 「한국 현대시에 나타난 전통의 미학적 수용 양상 연구 ─ 1950~1960년대 서정주, 조지훈, 김춘수를 중심으로」, 고려대 박사

의 영향 관계 연구,[4] 특정 시기의 시에 대한 연구,[5] 「타령조」 연작이나 「처용단장」 연작, 「이중섭」 연작, 「도스토예프스키」 연작에 대한 연구,[6] 개

학위 논문, 2011; 이성민, 「김춘수와 김종삼 시의 허무 의식 연구 — 시간의 미학을 중심으로」, 조선대 박사 학위 논문, 2011; 안지영, 「한국 현대시에 나타난 허무주의의 계보 연구: 김수영과 김춘수를 중심으로」, 서울대 박사 학위 논문, 2016; 안지영, 「초현실주의 시론의 전개와 이미지의 비재현성 — 조향과 김춘수의 시론을 중심으로」, 《겨레어문학》 66, 겨레어문학회, 2021. 6, 147~177쪽; 주영중, 「김춘수와 오규원의 이미지 시론 비교 연구」, 《한국시학연구》 48, 한국시학회, 2016. 11, 137~173쪽; 송현지, 「한국 현대시에 나타난 시인으로서의 자기 인식과 시 쓰기 연구 — 김춘수, 김수영, 김종삼을 중심으로」, 고려대 박사 학위 논문, 2017; 박민규, 「한국 현대시론에 있어 내용-형식 관계와 자유의 문제 — 조지훈, 김수영, 김춘수를 중심으로」, 《우리문학연구》 56, 우리문학회, 2017. 10, 357~392쪽; 심재휘, 「시어의 탈장소와 사물성 — 김종삼과 김춘수의 시를 중심으로」, 《돈암어문학》 38, 돈암어문학회, 2020. 12, 241~270쪽; 최희진, 「한국 현대시의 존재 사유 연구 — 김춘수·김소월·이상을 중심으로」, 서울대 박사 학위 논문, 2021.

4) 송승환, 「김춘수 시론과 말라르메 시론의 비교 연구」, 《우리문학연구》 47, 우리문학회, 2015. 7, 281~302쪽; 홍승진, 「해방기 김춘수 시의 영향 관계에 대한 한국 사상적 고찰 — 유치환·박두진·서정주 시와의 비교를 중심으로」, 《현대문학이론연구》 66, 현대문학이론학회, 2016. 9, 319~373쪽; 송현지, 「김춘수 시의 추상으로의 변모와 세잔의 영향 연구」, 《한국시학연구》 58, 한국시학회, 2019. 5, 33~67쪽; 오주리, 「이데아로서의 '꽃' 그리고 '책' — 김춘수 시론에서의 말라르메의 시론의 전유」, 《우리문학연구》 67, 우리문학회, 2020. 7, 275~311쪽.

5) 남기혁, 「김춘수 초기 시의 자아 인식과 미적 근대성 — '무의미의 시'로 이르는 길」, 《한국시학연구》 1, 한국시학회, 1998. 11, 64~100쪽; 서안나, 「김춘수 후기 시에 나타난 감각 연구 — '청각'을 중심으로」, 《비평문학》 46, 한국비평문학회, 2012. 12, 199~223쪽; 전병준, 「김춘수 초기 시의 멜랑콜리 연구」, 《구보학보》 19, 구보학회, 2018. 8, 389~414쪽; 전세진, 「김춘수 초기 시에서 나타난 존재론적 사유의 흔적」, 《한국시학연구》 55, 한국시학회, 2018. 8, 273~300쪽; 신동옥, 「김춘수 초기 시 연구 — 『세계 현대시 감상』(산해당, 1954)과의 교호 관계를 중심으로」, 《한국근대문학연구》 20(2), 한국근대문학회, 2019. 10, 271~304쪽; 김유중, 「김춘수 문학에 나타난 라틴 문화 체험 연구 — 스페인 기행을 중심으로」, 《국어교육》 171, 한국어교육학회, 2020. 11, 145~185쪽.

6) 정유화, 「탈이념의 자족적 폐쇄 공간: 김춘수의 「처용단장」을 중심으로」, 《어문연구》 29(3), 한국어문교육연구회, 2001. 9, 239~259쪽; 김성리, 「예술가의 삶의 형상화와 그 의미 — 김춘수의 연작시 「이중섭」을 중심으로」, 《한국문학논총》 53, 한국문학회, 2009. 12, 301~337쪽; 허혜정, 「'처용'이라는 화두와 '벽사'의 언어 — 김춘수의 무의미시론에 대한 새로운 해독」, 《현대문학의 연구》 42, 한국문학연구학회, 2010. 10, 535~561쪽;

작 양상에 대한 연구,[7] 꽃이나 새, 바다, 천사, 아내 같은 눈에 띄는 시어의 상징성이나 이미지에 대한 연구,[8] 이미지와 리듬 연구,[9] 창작 방법,[10]

서영희, 「김춘수의 「처용단장」에 나타난 시간 의식」, 《한민족어문학》 61, 한민족어문학회, 2012. 8, 5∼34쪽: 최라영, 「「도스토예프스키」 연작 연구 — 김춘수의 '암시된 저자(the implied author)'를 중심으로」, 《한국현대문학연구》 37, 한국현대문학회, 2012. 8, 417∼450쪽: 최윤정, 「'처용 신화'를 재구성하는 현대적 이본고 — 김춘수의 「처용단장」 연구」, 《한국문학이론과비평》 16(3), 한국문학이론과비평학회, 2012. 9, 345∼366쪽: 김명철, 「김춘수 시의 '순수성'의 발현 양상과 시작 기법 — '이중섭 연작시'의 객관적 진술 태도에 선재된 주관적 시각을 중심으로」, 《한국시학연구》 39, 한국시학회, 2014. 4, 111∼136쪽: 김철교·이승하, 「시에 있어서의 미술과 음악 이론·기법의 차용 — 김춘수의 「이중섭」 연작을 중심으로」, 《한국문학과 예술》 21, 사단법인 한국문학과예술연구소, 2017. 3, 33∼60쪽: 홍승희, 「김춘수 「타령조」 연작시에 나타난 '사랑'의 의미」, 《서강인문논총》 55, 인문과학연구소, 2019. 8, 197∼222쪽.

7) 박영철, 「김춘수 시의 개작 양상 연구」, 한양대 교육대학원 석사 학위 논문, 2014: 이강하, 「김춘수의 「부다페스트에서의 소녀의 죽음」 연구 — 개작 과정에서 나타난 시 의식의 전회」, 《동악어문학》 63, 동악어문학회, 2014. 8, 379∼408쪽.

8) 강경희, 「김춘수 시 연구: '늪'과 '바다' 이미지의 상관관계를 중심으로」, 《숭실어문》 19, 숭실어문학회, 2003: 권온, 「김춘수의 시와 산문에 출현하는 천사의 양상 — 릴케의 영향론 재고의 관점에서」, 《한국시학연구》 26, 한국시학회, 2009. 12, 117∼150쪽: 김지녀, 「해방기 시에 나타난 '장미'의 현대성 연구 — 김춘수와 박인환의 초기 시를 중심으로」, 《한국시학연구》 42, 한국시학회, 2015. 4, 69∼97쪽: 김유중, 「김춘수 시 「꽃」의 정신분석적 이해」, 《국제한인문학연구》 16, 국제한인문학회, 2015. 8, 21∼47쪽: 김지녀, 「아내: '천사'와 '여편네' 그리고 '사랑'의 의미: 김수영과 김춘수 시에 나타난 '아내'의 거리」, 《우리문학연구》 62, 우리문학회, 2019. 4, 295∼320쪽.

9) 최석화, 「김춘수 시 연구 — 리듬과 이미지를 중심으로」, 중앙대 박사 학위 논문, 2013: 서안나, 「김춘수 시에 나타난 감각에 관한 연구」, 한양대 박사 학위 논문, 2013: 조강석, 「1960년대 한국 시의 정동과 이미지의 정치학(2) — 김춘수의 경우」, 《국제어문》 76, 국제어문학회, 2018. 3, 283∼311쪽: 엘리아·전세진, 「감각의 풍토, 시의 풍토 — 김춘수 시의 풍토 이미지를 중심으로」, 《춘원연구학보》 16, 춘원연구학회, 2019. 12, 349∼387쪽.

10) 김점숙, 「김춘수 시의 '꽃'과 관련된 상호 텍스트성 연구」, 한양대 석사 학위 논문, 2009: 최석화, 「김춘수 시 창작 방법 연구 — 반복의 개념과 기능을 중심으로」, 중앙대 석사 학위 논문, 2010: 오형엽, 「김춘수 시의 구조화 원리 고찰 — 묘사의 기법과 시적 시선을 중심으로」, 《비평문학》 41, 한국비평문학회, 2011. 9, 211∼247쪽: 오형엽, 「김춘수 시의 반복과 변주 연구 — 「타령조」 연작시를 중심으로」, 《어문연구》 76, 어문연구학회, 2013. 6, 175∼204쪽: 정원정, 「김춘수의 시 쓰기 방식 연구」, 한양대 박사 학위 논문, 2013.

역사 인식,[11] 환상성,[12] 공간[13]에 대한 연구 등 다각도로 연구가 이루어져 왔음을 알 수 있다. 연구의 관점 또한 무의미시의 추구라는 시적 실험의 시도와 결과에 대해 문학사적 의의를 부여하는 연구부터 비판적 관점의 연구까지 비교적 다기하게 이루어져 왔다.[14] 김춘수는 후대 시인들에게 적잖은 영향을 미치며 2000년대 이후 다수의 석박사 학위 논문과 소논문들을 양산한 대표적인 시인 중 하나라고 볼 수 있다.

한 가지 흥미로운 점은 김춘수 시 연구사에 뚜렷한 공백의 자리가 발견된다는 사실이다. 유독 시인의 생애에 관한 연구나 생애와의 관련 속에서 김춘수 시를 분석하는 연구,[15] 김춘수 시에 실제로 등장하는 수많은 고유명사와 시어들의 의미를 살피는 연구,[16] 통영과 관련해 김춘수를 살펴보는 연구[17] 등은 부분적으로 다뤄지기는 했어도 거의 진행되지 않았다고 해도 과언이 아니다. 그 밖에도 김춘수의 시에서 지속적으로 발견되

---

11) 진수미, 「김춘수 초기 시의 역사 인식 문제」, 《민족문학사연구》 45, 민족문학사연구소, 2011. 4, 194~219쪽; 전병준, 「김춘수 시의 변화에서 역사와 사회가 지니는 의미 연구」, 《한국문학이론과비평》 17(1), 한국문학이론과비평학회, 2013. 3, 161~186쪽; 김효숙, 「김춘수 시의 불안과 자유—역사 인식을 중심으로」, 《비평문학》 65, 한국비평문학회, 2017. 9, 67~100쪽; 김호성, 「김춘수 시에서 개인의 의미」, 《한국시학연구》 59, 한국시학회, 2019. 8, 351~386쪽.

12) 권온, 「김춘수 시의 환상성 연구」, 《한국시학연구》 18, 한국시학회, 2007. 4, 95~120쪽; 이성희, 「김춘수 시의 고통과 환상의 의미」, 《한국현대문학연구》 21, 한국현대문학회, 2007. 4, 247~268쪽; 나희덕, 「김춘수의 무의미시와 환상」, 《문학교육학》 30, 한국문학교육학회, 2009. 12, 9~28쪽; 권준형, 「김춘수 『타령조·기타』의 환상 이미지 연구」, 《한국시학연구》 61, 한국시학회, 2020. 2, 99~125쪽.

13) 이세경, 「이중섭의 회화 공간과 김춘수의 시 공간 비교—서귀포를 중심으로」, 《국제한인문학연구》 8, 국제한인문학회, 2011. 8, 205~228쪽; 엘리아, 「김춘수 시의 공간 인식과 지명(地名)의 의미 연구」, 서울대 박사 학위 논문, 2020.

14) 최라영, 앞의 글; 정한아, 「빵과 차(茶): 무의미 이후 김춘수의 문학과 정치」, 연세대 박사 학위 논문, 2015.

15) 이기철, 『김춘수의 풍경』(문학사상, 2021).

16) 송영목, 「단시와 개인의 재능」, 김춘수연구간행위원회 편, 『김춘수 연구』(학문사, 1982), 207~219쪽; 엘리아, 앞의 글.

17) 엘리아, 앞의 글.

는 영향의 흔적을 두고도 릴케와의 영향 관계를 살펴보는 연구[18]는 꽤 이루어졌지만 서정주와의 영향 관계에 대한 연구[19]는 지속적인 영향의 흔적이 발견되는 것에 비해서는 제대로 이루어지지 않았다. 그의 초기 시에서부터 후기 시에 이르기까지 시도된 산문시에 대한 연구[20]나 전 시기에 걸쳐 고르게 창작된 연작시 전반에 대한 연구도 충분히 이루어졌다고 보기는 어렵다. 김춘수 시인이 살아 있을 때 출간된 『김춘수 시 전집』은 시인의 의도가 적극 반영된 형태로 출간된 나머지 개작 연구[21]를 비롯한 서지적 연구가 충실히 이루어지지 못한 원인으로 작용한 측면도 있다.

김춘수의 시와 시론에 대한 연구가 다소 편향적으로 이루어진 데는 물론 시인의 영향도 적지 않았다. 김춘수의 시에 생애의 경험이 드러나지 않는 것은 아니지만 의도적으로 편집된 기억만이 되풀이되어 왔다는 생각을 지우기 어렵다.[22] 아마도 이런 특징들이 김춘수의 시를 생애와의 관련

---

18) 조강석, 「김춘수의 릴케 수용과 문학적 모색」, 《한국문학연구》 46, 한국문학연구소, 2014. 6, 213~240쪽.
19) 오정국, 「'지귀 설화'의 시적 변용 — 서정주·김춘수의 시를 중심으로」, 《한국문예창작》 7(1), 한국문예창작학회, 2008. 6, 7~26쪽; 이민호, 「전후 현대시에 나타난 정치적 무의식과 기호적 주체 연구 — 서정주와 김춘수의 경우」, 《기호학 연구》 40, 한국기호학회, 2014. 9, 233~256쪽; 홍승진, 앞의 글.
20) 최석화, 「김춘수의 산문시 인식 연구 — 『한국 현대시 형태론』을 중심으로」, 《한국시학연구》 34, 한국시학회, 2012. 8, 309~337쪽.
21) 박영철, 앞의 글.
22) 김춘수가 그의 대표적인 시론들뿐만 아니라 에세이, 자전 소설 등을 통해서도 생애에 대한 언급을 해 온 시인임을 고려할 때 김춘수의 생애는 많은 부분이 알려졌다고 생각할 수도 있다. 그러나 자전 소설 『꽃과 여우』를 비롯해 에세이 『왜 나는 시인인가』 등에서는 시인의 유년 시절을 비롯해 젊은 날의 기억을 회고하고 있음에도 시인의 글이나 입을 통해 회고되는 기억은 언제나 유사한 기억이 반복, 강조되어 왔다는 인상을 지우기 어렵다. 시인의 고백은 한정되어 있었고 되풀이되는 회고를 통해서만 시인의 생애를 편집된 채로 독자들이 읽고 있었던 셈이다. 김춘수 시에 대한 적잖은 연구가 그의 시론에서 되풀이되는 자기 시에 대한 해석적 관점으로 수렴되는 데에는 이러한 김춘수의 글쓰기가 미친 영향을 고려하지 않을 수 없다. 이기철의 『김춘수의 풍경』(문학사상, 2021)은 시인과 꽤 가까이 오랫동안 교류해 온 후배 시인의 관점에서 인간 김춘수와 김춘수의 시에 대해 탐구한 저작이지만 몇 가지 사적인 체험을 제외하고는 대체로 김춘수의 『왜 나는 시인인가』

속에서 읽는 독법을 가로막아 왔을 것이다. 시인 스스로 자신의 시에 대해서 끊임없이 말해 온 점도 연구자들에게는 부담이자 압박으로 작용했을 수 있다. 김춘수의 시에 대한 연구가 시인의 시에 대한 진술을 넘어서기 어려운 한계를 얼마간 노정하고 있었던 셈이다. 김춘수 시인이 어느새 탄생 100주년이 되었고 작고한 지도 18년의 세월이 흘렀으며 연구사도 상당량이 축적되었음을 염두에 둘 때, 이제 김춘수의 그림자에서 벗어나 김춘수의 시를 다시 보려는 시도가 필요한 시점이라는 생각이 든다.

시인이 스스로 마련한 설계도에서 이탈해서 김춘수의 시를 있는 그대로 읽어 보려는 시도를 하거나 아직 시도되지 않은 방향의 연구를 시작해 보는 것이 김춘수 시 연구에 새로운 돌파구를 마련해 줄 수 있을 것으로 보인다. 이 논문에서 김춘수 시를 통영의 로컬리티와의 관련 속에서 살펴보려고 시도하는 까닭은 바로 여기에 있다. 김춘수의 시에는 통영의 여러 지명과 통영에서 만나 교류한 사람들이 자주 모습을 드러낸다. 특정 시기의 시에서만 나타나는 현상이라기보다는 초기 시를 제외하고는 지속적으로 나타나는 현상이라고 볼 수 있다. 통영의 지역 방언은 자주 눈에 띄지는 않지만 몇몇 시에서 인상적으로 쓰이고 있다. 이 논문에서는 통영의 장소성과 통영에서 만나 교류한 사람들, 그리고 통영의 지역 방언이 나타난 시들을 중심으로 김춘수의 시에서 통영의 로컬리티가 어떻게 나타나는지 살펴보고자 한다. 이러한 연구는 김춘수의 생애와 시를 관련지어 읽어 보려는 시도이기도 해서, 애써 생애를 괄호 치기를 원했거나 의도적으로 편집된 생애만을 읽어 주기를 바란 시인의 의도에서 벗어나 김춘수의 시를 새롭게 읽어 보려는 시도이기도 하다.

를 비롯해 자전 소설 『꽃과 여우』, 그의 에세이와 김춘수 시에 대한 연구들을 참조하고 있다는 점에서 그의 생애와 문학을 본격적으로 연관 지어 다루었다고 보기에는 앞서의 한정적 관점이 되풀이되고 있다는 생각이 든다.

2 김춘수의 생애와 통영의 흔적

김춘수는 1922년 11월 25일 경남 통영읍 서정 61번지(현 경남 통영시 동호동 61번지)에서 3남 1녀 중 장남으로 태어나 통영공립보통학교를 졸업할 때까지 통영에서 살았다. 그는 경성공립제일고등보통학교(경기공립중학교)에 입학하면서 서울에서 학교를 다니다 졸업을 앞두고 경기공립중학교를 자퇴하고 일본 동경으로 건너가 1940년 니혼대학 예술학원 창작과에 입학했다. 1942년 니혼대학에서 퇴학당하고 세다가야 경찰서에 유치되었다가 서울로 송치되었다. 이후 김춘수가 다시 통영에 내려오게 된 것은 1944년 부인 명숙경 여사와 결혼하면서였다. 1945년 통영에서 유치환, 김상옥, 윤이상, 전혁림, 정윤주 등과 함께 통영문화협회를 결성해 야간중학과 유치원을 운영하며 연극, 음악, 문학, 미술, 무용 등의 예술운동을 전개했고 극단을 결성해 경남 지방 순회공연도 다녔다. 1946년에는 통영중학교 교사로 부임하여 1948년까지 근무했다. 1948년 첫 시집 『구름과 장미』를 행문사에서 자비로 출간한 후, 1949년에 마산중학교로 전근 가서 1951년까지 근무했다.[23] 한국전쟁이 일어났지만 마산중학교에 적을 두고 있었던 김춘수에게 직접적인 영향이 있었던 것 같지는 않다. 자전 소설 『꽃과 여우』에는 이때의 경험이 일부 등장하는데, 마산이 비교적 한국전쟁의 영향을 덜 받았다는 사실과 소개령이 떨어져 잠시 마산을 떠난 경험이 시인에게도 있었지만 얼마 지나지 않아 다시 돌아왔다는 사실이 기술되어 있다.[24] 김춘수는 1950년 3월에 제2 시집 『늪』을, 1951년에 제3 시집 『기(旗)』를 문예사에서 출간했다. 1952년에는 대구에서 설창수, 구상, 이정호, 김윤성 등과 시 비평지 《시와 시론》을 창간했고 1953년에는 제4 시집 『인인(隣人)』을 출간했다. 김춘수는 한국전쟁기로 불리는 시기에 세 권의 시집을 출간할 정도로 동시대의 같은 세대 시인들인 김수영, 김종삼, 전봉건, 박인환 등과

---

23) 시인의 생애에 대한 기술은 『김춘수 시 전집』(현대문학, 2004)에 실린 연보와 자전 소설 『꽃과 여우』(민음사, 1997), 이기철의 『김춘수의 풍경』(문학사상, 2021) 등을 참조했다.

24) 김춘수, 『꽃과 여우』, 224~225쪽.

는 다른 온도로 한국전쟁을 체험한 시인이라고 볼 수 있다. 통영에서 태어나 유소년기를 통영에서 보냈고 이후 서울에서 중학 시절을 보내고 일본 유학을 갔다가 세다가야 경찰서에 수감되며 20대 초반의 나이를 보냈고 해방을 앞둔 1944년 22세의 나이로 결혼하면서 다시 통영에 돌아와 해방기를 통영에서 보내고 1949년 마산중학교로 전근 가 마산에서 지내다 한국전쟁을 겪었으며 전쟁기에도 마산, 통영, 부산, 대구 등지에서 지냈고 이후에도 마산 해인대학, 경북대학교, 영남대학교 교수로 지내며 1981년 4월까지 대구 지역에서 거주했다. 그가 마산 해인대학에 재직한 것은 1년 정도지만 1970년대 초반까지는 그의 집과 가족은 마산에 있었다고 하니 마산과의 인연도 꽤 깊었던 것으로 보인다.[25] 통영, 마산, 부산, 대구가 서울에 올라가기 전까지 그의 주된 활동 무대였던 셈이다. 1981년 4월 국회의원에 피선되면서 그는 서울로 올라간다.

김춘수의 생애에서 통영에서 지낸 시간은 통영공립보통학교를 졸업할 때까지의 13년, 이후 1944년부터 1949년 마산중학교로 전근 가기 전까지의 약 5년 정도였지만, 마산, 부산, 대구 등지에서 지낸 시간까지 합하면 생애에서 50년 정도의 시간을 경남과 경북 지역에서 보낸 셈이다. 무엇보다도 유소년기와 청년기를 통영에서 주로 보냈다는 것은 그의 생애에서 통영이라는 지역이 미친 영향이 적지 않았음을 짐작게 한다. 통영은 김춘수에게 단지 고향이라는 의미에 머물지 않고 뜻이 맞는 시인, 화가, 음악가 등 예술가들과 어울려 지역의 문화를 함께 만들어 가는 거점 역할을 한 곳이라는 점에서도 각별한 의미를 지닌다. 그의 시에는 통영의 지명도 자주 등장하지만 그에 못지않게 통영을 거점으로 해서 만난 예술가들이 자주 모습을 드러낸다. 그리고 상대적으로 비중이 적기는 하지만 통영의 방언이 쓰인 시들 또한 눈에 띈다.

그의 생애에서 고향인 통영에서 살았던 시기는 그렇게 긴 시기라고 볼

---

25) 황인, 「예술가의 한 끼 — 꽃의 시인」, 《중앙선데이》, 2020. 4. 18.

수 없겠지만 통영을 떠나서도 마산에 거주하거나 대구에 거주한 시기는 고향인 통영에서 지리적으로나 심리적으로 그렇게 멀리 있었던 시기라고 보기는 어렵다. 그렇게 본다면 고향을 떠나 있는 시기에도 사실상 고향인 통영에서 꽤 가까운 거리에 김춘수가 기거하고 있었다는 사실을 눈여겨볼 필요가 있어 보인다. 통영을 거점으로 교류했던 예술인들과 이후에도 실질적, 심정적 교류를 지속했다고 볼 수 있다. 국회의원에 당선되어 통영―마산―대구로 이어지는 경상 지역을 떠나 서울로 주거지를 옮긴 후에도 김춘수의 시에서 통영은 지속적으로 호명된다.

김춘수의 시에서 통영의 지명, 사람, 방언이 등장하는 시를 살펴보면 통영의 지명이 등장하는 시 47편,[26] 통영을 거점으로 교류한 사람들이 등장하는 시 25편,[27] 통영의 방언이 등장하는 시 9편[28]이 확인된다.[29] 이 시들을 수록 시집[30]과 관련 시어를 중심으로 분류하면 다음의 표와 같다.

26) 통영의 구체적인 지명이 등장하는 시를 기본으로 하되, 구체적 지명이 등장하지 않아도 통영임이 분명하게 드러난 시는 47편에 포함했다. 「처용단장」 연작시는 오랜 기간에 걸쳐 따로따로 연재되었던 시임을 감안해 번호에 따라 각각 한 편으로 따로 세서 표에 반영했다. 3장의 시 분석에서는 구체적인 지명이 등장하는 시를 우선했음을 밝혀 둔다.
27) 「처용단장」 연작시는 번호에 따라 각각 한 편으로 따로 세고, 「이중섭」 연작시는 제목을 기준으로 하면 이중섭이 직접 등장하지 않아도 이중섭과 관련된 연작시로 볼 수 있지만 통영이라는 장소와의 연관 속에서 이중섭이 등장하는 시는 「이중섭·5」뿐이라 시의 본문에 직접 등장하는 경우에만 인물과 관련된 시로 판단했다.
28) 「처용단장」 연작시는 번호에 따라 각각 한 편으로 따로 세어 표에 반영했다.
29) 한 편의 시에서 장소, 사람, 방언이 겹쳐서 등장하는 경우에는 표 한 군데만 반영하되 시 제목 옆에 '*'표시를 하고 다른 요소도 '/( )'의 형식으로 표시해 두었다.
30) 엄밀히 말하면 시집에 실리기 전 최초 발표지면을 확인해야 하는데 김춘수의 경우 이 서지 작업이 제대로 이루어지지 않았다. 시인 생전에 전집이 여러 차례 출간되었으나 시집 중심으로 전집이 구성되어 있는 데다 시집 미수록 시가 전부 실려 있지 않고 시집 수록 시의 경우에도 최초 발표지면이 정리되어 있지 않은 점은 연구자 입장에서 아쉬움이 남는다. 여러 차례 개작한 김춘수 시의 특성을 생각할 때 추후 이에 대한 연구가 필요해 보인다. 개작 연구도 「처용단장」 등 연재를 확인할 수 있는 몇몇 시를 제외하고는 시집을 중심으로 이루어진 점은 다소 아쉽다. 무엇보다『김춘수 시 전집』이 시집을 기준으로 전집을 구성하고 있으면서도 중복 수록된 시들을 최종본을 중심으로 한 번만 싣고 있는 점은 시인의 의도가 반영된 것으로 보이나 연구자 입장에서는 온전한 전집의 기능을 한다고 보기 어렵다.

통영의 지명이나 지명을 유추할 수 있는 시어가 등장하는 김춘수의 시

작품명	통영의 지명·음식	수록 시집
「부두에서」	부두, 바다	『타령조·기타』(1969)
「죽도에서」	죽도	『김춘수 시선』(1976)
「충무시」	여황산, 동호동 육십일번지	『김춘수 시선』
「낮달」	여황산, 충무시 동호동	『남천』(1977)
「청마 가시고, 충무에서」*	남망산, 한려수도, 북신리/(청마)	『남천』
「이런 경우-김종삼 씨에게」	욕지도, 거제 둔덕	『남천』
「천사」	한려수도	『남천』
「안뢰」	여황산	『비에 젖은 달』(1980)
「차례」	용둣골	『비에 젖은 달』
「루오 할아버지가 그린 유화 두 점」	통영읍 명정리 갓골, 한려수도	『라틴 점묘·기타』(1988)
「그의 메시지」	남쪽바다, 고향	『라틴 점묘·기타』
「처용단장 제1부 눈, 바다, 산다화 1」	한려수도, 개동백	『처용단장』(1991)
「처용단장 제1부 눈, 바다, 산다화 3」	호주 선교사네 집, 바다	『처용단장』
「처용단장 제1부 눈, 바다, 산다화 4」	바다, 군함, 해안선	『처용단장』
「처용단장 제3부 메아리 7」	통영, 여황산, 호주 선교사네	『처용단장』
「처용단장 제3부 메아리 13」	바다, 북신리	『처용단장』
「처용단장 제3부 메아리 26」	남쪽 소읍, 와구	『처용단장』
「처용단장 제3부 메아리 33」	탱자나무 울, 뱃고동, 시락국	『처용단장』
「2월 어느 날」	한려수도, 모래톱	『돌의 볼에 볼을 대고』(1992)
「부유스름, 혹은 뿌유스름」	통영, 해안선	『서서 잠자는 숲』(1993)
「게」	한려수도	『서서 잠자는 숲』
「방풍」	통영군 산양면, 방풍	『서서 잠자는 숲』
「나비가」	호주 선교사네 집, 한려수도	『서서 잠자는 숲』
「바꿈 노래[替歌]-베레모」	미래사, 한려수도, 용화사	『김춘수 시 전집』(2004)
「바꿈 노래[替歌]-남쪽 나직한 소읍」	약방 앞 우체통	『김춘수 시 전집』

「바꿈 노래〔替歌〕-VOU」	통영항	『김춘수 시 전집』
「바꿈 노래〔替歌〕-젓갈」	고향, 젓갈	《현대시학》, 1994. 7/ 『김춘수 시 전집』
「미래사 가까이」	미래사	『호』(1996)
「추억」	한려수도	『호』
「해저터널 지나면」*	해저터널, 갯벌, 윤이상 오두 막집/(윤이상)	『의자와 계단』(1999)
「일모」	여황산, 바다	『의자와 계단』
「황아전」	황아전, 한바	『의자와 계단』
「숲종다리」	여황산	『의자와 계단』
「의자를 위한 바리에떼」	겨울바다, 통영, 한려수도	『의자와 계단』
「돌벤치」	해태마트 앞뜰 돌벤치	『거울 속의 천사』(2001)
「둑」	범부채꽃	『거울 속의 천사』
「변비」	한려수도, 항구	『거울 속의 천사』
「머나먼 길」	미래사	『거울 속의 천사』
「티눈과 난로와」	여황산	『거울 속의 천사』
「육탈」	쏙, 갯벌	『거울 속의 천사』
「전령 니이버」	고향, 한려수도	『거울 속의 천사』
「도영기」	섬, 괭이갈매기, 원추리, 참나리	『거울 속의 천사』
「명정리」	명정리, 우물가, 빨래터	《현대시학》, 2003. 3[31]/ 『달개비꽃』(2004)
「나의 생가」	생가, 축담, 뒤뜰 우물가	《시와시학》, 2003. 가을/ 『달개비꽃』
「통영」	통영, 짚신게, 볼락젓, 멸치, 방풀, 여황산	《서정시학》, 2003. 겨울/ 『달개비꽃』
「찢어진 바다」	바다, 물새	《현대시학》, 2004. 1/ 『달개비꽃』
「메르헨, 혹은 하이마트」	탱자나무 울, 샛노란 죽도화가 핀 길	『달개비꽃』

---

31) 발표 지면을 확인 가능한 경우에만 함께 제시했다.

통영을 거점으로 교류한 사람들이 등장하는 김춘수의 시

작품명	통영에서 교류한 사람들	수록 시집
「기-청마 선생께」	청마 유치환	『늪』(1950)
「책」	청마 유치환(「讀人不知」)	『라틴 점묘·기타』
「처용단장 제4부 뱀의 발 5」*	청마 유치환(「首」)/(남망산, 한려수도)	『처용단장』
「골동설 13. 통영읍」*	청마 유치환, 윤이상/(통영읍)	《현대시학》, 1995. 6/『호』
「청마의 헬멧」	청마 유치환	『호』
「바꿈 노래[替歌]-윤이상의 비올론첼로」	윤이상	『김춘수 전집』
「귀향」	윤이상, 전혁림	『거울 속의 천사』
「귀」	윤이상	『거울 속의 천사』
「강 화백의 파이프」	강신석	『타령조·기타』(1969)
「앵초-강신석 화백께」	강신석	『남천』
「화랑 M」	강신석	『비에 젖은 달』
「처용단장 제3부 메아리 44」	강신석	『처용단장』
「처용단장 제3부 메아리 45」	강신석	『처용단장』
「처용단장 제4부 뱀의 발 16」	강신석	『처용단장』
「강 화백」	강신석	『서서 잠자는 숲』
「이중섭·5」*	이중섭/(충무시 동호동, 한려수도 남망산)	『남천』
「내가 만난 이중섭」	이중섭	『남천』
「골동설」	전혁림(전 화백)	『호』
「허유 선생의 토르소」	허유(하기락)	『거울 속의 천사』
「동지 신채호」	신채호	『샤갈의 마을에 내리는 눈』(1990)
「처용단장 제3부 메아리 3」	단재 신채호	『처용단장』
「처용단장 제3부 메아리 24」	金子文子, 박열	『처용단장』
「처용단장 제3부 메아리 31」	박열	『처용단장』
「하늘에는 왜 아직도」	단재 신채호	『서서 잠자는 숲』
「제18번 비가」	허유	『쉰한 편의 비가』(2002)

작품명	통영의 말	수록 시집
「나귀도 없이」	초랭이, 방정초랭이	『비에 젖은 달』
「처용단장 제3부 메아리 6」*	퇴영/(욕지도)[32]	『처용단장』
「처용단장 제3부 메아리 21」*	오마 오마, 울옴마, 케, 멧자덩가, 폴, 당군, 소풀짐치, 눈, 뽈락젓, 세미물/(박석고개)[33]	『처용단장』
「처용단장 제3부 메아리 35」	퐅죽, 샐심	『처용단장』
「처용단장 제4부 뱀의 발 11」	개오주, 증강새, "우리 아아 밨재" "으데 갔나"	『처용단장』
「가을비」*	혜내끼/(남망산, 장개섬)	『김춘수 시 전집』
「골동설 11. 을이네 할아버지」	'이눔아 이늠으 자석아,/ 이 세상/ 므할라고 니 나왔덩고.'	『호』
「남녘 섬마을」*	"저눔어자석/ 웨해필 밑구녕이 빠지노./ 우짜믄 졸꼬,/ 얼매나 먹먹할꼬,/ 아이고 눈도 살콤 못 뜨네./ 우짤꼬,/ 지랄한다고 눈은 또 웨 오노." 포롯한/(남녘 섬마을)	『겨울 속의 천사』
「앵오리」*	앵오리, 부치, 고치, 토영, 폴, 퐅, 케, 우렁싱이, 미자발, 퇴영, 딩경, 난방산, 오매 오매/(통영, 남망산)	《시안》, 2003. 겨울/ 『달개비꽃』

　통영의 장소성이 드러나는 시와 통영을 거점으로 교류한 사람들(대개는 예술가들)이 드러나는 시, 통영의 방언이 직접적으로 드러나는 시는 위의 표에서 살펴본 바와 같이 편수에서 차이가 나타나고 일부 겹쳐서 등장하는 시들도 있다. 아무래도 통영의 장소성이 드러나는 시들의 비중이 가장 높았는데 그렇다고 해도 장소와 사람과 언어는 통영의 로컬리티를 형성하

---

32) 통영 방언과 함께 장소성이 드러나는 시의 경우 '/(장소)'의 형식으로 장소성도 함께 표에 드러냈다.

33) 통영에 있는 박석고개에 대해서는 다음 자료를 참조했다. "박석골은 통제사가 기거하던 운주당 및 세병관 가는 길이 미끄러워 납짝한 돌을 깔았다 하여 박석고개 박석골이라 했다."(김용재, 「통영의 "물" 그 역사를 찾아서 1 ─ 통영성 아홉 개의 새미를 찾아서」; https://blog.daum.net/backsekim/156)

는 데 있어서 복합적으로 작용하는 경우가 많다고 판단해 이 논문에서는 장소와 사람과 방언이 등장하는 시들을 중심으로 김춘수 시에 나타나는 통영의 로컬리티를 살펴보고자 했다. 장소의 경우에는 통영 외에도 마산, 부산을 비롯해 경남 지역에 머물렀던 시기가 있었고 경북 지역인 대구에서도 오래 교직 생활을 했기 때문에 경남 지역의 로컬리티나 경상 지역의 로컬리티에 대한 연구로 확장할 필요도 있다고 판단되었지만, 이 논문에서는 통영으로 한정해서 다루어 보고자 했다. 이 논문에서 통영의 로컬리티에 주목하는 이유는 단지 통영의 지역성에 주목하기 위한 것은 아니다. 통영은 김춘수의 고향이자 그가 유소년기를 보낸 곳이며, 서울에서 중학교를 다니고 일본 유학을 갔던 시절을 제외하고는 20대의 5년 정도를 보낸 곳이자 이후 작고할 때까지 그의 시에 지속적으로 모습을 드러낸 곳이다. 따라서 통영이 그의 시에서 어떤 장소로 재현되고 있으며 통영을 거점으로 교류해 온 사람들과의 관계 속에서 통영의 로컬리티가 어떻게 구축되고 있는지, 통영의 방언에 대한 인식이 김춘수의 시와 언어 감각에 어떤 영향을 미쳤는지 등을 탐구하고자 한다.

1
　무엇으로도 다스릴 수 없는 아버지는 나이 들수록 더욱 소나무처럼 정정히 혼자서만 무성해 가고,
　그 절대한 그늘 밑에서 어머니의 야윈 가슴은 더욱 곤충의 날개처럼 엷어만 갔다.

2
　모란이 지고 나면 작약이 피고, 작약 이울 무렵이면 낮에는 아니 핀다던 파아란 처녀꽃을 볼 수 있었다.
　그 신록이 푸른 잎을 펴어 놓은 마당가에서 나는 어머니를 닮아 가슴이 엷은 소년이 되어 갔다.

3

아버지는 장가간 지 다섯 해 만에 나를 낳았다.

나는 할머니의 귀여운 첫 손주였다.

스물 난 새파란 소년과수로 춘향이의 정절을 고시란이 지켜 온 할머니는 나의 마음까지도 약하고 가늘게만 기루워 주셨다.

4

그 집에는 우물이 있었다.

우물 속에는 언제 보아도 곱게 개인 계절의 하늘이 떨어져 있었다.

언덕에 탱자꽃이 하아얗게 피어 있던 어느 날 나는 거기서 처음으로 그리움을 배웠다.

나에게는 왜 누님이 없는가? 그것은 누구에게도 물어볼 수 없는 내가 다 크도록까지 내 혼자의 속에서만 간직해 온 나의 단 하나의 아쉬움이었다.

5

무엇이 귀한 것인가도 모르고, 나를 사랑하는 사람들 곁에서 한사코 어딘지 달아나고 싶은 반역에로 시뻘겋게 충혈한 곱지 못한 눈매를 가진, 나는 차차 청년이 되어 갔다.

——「집·1」(『기(旗)』, 문예사, 1951) 전문

이 시에는 통영의 구체적 지명이 드러나 있지는 않지만, 이 시에 그려진 "우물이 있"고 "언덕에 탱자꽃이 하아얗게 피어 있던" 곳이 김춘수 시인이 유년 시절을 보낸 고향 통영임을 짐작하기는 어렵지 않다. 김춘수의 시에서 반복되는 풍경이기도 하고 그의 에세이나 자전 소설에서 자주 모습을 드러내는 장소이기도 해서다. 이 시를 통해 김춘수에게 통영에서 보낸 유년 시절이 어떤 의미를 지니는지 짐작할 수 있고 아버지, 어머니, 할머니로 구성된 가족의 모습도 살펴볼 수 있다. 김춘수는 3남 1녀 중 장남으로 태어나 자랐다. "나에게는 왜 누님이 없는가?"라는 물음과 아쉬움은 장남으로 성장한 이들이 흔히 갖는 결핍이기도 할 것이다. "소나무처럼 정정"한 엄한 아버지와 "야윈 가슴"을 지닌 어머니, "스물 난 새파란 소년과 수로 춘향이의 정절을 고시란이 지켜 온 할머니"에게 둘러싸여 통영의 내로라하는 부잣집 장남으로 성장한 김춘수의 유년을 짐작게 하는 이 시는 통영의 장소성을 직접적으로 드러내지는 않아도 유소년 시절의 김춘수 시인의 모습과 경험을 보여 준다는 점에서 의미를 지닌다. "나를 사랑하는 사람들 곁에서 한사코 어딘지 달아나고 싶은 반역"을 품고 있었음을 이 시를 통해 김춘수는 슬며시 고백한다. 아직 뚜렷한 색채를 드러내지 않은 채 선배 시인들을 사숙하며 영향을 받던 초기 시에서 김춘수는 물질적으로도 그랬지만 사랑과 관심 또한 풍족했던 유년 시절에 남몰래 "한사코 어딘지 달아나고 싶은 반역"을 품고 있었음을 드러낸다. 이 반역의 마음이 그를 시인의 자리로 이끌었을 것이다.

3 통영의 장소성과 재구성된 시적 공간 '통영'

김춘수의 시에는 통영의 구체적인 지명이 드러나거나 구체적인 지명이 명시되어 있지는 않아도 통영을 그린 것임이 분명히 드러나는 시들이 여러 편 눈에 띈다. 그가 지면에 발표한 첫 시 「애가(哀歌)」(조선청년문학가협회 경남본부, '해방 1주년 기념 사화집' 『날개』, 을유문화사, 1946)와 첫 시집 『구름과 장미』(1948)를 낼 무렵까지는 통영에 거주하고 있었지만 초기 시에서는 통영이 구체적인 지명으로 모습을 드러내지는 않는다. 오히려 '바다'라는 다소 보편적인 장소가 등장하거나 "VOU라는 음향"(「VOU」)을 통해 바다를 드러내는 시들이 더 눈에 띈다. 이국적인 장소가 모습을 드러내는 것도 이색적이다. 통영이 구체적인 지명을 동반해 장소성을 드러내거나 그의 자전소설이나 에세이를 통해 반복적으로 묘사된, 통영에서 그가 살던 고향 집이나 장소가 시에 등장하는 것은 통영을 떠난 이후의 일이다. 김춘수의 시에서 통영이 문학적 장소로서 재현되고 있음을 이로써 알 수 있다. 이 논문에서는 김춘수의 시에서 통영이 어떻게 재현되며, 그 재현된 통영의 모습을 통해 김춘수가 보여 주는 통영의 로컬리티는 어떠한지 살펴보고자 한다.

통영은 충무로 이름이 잠시 바뀌었다 다시 통영이 된 곳이기도 한데 역사적으로는 통제사 제도와 이순신 장군의 한산도 대첩을 떠올리지 않을 수 없는 곳이다. 백석의 시에서 통영은 사랑하는 여인의 고향이면서 동시에 충무공의 사당과 함께 종종 호명되곤 했다.[34] 수군통제사가 있던 시절의 통영을 애써 호명하면서 통영에 역사성을 불어넣고 상실된 현재를 부각시키는 방식으로 통영을 재현한 것이 백석의 방식이었다. 일제강점기의 통영은 과거의 영광을 상실한 채 일찍이 일본인 이주 어촌이 형성되었고[35] 1932년에는 일제에 의해 해저터널[36]이 건설되는 등 병참기지화되는 수모를 겪은 곳이기도 했는데, 백석의 시에서는 그렇게 훼손된 통영이 아닌 통제사가 있던 시절의 통영을 재현해 냄으로써 상실감과 슬픔을 드러낸 것이다. 그렇다면 김춘수의 시에서 재현된 통영은 어떤 모습이었을까?

김춘수의 시에서는 통영의 각종 지명이 자주 등장함으로써 실재하는 통영을 분명히 지시하고 있으면서도 통영의 상징성을 가장 단적으로 드러내는 것은 바다였다는 점에서 통영이 보편성을 획득하게 된다. 김춘수의 시에서 역사적 장소로서의 통영은 지워지고 유년의 고향을 환기하는 정

---

34) 이경수, 「백석의 기행시편에 나타난 장소의 심상 지리」, 《민족문화연구》 53, 민족문화연구원, 2010. 12, 370~373쪽.

35) 박정석, 「일제강점기 일본인 이주 어촌의 흔적과 기억 — 통영 '오카야마촌'을 중심으로」, 《민족문화논총》 55, 민족문화연구소, 2013. 12, 315~352쪽; 김예슬, 「일제강점기 통영의 일본인 이주 어촌 형성과 조선인 어민의 대응」, 《인문논총》 53, 인문과학연구소, 2020. 10, 123~250쪽.

36) 이호욱, 「일제 강점기 통영 시가지의 경관 변화」, 《한국지역지리학회지》 25(4), 한국지역지리학회, 2019. 11, 495~511쪽.

서적이거나 보편적인 장소로서 통영이 재현된다. 김춘수의 시에서는 여황산, 죽도, 욕지도, 명정리, 미래사, 해저터널 등 통영의 구체적인 지명이 드러나는 시들을 여러 편 확인할 수 있는데 이 시들에 재현된 통영을 먼저 살펴보고자 한다.

> 날이 새면 너에게로 가리라.
> 시인이 되어 나귀를 타고
> 너에게로 가리라.
> 새는 하늘을 날고
> 길가에 패랭이꽃은 피어 있으리.
> 보라,
> 미크로네시아의 젖은 입술,
> 보라,
> 미크로네시아의 젖은 허리,
> 너에게로 가리라.
> 시인이 되어 나귀를 타고
> 날이 새면.
>
> ─「죽도에서」(『김춘수 시선(詩選)』, 정음사, 1976) 전문

죽도는 행정구역상으로 경남 통영시 한산면에 소속돼 있다. 통영에서 남동쪽 뱃길로 18킬로미터쯤 떨어진 통영만 해상에 위치한 섬으로 한려수도의 섬들 중 하나다. 예로부터 대나무가 많아 '죽도'라고 불린 이 섬은 임진왜란 때 병장기의 재료로 대나무가 쓰일 만큼 대나무가 대규모 군락을 이루고 있었다고 한다. 바로 그 '죽도'에서 시의 주체는 "날이 새면 너에게로 가리라."라고 말한다. '너'가 누구인지는 드러나 있지 않고 너에게로 갈 주체의 모습은 "시인이 되어 나귀를 타고" 갈 거라고 구체적으로 그려진다. 그렇게 너에게로 갈 때의 배경도 "새는 하늘을 날고/ 길가에 패랭이

꽃"이 피어 있는 모습으로 그려진다. 제목이 '죽도'였다면 '너'가 지칭하는 대상으로 자연스럽게 '죽도'를 떠올렸을 텐데 '죽도에서'가 제목인 것으로 보아 '죽도에서' 펼쳐지는 시적 주체의 상상이자 바람으로 시를 읽는 것이 더 타당해 보인다. 흥미로운 것은 죽도에서 시의 주체가 호명하는 '미크로네시아'이다. 태평양 서부에 있는 미크로네시아와 죽도의 공통점이라고는 여러 개의 섬으로 이루어진 다도해라는 점뿐이다. 죽도에서 태평양의 섬을 상상하며 시의 주체는 시인이 되어 나귀를 타고 너에게로 가는 상상을 한다. 시인이 된다는 것은 김춘수의 시적 주체에게 고향을 떠나 '너'에게로 이르는 일이었던 것으로 보인다. 고향을 떠나 있으면서 김춘수는 고향 통영을 자주 소환하곤 했지만 정작 고향에 머물러 있을 당시에는 고향을 떠나 다른 곳이나 다른 대상에 이르는 상상을 주로 했던 것 같다. 죽도라는 작은 섬에 갇히지 않고 죽도를 닮은 더 먼 다른 곳을 호명하거나 그곳을 떠나야 만날 수 있는 '너'를 호명하는 방식으로 김춘수 시에서 통영은 재현된다.

여황산아 여황산아, 네가 대낮에
낮달을 안고 누웠구나.
머리칼 다 빠지고
눈도 귀도 먹었구나.
충무시 동호동
배꽃이 새로 피는데
여황산아 여황산아, 네가 대낮에
낮달을 안고 누웠구나.
바래지고 사그라지고, 낮달은
네 품에서 오래오래 살았구나.

— 「낮달」(『남천(南天)』, 근역서재, 1977) 전문

「충무시」³⁷⁾로 발표했던 시를 개작해 『남천』에 실은 시이다. 불과 1년 전에 출간된 시집 『김춘수 시선』에서는 「충무시」로 실렸는데 1년 후에 낸 시집 『남천』에서는 행갈이를 새롭게 하고 내용도 수정하고 5행 정도의 내용을 새로 써서 제목도 '낮달'로 수정해 실었다. 여황산은 통영시 중앙동에 있는 산으로 통영 시가지를 감싸 안은 형세를 하고 있다. 『꽃과 여우』에 따르면 김춘수가 유년 시절 다녔던 호주 선교사가 경영하는 미션 계통의 유치원이 여황산 산발치에 있었다고 한다.³⁸⁾ 그런 이유 때문인지 호주 선교사네 집과 여황산은 통영이 등장하는 김춘수 시에서도 가장 높은 출현 빈도를 보인다. 「충무시」에 나오는 "동호동 육십일번지"는 김춘수 시인이 태어난 주소지이다. 개작 전의 시가 통영의 장소성을 좀 더 분명히 드러냈다면 개작한 「낮달」에서는 '여황산'과 '충무시 동호동'을 남겨 놓기는 했지만 '육십일번지'라는 정확한 주소를 지우고 제목도 '충무시'에서 '낮달'로 바꿈으로써 구체적인 장소성을 부각하기보다는 여황산과 낮달의 관계성과 낮달의 상징성을 좀 더 부각한다. 낮달은 해가 구름 뒤로 숨거나 어두울 때 주로 보이므로 창백한 흰빛을 띠고 있다. 오랜 세월 통영에 자리하고 있었을 여황산을 시의 주체는 "머리칼 다 빠지고／ 눈도 귀도 먹"은 늙은 몸으로 표상한다. 같은 시집에 실린 「봄이 와서」에도 "늙은 산이 하나／ 낮달을 안고 누워 있"는 모습이 등장한다. 계절이 바뀌고 "배꽃이 새로 피는데" 여황산은 변함없이 대낮에 낮달을 안고 누워 있고 이 장면은 김춘수 시의 주체에게 오래도록 각인된 풍경이었던 것 같다. 나이를 먹어가는 시인처럼 저 변함없는 풍경 속에 놓인 여황산도 늙어 간다고 느낀 것일까. 창백한 낮달의 이미지는 "바래지고 사그라"진 이미지로 시인이 구축한 통영의 풍경 속에 놓여 있다.

---

37) 「충무시」의 원문은 다음과 같다. "여황산(餘艎山)아 여황산아／ 네가 대낮에／ 낮달을 안고 누웠구나.／ 머리칼 다 빠지고／ 눈도 먹고 코도 먹었구나.／ 동호동(東湖洞) 육십일번지".(「충무시」, 『김춘수 시선』)
38) 김춘수, 『꽃과 여우』(민음사, 1997), 25쪽.

안개가 풀리면서 바다도 풀린다.

넙치 한 마리 가고 있다.

머나먼 알라스카 머나먼 알라스카로,

그러나 욕지도와 거제 둔덕 사이에서

해가 저문다.

안개가 풀리면서 바다도 풀리고

이제야 알겠구나.

넙치 두 눈이 뒤통수로 가서는

서로를 흘겨본다. 서로를 흘겨본다.

그래서 또 오늘밤은

더욱 가까이에 보이는

세자르 프랑크의 별.

—「이런 경우 — 김종삼 씨에게」(『남천』) 전문

통영의 장소성을 직접 드러내는 지명으로 욕지도와 거제 둔덕이 등장한다. 거제도는 몇 차례 행정구역상의 변화를 겪은 지역으로 1896년에는 경상남도 거제부에 속했는데 1914년 행정구역 개편으로 통영군에 속했다가 1953년에 통영군에서 나뉘어 다시 거제군이 되었고 지금은 거제시에 속해 있다. 김춘수가 유년 시절을 보낼 당시에는 거제도도 통영에 속해 있었다가 이후 한국전쟁이 끝나고 통영에서 떨어져 나간 것이므로 통영이 등장하는 시에서 욕지도와 함께 거제도가 호명되는 것은 자연스럽다. 이 시가 흥미로운 것은 통영의 장소성을 직접 드러내는 욕지도와 거제 둔덕과 함께 "머나먼 알라스카"와 "세자르 프랑크"가 등장하는 데 있다. 프랑스의 작곡가이자 오르간 연주자인 세자르 프랑크가 등장하는 것은 사실상 이 시의 부제에 나오는 김종삼 때문이다. 김종삼의 시에는 세자르 프랑크가 자주 등장한다. 특히 김종삼의 시 「파편(破片)」(《월간문학》, 1977. 6)[39]에는 '김춘수 씨에게'라는 부제가 붙어 있는데 시의 마지막 행이

"세자르 프랑크의 별."로 끝난다. 김춘수의 시는 동일한 방식으로 "세자르 프랑크의 별,"로 마침표만 쉼표로 바꾸어 김종삼의 시에 화답하고 있다. 부제도 '김종삼 씨에게'라고 붙임으로써 김종삼의 시와 동일한 형식을 부제와 마지막 행에서 띠고자 한다. 흥미로운 것은 마침표를 쉼표로 바꾼 부분인데, 김춘수의 시에는 마지막 행이 쉼표로 끝나는 시가 굉장히 많다. 김춘수식 마무리라고 해도 과언이 아닐 정도로 여러 편의 시에서 발견되는 특징이다. 이에 대해서는 별도의 연구가 필요해 보인다.[40] '알라스카'를 욕지도와 거제와 함께 호명함으로써 그리고 욕지도와 거제 둔덕 사이를 지나가고 있을 '넙치'를 머나먼 알라스카로 가고 있다고 말함으로써 통영의 장소성은 협소한 지역성에 갇히지 않고 태평양과 알라스카로 시야를 확장한다. 김춘수 시에서 통영이 자주 호명되는 장소로 하나의 원형을 이루면서도 그것이 지역성에 갇히지 않는 이유는 그가 통영을 그려 내는 방식에도 있지만 다른 한편으로는 이국적인 지명을 불러내 나란히 놓음으로써 세계성을 끌어들이고 있는 데에도 있다. 알라스카와 함께 호명될 때 통영의 장소성을 분명히 드러내는 욕지도, 거제 둔덕은 지시적인 의미를 넘어 세계의 일부로서 새로운 의미를 획득하게 된다. 구체적인 지명이 등장하는데도 지시적이고 사전적인 의미에 갇히지 않고 새로운 이미지를 불어넣는 기법은 김춘수가 통영의 장소성을 활용하는 독특한 기법이라고 볼 수 있다.

---

39) 이 시는 『시인학교』(신현실사, 1977)에 실렸다. 이에 대해서는 이민호 외 편, 『김종삼 정집』(북치는소년, 2018)을 참조했다.

40) 조재룡은 마침표의 생략을 통해 문장의 해석 가능성을 늘리려는 시도가 프랑스 시인 기욤 아폴리네르에게서 시작되었고 1980년대 이후 국내 시단에도 유행처럼 자리 잡았다고 보았는데,(조재룡, 「구두점의 귀환」, 『의미의 자리』(민음사, 2018)) 김춘수가 쉼표로 시를 마무리하는 형식을 즐겨 사용했다는 점은 매우 의도적인 선택으로 보인다는 점에서 아폴리네르, 말라르메 등 구두점 사용에 매우 예민했던 프랑스 시인들의 시를 그가 사숙한 영향의 흔적으로 읽을 수도 있을 것이다.

3

벽(壁)이 걸어오고 있었다.
늙은 홰나무가 걸어오고 있었다.
한밤에 눈을 뜨고 보면
호주 선교사네 집
회랑의 벽에 걸린 청동 시계가
겨울도 다 갔는데
검고 긴 망또를 입고 걸어오고 있었다.
내 곁에는
바다가 잠을 자고 있었다.
잠자는 바다를 보면
바다는 또 제 품에
숭어 새끼를 한 마리 잠재우고 있었다.

다시 또 잠을 자기 위하여 나는
검고 긴
한밤의 망토 속으로 들어가곤 하였다.
바다를 품에 안고
한 마리 숭어 새끼와 함께 나는
다시 또 잠이 들곤 하였다.

*

호주 선교사네 집에는
호주에서 가지고 온 해와 바람이
따로 또 있었다.
탱자나무 울 사이로
겨울에 죽도화가 피어 있었다.

주님 생일날 밤에는
눈이 내리고
내 눈썹과 눈썹 사이 보이지 않는 하늘을
나비가 날고 있었다.
한 마리 두 마리,

4
눈보다도 먼저
겨울에 비가 오고 있었다.
바다는 가라앉고
바다가 있던 자리에
군함이 한 척 닻을 내리고 있었다.
여름에 본 물새는
죽어 있었다.
물새는 죽은 다음에도 울고 있었다.
한결 어른이 된 소리로 울고 있었다.
눈보다도 먼저
겨울에 비가 오고 있었다.
바다는 가라앉고
바다가 없는 해안선을
한 사나이가 이리로 오고 있었다.
한쪽 손에 죽은 바다를 들고 있었다.
　　　　—「처용단장 제1부 눈, 바다, 산다화」(『처용단장』, 미학사, 1991) 부분

　김춘수가 그리는 통영의 풍경에 반복적으로 등장하는 장소가 "호주 선
교사네 집"이다. 김춘수는 호주 선교사가 운영한 미션 계통의 유치원에 다
녔는데, "선교사인 원장은 유치원에는 나오지 않고, 유치원 운동장과 탱

자나무 울타리로 구분된 선교사네 이 층 벽돌집의 이 층 베란다에서 흔들의자에 몸을 싣고 꺼풀이 검은 책을 읽고 있는 것을 가끔 볼 수 있었다."[41]고 한다. 어릴 적 경험한 호주 선교사네 집의 이국적인 이미지는 김춘수에게 깊이 각인되어 유년의 기억 속 한 장면으로 붙박인다. 통영은 김춘수에게 비린내와 습기를 몰고 오는 바닷바람과 바다의 이미지와 함께 이질적인 이국적 풍경을 종종 동반하며 기억되었는데 여기에는 유년 시절 각인된 호주 선교사네 벽돌집의 이미지가 바다와 함께 하나의 원형으로 자리하고 있었기 때문이다.

통영은 시각적 이미지와 청각적 이미지, 촉각적, 후각적 이미지로 환기되곤 한다. 호주 선교사네 뾰족집과 탱자나무 울타리, 죽도화의 노란 빛깔, 그리고 바닷가 모래밭을 기어가는 모과빛을 띤 게 한 마리가 통영의 시각적 이미지를 구성한다면, 항구에서 들려오던 뱃고동 소리, 물새의 울음소리는 통영의 청각적 이미지를 구성한다. 여기에 습기와 비린내를 머금은 바닷바람이 통영의 촉각적, 후각적 이미지를 형성하면서 그의 시에 눈물과 울음이라는 감각을 동반하게 한다. 시각과 청각과 촉각과 후각으로 환기되는 통영이 김춘수 시의 원형을 이룬다는 점에 대해서는 그 또한 「바다」에서 "바다는 병이고 죽음이기도 하지만, 바다는 또한 회복이고 부활이기도 하다. 바다는 내 유년이고, 바다는 또한 내 무덤이다."[42]라고 고백한 바 있다. 흥미로운 것은 통영이 단지 토속적인 고향의 이미지에 갇히지 않고 바다에 면해 있고 바다를 향해 열려 있는 곳이자 이국적이고 이질적인 이미지를 포함하고 있는 장소라는 점이다. 'VOU'하는 뱃고동 소리는 바다를 향해서도 퍼져 나가고 이 바다는 종종 태평양으로 열린다는 점에서 통영은 폐쇄적인 바닷가 마을이 아니라 유년의 원형을 형성하면서도 개방적인 세계를 지향하는 양가적인 장소가 된다. 이러한 통영의 로컬

41) 김춘수, 『꽃과 여우』, 25쪽.
42) 김춘수, 「바다」, 남진우 엮음, 『왜 나는 시인인가』(현대문학, 2005), 230쪽.

리티가 사실상 김춘수 시에 시인의 시적 원천이자 보편적이고 추상적인[43] 감각을 동시에 지니게 했다고 볼 수 있다.

> 33
> 탱자나무 울 사이
> 죽도화가 지고
> 뚜우 하고 뱃고동이 운다.
> 된장을 엷게 풀어 저녁에는
> 시락국을 끓인다.
> ──「처용단장 제3부 메아리」(『처용단장』) 부분

> 전라도 여수로 빠지는 통영군 산양면 바다쪽 비탈의 양지에서 자란 푸르스름 자주빛 도는 반질하고 길쭉한, 티티새의 깃같이 생긴 풀이다. 3월 한 달은 밤이고 낮이고 온 거리가 해풍에 절은 향긋 짭짤한 이 풀 냄새를 내뿜는다.
> ──「방풍」(『서서 잠자는 숲』, 민음사, 1993) 전문

김춘수의 시에서 통영의 장소성은 특유의 토속 음식을 통해서도 드러난다. 「처용단장 제3부 메아리 33」에서는 "된장을 엷게 풀어 저녁에는/ 시락국을 끓"이는 장면이 등장한다. 시락국은 통영을 비롯한 경남 해안 지방 사람들이 즐겨 먹는 시래깃국으로 통영이라는 장소를 환기하는 힘을

---

43) "바다는 내 유년이고, 바다는 또한 내 무덤이다. 물새가 거기서 날고 거기서 죽는다. 물새의 죽음은 그러나 주검(시체)을 남기지 않고, 거기서는 증발하거나 가라앉아 버린다. 흔적이 없다. 말하자면 완전히 추상이 된다. 나는 이러한 추상을 사랑한다. 릴케의 어떤 시의 한 구절처럼……"(위의 책, 230쪽)에서 바다가 완전히 추상이 된다는 김춘수의 고백은 이렇게 볼 때 의미심장하다. 그는 통영을 유년의 고향이자 구체적인 지리적 장소로 재현하는 데 그치지 않고 통영이 환기하는 장소성을 추상화함으로써 통영에 새로운 감각을 불어넣어 재현하고자 한 것으로 보인다.

지닌다. 「처용단장」 제3부와 제4부의 시에 대해 김춘수는 무의미시의 실험을 본격적으로 한 시로 이야기하지만 당시 《현대문학》에 연재된 「처용단장」 3부[44]의 시들에도 통영의 장소성이 드러나는 인용시처럼 의미 맥락이 지워지지 않은 시들도 사실상 눈에 띈다.

「방풍」 역시 제목에서부터 '방풍나물'을 연상시킨다. "통영군 산양면 바다 쪽 비탈의 양지에서 자란 푸르스름 자주빛 도는 반질하고 길쭉한, 티티새의 깃같이 생긴 풀"이라고 묘사된 방풍은 통영에서 자라는 풀로 "3월 한 달은 밤이고 낮이고 온거리가 해풍에 절은 향긋 짭짤한" "풀 냄새를 내뿜는다"고 할 정도로 강렬한 후각적 감각을 동반한다. 향긋한 향을 지니고 있어서 후각을 통해 환기되는 방풍은 주로 나물로 조리해 먹는데 통영에서 자란 이들에게는 방풍의 향을 통해 통영이라는 지역을 환기하는 힘을 지닐 것이다.

젓갈

언젠가 김동리 씨에게
내 고향 젓갈을 권했더니
한입 입에 넣어 보고는
심각한 맛! 이라고 했다.
썩어 가는 어물을
그 창자를
소금은 나트리움의 짜디짠
연옥이 되게 하지만
보라, 이젠
네 이마 위 천당이 없고

---

44) 「처용단장」 3부는 1990년 4월부터 1991년 1월까지 《현대문학》에 연재된다.

네 발 아래 지옥이 없다.
앙리 미쇼의 시를 읽으며 나는 가끔
비공(鼻孔) 깊숙이 스미는
뭔가 탕쳐 버린 듯한 소금의
쏩쓸한 그 냄새를 맡고
그 맛을 본다.
─「바꿈 노래[替歌]」(『김춘수 시 전집』, 현대문학, 2004, 746쪽) 부분

　　대체로 고향의 음식은 고향에서 살았던 시간과 사람들, 고향 땅을 환기
하는 역할을 한다. 마들렌 과자처럼 잊고 있던 기억을 불러오는 역할을 하
기도 한다. 그런데 김춘수의 시에서는 통영의 음식 역시 단지 통영이라는
장소를 환기하는 기능만 하지는 않는다. "내 고향 젓갈"은 김동리와 시의
주체의 차이를 부각시키며 갈라놓는다. 「통영」에 따르면 이 젓갈은 "동리
선생 입안에서/ 심각한 맛을 낸/ 볼락젓"이다. 통영의 젓갈은 김동리에겐
"심각한 맛!"에 불과하지만 "짜디짠/ 연옥이 되게 하"는 젓갈의 맛도 시의
주체에게는 "쏩쓸한" 냄새이자 맛으로 환기된다. "네 이마 위 천당이 없
고/ 네 발 아래 지옥이 없"는 현실을 오히려 자각하게 하기 때문이다. "앙
리 미쇼의 시를 읽"는 시의 주체는 통영의 삶과는 거리상으로나 심리적으
로나 멀리 떨어져 있는 것으로 보이지만 일부러 "가끔" "비공 깊숙이 스미
는/ 뭔가 탕쳐 버린 듯한 소금의/ 쏩쓸한 그 냄새를 맡고/ 그 맛을 본다."
라고 고백한다. 앙리 미쇼의 시를 읽는 우아한 삶에 고향 젓갈의 쏩쓸한
냄새와 맛은 살아 있다는 실감을 부여하는 감각일지도 모르겠다. 통영에
호주 선교사네 뾰족집이나 태평양을 통해 이국적인 이미지를 부여함으로
써 애써 토속성을 지운 채로 통영을 그려 왔던 김춘수는 이 시기[45]에 이

---

45) 『김춘수 시 전집』에서는 인용 시를 『서서 잠자는 숲』(1993) 이후 『호』(1996) 이전에 발표
　　한 작품으로 분류해 놓고 있으므로 1993~1996년 사이의 시기라고 볼 수 있다. 실제로
　　시가 발표된 시기는 1994년 7월《현대시학》임을 확인했다.

르러서는 오히려 현재의 우아하고 세련된 삶에 애써 고향의 젓갈 맛을 기억해 내 덧붙이려고 한다.

열네 살에서 열아홉 살까지 나는 지도만 들여다보며 지냈다. 지도에 그려진 내 고향 통영, 그 해안선, 톱날처럼 날카롭기만 하던 그 무수한 요철, 지도는 물론 하나의 독특한 개념이다. 경기중학의 그 5년 동안 거기(지도)서도 가끔 새나는, 물새가 우는 소릴 나는 들었다. 가늘고 애처롭고 너무 길어 끝이 보이지 않던, 길을 가다가 요즘도 문득 듣는 그 소리, 환청일까.
    ——「부유스름, 혹은 뿌유스름」,『서서 잠자는 숲』(민음사, 1993) 전문

김춘수는 통영공립보통학교를 졸업하고 열네 살의 나이에 경성공립제일고등보통학교(경기공립중학교)에 입학하면서 서울로 올라가 서울에서 학교에 다닌다. 이 시에서 말하는 "열네 살에서 열아홉 살까지"는 그가 경기공립중학교를 다닌 시기를 가리킨다. 통영 소년 김춘수는 낯선 서울에서 "지도만 들여다보며" 오래 고향 통영을 그리워했던 것 같다. 실재하는 통영 바다가 아니라 지도에서도 "가끔" "물새가 우는 소릴" 들었다고 할 정도로 향수에 시달렸던 것으로 보인다. 어린 나이에 고향을 떠나 객지에서 산 시간은 시인을 일찍 철들게 했던 것도 같다. 세상사에 시니컬한 태도를 지니고 있었던 향수를 앓는 부유한 소년은 졸업을 앞두고 경기공립중학교를 자퇴하고 일본 유학길에 오른다. 고향을 떠나 외로운 시간을 보냈을 서울에서 들었던 물새 우는 소리는 "가늘고 애처롭고" 긴 소리로 묘사되는데 "요즘도 문득 듣는" 환청이라고 시의 주체는 고백한다. 대개의 고향에 대한 인식이 그렇겠지만 김춘수에게도 통영은 고향을 떠나 있었던 시기에 특정한 이미지로 구축된다. 몇 가지 선명한 이미지와 물새 우는 소리, 바닷바람의 습기를 품은 특유의 비린내. 이런 감각으로 김춘수에게 통영은 재구성된다. 시인이 그리는 머릿속 이미지이자 시인의 바람을 품은 장소로 통영은 김춘수 시에서 재현되면서 구체적인 지명들이 호명되는

데도 실감이 지워진 문학적 공간으로 재탄생하게 된다.

조조할인 극장에 간다. 한쪽 구석에 가 앉는다. 학교는 싫고 그 시간에 거기 혼자 앉았는 것이 너무너무 흐뭇하다. 내 품에 극장 하나가 그득 안긴다. 발밑에서 사각사각 쥐가 의자 다리를 갉고 있다. 나는 눈을 감는다. 한려수도 저 멀리 게 한 마리 모과빛 털을 세우고 있다. 구름은 가지 않고 물새들의 덜미가 하얗다. 갑자기 어둠이 제 무게로 지긋이 나를 누른다. 그때다. 누가 '난 지금 빵을 먹고 있어'라고 한다. 영화가 시작되었나 보다. 눈을 뜨며 가난은 키가 작아 쓸쓸하겠다고 왠지 나는 그런 생각을 한다. 언젠가는 한번 꾸뻑하는 사이 도톰한 입술 하나가 스크린 밖으로 톡 볼가져 나왔다. 시몬 시몽, 그런 모양으로 넌 나를 놀렸지만, 어디서 얻어들은 소릴 나는 속삭였다.
bonjour simon.

—「추억」(『호(壺)』, 도서출판 한발, 1996) 전문

통영을 떠나 상급 학교에 진학하면서 시작된 서울살이에 김춘수는 잘 적응하지 못한 것으로 보인다. 학교를 종종 빠지기도 했고 성적도 말이 아니었다[46]고 『꽃과 여우』에서도 서술한다. 학교를 자주 빠지면서 그 무렵 학교 대신 도서관이나 극장에 가곤 했다는 『꽃과 여우』의 서술을 참조할 때 이 시는 그 무렵의 경험을 토대로 쓰인 것으로 보인다. 그렇다고 그때의 극장에서의 경험만이 이 시를 촉발한 것은 아니다. 학교에 가지 않고 조조할인 극장에 가서 혼자만의 시간을 보내는 습성은 이후 대학교수가 된 후까지 이어졌다고 이기철은 『김춘수의 풍경』에서 말한다.[47] "누가 '난

---

46) 김춘수, 『꽃과 여우』, 66쪽.
47) "그는 강의만 마치면 바로 학교를 빠져나와 시내 옷가게나 극장가, 혹은 '세르팡' 주위를 어슬렁거리거나 갈 데가 마땅찮으면 곧바로 귀가했다."(이기철, 『김춘수의 풍경』(문학사상, 2021), 16쪽)

지금 빵을 먹고 있어'라고 한다."라는 문장은 시의 문맥에서는 시의 주체를 현실로 돌아오게 하는 영화 속 대사로 느껴지기도 하지만 한편으로는 세다가야 경찰서 유치장에서 김춘수가 겪었던 경험이 자연스럽게 연상되기도 한다. 당시 사상범으로 수감된 도쿄 제국대학 경제학 교수가 갓 구운 빵을 먹는 특권을 홀로 누리곤 했는데 유치장에 갇혀 고초를 겪던 식민지 유학생 신세의 시인과 단둘이 있을 때조차 시인을 외면한 채 빵을 혼자 다 먹어 치웠다는 사실은 그가 이데올로기에 회의를 갖게 된 결정적 장면 중 하나로 채색되어 김춘수가 회상하는 그 시절의 풍경에 어김없이 등장하곤 했다.[48] 이렇게 볼 때 이 시에 그려진 장면들은 한 시기의 경험을 그린 장면이라기보다는 김춘수 생애의 여러 시기의 경험이 편집된 장면이라고 볼 수 있다. 「추억」은 처음 발표되었을 당시만 해도 산문시의 형태 대신 24행[49]으로 이루어진 시였는데 『호』에 실리면서 산문시 형식으로 개작되었다. 24행으로 된 「추억」에서는 "그때다./ 누가 "난 지금 빵을 먹고 있어"라고 한다./ 영화가 시작되었나 보다."와 같이 누군가의 말에 해당하는 부분이 큰따옴표로 직접 인용되어 있어서 시의 주체가 극장에서 들은 말임이 좀 더 직접적으로 드러난다. 다시 말해 처음 이 시를 쓸 때만 해도 영화에서 들려오는 대사를 직접 인용함으로써 고향에 대한 추억에 빠져 통영 바다라는 환영을 보고 있는 시의 주체를 극장이라는 현실 속으로 돌아오게 하는 효과를 드러내는 장치로 이 대사를 활용하고 있었다고 볼 수 있다. 그러나 산문시 형식으로 개작하면서 김춘수는 '난 지금 빵을 먹고 있어'라는 말을 작은따옴표(')로 바꿈으로써 어디서 들려오는 말인지 다소 모호하게 처리한다. 김춘수의 시와 자전 소설, 에세이를 읽어 온

---

48) 김춘수, 『꽃과 여우』, 190~192쪽; 김춘수, 「나를 스쳐간 그·3」, 남진우 엮음, 『왜 나는 시인인가』(현대문학, 2005), 66~67쪽.

49) 24행으로 된 「추억」은 김춘수, 「통영 바다, 내 마음의 바다」라는 산문에서도 확인된다.(김춘수, 「통영 바다, 내 마음의 바다」, 이남호 편, 『김춘수 문학앨범』(웅진출판, 1995), 138~139쪽)

독자들은 오히려 세다가야 경찰서 유치장에서의 풍경을 자연스럽게 겹쳐서 떠올릴 수밖에 없다. 김춘수의 개작에 대해서는 좀 더 면밀한 연구가 필요해 보이지만 그가 통영의 로컬리티를 드러내는 방식은 통영이라는 선명한 장소성을 모호하게 지우는 방식으로 작동하기도 했는데 이러한 특성이 개작을 통해서도 드러난다고 볼 수 있다.

이 시에는 극장 한구석에서 혼자만의 시간을 보내는 시의 주체가 등장한다. 영화가 시작하기 전 잠시 눈을 감은 그에게 떠오른 풍경은 오래전 한려수도의 풍경이다. "한려수도 저 멀리 게 한 마리 모과빛 털을 세우고 있다. 구름은 가지 않고 물새들의 덜미가 하얗다." 마치 스크린으로 보듯 선명한 추억의 풍경이자 김춘수의 시와 에세이, 자전 소설 등에서 자주 소환되는 익숙한 풍경이다. 극장의 불이 꺼지고 "갑자기 어둠이" 느껴지면서 시의 주체는 추억의 회상에서 깨어난다. 번잡한 도시에서 생활인으로, 교수로, 정치가로 살아가면서도 김춘수 시의 주체에게는 시적 원천으로 자리한 풍경이 하나 있다. 그것은 통영에서 나고 자라며 형성된 고향의 풍경, 바다와 모래사장의 게 한 마리와 구름과 물새들이 이루는 풍경이다. 통영이라는 아름다운 항구도시가 선사한 고향의 자연은 그에게 시적 원천으로 오래오래 남아 있다. 그리고 그가 구축한 통영의 로컬리티는 토속적 고향에 갇히지 않고 "bonjour simon."[50] 같은 이국적 독서 체험이나 문화 체험을 동반하며 새로운 풍경으로 재구성된다.

김춘수 시의 한 축에 이국적 장소를 향한 선망이 존재한다면 그 반대편에서 작동하는 축이 통영이었다고 말할 수도 있다. 달아나고 이탈하게 하는 원심력으로 이국적 장소가 작동한다면 통영은 그가 회귀하고 회감하

---

50) 개작 전의 시에서도 큰따옴표나 작은따옴표 같은 인용 표지 없이 "bonjour Simon,"이 단독 행으로 배치되어 있었는데 마침표 대신 쉼표가 쓰였다는 점도 기억해 둘 필요가 있다. 24행으로 행갈이가 되어 있었던 시를 산문시 형식으로 바꾸고 큰따옴표를 작은따옴표로 바꾸고 마지막 쉼표도 마침표로 바꿈으로써 김춘수는 앞서의 「추억」과 다른 시로 개작된 『추억』을 쓰고 싶었던 것으로 보인다.

는 장소로서 지속적으로 작용한다. 흥미로운 것은 이러한 지향이 분리되어서 나타난다기보다는 통영의 로컬리티를 통해 두 가지 지향이 공존하는 새로운 시적 공간으로 통영을 구축하고 있다는 데 있다.

4 통영의 예술가들과 상상된 '통영'의 심상 지리

통영은 김춘수의 여러 편의 시에서 통영을 환기하는 지명을 통해 장소성으로 주로 호명되었지만, 통영의 로컬리티를 살펴볼 때 또 한 가지 고려해야 하는 것은 통영을 거점으로 김춘수가 어울린 사람들이 등장하는 시를 어떻게 읽을 것인가 하는 문제이다. 김춘수는 통영에서 18년 정도를 살았지만 해방 후 몇 년간 통영에서 어울린 문화예술인은 통영을 떠난 이후에도 김춘수의 시에 자주 모습을 드러내며 통영의 로컬리티를 구축하는 데 기여한다. 김춘수가 통영에서 어울린 무리는 대개 통영문화협회에서 함께 활동한 사람들인데 그렇다고 해서 이들이 김춘수의 시에 모두 모습을 드러내는 것은 아니다. 통영문화협회에서 함께 어울린 사람들 중에서 시인으로는 유치환, 음악가로는 윤이상이 주로 모습을 드러냈고 전혁림이 등장하는 시도 한 편 눈에 띈다. 통영문화협회 소속은 아니어도 통영에 잠시나마 거주했던 화가 이중섭, 마산, 부산 등지에서 주로 활동한 화가 강신석 등이 김춘수 시에 자주 등장한다.

통영을 떠올릴 때 김춘수의 시적 주체가 주로 떠올린 사람들은 시인, 음악가, 화가 등 예술인이 주를 이루었지만 이들 못지않게 자주 호명된 인물들로 신채호, 박열, 하기락(허유)으로 이어지는 한국 아나키즘의 계보를 들지 않을 수 없다. 김춘수의 시에서는 서구의 아나키스트들이 자주 모습을 드러내기도 하지만 통영이라는 로컬리티와의 관련성을 생각할 때 하기락으로 대표되는 한국 아나키스트의 계보를 그가 각별히 통영의 풍경 속에 놓고 싶어 했음을 짐작할 수 있다. 신채호와 박열이 한국 아나키스트의 계보로 하기락과 함께 소환된 셈이다. 이 장에서는 김춘수의 시에서 자주 모습을 드러냈던 통영의 문화예술인들을 살펴보고 김춘수가 이들을 호명함으로써 통영의 로컬리티를 어떻게 구축하고자 했는지 밝혀 보고자 한다.

1
하늘의 푸른 중립지대에서, 여기도 아니고 거기도 아닌 일상에서는 멀고 무한에서는 가까운 희박한 공기의 숨 가쁜 그 중립지대에서, 노스달쟈의 손을 흔드는 손을 흔드는 너,
기ㅅ대여,

2
다시 말하면 오! 기ㅅ대여 너는,
하늘과 바다가 입 맞추는, 영원과 순간이 입 맞추는 희유한 공간의 그 위치에서 섰는 듯 쓰러진 하나의 입상(立像)!
　　　　　　　　　　　　　—「기(旗) — 청마 선생께」(『늪』, 문예사, 1950) 전문

'청마 선생께'라는 부제가 붙어 있는 김춘수의 초기 시이다. 이 시기에 김춘수는 다양한 선배 시인들을 호명하거나 그들의 시를 떠올리게 하는 표현을 인유하면서 자신의 시적 활로를 모색한다. 청록파 시인들과 유치환, 서정주 등의 생명파로 지칭된 시인들은 특히 김춘수 시에서 자주 모습을 드러내곤 했다. 그중에서도 청마 유치환은 통영이라는 고향의 선배 시인이기도 하고 통영문화협회를 통해 해방기에 함께 문화적 교류를 한 시인이며 김춘수의 첫 시집 『구름과 장미』(행문사,[51] 1948)의 서문을 써 준 인연도 있어서 김춘수의 시에서 자주 호명된다. 인용 시는 시의 제목과 부제, "노스달쟈의 손을 흔드는 손을 흔드는 너,/ 기ㅅ대여,"라는 표현에서

---

51) '行文社'는 동랑 유치진이 운영한 출판사로 『구름과 장미』를 내면서 이름을 빌렸음을 언급하기도 했다.(김춘수, 「나의 첫 시집 — 고향 통영서 펴낸 처녀시집 『구름과 장미』」, 《출판저널》 78, 대한출판문화협회, 1991. 2. 20.)

도 청마 유치환의 「깃발」을 강하게 환기한다. 청마의 '깃발'이 "저 푸른 해원을 향하여 흔드는/ 영원한 노스탈쟈의 손수건"으로 이상에 대한 동경과 닿지 못하는 비애의 마음을 표현했다면 김춘수의 '기'는 '깃발'보다는 '깃대'로 시선을 옮겨 오면서 "하늘의 푸른 중립지대에서, 여기도 아니고 거기도 아닌 일상에서는 멀고 무한에서는 가까운 희박한 공기의 숨 가쁜 그 중립지대에서, 노스달쟈의 손을 흔드는 손을 흔드는 너,"로 "영원과 순간이 입 맞추는 희유한 공간", 중립지대에서 흔드는 기로 의미를 변용한다. 김춘수의 깃발은 깃대에 붙박여 있는 존재임이 좀 더 부각되며 여기도 아니고 거기도 아닌 경계에서 손을 흔드는 존재로 전경화된다. 깃발의 지향점에 유치환의 시선이 향했다면 김춘수의 시선은 깃발의 존재론적 위치로 향하고 있다고 볼 수 있다.

> 모자를 눌러쓴 사람은
> 미간이 반쯤 그늘에 가리워지고 있다.
> 누구던가 생각나지 않지만
> 쉬이 잊혀지지도 않는다.
> 십팔사략이라고 하지만
> 중국의 하늘은 오천 년 동안
> 속눈썹이 자라서 길게길게 지금쯤 오르도스 오지까지
> 짙은 그늘을 드리우고 있다.
> 책상 너머 저만치
> 미간이 반쯤 그늘에 가리워진 가을 저녁이
> 무슨 모자라고 할까 챙이 긴
> 모자를 하나 눌러쓰고 있다.
> 어디선가 이제 막 출하한
> 마분지 냄새가 난다.
> ──「책」(『라틴 점묘·기타』, 탑출판사, 1988) 전문

"그늘은 서늘하지만, 겨울에는 차갑다(讀人不知)"라는 부제가 붙어 있는 시이다. 시의 문면에 청마의 모습이 드러나 있지는 않지만 이 시의 부제에 등장하는 '독인부지'는 청마 유치환 시의 제목이다. "나를 버린 야속한 그대 마음을/ 이 한밤 지내가는 밤비라면은/ 내 마음은 그 비를 지내 보내는/ 할 수 없이 황막한 벌판이라네"(유치환, 「讀人不知」, 『생명의 서』, 행문사, 1947)라는 짧은 시인데 버림받은 화자가 자신을 버린 야속한 그대 마음을 밤비에 빗대어 읽어 보려고 애쓰지만 끝내 실패하는 시라고 볼 수 있다. 청마가 남긴 연애시들 중 한 편인 셈이다. '비'를 모티프로 알 수 없는 사람의 마음과 연애 감정을 노래한 것이 청마의 시라면 김춘수의 시는 모자의 모티프를 활용해 반쯤 가려진 이미지를 시 전체에 걸쳐서 활용하고 있다. '미간이 반쯤 그늘에 가려진 모자 쓴 사람—짙은 그늘을 드리운 중국의 하늘—미간이 반쯤 그늘에 가려진 가을 저녁'으로 이어지는 이미지 전개를 통해 "누구던가 생각나지 않지만/ 쉬이 잊혀지지도 않는" 은폐와 노출, 가려짐과 드러냄의 이중성을 포착함으로써 '책'이라는 제목에 어울리는 좀 더 지적인 분위기를 구축한다. 시각적 이미지로 축적되던 풍경은 "어디선가 이제 막 출항한/ 마분지 냄새"로 공감각적 이미지의 전이가 일어난다. 청마 시의 모티프를 빌려 와 전혀 다른 분위기로 전이하는 방식은 김춘수가 통영의 예술인들과 교류함으로써 무엇을 얻고자 했는지 짐작게 한다.

『꽃과 여우』에서 김춘수는 해방되던 해 가을 무렵 '통영문화협회'를 만들었을 당시의 기억을 회고한다. "청마를 위시하여 윤이상(음악가), 전혁림(화가), 박재성(극작가), 서성탄(연극배우)" 그리고 시인 자신이 모여 "청마를 회장으로 모시고" "야간 공민학교를 개설하기도 하고 주기적으로 한글강습회를 열기도 했"음을 서술한다.[52] 그 무렵 "거의 매일같이 청마와 어울리게" 되었음을, "그때의 분위기에 이끌려" 습작을 다시 시작하게 되었음을 고백한다. 김춘수는 시를 써서 자주 청마에게 보이기도 했는데 "청마

---

52) 김춘수, 『꽃과 여우』, 213쪽.

의 곁에 있으면서도 청마의 시 세계는 "너무 존엄해 보이"거나 간혹 "낯이 간지럽기도" 해서 "어쩐지 거북하기만 했다"고 고백한다.[53] 「바위」나 「생명의 서」 같은 메시지가 뚜렷하며 무게 있는 시도 「행복」이나 「그리움」 같은 연애시도 어딘지 끌리지 않았음을 뒤늦은 고백을 통해 김춘수는 드러낸 셈이다.

> 해방 직후, 솜 입힌 불쌈만 차고 낮잠 자는 청마 머리맡에 어인 헬멧 하나가 얌전히 놓여 있었다. 언젠가는 복막염 수술을 받고 누웠던 청마를 문병하고 나오는데 어인 헬멧 하나가 따라나와 나를 자꾸 뒤돌아보게 했다. 엊그저께는 꿈에 또 어인 헬멧 하나가 사하라 사막을 어쩌자고 떼굴떼굴 혼자서 굴러가고 있었다. 바퀴도 없이.
>
> ──「청마(靑馬)의 헬멧」(『호』) 전문

자신의 시에 대해 시론뿐 아니라 자전 소설이나 에세이를 통해서도 주석을 붙이기를 즐겨 했던 김춘수는 『꽃과 여우』에서 이 시의 창작 경위에 대해서도 길게 말한 바 있다. 청마가 반바지를 즐겨 입었다는 사실, 몹시 더위를 타는 체질이어서 그랬는지 머리가 따가워서 그랬는지 헬멧을 늘 쓰고 다녔다는 사실을 청마에 대한 기억으로 풀어놓는다. 불쌈만 차고 낮잠 자는 청마 머리맡에 헬멧이 놓여 있었던 것은 사실이고 그가 복부 수술을 받고 누워 있었다는 것도 사실인데 불쌈에 솜을 입혔다는 것과 헬멧 하나가 자신을 따라 나왔다는 것은 허구라는 것을 상세히 밝히고 있다.[54] 헬멧 하나가 시의 주체를 따라 나오는 장면도 현실이 아닌 환상의 장면을 끼워 넣은 것이지만 그 헬멧 하나를 사하라사막을 굴러가게 만든 것도 예사롭지 않다. 통영의 장소성을 호명하는 시에서 이국적인 장면을 나란히 놓음으로써 통영을 시적 공간으로 새롭게 구축했던 것처럼 김춘

---

53) 위의 책, 214쪽.
54) 위의 책, 212쪽.

수는 통영에서 실제로 교류하고 영향을 받았던 청마와 관련된 실제 체험에서 모티프를 가져온 시에서도 이렇듯 체험에서 벗어난 허구의 장면, 환상이라고 부를 만한 장면을 끼워 넣음으로써 현실과 환상의 경계를 흐리고 통영에서의 인적 교류에 세계성을 부여하고자 한다.

13. 통영읍

도깨비불을 보았다.
긴 꼬리를 단
가오리 모양을 하고 있었다.
비석고개,
낮에도 사람들의 발걸음이 뜨음했다.
시구문에는 유약국이 살았다.
그 집 둘째가 청마 유치환
행이불언(行而不言)이라
밤을 새워 말술을 푸되
산군처럼 그는 말이 없고
서느렇던 이마,
해저터널 너머
해평이로 가는 신작로 그 어디 길섶
푸르스름 패랭이꽃
그리고 윤이상
각혈한 그의 핏자국이 한참까지
지워지지 않았다.
늘 보는 바다
바다가 그 날은 왜 그랬을까
뺨 부비며 나를 달래고

또 달래고 했다.

을유년 처서

조금 전의 어느 날.

──「골동설(骨董說)」(『호』) 부분

통영의 지명이 호명되며 통영에서 함께 어울린 인물들이 등장하는 시다. 시구문 유약국집 첫째가 유치진, 둘째가 청마 유치환임을 인용 시는 말한다. "행이불언이라/ 밤을 새워 말술을 푸되/ 산군처럼 그는 말이 없고/ 서느렇던 이마"를 하고 있는 이는 청마 유치환일 것이다. 윤이상은 "각혈한 그의 핏자국"으로 "한참까지/ 지워지지 않"은 채 기억된다. 윤이상은 경남 산청에서 태어나 아버지를 따라 통영으로 와서 자랐고 오사카 음악학원에서 작곡 등을 배웠는데 해방 직전 조선 가곡 작곡 악보가 일경에게 발각되어 두 달여 동안 감옥 생활을 한 것으로 알려져 있다. 을유년은 해방된 해이고 처서는 8월 23일 즈음이니 처서 조금 전이면 해방 직후 어느 날의 풍경이라고 볼 수 있다. 윤이상이 각혈한 핏자국으로 기억되는 것은 해방 직전의 수감 생활 때문이겠다. 김춘수 역시 세다가야 경찰서 유치장에 수감되어 고초를 겪었기 때문에 윤이상의 각혈이 더욱 기억에 남았던 것인지도 모른다. 이렇듯 김춘수의 기억 속에 각인된 어느 날의 풍경이 「골동설」이라는 장시의 '13. 통영읍'에 기록된다.

윤이상의 비올론첼로

그는 너무 가난하다.

그의 가난은 그러나

수탉 뒤꼭지에 달린 볏인 듯

악을 쓴다.

허파앓이와 객혈

길을 가다가도 그는 문득
본다.
괜찮아 괜찮아
시간은 아직 많이 남았다고
가느다란 대롱을 타고 생각보다
피는 아주 먼 데서 온다.
느릿느릿 해가 지고
하얗게 풀꽃들이 어둠에 잠기고
키 낮춰 누가 그의 집
손바닥만 한 옆채 골방으로 들어간다.
문 닫고 혼자서
목쉰 소리를 낸다.

　　　　　　—「바꿈 노래〔替歌〕」(『김춘수 시 전집』, 729쪽) 부분

　　윤이상이 등장하는 다른 시에서도 윤이상은 "허파앓이와 객혈"을 하
는 모습으로 그려진다. 일제강점기 말 겪은 고초로 인해 해방 직후 통영문
화협회에서 어울리던 시절의 윤이상은 이렇듯 늘 객혈하는 모습이었던 것
같다. 해방 후 통영으로 온 윤이상은 통영여고, 부산사범학교 등에서 음
악 교사 생활을 했으나, 투옥과 오랜 도피 생활로 얻은 결핵이 악화되어
죽을 고비를 넘기기도 했으며 그로 인해 한국전쟁 때 징집에서 제외되었
다는 것으로 보아 건강 문제로 한동안 고생했던 것으로 보인다. 그런 그의
모습이 부유한 집에서 자란 김춘수에게는 가난하게 느껴졌을지도 모르겠
다. "느릿느릿 해가 지고/ 하얗게 풀꽃들이 어둠에 잠기고" 시간은 느리
게 흐르고 "가느다란 대롱을 타고 생각보다/ 피는 아주 먼 데서" 오는 이
미지가 윤이상의 이미지를 형성한다. 오사카 음악학원에서 작곡과 첼로를
배웠던 윤이상을 환기하는 의미에서 '윤이상의 비올론첼로'라는 제목을
붙인다. 비올론첼로는 첼로를 가리키기도 하고 '비올론첼로 다 스팔라'라

는 18세기 바로크 시대에 유행한 고악기인 끈에 달아 목에 걸고 연주하는 바이올린처럼 생긴 첼로를 가리키기도 하는데 여기서는 첼로의 원래 이름을 일부러 밝혀 적은 것으로 보인다. 김춘수의 자전 소설이나 에세이에 윤이상과 관련된 일화가 따로 등장하지는 않는다. 통영문화협회에서 함께했다는 기록만이 남아 있을 뿐이다. 윤이상은 오직 김춘수의 시에서만 모습을 드러낸 셈이다. 이후 동베를린 간첩단 사건에 연루되어 국가보안법 위반으로 징역 10년형이 확정되었고 국제사회의 여론 악화로 1969년 형집행정지가 결정되어 독일로 간 이후 독일 국적을 취득했고 1995년 베를린에서 타계할 때까지 국내에 다시는 들어오지 못한 점 등이 윤이상에 대한 상세한 회고를 가로막은 것일 수도 있겠다. 인용시 '윤이상의 비올론첼로'는 윤이상을 통영을 거점으로 인연을 맺은 음악가이면서 세계적인 음악가의 자리에 가져다 놓는다.

1982년
서백림(西伯林) 윤이상의 집이다.
앉았다 섰다 또 앉다가
막 피어나는 앵초꽃 너머로
본다.
귓속에 귀가 있다.
누군들 이름을 부르지 말아요
테레사 할머니,
우리들의 고향은 통영입니다.
앵초꽃 피는
그때가 4월 초순
귓속에서 물새가 운다. 쉬었다가 울고
쉬었다가 또 운다.
귓속에 귀가 있다.

한려수도로 아득히 트인

귀가,

　　　　—「귀」(『거울 속의 천사』, 민음사, 2001) 전문

　이 시에는 "1982년/ 서백림 윤이상의 집"이 등장한다. 서베를린에 있는 윤이상의 집에 1982년에 김춘수가 갔을 리는 없으니 상상 속의 풍경을 그린 것으로 보아야 할 것이다. 왜 하필 1982년일까? 1982년에 대한민국 음악제를 통해 윤이상 작품 연주회가 두 차례 열리면서 해금 기회를 맞았다고 하고 북한에서도 같은 시기에 윤이상 음악의 공연이 열렸다고 하니 특별히 1982년을 호명한 것이겠다. "귓속에 귀가 있다", "귓속에서 물새가 운다" 같은 문장이 등장하고 이 시의 제목이 '귀'인 것으로 보아 아마도 김춘수는 1982년에 음악을 통해 윤이상을 다시 만났을 것이다. 앵초꽃[55] 피는 4월 초순경 그의 음악을 귀로 들으면서 서베를린에 있는 "윤이상의 집"을 떠올린 것이겠다. "우리들의 고향은 통영"이지만 윤이상은 서베를린에, 김춘수는 서울에 있었던 1982년이었다. 윤이상의 음악을 들으며 고향의 물새 울음소리를 아마도 시의 주체는 함께 듣지 않았을까? "한려수도로 아득히 트인/ 귀가," 통영을 지나 서울을 넘어 서베를린으로 열려 서로의 소리를 들을 수 있기를 어쩌면 그는 바랐을지도 모른다.

어느 봄날

강 화백이 물고 있는 파이프에서

강 화백의 얼굴만 한

커단 낙엽이 지는 것을 보았다.

어느 가을날

강 화백이 물고 있는 파이프에서

---

55)　앵초꽃은 습지에서 주로 자라는 들꽃으로 통영에서 흔히 볼 수 있다.

시네라리아의 귀여운 한 송이가
반쯤 피었다 지는 것을 보았다.
파이프를 물고 있을 때의
강 화백의 쌍꺼풀진 커단 눈은
언제 보아도 젖어 있다.
　　　　──「강 화백의 파이프」(『타령조·기타』, 문화출판사, 1969) 전문

　김춘수의 시 중에서 강신석(1916~1994) 화백이 등장하는 시는 7편이다. 대개는 '강 화백'으로 등장한다. 강신석은 경남 마산 출신의 현대 화가로 1960년대에 마산 외교 구락부에서 주로 활동한 파스텔 화가이다. 황인에 따르면 전쟁이 끝나고 마산에서는 시인과 화가의 합동시화전이 종종 열리곤 했는데 김춘수·강신석 시화전도 1953년 백랑다방에서 열렸다고 한다.[56] 아마 이 무렵부터 김춘수와 강신석의 교류는 시작된 것으로 보인다. 이후로도 1960년대에 강신석은 마산 외교 구락부에서 활동하고 김춘수는 마산 해인대학에 1960~1961년까지 재직했으므로 교류가 이어졌을 것이다. 김춘수가 1961년 경북대로 이직한 후에도 그의 집과 가족은 마산에 1970년대 초반까지 있었고 1978년에는 대구 맥향화랑에서 강신석과 함께 시화전을 열기도 했다[57]는 것으로 보아 이후로도 이들의 교류는 지속된 것으로 보인다. 엄밀하게 말하면 강신석은 통영을 거점으로 한 인물이라기보다는 마산을 거점으로 한 인물에 포함해야 하겠지만 김춘수의 시에 지속적으로 등장하기도 하고 통영문화협회에서 교류한 문화예술인과도 함께 어울렸던 화가이기도 해서 이 논문에서는 강신석을 포함해 다루었다.
　강신석은 파이프 담배를 즐긴 것으로 알려져 있다. 그의 사진에서도 파이프 담배를 물고 있는 모습을 어렵지 않게 찾을 수 있다. 강신석의 대표작으로 「파이프와 찻사발」(종이 위에 파스텔, 1975)이 잘 알려져 있기도 하

---

56)　황인, 앞의 글.
57)　위의 글.

다. 인용한 시에서는 늘 파이프를 물고 있는 모습의 강 화백이 소재로 등장한다. "강 화백이 물고 있는 파이프에서" 시의 주체는 "어느 봄날"에는 "강 화백의 얼굴만 한/ 커단 낙엽이 지는 것을 보"고 "어느 가을날"에는 "시네라리아의 귀여운 한 송이가/ 반쯤 피었다 지는 것을" 본다. 흥미로운 것은 봄날 연상되는 풍경과 가을날 연상되는 풍경이 뒤바뀐 것처럼 보인다는 것이다. 낙엽이 지는 계절로는 가을이 자연스럽고 시네라리아는 봄에 피는 꽃이다. 그렇다면 시의 주체는 어느 봄날에는 강 화백이 물고 있는 파이프에서 커다란 낙엽이 지는 가을의 풍경을 보고 어느 가을날에는 시네라리아가 반쯤 피었다 지는 봄날의 풍경을 본다는 뜻이겠다. 다시 말해 강 화백의 창작열을 불러왔을 파이프 담배는 시의 주체에게 실재하는 풍경을 보는 매개가 아니라 실재하지 않는 풍경, 당장의 눈앞의 풍경이 아니라 보이지 않는 풍경을 보게 하는 매개로 작용한 셈이다. "파이프를 물고 있을 때의/ 강 화백의 쌍꺼풀진 커단 눈"이 "언제 보아도 젖어 있"는 것은 시의 주체의 눈이 젖어 있기 때문은 아닐까? 젖어 있는 감각은 김춘수 시에서 지속적으로 나타나는 감각이기도 한데 사실상 그 원천에는 통영의 바다에서 습득한 감각이 작용하고 있었던 것으로 보인다. 그의 시에 가득한 눈물과 울음도 이와 무관해 보이지 않는다. 이후에도 김춘수의 시에는 "강 화백의 파스텔화"(「화랑 M」), "강 화백의 쌍꺼풀진 커단 눈"과 "열네 개의 파이프" 등이 종종 등장하는데 김춘수에게 강신석 화백은 "우리 시대 마지막 보엠/ 가난하고 가난했던 탐미주의자"(「처용단장 제3부 메아리 44」)로 각인되어 있었다. "뉴욕에서 후두암으로 새벽녘에/ 강 화백이 숨을 거두는,"(「처용단장 제4부 뱀의 발 16」) 장면은 오래도록 김춘수의 꿈에서 되풀이되었던 것으로 보인다.

충무시 동호동
눈이 내린다.
옛날에 옛날에 하고 아내는 마냥

입술이 젖는다.

키 작은 아내의 넋은

키 작은 사철나무 어깨 위에 내린다.

밤에도 운다.

한려수도 남망산,

소리 내어 아침마다 아내는 가고

충무시 동호동

눈이 내린다.

—「이중섭·5」(『남천(南天)』, 근역서재, 1977) 전문

이중섭(1916~1956) 역시 통영에서 기리는 화가이긴 하지만 사실상 그가 통영에 거주한 시간은 길지는 않다. 이중섭은 평남 평원에서 태어나 오산학교를 졸업하고 일본으로 유학 가서 일본인 부인을 만나 결혼했고 원산에 정착해 살았다. 해방 후 1946년 북조선미술동맹에 가입해《응향》의 표지 그림을 그린 후《응향》 필화 사건에 연루되어 고통받다가 1950년에 월남했다. 부산, 서귀포, 통영 등지로 전전하며 피난살이를 했고 1952년 국제연합군 부대 부두 노동을 하며 양담뱃갑을 모아 담뱃갑 은박지에 그림을 그렸다. 이후 생활고로 일본인 아내가 두 아이를 데리고 일본으로 떠난 후 아내를 그리워하며 궁핍과 고독의 나날을 보내다가 1956년 세상을 떴다.

김춘수는 「이중섭」 연작시 8편과 「내가 만난 이중섭」을 썼다. 이중섭이 월남한 후 부산, 서귀포, 통영 등지를 전전했지만 김춘수와 친교가 두터웠거나 자주 만났다는 기록은 찾아볼 수 없어서 이기철은 일방적인 흠모였을 것이라 짐작하기도 한다.[58] 이중섭이 등장하는 9편의 시 중 통영이라는 장소와 관련해 이중섭이 등장하는 시는 인용 시 한 편뿐이다. 나머지 연작들에선 서귀포와 부산 남포동, 광복동이 주로 등장하고 「이중

---

58) 이기철, 앞의 책, 151쪽.

섭·7」에는 대구 팔공산과 동성로가 등장한다. 아이들을 데리고 일본으로 간 아내를 남은 평생 그리워하다 몸과 마음을 상해 세상을 뜬 화가 이중섭을 향한 안타까움이 이 시에서도 묻어난다. "키 작은 아내의 넋"을 찾아 그리워하는 이중섭의 마음을 "입술이 젖"고 "밤에도" 우는 감각으로 형상화한다. "충무시 동호동"에 "눈이 내"리는 풍경은 당시 흔치 않았을 것이다. "충무시 동호동/ 눈이 내린다."를 반복함으로써 시의 주체는 이중섭에게 눈과 함께 "키 작은 아내의 넋"이 내리는 환영을 볼 수 있게 실재가 아닌 풍경을 구축한 것이겠다.

> 안다르샤
> 잡풀들이 키대로 자라고
> 그들 곁에
> 머루다람쥐가 와서 엎드리고 드러눕고 한다. 그
> 머루다람쥐의 눈이 거짓말 같다고
> 믿기지 않는다고
> 장군 후랑코가 불을 놨지만, 너
> 천사는 그슬리지 않는다.
> 안다르샤,
> 머나먼 서쪽
> 봄이 가고 여름이 와도 그러나
> 죽도화는 피지 않는다.
> 피지 않는다.
> ──「허유(虛有) 선생의 토르소」(『거울 속의 천사』) 전문

통영을 거점으로 김춘수가 어울린 인물들 중 또 하나 눈여겨봐야 하는 인물이 '허유 선생'으로 그의 시에 모습을 드러내는 하기락(1912~1997)이다. 김춘수는 제목에 등장하는 '허유'에 각주를 붙여 아나키스트 하기락

선생의 아호임을 드러낸다. 하기락은 경남 함양에서 태어나 1929년 광주학생항일운동에 가담했던 인물로 1946년 부산 지역에서 《자유민보》를 창간하고 이후 대구대, 경북대, 동아대, 계명대 등의 교수로 재직하며 경북, 경남 지역에서 한국 철학계를 이끌어 간 학자이다. 1960년 김춘수는 몇 년간 출강해 온 마산 해인대학에 조교수로 임용이 되는데 이듬해 4월에 경북대학교 국어국문학과 전임강사로 자리를 옮긴다. 당시 경북대학교 문리과대학 학장이 하기락이었는데 그의 주선으로 경북대로 옮겼다는 것으로보아[59] 이미 그 전부터 김춘수와 인연이 있었음을 짐작해 볼 수 있다. 김춘수의 시에는 많은 국내외 아나키스트들이 등장하는데, 그중에서도 국내 아나키즘의 계보로 언급되는 인물들이 신채호, 박열, 하기락(허유) 등이다. 한국 아나키즘의 계보에 놓이는 인물들에 대한 지속적 인용과 탐구가 김춘수의 시에서 나타나는데 김춘수가 아나키즘에 관심을 갖기도 했지만 하기락의 영향도 적지 않았으리라 짐작해 본다. 박열은 경북 문경 태생의 아나키스트이고 신채호는 충남 대덕에서 출생했지만 본관은 경북 고령이어서 이들을 묶어 경상도 지역의 로컬리티를 살펴볼 수도 있겠지만 이 논문에서는 시에서 통영과 관련된 장소성이 어느 정도 드러나는 하기락에 한정해서 살펴보고자 한다.

"안다르샤"는 스페인 최남단의 안달루시아를 가리킨다. 김춘수는 각주를 통해 "스페인령. 1930년대 아나키즘의 본거지."라고 밝힘으로써 아나키즘에 대한 관심에서 이 장소가 쓰였음을 드러낸다. 1988년에 간행된 『라틴 점묘·기타』는 1986년 그리스와 스페인을 다녀온 경험이 반영된 기행시집인데 시집에 수록된 「시인의 말」에서 김춘수는 오래전부터 라틴 문화권에 대한 동경과 흠모를 간직하고 있었다는 사실과 그리스 여행이 실망스러웠던 데 비해 스페인은 무척 인상적이었음을 서술하고 있다.[60] 특히 마

59) 「연보」, 이남호 편, 앞의 책, 294쪽.

60) 김춘수, 「시인의 말」, 『라틴 점묘·기타』; 김춘수, 『김춘수 시 전집』(현대문학, 2004), 459~460쪽.

드리드의 궁전들과 안다르시아의 평원, 토레도는 이 시집에 여러 차례 언급될 정도로 김춘수에게 깊은 인상을 남긴다. 안달루시아는 이 시집 이후로 김춘수의 시에서 종종 모습을 드러낸다. 인용 시에는 안달루시아와 "장군 후랑코"라는 스페인을 연상시키는 장소와 사람이 등장하는데, 시의 제목은 "허유 선생의 토르소"이고 "죽도화"는 통영에서 피던 꽃으로 김춘수 시에서 통영의 풍경을 환기할 때 등장하곤 한다. 이국적인 장소와 사람, 통영을 연상시키는 장소와 사람을 나란히 놓은 방식은 이 시에서도 활용되고 있다. "안다르샤"가 1930년대 아나키즘의 본거지로 소환되면서 그 대척점에 놓이는 인물로 프랑코 장군이 배치된 셈이다. 김춘수가 여러 편의 시와 산문에서 추구한 아나키즘은 사실상 이데올로기에 사로잡히지 않는 자유의 추구에 가까운 개념으로 이해할 수 있다. 그런 점에서 파시스트 프랑코와 가장 멀리 있는 것이 "안다르샤", 즉 시의 주체가 꿈꾸는 아나키즘이라고 볼 수 있다. "잡풀들이 키대로 자라고/ 그들 곁에/ 머루 다람쥐가 와서 엎드리고 드러눕고" 하는 풍경이야말로 김춘수의 시적 주체가 생각하는 아나키즘을 구현한 풍경이라고 볼 수 있다. 여기에 "장군 후랑코가 불을 놨지만, 너/ 천사는 그슬리지 않는다." 파시스트의 행위가 아나키즘의 본질, 자연의 자연다움, 어디에도 사로잡히지 않는 자유를 훼손할 수는 없음을 말하고 싶었던 것이겠다.

여기에 "죽도화는 피지 않는다."라는 문장이 등장하고 "허유 선생의 토르소"라는 제목이 붙은 까닭은 무엇일까? 우선은 불을 질러도 훼손되지 않는 천사가 등장한 다음에 나온 문장이라는 점에서 죽도화가 피지 않는다는 것은 한편으로는 훼손된 자연을 가리키는 것으로 읽을 수 있다. 그런데 이 죽도화가 통영에서 핀 꽃이자 김춘수가 유년의 고향 통영을 떠올릴 때 등장한 꽃이었다는 점을 기억하면 죽도화가 피지 않는다는 것은 이곳이 기억 속 통영이 아님을 한편으로는 환기한다. 토르소는 몸통을 뜻하는 이탈리아어에서 온 말로 머리와 팔다리가 없고 몸통만 있는 조각상을 가리킨다는 것을 떠올리면 하기락의 아호인 허유의 몸통, 다시 말해 그가 추구한 아나키즘의 본질을 이야기하려 한 시임을 짐작해 볼 수 있다. '虛有'라는 호는 虛와 有, 텅 빔(없음)과 있음이 공존한다는 점에서 그 자체로 존재의 허무를 드러내는 아나키스트다운 호가 아닐 수 없다. 김춘수가 이야기하고 싶었던 것은 무엇일까? "안다르샤"가 아나키즘의 본거지였다고 해도 그곳에서 죽도화가 피지는 않듯이 결국 허유 선생의 아나키즘은 죽도화가 피는 곳에서 피워 올릴 수밖에 없음을 이야기하고자 한 것인지도 모른다. 죽도화가 피는 통영이 시인이 재구성한 통영의 풍경일 뿐 실재하는 풍경이 아님을 생각한다면 어쩌면 죽도화는 어디에서도 피지 않을 수도 있겠지만 말이다.

이상 유치환, 윤이상, 강신석, 이중섭, 하기락 등 통영을 거점으로 김춘수가 교류해 온 문화예술가들을 통해 구축되는 통영의 로컬리티를 살펴보았다. 통영을 거점으로 교류한 문화예술인들이었지만 김춘수는 통영이라는 로컬에 이들을 가두지 않고 국경을 넘어 세계 체제 내에서의 관계성이라는 측면을 의식하고 있었던 것으로 보인다. 통영이라는 문화, 정신, 세계에 대한 탐구는 그 지역이 지니는 특수성에도 주목하게 하지만 어떻게 보편성을 획득하며 세계와 관계 맺는지를 살펴보는 데 김춘수의 시는 더 관심을 가지고 있었다. 김춘수의 시에 인명을 가리키는 고유명사가 통영이나 경남 지역을 중심으로 한 교류 관계에서만 나타나는 것은 아니지만, 통영이라는 지역을 거점으로 교류한 인물들과의 관계 속에서 형성된 통영의 로컬리티는 통영의 지역성에 갇히지 않고 더 넓은 세계를 향해 나아가는 방향으로 작동하고 있었던 것으로 보인다. 스페인 기행을 마치고 쓴 시에서 등장하는 서구의 아나키스트와 그가 일찌감치 영향을 받은 릴케, 예수, 도스토옙스키 등과 닿아 있는 세계를 향해 통영의 로컬리티도 작동하고 있었다. 이 논문에서 다루지는 않았지만 김춘수의 시에는 신라로부터 이어지는 경상 지역의 로컬리티에 대한 이해가 바탕에 깔려 있다고 볼 수 있는데 서정주의 영향으로도 볼 수 있는 서라벌, 신라 문화에 대한 탐구를 그 연장선에서 이해할 수 있다. "서러움이 없으면 가락도 없는 거야,"

(「3. 섣달 그믐날 밤의 대악(碓樂)」, 『낭산(狼山)의 악성(樂聖) — 백결 선생』, 동화 출판공사, 1975)라는 말에서 드러나는 신라 자비왕 때의 거문고 명인 백결 선생의 예술관에 대한 탐구를 보여 준 시집 『낭산의 악성』에서 그러한 지향이 드러나기도 한다. 경주 낭산 초옥에서 태어나 남해 바다로 돌아간 백결 선생의 삶에서 그는 시인으로 살다 갈 자신의 운명을 본 것인지도 모른다. "방아 찧고 방아 찧고/ 방아 찧던 가락,/ 그 슬프디슬픈 가락,/ 구름 되고/ 물 되고/흙 되어/이제는 흔적도 없"지만 "백결 선생!/ 그대가 그대로 하나의 가락"임을 김춘수는 이 서사시를 통해 승인하고 남해 바다를 지나 더 먼 세계를 향해 나아가려 했던 것인지도 모른다.

5 통영의 방언과 풍토 감각에 대한 인식

로컬리티 연구가 인간과 삶터에 대한 인문학적 성찰을 목표로 한다고 할 때[61] 통영의 로컬리티 연구에서 통영이라는 지역에서 쓰인 언어가 그곳에서 살아가는 사람들과 어떻게 상호작용을 하며 어떤 관계성을 만들어 내는지를 탐구하는 것은 필요하다. 특히 문학작품의 로컬리티 연구에서는 지역에서 실제로 쓰이고 공유되는 언어가 어떤 효과를 자아내는지를 살펴보는 것이 중요해 보인다. 통영의 방언이 직접 등장하는 김춘수의 시가 많다고 볼 수는 없지만 대개 유년의 한 장면을 회상할 때 방언이 등장한다는 점에서 통영의 로컬리티가 김춘수 시에서 어떻게 형성되고 있는지를 살펴보는 데 유용한 자료를 제공해 준다. 표준어가 통영에서 어떻게 쓰였는지, 통영의 방언이 어떤 의미와 효과를 자아내는지에 일찌감치 눈뜬 시인은 방언이 지닌 차이를 통해 말맛을 꽤 이른 시기에 인식했던 것으로 보인다.

---

61) 차윤정, 「언어를 통한 로컬리티 연구 — 대상과 방법을 중심으로」, 《우리말글》 75, 우리 말글학회, 2017. 12, 52쪽.

초라니,

남도 사투리로는

초랭이,

방정초랭이라고 한다.

유카리나무는 키가 얼마나 클까 하고

유카리나무에는 어떤 꽃이 필까 하고

예루살렘까지 밀밭길을 가고 있다.

나귀도 없이 별만 보며,

　　　　　　──「나귀도 없이」(『비에 젖은 달』, 근역서재, 1980) 전문

　김춘수가 통영과 마산에서 지냈던 제법 긴 시간을 생각하면 통영 방언과 경남 방언이 김춘수 시에서 쓰이는 건 어쩌면 자연스러운 일이다. 그런데도 사실상 통영의 방언이 쓰인 시는 9편에 불과하다. 이렇게 적은 작품에서 통영의 방언을 노출했다는 것은 방언의 사용 여부가 매우 의식적이었다는 반증이기도 하다.

　인용한 시에서 남도 사투리가 처음 등장한다. "초라니,"라고 먼저 말한 후에 "남도 사투리로는/ 초랭이,/ 방정초랭이라고 한다."라는 설명형 문장이 이어진다. 초라니는 하회 별신굿, 고성과 마산의 오광대놀이 따위의 가면극에 나오는 등장인물로, 주로 경망하게 까부는 하인이나 머슴 역을 맡는다. 김춘수 시에 나오는 것처럼 남도 사투리로는 '초랭이'라고 한다. 흔히 양반의 종이나 머슴인 초랭이는 양반을 약 올리는 행동을 하면서 영악하고 행동거지가 경망스럽다. 걸음이나 행동거지가 방정맞고 경망스러워서 '방정초랭이'라고도 하는 것이다. 그런데 이어지는 행이 예사롭지 않다. 남도 사투리를 기껏 쓰고 가면극의 토속적 분위기를 형성해 놓고 바로 다음 행에서 유카리나무가 등장한다. 유칼립투스를 뜻하는 유카리나무가 김춘수의 시에서는 꽤 자주 등장한다.[62] "유카리나무는 키가 얼마나 클까 하고/ 유카리나무에는 어떤 꽃이 필까 하고/ 예루살렘까지 밀밭

길을 가고 있다. / 나귀도 없이 별만 보며,"라는 이어지는 부분에서는 예루살렘까지 밀밭길을 걸어가는 예수의 모습이 떠오르기도 하고 예루살렘까지 성지순례하는 모습이 떠오르기도 한다. 시의 주체는 왜 초라니에서 나귀도 없이 별만 보며 걸어가는 예수를 떠올린 것일까? '나귀도 없이' 걷는 모습이 초라니나 예수나 다를 바 없다고 생각한 것일까? 이질적인 분위기를 보여 주는 시이지만 토속적인 장면과 이국적인 장면을 나란히 놓는 김춘수 시의 기법은 여기에서도 확인된다.

김춘수의 시에서는 방언 사용의 빈도가 높은 편은 아니지만 통영 지역의 방언이 날것으로 쓰인 시와 각종 외래어와 이국적 풍광의 묘사가 공존함으로써 특정한 효과가 발휘되는 것은 김춘수 시가 구축한 개성이라고 볼 수 있다. 이러한 공존은 김춘수 시 전체에 걸쳐 나타나는 특징이기도 하지만 한 편의 시 안에서도 쓰이기도 한다. 이에 대해 엘리아·전세진은 김춘수가 말한 '풍토 감각'에 주목해서 『타령조·기타』와 『처용단장』 연작을 살펴봄으로써 김춘수의 시가 전통적인 요소들을 이국적인 이미지와 병치하는 특징을 지님을 포착하고 있다.[63] 엘리아·전세진이 살펴본 바와 같이 김춘수의 특정 시기의 시에서 한국적이거나 고향을 지칭하는 장소와 이국적인 장소가 병치되는 특징이 발견되기도 하지만, 한 편의 시 안에서도 통영의 장소성과 이국적 장소가 공존하고 통영의 방언과 표준어가 나란히 쓰인 경우를 발견할 수 있어서 이러한 특징은 김춘수의 시가 통영의 로컬리티를 어떻게 구축하고 있는지를 드러내 준다.

---

62) 송영목은 오래전 연구에서 김춘수의 시에 나온 식물의 종류와 빈도수를 정리한 바 있는데 오래전 자료임에도 다른 식물에 비해 '유카리나무'가 압도적으로 높은 빈도수(9회)를 나타냄을 알 수 있다. 송영목, 「단시와 개인의 재능」, 김춘수연구간행위원회 편, 『김춘수 연구』(학문사, 1982), 217쪽.

63) 엘리아·전세진, 앞의 글, 349~387쪽.

6

외할머니는 통영을
퇴영이라고 하셨다.
오늘은 뉘더라
얼굴이 하나 지워지고 있다.
눈썹 밑에 눈이 없고
눈 밑에 코가 없고
입은 옆으로 비스듬히 돌아앉아 있다.
외할머니의 퇴영은 통영이 아니랄까 봐
오늘은 아침부터 물새가 울고
세다가아서 감방은 (나를 달랜다고)
들창 곁에 욕지(欲知) 앞바다만 한 바다를 하나
띄우고 있다.

—「처용단장 제3부 메아리」(『처용단장』) 부분

통영의 방언이 등장하는 김춘수의 시가 많지는 않지만 「처용단장」 연
작시에서 주로 확인된다. 통영의 방언이 등장하는 시는 대체로 유년의 통
영을 소환하거나 통영의 방언을 사용하던 인물이나 그 인물에 대한 기억
을 소환하는 경우가 많다. 이 시에서도 방언 사용의 주체로 외할머니가
등장한다. "외할머니는 통영을/ 퇴영이라고 하셨다."라는 문장에서 외할
머니의 말을 통해 '퇴영'이라는 통영을 가리키는 방언이 소환된다. 김춘
수는 「'고오히이'와 '커피'」라는 글에서 통영을 유독 퇴영이라고 불렀던 외
할머니 이야기를 한 적이 있다. "'통영'도 보통 그녀 또래의 노인들은 '토
영'이라고 했는데도 그녀만은 유별나게 '퇴영'이라고 소리를 냈다."는 것이
다. "내 귀에 매우 낯선 느낌이기는 했으나 듣기 싫지는 않았다."고 그는
고백한다.[64] 타관 사람들이 통영을 통영이라고 정확히 발음할 때 오히려
낯설게 느껴졌고 '통영'은 역시 '토영'이라야만 했는데 김춘수는 바로 이

느낌을 하나의 '풍토(지방) 감각'이라고 부른다. 이렇게 특유의 방언으로 통영을 발음하던 세대들이 다 이승을 떴다는 사실을 그는 몹시 안타까워 한다.[65] 이러한 풍토 감각을 김춘수가 "획일화된 현대문명의 저쪽에서 자기들 개성을 여실히 드러내" 주는 "어떤 거부 현상"으로 해석하는 견해[66] 는 흥미롭다.

외할머니의 말을 통해 통영 방언이 떠오르고 자연스럽게 통영이 떠오르지만 이어지는 장면은 오히려 대상을 지우는 장면에 가깝다. "눈썹 밑에 눈이 없고/ 눈 밑에 코가 없고/ 입은 옆으로 비스듬히 돌아앉아 있다.""얼굴이 하나 지워지고 있"는 장면은 외할머니의 말투가 떠오르고 고향의 풍경이 하나씩 떠오르는 것과 대비된다. 으레 고향의 방언은 고향에 대한 기억을 자연스럽게 끌고 올 텐데 그 속에서 시의 주체가 마주하는 것은 얼굴이 지워지는 환상이다. 이 환상을 이해할 수 있는 단서는 "외할머니의 퇴영은 통영이 아니랄까 봐"에서 느껴지는 시적 주체의 불안에서 찾을 수 있다. 외지인들의 입을 통해서만 정확히 발음되는 '통영'은 정작 통영 사람들에게는 통영 같지가 않고 '토영'이나 '퇴영'만이 통영 같다고 느껴지는데, 이런 거부의 풍토 감각에서는 한편으로는 외할머니의 퇴영은 통영이 아니랄까 봐 같은 소외된 이들의 불안 같은 것이 느껴지기도 한다. 그 감각을 시의 주체는 얼굴이 지워지는 환상으로 표현한 것이 아닐까. 통영의 방언은 한편으로는 확고한 풍토 감각을 전해 주는 것이기도 하지만 현대문명의 세례를 받은 시의 주체에게는 자신의 정체성이 부정당하는 것 같은 불안을 안겨 주기도 했을 것이다. 통영 방언을 떠올리면서 김춘수는 이런 양가적인 감정을 느꼈던 것으로 보인다. 세다가야 감방에서 시인이 느꼈던 불안감, 자신의 존재를 부정당하는 것 같은 불안과 공포도 어쩌면 이런 느낌과 닮아 있는 것은 아니었을까? 외할머니의 말과 물새 울음소리

---

64) 김춘수, 「고오히이'와 '커피'」, 『김춘수 시론 전집 I』(현대문학, 2004), 500쪽.
65) 위의 책, 같은 곳.
66) 위의 책, 501쪽.

와 욕지도 앞바다만 한 바다를 떠올리며 고향을 그리워하면서도 시의 주체는 한편으로는 그 그리움의 대상을 지워 나갔던 것 같다. 어쩌면 너무 일찍 겪을 수밖에 없었던, 자유를 박탈당한 억압과 공포의 경험이 세상에 대한 허무를 가르친 것과 동시에 언어라는 허상에 대해서도 깨닫게 한 것인지도 모른다. 통영을 통영이라 부르든 퇴영이라 부르든 가리키는 대상이 다르지는 않겠지만 동일한 대상도 그렇게 다르게 불릴 수 있다는 것을 고향을 떠나서 비로소 시의 주체는 깨닫게 되었을 것이다.

21
오마 오마
울옴마야
니 케가 멧자덩가
니 폴이 멧자덩가
니 당군 소풀짐치 눈이 하나
뽈락젓에 또 하나
세미물에 발 씻고
오마 오마
울옴마야
신 신고 가랏
박석고개 해 따갑따앗

호야,
서기 1930년이던가 31년에도
네가 부른 노래,
                ─「처용단장 제3부 메아리」(『처용단장』) 부분

인용 시는 「처용단장」 연작시 중 한 편으로 일곱 살인가 여덟 살 무렵

김춘수 시인의 동네 친구 '호야'가 부른 노래를 기억해 구술한 내용으로
이루어져 있다. 어릴 적 친구가 부르던 노래를 그대로 옮겨 적어서 이 시
에는 '옴마, 케, 폴, 멧자덩가, 당군, 소풀, 짐치, 눈, 세미물' 등 경상도 방
언이 상당히 많이 쓰였다. 흥미로운 것은 이 많은 방언 중에서 '눈'에만
'구더기'라는 각주가 달려 있다는 점이다. 원주인 점을 감안할 때 시인의
판단에 '눈'이라는 구더기의 방언이 가장 의미를 파악하기 어렵다고 본 것
이 아닐까 싶다. 경상도 방언 사용자가 아닌 입장에서는 '소풀'이 '부추'의
경상도 방언이라는 점도 낯설고 '세미물'이 '우물물'의 방언이라는 점도 낯
설지만 방언에 대한 감각은 지역 방언의 사용자냐 아니냐에 따라 많이 다
를 테니 말이다.

　　통영 방언이 쓰인 김춘수의 시에서는 대개 그 방언을 사용한 사람이 함
께 소환된다. 주로 할머니가 등장하는 경우가 많지만 이 시에 나오는 유년
시절 친구 호야도 종종 등장한다. 「처용단장 제3부 메아리」의 마지막 부
분 '48'에는 호야 이야기가 다시 나온다.[67] 호야는 김춘수의 유년 시절 친
구로 일곱 살인가 여덟 살에 죽은 친구다.[68] 그렇게 이른 나이에 친구의
죽음을 경험했기 때문에 '호야'라는 친구는 그 나잇적 친구의 모습이자
통영 방언을 쓰는 모습으로 김춘수의 시에 각인되었을 것이다. 「처용단
장」 연작시 3부가 쓰인 시기를 고려하면 호야의 죽음이라는 사건에 대한
시의 주체의 판단에는 사후적인 윤색이 있었을 것으로 보이지만(그 나이에
친구의 죽음에서 "허무"라든가 "죽음은 힘이 세다"라는 감각, 릴케의 시를 연상했을

---

67) "눈물과 모난 팔호와/ 모난 팔호 안의/ 무정부주의와/ 얼른 생각나지 않는 그 무엇과/ 호
　　야./ 네가 있었다./ 또 하나/ 일곱 살인가 여덟 살에 죽은/ 네 죽음도 있었다./ 허무하구
　　나, 그러나/ 죽음은 힘이 세다./ 가을이 오는 바로 전날의/ 남풍과도 같다./ 릴케의 유명
　　한 시에서처럼/ 포도알에 마지막 단물이 들게 하고/ 눈물 닦고 한 시대는 간다./ 그리고/
　　다시는 오지 않는다."(「처용단장 제3부 메아리」, 『처용단장』)
68) 자전 소설 『꽃과 여우』에도 사고로 죽은 어릴 적 친구 이야기가 나오는데 이름이 나오
　　는 것은 아니라 그 친구가 호야인지는 정확히 알 수 없다. 다만, 유년 시절 경험한 친구의
　　죽음은 어떤 식으로든 시인에게 깊이 각인되었던 것만은 분명하다.(김춘수, 『꽃과 여우』,
　　56~57쪽)

리는 없었을 테니까) 친구 호야의 죽음이 잊을 수 없는 기억으로 각인돼 통영의 로컬리티를 형성하는 데 기여했을 것임은 짐작할 수 있다.

35

게걸들어 눈두덩에 뿔이 난 아기 도깨비에게

닷새만 더 참았다가
동짓날 밤에 니 혼자 살짝 온!
폴죽은 폴죽이고
샐심도 니 나의 시배는 더 줄게,
내년 봄엔 난리만 끝나믄
욕지 앞바다 민어만 한 이뿐
고래도 한 마리 잡아 줄게,

그랬는데, 서기 1944년 그해 동짓날 밤에 그는 오지 않았다. 내 말이 믿기지 않았던 모양이다. 특히 그 전반부의 후반이, (사투리가 심해서 그 부분을 알아듣지 못했는지도 모른다.)

　　　　　　　—「처용단장 제3부 메아리」(『처용단장』) 부분

김춘수의 시에서 고향의 언어로 말하는 경우는 대개 유년의 기억 속에서 나오는 말로 아이의 말이거나 아잇적에 들은 말로 구성되어 있었다. 이 시에는 시기가 명확히 제시되어 있는데 서기 1944년이면 그가 세다가야 경찰서 유치장에서 풀려나와 서울로 송치된 후 금강산 장안사에서 1년 동안 요양을 한 후 명숙경 여사와 결혼을 한 해이다. 김춘수의 나이로 보면 23세였다. 하필 그 시기를 설정해 아기 도깨비에게 말 건네는 상황을 보여 준 이유는 무엇일까? 우선 유년의 시적 주체의 목소리는 아니지만 이 무렵 그의 심리 상태가 아기 도깨비에게 말을 건넬 정도로 퇴행적인 상태였음을 보여 주기 위한 것일 수 있다. "사투리가 심해서" "퐅죽은 퐅죽이고/ 샐심도 니 나의 시배는 더 줄게,"라는 부분을 "알아듣지 못했는지도 모른 다."고 주체는 추측한다. 사투리가 의사소통에 지장을 준다는 사실을 말 하고 싶었던 것이겠다. 김춘수 시에서 그려진 고향 통영의 풍경이 대체로 그렇듯이 이 시에서도 사후적 가필의 흔적이 드러나는 부분이 있다. "내 년 봄엔 난리만 끝나믄"이라는 구절은 내년 봄이 1945년을 가리킨다는 점 에서 그 당시에 실제로 아기 도깨비에게 건넨 말이라기보다는 이미 1945년 에 해방이 되었다는 사실을 아는 주체의 발화로 보이지만 모호하게 표현 함으로써 일종의 '트릭'을 쓴 것으로 읽을 수 있다. 여름이 아니라 봄이라 고 쓴 것은 봄이 지닌 보편적인 상징을 활용하기 위한 것으로도 보이고 역 시 사후적 가필로 보이지 않게 하기 위한 트릭을 쓴 것으로 읽히기도 한 다. 방언을 사용한다는 것이 지닌 풍토 감각을 인식하고 있었던 김춘수는 통영의 방언을 사용함으로써 의사소통이라는 문제에 대한 시인으로서의 고민을 담아 보고자 했던 것으로 보인다.

11
뫼산아
우리 아아(兒兒) 밨재
앞니 빠진 개오지,

새가 되 날라갔나
앞니 빠진 증강새,

뫼산아
섣달그믐밤 뫼산아
우리 아아 밨재

앞니 빠진 개오지
우리 아아 으데 갔나
낼이 설인데
—「처용단장 제4부 뱀의 발」(『처용단장』) 부분

잃어버린 아이를 찾는 이 노래 역시 시인이 유년 시절에 들었던 노래일
것이다. "뫼산아/ 우리 아아 봤재", "우리 아아 으데 갔나/ 낼이 설인데"
같은 부분을 읽으면 잃어버린 아이를 찾아 헤매는 심각한 상황을 그린 것
으로 보이지만 열심히 찾는 "우리 아아"의 특징으로 "앞니 빠진 개오지",
"앞니 빠진 증강새"라고 앞니 빠진 아이의 모습을 묘사한 부분에서는 해
학이 느껴지기도 한다. 더구나 '증강새'라는 말에서 연상해 "새가 되 날라
갔나"라고 말하는 대목에 오면 아이가 앞니가 빠진 후에 앞니가 빠진 것
이 부끄러워 어디로 숨어 버린 상황이자 그런 아이를 놀리는 상황처럼 보
이기도 한다. "앞니 빠진 개오지"가 등장하는 전래동요가 경남 지역에서
불렸다는 것은 여러 자료에서 확인된다. "앞니 빠진 개오지 새미껄에 가
지 마라. 갱이한테 물린다."로 기억하는 경우도 있고 "앞니 빠진 개오지
새미질에 가지 마라. 빈대한테 뺨 맞는다."라고 기억하는 경우도 있다. "개
오지"는 '개호주'의 경남 방언으로 범의 새끼를 가리킨다. "앞니 빠진 증
강새/ 우물가에 가지 마라/ 붕어새끼 놀란다/ 잉어새끼 놀란다"라는 전래
동요가 불리는 곳도 있다. '증강새'는 이가 빠져서 이와 이 사이가 비어 있
음을 가리키는 말이다. 김춘수의 시에서는 "증강새"라고 쓰고 있다. "앞니
빠진 개오지"와 "앞니 빠진 증강새"가 등장하는 것으로 보아 김춘수의 시
에서도 어릴 적 들었던 전래동요를 옮겨 놓은 것으로 보인다.
「남녁 섬마을」(『거울 속 천사』) 같은 시에서도 통영 방언은 할머니의 목
소리로 전달되는데 "저눔어자석/ 웨해필 밑구녕이 빠지노./ 우짜믄 졸
꼬,/ 얼매나 먹먹할꼬,/ 아이고 눈도 살콤 못 뜨네./ 우짤꼬,/ 지랄한다고
눈은 또 웨 오노,/ 숭어 날개 달고 보리밭 포롯한/ 3월인데,"같이 생생한

소리의 질감으로 전달되어 마치 눈앞에서 할머니의 목소리가 들려오는 것
같은 현장감을 불러일으킨다.

우리 고향 통영에서는
잠자리를 앵오리라고 한다.
부채를 부치라고 하고 고추를
고치라고 한다.
우리 고향 통영에서는
통영을 토영이라고 한다.
팔을 폴이라고 하고 팥을
퐅이라고 한다.
코를 케라고 한다.
우리 고향 통영에서는
멍게를 우렁싱이라고 하고 똥구멍을
미자발이라고 한다.
우리 외할머니께서는
통영을 퇴영이라고 하셨고 동경을
딩경이라고 하셨다. 그러나
까치는 까치라고 하셨고 까치는
깩 깩 운다고 하셨다. 그러나
남망산은
난방산이라고 하셨다.
우리 외할머니께서 돌아가셨을 때
내 또래 외삼촌이
오매 오매 하고 우는 것을 나는 보았다.
　　　　　　　　　 ─「앵오리」(《시안》, 2003년 겨울호) 전문

이 시는 《시안》 2003년 겨울호에 먼저 발표되었고 유고 시집으로 출간된 김춘수의 마지막 시집 『달개비꽃』(현대문학, 2004)에 수록되었다. 시인이 2004년 11월 29일에 작고했는데 이 시집은 같은 해 12월 3일에 나왔다. 시인이 기도 폐색으로 쓰러져 병원에 입원한 것이 8월 4일이고 병원에 몇 달 누워 있었던 것으로 알려져 있으니 작고한 직후에 나온 유고 시집이긴 하지만 시인의 손이 간 시집이라고 보기는 어렵다. 『달개비꽃』에 실린 후기에는 "시집 출판을 위해 현대문학사에 보냈던 작품들, 『김춘수 시 전집』에 실렸던 시들 중에서 『쉰한 편의 비가』 이후 발표한 시와 최근 시들을 모아 시집을 엮"[69]은 사정이 드러나 있다.

생애의 마지막 시기에 쓴 시에서도 김춘수는 통영 방언에 대한 지속적인 관심을 드러낸다. 앞서 방언이 드러난 시들과 중복되는 부분도 있지만 마치 통영의 말을 잊지 않게 기록해 두기라도 하듯 '앵오리, 부치, 고치, 토영, 폴, 폽, 케, 우렁싱이, 미자발, 퇴영, 딩경, 깩 깩, 난방산, 오매' 등을 하나하나 표준어와 나란히 놓으며 통영의 말을 기억하고자 한다. 풍토 감각에 대해 양가적 감정을 느꼈던 김춘수는 생애의 마지막 시기에 와서는 통영 방언을 하나라도 더 기억하고자 하는 태도를 통해 풍토 감각을 인정하려고 했던 것은 아닐까 짐작해 본다.

6 결론

이상에서 김춘수 시에 나타난 통영의 장소성, 통영을 거점으로 교류한 문화예술인, 통영의 방언을 통해 김춘수 시에 구축된 통영의 로컬리티를 살펴보았다. 김춘수의 시적 추구의 방향은 물론 세계를 형성하는 데 장소성, 교류한 사람들, 방언을 통해 형성된 통영의 로컬리티는 지대한 역할을 했음을 알 수 있다.

---

69) 김영희, 「후기 ─ 가슴 아픈 심부름」, 김춘수, 『달개비꽃』(현대문학, 2004), 143쪽.

김춘수의 시에서 통영은 통영임을 분명히 알 수 있는 지명을 동반하는 장소성의 표지와 함께 나타나지만 김춘수가 그리는 통영은 단지 토속적인 고향의 이미지에 갇히지 않고 바다에 면해 있고 바다를 향해 열려 있는 곳이자 이국적이고 이질적인 이미지를 포함하고 있는 장소이다. 통영은 폐쇄적인 바닷가 마을이 아니라 유년의 원형을 형성하면서도 개방적인 세계를 지향하는 양가적인 장소가 된다. 이러한 통영의 로컬리티가 김춘수 시에 시인의 시적 원천이자 보편적이고 추상적인 감각을 동시에 지니게 했다고 볼 수 있다. 김춘수 시의 한 축에 이국적 장소를 향한 선망이 존재한다면 그 반대편에서 작동하는 축이 통영이었다. 달아나고 이탈하게 하는 원심력으로 이국적 장소가 작동한다면 통영은 그가 회귀하고 회감하는 장소로서 지속적으로 작용한다. 이러한 지향은 분리되어서 나타나기보다는 통영의 로컬리티를 통해 두 가지 지향이 공존하는 새로운 시적 공간으로 통영을 구축하고 있다는 데 김춘수 시의 특징이 있다.

　김춘수의 시에는 유치환, 윤이상, 강신석, 이중섭, 하기락 등 통영을 거점으로 김춘수가 교류해 온 문화 예술인들이 자주 모습을 드러낸다. 통영을 거점으로 교류한 문화예술인들이었지만 김춘수는 통영이라는 로컬에 이들을 가두지 않고 국경을 넘어 세계 체제 내에서의 관계성이라는 측면을 의식하고 있었던 것으로 보인다. 통영이라는 문화, 정신, 세계에 대한 탐구는 그 지역이 지니는 특수성에도 주목하게 하지만 어떻게 보편성을 획득하며 세계와 관계 맺는지를 살펴보는 데 김춘수의 시는 더 관심을 가지고 있었다. 김춘수의 시에 인명을 가리키는 고유명사가 통영이나 경남 지역을 중심으로 한 교류 관계에서만 나타나는 것은 아니지만, 통영이라는 지역을 거점으로 교류한 인물들과의 관계 속에서 형성된 통영의 로컬리티는 통영의 지역성에 갇히지 않고 더 넓은 세계를 향해 나아가는 방향으로 작동하고 있었던 것으로 보인다.

　김춘수의 시에서 방언 사용의 빈도가 높은 편은 아니지만 통영 지역의 방언이 날것으로 쓰인 시와 각종 외래어와 이국적 풍광의 묘사가 공존함으로써 특정한 효과가 발휘되는 것은 김춘수 시가 구축한 개성이라고 볼 수 있다. 이러한 공존은 김춘수 시 전체에 걸쳐 나타나는 특징이기도 하지만 한 편의 시 안에서도 쓰이기도 한다. 한 편의 시 안에서도 통영의 장소성과 이국적 장소가 공존하고 통영의 방언과 표준어가 나란히 쓰인 경우를 종종 발견할 수 있었다. 통영의 방언은 한편으로는 확고한 풍토 감각을 전해 주는 것이기도 하지만 현대문명의 세례를 받은 시의 주체에게는 자신의 정체성이 부정당하는 것 같은 불안을 안겨 주기도 했다. 통영 방언을 떠올리면서 김춘수는 이런 양가적인 감정을 느꼈던 것으로 보이는데 말년에 와서는 통영 방언을 하나라도 더 기억하고자 하는 태도를 통해 풍토 감각을 인정하려고 했던 것으로 보인다.

참고 문헌

기본 자료

김춘수, 『김춘수 시 전집』, 현대문학, 2004

김춘수, 『김춘수 시론 전집 I』, 현대문학, 2004

김춘수, 『김춘수 시론 전집 II』, 현대문학, 2004

김춘수, 『달개비꽃』, 현대문학, 2004

김춘수, 『꽃과 여우』, 민음사, 1997

김춘수 저, 남진우 엮음, 『왜 나는 시인인가』, 현대문학, 2005

논문 및 단행본

김춘수, 「나의 첫 시집 ― 고향 통영서 펴낸 처녀시집 『구름과 장미』」, 대한출
판문화협회, 1991

송영목, 「단시와 개인의 재능」, 김춘수연구간행위원회 편, 『김춘수 연구』, 학
문사, 1982

엘리아, 「김춘수 시의 공간 인식과 지명(地名)의 의미 연구」, 서울대 박사 학위
논문, 2020

엘리아·전세진, 「감각의 풍토, 시의 풍토 ― 김춘수 시의 풍토 이미지를 중심
으로」, 《춘원연구학보》 16, 춘원연구학회, 2019. 12, 349~387쪽

이경수, 「백석의 기행시편에 나타난 장소의 심상 지리」, 《민족문화연구》 53,
민족문화연구원, 2010. 12, 359~399쪽

이기철, 『김춘수의 풍경』, 문학사상, 2021

이남호 편, 『김춘수 문학 앨범』, 웅진출판, 1995

이호욱, 「일제강점기 통영 시가지의 경관 변화」, 《한국지역지리학회지》 25(4), 한국지역지리학회, 2019. 11, 495~511쪽

정한아, 「빵과 차(茶): 무의미 이후 김춘수의 문학과 정치」, 연세대 박사 학위 논문, 2015

조강석, 「1960년대 한국 시의 정동과 이미지의 정치학 (2) ― 김춘수의 경우」, 《국제어문》 76, 국제어문학회, 2018. 3, 283~311쪽

차윤정, 「언어를 통한 로컬리티 연구 ― 대상과 방법을 중심으로」, 《우리말글》 75, 우리말글학회, 2017. 12, 51~83쪽

홍승진, 「해방기 김춘수 시의 영향 관계에 대한 한국 사상적 고찰 ― 유치환·박두진·서정주 시와의 비교를 중심으로」, 《현대문학이론연구》 66, 현대문학이론학회, 2016. 9, 319~373쪽

황인, 「예술가의 한 끼 ― 꽃의 시인」, 《중앙선데이》, 2020. 4. 18

기타

김용재, 「통영의 "물" 그 역사를 찾아서 1 ― 통영성 아홉 개의 새미를 찾아서」, https://blog.daum.net/backsekim/156

제3주제에 관한 토론문

고봉준 | 경희대 교수

    논문이나 비평을 쓰는 행위는 어떤 대상에 '조명'을 비추는 행위와 유사하다고 생각합니다. 그리고 '조명'은 본질적으로 대상의 모든 부분이 아니라 일부만을 강조할 수밖에 없고, 따라서 조명에 의해 강조되는 '일부'는 필연적으로 나머지 부분들을 어둠 속에 남겨 둠으로써만 두드러질 수 있습니다. 그런 점에서 객관적이고 중립적인 '조명'은 존재하지 않는다고 생각합니다. 이 글에서 이경수 선생님이 지적했듯이 2000년 이후에 김춘수 시인에 대한 연구는 폭발적으로 증가했습니다. 연구 논문의 폭발적인 증가에는 대학에서 '실적'을 중요하게 생각한다는 현실적 이유도 있겠지만 시 연구자들에게 김춘수라는 텍스트가 상당히 매력적으로 인식되었기 때문일 것입니다. 그토록 많은 연구자들이 다양한 관점과 방법으로 김춘수라는 텍스트를 읽고 있지만 '김춘수'라는 이름이 연상시키는 정보가 매우 제한적이라는 것, 제가 이경수 선생님의 글을 읽으면서 제일 먼저 떠올렸던 생각입니다. 우리에게는 김춘수는 여전히 모더니즘의 기수, '언어'에 대한 감각과 실험, 무의미시, '꽃'의 현상학 등으로 한정되어 이해되고 있는 것은 아닌지 다시 생각해 볼 수 있는 기회였습니다.

이경수 선생님의 글은 '로컬리티'라는 문제의식을 전면화하고 있습니다. 구체적으로 살펴보면 김춘수 시인이 태어나고 성장한 곳이 통영이고, 그의 시에 다양한 방식으로 통영의 흔적이 등장한다는 것이 연구의 출발점이라고 짐작됩니다. 이런 맥락에서 이 글은 (1) 김춘수의 시에 나타난 통영, (2) 통영을 거점으로 교류한 문화예술인, (3) 통영의 방언, 이상 세 가지를 중심으로 논의를 전개하고 있습니다. 논문에 대한 전체적인 평가를 말씀드리자면, 이 논문의 의의는 그동안 김춘수라는 텍스트에서 특정한 부분만을 지나치게 강조해 온 연구 경향에 반(反)하여 선행 연구들이 (무)의식적으로 비(非)가시적인 부분으로 남겨 두었던 부분을 복원하는 것, 그럼으로써 우리가 김춘수라는 텍스트의 전체성을 조망하는 데 한 걸음 다가서도록 만드는 것이라고 생각됩니다. 가령 「처용단장」 3부와 4부의 시에 대해 김춘수는 무의미시의 실험을 본격적으로 한 시로 이야기하지만 당시 《현대문학》에 연재된 「처용단장」 3부의 시들에도 통영의 장소성이 드러나는 인용시처럼 의미 맥락이 지워지지 않은 시들도 사실상 눈에 띈다."라는 진술은 중요한 논점이 될 것으로 보입니다. 이런 점에서 문학 연구는 결국 '해석'을 둘러싸고 벌어지는 투쟁이라는 사실을 실감하게 되었습니다.

다만 이 논문의 문제의식이 충분히 구체화되기 위해서는 몇 가지 내용이 추가되거나 검토되어야 할 것으로 판단됩니다.

첫째, 통영 시대와 마산 시대의 (불)연속성 문제입니다. 김춘수는 통영 출신이지만 그의 1950년대는 마산 시대이기도 합니다. 동인지를 출간하고 문학 단체를 결성하는 등 1950년대에 김춘수가 '마산 문학'에 기여한 부분은 상당히 널리 알려져 있습니다. 이 논문은 '통영'과 통영의 바깥이라는 공간적 구분에 기초하여 "통영에서 그가 살던 고향집이나 장소가 시에 등장하는 것은 통영을 떠난 이후의 일이다."라고 주장하면서 "통영의 로컬리티가 사실상 김춘수 시에 시인의 시적 원천이자 보편적이고 추상적인 감각을 동시에 지니게 했다."라고 쓰고 있습니다. 이 경우 마산 시대의 의미를 살펴보는 후속 연구가 있으면 좋겠다고 생각합니다.

둘째, 2000년 이후 (인)문학 연구에서 로컬리티라는 개념이 제기된 맥락에는 그것이 강력한 중심, 그리고 글로벌라이제이션에 반(反)하는 삶의 구체적 장소로서의 의미를 갖기 때문이라고 알고 있습니다. 조금 단순화하면 강력한 중심에 대한 저항은 '서울'을 유일무이한 중심으로 추인하는 과거의 인식에서 벗어나는 것이 로컬리티 개념의 실천적 의미가 아닐까 싶습니다. 동일한 맥락은 아닙니다만 일제 후반기에 시인 김종한의 '지방문학론'이 갖은 위상도 이와 비슷한 것입니다. '내지'인 '동경'의 문학적 기준에 맞추라는 주장에 대해 김종한은 '일본'이라는 제국적 범위에서 보면 '동경'과 '경성' 모두가 '지방'으로서의 동일한 위상을 차지한다는 식의 논리를 펼쳤는데, 비록 이론적인 논의일 뿐이지만 상당히 흥미로운 응답이었다고 생각합니다. 그런데 이 글에서는 '로컬리티'가 갖는 실천적 의미, 즉 로컬리티에 주목할 때 우리가 김춘수의 시에서 얻을 수 있는 것, 기존의 해석에 맞설 수 있는 점이 무엇인지가 명확하지 않은 듯합니다. 다만 김춘수의 시 곳곳에 통영의 흔적이 많이 남아 있다는 정도의 느낌만이 남습니다. 특히 "통영을 거점으로 교류한 문화예술인들이었지만 김춘수는 통영이라는 로컬에 이들을 가두지 않고 국경을 넘어 세계 체제 내에서의 관계성이라는 측면을 의식하고 있었던 것으로 보인다. 통영이라는 문화, 정신, 세계에 대한 탐구는 그 지역이 지니는 특수성에도 주목하게 하지만 어떻게 보편성을 획득하며 세계와 관계 맺는지를 살펴보는 데 김춘수의 시는 더 관심을 가지고 있었다."라는 부분에서는 이 글이 로컬리티를 강조하면서도 다른 한편으로는 김춘수의 시를 로컬에 가두지 않고 국경을 넘어 세계 체제 내에서의 관계성, 즉 보편성으로 확장시켜야 한다고 생각하는 듯한 느낌도 듭니다. 만일 이러한 접근 의도라면 '로컬리티'라는 개념 자체가 '지방색'이라는 수준으로 떨어질 듯한데, 이 경우 김춘수의 시를 '통영'과 연결하여 읽는 것이 어떤 의미가 있을까 하는 의문을 갖게 됩니다. 이 부분에 대한 설명을 부탁드립니다.

셋째, 언어, 즉 '방언'의 문제입니다. 이 문제는 해외문학 연구자와 한국문학 연구자의 위치가 상당히 다른 부분이기도 합니다. 문학 연구가 '방언'에 주목할 때, 그리고 로컬리티의 맥락에서 '방언'에 주목할 때, 궁극적으로 얻을 수 있는 것이 무엇인지 질문드리고 싶습니다. 이것은 반론이 아닌 순수한 질문입니다. 선생님은 "지역에서 실제로 쓰이고 공유되는 언어가 어떤 효과를 자아내는지" 확인해 보겠다고 했는데, (1) 김춘수의 시론에 근거한 얘기입니다만, 김춘수 시인에게 '언어'는 '표준어-방언'의 이항 체계가 아니라 '일상어-시어'의 이항 체계로 인식되고 있는 만큼 시에 '방언'이 등장하느냐는 문제는 김춘수에게는 중요하지 않았다고 이야기할 수도 있을 듯합니다. 연구자의 입장에서는 다른 이야기를 할 수도 있을 텐데 그것이 무엇일지 잘 모르겠습니다. (2) '방언'이라는 표현 자체가 표준어를 전제로 한 것, 즉 지방의 언어(사투리·지방어·지역어)라는 인식을 함축하고 있습니다. 가령 통영 사람들은 김춘수의 시에 등장하는 방언을 '방언'이 아니라고 말하지 않겠지만, 그것을 '방언'이라고 말하는 순간 거기에는 이미-항상 서울(표준어)이라는 관념이 개입되는 것이 아닌가 싶습니다. '로컬리티'의 차원에서 접근하면 '방언'이라는 명칭은 물론이고 그것이 지금까지 문학 연구에서 통용되어 온 의미(토속성, 정감 등)와는 다르게 평가되어야 할 것으로 생각되는데, 이 문제에 대한 선생님의 의견이 궁금합니다.

감사합니다.

김춘수 생애 연보

1922년	11월 25일(음력 9월 24일), 경남 통영읍 서정 61번지(현재 경남 통영시 동호동 61번지)에서 아버지 김영팔, 어머니 허명하의 3남 1녀 중 장남으로 출생. 엄격한 유교 가풍이 흐르고 있던 유복한 집안에서 자람. 5세 때 호주 선교사가 운영하는 미션 계통의 유치원에 입학하여 1년간 다님.
1929년(7세)	통영 근처 안정의 간이보통학교에 진학했다가 통영공립보통학교로 진학.
1935년(13세)	통영공립보통학교 졸업. 졸업식 때 졸업생을 대표해 송사 답사했으며 경상남도 지사 표창을 받음. 5년제 경성공립제일고등보통학교(4학년 때 경기공립중학교로 교명 변경)에 입학.
1939년(17세)	5학년 때 경기공립중학교를 자퇴하고 11월에 일본 동경으로 가 대학 입학 준비. 어느 고서점에서 릴케 시집을 읽고 크게 감명함.
1940년(18세)	4월, 동경의 니혼대학 예술학원 창작과에 입학.
1942년(20세)	12월, 일본 천황과 총독 정치를 비방했다는 사상 혐의로 요코하마 헌병대에서 1개월, 세다가야 경찰서에서 6개월간 수감 생활을 한 뒤 서울로 송치됨. 이 사실이 학교에도 전해져 퇴학 처분당함. 이후 불량선인으로 낙인이 찍혀 숨어 지내는 생활을 함.
1943년(21세)	수감 생활 중 위장이 상하는 등 건강이 악화되어 금강산 장안사에서 요양.

1944년(22세)	부인 명숙경 씨와 결혼.
1945년(23세)	통영에서 유치환, 윤이상, 김상옥, 전혁림, 정윤주 등과 통영 문화협회를 결성해 근로자를 위한 야간 중학과 유치원을 운영하면서 연극, 음악, 문학, 미술, 무용 등의 예술운동을 전개함. 극단을 결성해 경남 지방 순회공연을 하기도 함.
1946년(24세)	통영중학교 교사로 부임하여 1948년까지 근무. 조향, 김수돈과 동인지 《낭만파》를 발간해 시와 산문을 발표함. 이외 《백민》, 《예술신문》, 《영문》 등에 시를 발표함.
1948년(26세)	8월, 첫 시집 『구름과 장미』(행문사)를 통영에서 자비로 출간. 유치환이 시집의 서문을 씀.
1949년(27세)	마산중학교로 전근하여 1951년까지 근무함.
1950년(28세)	3월, 제2 시집 『늪』(문예사) 출간. 서정주가 시집의 서문을 씀.
1951년(29세)	7월, 제3 시집 『기(旗)』(문예사) 출간.
1952년(30세)	대구에서 설창수, 구상, 이정호, 김윤성 등과 시 동인을 결성하여 비평지 《시와 시론》을 창간함. 시 「꽃」과 산문 「시 스타일 시론」을 발표함. 창간호로 종간됨.
1953년(31세)	4월, 제4 시집 『인인(隣人)』(문예사) 출간.
1954년(32세)	3월, 시 선집 『제 1시집』(문예사) 출간. 9월 세계의 명시를 엮고 해설한 『세계 현대시 감상』 출간.
1956년(34세)	5월, 유치환, 김현승, 송욱, 고석규 등과 시 동인지 《시연구(詩研究)》를 발행했으나 고석규가 타계함에 따라 창간호로 종간됨.
1957년(35세)	김규동, 이인석, 김경인, 김종문, 이상로 등과 동인회 '시학회(詩學會)'를 발족하여 계간 앤솔러지 《평화에의 증언》을 발간.
1958년(36세)	부산대학교, 해군사관학교 등에 출강. 박남수 주재의 《문학예술》에 「형태상으로 본 한국 현대시」를 연재함. 이때 연재한 글을 모아 10월, 첫 시론집 『한국 현대시 형태론』(해동문화사) 출간. 12월, 제2회 한국시인협회상 수상.

1959년(37세)	4월, 문교부 교수 자격 심사 규정에 의해 국어국문학과 교수로 자격을 인정받음. 6월, 제5 시집 『꽃의 소묘』(백지사) 출간. 11월, 제6 시집 『부다페스트에서의 소녀의 죽음』(춘조사) 출간. 12월, 시인 조병화, 소설가 오영수와 함께 제7회 아세아자유문학상 수상.
1960년(38세)	마산 해인대학(현재 경남대학교 전신)에 조교수로 발령.
1961년(39세)	4월, 경북대학교 국어국문학과 전임 강사로 근무. 6월, 시론집 『시론(시작법을 겸한)』을 발간. 처용과 관련된 작품 창작을 구상하기 시작함.(《동아일보》 1961. 1. 18. 기사)
1964년(42세)	경북대학교 국어국문학과 교수로 임용되어 1978년까지 근무.
1966년(44세)	제4회 경상남도 문화상 수상. 3월 사진작가 남기섭과 시화전 개최.
1969년(47세)	11월, 제7 시집 『타령조·기타』(문화출판사) 출간.
1972년(50세)	시론집 『시론』(송원문화사) 출간.
1974년(52세)	9월, 시 선집 『처용』(민음사) 출간.
1976년(54세)	5월, 수상집 『빛 속의 그늘』(예문관) 출간. 8월, 시론집 『의미와 무의미』(문학과지성사) 출간. 11월, 시 선집 『김춘수 시선』(정음사) 출간.
1977년(55세)	4월, 시 선집 『꽃의 소묘』(삼중당) 출간. 10월, 제8 시집 『남천』(근역서재) 출간.
1979년(57세)	4월, 시론집 『시의 표정』(문학과지성사) 출간. 수상집 『오지 않는 저녁』(근역서재) 출간. 9월, 영남대학교 국어국문학과 교수로 1981년까지 재직.
1980년(58세)	1월, 수상집 『시인이 되어 나귀를 타고』(문장사) 출간. 11월, 제9 시집 『비에 젖은 달』(근역서재) 출간.
1981년(59세)	4월, 문공위원으로 국회의원 피선. 8월, 대한민국예술원 회원으로 선임.

1982년(60세)	2월, 경북대학교에서 명예 문학박사 학위 수여. 4월, 시 선집 『처용 이후』(민음사) 출간. 8월, 『김춘수 전집』 전 3권(문장사) 출간.
1983년(61세)	문예진흥원 고문으로 선출.
1985년(63세)	12월, 수상집 『하느님의 아들, 사람의 아들』(현대문학) 출간.
1986년(64세)	2월 7일, 제4대 방송심의위원장으로 선출되어 1988년까지 재임. 3월 한국시인협회 회장에 취임하여 1988년까지 재임. 7월, 『김춘수 시 전집』(서문당) 출간.
1987년(65세)	11월, 시 선집 『꽃을 위한 서시』(자유문학사) 출간.
1988년(66세)	4월, 제10 시집 『라틴 점묘·기타』(탑출판사) 출간. 11월 4일, 『라틴 점묘·기타』로 대한민국 문학상 수상.
1989년(67세)	10월, 시론집 『시의 이해와 작법』(고려원) 출간.
1990년(68세)	1월, 시 선집 『샤갈의 마을에 내리는 눈』(신원문화사) 출간.
1991년(69세)	3월, 시론집 『시의 위상』(둥지) 출간. 10월, 제11 시집 『처용단장』(미학사) 출간. 10월 26일, 한국방송공사 이사로 임명.
1992년(70세)	3월, 시 선집 『돌의 볼에 볼을 대고』(탑출판사) 출간. 10월 17일, '문화의 달'을 맞아 은관 문화훈장을 수훈.
1993년(71세)	4월, 제12 시집 『서서 잠자는 숲』(민음사) 출간. 7월, 수상집 『예술가의 삶』(혜화당) 출간. 10월, 시 선집 『우리는 모두 무엇이 되고 싶다』(문학세계사) 출간. 11월, 수상집 『여자라고 하는 이름의 바다』(제일미디어) 출간.
1994년(72세)	11월, 『김춘수 시 전집』(민음사) 출간.
1995년(73세)	2월, 수상집 『사마천을 기다리며』(월간 에세이) 출간.
1996년(74세)	2월, 제13 시집 『호(壺)』(한밭미디어) 출간.
1997년(75세)	1월, 제14 시집 『들림, 도스토예프스키』(민음사) 출간. 1월, 《현대시》에 연재한 장편 자전소설 『꽃과 여우』(민음사) 출간. 11월, 제5회 대산문학상 수상.

1998년(76세)	9월, 제12회 인촌상 수상.
1999년(77세)	2월, 제15 시집 『의자와 계단』(문학세계사) 출간. 4월 5일, 부인 명숙경 여사 사별.
2000년(78세)	제1회 청마문학상 수상.
2001년(79세)	4월, 제16 시집 『거울 속의 천사』(민음사) 출간.
2002년(80세)	4월, 비평을 겸한 사화집 『김춘수 사색사화집』(현대문학) 출간. 10월, 제17 시집 『쉰한 편의 비가(悲歌)』(현대문학) 출간.
2004년(82세)	제19회 소월시문학상 특별상 수상, 11월 29일, 82세로 별세. 12월, 유고 시집 『달개비꽃』(현대문학) 출간.

김춘수 작품 연보

발표일	분류	제목	발표지
1946. 4	시	애가	날개(해방 1주년 기념 사화집)
1947	시	여자/물결/나르시스의 노래/ 슬픈 욕정/여명/숲에서/ 박쥐/밝안/막달라 마리아	낭만파
1947	시	인형과의 대화/잠자리와 유자	낭만파
1948. 8	시집	구름과 장미	행문사
1949	시	산악	백민
1949. 1. 25	시	길바닥	연합신문
1949. 6. 2	산문	문화: 뭇슈·사르트르에게	연합신문
1949. 8	시	蛇	문예
1949. 10	시	旗	문예
1949. 11	산문	아네모네와 疾風怒濤期	문예
1949. 12	산문	릴케와 천사	문예
1950. 2	시	모나·리자에게	문예
1950. 3	시	비탈	백민
1950. 3	시집	늪	문예사
1950. 3	시	무제/호수에 대하여/ 패랭이에 대하여/	문예

발표일	분류	제목	발표지
1950. 5	산문	하녀에메렌쓰의 주검: 한스·카롯사에게	문예
1950. 7	시집	旗	문예사
1951. 12	산문	시에 관한 단상	처녀지
1952. 1	산문	릴케적인 실존	문예
1952. 11. 5	산문	詩스타일試論	시와시론
1952. 11. 5	시	꽃	시와시론
1953. 2	번역	시인과 음악가 — 프란시스·잠과 베-토-벤-	문예
1953. 4	시집	隣人	문예사
1953. 6. 20	산문	유치환론	문예
1953. 9	산문	엣세이와 현대 정신	문예
1953. 11. 20	산문	문학이라 하는 괴물	문예
1954. 3	시집	제1 시집	문예사
1954. 9	해설집	세계 현대시 감상	산해당
1954. 12	시	죽음/하늘	영문
1955. 1	산문	현대시의 선구자들	현대문학
1955. 4	시	바위(소묘)	현대문학
1956. 1	산문	'현대 시'론	한글문예
1956. 2. 28	산문	무제: 오오규스트-로댕에게	현대문학
1956. 4. 30	산문	김소월론을 위한 각서	현대문학
1956. 5. 31	산문	모던이즘과 니힐리즘 —유형학적 一試論	시연구
1956. 11. 30	시	구름	현대문학
1957. 3. 30	시	나목과 시	현대문학

발표일	분류	제목	발표지
1957. 10	시	꽃과 시	현대시
1957. 11	산문	어떤 얼굴	영문
1958	산문	형태상으로 본 한국 현대시	문학예술
1958. 1	시	릴케의 장	시와시론
1958. 3. 15	시	연인	자유문학
1958. 6. 30	시	窓	현대문학
1958. 10	시론집	한국 현대시 형태론	해동문화사
1958. 10. 15	시	그 이야기를……	자유문학
1958. 11	산문	손	영문
1958. 11. 30	시	호	현대문학
1959. 5. 30	시	歸鄕	현대문학
1959. 6	시집	꽃의 소묘	백지사
1959. 11	시집	부다페스트에서의 소녀의 죽음	춘조사
1960. 8. 30	시	續打令調	현대문학
1960. 9. 30	산문	「해인연가 八」, 기타	현대문학
1960. 10. 30	산문	의미의 탐구, 기타: 9월의 시	현대문학
1960. 11. 30	산문	잡다한 유형의 기타	현대문학
1960. 12. 30	산문	소월시의 행과 연	현대문학
1961. 1. 18	산문	「나의 테스트 씨」와 「처용가」	동아일보
1961. 1. 30	산문	무위: 1960년의 시단	현대문학
1961. 6	시론집	시론(시작법을 겸한)	문호당
1961. 9. 30	산문	시의 이해: 그 유일한 방법이 있을까?	현대문학
1962. 4. 30	시	타령조 3	현대문학
1962. 9. 30	시	타령조 5	현대문학

발표일	분류	제목	발표지
1963. 4. 30	시	타령조 8	현대문학
1963. 6	산문	청록집의 시 세계 —3가시인소고	세대
1963. 6. 30	소설	처용	현대문학
1963. 12	산문	죽음보다 영원한 것은—	세대
1964. 1. 30	시	타령조 17	현대문학
1964. 4	시	붕의 장	문학춘추
1964. 6	산문	5월의 시평: 결여된 풍자 정신 —《문학춘추》《현대문학》을 중심으로	세대
1964. 7	산문	상반기의 작품: 화제를 찾아서 〔시〕	문학춘추
1964. 7	산문	시작 노우트: 남의 비평과 관련하여	세대
1964. 7	시	나의 하나님/ 샤갈의 마을에 내리는 눈/ 시 I/시 II/시 III	세대
1964. 8	시	겨울밤의 꿈	현대문학
1964. 12	산문	續·한국문학의 재발견: 퇴폐와 그 청산—이상화론	문학춘추
1965. 1. 30	시	랩서디	신동아
1965. 2	시	冬菊	문학춘추
1965. 3	산문	현대시인론: 박남수론	문학춘추
1965. 3	산문	시: 중용과 추상—2월의 시단	세대
1965. 4	산문	해방 후 20년 시사 1	문학춘추
1965. 4	산문	시작 강의·재연 1: 운율과 장르	시문학

발표일	분류	제목	발표지
1965. 5	산문	해방 후 20년 시사 2	문학춘추
1965. 5	산문	「추상 관념어」기타 — 4월의 시단 — 시월평	세대
1965. 5	산문	시작 강의·재연 2: 운율과 장르	시문학
1965. 6	산문	해방 후 20년 시사 3	문학춘추
1965. 7	산문	시작 강의·재연 3: 운율과 장르	시문학
1965. 8	산문	시작 강의·재연 4: 이미지론	시문학
1965. 9	산문	시작 강의·재연 5: 이미지론	시문학
1965. 10	산문	시작 강의·재연 6: 이미지론	시문학
1965. 10. 30	시	잠자는 처용	현대문학
1965. 11	산문	해방 후 20년 시사 (완)	문학춘추
1965. 12	산문	시작 강의·재연 7: 이미지론/ 연구 작품 합평	시문학
1966. 1	산문	시작 강의·재연 8: 이미지론	시문학
1966. 3	산문	시작 강의·재연 9: 이미지론	시문학
1966. 4	산문	시작 강의·재연 10: 이미지론	시문학
1966. 8	시	시인의 죽음	시문학
1966. 11	산문	K초등학교	세대
1967. 1	시	영혼	신동아
1967. 4. 5	산문	괄호 안에 넣어 두기	동아일보
1967. 4. 20	산문	목련송	동아일보
1967. 4. 30	시	새봄의 선인장	현대문학
1967. 4. 30	산문	[이달의 화제] 불투명한 말과 말의 둔갑	현대문학
1967. 5. 6	산문	한식을 먹으면서	동아일보

발표일	분류	제목	발표지
1967. 5. 18	산문	미니 스커트	동아일보
1967. 5. 30	산문	[이달의 화제] 청마의 시와 미당의 시	현대문학
1967. 6. 3	산문	남정현 사건	동아일보
1967. 6. 22	산문	선의의 사람들	동아일보
1967. 6. 30	산문	[이달의 화제] 소림의 서정적 허리와 지적 허리	현대문학
1967. 9. 30	시	부두에서	현대문학
1967. 11. 30	산문	영향이라는 것: 내가 영향받은 작가	현대문학
1968. 5. 30	시	춘하추동삼제	현대문학
1968. 6	산문	[리포트] 신시 60년의 문제들	신동아
1968. 8. 30	시	뜰	현대문학
1968. 11. 30	시	작은 언덕 위	월간문학
1969. 1	시	잠자리/라일락 꽃잎/아침에/ 디딤돌(一)/디딤돌(二)	세대
1969. 1. 30	산문	작품이 주는 즐거움	월간문학
1969. 2. 28	산문	시의 신세대	월간문학
1969. 3	산문	정확한 뎃상	월간문학
1969. 4 ~ 1970. 4	연작시	처용단장 제1부 1~12회	현대시학
1969. 4. 30	산문	시의 애매성	월간문학
1969. 8. 30	산문	새로운 감수성: 69·상반기 문학의 문제점	월간문학
1969. 9. 30	시	무제	월간문학

발표일	분류	제목	발표지
1969. 11	시집	타령조·기타	문화출판사
1969. 12. 30	산문	60년대의 시인들: 60년대의 문학	월간문학
1970. 1. 5	산문	예술 활동의 평준화를	경향신문
1970. 6	산문	시단에의 몇 가지 제언	현대문학
1970. 8. 30	산문	다수 유파의 정립: 시: 시조: 해방 25년 문학의 제 양상	월간문학
1970. 11. 20	시	처용단장 제1부(재발표)	문학과지성
1971. 1. 30	시	續·수련	월간문학
1971. 10. 8	산문	샤갈과 한국의 가을	조선일보
1972	시론집	시론	송원문화사
1972. 8. 30	시	무좀	월간문학
1972. 10. 30	산문	「수박」에 대하여	문학사상
1972. 11. 30	시	소묘 삼제: 석류/파이프/ 개 두 마리	문학과지성
1972. 12. 14	시	새눈	동아일보
1973. 2	시	겨울꽃	세대
1973. 4	산문	〔창간 4주년 기념 특집〕 시의 제일행을 어떻게 쓰는가	현대시학
1973. 5~9	연작시	처용단장 제2부 들리는 소리 1~5회	현대시학
1973. 5~7	산문	빛 속의 그늘 (상·중·완) —무명천지시 — 노자 제1장	문학사상
1973. 9. 30	산문	의미에서 무의미까지 — 나의 작시 역정	문학사상
1973. 10. 10	산문	〔시론 특집〕 나는 이렇게 쓴다:	심상

발표일	분류	제목	발표지
		도피의 결백성	
1973. 11	시	두 개의 꽃잎	세대
1973. 12	시	채송화	한국문학
1974. 2	시	〔특집 73〕 앤솔러지	현대시학
1974. 2	산문	이미지즘과 그 영향	심상
1974. 3	산문	韻律·狀況·其他	한국문학
1974. 3. 30	시	얼룩	문학사상
1974. 3. 30	산문	S에게	문학사상
1974. 4	산문	〔창간 5주년 기념 제1특집〕	현대시학
		시의 마무리를 어떻게 하는가?	
1974. 4	시	하늘수박	현대문학
1974. 4~9	산문	蹇蹇錄 제1~6회	심상
1974. 5	시	버들개지	세대
1974. 5	산문	포즈의 매력 기타	한국문학
1974. 6	시	소리 위에	현대시학
1974. 6	산문	시점·호소력·기타	한국문학
1974. 7	산문	어조·감각·현학성·기타	한국문학
1974. 8	산문	신인군의 비중	한국문학
1974. 8	시	진혼가	현대시학
1974. 8	산문	新人群의 比重	한국문학
1974. 9	시 선집	처용	민음사
1974. 9	산문	세 편의 아름다운 시·기타	한국문학
1974. 10	산문	생기·타성·언어 기능에 대한 모색	한국문학
1974. 10	시	蛾眉/處暑 지나고	심상
1974. 11	산문	우화성·새로운 서정·주문·	한국문학

발표일	분류	제목	발표지
		기타(시)	
1974. 11. 19	산문	시는 과학과 같은 하나의 인식이다	조선일보
1974. 12	산문	희화성·심경(心境)적· 다이내미즘·꿈·기타	한국문학
1975. 1	시	특집: 잠 못 이루는 밤의 시	현대시학
1975. 2	산문	續 蹇蹇錄抄	심상
1975. 3	시	이중섭	한국문학
1975. 4	산문	南向無門(연재 에세이)	심상
1975. 4. 30	산문	덧없음에의 감각	문학사상
1975. 4. 30	시	이중섭	문학사상
1975. 5	산문	南向無門(연재 에세이)	심상
1975. 5	시	〔특집〕 봄시 33인집	현대시학
1975. 6	시	이중섭	현대시학
1975. 6	산문	빅님스런 ─ 시집『신의 쓰레기』를 중심으로	심상
1975. 6	시	가면	심상
1975. 6	시	만체스타 連發銃	심상
1975. 7	산문	〔특집〕 내가 지향하는 시/ 대상의 붕괴	심상
1975. 8	산문	후반기 동인회의 의의: 50년대 전반기의 시인들	심상
1975. 9	시	자류꽃 대낮	시문학
1975. 9	시	南天	시문학
1975. 10	시	모월 모일 ─ 충무시에서	세대
1975. 10	시	이중섭	현대시학

발표일	분류	제목	발표지
1975. 10	시	이중섭	한국문학
1975. 10	시	落日	현대문학
1975. 10	시	잠자는 처용	현대문학
1975. 11	산문	〔특집〕 시는 인간의 구원인가 ―詩作 및 시는 구원이다	현대시학
1976. 1	산문	〔제2특집〕: 나와 릴케와의 만남 ―두 번의 만남과 한 번의 헤어짐	현대시학
1976. 1	시	이중섭	한국문학
1976. 1	산문	南向無門(연재 에세이)	심상
1976. 2	산문	〔창간 7주년 기념 특집〕 시의 전부―이미지란 무엇인가	현대시학
1976. 2	산문	시의 전개/ 空山無人-나의 취미·나의 생활	심상
1976. 2. 28	산문	조금은 풀이 죽은	문학사상
1976. 2. 28	시	이중섭	문학사상
1976. 2. 28	시	썰매를 타고	월간문학
1976. 3	산문	〔이달의 시〕 화술과 알레고리	한국문학
1976. 3	산문	南向無門(연재 에세이)	심상
1976. 4	산문	이달의 시평 몇 가지 유형	한국문학
1976. 4. 2	산문	담배에 대하여	조선일보
1976. 4. 20	산문	무신경의 병폐	조선일보
1976. 5	수상집	빛 속의 그늘	예문관
1976. 5	산문	생명의 율동과 빛깔	세대
1976. 5	산문	〔이달의 시평〕 두 편의 시	한국문학
1976. 5. 30	시	이중섭《한국문학》 1975. 10/	문학과지성

발표일	분류	제목	발표지
		《문학사상》 1976. 2 재수록)	
1976. 6	시	風蘭	경향신문
1976. 6	산문	시: 심상풍경과 旋	한국문학
1976. 6	시	唐草紋	한국문학
1976. 7	산문	사상과 시	한국문학
1976. 7	시	늪	심상
1976. 8	시론집	의미와 무의미	문학과지성사
1976. 8	시	대지진	뿌리깊은나무
1976. 8	산문	南向無門(연재 에세이)	심상
1976. 9. 15	시	茶禮	조선일보
1976. 10	시	어떤 반사/천사	현대시학
1976. 11	시 선집	김춘수 시선	정음사
1976. 11	산문	현대시와 전통의 문제	심상
1976. 11. 27	산문	술-담배 끊었더니	조선일보
1976. 11. 30	산문	네 가지 유형	문학과지성
1977. 2	산문	두 개의 〔적막〕 사이 — 목월과 두진의 시적 현주소	심상
1977. 3	산문	나도 모른다	한국문학
1977. 3	시	眉目/서녘 하늘	심상
1977. 4	시 선집	꽃의 소묘	삼중당
1977. 4	시	봄안개	현대시학
1977. 4	시	이런 경우	한국문학
1977. 4. 30	산문	소외자의 영탄과 의지의 알레고리 — 동기와 파성의 시 세계	현대문학
1977. 5	시	황해, 또는 마드리드의 창부	한국문학

발표일	분류	제목	발표지
1977. 5. 30	시	봄이 와서	현대문학
1977. 8	산문	아직도 목가적인!	세대
1977. 9	산문	겟세마네에서	세대
1977. 10	산문	나의 동인 시대	한국문학
1977. 10	시집	남천	근역서재
1977. 10	산문	나의 동인지 시대,「낭만파」	한국문학
1977. 10	산문	한국 시의 새로운 가능성 — 시에 있어서의 의식의 문제	심상
1977. 10. 30	시	요보라의 쑥	현대문학
1977. 10. 30	시	세 번째 마리아	현대문학
1977. 11	산문	〔특집〕나의 시의 불만은 무엇인가? — 그 실패	현대시학
1977. 11	산문	〔서평〕I·A 리처즈 저 『문예비평의 원리』	한국문학
1977. 11	산문	창간 4주년에 붙이는 기념 메시지 — 잡지가 독자를 만들고 독자가 잡지를 만든다	한국문학
1977. 11	시	갈릴리 호수가	월간문학
1977. 12	시	둘째번 마리아	현대시학
1978. 2	시	樓欄	한국문학
1978. 4. 26	시	화랑 M	조선일보
1978. 5	산문	〔특집〕왜 시를 쓰는가? — 장난을 위하여	현대시학
1978. 5	산문	나의 인생 나의 문학	월간문학
1978. 5	시	어떤 모양으로 눈을 감았을까	심상

발표일	분류	제목	발표지
1978. 6. 30	시	천리향	현대문학
1978. 6. 30	시	저녁별	현대문학
1978. 8	산문	처용, 그 끝없는 변용	심상
1978. 8. 30	시	千在東氏의 탈/나이지리아/ 만월	세계의문학
1978. 9	시	顔料	현대시학
1978. 9	시	흙노	한국문학
1978. 11	산문	기질적 이미지스트 — 김광균과 30년대	심상
1978. 11. 30	산문	형태 의식과 생명 긍정 및 우주 감각	세계의문학
1978. 12. 5	산문	신시(新詩) 70년 한국 현대시는 어디에 와 있는가 ⑤: 교훈에서 창조로	조선일보
1979. 1	산문	문학·문학인: 사실 그 주변	한국문학
1979. 2	시	어릿광대	월간문학
1979. 2. 20	시	胡桃	문학과지성
1979. 2. 20	시	期入室/바다사냥	문학과지성
1979. 3. 10	시	땅 위에	문예중앙
1979. 4	시론집	시의 표정	문학과지성사
1979. 4	수상집	오지 않는 저녁	근역서재
1979. 4	시	왕소군의 달	현대시학
1979. 6	산문	시와 자매 예술	심상
1979. 7. 30	산문	제3의 유추 — 박주일의 「신라유물시초」 소견	현대문학

발표일	분류	제목	발표지
1979. 9	산문	시에의 접근	심상
1979. 9	시	골동설	한국문학
1979. 12	시	골동설	세계의문학
1979. 12. 5	시	골동설	현대문학
1980. 1	수상집	시인이 되어 나귀를 타고	문장사
1980. 1	산문	산업사회에서의 시의 대응	월간문학
1980. 1	산문	고독한 사람의 얼굴을 떠올리며 — 강현국 시인에게	심상
1980. 2	시	라자로여	월간문학
1980. 3. 20	시	樓欄	문예중앙
1980. 4	시	골동설	현대시학
1980. 6	시	바이어르 아스피린	한국문학
1980. 8	시	고뿔	현대시학
1980. 9	산문	뉘우침의 심연	문학사상
1980. 11	시집	비에 젖은 달	근역서재
1980. 11	시	妲己	한국문학
1980. 12	시	쉰아홉 번째	현대시학
1981. 9	산문	역사에 대하여	문학사상
1981. 9	시	비쭈기 나무	문학사상
1981. 9	시	잠수교의 원경	한국문학
1982. 1	시	배고픈 마음으로 — 故 조연현 형의 영전에	현대문학
1982. 1	산문	순결과 사랑의 꿈	문학사상
1982. 3	산문	비애와 관능의 영상	문학사상
1982. 3	산문	軟氏의 낮과 밤: 1~34회	현대문학

발표일	분류	제목	발표지
~1984. 12			
1982. 4	시 선집	처용 이후	민음사
1982. 4	시	아주 누워서	현대시학
1982. 5	산문	〔신간 서평〕 양치상 시집 『저녁 點描』	한국문학
1982. 5	시	에리꼬로 가는 길	한국문학
1982. 8	전집	김춘수 전집(전 3권)	문장사
1982. 9	산문	두 도시 이야기	문학사상
1982. 12	산문	음영	문학사상
1982. 12	시	싸락눈	문학사상
1983. 1	시	고도에서	월간문학
1983. 1. 30	산문	得失: 1962년의 시	현대문학
1983. 6	산문	〔특집〕 내 삶 속의 그 유월	문학사상
1984. 10	산문	증언	문학사상
1985. 4	산문	이제야 들었다 그대들 음성을	문학사상
1985. 6. 20	산문	작가일기 이사 기타	문예중앙
1985. 7	산문	울림으로서의 꽃: 명아주여뀌꽃	문학사상
1985. 7	시	날지 않는 새/ 바다의 주름 예수의 이마 위의 주름/ 불을 켜고 불을 끄고/모자를 쓰고/ 어느 봄날에/어느 여름날에/ 하품, 그 천국	현대문학
1985. 10	산문	〔신연재 시리즈〕 문학 사상 세미나: 해방문학 40년(1) — 김춘수 편	문학사상

발표일	분류	제목	발표지
1985. 10	산문	무의미의 시를 쓰기까지 ― 자화상	문학사상
1985. 10	산문	릴케를 떠나 실험의 세계로 ― 자평	문학사상
1985. 10	시	책	한국문학
1985. 12	수상집	하느님의 아들, 사람의 아들	현대문학
1986. 1	산문	꽃, 순진한 거짓	문학사상
1986. 1	산문	받아든 한알의 사과를	현대문학
1986. 3	산문	앙케이트: 한국 시단의 자기진단	문학사상
1986. 4	시	스페인 소묘	문학정신
1986. 4	산문	존재론적 관심의 형상화	문학사상
1986. 7	산문	남망산과 여황산	문학사상
1986. 7	전집	김춘수 시 전집	서문당
1986. 10	산문	나의 독서 이력서: 독서와 함께 사색해 온 삶	문학사상
1986. 11	시	저녁에	문학정신
1986. 12	산문	쓸쓸함의 체계	문학정신
1987. 2	산문	짧은 교본으로 엿본 청마의 시관	현대문학
1987. 3	산문	「이중섭」 연작시에 대하여	문학과비평
1987. 3	시	경포대	월간문학
1987. 3	시	소품	한국문학
1987. 3	산문	시작 노트	현대문학
1987. 3	시	[드골공항에서 오를리공항까지] 일본인/데카르트의 나라에 와서/ 위대한 프랑스/길고 까만 목덜미/ 十四번 게이트/오를리 공항으로 뻗은 아침 街路/蛇足	현대문학

발표일	분류	제목	발표지
1987. 4	시	토레도소견	문학사상
1987. 6	산문	잿빛(털의) 늑대	현대문학
1987. 7	산문	시의 언어: 의미와 이미지	문학정신
1987. 10	산문	시간의 빛 너머의 선연한 기억	문학사상
1987. 11	시 선집	꽃을 위한 서시	자유문학사
1987. 12	시	아테네 상공/겨드랑이 사이로	현대문학
1988. 1	산문	나의 새해 설계	현대문학
1988. 1	시	아크로 폴리스	문학정신
1988. 4	시집	라틴 점묘·기타	탑출판사
1988. 6	산문	간판문화	문학정신
1988. 8	산문	조화에 대하여	현대문학
1988. 9	산문	권환의 인상	문학과비평
1988. 12	시	副題로서의 시/유토피아	문학과비평
1988. 12	시	소크라테스의 변명	현대문학
1989. 1	산문	특집/나의 시해설계, 문학인 100인에게 듣는다	현대문학
1989. 2	산문	고유명사인 동지	현대시학
1989. 2	시	동지 푸루우돈/동지 바쿠우닌/ 동지 크로포트킨	현대시학
1989. 2	시	병풍에 쓰인 글씨	동서문학
1989. 5 ~1991. 3	산문	우리 시를 찾아서 1~23회: 시를 위한 산문 — 하나의 각서로서	현대시학
1989. 6	시	동지 피그넬/只管打睡/동지 申采浩	세계의문학
1989. 8	시	晚夏/반가운 손님	문학정신
11989. 10	시	다시 만하	문학사상

발표일	분류	제목	발표지
1989. 10	시론집	시의 이해와 작법	고려원
1989. 12	시	동지 금자문자	현대시사상
1989. 12	시	朴烈 동지	현대시사상
1990. 1	시 선집	샤갈의 마을에 내리는 눈	신원문화사
1990. 1	산문	〔창간 특집 대담〕오늘의 한국 현대시를 진단한다: 어떤 시가 좋은 시인가 1	월간 현대시
1990. 1	시	千漢鳳의 사발	현대문학
1990. 4	산문	권두시론: 시와 아이러니	월간 현대시
1990. 4	시	二月 어느 날/다시 二月 어느 날/다시 또 二月 어느 날	작가세계
1990. 4. 1 ~1991. 1	시	처용단장 제3부 1~10회	현대문학
1990. 5	시	엉겅퀴꽃	동서문학
1990. 7	산문	포스트 모더니즘 특집/ 시론: 질서와 혼돈	월간 현대시
1990. 11 ~1991. 8	산문	새 연재 칼럼 1~10: 건토녹초 1~10	월간 현대시
1990. 11	시	처용단장 제3부 8	현대문학
1990. 12	시	仁/善	현대시학
1990. 12	시	지워진 얼굴/疫神	현대시사상
1991. 1	산문	잊을 수 없는 내 청춘의 한 권: 범신의 세계와 인격신의 세계	문학사상
1991. 1	산문	특집: 1991년에 내가 구상하는 신작: 「처용단장」 제4부의 완결	문학정신

발표일	분류	제목	발표지
1991. 2~6	시	처용단장 제4부 1~5	현대문학
1991. 3	산문	관례가 양심의 방패일 수 없다	월간에세이
1991. 3	시론집	시의 위상	둥지
1991. 5	산문	사담 후세인의 두 개의 얼굴	월간에세이
1991. 9	산문	삶과 죽음, 그때 그 여름의 바다	문학사상
1991. 9	산문	나의 습작 시절 1: 시인이 된다는 것	월간 현대시
1991. 9	시	산보길/雍齒/魂/梅雨/형벌	현대시학
1991. 9. 20	산문	장편 연작시 「처용단장」 시말서	현대시사상
1991. 10	시집	처용단장	미학사
1991. 11	시	서서 잠자는 숲 1: 驚人句/唐麵/Persôna/雲行	월간 현대시
1991. 12	산문	나의 문학 수업 ― 느릿 느릿 그저 게으르게	문학과비평
1991. 12	시	서서 잠자는 숲 2: 靜寂/老夫婦/쓸쓸한 玩具/貧血	월간 현대시
1992. 1	산문	시간 속의 아이러니	문학사상
1992. 1	시	돌각담/구도	현대문학
1992. 1	시	서서 잠자는 숲 3: 食卓-꿈에 본/訓讀/게/陰二月	월간 현대시
1992. 2	시	서서 잠자는 숲 4: 失題/어느 날 문득 나는/俳優 에이킴 다미로프의 하늘/洋燈	월간 현대시
1992. 3	시	서서 잠자는 숲 5: 방풍/白毛의 貘/별/降雪	월간 현대시

발표일	분류	제목	발표지
1992. 3	산문	「꽃」, 이렇게 쓰여졌다: 인간 존재의 양식	시와시학
1992. 3	시 선집	돌의 볼에 볼을 대고	탑출판사
1992. 4	시	서서 잠자는 숲 6: 大톨스토이/48년의 그/까치/動動	월간 현대시
1992. 5	시	서서 잠자는 숲 7: 메시아/馬諒正傳/景明風/華胥國	월간 현대시
1992. 5	동시	못난 여치/미미의 집의 미미/겨울 파리/달맞이꽃/발톱 하나	현대시학
1992. 5	산문	동시에 대하여	현대시학
1992. 6	시	서서 잠자는 숲 8: 散文詩 列傳/大餘/丁香/門前雀羅	월간 현대시
1992. 7	시	서서 잠자는 숲 9: 그 그늘/魔鬼/어떤 스냅/姜畵伯	월간 현대시
1992. 8	시	서서 잠자는 숲 10: 漫畵 보기/땅뺏기놀이/뤼용에서/잠들고 나믄 가!	월간 현대시
1992. 9	시	서서 잠자는 숲 11: 하늘에는 왜 아직도/順命/페레스트로이카/晩夏	월간 현대시
1992. 9. 20	시	놀이딱지/부유스름, 혹은 뿌유스름	현대시사상
1992. 10	시	서서 잠자는 숲 12: 그분의 여윈 손/별과 「별」과의 사이/子宮/寒碧/	월간 현대시
1992. 11	시	서서 잠자는 숲 13:	월간 현대시

발표일	분류	제목	발표지
		뉴욕의 中國料理/ 好是長空/ 비렁뱅이 거렁뱅이/바다 하나는	
1992. 12	시	서서 잠자는 숲 14: 철쭉은 벌써/ 나비가/困苦/새	월간 현대시
1992. 12	시	겨울에/길/海坪 곶	현대시학
1993. 1	시	얼굴/가을비/李節	문학사상
1993. 1	시	첫눈	월간 현대시
1993. 1	시	저자에서/그	문학사상
1993. 1	시	斜陽/(PIZZA), HUT/가네코 후미코	월간 현대시
1993. 2	시	서서 잠자는 숲 15: 計音/바다 밑	월간 현대시
1993. 3	산문	〔권두시론〕 아무처어리즘의 아나크로니즘	현대시학
1993. 3	시	〔육필 원고〕 봄	문학사상
1993. 3. 20	시	개똥벌레/길, 또는 봄	현대시사상
1993. 4	시집	서서 잠자는 숲	민음사
1993. 5	산문	천민자본주의	월간에세이
1993. 6	산문	교풍이 없다	월간에세이
1993. 7	산문	산문시와 이야기시의 전개 양상 —1920년대에서 50년대까지	월간 현대시
1993. 7	수상집	예술가의 삶	혜화당
1993. 8	산문	내 시 속의 사물	현대시학
1993. 8	시	자정향	월간 현대시
1993. 8	시	베레모	문학사상
1993. 8	시	나스타샤 킨스키	현대문학
1993. 8	시	柴來由死	월간 현대시

발표일	분류	제목	발표지
1993. 8	시	봄, 그리고 여름	월간 현대시
1993. 9	산문	치욕과 분노	월간에세이
1993. 9	산문	시를 추구하는 것이 곧 시다	월간 현대시
1993. 10	산문	〔권두칼럼〕니힐의 위상	문학사상
1993. 10	산문	재산은 도탈인가	월간에세이
1993. 10	시	바꿈노래〔替歌〕: 길/베레帽/나스타샤 킨스키	현대시학
1993. 10	시선집	우리는 모두 무엇이 되고 싶다	문학세계사
1993. 11	수상집	여자라고 하는 이름의 바다	제일미디어
1993. 12	산문	시와 명상: 허무가 기교를 낳는다	시와반시
1994. 1	시	바꿈노래〔替歌〕: 遠景/가을비/현미경으로 들여다 본 은행나무잎/鵲/處容儺/ 윤이상의 비올론첼로/고드름/滿月/	월간 현대시
1994. 1	시	바꿈노래〔替歌〕: VOU/골목	현대시학
1994. 2	산문	지령 300호 월간문학에 바란다	월간문학
1994. 3	시	바꿈노래〔替歌〕: 망개알/二月에/ ㅂ畵伯의 2號짜리 油畵	시와반시
1994. 4	산문	창간 25주년 기획 특집: 시인 20인의 진단	현대시학
1994. 5	시	바꿈노래〔替歌〕: 오디가 익고/ 日射/꿈에 고비를 가다/메시아	시와사상
1994. 5. 15	시	바꿈노래〔替歌〕-驚人句 3題-飛翔/분꽃/알라딘의 램프	시와사상
1994. 6. 15	시	바꿈노래〔替歌〕: 華胥國	시와사상

발표일	분류	제목	발표지
1994. 6. 20	시	인플루엔자/해거름 장의자	현대시사상
1994. 7	시	바꿈노래〔替歌〕: 젓갈/바다의 늪/앨리바이	현대시학
1994. 9	산문	처신에 대하여	문학사상
1994. 9	시	바꿈노래〔替歌〕: 아비시니아 아비시니아/시인 에세닌	세계의문학
1994. 9	시	섬/하일지지/산/동작 없는 말	월간 현대시
1994. 9	시	바꿈노래〔替歌〕: 그-舊套로	세계의문학
1994. 10	시	다시 華胥國에서/배롱나무/곳/꽃/메시지	현대문학
1994. 11	산문	〔주제 비평〕 틀의 쪽에서 본 요즘 우리 시의 갈래	현대시학
1994. 11. 15	전집	김춘수 시 전집	민음사
1994. 12	시	추억/어느 날 아침/미래詩 가까이	시와반시
1994. 12	시	팬터마임을 위한 두 개의 콘티-만월/하현달	동서문학
1995. 1	산문	〔권두칼럼〕 회고와 전망	문학사상
1995. 1	산문	나의 시 나의 시어	현대시학
1995. 1	시	더욱 영롱하리라	현대문학
1995. 2	시	겨울	문학사상
1995. 2	수상집	사마천을 기다리며	월간 에세이
1995. 3	시	보르헤스가 죽었다/그의 구두	현대시사상
1995. 5	시	골동설 월간/오월에/역설은/노새/청마의 헬멧	월간 현대시
1995. 6	시	네 살 난 천사/향로 곁에/꽃샘/	현대시학

발표일	분류	제목	발표지
		두 번째 메시지/골동설삼제	
1995. 8	산문	너무 빠르게 지나간 시간들	문학사상
1995. 8	산문	오프 더 레코드: 오늘의 우리 시를 비판한다	월간 현대시
1995. 8	산문	광복 이후 우리 시를 말한다	월간 현대시
1995. 8	시	칸나/머쓱한 풍경/ 바쿠닌은 입이 크다/자유/ 너무 무거우니까	현대문학
1995. 8. 10	시	磁場/흐름	시세계
1995. 9 ~1998. 9	산문	나의 예술인 교우록: 그늘이 깃드는 시간 1~11회	시와반시
1995. 11. 10	시	창작 CREATIVE WRITING: 顔料·軌跡·遠景	문학정신
1995. 12 ~1996. 12	소설	〔특별연재〕 김춘수 자서전 『꽃과 여우』	월간 현대시
1996. 1	시	어린 쏘냐를 위하여	열린시
1996. 1	시	거도를 보며	문학사상
1996. 1	시	들림, 도스토예프스키: 쏘냐야게/ 아료샤에게/라스코리니코프에게	현대시학
1996. 2	시집	壺	한밭미디어
1996. 2. 20	시	顔料	문학정신
1996. 3	시	들림, 도스토예프스키: 이뽄에게/小癡 베르호벤스키에게/ 존경하는 스타브로긴 스승님께/ 追伸, 스승님께/드미트리에게/	현대시사상

발표일	분류	제목	발표지
		소피야에게/치혼 僧正님께/	
		나타샤에게/제브시킨에게	
1996. 3	산문	세계는 나선형으로 돌고 있다	현대시사상
1996. 3	시	구르센카언니에게	시와시학
1996. 3	산문	「들림, 도스토예프스키」 연작시	시와시학
1996. 4	시	들림, 도스토예프스키-딸이라고	현대시학
		부르기 민망한 쏘냐에게/리이자 할머니	
1996. 5	산문	〔권두 에세이〕 새로운 시	열린시
1996. 5. 20	시	들림, 도스토예프스키:	세계의문학
		표트르 어르신께/즈메르자코프에게/	
		소녀 네루리	
1996. 6	시	手記의 蛇足/조시마 장로 보시오	시와사상
1996. 7	시	와르와라/三冬/티이모파이 노인이	현대시학
		노래하며 이승을 떠났다	
1996. 8	시	스비드리가이로프에게	현대문학
1996. 9	산문	나의 독서 이력서:	문학사상
		내 나이 오십에 알게 된 사마천	
1996. 9	시	들림, 도스토예프스키:	황해문화
		영양 아그라야/어둠에게/	
		에반친 장군 영전에	
1996. 9	산문	내가 만난 서정주:	시와시학
		山高가 된 중절모	
1996. 12	시	옴스크/자리	문학사상
1996. 12	시	우박	월간문학
1996. 12	시	들림, 도스토예프스키:	시와반시

발표일	분류	제목	발표지
		즈메르자코프에게/	
		答信, 아료사에게/변두리 僧院	
1997. 1	시	창녀 나타샤/윤회/또 윤회/	월간 현대시
		중국의 고립어/사족-직설적으로 간략하게	
1997. 1	시	또 옴스크에서/아무르강 저쪽/	현대시학/잠언
		1880년 페테르부르크	둘현대시학
1997. 1. 20	시집	들림, 도스토예프스키	민음사
1997. 1. 25	소설집	꽃과 여우	민음사
1997. 3	산문	접붙이기	현대시사상
1997. 3	산문	나의 예술인 교우록:	시와반시
		그늘이 깃드는 시간 7	
1997. 3. 10	시	스타브로긴의 봄:	21세기 문학
		혁명/역사/발톱/수라(修羅)	
1997. 5	산문	시와 미술의 상관성	월간 현대시
1997. 5. 15	시	바투의 나라	세계의문학
1997. 5. 20	시	萬有寫生帖: 놀/사파타의 죽음/	작가세계
		저녁/손/毛澤東/후박나무/여름풀/	
		멕시코 옥수수/눈이 하나/冊	
1997. 6	시	萬有寫生帖:	문학사상
		눈 아래는/먼 들메나무	
1997. 6	시	萬有寫生帖:	동서문학
		작은 공이 하나/구름은 가지 않고	
1997. 6. 5	시	해파리/薔花가 紅蓮에게/	세계의문학
		眼科에서-Zn den Sachen Sebst	
1997. 8. 25	시	萬有寫生帖:	문예중앙

발표일	분류	제목	발표지
		깨풀/해저터널 지나면/책	
1997. 10	시	창간 25주년 300호 기념 축시:	문학사상
		아이러니를 위하여	
1997. 11	시	일모	현대시학
1998. 1	시	萬有寫生帖: 호/움막, 곳간/	현대문학
		長空萬里/작은 틈새기로도-	
		제1번 비가/박수가 되어-제2번 비가	
1998. 1	시	萬有寫生帖-의자/또 의자	월간 현대시?
1998. 1	시	萬有寫生帖-毛澤東/대까치	현대시학?
1998. 2	산문	시니피앙의 범위와 기능	문학사상
1998. 2. 15	시	萬有寫生帖: 사이버의 눈/	시와사람
		詩와 사람	
1998. 2. 25	시	詩 한 줄	시와시학
1998. 2. 25	산문	시작노트-봉선화	시와시학
1998. 3. 15	시	萬有寫生帖:	다층
		새벽에 눈뜨고 보니/早春	
1998. 4	시	萬有寫生帖: jam/무정부주의	월간 현대시
1998. 6	시	녹녹한 아이	문학사상
1998. 6	시	책 속에는/階段	현대시학
1998. 6	시	萬有寫生帖: 춤/金宗三/鳥瞰圖	시와반시
1998. 8	시	萬有寫生帖: 장의자가 있는 풍경/	월간 현대시
		황아전	
1998. 12. 1	시	숲종다리 김종삼	시안
1999. 1	시	계단을 위한 바리에테	현대문학
1999. 1	시	제목이 없는 세 편의 짧은 시	월간 현대시

발표일	분류	제목	발표지
1999. 1	시	입동/해 지면	현대시학
1999. 2	시집	의자와 계단	문학세계사
1999. 2. 20	시	萬有寫生帖(3편): 의자를 위한 바리에떼-그 하나/ 그 둘/그 셋	작가세계
1999. 2. 25	시	의자를 위한 바리에떼-그 넷/ 그 다섯/그 여섯/그 일곱/ 그 여덟/그 아홉/그 열/그 하나/ 그 둘/그 셋	시와시학
1999. 6	산문	사실과 소문의 차이	문학사상
1999. 8. 20	시	대치동의 여름	세계의문학
1999. 8. 28	시	대치동의 여름	21세기 문학
1999. 11	시	강변	현대시학
1999. 12	시	달	문학사상
1999. 12	시	역병	현대시사상
2000. 1	산문	권두 시화/한계 안에서 한계와 싸운다	현대시학
2000. 1	시	둑/귀가길/개개비	월간 현대시
2000. 3	시	명치	현대문학
2000. 3. 30	시	대치동의 여름	서정시학
2000. 5	시	귀/바람/거울	현대시학
2000. 5. 20	시	蛇足 한 토막/蛇足 또 한 토막	한국문학
2000. 5. 25	시	에필로그/러시아 이문/우나무노	문예중앙
2000. 6	산문	존재와 화술	문학사상
2000. 6	시	영혼/顔料/호텔 H/	문학사상

발표일	분류	제목	발표지
		하늘에는 고래가 한 마리/	
		두 개의 정물	
2000. 6	시	꿈과 벼룩을 위한 듀에트	현대문학
2000. 6	번역	무라카미 아키오(村上昭夫)	시와시학
		특집-五億年/버린다/금빛의 사슴/	
		학/기러기의 소리/젊은 合唱/	
		눈이 내리는 소리/여자가 옷을 벗기 전에/	
		슬픔의 깊이	
2000. 7	시	양말/蛇足/또 日暮	월간 현대시
2000. 8. 20	시	눈의 기억/티눈과 난로와	작가세계
2000. 8. 25	시	梅雨期/an event	세계의문학
2000. 8. 27	시	전령 니이버/	21세기 문학
		유치원 원장이신 호주 선교사	
2000. 9	시	葉篇 二題/죄를 짓고	시안
2000. 9	시	금잔화/밤이슬/蘭	현대시학
2000. 9	시	虛有선생의 토르소/또 겨울	시와반시
2000. 11	시	단풍잎/발가벗은 모래들	현대시학
2000. 11. 20	시	시인/국밥집에서/살짝 한 번/	포에지
		밤의 날개짓	
2000. 12	시	倒影記/흔적	시와사상
2000. 12	시	에필로그/슬픔이 하나	월간 현대시
2000. 12	시	하늘소부치한/紫色顔料	동서문학
2001. 1	산문	새해 권두시화: 蹇蹇錄抄	현대시학
2001. 1	시	달맞이꽃	월간 현대시
2001. 1	시	천사	현대문학

발표일	분류	제목	발표지
2001. 1	시	書架/명일동 천사의 시	월간 현대시
2001. 2	산문	미당 서정주 추모 특집: 해조, 아날로지, 즉물적	현대문학
2001. 2	산문	나의 등단 시절: 모범을 버리기까지	월간 현대시
2001. 2	시	어눌	문학사상
2001. 2	시	달맞이꽃(재수록 시)	월간 현대시
2001. 2. 18	시	봄밤의 짧은 레파토리/ 뭉크의 두 폭의 그림/ 어떤 자화상/귀향	문학과사회
2001. 2. 20	산문	소묘, 미당의 삶과 시	작가세계
2001. 3	시	상하좌우-H화랑의 texture/ 꿈에 본다	시와사람
2001. 3	산문	〔권두시화〕 續寒寒錄抄	현대시학
2001. 3	시	서정주 추모 특집: 地上은	시와시학
2001. 4. 25	시집	거울 속의 천사	민음사
2001. 5 ~2002. 5	산문	김춘수가 뽑은 한국 당대의 시(1~11회): 전통과 반전통의 전개 양상	현대문학
2001. 5. 8	시	木瓜	시와시학
2001. 10	산문	〔권두칼럼〕 애정이 생명을 낳는다	문학사상
2001. 10	산문	김춘수 팔순 기념 기획 특집: 이미지 전개의 몇 단계	현대문학
2001. 11	시	꽃핀 똘배나무 그늘에/ 비행기를 타고/耳鳴	월간 현대시
2001. 11	시	〔大餘 김춘수 팔순 기념 특집〕	현대시학

발표일	분류	제목	발표지
		꽃, 릴케, 처용, 도스토예프스키, 천사	
2001. 11. 20	시	덕신 분교	21세기 문학
2002. 1	시	봄	문학사상
2002. 1	시	페르소나	현대문학
2002. 3	시	제1번 비가/제2번 비가/제3번 비가	현대시학
2002. 3	산문	그러나 나의 시론은 자생적이다	시와반시
2002. 4	시	제6번 비가/제7번 비가	월간 현대시
2002. 4. 30	사화집	김춘수 사색사화집	현대문학
2002. 5	시	제8번 비가/제9번 비가/제10번 비가	계간 시작
2002. 5	시	제11번 비가/제12번 비가/제14번 비가	현대시학
2002. 5. 25	시	제4번 비가/제5번 비가	세계의문학
2002. 6	시	제13번 비가	문학사상
2002. 8. 10	시	제20번 비가/제21번 비가/제22번 비가	시인세계
2002. 8. 20	시	제18번 비가/제19번 비가	21세기 문학
2002. 8. 25	산문	시작 노트: 인간 존재의 비극성	문예중앙
2002. 8. 25	시	작은 시집: 비가 외 9편(23~32번)	문예중앙
2002. 9	시	제32번 비가/제33번 비가	시안
2002. 10	시	제41번 비가	현대문학
2002. 10	산문	넌쎈스와 알레고리	현대시학
2002. 10	시	비가를 위한 말놀이 1/비가를 위한 말놀이 2/	현대시학

발표일	분류	제목	발표지
		비가를 위한 말놀이 3/	
		비가를 위한 말놀이 4/	
		비가를 위한 말놀이 5/	
		비가를 위한 말놀이 6/	
		비가를 위한 말놀이 7/	
		비가를 위한 말놀이 8/	
		비가를 위한 말놀이 9	
2002. 10. 23	시집	쉰한 편의 悲歌	현대문학
2003. 1	시	〔신작 특집〕새해 이 시로 연다	현대시학
2003. 3	시	행간/구두를 위한 콘티	시와세계
2003. 3	시	그리움이 언제 어떻게 나에게로 왔던가	현대시학
2003. 3	시	명정리/비망	현대시학
2003. 3	시	降雪	동서문학
2003. 4	시	춘일만보	문학사상
2003. 4	시	눈의 알리바이/봄밤	월간 현대시
2003. 5	시	바이칼호, 가보지 못한	현대문학
2003. 8	시	새 두 마리/또 새 두 마리	현대시학
2003. 9	시	여름밤/나의 生家	시와시학
2003. 10	시	입추가 지나면	문학사상
2003. 10	시	쥐오줌풀/만남을 위한 콘티	현대시학
2003. 12	시	체 게바라	열린시학
2003. 겨울호	시	통영/ an event — 조영서의 시 「운평선」에 화답하여	서정시학

발표일	분류	제목	발표지
2003. 12	시	앵오리/시안	시안
2003. 12	시	고향으로 가는 길/어느 날의 비망	월간 현대시
2004. 1	시	장미, 순수한 모순	현대문학
2004. 1	시	잉구베이타/꿈에 본 잉구베이타/ 하늘 위 땅 끝에/손과 손/ 찢어진 바다/만해 문학관/ an event/달개비꽃	현대시학
2004. 1. 15	전집	김춘수 시 전집	현대문학
2004. 3	산문	특별 연재 산문 1: 蹇蹇錄抄	서정시학
2004. 3	시	패러디/그런 晩秋	시와반시
2004. 6	시	메아리처럼/an event	시와사상
2004. 6	산문	특별 연재 산문 2: 蹇蹇錄抄	서정시학
2004. 6	시	BYUN RAK/별	시와세계
2004. 6	산문	권두칼럼: 릴케와 도스토예프스키는 어떻게 나에게로 왔던가	동서문학
2004. 7	시	메르헨, 혹은 하이마트	현대문학
2004. 7	시	불면을 위하여/너	월간 현대시
2004. 8. 25	시	장 피에르 시몽/손을 잡는다고	세계의문학
2004. 9	산문	특별 연재 산문 3: 蹇蹇錄抄	서정시학
2004. 12	시	꽃(소묘)	현대문학
2004. 12. 3	시집	달개비꽃	현대문학
2005. 1. 8	수상집	왜 나는 시인인가	현대문학

작성자 한상우 중앙대 석사과정

여석기와 '연극 평론'의 길

이상우 | 고려대 교수

1 학병세대, '해방 1세대' 첫차에 환승하다

여석기(呂石基, 1922~2014)를 가리켜 이른바 '해방 1세대' 영문학자, 연극 평론가라고 부른다. '해방 1세대'라는 타이틀은 말하자면 대한민국 건국 첫 세대로서 행운과 영예와 기득권을 누리는 세대이면서 동시에 건국 '맏형'으로서 책임감이 있는 세대임을 의미한다. 여석기는 해방 직후 경성제국대학의 후신인 경성대학(서울대학교의 전신) 영문학과를 졸업하고 1947년 경북대학 영문학과 전임 교수가 되었다. 해방 1세대 영문학 교수로서 입신하게 된 것이다. 실제로 그는 이때의 감회를 "막차를 탄 사람이 첫차에 오른 느낌"이라고 표현했다. 해방 직후에 영문학 교수로서 입신한 그의 감정은 "'첫차'를 탄 느낌과 '막차'에 올라탄 듯한 느낌을 아울러 가진 착잡한 심정"이었다. '첫차'는 영문학자로서 해방 1세대에 속하게 됨을 의미하는 것이고, '막차'는 식민지 시대에 태어나고 자라고 교육받은 '구세대'라는 의미가 내포된 것으로 보인다. 해방 이후에 어쩔 수 없이 "기성세대에 강제 편입"되어 버린 자기 세대의 묘한 처지를 그는 '막차'라는 비유를 통해 표현한 것이다. 실제로 해방 1세대 학자들은 대부분 대학 학사 학위만 갖고 대학의 전임 교수가 되는 행운을 얻었고, 해방 이후 1세대 대학교수로서 대학과 학계에서 맏형 대우를 받으며 기득권을 누렸다. 학계에서는 해방 1세대를 가리켜 '학병세대'라고도 부르는데, 이들은 일제강점기 말에 대학을 다니다가 학병 및 징병 대상이 되었던 연령층으로 대개 1920년을 전후해 출생한 세대를 의미한다. 1944년 당시 고등교육을 받은 조선인 학생이 약 7,200명 정도로 추산된다고 하는데, 이들은 식민지 말기에 제국 일본의 전쟁 수행으로 인해 가장 큰 희생을 당한 세대이면서 친일 혐의에 때묻지 않은 당대 최고의 엘리트 집단이었기 때문에 자연스럽게 해방 직후 건국의 주체, 건국의 총아로 급부상하게 되었다.[1] 여석기가 말한 "막차를 탄 사람이 첫차에 오른 느낌"이라는 술회는 학병세대이자 해방 1세대 학자, 평론가로서의 자의식을 표현한 것에 다름 아니다.

자신의 말대로, 여석기는 이른바 식민지 막내 세대에 속한다. 그는 1922년 경북 금릉군에서 출생해서 김천고보를 마치고 일본으로 건너가 1939년 구제(舊制) 마쓰에(松江)고등학교를 졸업하고 1942년 동경제국대학 영문학과에 입학했다. 식민지 시대에 출생해서 식민 본국 최고 학부의 고등교육까지 이수했으니 그를 '식민지 세대'로 규정하는 것은 당연한 일이 아닐까. 그는 구제 고등학교와 제국대학을 통해 식민지 시대 최고 엘리트 교육을 이수했다. 대학 교양학부에 해당하는 3년제 마쓰에고등학교를 다니며 이른바 일본식 '교양주의'라는 교양교육의 특권적 기회를 얻었다. 고급 인재 양성을 목적으로 세워진 일본의 구제 고등학교는 제국대학 입학을 전제로 한 것이었기에 일종의 학부 교양교육을 지향한 학

---

1) 김건우, 『대학민국의 설계자들: 학병세대와 한국 우익의 기원』(느티나무책방, 2017), 18~23쪽.

교였다. 구제 고등학교 학생은 다이쇼 시대 이래 일본의 전형적 엘리트 교육의 근간이 된 교양주의 교육을 통해 맘껏 독서와 사색을 즐기는 한편 거리를 누비며 안하무인격으로 고성방가를 해도 묵인을 받는 특권을 누릴 수 있었다. 여석기는 '문과 갑류'에 소속되어 외국어 습득과 더불어 '데칸쇼'(데카르트, 칸트, 쇼펜하우어) 철학과 서양 문학을 공부하는 한편 영화 보기에 취미를 가졌다. 시마네현(島根縣) 작은 시골 도시에 위치한 마쓰에고등학교 시절에 그가 할 수 있는 취미 생활이란 시내 영화관을 쏘다니며 영화 보는 것에 불과했다. 이 시절 영화 보기의 취미가 자연스럽게 연극에 대한 관심으로 나아가게 된 것이다. 네미로비치 단첸코 자서전과 고든 크레이그의 『연극예술(The Art of The Theatre)』(1905)을 읽은 것은 이 시기였다.

그가 동경제국대학에 다닌 시기는 1942년 4월에서 1943년 12월까지 1년 8개월에 불과했다. 징용에 끌려가 학업이 중단되었기 때문이다. 그는 영문학과를 다녔으나 영문학 강의에 별다른 재미를 느끼지 못했던 것 같다. 일본 학문 특유의 꼼꼼한 실증적 텍스트 강독이 별 감흥을 주지 못했던 데다 태평양전쟁이 한창이었던 때라 적성국 '미영귀축(米英鬼畜)'의 언어, 문학을 가르치고 배우는 일에 일본 제국대학 교수나 학생들이 모두 맥이 빠져 있었던 것으로 보인다. 그 와중에 신예 나카노 요시오(中野好夫) 조교수의 셰익스피어 강의에 매료되어 희곡과 연극에 관심을 가지게 된 것은 큰 소득이었다. 셰익스피어 시대의 연극 관습과 극장 구조 등에 대해 열변을 토한 나카노 교수의 강의로 인해 비로소 셰익스피어가 책 속의 박제된 문호가 아니라 극장에서 살아 숨 쉬는 극작가로 느껴질 수 있었던 것이다. 이로 인해 여석기는 연극에 매력을 느끼고 동경 간다(神田) 서점가에서 미국의 연극 월간지《시어터 아트 먼슬리(Theatre Arts Monthly)》 1927~1932년 발행 전 호 72권[2]을 1년치 등록금에 해당하는 거금을 들여 사서 읽을 만

---

2)   여석기가 동경제대 시절에 수집한 연극 잡지《시어터 아트 먼슬리》는 현재 한국예술종합학교에 기증되어 소장되어 있으며, 그 자료 목록은 『여석기 아카이브 총목록』(한국예술

큼 열렬한 연극학도가 되어 있었다.

1944년 1월 강제 징용 대상이 되어 태릉의 지원병 훈련소에서 2주간 훈련받고, 황해도 사리원 근처의 시멘트 공장에서 1945년 8월까지 1년 8개월간 강제 복역에 시달리다가 징용을 마치고 해방을 맞은 '학병세대' 여석기는 1946년 경성제국대학에서 이름이 바뀐 경성대학(서울대학교) 영문학과에 편입했다. 동경제대 선배인 이양하, 최정우 교수에게 영문학을 배우고, 셰익스피어의 「로미오와 줄리엣」에 관한 주제로 졸업 논문을 작성, 제출해 영문학사가 되었다. 1947년 졸업과 함께 경성대학 예과 강사를 거쳐 경북대학의 전임교수가 되어 7년간 영문학을 가르치다가 1953년 수도 서울의 환도에 맞춰 고려대학교 교수로 자리를 옮기게 된다.

2 '최초의 전문적 연극 평론가'의 탄생

1953년의 서울 진출은 여석기에게 커다란 변화의 계기가 되었다는 점에서 의미심장하다. 만일 여석기가 경북대학의 영문학 교수로 남아 있었다면 아마도 해방 이후 '최초의 전문 연극 평론가'라는 영예로운 칭호를 듣기 어려웠을 것이다.

1960년대까지만 해도 평단이 형성되어 있지 않아서 연극 평은 주로 현역에서 활동하고 있는 극작가, 연출가 등이 간간이 쓰거나 일간지 문화부 기자가 쓰는 소개 정도에 그쳤었다. 그렇게 볼 때, **여석기야말로 최초의 전문 연극 평론가**라고 부를 수 있게 되는 것이다. 특히 그가 등장하자마자 인상비평 아닌 분석비평으로 나아갔다는 것이 중요한 의미를 지닌다고 말할 수 있다. 이는 아무래도 그가 셰익스피어에서부터 현대 영미 연극을 그것도 본고장에서 제대로 공부하고 왔던 터라서 글 자체가 탄탄한 이론 무장에 의한 것

종합학교 한국예술연구소, 2004), 219~220쪽에 실려 있다.

이어서 누구도 이의를 제기하기 어려웠던 것이다.[3](강조는 인용자)

유민영에 따르면, 1960년대까지 연극 평단의 미확립으로 연극 평은 현역 극작가나 연출가 혹은 일간지 문화부 기자가 쓰는 정도에 머물렀는데, 1960년대 연극에 대한 전문적 지식과 분석 능력을 지닌 '최초의 전문 연극 평론가'로서 여석기가 등장하게 되었다. 실제로 1950~1960년대 연극 평론은 연극 평론가 오화섭, 여석기 이외에 극작가(김경옥, 차범석, 이근삼), 연출가(김정옥), 문학평론가(최재서, 최일수) 들의 참여에 의해 이루어져 왔다. 즉 이 시기에 연극 평론 쓰기에 참여한 직업군이 다양하다는 것은 바꿔 말하자면 연극 평론이 아직 전문적 분야로 독립성을 갖지 못했음을 의미한다.

이는 이 땅에 연극 평론이 처음 시작되었던 1910년대 이후 근 40~50년간 되풀이되던 문제였다. 최초의 이론 비평이라 할 수 있는 윤백남의 「연극과 사회」(1920)를 비롯해 현철의 「연극과 오인의 관계」(1920), 「현당극담」(1921), 김우진의 「소위 근대극에 대하여」(1921) 등이 발표되면서 1920년대 초에 이르러 연극 평론의 장르가 형성되었다. 이후 해방 이전까지 1,025편의 연극 평론이 발표되었는데, 가장 활발하게 평론 활동을 펼친 것은 대체로 유치진(84편), 함대훈(32편), 서항석(29편), 이헌구(29편), 김광섭(26편), 홍해성(25편) 등 1930년대 극예술연구회 회원들이었고, 그 밖에 박영호(18편), 민병휘(14편), 송영(12편), 임화(12편), 나웅(11편), 안영일(11편) 등 프로 연극인들의 활약이 눈에 띈다.[4] 그중에 가장 많은 연극 평론을 남긴 것이 극작가 유치진이고, 다른 이들도 문학평론가, 극작가, 연출가가 본업이라는 사실을 보면 일제강점기에 전문적 연극 평론가라고 지칭할 만한 사람은 없었다고 봐도 과언이 아닐 것이다.

이러한 현상은 근본적으로 해방 이후에도 크게 달라지지 않았다. 1950~1960년대에 연극 평을 쓰는 사람들은 있었지만 전문적 연극 평론가

---

3) 유민영, 『한국 인물 연극사 (2)』(태학사, 2006), 755쪽.
4) 양승국, 『한국 근대 연극 비평사 연구』(태학사, 1996), 437~451쪽.

로는 오화섭, 여석기 정도가 있을 뿐이었다. 오화섭, 여석기는 일제강점기에 대학 교육(오화섭, 와세다대학교)을 받은 영미 희곡 전공의 영문학자라는점, 사학을 대표하는 연세대학교와 고려대학교에서 영문학과 교수로 재직했다는 점에서 공통점을 갖는다. 그러나 둘 사이에 무시하지 못할 차이점도 있다. 1916년 출생한 오화섭은 동경학생예술좌의 여성 회원이었던 박노경과 결혼하고, 1948년에는 박노경과 함께 극단 여인소극장을 창단하여 주더만의 「귀향」, 입센의 「인형의 집」 등을 공연했고, 1953년에는 극단'테아트르 리브르'를 창단하는 등 실제 연극 활동에 적극 참여한 연극 평론가라는 점이다. 때문에 1950~1960년대 오화섭이 쓴 연극 평론 「연극의부진성」(《동아일보》, 1959), 「담보하는 무대, 변모하는 무대」(《사상계》, 1959), 「연극은 사양 예술인가」(《세대》, 1966)를 읽어 보면 연극계의 현상을 진단하는 시야라든가, 연극 공연을 분석하는 안목에 있어서 노련한 면모를 보여 주고 있다.

이에 비해 여석기의 초기 평론 「뮤즈의 권위 회복」(《사상계》, 1960), 「박수 잃은 한국 연극」(《사상계》, 1962), 「한국 문화와 의사 쇼비니즘 ― 색동저고리와 아리랑드레스」(《세대》, 1964)를 보면 한국의 사회, 문화 현상에 대한예리한 지적 통찰력과 간결한 문체를 바탕으로 정론적 비평적 글쓰기를보여 주고 있다. 1960년대 여석기의 연극 평론을 보면 연극의 전문적 식견이 깊이 있게 드러난다기보다 일본 구제 고등학교와 제국대학에서 훈련된 교양주의의 토대, 1950~1960년대 《사상계》 편집위원 활동을 통해 획득된 사회 인식, 그리고 연극에 대한 학문적 지식이 가미된 인문적 교양주의 연극 비평의 성향이 강하게 나타난다. 다만 그의 몇몇 초기 비평에는 상당히 현대적인 관점의 연극 인식이 드러나고 있다. 가령 「관객 없는무대 ― 현대 연극은 왜 고독한가」라는 연극 평론에서 여석기는 현대 연극이 관객을 상실한 이유가 19세기 이후 소극장을 중심으로 전개된 근대극 운동이 그들의 "순수와 결벽성"으로 인해 "극히 제한된 '선민'만을 위한 연극, 대중과 완전히 인연을 끊어 버린 독선적 세계"만을 추구했기 때문이라고 진단했다. 그는 연극은 원래 축제의 장소에서 발생한 것이라며 현대 연극이 관객을 회복하기 위해서 자신이 잃어버린 활력, 신축성, 다양성을 되찾아야 한다고 주장했다.[5] 이는 1950~1960년대에 환각주의에 기반을 둔 서구 '언어 중심 연극'이 한계점에 봉착했음을 인식하고, 동양 연극의 극장주의적 활력에 눈을 돌려 이를 통해 탈출구를 모색하고자 했던 서구 연극의 현대성 추구와 근본적으로 인식을 같이하는 것이라 할 수 있다. 1970년대《연극평론》을 통해서 보여 준 한국 전통 연극에 대한 관심과 1980년대 학술서『동서 연극의 비교 연구』(1987)에서 보여 준 동양 연극에 대한 천착은 이 시기에 나타난 여석기의 연극 인식의 현대성 추구가 거둔 일련의 성과라고 할 수 있다.

여석기 연극 평론의 현대성은 몇 단계에 걸쳐서 형성되었다고 볼 수 있다. 첫째, 1950년대 중반의 미국 미주리대학교 유학, 둘째, 1960년대 중반의 드라마센터 극작워크숍 활동, 셋째, 1971년 3개월간의 구미 연극 기행이 그것이라 할 수 있다. 거기에다 여석기와 한국셰익스피어학회가 주도한 1964년 셰익스피어 탄생 400주년 기념 페스티벌은 여석기에게 연극에 대한 헌신과 열정에의 확신을 준 계기가 되었다.

3 연극계로 호명된 영문학자: 미주리대학교, 드라마센터, 셰익스피어 페스티벌

1955년 가을부터 1956년 여름에 걸쳐 1년간 한미재단의 장학금 지원을 받고 여석기는 미국 미주리대학교(컬럼비아 소재)로 뒤늦은 유학을 간다. 이봉범에 따르면, 한미재단은 아시아재단, 포드재단, 록펠러재단 등과 함께 1950~1960년대 냉전 시대 동아시아에 반공 네트워크를 구축하려는 미

---

5) 여석기, 「관객 없는 무대 — 현대 연극은 왜 고독한가」(《세대》, 1963. 9); 김유미, 이진아 편, 『1950~1960년대 종합 교양 잡지 수록 연극 비평 자료집』(연극과 인간, 2020), 186~189쪽.

국 권력기관(국무부, CIA)의 의도에 의해 한국 지식인, 문화인을 포섭, 회유하기 위한 지원 기관의 성격을 갖는다.[6] 그러나 여석기는 한미재단 지원은 "어쩌다 알게 되어 응모"한 것이고, 면접관 김활란, 박마리아 등의 면접시험을 거쳐 선발되었을 뿐이라고 한다. 어쨌든 그는 1년간 미주리대학교에서 하딘 크레이그(Hardin Craig) 교수의 강의 "셰익스피어(Shakespeare)", "중세극(Medieval Drama)", 리처드 호슬레이(Richard Hosley) 교수의 강의 "셰익스피어 I, II(Shakespeare I, II)", "엘리자베스 시대 영국극(Elizabethan English Drama)"을 수강했는데, 특히 소장 학자 리처드 호슬레이 교수의 대학원 강의에서 셰익스피어 희곡을 당대의 무대 기법과 연관해 분석하는 것을 보고 셰익스피어 연구의 진수를 경험했다. 동경제대 영문과 시절 소장 학자 나카노의 강의에서 느낀 희열과 흡사한 감흥을 맛보게 된 것이다. 그는 이 시기 미국 학계에서 유행하던 뉴크리티시즘의 열기에 영향을 받았고, 미국 현대 연극의 흐름을 익혔다.

1950년대 중반의 미국 유학 체험은 두루뭉수리하게 '영문학자'로서의 정체성을 갖던 여석기에게 확고하게 '영미 희곡 및 셰익스피어 학자'로서의 정체성을 확립시켜 준 계기가 된 것으로 보인다. 1947년부터 대학 영문학 교수로 활동한 그는 미국 유학 이전에 윌라 카터의 소설 『개척자』(을유문화사, 1953)와 서머싯 몸의 소설 『달과 6펜스』(민중서관, 1955), 두 권의 번역서를 출간했는데, 공교롭게도 모두 소설책이었다. 그러나 미국 유학 직후에는 알런 다우너의 연극 연구서 『미국의 현대극』(수도문화사, 1957)을 번역, 출간함으로써 연극학자다운 면모를 보이기 시작했다. 1900년부터 1950년까지 20세기 전반기 미국 현대 연극의 변모 과정을 서술한 다우너의 저서 번역을 통해 현대 연극의 역동성을 이해하는 계기가 되었던 것이다.

1962년 남산에 연극 전용 극장 드라마센터가 유치진에 의해 건립되었

---

6) 이봉범, 「한미재단, 냉전과 한미 하방 연대」, 《한국학연구》 43집, 2016 참조.

다. 1957년 미국 국무성 초청으로 1년간 구미 연극 시찰을 다녀온 유치진은 드라마센터의 건립을 추진하면서 동아시아 냉전 네트워크를 효과적으로 활용해 아시아재단, 록펠러센터, 한미재단의 재정적 지원을 이끌어 내 1962년 400석 규모의 중극장 드라마센터를 완공한다.[7] 중극장 드라마센터를 건립한 유치진은 극장 운영뿐 아니라 한국연극연구소와 부설 아카데미를 통해 연극 연구와 교육에까지 관심을 갖고 있었다. 이 과정에서 유치진은 연구와 교육을 담당할 연극 인재로 여석기, 이근삼, 김정옥 등 해외 유학파 기용에 큰 관심을 갖게 되었다. 1930년대부터 유치진을 옹위해 온 연극 동지 이해랑, 김동원 등 극단 신협 멤버의 중용 대신에 해외 유학 출신의 신진 엘리트 여석기, 이근삼, 김정옥의 등용을 선택한 것이다. 유치진은 여석기에게 1962년 드라마센터 개관 기념 공연 「햄릿」의 번역을 의뢰했고, 드라마센터 부설 교육기관인 연극아카데미 원장직을 맡겼다. 유치진이 '영미 희곡 및 셰익스피어 학자' 여석기를 연극계로 불러낸 것이었다.

유치진의 호명으로 연극계에 깊숙하게 발을 디딘 여석기는 1963년 9월 한국셰익스피어학회 창립에 일익을 담당하게 된다. 그의 동경제대 선배인 권중휘 서울대 교수가 회장으로 선출되고, 최재서, 정인섭, 오화섭, 여석기, 김재남 등으로 이사진이 구성된 한국셰익스피어학회는 이듬해 셰익스피어 탄생 400주년을 위한 기념사업을 목표로 설립된 것이다. 그 사업 중 하나가 1964년 4~5월 33일간 6개 극단이 참여하고 4만 명의 관객이 동원되어 대성공을 거둔 것으로 평가된 셰익스피어 탄생 400주년 기념 연극 페스티벌이었다. 국립극단의 「베니스의 상인」, 극단 신협의 「오셀로」, 민중극장의 「뜻대로 하세요」, 실험극장의 「리어왕」, 동인극장의 「안토니오와 클레오파트라」, 극단 산하의 「말괄량이 길들이기」가 페스티벌에 참여, 공연

---

7) 김옥란, 「드라마센터, 문화 냉전 이데올로기와 자본주의적 사유화 과정」, 『유치진과 드라마센터』(연극과 인간, 2019), 참조.

되었다. 이와 별도로 드라마센터는 「오셀로」와 「햄릿」을 상연했다.[8] 실험 극장의 「리어왕」은 1965년 제1회 동아연극상 대상을 수상했다.

또 하나의 부대 사업으로 정인섭, 한로단, 김갑순, 오화섭, 여석기, 이근삼, 나영균 등 셰익스피어학회 회원들이 대거 번역에 참여해 셰익스피어 희곡을 완역한 『셰익스피어 전집(1~4)』(정음사, 1964)이 출간되었다. 여석기는 정음사 전집에 「햄릿」, 「리처드 3세」, 「십이야」를 번역, 게재했다. 같은 해 셰익스피어 연구자 김재남은 독자적으로 『셰익스피어 전집(1~5)』(휘문출판사, 1964)을 번역, 출간함으로써 셰익스피어 탄생 400주년에 한국 최초의 셰익스피어 전집 번역 출간이 두 가지 판본으로 나오게 되었다. 일본의 연극학자 쓰보우치 쇼요(坪內逍遙)가 셰익스피어 완역본 『신수 셰익스피어 전집(新修シェイクスピア全集)』(1933)을 번역, 출간한 지 30년 만의 일이다. 자신이 주도적 역할을 한 셰익스피어 연극 페스티벌의 성공적 개최, 셰익스피어 전집 출간으로 고무된 여석기는 연극계에 더욱 깊이 뛰어들게 된다.

4 연극 평론의 길: 드라마센터 극작워크숍, 연극 전문지 《연극평론》

여석기가 한국 연극계에 가장 크게 기여한 역할을 꼽는다면 드라마센터 극작워크숍을 통해 신진 극작가를 양성한 것과 한국 최초의 본격 연극 전문지 《연극평론》을 발간해 연극 평단의 확립에 기여한 것, 두 가지 업적을 들 수 있다. 그 밖에도 셰익스피어 번역 및 연구, 영미 희곡 연구, 국제극예술학회(ITI)를 통한 연극 외교 활동 등도 빼놓을 수 없는 중요한 역할임에 분명하다. 그러나 신진 극작가 양성과 연극 전문지 발간을 통한 연극 평단의 확립보다 더 중요한 그의 연극계 기여는 찾기 어려울 것이다.

1962년 드라마센터를 설립할 때 유치진은 극장 건립뿐 아니라 연기자 양성 및 연구, 교육 기능까지 두루 갖춰야 한다는 큰 포부를 갖고 있었다.

---

8) 「셰익스피어 탄생 400주년 기념 연극제 내일부터 개막」, 《조선일보》, 1964. 4. 21.

그러한 그랜드 플랜 아래 그는 드라마센터 부설 연극아카데미 원장을 맡을 인물로 여석기를 영입했다. 여석기를 비롯해 이근삼, 김정옥을 초빙해 연극의 이론, 극작, 연출을 가르치게 할 요량이었다.[9] 연극아카데미를 통해 극작, 연출, 연기 등 연극 실무를 가르치고, 대학원 과정의 내용을 지닌 연구과에서 연극 이론을 교육하는 것이 유치진의 계획이었다. 수업 연한 2년 초급 대학 수준의 연극 교육을 실시한 연극아카데미는 1964년 1기 졸업생으로 연기과의 신구, 전무송, 이호재, 민지환, 전양자. 반효정 등을 배출한 뒤에 서울연극학교로 새롭게 출발했다.[10] 1970년대에는 서울예술전문대학으로 승격해 오늘날의 서울예술대학으로 발전했다. 연극아카데미의 서울연극학교 이행 과정에서 대학원 교육 수준의 연구과가 사라지게 되자 여석기는 1965년 연구과 학생 박조열, 노경식, 윤대성, 오재호, 김세중(무세중), 박영희 등에 이재현, 오태석을 새로 합류시켜 극작 수련 과정인 드라마센터 극작워크숍을 발족했다. 각자 써 온 단막극을 가지고 매주 "냉정한 평가와 때로는 싸움 일보 직전까지 가는 격론"을 벌이고, "명동 막걸릿집에서 화해의 술자리"를 가지며 앙금을 풀었고, 지도 교수 여석기의 총평으로 모임이 마무리 되었다. 뒤풀이의 책임은 간사이며, 한일은행 직원으로 유일하게 돈벌이를 하는 윤대성의 몫이었다.[11]

극작워크숍은 이러한 냉정한 상호 비판과 격론, 조언을 통해 신진 극작가의 산실로 자리 잡았다. 1965년에 노경식은 「철새」로 《서울신문》 신춘문예를 통해 등단했고, 1966년에 오재호의 「담배내기」가 《동아일보》 신춘문예에, 그리고 1967년에는 윤대성의 「출발」과 오태석의 「웨딩드레스」가 각각 《동아일보》와 《조선일보》 신춘문예에 당선되는 성과를 거두었다. 박조열의 「토끼와 포수」는 1965년 민중극단에서, 이재현의 「사할린스크의 하늘

9) 여석기, 「기촌 비망 2회: 나의 연극 청춘 ─ 1960년대의 한국 연극」, 《연극평론》, 2011년 가을호, 80쪽.
10) 윤대성, 「여석기 선생과 극작워크숍」, 《연극평론》, 2011년 겨울호, 84쪽.
11) 위의 글, 85쪽.

과 땅」은 1967년 실험극장에서 공연되어 주목을 받았다. 1974년에 여석기 지도로 다시 2기 극작워크숍이 드라마센터 도서관에서 출범했는데, 이강백, 이언호, 이하륜, 김영무, 강추자, 오태영 등이 2기생으로 참여했다. 박조열, 노경식, 오태석, 윤대성, 오재호, 이재현, 이강백 등 1960~1970년대 이후 한국 극작계를 주도한 작가들이 작은 워크숍 모임에서 배출된 것이다. 한국 현대 희곡사를 빛낸 새로운 극작가의 탄생에 여석기의 공헌이 크다는 것은 더 첨언할 필요가 없을 것이다.

흥미로운 점 하나는 극작워크숍 활동을 통해 박조열, 노재현, 윤대성, 오태석, 이재현 등 신진 작가들의 극작 기량만 향상된 것이 아니라는 점이다. 이들의 극작을 지도한 여석기도 워크숍 1, 2기생들과 더불어 연극을 보는 안목이 한층 성숙해졌다는 점이다.

신인 작가의 대거 진출은 근년에 없었던 일이었다. 그러나 그중에서 작품 가지고 흠을 잡을 데가 없다고 생각되는 것은 「환절기」뿐이다. 다른 작품들은 모두 어딘가 구성이 허약하거나 주제의 추구가 희미한 데 비해 이 작품은 젊은 부부 사이의 애정의 위기를 심리의 좌표 위에 설정하는 데 매우 적확하게 계산해 놓고 있다. 그리고 대사가 싱싱하고 함축적이어서 어느 기성의 아류 같은 인상도 주지 않는다. 그런 의미에서 금년도의 가장 큰 수확이었으나 다음 작품 「고초열」에서는 꽤 의욕적인 소재인데도 전작(前作)만큼 적확하게 계산되지 못하여 작품으로 성공적이라 할 수 없다. 앞으로 좀 더 기대를 걸어야겠다.

기성 가운데서는 오랜만의 차범석 작품 「장미의 성」을 산다. 남편에게 버림받은 마음의 상흔이 병적인 집념과 오만으로 굳어 버린 어느 중년 여인의 모습이 군더더기 없이 부각되어 있으나 도입부가 긴 데 비해 해결의 부분이 조급해서 작품의 밸런스가 깨진 것이 흠이다. 그러나 아무튼 그의 작품으로서는 상위에 속하는 가작이다. 그리고 신명순의 「상아의 집」은 희랍 극작가 소포클레스의 「엘렉트라」를 밑바닥에 깔고서 한국의 이야기로 옮겨 온

데 문제를 던져 준다. 고전의 현대화라면 야단스럽지만 아무튼 단순한 번안이라기보다 작가가 그 해묵은 주제를 되풀이하면서 자기 것으로 소화시키려던 노력은 살 만하다. 그러나 얼마간의 설명 부족과 어머니의 입장이 충분히 그려지지 못한 때문에 모녀 사이의 갈등이 충분히 설득력을 가지지 못하는 흠이 있어 아까운 작품이다. 하지만 이 작품도 신명순 것으로서는 가장 역작에 속할 것이다.[12)]

1968년에 발표된 오태석의 「환절기」, 「고초열」, 차범석의 「장미의 성」, 신명순의 「상아의 집」 등을 분석한 평론인데, 「환절기」는 심리 설정이 적확하고 대사가 참신하고 함축적이어서 그해에 나온 신진 작가의 작품으로 가장 큰 수확이라고 평가했고, 「장미의 성」은 독창적 여인상을 제시했으나 작품 구성의 밸런스가 깨진 것이 흠이라면서 차범석 작품으로 상위의 가작이라고 평가했다. 그리고 「상아의 집」은 고전의 현대적 소화에 노력했으나 인물의 설득력에서 다소 아쉬움이 보인다고 지적했다. 간결하고 논리 정연한 문장으로 작품의 인물, 구성, 주제, 언어를 균형 있게 분석하는 솜씨가 돋보이는 평론의 면모를 보여 준다.

1960년대 중반 극작워크숍을 주재하면서 여석기는 연극계에 한 발 더 깊숙하게 발을 딛게 되었다. 신진 극작가를 양성하면서 연극 평론지의 필요성을 인식하고, 다소 무모하게 '1인 편집 잡지'의 성격을 갖는 연극 전문지 《연극평론》을 창간한 것이다. 창간호를 발간한 것이 1970년 4월. 120페이지의 얇은 계간지였다. 정가는 200원, 발행 및 편집인은 여석기, 인쇄인은 유기정(柳琦諄), 발행처 연극평론사의 주소지는 "서울특별시 서대문구 녹번동 133-51"로 여석기 자택이었다. 연락처는 "한국영문학회"로 되어 있다. 잡지 뒷면에는 제1호부터 3호까지 한국신탁은행 전면 광고가 실려 있다. 당시 한국신탁은행장은 여석기의 마쓰에고등학교 동기생 전신용(후에

---

12) 여석기, 「신극 60년 연극절 결산」(1968. 11), 『한국 연극의 현실』(동화출판공사, 1974), 204~205쪽.

김포대학교 설립자)이었다. 인쇄인 유기정은 삼화인쇄 대표였다. 잡지 《연극평론》은 한마디로 해방 이후 발간된 한국 최고의 연극 전문지였으나 내용을 들여다보면 여석기 1인 체제로 운영되는 영세한 잡지였던 것이다. 편집, 발행인은 여석기로 되어 있으나 사실상의 부편집인으로 연극 평론가 한상철의 조력이 큰 역할을 했다. 당시 동화출판공사 편집장이었던 극작가 노경식은 교정, 인쇄 등을 책임지는 실질적인 편집장 역할을 하고 있었다. 즉, 잡지의 기획, 편집은 여석기, 한상철, 그리고 교정, 인쇄는 노경식이 분담하여 《연극평론》이 발행되었다. 여석기의 이 같은 '무모한' 잡지 발행은 동경제국대학 시절 한 학기 등록금에 해당하는 거액(70원)을 주고 동경 간다 서점가에서 미국 연극 잡지 《시어터 아트 먼슬리》 72권을 사들일 정도의 저널 집착증이 한몫한 것으로 생각된다. 거기에다가 1959년부터 8년간 잡지 《사상계》에 편집위원으로 참여했던 잡지 편집 경험도 일정 정도 작용했으리라 판단된다.

1970년 봄에 발행된 창간호의 구성을 보면, 특집 제목으로 "1970년대 한국 연극의 전망과 구상"이라고 되어 있는데, 여석기, 임영웅, 김정옥, 허규, 차범석의 글이 실려 있다. 특집은 아니지만 연극 전문지 《연극평론》 창간호의 정체성을 대표하는 권두 논문으로 한상철의 「잔혹연극론 — 아르토에서 리빙씨어터까지」와 로브그리에의 「사무엘 베케트론」이 게재되어서 주목을 끈다. 《연극평론》이 1960년대 서구 연극의 현대성에 큰 관심을 갖고 있음을 드러낸 것이라 할 수 있다. 그 밖에 에릭 벤틀리의 「연극의 생명」 번역 연재(한상철 옮김), 그리고 오태석의 희곡 「사육」이 게재되었다. 「연극의 생명」 번역 연재는 제12호(1975년 여름호)까지 이어졌고, 제13호(1975년 겨울호)부터는 제임스 루스 에반스의 「현대 연극의 실험」이 여석기에 의해 번역 연재되기 시작했다. 제3호(1970년 겨울호)부터는 연극 현장 비평의 기능을 보완하여 '합평'(合評. 혹은 시평)란을 만들었다. 잡지가 연극 전문지를 지향했으나 지나치게 '학술 잡지'와 같은 성격이 강하고 '현장 비평'에 대한 배려가 부족하다는 지적 때문이었을 것이다. 창간호부터 제3호를 거치면서 《연극평론》은 '권두 논문―특집―인터뷰―합평(시평)―연재―희곡'이라는 편집 체제의 기본 틀을 완성하게 되었다.

제2호(1970년 가을호)의 권두 논문은 이상일의 「표현파 연극의 현대성―그 실험적 시도와 전개」로서 창간호에 이어 서구 연극의 현대성에 대한 지속적 관심을 드러냈다. 특집은 "소극장 연극"으로 리처드 셰크너의 '환경연극론'과 피터 슈만의 '빵과 인형극단 회견기'를 실었다. 제3호(1970년 겨울호) 구성의 특이점은 서구 연극의 현대성에 치우친 권두 논문과 특집의 주제를 "한국의 전통 연극"으로 바꾼 점이다. 권두 논문으로 조동일의 「봉산탈춤 양반과장의 구성」이 게재되었고, 특집으로 이두현의 「전통 연극의 계승」과 공동 토의 형식으로 오영진, 이두현, 심우성, 여석기, 한상철, 윤대성의 토론을 정리한 「전통 연극 정립의 문제와 현대적 수용」이 실렸다. 희곡으로 현대극이 아닌 이두현 채록 「강령탈춤 대본」, 심우성 채록 「꼭두각시놀음 대본」이 실린 것도 제3호가 서구 연극의 현대성뿐 아니라 한국 전통 연극의 계승과 재창조에도 큰 관심을 갖고 있다는 것을 증명해 주는 획기적인 편집 면모였다. 여기에 '합평'(시평)을 포함시킴으로써 학술적 전문서에 다소 치우친 잡지 편집 체제에 연극 현장 비평 기능을 보완하는 형식을 취했다. 그럼에도 불구하고 《연극평론》의 장처는 현장 비평의 기능보다 학술적 전문 비평의 확립에 있다고 할 수 있다. 특히 서구 연극의 현대성에 관심을 집중하면서 세계 연극의 새로운 경향과 흐름을 포착, 수용하려고 한 점이 돋보이는 지점이었다. 이는 권두 논문이나 특집, 인터뷰, 희곡 등에 잘 나타나는데, 이를 통해 세계적 연극의 동향을 능동적으로 수용하고자 노력했다. 희곡 게재란의 경우에도 알프레드 자리의 「위비왕」, 장 주네의 「하녀들」, 페터 한트케의 「자기고발」, 에우제네 이오네스코의 「막베트」 등 실험적 성향의 작품들을 소개했다.

또 한 가지는 한국의 전통 연극과 한국 연극사에 대해 관심을 보였다는 점이다. 제3호의 특집, 권두 논문이 그러한 점을 반영하고 있지만, 이후 제4호(1971년 봄호)부터 이두현, 유민영의 「한국 신극사 자료」 연재, 그리고 제6호(1972년 봄호)부터 유민영의 「한국 희곡사 연구」 연재, 제9호(1973년 겨울호)부터 집중 연재된 조동일의 「가면극 연구 노트」 등이 그러한 사례들이다. 《연극평론》의 한국 연극사, 전통 연극 연재 논문은 조동일의 『탈춤의 역사와 원리』(홍성사, 1979), 유민영의 『한국 현대희곡사』(홍성사, 1982) 출판으로 이어져 한국 전통극과 현대극 분야의 기념비적 저서를 낳는 역할을 했다.

연극 전문지 《연극평론》은 1970년 제1호부터 1980년 제20호로 종간될 때까지 10년간 연극 평론이라는 제도와 문화를 정착시키는 데 크게 기여했다. 《연극평론》 발간으로 인해 연극 비평의 전문성이 확립되고, 그 전문성을 바탕으로 연극 평단이 형성되는 계기가 되었다. 1977년 12월에 연극 평론가 이태주, 이상일, 유민영, 한상철, 서연호, 이반, 김문환, 정진수 등이 주축이 되어 '서울극평가그룹'을 탄생시켰다. '한극회'에서 출발한 이 모임은 《주간조선》의 고정 비평란을 중심으로 연극 비평 활동을 전개했고, 1979년에는 공동 비평집 『한국 연극과 젊은 의식』을 출간하여 연극 평론가의 새로운 집단적 자의식을 창출했다. 이는 10년 후인 1988년 '한국연극평론가협회'(회장 여석기) 창립으로 발전하게 되었다. 결국 1970년대 연극 전문지 《연극평론》의 발행에 의한 연극 비평의 전문성 확립이 연극 평단의 제도와 연극 평론가의 집단적 정체성 형성의 계기가 되었다고 해도 과언이 아닐 것이다.

5 여적(餘滴)

여석기는 한국 최초의 연극 평론집으로 평가되는 『한국 연극의 현실』(1974)을 출간했고, 이후 서구 연극의 현대성과 동양 연극의 관련성을 연구한 저서 『동서 연극의 비교 연구』(1987) 등 무게 있는 저술을 남겼다. 만년에도 저술의 열정은 꺼지지 않아서 셰익스피어 연구서 『햄릿과의 여행, 리어와의 만남』(생각의 나무, 2001), 『나의 「햄릿」 강의』(생각의 나무, 2008) 등을 출간했다. 『나의 「햄릿」 강의』를 출간할 때 그의 나이는 미수(米壽)에 가까운 86세였다. 그러나 경북 김천의 '10대를 이어 온 천석꾼' 가문 출신으로 독립운동가 여환옥의 아들로 태어나 김천의 이름난 수재 가문을 빛낸 명석한 재원이었던 여석기는 92세 되던 해 서울 대치동 양재천변 산책 중 불의의 교통사고로 유명을 달리하고 말았다. 2014년 6월 12일, 한국 연극 평론계의 큰 별이 지는 순간이었다.

참고 문헌

기본 자료

윌라 카터, 여석기 옮김, 『개척자』, 을유문화사, 1953

서머싯 몸, 여석기 옮김, 『달과 6펜스』, 민중서관, 1955

알런 다우너, 여석기 옮김, 『미국의 현대극』, 수도문화사, 1957

여석기, 『20세기 문학론』, 탐구당, 1966

여석기, 『한국 연극의 현실』, 동화출판공사, 1974

여석기, 『동서 연극의 비교 연구』, 고려대 출판부, 1987

한국예술연구소 편, 『여석기 아카이브 총목록』, 한국예술종합학교 한국예술
　　연구소, 2004

여석기, 『나의 삶, 나의 학문, 나의 연극』, 연극과 인간, 2012

단행본

양승국, 『한국 근대 연극 비평사 연구』, 태학사, 1996

유민영, 『한국 인물 연극사 (2)』, 태학사, 2006

김건우, 『대한민국의 설계자들: 학병세대와 한국 우익의 기원』, 느티나무책방,
　　2017

이진아, 김유미, 『종합 교양 잡지와 연극 비평지의 탄생』, 연극과 인간, 2020

김유미, 이진아, 『1950~1960년대 종합 교양 잡지 수록 연극 비평 자료집』, 연
　　극과 인간, 2020

논문 및 평론

정일준, 「해방 이후 문화제국주의와 미국 유학생」, 《역사비평》 17호, 1991년 겨울호

이혜경, 「여석기 교수와의 대화: 비평의 명제는 진부로부터의 탈피」, 《공연과 이론》 창간호, 2000년 봄호

김옥란, 「한국 현대 연극의 기원으로서의 오화섭과 여석기」, 《민족문학사연구》 42권, 2010

여석기, 「기춘 비망 2회: 나의 연극 청춘 1960년대의 한국 연극」, 《연극평론》, 2011년 가을호

_____, 「기춘 비망 3회: 극작워크숍 시절」, 《연극평론》, 2011년 겨울호

윤대성, 「여석기 선생과 극작워크숍」, 《연극평론》, 2011년 겨울호

여석기, 「기춘 비망 4회: 원조 연극 평론의 기억」, 《연극평론》, 2012년 봄호

이봉범, 「냉전과 원조, 원조 시대 냉전 문화 구축의 역동성」, 《한국학연구》 39집, 2015

이봉범, 「한미재단, 냉전과 한미 하방 연대」, 《한국학연구》 43집, 2016

김옥란, 「드라마센터, 문화 냉전 이데올로기와 자본주의적 사유화 과정」, 『유치진과 드라마센터』, 연극과 인간, 2019

제4주제에 관한 토론문

이진아 | 숙명여대 교수

여석기 선생님은 해방 후 한국 연극계의 제1세대 연극 평론가이자 '전문 비평의 시대', '연극 전문지의 시대'를 연 선구적인 분입니다. 「여석기와 '연극 평론'의 길」은 선생님이 걸어오신 '연극 평론의 길'을 수련과 경험, 성취와 의미를 아우르며 고구하고 있습니다. 동경제국대학에서 영문학을 공부하던 시절, 마치 미래의 '연극학자' '연극 평론가'로서의 길을 예비한 듯 그에게 운명처럼 다가온 여러 경험, 즉 셰익스피어 강의에 매료된 일, 연극에 관한 관심으로 관련한 책을 찾아 탐독하기 시작한 일, 미국의 연극 월간지 《시어터 아트 먼슬리》전 호를 1년치 등록금을 다 털어 구입한 일 등, 청년 여석기가 어떻게 연극의 길로 들어서게 되었는지를 설명합니다. 《사상계》, 《연극평론》 등 여석기 선생님이 관여해 온 주요 매체들과의 관계를 살피고, 그러한 활동이 연극 평론가로서의 자의식을 확립하고 성장하는 데 어떤 의미가 되었는지를 조망합니다. 또 뒤늦은 미국 유학을 통해 접한, 무대와의 관련 속에서 고전 희곡을 연구하는 학풍, 당시 영미 문학계를 풍미한 뉴크리티시즘 등이 그의 비평 활동에 어떤 영향을 미쳤는지를 설명합니다.

여석기 선생님의 활동은 연구하고 글을 쓰고 대학에서 후학을 기르는 일에만 머무르지 않았습니다. 선생님에게는 한국 연극의 체질을 개선해야 한다는 강한 의지와 사명감이 있었습니다. 그런 까닭에 사재를 털어 전문지를 발행했고, 강단뿐 아니라 현장에서도 연극인들을 가르치고 토론했습니다. 드라마센터와 극작워크숍 등에서 활동하며 신진 작가를 양성하고 연극인들과 교류했습니다. 정책적 제안을 하고 고군분투하며 제도를 만들었으며 시행착오를 거치며 고쳐 나가셨습니다. 무엇보다 한국 연극에 새로운 방향성을 제시하고자 창간한 《연극평론》의 의미가 매우 크다고 할 것입니다. 《연극평론》은 당시 현장 연극인들에게는 예술적 영감을 주는 유일의 연극 전문지였으며, 연극계 후학들에게는 연극학의 새로운 길을 보여 준 창(窓)이었습니다. 《연극평론》은 오늘날에도 여전히 연극 전문지, 연극 비평지의 전범이기도 합니다.

선생님은 연극 평론의 불모기에 연극 평론이란 무엇이며 연극 평론가는 무엇을 해야 하는가를 스스로 질문하며 응답을 찾아 나간 분이었습니다. 때문에 여석기 선생님은 한국 연극의 영원한 스승이며 연극인들과 연극 평론가들이 길을 잃을 때마다 의지하게 되는 나침반입니다. 「여석기와 '연극 평론'의 길」은 여석기 선생님이 개척하며 걸어간 길의 연극사적 의미를 일목요연하게 정리하여 밝혀 주고 있습니다. 덕분에 한국 현대 연극사 속에서 선생님의 발자취와 의미를 좀 더 명료하게 볼 수 있었습니다. 그런데 그 '연극 평론의 길'에는 오늘의 관점에서 다시 톺아볼 몇 가지 연극사적 쟁점들이 놓여 있기도 합니다. 토론의 자리에 기대어 몇 가지를 여쭙고, 오늘의 한국 연극과 연극 평론에 던져진 과제를 함께 고민해 보고자 합니다.

일제강점기의 연극 평론과 담론의 형성은 현장 예술가들이 주도했습니다. 그들은 연극운동가이면서 이론가였고 동시에 작가이자 연출가였습니다. 그러나 여석기 선생님의 시대에 오면 '평론가가 주도하는 연극 담론의 시대'가 전개됩니다. 1970년 선생님이 창간한 《연극평론》은 그 시작을 알리는 신호탄이기도 했습니다.《연극평론》을 중심으로 평단은 빠르게 성장했고 한국 연극계에 그 영향력은 괄목할 정도였습니다. 연극 작업과 한국 연극계의 현상을 '어떻게 인식 가능하도록 만드느냐', '어떤 의미를 생성하고 재배치하느냐'가 비평가의 언어에 달려 있던 시기라 해도 과언이 아니었습니다.

그런데 이러한 연극 평론의 성장은 현장에 좋은 자극과 영감의 원천이 되기도 했지만, 경계심과 불만을 안겨 주기도 했습니다. 1974년 여름을 기점으로 시작된 현장의 평단에 대한 비판('비평이라는 흉검', '비평무용론'과 같은 격한 표현이 등장하게 되는)이나, 1977년 예그린 예술단의 「이런 사람」, 극단 광장의 「뿌리」, 극단 현대극장의 「빠담 빠담 빠담」을 둘러싼 연이은 논쟁(표면상으로는 상업극 논쟁)은, 한편으로는 그 영향력을 전방위적으로 가시화하고 있는 연극 평단에 대한 현장의 견제이기도 했다는 생각입니다. 더불어 이러한 갈등의 이면에는 여석기 선생님을 중심으로 한《연극평론》지의 비평가들의 비평적 태도, 즉 '있는 연극, 지금의 한국 연극'보다는 '도래할 연극, 도래해야 할 연극'을 지향하는 태도가 놓여 있던 것은 아닌가 생각됩니다. 특히 '도래해야 할 연극'의 기준이 항상 서구의 연극에, 특히 서구의 반연극(이오네스코, 베케트 등으로 대표되는)과 아방가르드 연극(아르토, 그로토프스키, 환경 연극 등으로 대표되는)에 두어져 있으며, 바로 그 때문에 한국 연극의 현실을 읽어 내거나 의미를 부여하는 것에는 소홀하거나 박하다는 불만이 불거진 것이지요.

실제로《연극평론》에 수록된 글을 보면, 동시대 서구 연극의 새로운 경향에 대한 소개나 외국 학자와 비평가들의 논문 번역과 비교할 때 한국 연극에 대한 글은 상대적으로 미약합니다. 한국 연극의 체질을 개선하고 새로운 방향으로 견인해야 한다는 비평가적 사명감이 서구의 다양한 연극 실험과 새로운 시도들을 적극적으로 번역 소개하는 것으로 이어진 것이지만, 이것이 한편으로는 평단과 현장 간의 위계를 만들고 거리를 만들게 된 것은 아닌가 생각합니다. 그리고 이러한 연극 비평가의 태도가 오늘날까지 한국 연극 평단에 이어져 오고 있는 것은 아닌가 하는 생각이 듭니다. 연극 현장과 비평 장의 관계가 어떠해야 하는가는 문제는 오늘날에도 여전히 첨예한 쟁점입니다. 최근에는 사회관계망을 중심으로 연극의 제작, 유통, 흥행에 관객 대중의 영향력이 절대적이 되면서 비평의 역할과 의미가 폄훼되기도 합니다. 이러한 변화에 비평이 지나치게 대중추수주의적으로 반응하는 것도 문제이지만, 한편으로 한국의 연극 비평은 여전히 아카데미즘에 침잠한 채 공연예술계와 관객의 변화에 둔감한 것은 아닌가 하는 생각도 듭니다. 여석기 선생님이 고군분투하며 질문하고 답하신, '비평은 무엇이며, 비평가는 어떠한 역할을 해야 하는가'라는 질문이 그 어느 때보다 중요해졌다는 생각입니다. 선생님은 자신의 시대에 한국 연극계에 필요한 비평의 역할을, 때로는 현장을 견인하면서 때로는 현장과 불화하면서 찾아 나가셨습니다. 연극평론가로서의 여석기 선생님께서 우리에게 남긴 유산은 바로 이것이 아닌가 합니다. 비평은 무엇을 해야 하는가, 오늘의 비평은 한국 연극과 어떻게 만나야 하는가를 늘 새롭게, 현장 속에서, 다시 질문해야 한다는 것 말입니다. 비평 불모의 시대에 길을 만들어 나간 선생님의 행보를 다시 되새기는 한편, 그 길을 어떻게 따를 것인가를 고민하지 않을 수 없습니다.

이상우 선생님도 논문에서 서술하셨듯, 여석기 선생님은 환각주의에 기반한 연극, 언어 중심(문학 중심)의 연극을 비판하면서, 극장주의 연극과 아시아 전통 연극의 새로운 미학적 가능성에 특별한 관심을 두었습니다. 《연극평론》은 창간호부터 예지 그로토프스키, 앙토냉 아르토, 사뮈엘 베케트, 리처드 셰크너 등 실험적이고 전위적인 연극을 적극적으로 소개했으며, 이러한 관점에서 안민수, 유덕형, 오태석의 작품, 즉 드라마센터를 중심으로 한 아시아 미학의 전위적 실험을 지지했습니다. 그런데 오늘의 관점에서 돌아보면, 여석기 선생님을 비롯한 당시 평단이 보여 준 미학적 급진성에 대한 열망의 요체는 과연 무엇이었는가 하는 질문이 생기기도 합니다. 독일의 기록극, 리빙 시어터, 환경연극, 빵과 인형 극단의 미학적 급진성은 정치적 급진성으로부터 나온 것이도 했습니다. 그러나 당시 평단의 열광은 이들 작업이 지닌 정치적 급진성은 괄호 안에 넣은 채형식적 새로움에만 집중한 것은 아니었나 생각되기도 합니다. 드라마센터의 작품이 지나치게 미학적 형식에 치우쳐 있을 뿐 아니라 한편으로는 서구가 원하는 '아시아적인 것', 오늘날의 관점에서 보면 우리 안의 오리엔탈리즘으로 비판할 여지가 있음을 성찰적으로 되돌아보게 되기 때문입니다. 더불어 이것이 어찌 보면 여석기 선생님을 비롯한 《연극평론》의 비평가들이, 드라마센터와 마찬가지로 역시 전통 연희의 현대화이자 극장주의적 실험이기도 했던 마당극 운동에 대해서는 비평적으로 침묵한 까닭을 설명해 주는 것은 아닌가 싶기도 합니다. 평단의 아카데미즘과 미학적 형식적 새로움에 대한 열광은 사실 오늘날에도 이어지고 있는 한국 연극 비평의 생리라는 생각이 듭니다. 또, 이는 첫 번째 쟁점과도 연결되는 문제이기도 합니다. 이 문제도 오늘의 한국 연극과 연극 비평이 고민하고 토론해야 할 과제라는 생각입니다.

1922년	3월 7일, 경북 김천군 구성면 광명동 727번지에서 부친 여환옥과 모친 유하우의 5남 3녀 중 차남으로 태어남. 출생지는 여씨 집성촌으로 동네 이름이 '기릴'이고, 한자 이름을 기동(耆洞)이라고 했는데, 그의 아호 기촌(耆村)은 출생지 지명에서 유래함. 1926년경에 김천 읍내로 이주. 그의 집안은 누대를 내려오는 천석꾼 부잣집으로 유명해서 '10대 천석꾼' 집안으로 불렸는데, 부친 여환옥은 철저한 반일 민족주의자로서 신간회 활동에 적극 가담하고, 상해 임시정부에 거액의 독립군 자금을 지원하는 등 독립운동에 헌신함.
1928년(6세)	4월, 김천보통학교 입학.
1934년(12세)	4월, 최송설당이 사재를 기증해서 세운 신설 학교인 김천고등보통학교(현 김천중고등학교의 전신) 입학. 4학년 때부터 모의고사에서 늘 전체 1등을 독차지할 정도로 수재로 이름남.
1939년(17세)	4월, 김천고등보통학교를 졸업하고, 도일하여 구제(舊制) 마쓰에(松江)고등학교 입학. 당시 일본의 구제고등학교는 대학 교양과정에 해당하는 3년제 학교로 장차 고급 관료, 대기업 간부, 과학자, 교수 요원 등 고급 인재 양성을 목적으로 세워진 관립 학교로서 졸업 후에 대개 제국대학에 입학하는 것이 관례였음. 애초에 이과 갑류에 입학했다가 인문학에 관심이 생겨 문과 갑류로 전과함. 재학 중 외국어와 문학, 철학 등 교양 공부에 열중하는 한편 연극과 영화에 심취함. 1941년, 고

등학교 3학년 때 모스크바예술극장과 안톤 체호프에 관한 책을 읽고 연극에 매료되기 시작함.

1942년(20세)   4월, 마쓰에고등학교 문과 갑류를 졸업하고, 동경제국대학 영문학과 입학. 당시 일본이 미국, 영국과 전쟁 중이어서 영문학에 대한 열기가 저조한 가운데 나카노 요시오 교수의 셰익스피어 강의에 매료되어 셰익스피어와 극문학에 관심을 갖게 됨.

1944년(22세)   1월, 강제 징용, 서울 태릉에 있는 지원병 훈련소에서 2주간 훈련을 받고, 황해도 사리원 근처의 시멘트 공장에서 해방되던 해 8월까지 1년 8개월간 강제 노역에 시달림.

1946년(24세)   봄, 미군정의 김천 주둔부대 통역으로 근무하던 중 김천고등보통학교 동기 송주식의 누이동생이자 이화여전 출신의 재원인 송주익과 결혼함. 경성제국대학의 후신 경성대학교(서울대학교의 전신) 영문학과 3학년에 편입함. 이때 영문학과 동기로 고석구, 조성식, 김재남이 있었음. 전임교수인 이양하, 최정우 교수에게 영문학 수업을 받고, 셰익스피어의 「로미오와 줄리엣」을 주제로 졸업 논문을 작성하여 동년 7월에 경성대학 영문학과를 졸업함. 졸업 직후, 교명이 바뀐 서울대학교 문리대 예과 강사로 채용됨.

1947년(25세)   봄, 대구사범대학(경북대학교 사범대학의 전신) 영어과 전임강사로 임용됨. 맏딸 경주가 태어남.

1949년(27세)   맏아들 성종이 태어남.

1950년(28세)   6월, 대구에서 6·25전쟁을 맞게 됨. 서울대 물리학과 출신의 재원이었던 아우 여철기가 월북함. 여철기는 후에 북한의 유명한 물리학자가 됨.

1952년(30세)   둘째 딸 효주가 태어남.

1953년(31세)   가을, 전쟁 중에 대구로 피난해 온 고려대학교가 서울로 환도함에 따라 직장을 경북대학교에서 고려대학교 영문학과로 옮기게 됨. 해방 직후 고려대 영문학과 교수진은 변영태, 권중휘, 임학수, 오화섭, 이인수 등 최고의 진용을 자랑했으나 6·25전쟁 이후 뿔뿔이 흩어지고 이호근 교수만 남게 되어 긴급 수혈 조치로 채관석, 조용만과 함께 충원됨. 현대 영미 소설과 현대 영미 드라마를 강의함.

1955년(33세) 가을, 한미재단 장학금을 받고 1년간 미국 미주리 대학교로 연수를 가게 됨. 소장 학자인 리처드 호슬레이 교수에게 셰익스피어 강의를 듣고 셰익스피어 연구의 진수를 깨닫게 됨.

1957년(35세) 둘째 아들 건종(숙명여대 영문학과 교수)이 태어남.

1959년(37세) 《사상계》 장준하 사장에게 편집위원 직의 제안을 받고 1968년까지 편집위원을 맡아 문화예술 분야의 기획, 집필에 참여함. 《사상계》가 제정한 '동인문학상' 심사위원도 맡음.

1962년(40세) 1962년 남산에 설립된 드라마센터의 연극아카데미 원장을 맡음.

1963년(41세) 9월, 한국셰익스피어학회가 창립됨. 권중휘 서울대 총장이 회장을 맡고, 최재서, 정인섭, 오화섭, 김재남과 함께 이사를 맡음. 10월, 유진오 총장에 의해 고려대학교 교무처장(~1967년)에 임명됨. 조선일보사가 주최한 청룡영화상 심사위원을 맡음.

1965년(43세) 드라마센터 극작워크숍을 발족하여 극작가 지망생들에게 극작을 지도함. 극작워크숍 1, 2기 수강생으로 박조열, 오태석, 윤대성, 노경식, 이재현, 오재호, 김세중, 이강백 등이 있었음.

1966년(44세) 제13회 아시아영화제 심사위원을 맡음.

1968년(46세) 2월, 고려대학교 미국문화연구소 소장을 맡음.

1969년(47세) 1971년까지 2년간 한국영어영문학회 회장을 맡음.

1970년(48세) 4월, 연극 전문 잡지 《연극평론》을 창간함. 이후 1980년 제20호를 발행할 때까지 10년간 편집인 및 발행인으로 잡지를 발간함. 한상철, 노경식이 잡지의 기획, 편집, 출판을 도움.

1971년(49세) 6월, 영국 런던에서 개최된 국제극예술협회(ITI) 세계총회에 한국본부 대표로 참석한 것을 계기로 약 100일에 걸쳐 유럽과 미국 연극시찰을 다녀옴.

1974년(53세)	한국 최초의 연극 평론집으로 평가받는『한국 연극의 현실』(동화출판공사)을 출간함.
1975년(53세)	국제극예술협회(ITI) 한국본부 제2대 회장을 9년간 맡음. 고려대학교 문과대학 학장(~1979)에 취임.
1977년(55세)	대한민국 학술원의 정회원으로 임명됨.
1979년(57세)	경북대학교 명예문학박사 학위를 받음.
1980년(58세)	5월, 일본 국제교류기금을 받고 와세다대학교에 연구원으로 6개월간 파견되어 일본 전통극을 연구함.
1982년(60세)	2월, 제2회 마닐라국제영화제 심사위원을 맡음. 회갑 기념 논문집『환각과 현실 — 15인 연극논집』(동화출판공사)을 출간함.
1983년(61세)	고려대학교 대학원장(~1985)을 맡음.
1986년(64세)	한국연극평론가협회 초대 회장에 취임.
1987년(65세)	8월, 고려대학교에서 정년퇴임. 국민훈장 모란장을 받음. 저서『동서 연극의 비교 연구』(고려대 출판부) 출간.
1988년(66세)	9월, 한국문화예술진흥원 원장 취임.
1991년(69세)	6월, 산문집『세상을 넓게 볼 줄 아는 도량』출간.
1992년(70세)	8월, 종합유선방송위원회 위원장 취임.
1996년(74세)	2월, 저서『씨네마니아』(솔) 출간. 은관문화훈장을 받음.
1998년(76세)	여석기연극평론상 제정, 제1회 수상자로 안치운이 선정됨.
2001년(79세)	3월, 저서『햄릿과의 여행, 리어와의 만남』(생각의 나무) 출간.
2008년(86세)	3월, 저서『나의 햄릿 강의』(생각의 나무) 출간.
2012년(90세)	12월, 저서『여석기: 나의 삶, 나의 학문, 나의 연극』(연극과 인간) 출간.
2014년(92세)	6월 12일, 서울 강남구 대치동 자택 근처에서 산책 중 교통사고로 타계함.

여석기 작품 연보

발표일	분류	제목	발표지
1953. 8	번역	개척자(윌라 카터)	을유문화사
1955. 2	번역	달과 6펜스(서머싯 몸)	민중서관
1958. 10	평론	극작가의 숙명: 유진 오닐 편	자유문학
1959. 7	평론	무엇이 미국적이냐: 아메리카 문학의 계보	사상계
1960. 2	서평	르네 웰렉, 오스틴 워런 저, 문학의 이론	사상계
1960. 6	평론	뮤즈의 권위 회복	사상계
1960. 9	평론	현대 연극의 조류 1: 리얼리즘의 확립	사상계
1960. 10	평론	현대 연극의 조류 2: 예술극장의 대두	사상계
1960. 11	평론	현대 연극의 조류 3: 외면에서 내부로	사상계
1960. 12	평론	현대 연극의 조류(완): 다채로운 전개	사상계
1961. 12	평론	1961년의 연극: 아쉬운 전진에의 자세	사상계
1962. 1	평론	박수 잃은 한국 연극:	사상계

발표일	분류	제목	발표지
		개선을 위한 몇 가지 제언	
1962. 4	평론	윌리엄즈의 신작극	사상계
1963. 2	평론	영국 극단의 새 물결:	사상계
		오는 세대의 에너지원	
1963. 5	대담	여석기, 오화섭:	사상계
		한국 무대 예술의 전망	
1963. 9	평론	관객 없는 무대:	세대
		현대 연극은 왜 고독한가	
1964. 1	평론	제5악장의 시대:	세대
		현대예술과 새로운 형식의 실험	
1964. 2	평론	표절 문화의 극복:	사상계
		식민지 문화를 배격하다	
1964. 4	평론	셰익스피어 탄생 400주년 기념	현대문학
1964. 4	평론	셰익스피어 400년의 논쟁	세대
1964. 7	평론	르네상스는 가까워지려나?:	사상계
		셰익스피어 축전 결산 보고	
1964. 10	평론	〔특집〕비상선을 쳐라:	세대
		논쟁과 장유유서의 논리	
1964. 10	평론	전환기 비평의 임무	신동아
1964. 10	번역	『셰익스피어 전집』:	정음사
		「리처드 3세」, 「햄릿」, 「십이야」	
1964. 12	평론	문학 번역의 창작성	현대문학
1965. 1	평론	(특집) 전후 20년의	신동아
		학문과 예술: 에픽 드라마,	
		반연극의 전개	

발표일	분류	제목	발표지
1965. 5	평론	(특집) 지금 우리 민족은 어디까지 와 있는가	세대
1966. 4	평론	대중문화와 지식인	사상계
1966. 4	평론	현대 연극의 방향과 모색	연극
1966. 6	저서	20세기 문학론	탐구당
1968. 1	평론	(특집) 연예인: 오늘을 이끄는 직분의 전형	세대
1968. 5	평론	공연 예술: 정책의 빈곤, 대중문화의 타락	사상계
1968. 9	평론	현대 미국 예술과 한국	사상계
1969. 1	평론	해결이 시급한 오늘의 문제점들	공간
1969. 2	평론	창작극과 신인 진출	공간
1969. 3	평론	69년도 시즌 오픈	공간
1969. 3	평론	바람직한 한국의 문화예술인	세대
1969. 7	평론	「소학」과 카페 떼아뜨르	세대
1969. 8	평론	문화청각: 노출도와 감상 수준	세대
1969. 9	평론	문화청각: 섹스, 표현의 한계와 자율	세대
1970. 4	평론	70년대 한국 연극의 전망	연극 평론
1970. 12	공동토의	정립의 문제와 현대적 수용	연극 평론
1970. 12	서평	외국 문헌에 소개된 한국 연극	연극 평론
1971. 4	인터뷰	자크 셰레르 교수	연극 평론
1971. 9	대담	세계 속의 한국 연극	연극 평론
1974. 6	논문	유치진과 애란 연극	연극 평론
1974. 7	저서	한국 연극의 현실	동화출판공사
1974. 12	평론	핀터 작품에 나타난 기억의 주제	연극 평론

발표일	분류	제목	발표지
1975. 9	번역서	현대 연극 입문(노리스 호튼)	삼성미술문화재단
1975. 12	번역	현대 연극의 실험 (1) (제임스 루즈 에번즈)	연극 평론
1976. 6	번역	현대 연극의 실험 (2)	연극 평론
1976. 12	번역	현대 연극의 실험 (3)	연극 평론
1977. 7	번역	현대 연극의 실험 (4)	연극 평론
1979. 여름	논문	아시아 연극의 서사성과 양식성: 비교 연극의 관점에서	연극 평론
1979. 겨울	평론	(특집) 70년대 한국 연극의 문제작을 말한다:「허생전」	연극 평론
1980. 겨울	평론	《연극평론》 10년	연극 평론
1980. 겨울	평론	동경의 연극 현장: 6개월 견문기	연극 평론
1981. 6	번역서	연극 입문 (A. 듀우크스)	한진출판사
1982. 10	편저	환각과 현실 (15인 연극론집)	동화출판공사
1987. 8	저서	동서 연극의 비교 연구	고려대 출판부
1987. 9	편저	현대 영미 희곡 작품론 노트	한신문화사
1991. 6	저서	세상을 넓게 볼 줄 아는 도량	둥지
1996. 2	저서	씨네마니아	솔
2001. 3	저서	햄릿과의 여행, 리어와의 만남	생각의 나무
2008. 3	저서	나의「햄릿」강의	생각의 나무
2011. 여름	에세이	기촌 비망 1회: 무엇이 연극 평론을 평론답게 만드는가	연극평론
2011. 가을	에세이	기촌 비망 2회: 나의 연극 청춘 ―1960년대의 한국 연극	연극평론

발표일	분류	제목	발표지
2011 겨울	에세이	기춘 비망 3회: 극작워크숍 시절	연극평론
2012 봄	에세이	기춘 비망 4회: 1970년대의 한국 연극—황금의 10년	연극평론
2012. 12	저서	여석기: 나의 삶, 나의 학문, 나의 연극	연극과 인간

작성자 이상우 고려대 국문학과 교수

체험의 비극과 의지의 낙관, 그 사이의 인간 군상

공임순 | 서강대 교수

1 다작의 작가 정한숙과 작품 연보의 문제 — 들어가며

1922년생 일오(一悟) 정한숙은 올해 탄생 100주년을 맞는다. 1922년에 태어나 파란만장한 한국사의 질곡을 겪으며 1997년에 사망한 햇수로 따지자면, 75년을 이 땅에서 살아 낸 셈이다. 새삼 탄생 100주년의 기념 행사가 그의 삶의 분투를 다 드러내지는 못하겠지만, 고려대학교에 재직 중인 바쁜 생활 속에서도 작가의 본분에 충실했던 다음 일화를 되새기는 것으로 이 글을 시작해 보려 한다.

"새벽 5시면 일어나요. 조간신문을 읽고 간단히 아침 식사를 마치면 곧바로 학교로 와요. 연구실에 도착하면 보통 아침 7시지요. 이때부터 12시까지 작품을 써요. 하루 평균 20장가량 쓰지요. 1주일이면 단편 하나가 완성돼요."[1] 이 일화가 전해 주듯, 그는 쉼 없이 작품 활동과 연구에 매진했던 성실함의 대명사였다. 그가 무엇보다 "나와 내 문학을 위하여" "소가 지닌 성실성"을 우선시했던 것도 이와 맥을 같이한다. 그는 "이론 없는 논쟁"으로 일관하는 소위 문단의 소객(騷客)과 작가의 성실한 자세를 대비하며, 과작(寡作)보다는 다작(多作)이 낫다는 지론을 펼쳤다. 왜냐하면 다작하는 작가는 "꾸준한 노력의 계속에 기량이 섬세해지고 스스로 안목이 높아"질 수 있는 반면, 과작에 머무는 작가는 "안목만 높고 기량이 떨어"[2]지는 우를 범할 수 있기 때문이었다.

과작보다는 다작의 성실성을 작가의 최우선 자세로 여겼던 만큼, 정한숙은 소설의 경우 1948년 《예술조선》에 단편 「흉가(凶家)」로 등단한 이래 유작인 1992년 《현대문학》의 「칠보 브로치」에 이르기까지 45년간 약 160여 편의 방대한 작품을 남겼다. 여기에 시집 3편과 수필집 2권 및 연구서 8편을 포함하면, 이 숫자는 더욱 상회한다.[3] 이러한 뚜렷한 족적에도 불구하고, 그의 작품 연보는 여전히 미흡하다. 이는 그의 전집이 발간되지 않아서이기도 하지만, 선집에 실린 작품군이 중첩되어 정작 빠진 소설들을 접하기 어렵다는 점도 한몫한다. 특히 한국전쟁의 어수선한 사회 분위기 속에서 초기작의 행방이 그러한데, 정선태의 논의는 선행 연구 중 유일하게 이 문제를 짚고 있다는 점에서 눈여겨볼 만하다.

---

1) 정한숙, 「원로 문인의 건필(健筆)」, 《한국경제신문》, 1985. 4. 4. 이 기사 외에도 하루도 빠짐없이 창작 활동에 임하고 있다는 그의 전언은 「하루 평균 서른 장」, 《동아일보》, 1959. 11. 3.에서도 확인할 수 있다.

2) 정한숙, 「다작(多作)과 과작(寡作) — 작가의 자리에서」, 《동아일보》, 1958. 8. 24. 그는 과작보다 다작이 낫다고 했지만, 그렇다고 다작 예찬론자는 아니었다. 다작은 꾸준한 창작 활동의 결과일 뿐 그 자체가 목적은 아니었기 때문이다. 현업 작가로 쉬지 않고 펜을 드는 작가의 성실성을 중시했기에 그는 다작의 작가로만 불리는 것을 마냥 기꺼워하지는 않았다.

3) 작품 연보와 생애 연보는 문혜윤 편, 『정한숙 — 인간과 역사를 보는 백 개의 눈』(글누림, 2011)이 가장 충실하다. 몇몇 작품을 제외하면, 일일이 출처를 확인하고 검토하여 정확성을 기하려는 충실한 서지 작업이 돋보인다. 필자도 가능한 한 단행본에 실리지 않은 작품의 경우 원문을 찾는 일차 자료 조사를 병행했지만, 본문에서 밝혔듯이 초기작 일부는 확인 자체가 불가능했다. 소장처가 없어 실물을 확인할 수 있는 통로가 막혀 버린 까닭이다.

그는 각주를 빌려 1952년 12월 피난지 부산에서 발행된 《신생공론(新生公論)》에 발표되었다고 하는 「ADAM의 행로(行路)」를 보지 못했음을 토로한다. 정한숙의 초기 단편을 다루는 연구였던지라 「ADAM의 행로」를 찾고자 노력했지만, 별 성과를 거두지 못했다는 전언이다.[4)]

다음으로 그는 1954년 《조선일보》 신춘문예 현상 모집에 당선됐다고 하는 「배신(背信)」의 존재 여부를 문제 삼는다. 그해 《조선일보》는 당선작 없이 가작과 선외(選外) 가작 두 편을 선정했다. 필자도 《조선일보》 지면을 살펴본 결과 정승(鄭昇)의 필명으로 투고한 「배신」이 선외 가작으로 선정됐다는 기사 외에 작품은 실리지 않았음을 확인할 수 있었다. 기존 연보에서 《조선일보》에 발표됐다고 통상적으로 말해지는 「배신」의 실체는 오리무중인 셈이다.

덧붙여 「배신」이 '중편'이라는 기존 연보도 재확인이 필요하다. 《조선일보》가 내건 현상공모는 '단편소설'로 그 투고 제한을 못박고 있기 때문이다. 이는 두 가지 추정을 가능케 한다. 첫 번째로 「배신」이 중편이었다는 정한숙의 회고를 살려 이 공모 조건과 맞지 않아서 등외로 선정됐을 가능성이다.[5)] 아니면 기억의 착오가 빚어낸 작품의 실종을 고려해 봄직하다.

---

4) 정선태, 「관심의 넓이와 인식의 깊이 ─ 정한숙 초기 단편의 분단 현실 인식」, 『근대의 어둠을 응시하는 고양이의 시선』(소명출판, 2006), 215쪽. 「ADAM의 행로」는 1952년 12월 《신생공론》에 실렸다고 한다. 이렇게밖에 표현하지 못하는 이유는, 피난지 부산에서 1951년 10월 창간된 《신생공론》의 출처를 온전히 밝힐 수 없어서이다. 창간호부터 1951년 12월 3호까지는 추적되나 이 작품이 실린 1952년과 1953년은 필자의 한계 탓인지 발견하지 못했다. 선행 연구에서 소설명만 언급될 뿐 이 작품에 대한 해석이 전무한 것도 이 사정과 무관하지 않을 것이다.

5) 최동호 대담, 「나의 문학, 나의 소설 작법」, 정한숙, 『고가』(둥지, 1991), 144쪽. 정한숙은 1953년 《조선일보》 신춘문예에 중편 「배신」이 입선됐다고 말하고 있는데, 《조선일보》 기사를 보면 현상공모는 중편이 아니라 '단편소설'이었다.(「현상 '단편소설' 당선 발표」, 《조선일보》, 1954. 2. 8) 다만 심사를 맡은 최정희에 따르면, 단편소설 공모라기에는 '200자 300매' 분량의 과중한 요구로 인해 상당한 역량을 지닌 작가가 아니면 이를 감당하기 어려웠을 것이라는 심사평으로 중편 같은 단편소설의 가능성을 배제할 수 없게 한다.

정선태는 '배신'이라는 제목을 단서로 1954년 9월《신천지》의「준령(峻嶺)」을「배신」의 유력한 후보로 제시하기에 이른다.[6] 두 번째 추정에 기반한 동일작의 가능성이기도 하다. 반면 첫 번째의 경우라면, 이야기가 달라진다. 구소로, 김성한, 장용학 등과 나란히 '신예(新鋭) 소설 특집'의 한 꼭지로 실린「준령」은 분량상 중편이 아닌 단편이라 정선태의 주장을 뒷받침할 증거가 부족하다.

어느 쪽이든「배신」은 문제의 소지를 남긴다. 이러한 배경 등이 얽혀「ADAM의 행로」와「배신」은 초기작＝희귀작의 성격을 벗어나지 못하고 있다. 물론 소위 문제작(혹은 대표작) 중심으로 학계 논의가 이뤄진 것도, 이러한 초기작의 행방을 소홀히 다룬 이유의 일단일 것이다. 선행 연구의 한계를 딛고 더 진전된 논의를 위해서도 초기작의 서지가 보완될 필요가 있음을 이 사례는 일깨워 준다.[7] 여기에 '전후 신세대 작가'로 자리매김했던 정한숙의 위상에 걸맞게 그의 작품 세계를 조명할 새로운 개념 틀의 모색이 긴요하다. 확실히 그는 다른 '전후 작가'에 비해 주목도가 낮은 편이다. 현재까지 진행된 기존 논의의 숫자만 비교해 봐도 이는 쉽게 드러난다.[8] 양적으로나 질적으로나 연구 성과의 이 같은 빈곤은 그의 작품론뿐만 아

6) 정선태는 1959년 9월《신천지》에「준령」이 실렸다고 썼는데, 숫자상의 착오였을 가능성이 크다.「준령」은 1954년 9월《신천지》의 '신예 소설 특집'에 수록된 것이었다.「편집 후기」에서 이 특집을 따로 언급할 정도로 당시 부상하던 작가들의 면면이 눈에 띈다. 정한숙을 포함해 구소로(具小路)의「이십이초(二十二草)」, 장용학의「부활미수(復活未遂)」, 김성한의「속(續)·암야행(暗夜行)」의 총 네 편으로 구성되었다.

7) 「화전민(火田民)」(《신태양》, 1957. 10)과「산정(山情)」(《신사조》, 1964. 2)의 두 작품은 동일작이라 별도의 설명이 필요하다.「산정」은「화전민」의 앞뒤 이야기를 뺀 나머지는 같다. 아울러 구국여성봉사단-새마음봉사단에서 펴낸《새마음》잡지에「청개구리」가 실린 경위도 눈길을 끈다. 1977년 관제 성격이 짙은 '흙의 문학상' 수상과《새마음》잡지가 어쩔 수 없이 겹치는 까닭이다. 1992년 단편「부항」도 확인이 필요한데, 게재일자에 따라서 유작 여부가 달라질 수 있기 때문이다. 이 작품 또한 필자는 어떤 매체에 실렸는지 확인하지 못했다.

8) 기존 논의의 양적 차원뿐만 아니라 2000년대 이후 의미 있는 연구 성과가 드문 현실을 지적한 것이다. 대부분 연구 성과가 2000년대 이전의 답보 상태를 면치 못하고 있다.

니라 당대 문학장의 역동적인 움직임을 파악할 시야의 확대를 가로막을 수 있다는 점에서, 더 적극적인 개입과 문제 제기가 요구되는 시점이다.

정한숙은 다음과 같은 말로 후속 연구의 중요성을 설파한 바 있다. "작품이란 같은 시대에 있어서의 어떤 문학적인 혈연(血緣)이나 우정으로 평(評) 되느니보다 다음 시대의 증인들로부터 심판되는 것이 더 준엄하다고 생각한다."9) 정한숙의 애정 어린 질책을 염두에 두면서, 이 글은 그의 작품 세계를 규명할 입각점으로 '삼등 인간'에 주목한다. '전후 신세대 작가'라는 선언적 의미 외에, 정한숙을 이 그룹에 묶을 용어는 부족했던 것이 사실이다. 이 글은 '삼등 인간'을 매개로 '전후 신세대 작가'와의 공통분모를 찾는 한편, 그 차이점도 엿보고자 한다. 이 핵심에 비극적 낙관의 '긍정적 인간상'이 자리하고 있는데, '전후 신세대 작가'로서 그가 지닌 위상과 한계는 이 특정 비전과 관계 깊다. 이 글은 그의 작품 전부를 담아낼 수 없겠지만, 현재 답보 상태에 있는 기성 연구에 활력이 되기를 바라고 있다.

2 시대사에 내몰린 자들과 '삼등 인간'의 형상

선행 연구는 정한숙의 작품 세계를 이해할 일차 관건으로 '전후 신세대 작가'의 위상을 공히 꼽는다. 1960년 벽두에 백철이 《사상계》 지면을 통해 「영미의 젊은 세대 문학」을 2회에 걸쳐 실으면서 불붙기 시작한 이 '전후 신세대 작가'는, 전쟁의 파괴적 경험이 낳은 전후 젊은 세대의 상실감과 반항을 전 세계적인 현상과 결부시키는 세대론적 함의를 띠고 있었다.

전후의 시차에도 불구하고, 백철은 영민하게도 한국전쟁 이후 등장한 신진 작가를 묶어 낼 집단 언표로 영미의 "사방팔방으로 앵그리(angry)"10) 한 전후 신세대를 소환하며, '한국적인 것'을 '세계적인 것'과 나란히 놓을

---

9)   정한숙, 「한국적 격조의 내용을」, 《동아일보》, 1958. 1. 10.

10) 백철, 「영미의 젊은 세대 문학」, 《사상계》 1960. 1, 161쪽.

수 있는 일종의 준거를 만들었다. 1950년대 후반에 두드러진 젊은 작가들의 대거 진출로 인해 문단에는 세대 양단의 풍토가 조성되었음을 주장하면서, 그는 "기성적인 모든 사회적인 도덕적인 가치에 반항하는 동시에 기성 문학의 모든 작품 조건에 반발"[11]하는 특징을 앞세워 이들을 그룹화했던 셈이었다. 백철이 환기한 이 신진 작가 그룹은 1960년 7월 이어령과 함께 편했던 『한국 전후 문제 작품집』을 계기로 가시화·동질화된다. 장용학, 손창섭, 선우휘, 서기원 등이 속한 이 작품집에 정한숙도 「고가(古家)」를 수록하며 이른바 '전후 신세대 작가'의 입지를 굳혔다. 1960년 2월 《사상계》의 「한국 문단 10년」에서는 거론되지 않았던 그의 이름이 1962년 9월 동지(同紙)의 「가난한 대로의 우리 유산」에서는 명시적으로 언급되는 변화도 이 작품집을 매개로 한 것이고 보면, 적어도 정한숙에게 이 작품집이 지닌 의미는 남달랐다고 해야 할 것이다.

이 전후 신세대론의 연장선에서, 정한숙은 "내가 태어난 세대가 겪어야 했던 여러 민족적 비극들이란 외적 요인들"을 강조했다. "일제 말, 해

11) 백철, 「전후 십오(十五) 년의 한국 소설」, 백철·이어령 편, 『한국 전후 문제 작품집』(신구문화사, 1960), 380쪽. 백철과 이어령 등이 편한 전후 작품집은 4·19혁명 이전에 기획되었다가 이후에 출간되었다. 백철의 「작품 후기」는 《사상계》의 특집 '50년대 문학의 총결산' 중 「한국 문단 10년 — 하나의 서론적인 글」(1960. 2)의 반복이다. 다만 소설집이다 보니 시 부분을 제외했으며, 시대상을 반영해 "이런 작품들이 진행되는 도상에서 한국문학은 1960년의 사월혁명을 대하게 되었다."(383쪽)로 시작되는 한 문단이 추가되었다. 사월혁명은 당연히 문화혁명을 동반한다는 그의 주장의 근거가 되어 준 것이 바로 전후 신세대론이었다. 선후 관계의 전도가 여기에서 발생한 셈인데, 백철은 이를 근거로 4·19혁명 이후에도 전후 신세대론을 이어 가며 4·19세대론까지도 뒷받침할 수 있었기 때문이다. 더불어 같은 출판사에서 펴낸 『일본 전후 문제 작품집』이 4·19혁명 와중에 기획되었다는 이어령의 말도 전적으로 신뢰하기 어렵다. 『한국 전후 문제 작품집』을 계기로 전 7권이 계획되었다는 염무웅의 발언을 참조해 봐도, 그 이전부터 진행됐을 가능성을 배제할 수 없기에 말이다. 무엇보다 이 번역집에 정한숙도 참여했다는 점이 중요하다. 그가 번역한 작품은 엔도 슈사쿠(遠藤周作)의 「백색인(白色人)」이었다. 당대를 풍미하던 이시하라 신타로(石原愼太郎)의 「태양의 계절」이 신동문의 번역으로 실려 있어 전후와 4·19혁명의 시대적 격변에도 '신세대'라는 언표가 지닌 세대 구분의 위력을 새삼 재인식게 한다.

방, 6·25동란 등 거의 그칠 사이 없는 분열과 갈등의 시대"가 그를 포함한 '전후 신세대 작가'의 세대 의식을 틀 지었다는 주장이다. 거대한 시대사의 압력에 짓눌린 정신적 방황은 『한국 전후 문제 작품집』의 작가들 대부분이 공유한 '월남'의 체험과도 어떤 식으로든 교직한다. 장용학처럼 월남 후 무능한 자신을 반추하거나 박연희처럼 월남의 '사상적 망명'을 옹호하거나 혹은 오상원처럼 해방 직후 점점 침투해 들어오는 적색 세력에 대한 공포를 표출하거나 하는 식으로 '월남'은 격변하는 시대사의 현장으로 자리 잡았다. 이는 정한숙도 다르지 않았는데, 1946년 "자유를 찾아 월남했다면 너무 상식적이지만 사실"[12]이라고 했던 발언의 맥락이 그러하다. 문화·예술계에 월남한 이북 출신자들이 인구수에 비하여 과대표(過代表) 되어 왔다는 지적과도 상통하는 이러한 '전후 신세대 작가'의 특정한 세대 감각이 손창섭의 '잉여 인간'에 필적하는 정한숙 특유의 '삼등 인간'을 빚어냈음을 아래 예문은 잘 보여 준다.

그는 팔각정 층계에 앉고 나서야 겨우 길게 숨을 돌렸다. 실제로 손을 안 댔으니 망정이지…… 봉식은 이런 생각을 하며 시선을 돌렸다. 관상쟁이, 사진쟁이, 자칭 정치가, 쓰리, 떡장수, 광산 브로커, 뚜쟁이……. 봉식은 자기까지 합쳐 이 **주변에 웅성거리는 군상을 삼등 인간**(방점은 필자)이라고 불렀다. 그 주변머리 없게 생긴 주제에 누구의 관상을 봐주겠다고……. 그 궁상맞은 얼굴로 무슨 정치를 한답시고……. 봉식은 궁둥이를 털고 일어섰다. 터져 나오는 통곡을 억제하며, 자기 스스로부터도 이곳을 떠나겠다고 다짐하며 군중을 헤치고 걸어 나가고 있는 그의 귀엔 웅성대는 아우성으로 귀가 먹먹해질 지경이다. 그 아우성이란 불안에 엉킨, 모두가 요행과 기적을 바라는 소리들뿐이다.[13]

---

12) 정한숙, 최동호 대담, 앞의 글, 343쪽.
13) 정한숙, 「만나가 나리는 땅」, 『금당벽화』(고려대 출판부, 1998), 169~171쪽.

「만나가 나리는 땅」의 일부이다. '삼등 인간'이 표현의 실제성을 띠고 가시화된 작품이라 인용했다. 여기에서 '삼등 인간'은 봉식과 같은 주변머리 없는 이들을 가리키는 자기 모멸적인 명칭이 되고 있다. 이름은 "단지 개체에 대한 명명이 아"니라 "개체를 어떻게 보는가"[14]와 관련되어 있다는 가라타니 고진의 말마따나 봉식의 시선에 비친 '삼등 인간'은 그 궁상맞음과 웅성거리는 소음의 덩어리로 포착될 뿐이다. 그런데 문제는 이 '삼등 인간'이 나와 분리된 존재가 아니라는 데 있다. 봉식은 그들 무리(떼)의 일부라는 사실에 더욱 비참함과 모욕감을 느끼며, 이들에게서 벗어날 한 발짝을 뗀다. 이 거부의 의지가 '삼등 인간'과 봉식을 구분하는 경계선이라면 경계선이다. 다만 이것이 극히 취약하고 불안정하다는 데 문제의 소지가 있다.

전후 현실의 소산인 '삼등 인간'의 형상은 손창섭의 '잉여 인간'을 반향한다. 전후 황폐한 현실을 병리적·불구적인 인간상으로 묘파하고자 했던 그 세대 특유의 감각이 '잉여 인간'과 '삼등 인간'을 과감하게 작품 세계에 끌어들이는 원동력이 된 셈이었다.[15] 위 작품처럼 '삼등 인간'이 직접적으로 제시되고 있지는 않지만, 그것을 되비추는 표현은 많다. 대한민국 군경의 초토화(섬멸) 작전에 내몰린 빨치산이 자신을 '미물(微物)'로 인식하는 「준령」의 장면도 '삼등 인간'을 떠올리게 하기에 충분하다. 이 외 '광녀'(「광녀(狂女)」), '상여꾼'(「허허허(噓噓噓)」), '문둥이'(「집착(執着)」), '고아'(「한계령」), '상이군인'(「IYEU도」, 「성북구 성북동」, 「그리고 30년」), '낙오병'(「그늘진 계곡(溪谷)」), '전쟁미망인'(「내일에의 번민(煩悶)」, 「제천댁」, 「원(願)」), '병역 기피자'(「수인공화국(囚人共和國)」), '매춘부'(「맥주홀 OB키」, 「첫사랑」, 「창녀와 복권」,

---

14) 가라타니 고진, 권기돈 옮김, 『탐구 2』(새물결, 1998), 25쪽.

15) 유종호, 「인간 모멸의 백서」, 《현대문학》, 1955. 4; 조연현, 「병자의 노래」, 《현대문학》, 1955. 4; 이선영, 「아웃사이더의 반항」, 《현대문학》, 1966. 12; 권영민, 「전후의 현실과 문학의 분열」, 《한국문학》, 1985. 6; 김윤식, 「6·25전쟁 문학」, 『1950년대 문학 연구』(예하, 1987). 전후 폐허의 현실에 대한 알레고리로서 병자와 불구가 선호되는 현상을 공통적으로 지적하며, 이들은 그 대표 작가로 손창섭을 꼽고 있기도 하다.

「전화」) 등도 이 '미물'과 같은 '삼등 인간'의 조건을 공유하기는 마찬가지이다. 이들은 '미물'의 사전적 의미 그대로 인간 이하의 삶을 영위하는 자들로 물상화된다.

그의 소설을 지배하는 이른바 격변의 시대사에 내몰린 '삼등 인간'의 형상은 무엇보다 일제강점기 '이등 국민'의 관념을 매개한다는 점에서도 특기할 만하다. 해방에 이은 남한 단정의 분단국가 대한민국은, 냉전의 양진영을 대리하는 체제 경쟁 속에서 일제강점기 식민지 조선인을 동원하고 차별화했던 '이등 국민'을 국민화의 기제로 재가동했다. "하나를 만드는데에 장애가 있으면 이를 제거해야 한다."[16]라는 처벌과 배제의 강력한 규제 논리가 일제강점기를 이어 대한민국산(産) '이등 국민'을 부단히 창출했기 때문이다. 이 와중에 '이등 국민'을 연상시키는 '삼등 인간'은 어쩔 수 없이 과거 체험의 트라우마가 각인된 위장과 위악의 생존술을 신체의 일부인 양 두르게 된다. 이 전형이 바로 일제강점기를 거쳐 분단 고착의 두려움으로 38선을 넘어온 월남인이었다. 월남인들이 전부 '삼등 인간'은 아니었을 테지만, 정한숙의 작품 세계에 등장하는 월남인은 어딘가 비워진 '삼등 인간'의 범주를 크게 벗어나지 않는다.

4·19와 5·16 직후에 전작 간행된『끊어진 다리』는 월남과 한국전쟁 및 전후의 암담한 현실까지 시대사의 격변을 그린 그의 대표작 중 하나이다. 개별 작품론의 비중을 따져 봐도『끊어진 다리』가 압도적이다. 이 작품을 다루는 선행 연구의 주된 초점은 우리 민족사의 비극적 현장을 구체적이고 생생하게 증언하여 '전후문학'의 역사의식을 한 단계 끌어올리는 데 일조했다는 것이다.[17]『끊어진 다리』는 일제강점기가 가장 많은 서사 분

---

16) 이승만,『일민주의 개설』(일민주의보급회, 1949), 10쪽. 주변부(liminal) 존재로서 빨치산과 월남인은 대한민국의 국가 주권을 실정화(實定化)하는 가시적 표상이었다. 이들의 수행적 신체를 통해 대한민국은 주권의 소재를 역으로 과시할 수 있었기 때문이다. 이들의 과소/과잉의 신체성에 대해서는 공임순,「빨치산과 월남인 사이, '이승만'의 재현/대표성의 결여와 초과의 기표들」,《상허학보》27, 상허학회, 2009에서 다뤘다.

17) 관련한 논의는 다음과 같다. 이주형,「정한숙 소설에서의 한국 현대사 인식」,『한국 현대

량을 차지하고 있지만, 이는 실상 1인칭 화자의 기억과 회상을 따라 펼쳐지는 과거의 시간대이다. 현재 시점은 전후 시기이며, 나의 의식의 흐름을 좇아 유소년기가 일제강점기 말을 배경으로 단속적으로 서사화되는 형식을 취하고 있다. 이 때문에 백철이 '전후문학'의 한 특질로 꼽은 의식의 흐름 기법이 다소 뒤늦게 구현됐다고도 볼 수 있겠다.

1인칭 화자인 나, 즉 '연'은 한국전쟁 발발로 국방군에 자원했다가 전투 중 입은 부상으로 한쪽 다리를 잘라 낸 '상이군인'이다. 그런 나의 현재 시점에서, "삼 년 전의 일이 십 년 전 일 같기도 하고, 십 년 전 일이 삼 년 전 같기도 하니 말이다."의 의장을 빌린 자유 연상이 정당화된다.[18] 기존 논의에서도 고평했다시피 의식의 흐름 기법은 "이십 년이란 세월은 마치 세찬 소용돌이 속을 헤어나지 못하고 휩쓸려 다녀야 했던 담수어(淡水魚)와 같은 생활"[19]을 뒷받침하는 서사상의 효과를 창출한다. 따라서 현재보다 과거가 더 많이 전경화될 수 있었던 이유도 이러한 의식의 흐름 기법을 활용한 시간 축의 혼합과 교차를 통해서였다.

연의 학창 시절은 일제강점기 말 전시 동원의 경험을 맴돈다. 그중에서도 전쟁 막바지로 치달을수록 주창된 '황민화'는 '창씨개명'의 낭패한 사건과 불가분하게 뒤얽힌다. 교장의 지시로 창씨명의 사용이 강제되면서,

작가 연구』(민음사, 1989); 장성수, 「전후 현실의 문학적 진단과 처방」, 송하춘 편, 『1950년대의 소설가들』(나남, 1994); 김재두, 「정한숙 소설 연구」, 건국대 박사 논문, 2001; 윤석달, 「분단 현실의 소설적 형상화와 역사의식」, 정현기, 「역사적 진술 의미와 소설적 진실」, 문혜윤 편, 앞의 책, 2011; 최성윤, 「정한숙 장편 『끊어진 다리』에 나타난 성인 화자와 회고담의 특질」, 《현대문학이론연구》 50, 현대문학학회, 2012.

18) 문덕수, 「내용과 수법의 다양성 ― 정한숙론」, 『현대 한국문학 전집』 5(신구문화사, 1965); 정영아, 「정한숙 소설 연구」, 고려대 석사 논문, 1998. 과거와 현재를 오가는 시간 파괴는 의식의 흐름 기법의 특징적 일면으로 정도의 차이만 있을 뿐이다. 따라서 작품의 성과는 이를 얼마나 적절하게 활용하느냐에 달려 있다. 이 작품의 경우 화자의 뒤엉킨 기억이 시간 착종의 알리바이가 되어 현재보다 과거가 더 전경화되는 서사 효과를 창출하게 된다.

19) 정한숙, 『끊어진 다리』(을유문화사, 1962), 5쪽. 이후 인용은 본문의 쪽수로 대신한다.

연은 시름에 빠진다. 변변한 어른 하나 없는 그의 처지에서 창씨명은 엄두도 낼 수 없었기 때문이다. 이러한 교칙 위반의 불안과 자격지심은 히모도 선생이 '아사히 노보루(朝日昇)'라는 근사한 창씨명을 지어 주면서 가까스로 봉합되지만, "명실상부한 떳떳한 황국 신민"(121쪽)이 되기에는 절대적인 장벽이 존재했다. 그것은 미국인 선교사의 집사이자 종지기로 평생을 살았던 아버지에게 덧씌워진 '불령선인'의 혐의와 구금이었다. 아버지의 부재가 드리운 이 어두운 그늘은, 연이 아무리 창씨명을 그럴싸하게 짓고 당국에 신고한다고 해서 가려질 리 없었다. "어떠한 장소에서도 떳떳할 순 없"(121쪽)는 주홍글씨의 낙인과도 같았던 까닭이다.

아무리 해도 지워지지 않던 이 '이등 국민'의 열패감은, 이남의 자유를 찾아 떠나온 월남인을 향한 "응분의 생업을 마련하여 주었던들 실향민(失鄕民)의 실업군과 테로(러)의 개라는 오명을 쓰지 않았을"(345쪽) 비참한 현실 속에서 되살아난다. 이를 탈피하고자 연은 국방군에 자원한다. 군문은 일제강점기 말의 조선인만큼이나 자유의 땅이라 믿은 이남의 월남인이 '이등 국민'의 불명예를 씻어 낼 최적의 장소였기 때문이다. 연은 자유를 선택한 책임과 의무를 스스로 짊어지는 국민화의 메커니즘에 충실하게 군에 입대하여 최전선에서 싸웠지만, 현재 그에게 남겨진 것은 불구가 된 몸뚱이뿐이다. 거리를 떠돌며 동정에 기대 연명하는 숱한 '상이군인' 중 한 명이 된 연의 처지란, 애초 자신이 그토록 벗어나려 했던 원래의 자리로의 복귀였던 셈이다.

따라서 다리 한쪽을 잃은 불구의 연과 월남 후 '양공주' 생활 끝에 실명한 동향 친구 미혜의 결합은 '삼등 인간'으로의 추락을 더욱 부추긴다. 이들 앞에 놓인 엄연한 현실은 '삼등 인간'끼리 헤쳐 나가야 할 순탄치 않은 미래를 예고하기 때문이다. 하지만 '전후 신세대 작가'의 주된 경향성과는 달리, 이 작품은 놀랍게도 예고된 비극을 황무지의 개간이라고 하는 낙관적 전망으로 바꿔 놓는다. 위 인용한 봉식처럼 '삼등 인간'에서 한 발짝 벗어나는 데서 더 나아가 소여(所與)의 조건에 맞서 투쟁하는 인간 행위의 숭고함을 시연하는 대단히 드문 긍정적 인간상의 도래였다.

1976년 전작 간행된 『조용한 아침』에서 모든 간난과 시련을 물리치고 가난한 농촌의 새마을 지도자로 입신 성공하는 영식과 나란히 '끊어진 다리'의 이중 복선을 안은 연의 투쟁기는 그야말로 의지의 낙관이 도달할 수 있는 최량의 비전을 구현한다.[20] "자유의 전사"라는 타이틀이 남겨 준 '상이군인'의 상처뿐인 영광은, 당대적 의미의 4·19와 5·16의 연쇄적 혁명을 거친 새로운 시대에 걸맞게 재도약해야 한다는 작가적 소명 의식의 발로이기도 했다. 이 작품과 관련하여 그의 작가 의식의 일단을 엿볼 수 있게 하는 텍스트가 바로 「한국 전후소설의 양상」이다. 여기에서 그는 『끊어진 다리』를 직접 논평하는, 말하자면 연구자 정한숙이 소설가 정한숙을 거리/상대화하여 이 소설의 당대적 의미를 부각하는 메타비평을 남기게 되는데, 이는 『끊어진 다리』의 개별 작품론에 그치지 않는 '전후문학'을 판별할 기준을 제시하고 있다는 측면에서 메타비평으로 봐도 과히 손색이 없다.

그는 백철의 논지를 원용하면서도 그와는 다르게 한국 전후문학의 양

20) 1976년 전작 발표된 『조용한 아침』은 『끊어진 다리』의 낙관적 비전이 농촌 계몽의 새마을운동으로 귀결되는 도정을 보여 준다. 그는 이 작품으로 한국문화예술 진흥원이 주관한 제1회 '흙의 문학상' 문공부 장관상을 받았다. '흙의 문학상' 제정 시점도 그렇지만, 제1회 수상자라는 상징성은 작가로서 그가 놓인 이중의 딜레마를 드러낸다. 냉전 자유주의가 지닌 박정희 정권과의 친화성이 그것이다. 월남과 반공이 맞물린 한국적 냉전은 1970년대 박정희의 영구 집권을 위한 유신체제로 시험에 들게 된다. 유신체제를 반대하며 민주적 질서와 통치의 회복을 주장했던 지식인 담론이 존재했는가 하면, 여전히 빈곤 탈피의 내셔널리즘으로 인신의 구속과 자유의 유예를 인정했던 더 광범위한 지식계의 움직임이 있었기 때문이다. 이러한 당대적 문맥에서, '흙의 문학상' 수상작인 「고요한 아침」은 후자와 공명한다. '흙의 문학상' 제정은 《동아일보》, 1977. 7. 8.에서 확인할 수 있는데, "김성진 문화공보부 장관은 8일 문학 창작 활동의 진작을 위해 농어촌과 도시에서의 새마을운동을 구체적인 소재로 한 시·소설·희곡·시나리오 등 작품 중에서 우수 작품을 선정, 매년 12월 중에 시상하게 된다." '흙의 문학상'은 3회를 끝으로 1980년 대한민국 문학상으로 통합되었다. 단명한 셈인 '흙의 문학상'의 제1회 수상작이라는 상징성에 더해 이광수의 『흙』이래로 농촌계몽소설의 계보를 잇고 있다는 점에서도 이 작품은 이채를 띤다.

상을 두 가지로 구분한다. 하나는 "전쟁을 아픔 그 자체로 보고 그로부터 파멸하는 인간 의식"을 다룬 '부정의 윤리' 계열이라면, 다른 하나는 "아픔을 딛고 일어나 광명을 되찾고자 하는 의지의 인간을 다룬"21) '긍정의 윤리' 계열이 그것이다. 그는 『끊어진 다리』를 후자의 범주에 귀속시키면서, 이 작품군으로 별반 주목되지 않았던 김의정의 『목소리』를 든다. '부정의 윤리' 계열로 꼽힌 황순원의 『나무들 비탈에 서다』와 최인훈의 『광장』에 비하면, 확실히 '긍정의 윤리' 계열로 든 두 작품은 화제성 면에서 떨어진다. 그럼에도 그는 전 세계적인 전후와 한국의 전후는 다르다는 한국적 특수성을 전제로 긍정적 모럴의 인간상을 도출하기에 이른다. 이는 백철의 전 세계적인 전후 신세대론의 부정성에 '긍정의 윤리'를 특별히 가미하는 방식으로 이루어진 메타비평이자 『끊어진 다리』에 대한 재의미화였다.

월남한 실향민의 본원적 고향 상실은 잃어버린 고향에 대한 강렬한 노스탤지어를 낳는다. "에덴동산의 피폐화"(194쪽)이기도 한 이러한 절망적 현실에 주저앉기보다 극복해 나가려는 인간 의지의 낙관이 '긍정의 윤리'의 인간상을 규정하는 힘이다. 이미 상실한 고향을 대신하여 아무런 연고도 없는 해발 300미터의 척박한 고지대에서 새로운 삶을 일구는 『끊어진 다리』의 '연'은, 이 같은 긍정적 인간상의 한 표본이 된다. 연구자 정한숙의 표현대로라면, 에덴의 복귀가 아니라 에덴의 창조이자 건설이었다. "어두운 상황에 발을 딛고 밝음을 향해 발돋움하려는 의지"(205쪽)의 이 인간 모델은 "자유의 전사"를 잇는 '개척의 전사'라고 부를 만하다. 이는 1967년 「한국적 인간상의 창조」에서 그가 밝힌 "새로운 세대를 담당할 새로운 인간형의 탐구야말로 오늘날의 작가에게 부여된 영광된 의무가 아닐 수 없다. (중략) 그는 이마에 땀을 흘리기 위하여 곡괭이를, 아니 해머를 들고 나섰다."22)와도 일맥상통한다.

---

21) 정한숙, 「한국 전후소설의 양상」, 『현대 한국소설론』(고려대 출판부, 1977), 151쪽.
22) 정한숙, 「한국적 인간상의 창조」, 『현대 한국문학 전집』 5(1965)를 재수록한 『한국문학

"「인내와 근면」으로 에덴을 건설하려는 꿈"(204쪽)의 실현은, 대부분의 전후문학이 실낙원의 생존술(혹은 생존 윤리)에 함몰된 것과는 다른 비전과 양상을 드러낸다. 손창섭의 '잉여인간'과도, 그렇다고 장용학의 '인류 전사(前史)'의 외침과도 차이 나는 '삼등 인간'의 자기 승화의 드라마가 척박한 현실을 배경으로 펼쳐지기 때문이다.[23] "유물론적인 공산주의를 막는 길은 유신론인 교회로 가는 길보다 나 자신이 가난에서 벗어나기 위하여 이 산허리를 개척하는 길이라고."(218쪽) '자유의 적들'에 대한 포위의 불안이 짙게 배어나는 이 진술은, 역으로 긍정의 모럴이 어디에서 추동되는지를 되짚게 한다. 전후 냉전의 '자유' 관념을 매개한 바람직한 인간상은 디페시 차크라바르티가 말했던 낭만적/심미적 내셔널리즘의 애국심과 향토애의 양가성을 오가며 국가주의와 민중주의의 착종을 보여 주게 되는데,[24] 이어지는 3장에서는 이른바 '예술가 소설'로 분류되는 전통적 예인의 형상에 초점을 맞추어 이 문제에 접근해 보려 한다. 선행 연구의 통상적 지적처럼 이들은 연으로 표상되는 전후문학의 긍정적 인간상과는 별개의 유형인지 아니면 그 징후로서 봐야 하는지가 주된 관심사이다.

3 전통적 예인의 형상과 '긍정의 윤리'의 심미적 비전

「금당벽화」는 1955년 《사상계》에 발표되었다. 1955년은 정한숙의 작가

의 주변』(고려대 출판부, 1975), 69~70쪽에서 인용했다.

23) 1962년 『끊어진 다리』와 같은 해에 출간된 장용학의 『원형의 전설』은 한국전쟁을 '인류 전사'로 간주하는 파괴적 창조의 열정을 보여 준다. 사생아인 이장의 야사(野史)는 위사 (僞史)와 꼬리를 물며, 아버지로 대변되는 기성 질서와 역사를 위사로 반면 이장의 야사를 실제 역사로 놓는 도치된 상상력을 펼친다. 이는 전후의 현실에 대한 철저한 부정에 기초해 있다는 점에서, 『끊어진 다리』와 좋은 대조를 이룬다. 본문에서 특별히 '인류 전사'를 언급한 이유이기도 하다. 관련 예문을 인용하자면 다음과 같다. "이 자유와 평등이 핵전쟁을 일으켜 결국 인류 전사에 종언을 고하게 하는데, 6·25동란이라고 하는 전초전과 같은 전쟁이 벌어진 곳이 바로 이 조선이라는 곳이었습니다."

24) 디페시 차크라바르티, 김택현·안준범 옮김, 『유럽을 지방화하기』(그린비, 2014), 6장 참조.

인생에 있어서 전기가 되는 해이기도 했다. 《한국일보》 신춘문예에 소설 「전황당인보기(田黃堂印譜記)」와 희곡 「혼항(昏港)」이 가작으로 동시 선정된 것도 그렇거니와 「주막」 동인 활동으로 합평회를 거친 대표작들이 이 시기를 전후해 배출되었기 때문이다. 그중 「금당벽화」는 교과서에 실릴 정도로 대중의 사랑을 받은 작품 중 하나이다.

이 소설의 스토리는 비교적 단순하다. 구전으로 전해지는 담징의 금당벽화 설화를 소재로 사건 위주의 전개보다는 주인공인 담징의 내면 묘사가 주축을 이루고 있기에 말이다. 고전의 신화와 전설 내지 민담 등을 활용한 현대적 각색과 변용이 돋보이는 이 작품은, 과거의 공식 기록에는 없던 한 개인의 고뇌와 정조를 역사적 상상력으로 견인하며, 설화의 세계에 머물러 있던 담징을 내적 갈등을 지닌 동적인 인물로 재구성한다. 과거 역사의 한 조각이 서사적 개입과 역능으로 현재와 교섭하는 새로운 의미망을 형성케 되는 것이다. 따라서 관건은 담징이 금당벽화를 그렸다는 사실의 확인에 있지 않다. 오히려 그 결과에 이르기까지의 심리적 추이가 중요한데, 이는 담징에게 부여된 내적 초점화로 인해 가능했다. 소설의 후반부에 외부 서술자가 끼어들기까지 내적 초점 화자인 담징의 시각과 인식만이 독자에게 제시되는 삼인칭 제한 시점을 통해 독자와의 감정적 동일시를 이끌어 내는 데 성공하고 있다.[25]

담징은 보시(布施)와 수련을 명분으로 고국 고구려를 등진 지 3년째이다. 그동안 그는 백제—신라—왜국을 차례로 순방했다. 현재 그는 금당벽화를 그리기로 한 언약 때문에 도왜(渡倭)하여 법륭사에 머무는 중이다. 하지만 수나라 이백만 대군의 말발굽 아래 짓밟힌 고구려의 전란 소식으로 그는 마음을 잡지 못하고 작업의 진척도 전혀 보지 못하고 있다. 고국

---

25) 내적 초점화와 관련해서는 S. 리몬 케넌, 최상규 옮김, 『소설의 시학』(문학과지성사, 1985), 109~128쪽을 참조했다. 그 외 서사학 이론에서는 초점화를 지각(perspective)보다는 제공되는 정보의 측면에서 평가해야 한다는 견해도 있다. 이 글의 내적 초점 화자는 이 둘을 통칭하는 개념이다.

에 돌아갈 수도 그렇다고 돌아가지 않을 수도 없는 진퇴양난의 처지인 셈이다. "담징은 그냥 금당 마룻바닥에 주저앉아 버리고 말았다. 동포들의 신음 소리가 가슴을 두들겨 놓았고, 오랑캐들의 말발굽이 등허리를 밟는 것 같았던 까닭이다."[26] 그는 뭇 왜승(倭僧)들의 의구심을 알면서도 법륭사 주지가 고구려의 승전 소식을 알려 주기 전까지 이러한 정신적 방황을 거듭한다. 곧 인류 역사의 유산인 금당벽화가 완성되지 못할 좌초의 순간이자 위기의 국면이었다고 해도 과언이 아니었다.

멀게는 조국의 환난에서 더 가깝게는 그를 의심하는 왜승들의 비방과 조소까지 그를 둘러싼 '포위의 위협'은 비극적 현실을 잉태한다. 하지만 법륭사 주지가 전해 준 조국의 승전 소식은 갈 데 없이 방황하며 억눌렸던 그의 예술혼을 다시 불태우는 도화선이 된다. "마지막 화룡점정(畵龍點睛)의 순간을 향해 주인공 담징의 예술혼과 작가의 서술혼이 집약되어 있는 소설이 바로 「금당벽화」이다. 그 순간을 향해 있던 의식의 흐름이 마지막에 영혼의 섬광처럼 빛나면서 벽화가 완성된다."[27] 우찬제는 이렇게 인상적인 구절로 「금당벽화」의 미적 황홀경을 묘사하며, 이를 "세계의 시화(詩化)"로 수렴해 낸다. 예술의 완성 단계를 그리는 완결된 총체성의 세계는 죄르지 루카치 식의 산문이 아닌 서사시를 향한다는 점에서, 이 표현의 적실성이 있다.[28]

"담징의 등 뒤에 서 있던 주지가 구현된 지상열반의 세계에 도취하여 그만 합장한 채 꿇어 엎드"리자 "담징을 비방하던 모든 왜승들도 주지의 옆과 뒤에 꿇어 엎드린 채 합장을 하고 있다."(67~68쪽) 이 장면에 담긴 갈

---

26) 정한숙, 「금당벽화」, 『금당벽화』(고려대 출판부, 1998), 57쪽. 이후 인용은 본문의 쪽수로 대신한다.

27) 우찬제, 「세계를 불사르는 예술혼의 대장간」, 우찬제 편, 『여린 잠, 깊은 꿈』(태성, 1990), 333~334쪽.

28) 죄르지 루카치, 김경식 옮김, 『소설의 이론』(문예, 2007), 1부 참조. 루카치는 그리스적 총체성의 세계는 이미 사라지고 없기에 예술에서 그려지는 총체성은 전범의 묘사가 아니라 창조된 것일 뿐이라고 주장한다.

등과 불화의 무화(無化)는 분명 예술의 황홀경이 지배하는 서사시적 세계상과 닮아 있다. 이러한 모순 없는 화해와 통합의 세계는 「금당벽화」의 예술적 가치를 선양하는 데만 그 뜻이 있지 않았다. 왜냐하면 이 절정의 국면은 작가의 시각이라고 해도 좋을 서술자의 다음과 같은 논평으로 마무리되고 있기 때문이다. "조국의 국난이 없었던들……. 금당벽화는 한낱 승 담징의 관념의 표백에 그쳤을는지도 모른다. 윤(潤)에 흐르는 생기(生氣)여! 그것은 조국에 대한 담징의 충혼이 깃들어 있었다."(67쪽)

담징의 시선에서 멀어져 전체를 조감하는 작가적 권위의 이 마지막 논평은, 그의 방황이 조국애의 산물이라는 사실을 재확인하는 효과를 거둔다. 그의 내면을 따라 움직이던 내적 초점화는 이 소실점을 향해 가는 서사상의 장치였다는 점도 여기에서 드러난다. 뭇 왜승들의 비난과 의심에도 조국 고구려의 전란 소식에 금당벽화를 그릴 수 없었던 담징의 뜨거운 조국애는 그의 방황만큼이나 금당벽화의 예술미로 승화하며 열락(悅樂)의 경지를 낳는다. 이처럼 「금당벽화」는 "동방에 제패(制霸)한 조국 고구려의 환희"(65쪽)와 좌절을 따라 요동하는 '심정적 애국심'을 예술의 원동력으로 삼는 새로운 인물 구성을 선보인다. 이를 통해 설화 속 담징은 그 역사적 실제와 무관하게 조국애를 지닌 예술가로서 재주조되는 것이다.[29] 이를 고려하면, 「금당벽화」는 선행 연구의 일반적 평가처럼 '인멸되어 가는 전통미를 추구하는 예술가 소설'을 넘어서 정한숙이 말한 '전후문학'의 한 갈래인 '긍정의 윤리'와 어떤 식으로든 맞닿게 된다. 말하자면 전혀 별개의 작품이 아니라 '긍정의 윤리'의 심미적 판본으로 재독해할 여지를 남긴다는 말이다. 이와 관련하여 살펴볼 작품이 「금당벽화」와 마찬가지로 '예

---

29) 정한숙은 『소설 기술론』(고려대 출판부, 1973)에서 '묘사'의 중요성을 다음과 같이 정리했다. "묘사는 인물이나 사건을 직접 독자에게 제시한다. 이때 독자는 작가라는 매개자를 거의 완전히 의식하지 않을 수 있으므로 이 방법은 소설의 리얼리티를 최고로 상승시킨다." 그러니 담징의 내면을 따라가는 묘사의 적절한 안배는, 담징의 예술혼을 조국애의 고민과 번뇌의 산물로서 효과적으로 각인한다.

술가 소설'로 분류되는 「백자 도공 최술」이다. 이 작품 또한 과거 예인을 주인공으로 삼고 있는 작품 중 하나이다.

「백자 도공 최술」은 「금당벽화」와 유사한 서사 전개를 보인다. 주위의 온갖 조소와 비난에도 불구하고 도자기의 완벽한 색감을 구현하려는 예술가의 고뇌와 역경이 그려져 있기 때문이다.[30] 그런데 이 소설은 "우연히도 여주 어느 주막 할머니로부터 자기 친정 18대조가 광주 땅에 옮겨 오게 된 내력과 그 후손이 그곳에서 사기장이 노릇을 하며 지내던 중 자기 아버지 대에 이르러 대가 끊겼다는 흥미로운 이야기"를 듣고 "이조 자기 연구에 무슨 도움이 될까 싶어 그해 겨울 그때 들은 이야기를 정리"[31]했다는 외부 액자를 앞뒤에 배치한다. 액자소설의 전형적 구도라 할 외부 이야기가 내부 이야기를 감싸는 식이다. 이를테면 내부 이야기가 담징의 이야기여도 무방한 자족적인 한 편의 서사가 외부 액자를 빌려 펼쳐지는 셈인데, 다만 액자소설의 구도상 잘 알려진 담징보다는 무명의 도공인 최술의 이야기가 더 적절했다는 점은 짚고 넘어가자.

르네 웰렉은 오스틴 워런과 공저로 펴낸 『문학의 이론』에서, "액자소설(frame-story)이 일화를 소설과 연결하는 교량"[32] 역할을 해 왔음을 일찍이 지적한 바 있다. 액자의 틀을 통해 과거의 잡다한 이야기들이 소설로 유입될 수 있었다는 것이며, 이 훌륭한 예증이 소설의 이정표가 된 『데카메론』과 『켄터베리 이야기』라는 것이다. 이들의 말처럼, 액자소설은 민간 전승의 기이하거나 교훈적인 이야기들을 끌어와 민중적 원천과 상상력을 보유한다. 일본의 저 유명한 민속학자인 야나기타 쿠니오(柳田國男)가 자신을 외부 액자의 화자로 삼아 민속지(民俗誌)를 재구성할 수 있었던 것과

---

30) 최동호, 「예술가 소설과 인간상의 탐구 — 정한숙론」, 『삶의 깊이와 시적 상상』(민음사, 1995); 송하춘, 「결 고은 삼베, 혹은 무명 가닥」, 정한숙, 『금당벽화』, 앞의 책 등이 대표적이다.

31) 정한숙, 「백자 도공 최술」, 『금당벽화』, 위의 책, 68쪽.

32) 르네 웰렉·오스틴 워런, 이경수 옮김, 『문학의 이론』(2002), 328~329쪽. 번역된 문장으로는 뜻을 정확히 파악할 수 없어서 필자가 원문을 참조해 표현을 고쳤다.

합치되는 부분이다.

"나는 이 이야기를 들을 기회가 딱 한 번 있었다. 인간의 고통에 대한 이 위대한 이야기도 이제는 어딘가 나무 상자 밑바닥에 벌레 먹은 채 썩어 가고 있을 것이다."[33) 어디선가 썩어 가고 있을 기억상실의 위기감을 자극하면서, 야나기타 쿠니오는 민중들 사이에 떠도는 '위대한 이야기'를 채록할 막중한 임무를 상기시킨다. 공식 기록에서는 찾을 수 없는 민중적 보고(寶庫)이기도 한 이 '위대한 이야기'는, 인간의 근원적 체험과 본질을 담고 있기에 공적 기록보다 더 의미가 있다는 가치 역전이 일어난다.「백자 도공 최술」의 외부 액자 속 화자가 도자기 연구가인 이유도 여기에 있을 터, 그는 야나기타 쿠니오처럼 공식 기록에서는 찾을 길 없는 민중의 '위대한 이야기'를 전하는 민속학자의 위치를 점하며 내부 이야기를 외부 액자로 보존하는 역할을 기꺼이 떠맡는다.

외부 액자의 틀로 끼워진 내부 이야기는 최술의 일대기 형식을 취하고 있다. 고려 왕실이나 주요 사찰에서 사용하는 기물을 구워 내던 조정의 관요(官窯)였던 송하골에서 나고 자란 최술은 일생을 도공으로 살아왔다. 물론 저절로 도공이 된 것이 아니라 어릴 때부터 태토를 주무르며 엄격한 도제 수업을 거쳐 도공의 지위에 올랐다. 하지만 그는 조정에서 요구하는 도자기만을 구워 내는 데 만족하지 않는다. 그는 태조의 역성혁명에 비견되는 "자기의 혁명을 꾀해 보고 싶은"(89쪽) 꿈을 오랫동안 품어 왔기 때문이다. 그것은 고려자기의 색채를 뛰어넘어 하늘의 섭리로까지 고양된 "조화 무쌍한 흰 구름, 그렇듯 아름다운 흰 구름"(89쪽)을 재현하는 '예술 혁명'에 대한 갈망이었다. 주위의 회의 어린 시선과 박해에도 불구하고, 그는 몇 번의 시행착오와 좌절 끝에 마침내 "청백(青白)과 황백(黃白)과 담백(淡白)의 그릇"(90쪽)인 이조백자를 완성할 수 있었다. 때마침 시대는 고려에서 조선으로 조정이 바뀌었고, 그 또한 송하골에서 경기도 광주 땅으

---

33) 야나기타 쿠니오, 『柳田國男集 4 — 山の人生』(筑摩書房, 1989), 81쪽.

로 옮긴 이후에 이뤄 낸 예술적 성취였다.

"그를 희롱하던 사기장이들은 물론 사옹원에서 내려왔던 관원의 일행도 가마에서 꺼낸 기물을 보곤 놀랐다."(90쪽) 갈등과 불화가 일순간 사라진 미적 합일의 세계는 「금당벽화」의 "세계의 시화"를 떠올리기에 충분하다. 하지만 태조의 역성혁명과 달리 최술의 '예술 혁명'은 공적 기록의 어디에서도 찾아볼 수 없다. "이 얘기는 오늘날 내 기억 속에서만 살아 있다."라고 자부했던 야나기타 쿠니오처럼, 도자기 연구가인 외부 액자의 화자에 의해 이 이야기는 비로소 새로운 생명력을 얻게 되는 것이다. '예술 혁명'을 향한 무명 도공의 창조적 열정과 집념이 있었기에 태조의 역성혁명에 필적하는 이조백자가 빚어질 수 있었다는 이 이야기의 근저에는, 다음의 표현으로 적시되는 토속적 향토애가 짙게 깔려 있었다. "이 속에 나서 이 속에 살아 이 속에 죽는 것이 인생이다. 그렇듯 조화무쌍한 흰 구름…… 최술은 그런 빛의 자기를 구워 내 보고 싶었던 것이다."(89쪽) 푸른 하늘의 흰 구름을 닮은 이조백자의 색감은, "원나라에 의한 고려조고 보면 그것이 아무리 좋은 형태요 색깔이라 한들 원의 관원들의 트집이 되었을 것이 뻔"(87쪽)한 상감청자의 타성적 외압을 뚫고 이룩해 낸 토속적 향토미의 정수라 해도 무방할 정도였다.

'금당벽화'가 조국애의 고뇌와 번민의 산물이듯이, 이조백자는 민중의 원초적 심성에 자리한 향토애를 견인한다. 이는 『끊어진 다리』의 '향토 개척'과 연쇄 고리를 이룬다는 점에서, 전통적 예인의 심미적 형상은 단지 흘러간 과거가 아닌 '현재적 의미'를 띠고서 육박해 들어온다. 이를 가장 잘 보여 주는 작품이 바로 「금어(金魚)」이다. '예술가 소설'의 일부로 선행 연구에서 다뤄지곤 하는 이 작품 또한 「백자 도공 최술」과 마찬가지로 액자소설이다. 다만 「백자 도공 최술」과 다르게 「금어」의 외부 액자 속 화자는 내부 이야기의 충실한 전달자로만 머무르지 않는다는 큰 차이가 있다. 외부 이야기의 화자이자 주인공인 아심 스님은 불화와 불상을 연구하는 대학원생에게서 우연히 들은 이야기를 전하는 중개자의 위치를 점하면서도, 이를 계기로 자신의 억눌린 상처를 대면하고 치유해 가는 미적 승화와 구원을 보여 주고 있다는 측면에서 내부 이야기만큼 그 서사적 비중이 높기 때문이다.

아심 스님의 탈속 전 이름은 정희이며 월남인이다. "소련군이 북한에 처음 진주했을 때" "여자들을 마구 겁탈한다는 소문"[34]에 약혼자인 김동성과 둘이서만 서둘러 월남했다. 군에 입대한 김동성이 전투 중에 사망하면서, 그녀는 전쟁미망인이 된다. 전쟁 통에 약혼자의 유해마저 찾지 못한 그녀는 실의에 빠져 불가에 귀의했으며, 20여 년을 그렇게 여승으로 살아왔다. 비록 20여 년 전의 과거사라고 해도 그녀는 전후의 상처에서 아직 자유롭지 못하다. 2장을 돌이켜 본다면, 그녀는 '삼등 인간'의 불우한 조건을 공유한다. 여승의 삶 역시 자신이 원해서라기보다 시대사에 내몰린 자의 막다른 선택이었고 보면, 그녀는 과거의 트라우마에 결박된 '영혼 잃은 산자'의 고독을 감내 중인 것이다. 이처럼 여승의 삶에 가려져 있던 이 묵은 상처가 내부 이야기인 임실의 사연에 의해 촉발되는 내외부 이야기의 상관성이 대단히 두드러지는 작품이기도 하다.

그녀가 정서적 일체감을 느끼는 임실의 사연은 이렇다. 임실은 어린 나이에 복신 장군에게 몸을 의탁했다. 나당 연합군에게 패망한 백제의 복권을 위해 복신 장군의 군대에 합류한 그는 소년병으로 맹활약했다. 하지만 청년이 되기까지 계속된 전투는 승산 없이 많은 이들의 목숨만을 앗아 갔을 뿐이며, 그마저도 내분으로 인해 갈가리 찢겼다. 그 또한 절벽에 떨어져 목숨이 위태로웠으나 스님 덕분에 겨우 살아남았다. "도성의 모든 청년들이 당나라의 볼모로 잡혀갔거나 신라로 끌려갔다는 소문이 암자에

---

34) 정한숙, 「금어(金魚)」, 『창녀와 복권』(청한문화사, 1988), 230쪽. 이 소설은 총 1~8장으로 구성되어 있다. 이중 임실의 내부 이야기는 3, 4, 5, 6장이며, 아심 스님의 외부 이야기는 1, 2, 7, 8장이다. 「백자 도공 최술」의 외부 액자가 내부 이야기를 여닫는 한정된 역할이라면, 4장으로 똑같이 분배된 「금어」의 경우 외부 이야기는 내부 이야기에 준하는 중요성을 지닌다.

까지"(227쪽) 들리는 암담한 현실 속에서, 「금당벽화」의 담징을 연상시키는 임실의 정신적 방황이 거듭된다. 조국애에 정초한 이러한 그의 내적 고민과 번뇌는 우연히 발견한 크지도 않은 돌에 비친 환각으로 변화의 계기를 맞는다. "적군의 말발굽에 눌려 폐허가 되어 버린 조국의 산하를 굽어보며 땅에 묻혀 버린 동료들과 잠들지 못하는 망령들을 위로"(229쪽)하는 '삼존천불상'의 조각이 그것이었다. 임실의 내부 이야기는 월남과 전란의 상처를 똑같이 안고 있던 외부 이야기의 주인공인 아심 스님에게로 전이되는 존슨의 용어를 빌리자면, '심미적 감염(aesthetic contagion)'을 불러일으킨다.[35]

'심미적 감염'의 정서적 효능은 조지 엘리엇의 말대로 직접적인 교훈이 아니라 '모범'을 통해서 얻어지는 것이다. 그녀가 임실이 조각한 '삼존천불상'의 "황홀한 기운"(216쪽)을 느끼며, 한 번도 배운 적 없는 탱화를 그리는 금어로 재탄생할 수 있었던 것도 이 때문이다. "붓이 뜻대로 움직여지지 않을 때마다 홀연히 공주 박물관을 찾아가 삼존천불상 앞에 합장을 하였다. 부각되어 있는 여래상들은 크든 작든 간에 모두가 살아서 움직이는 것 같이 느껴졌다."(232쪽) 이러한 미적 도취와 황홀경은 "임실의 정교한 기교라기보다도 그의 모든 정혼이 그 속에 깃들여 있기 때문이라고 생각"하는 주관적 합일의 경험을 낳는다. 몇백 년을 뛰어넘는 몰아와 경탄의 '심미적 감염'에 힘입어 그녀는 모범을 통한 예술적 도제와 창조를 동시에 수행한다. "대자대비"한 "개안미소(開眼微笑)"의 "지금까지 있어 온 부처님의 모습이 아니라 새로운 부처님의 얼굴"(131쪽)을 그린 탱화를 완성한 것인데, 이는 작품 서술에서 오롯이 드러나는 "추억 속에 잠들었다 깬 김동성 소위의 넋을 위로"(129쪽)하는 해원(解冤)이기도 할 터이지만 더 중요하게는 자신의 과거 상처를 치유하는 애도와 미적 구제이기도 했다.

이처럼 '예술가 소설'로 말해지는 「금당벽화」, 「백자 도공 최술」, 「금어」

---

35) 로버트 존슨, 이상옥 옮김, 『심미주의』(서울대 출판부, 1979), 1장 참조.

는 전통적 예인을 등장시켜 정한숙의 독특한 작품 세계를 구축하는 데 일조했다. "한 편을 쓰고, 다시 또 한 편을 쓰고 할 때마다 나는 그것들이 서로 아주 달라지기를 바라면서 쓴다. (중략) 이번에는 곰, 다음에는 사람, 그다음에는 귀신, 이런 식으로 달라지고 싶다."[36]는 소설가 정한숙의 바람이 투영된 작품이라고도 볼 수 있을 것이다.

하지만 전통적 예인의 형상이 지닌 조국애와 향토애의 강한 지향성은 『끊어진 다리』가 선보이는 향토 개척과 맞물리는 연속성을 띠고 있었다. 자유의 적들, 그것은 월남과 전쟁의 상흔이 빚어낸 포위의 불안 속에서 '구속과 자유'의 예민한 자의식을 낳으며, '부정의 윤리'가 초래할 혼돈과 무질서보다 질서와 조화의 '긍정의 윤리'를 더욱 강조하는 전후문학으로 귀결되었다. 이런 측면에서 김인환이 정한숙의 작품 세계를 '긍정의 미학'으로 집약한 것은 핵심을 찌르는 바가 있다.[37] 이 '긍정의 윤리'의 심미적 비전이 전통적 예인의 형상을 가로지른다. 과거가 아닌 현대의 전통적 예인 소설이라고 할 「전황당인보기」, 「거문고산조」, 「태항(胎缸)」, 「소설가 석운 선생」 등도 무력하나마 이 비전을 내재하기는 마찬가지이다. 그래서 정한숙의 작품 속 인물들은 실(失)낙원의 세계에서 낙원에의 꿈을 버리지 못하는 그의 1960년 작 「IYEU도」-'이여도'의 영원한 수인(囚人)일지도 모르겠다.[38]

---

36) 정한숙, 「1000자 자서전」, 정한숙 외, 『말이 있는 팬터마임』(대학문화, 1985), 8쪽.

37) 김인환, 「긍정의 미학」, 『거문고 산조』(예성사, 1981).

38) 1960년 12월《자유문학》에 실린 「IYEU도」는 환상의 섬 '이여도'의 모티프를 빌려 와 꿈을 잃은 세대의 고뇌와 비극을 그린 작품이다. 어린 시절 '이여도'를 찾아 모험을 떠난 네 친구는 한국전쟁 발발로 죽거나 불구가 된 비참한 현실을 대면한다. 이 폐허의 현실을 '병든 실낙원'으로 명명하며, 이 소설은 잃어버린 세대(Lost Generation)의 절망을 내재하면서도 친구 상운의 아들인 길남을 통해 '이여도'를 비추는 등불로 삼고자 하는 낙관적 전망을 버리지 않는다. 이 인간 형상은 병든 실낙원과 이상향 사이를 끝없이 배회하고 편력하는 인간의 존재론과 맞닿는다. 실제 정한숙은《자유문학》(1957. 12)에 「수인공화국(囚人共和國)」이라는 수인의 형상을 인간의 사회 정치적 실존과 연관시킨 바 있다.

4 역사소설과 '인간성'의 마지노선 ─ 결론을 대신하며

「백자 도공 최술」에서 최술의 '예술 혁명'이 태조의 역성혁명에 빗대어 정당화되었음은 3장에서 살폈다. 이를 다시 논하는 이유는 정한숙의 작품 중 상당량을 차지하는 역사소설에 대한 환기로 이 글을 끝내고자 함이다. 1969년 작인 이 작품보다 앞선 시기인 1965년 2월 18일부터 1966년 7월 20일까지 그는 《동아일보》에 역사 장편소설 「이성계」를 연재했다. 이는 「백자 도공 최술」의 발화가 단순한 수식언만은 아니었음을 입증한다.

이 연재물은 애초의 의도를 다 살리지 못한 채 총 440회의 1부로 마감되며 예고했던 2부는 끝내 빛을 보지 못했다. 하지만 이를 보충하듯이 김성한의 장편소설 『이성계』가 발간되어 큰 호응을 얻었다. 그는 장편으로선 유일하게 정한숙의 「이성계」가 있었음을 밝히며 그 영향 관계를 짐작게 하는 발언을 남겼다.[39] '이성계'를 최초로 역사 소설화했던 정한숙의 「이성계」는, 역사소설 장르로서나 문학사적 맥락에서나 그 의미가 적지 않다. 그럼에도 이에 관한 연구가 일천한 것은 우리 문학사를 위해서도 아쉬운 대목이 아닐 수 없다.

1959년 4월 14일 《조선일보》 석간에, 그는 「역사소설에 대한 관견(管見)」을 통해 역사소설이 지닌 매력과 의미를 다음과 같이 설파했다. "지난날의 역사 속에 빛나는 문화와 인간을 재현하여 그들의 살고 있던 사회에서 일어난 사건과 그들의 행동(行動)한 행위를 더듬어 보편적인 것과 또한 영원한 인간적인 것을 찾고자 할 때 역사라는 거울 속에 비친 인간상을 통하여 인간의 과오(過誤)와 죄과(罪過)를 발견할 때마다 더 깊은 인간성에 대한 통찰의 의의를 갖게 되는 것이다."[40] 이 주장에서 알 수 있듯이, 그는 역사소설을 반면교사 삼아 인간 삶의 보편적 진실과 '인간성'에 대한 통찰을 일깨우고자 했다. 이를 위해 그는 당시 풍미하던 역사적 사실의 단순한 부연이나 중국 고전의 재탕이 아닌 한국의 사료와 유적을 발굴하

39) 김성한, 「장편 『이성계』의 김성한」, 《경향신문》, 1966. 8. 27.
40) 정한숙, 「역사소설에 대한 관견」, 《조선일보》, 1959. 4. 14.

고 창조력을 발휘하는 작가의 성실성을 주창하기도 했다.[41]

「이성계」를 위시해 「황진이」, 「계월향」, 「논개」, 「처용랑(處容郞)」, 「바다의 왕자」 등 굵직한 역사소설이 주요 일간지의 지면을 타고 발표되었다.[42] 「황진이」와 「계월향」은 식민지 시기 이래로 여러 작가에 의해 시도되었다는 점에서 일정한 계열체를 형성한다. 반면 신라 시대를 배경으로 창작된 「처용랑」과 「바다의 왕자」는 이색적인 소재와 허구적 상상력을 과감하게 가미한 흥미로운 텍스트이다. 「처용랑」의 '처용'을 바다에서 표류하던 중 구조된 '중동인'으로 상정하는 것도 그렇지만, '장보고'를 해상무역의 개척자로 형상화한 「바다의 왕자」 또한 사료가 거의 남아 있지 않은 먼 과거를 대상으로 작가의 상상력을 적극적으로 발휘했다는 공통점을 지닌다.[43]

한정된 지면상 그의 역사소설에 대해서는 추후 논문을 기약하면서, 마지막으로 「암흑의 계절」의 대사 한마디를 덧붙이며 이 글을 갈무리하고자 한다. "전후의 혼란이란 파괴된 지상물로 인하여서가 아니라 끊어지고 찢어지다시피 한 이런 마음의 파괴랄까요."[44] 38선이 휴전선으로 바뀌었을

41) 개인적으로 필자는 정한숙이 야담집을 낸 사실도 일러 두고 싶다. 정한숙의 작품 연보에 이 야담집은 포함되지 않는 경우가 많아서다. 정한숙, 『한국 야담 사화 전집』 18(동국문화사, 1960)의 작품집을 보면, 야담 「하두강」이 「예성강곡」의 액자 소설 속 내부 이야기로 전개됨을 알 수 있다. 그가 액자 소설을 자주 쓴 것도 이러한 야담·사화에 대한 관심사의 발현으로도 볼 수 있을 것이다.

42) 이 중 1956년《대구일보》에 실린 장편 연재소설 「계월향」은 소장처 확인이 되지 않아 실물을 접할 수 없다. 《대구일보》에도 문의했으나 소장하고 있지 않다는 답을 들었다. 미발굴 작품으로 남겨질 가능성이 커서 아쉬움이 남는다.

43) 먼 과거를 시공간으로 할수록 허구의 개입은 증대되는 반면, 가까운 과거일수록 자료의 제약으로 인해 허구의 개입은 줄어든다. 필자는 이를 『우리 역사소설은 이론과 논쟁이 필요하다』(책세상, 2000)에서 논했다. 이 맥락에서 사료가 거의 남아 있지 않은 신라를 배경으로 처용을 중동인으로 설정하는 시도는 허구를 최대한 개입한 모험적인 시도라 할 수 있다.

44) 정한숙, 「암흑의 계절 ⑤」, 《문학예술》, 1957. 7. 107쪽. 1957년 7월분 내용은 단행본인 『암흑의 계절』(현문사, 1960)에서는 전부 삭제됐다. 작가가 어째서 경옥이 미군 장교 킨의 도움으로 수송대에 취직해 같은 한국인 동료와 갈등 끝에 입원까지 하게 되는 이 부분을 뺐는지는 알 수 없다. 이에 대한 전후 사정을 이해할 단서를 현재 작가의 발언에서

뿐 어느 쪽도 승리하지 못한 채 끝이 난 한국전쟁의 폐허 속에서, 전후 세대가 공통적으로 대면했을 "인정, 의리"의 붕괴는 '인간성'에 대한 모순적인 태도를 낳을 수밖에 없었다. 정한숙은 이를 "어떤 예술이든 인간성을 초월할 수는 없다"[45]고 하는 휴머니즘으로 "마음자리의 본바탕을 지"[46]켜 내고자 했다. 이것이 '삼등 인간'이라는 전후문학의 부정성을 공유하되 조국애와 향토애에 긴박된 긍정적 모럴의 인간상을 끝까지 놓지 못하게 했던 이유이기도 했을 것이다. 이 인간성의 한계는 한계대로 비판적으로 성찰되어야 한다. 그러기 위해서라도 정한숙 소설에 대한 더 진전된 논의가 필요한 시점이다.

는 찾을 수 없기 때문이다. 참고로 이 판본의 차이를 지적한 선행 연구는 없었다.

45) 정한숙, 「나의 문학 수업 — 내성문학상을 받기까지」, 《현대》, 1958. 4, 215쪽.

46) 정한숙, 「나와 함께 살아가는 명작」, 『꿈으로 오는 고향 내음』(해문, 1988), 104쪽.

참고 문헌

기본 자료

김성한, 「장편 『이성계』의 김성한」, 《경향신문》, 1966. 8. 27

정한숙, 「암흑의 계절 ⑤」, 《문학예술》, 1957. 7

_____, 「한국적 격조의 내용을」, 《동아일보》, 1958. 1. 10

_____, 「나의 문학 수업 ― 내성(來成)문학상을 받기까지」, 《현대》, 1958. 4

_____, 「다작(多作)과 과작(寡作) ― 작가의 자리에서」, 《동아일보》, 1958. 8. 24

_____, 「역사소설에 대한 관견(管見)」, 《조선일보》, 1959. 4. 14

_____, 「하루 평균 서른 장」, 《동아일보》, 1959. 11. 3

_____, 『한국 야담 사화 전집』 18, 동국문화사, 1960

_____, 『암흑의 계절』, 현문사, 1960

_____, 『끊어진 다리』, 을유문화사, 1962

_____, 『소설 기술론』, 고려대 출판부, 1973

_____, 『한국문학의 주변』, 고려대 출판부, 1975

_____, 『현대 한국소설론』, 고려대 출판부, 1977

_____, 『거문고산조』, 예성사, 1981

_____, 「원로 문인의 건필(健筆)」, 《한국경제신문》, 1985. 4. 4

_____, 『말이 있는 팬터마임』, 대학문화, 1985

_____, 『창녀와 복권』, 청한문화사, 1988

_____, 『꿈으로 오는 고향내음』, 해문출판사, 1988

_____, 『금당벽화』, 고려대 출판부, 1998

최동호 대담, 「나의 문학, 나의 소설 작법」, 정한숙, 『고가』, 둥지, 1991

논문 및 단행본

공임순,『우리 역사소설은 이론과 논쟁이 필요하다』, 책세상, 2000

_____,「빨치산과 월남인 사이, '이승만'의 재현/대표성의 결여와 초과의 기
　　표들」,《상허학보》27, 상허학회, 2009

권영민,「전후의 현실과 문학의 분열」,《한국문학》, 1985. 6

김윤식,『1950년대 문학 연구』, 예하, 1987

김재두,「정한숙 소설 연구」, 건국대 박사 논문, 2001

문덕수,『현대 한국문학 전집』5, 신구문화사, 1965

문혜윤 편,『정한숙 — 인간과 역사를 보는 백 개의 눈』, 글누림, 2011

백철,「영미의 젊은 세대 문학」,《사상계》, 1960. 1

백철·이어령 편,『한국 전후 문제 작품집』, 신구문화사, 1960

송하춘 편,『1950년대의 소설가들』, 나남, 1994

우찬제 편,『여린 잠, 깊은 꿈』, 태성, 1990

유종호,「인간 모멸의 백서」,《현대문학》, 1955. 4

이선영,「아웃사이더의 반항」,《현대문학》, 1966. 12

이승만,『일민주의 개설』, 일민주의보급회, 1949

이주형,『한국 현대 작가 연구』, 민음사, 1989

정선태,『근대의 어둠을 응시하는 고양이의 시선』, 소명출판, 2006

정영아,「정한숙 소설 연구」, 고려대 석사 논문, 1998

조연현,「병자의 노래」,《현대문학》, 1955. 4

최강민,「정한숙의 새마을운동과 유신체제의 홍보」,《어문론집》, 77, 중앙어문
　　학회, 2019

최동호,『삶의 깊이와 시적 상상』, 민음사, 1995

최성윤,「정한숙 장편『끊어진 다리』에 나타난 성인 화자와 회고담의 특질」,
　　《현대문학이론연구》50, 현대문학학회, 2012

가라타니 고진(柄谷行人), 권기돈 옮김,『탐구 2』, 새물결, 1998

죄르지 루카치, 김경식 옮김,『소설의 이론』, 문예, 2007

디페시 차크라바르티, 김택현·안준범 옮김, 『유럽을 지방화하기』, 그린비, 2014

로버트 존슨, 이상옥 옮김, 『심미주의』, 서울대 출판부, 1979

르네 웰렉·오스틴 워런, 이경수 옮김, 『문학의 이론』, 2002

야나기타 쿠니오, 『柳田國男集 4 ― 山の人生』, 筑摩書房, 1989

S. 리몬 케넌, 최상규 옮김, 『소설의 시학』, 문학과지성사, 1985

제5주제에 관한 토론문

장세진 | 한림대 교수

공임순 선생님의 발표문은 "'전후 신세대 작가'로 자리매김했던 정한숙의 위상에 걸맞게 그의 작품 세계를 조명할 새로운 문제 틀의 모색"을 제안하고 있습니다. 정한숙에 대한 기존 연구가 양적으로나 질적으로나 의미 있는 성과를 산출하지 못하는 현재 상황으로부터 연유한, 타당한 문제 제기라고 생각합니다. 이 글은 정한숙의 작품 세계를 규명할 입각점으로 '삼등 인간'에 주목한 후 이를 바탕으로 '전후 신세대 작가'와의 공통성 및 차별성을 되짚고 있습니다. 기본적으로, 선생님의 문제의식에 공감합니다만 이 글을 읽으면서 들었던 몇 가지 궁금증이 있어 여쭤어 봅니다.

1 '삼등 인간'과 '잉여 인간', 그리고 '이등 국민'

이 발표문은 정한숙의 소설 「만나가 나리는 땅」의 주인공이 자신과 같이 주변머리 없는 이들을 지칭할 때 사용한 표현인 '삼등 인간'을 부각시키며 이들을 정한숙 소설의 어떤 원형질로 보고 있습니다. 실제로, '삼등 인간'은 정한숙 소설에 형상화된 "인간 이하의 삶을 영위하는 자들"과 연관되어 있으며 그 인물 형상은 여러 면에서 손창섭의 '잉여 인간'을 연상하게 만듭니다. 동시에 정한숙 소설 속 '삼등 인간' 형상은 이 논문에서도 지적한 것처럼 '월남인', 그리고 일제강점기의 '이등 국민'처럼 격변의 역사에 내몰린 사람들의 모습과도 긴밀하게 연결되어 있습니다.

이 글의 논지에 따르자면, 정한숙 소설 속 '삼등 인간'과 손창섭 소설 속 '잉여 인간'에는 전후 현실을 병리적 인간상으로 묘파하고자 했던 그 세대 특유의 감각이 나타나 있습니다. 이러한 논의 방식은 충분히 흥미롭고 설득력이 있습니다만, 양자의 차이점에 대해서도 조금 더 생각해 볼 필요가 있지 않을까 합니다. 발표문에서도 분석되고 있듯이 「만나가 나리는 땅」의 주인공 봉식은 스스로를 '삼등 인간' 무리의 일부라고 생각하지만, 그들에게서 벗어날 한 발짝을 내디디려 한다는 점에서 '삼등 인간'과는 완전히 겹쳐지지 않고 오히려 불안정한 경계선을 만들어 냅니다. 그 경계선은 어떻게 보면 손창섭 소설 속 '잉여 인간'과 정한숙 소설 속 '삼등 인간'의 차이가 발생하는 지점일 수도 있습니다. 흥미로운 것은 그러한 경계와 차이를 발생시키는 과정에 끊임없이 과거의 기억이 개입하고 있으며 그 기억이 역사와 맞물려 있다는 점입니다. 예컨대, 『끊어진 다리』에서 상이군인인 '나'의 현재 시점에 일제강점기 말 전시 동원에 대한 기억이 개입하고 있다면, 「만나가 나리는 땅」에서는 한국전쟁 시기 방위군으로 동원되었던 이들의 경험이 서술되고 있습니다.

전체적으로 보자면, 이 발표문은 '황무지의 개간'과 같은 결말 부분의 낙관적 전망, 그리고 이로부터 부각된 긍정적 인간형에 초점을 맞추어 『끊어진 다리』와 여타 전후소설의 차이점을 논하고 있는데요. 그러나 '황무지 개간'과 같은 낙관적 전망을 가능하게 만든 원동력, 혹은 긍정적 인간형을 형성하게 만든 계기 자체가 일제강점기 말이나 한국전쟁 시기 전시 동원과 같은 경험과 긴밀하게 매개되어 있지는 않은지, 그리고 그 매개의 지점이 '삼등 인간'과 '잉여 인간'의 차이점을 드러내고 있는 것은 혹시 아닌지 고민해 볼 필요가 있을 것 같습니다.

2 '긍정적 인간상'이라는 문제 지점

앞에서 말한 것처럼 이 발표문은 『끊어진 다리』의 주인공 '연'을, "소여 (所與)의 조건에 맞서 투쟁하는 인간 행위의 숭고함을 시연하는 대단히 드문 긍정적 인간상의 도래"로 해석하고 있습니다. '연'이 "이미 상실한 고향을 대신하여 아무런 연고도 없는 해발 300미터의 척박한 고지대에서 새로운 삶을 일구는" 인물이라는 점에서, 이러한 해석에 공감하지만 한편으로는 '긍정적 인간상'이라는 틀 자체에 다소의 의문점이 생겨나는 것도 사실입니다.

예컨대 이 발표문은 각주 20번에서 "1976년 전작 발표된 『조용한 아침』은 『끊어진 다리』의 낙관적 비전이 농촌 계몽의 새마을운동으로 귀결되는 도정을 보여 준다."라고 했는데 이때 낙관적 비전은 단순히 '농촌 계몽'으로 환원될 수 없는 시대적 특수성을 내포하고 있는 것은 아닌지요. 그 낙관적 비전이 어떤 지점에서 1970년대의 지배 이데올로기와 조응하고 있지는 않은지, 혹은 차이를 드러내고 있다면 그것은 어떤 방식인지 좀 더 섬세하게 검토될 필요가 있어 보입니다.

물론 이 발표문은 정한숙 소설에 나타난 긍정적 인간상을, 특정한 목적의식을 내포한 가치 체계가 아니라 "절망적 현실에 주저앉기보다 극복해 나가려는 인간 의지의 낙관"과 연결시키고 있습니다. 그럼에도 발표문에서 차크라바르티를 빌려 말하고 있듯이 "전후 냉전의 '자유' 관념을 매개한 바람직한 인간상"이 "국가주의와 민중주의의 착종"을 보여 주고 있다면, 정한숙 소설의 인간상 또한 예외는 아니겠지요. 정한숙 소설의 바람직한 인간상에도 "국가주의와 민중주의의 착종"이 나타나 있지는 않은지, 그렇다면 그 착종의 구체적 양상은 어떻게 드러나고 있는지 궁금합니다.

3 예술가 소설과 역사소설의 연결 지점

이 발표문에서 또한 흥미로운 부분은 '예술가 소설'로 분류되는 「금당벽화」, 「백자 도공 최술」, 「금어」 등을 선행 연구와는 달리 전후문학과 연속성의 관점에서 다시 읽고 있는 부분입니다. "전통적 예인의 형상이 지닌 조국애와 향토애의 강한 지향성은 『끊어진 다리』가 선보이는 향토 개척과 맞물리는 연속성"을 띠고 있는 것으로 보입니다. "'긍정의 윤리'의 심미적 비전이 전통적 예인의 형상을 가로지른다"고 분석한 부분은 분명 설득력이 있습니다.

　「금당벽화」, 「백자 도공 최술」, 「금어」와 같은 작품들은 예술가 소설이지만, "과거의 공식적 기록에는 없던 한 개인의 고뇌와 정조를 역사적 상상력으로 견인"한다는 특징 또한 지닙니다. 그런 점에서 이들 예술가 소설은 말씀하신 바대로, 정한숙이 연재한 여러 역사소설들과 연결될 수 있을 것 같습니다. 이 발표문은 "「백자 도공 최술」에서 최술의 '예술 혁명'이 태조의 역성 혁명에 빗대어 정당화되었음"을 언급하며 정한숙이 『이성계』라는 역사소설을 연재했다는 점을 강조합니다. 그러나 이 발표문에서는 양자 사이의 연관성에 대하여 본격적으로 분석하고 있지는 않은데요. 다양한 예술가를 등장시켰던 정한숙 소설의 문제의식이 역사소설에 나타난 특징들과 어떻게 연결되고 있는지에 대해 발표자의 보충 설명을 듣고 싶습니다.

정한숙 생애 연보

1922년	11월 3일, 평북 영변군 영변면 동부리 533번지에서 정이석과 박병렬 사이에 차남으로 태어남.
1929(8세)	기독교로 개종한 모친의 영향으로 기독교 계통의 유치원을 다니다가 영변 공립보통학교 입학.
1937(16세)	중학교 입학시험에 떨어져 공립보통학교를 8년 만에 졸업.
1943(22세)	영변 공립 농업학교 졸업. 여러 직업을 전전하다 평북 곡물 검사소에서 소장 대리로 일함.
1946(25세)	징용을 피해 만포와 경계에 머물다가 해방 후 단신 월남함. 고려대학교 국어국문학과 편입.
1947(26세)	전광용, 정한모, 전영경, 남상규 등과 '주막' 동인 결성. 잡지 《시탑(詩塔)》 동인으로 활동.
1948(27세)	소설 「흉가(凶家)」가 《예술조선》(1948. 5) 신인상 가작으로 당선되면서 문단에 데뷔.
1950(29세)	고려대학교 국어국문학과 제1회 졸업생으로 대학 마침. 대동상업학교에서 국어 교사로 재직 중 한국전쟁 발발로 적 치하에서 90일을 숨어 다님.
1952(31세)	부산으로 피난. 중앙대학교 부산 본교에서 '소설창작론' 강의. 한 학기 만에 그만두고 휘문고등학교로 이직. 황순원, 김동리, 박연희, 박목월 등과 교유하며 《주간국제》(1952. 11)에 「광녀(狂女)」 등 작품 활동 재개.
1954(33세)	고려대학교 문리대 강사로 재직. 《조선일보》'현상 단편' 선외

(選外) 가작으로 당선. 《신천지》의 '신예(新銳) 소설 특집'에 장용학, 김성한 등과 나란히 「준령」 게재.

1955(34세) 《한국일보》 '신춘현상문예'에 소설 「전황당인보기(田黃堂印譜記)」와 희곡 「혼항(昏巷)」이 가작으로 동시 입선. 이를 기점으로 '주막' 동인은 친목 도모의 성격을 탈피해 매달 집을 돌면서 작품에 대한 상호 비평과 조언의 합평회를 가짐. 이 합평회는 1970년대 중반까지 20여 년 동안 지속되며 이들의 작품 수준을 높이는 데 일조함. 그의 대표작인 「금당벽화」가 《사상계》(1955. 7)에 그리고 《한국일보》(1955. 1. 19∼9. 25)에 연재한 『황진이』(정음사)를 단행본으로 간행.

1957(36세) 고려대학교 문리대 조교수. 장편소설 『애정지대』(정음사) 출간.

1958(37세) 《문학예술》(1957. 3∼1975. 8)에 연재한 「암흑의 계절」로 제1회 내성문학상 수상. 단편집 『묘안묘심』(정음사) 간행. 역사소설 「처용랑」을 《경향신문》(1958. 4. 15∼1959. 4. 30)에 연재. 《사상계》의 '단편 10인집'에 「낙산방춘사(駱山房椿事)」 게재.

1959(38세) 『시몬의 회상』(신지성사), 『내 사랑의 편력』(현문사) 발행.

1960(39세) 「고가(古家)」가 백철·이어령이 편한 『한국 전후 문제 작품집』에 실리면서 서기원, 손창섭, 선우휘, 장용학 등과 나란히 '전후 신세대 작가'로 자리매김함. 백철·여석기가 편한 『일본 전후 문제 작품집』에 엔도 슈사쿠(遠藤周作) 작 「백색인(白色人)」의 번역자로 참여함. 여기에는 이시하라 신타로(石原慎太郎)의 「태양의 계절」 등이 실려 당대 젊은 층의 큰 사랑을 받음. 역사소설 「바다의 왕자」를 《경향신문》(1960. 4. 29∼1961. 6. 13)에 연재. 『암흑의 계절』(현문사), 『한국 야담사화 전집 18』(동국문화사) 출간.

1961(40세) 고려대학교 문리대 부교수.

1962(41세) 전작 장편소설 『끊어진 다리』(을유문화사) 간행.

1964(43세)	고려대학교 문리대 교수.
1965(44세)	역사소설「이성계」를《동아일보》(1965. 2. 18~1966. 7. 20)에 연재.
1969(48세)	고려대학교 교양학부장.
1973(52세)	평론「반성과 해명 — 나도향론」을 《문학사상》(1973. 6)에 발표. 연구서인『소설기술론』(고려대 출판부)과『소설문장론』(고려대 출판부) 간행.
1975(54세)	전국소설가협회 부회장. 연구서『한국문학의 주변』(고려대 출판부) 간행.
1976(55세)	고려대학교 사범대학장. 전작 장편소설『조용한 아침』(청림사) 출간. 연구서『현대 한국 작가론』(고려대 출판부) 간행.
1977(56세)	『조용한 아침』이 한국문화예술진흥원의 제1회 '흙의 문학상' 문공부장관 수상작으로 선정. 연구서『현대 한국 소설론』(고려대 출판부) 간행.
1980(59세)	연구서『해방 문단사』(고려대 출판부) 간행.
1981(60세)	단편집『거문고산조』(예성사) 간행.
1982(61세)	연구서『현대 한국 문학사』(고려대 출판부) 간행.
1983(62세)	고려대학교 명예 문학박사. 대한민국 예술원 정회원. 제15회 대한민국 문화예술상 수상. 단편집『안개 거리』(정음사) 발간.
1985(64세)	공동 창작집『말이 있는 팬터마임』(대학문화) 간행.
1986(65세)	대한민국 예술원상 수상.
1987(66세)	고려대학교 학술상 수상. 단편집『대학로 축제』(문학사상사) 발간.
1988(67세)	고려대학교 문과대학 교수로 정년 퇴임. 3·1문화재단의 제29회 3·1문화상 수상자로 선정. 국민훈장 모란장 수상. 대한민국 예술원 부회장, 국제펜클럽 한국본부 이사. 한국소설가협회 대표위원. 단편집『창녀와 복권』(청한), 수필집『꿈으로 오는 고향

내음』(해문출판사) 발간.

1989(68세)   단편집『유혹』(거목 출판사), 시집『잠든 숲속 걸으면』(문학사
              상사) 출간.

1991(70세)   대한민국 예술원 회장. 한국문화예술진흥원장. 고희 기념 시
              집『강강수월래』(둥지) 간행.

1992(71세)   수필집『공자는 남자인가 여자인가』(혜진서관) 출간.

1994(73세)   연구서『현대소설작법』(장락) 발간.

1997(76세)   9월 17일, 숙환으로 별세. 문예진흥원 마당에서 문인장으로
              장례식 치름. 남서울공원묘지에 안장.

정한숙 작품 연보

발표일	분류	제목	발표지
1948. 5	단편	흉가	예술조선
1952. 11	단편	광녀	주간국제
1952. 12	단편	ADAM의 행로	신생공론 (확인 불가, 소장처 미상)
1953. 11	단편	명일(明日)의 번민	문화세계
1954. 2. 8	중편	배신	조선일보 (확인 불가, 신문에 실리지 않음)
1954. 9	단편	준령	신천지
1955. 1. 9, 16	단편	전황당인보기(田黃當印譜記)	한국일보
1955. 3. 11 ~9. 19	장편	애정 지대	평화신문
1955. 4	단편	닭	사상계
1955. 7	단편	금당벽화	사상계
1955. 8	단편	묘안묘심(猫眼猫心)	문학예술
1955. 1. 19 ~9. 25	장편	황진이	한국일보

발표일	분류	제목	발표지
1955. 9	단편	허허허(噓噓噓)	현대문학
1955. 10	작품집	황진이	정음사
1956. 1	단편	충신과 역신	신태양
1956. 2	단편	바위	문학예술
1956. 2	단편	눈나리는 날	현대문학
1956. 4	단편	집착	문학예술
1956. 4. 1 ~11. 27	장편	여인의 생태	조선일보
1956. 6	단편	공포	자유문학
1956. 7	단편	고가(古家)	문학예술
1956. 7	단편	눈매	신태양
1956. 9	단편	예성강곡(禮成江曲)	현대문학
1956	장편	계월향	대구일보 (확인 불가, 소장처 미상)
1957. 3~8	장편	암흑의 계절	문학예술
1957. 3	단편	해랑사(海娘祠)의 경사	사상계
1957. 3. 1 ~7. 27	장편	절영도(絶影島)	부산일보
1957. 6	단편	청상 시대(青孀時代)	자유문학
1957. 6. 17 ~1958. 1. 9	장편	고원(古苑)의 비련	평화신문
1957. 10	단편	화전민	신태양
1957. 11	단편	그늘진 계곡	문학예술
1957. 11	장편	애원(愛怨)의 언덕	현대

발표일	분류	제목	발표지
~1958. 4			
1957. 12	단편	수인공화국(囚人共和國)	자유문학
1957. 12	작품집	애정지대	정음사
1958. 4. 15	장편	처용랑	경향신문
~1959. 4. 30			
1958. 6~11	장편	시몬의 회상	신문예
1958. 7	단편	낙산방춘사(駱山房椿事)	사상계
1958. 10	단편	미아리 근처	신태양
1958. 12	단편	탈	사조
1959. 1	단편	풍화(風化)하는 바위	신태양
1959. 6	단편	꼬추잠자리	사상계
1959. 5	작품집	시몬의 회상	신지성사
1959. 6	단편	나루	문예
1959. 11	단편	석비(石碑)	현대문학
1959. 11	작품집	내 사랑의 편력	현문사
1959. 12. 24	단편	그날	평화신문
~12. 31			
1960. 1	작품집	암흑의 계절	현문사
1960. 4	단편	굴레	세계
1960. 4. 29	장편	바다의 왕자	경향신문
~1961. 6. 13			
1960. 4	작품집	한국 야담 사화 전집 18	동국문화사
1960. 5	단편	신과 인간의 상처	문예
1960. 6	단편	목우(木偶)	현대문학
1960. 12	단편	두메	사상계

발표일	분류	제목	발표지
1960. 12	단편	IYEU도	자유문학
1961. 12	단편	모발	현대문학
1962. 6. 20 ~9. 28	장편	여항야화	서울신문
1962. 8	단편	검은 렛텔	현대문학
1962. 10	작품집	끊어진 다리	을유문화사
1963. 1. 1 ~7. 27	장편	우린 서로 닮았다	동아일보
1963. 2	단편	어느 동네에서 울린 총소리	현대문학
1963. 3 ~1964. 3	중편	굇자 창식(昌植)이	신세계
1963. 5	단편	닭장 관리	현대문학
1963. 9	단편	쌍화점	현대문학
1964. 1	단편	삐에로	세대
1964. 2	단편	산정(山情)	신사조
1964. 5	단편	해녀	문학춘추
1964. 5	단편	만나가 나리는 땅	현대문학
1964. 10	단편	돌쇠	문학춘추
1964. 11	단편	웅녀의 후예	현대문학
1965. 2. 18 ~1966. 7. 20	장편	이성계	동아일보
1965. 12	단편	청개구리와 게와의 대화	신동아
1966. 4	단편	누항곡(陋巷曲)	현대문학
1966. 6	단편	히모도 손징(一本村人) 화백	문학
1966. 10	작품집	우린 서로 닮았다	동민문화사

발표일	분류	제목	발표지
1967. 2	단편	좌돈(挫頓)	신동아
1967. 11	단편	설화	현대문학
1968. 8	단편	잃어버린 기억	신동아
1968. 10	단편	유순이	현대문학
1969. 3	단편	왕거미	월간문학
1969. 7	단편	옹달샘이 흐르는 마을	월간중앙
1969. 7	단편	선글라스의 목욕탕 주인	현대문학
1969. 12	단편	백자 도공 최술	현대문학
1970. 10	단편	거문고 산조	현대문학
1971. 4	단편	밀렵기	현대문학
1971. 10	단편	새벽 소묘	현대문학
1971. 11	단편	금어(金魚)	지성
1971. 12	단편	설화와 전설의 섬	월간중앙
1972. 2. 1 ~1973. 8. 14	장편	논개	한국일보
1973. 11	단편	어떤 부자(父子)	현대문학
1974. 5	단편	산동반점(山東飯店)	문학사상
1974. 6	단편	울릉도 근처	현대문학
1974. 7	단편	맥주홀 OB키	현대문학
1974. 9	단편	육교 근처	한국문학
1974. 12	단편	어두일미	신동아
1975. 1	단편	해후	현대문학
1975. 3	단편	황혼	월간문학
1975. 6	단편	관계	문학사상
1976. 1	단편	한계령	월간문학

발표일	분류	제목	발표지
1976. 3	작품집	조용한 아침	창립사
1976. 12	단편	어느 소년의 추억	현대문학
1977. 1	단편	제천댁	문학사상
1977. 12	단편	산골 아이들	한국문학
1977. 12	단편	흰콩, 검은콩	현대문학
1978. 1	단편	입석기	소설문예
1978. 6	단편	양박사(楊博士)	현대문학
1978. 8	단편	불로장생	한국문학
1978. 9	단편	청개구리	새마음
1979. 2	단편	설산행(雪山行)	한국문학
1979. 7	단편	거리	현대문학
1979. 12	단편	원(願)	한국문학
1980. 2	단편	바잘 김	문학사상
1980. 4	단편	말미	현대문학
1980. 6	단편	수탉	소설문학
1980. 6	단편	소화원(蘇化員)	한국문학
1981. 2	단편집	거문고산조	예성사
1981. 5	단편	태항(胎缸)	문학사상
1981. 7	단편	한밤의 환상	현대문학
1982. 1	단편	눈 뜨는 계절	현대문학
1982. 2	단편	성북구 성북동	한국문학
1982. 5	단편	첫사랑	소설문학
1982. 6	단편	평창군수	문학사상
1983. 2	단편	안개 거리	문학사상
1983. 3	단편	소설가 석운 선생	월간문학

발표일	분류	제목	발표지
1983. 5	단편	송아지	현대문학
1983. 6	단편	새끼 고무나무	문학사상
1983. 10	단편집	안개 거리	정음사
1983. 10	단편	우레〔雨雷〕	소설문학
1983. 11	단편	가오리연	현대문학
1983. 12	단편	늙는다는 것	소설문학
1984. 2	단편	산에 올라 구름 타고	월간문학
1984. 5	단편	E.T	현대문학
1984. 6	단편	어떤 임종	소설문학
1984. 8	단편	횡관공로(橫貫公路) 횡단기	한국문학
1984. 9	단편	뻬이토우	예술계
1985. 1	단편	차임벨	문학사상
1985. 1	단편	꽃피는 동백섬	월간문학
1985. 4	단편	편지	현대문학
1985. 5	공동 창작집	말이 있는 팬터마임	대학문화
1985. 6	단편	홍부의 기질	소설문학
1985. 11	단편	증곡대사	동서문학
1986. 1	단편	사마귀	현대문학
1986. 1	단편	들장미 뿌리	문학사상
1986. 3	단편	때밀이	월간문학
1986. 5	중편	그리고 30년	현대문학
1986. 6	단편	대학로 축제	한국문학
1986. 10	단편	머리카락	소설문학
1986. 12	단편	창녀와 복권	동서문학
1987. 1	단편	인과(因果)	월간문학

발표일	분류	제목	발표지
1987. 2	단편	전화	문학정신
1987. 3	단편	석등기(石燈記)	한국문학
1987. 4	단편	산비둘기 우는 새벽	문학사상
1987. 9	단편	냉면	현대문학
1987. 12	단편집	대학로 축제	문학사상사
1988. 1	중편	이타원(異他院)에서	동서문학
1988. 1	단편	출발이 다른 사람들	현대문학
1988. 1	단편	숫고양이	문학정신
1988. 1	단편	쓰레기터	소설문학
1988. 3	단편	유혹	월간문학
1988. 4	단편	습작기	문학사상
1988. 4	단편	지팡이	시대문학
1988. 6	단편	권투 시합	한국문학
1988. 10	단편	회심곡(回心曲)	현대문학
1988. 6	시집	나무와 그늘 사이에서	열음사
1989	수필집	꿈으로 오는 고향 내음	해문출판사
1989. 2	단편	북한산 진경	문학사상
1989. 5	단편	속옷	월간문학
1989. 5	단편	멍든 허벅지	한국문학
1989. 6	단편	자화상	문학정신
1989. 6	단편	불	현대문학
1989. 8	단편집	유혹	거목출판사
1989. 9	단편	무애(無碍) 탈	동서문학
1989. 9	시집	잠든 숲속 걸으면	문학사상사
1989. 10	단편	귀울림	한국문학

발표일	분류	제목	발표지
1990. 2	단편	비만증	문학사상
1990. 4	단편	보리피리 닐니리	동서문학
1991. 1	단편	시어머니와 며느리	문학사상
1991. 3	단편	마지막 불꽃	동서문학
1991. 10	시집	강강수월래	둥지
1992. 6	수필집	공자는 남자인가 여자인가	혜진서관
1992. 8	단편	칠보 브로치	현대문학

작성자 공임순 서강대 교수

소민주의(小民主義)의 에토스

선우휘의 소설에 나타난 서북인(西北人)의 문화심리 구조

이명원 | 경희대 교수

1 머리말

소설가 선우휘(1922-1986)의 출세작인 「불꽃」(1957)은 일제강점기 말로부터 해방, 그리고 한국전쟁까지의 역사적 기억을 담고 있다. 또한 그의 자전적 작품으로 평가되면서 이전까지 발표한 소설들을 종합한 것으로 보이는 말년의 전작(全作) 소설 『노다지』(1986) 역시 유사한 시대적 배경을 근거로 작품을 전개시키고 있다. 이 작품들에서 핵심적으로 나타나는 시대 상황은 해방 직후 월남한 선우휘가 경험한 인식의 혼란과 동족 간에 전개된 '한국전쟁'이 던진 충격이다. 특히 「불꽃」이 그것을 압축적으로 잘 표현하고 있는 소설이다.

그는 현역군인의 신분으로 30대 중반이라는 비교적 늦은 나이에 문단에 등장했다. 그가 소설의 중심 배경으로 삼은 것이 한국전쟁 전후의 풍경이기 때문에, 그의 문학은 이른바 '전후문학'의 범주에 속하게 된다. 세

대적으로 규정한다면 선우휘는 이른바 일제강점기 말 학병 세대에 속하지만, 식민지적 모순과 갈등이 '전경화'되고 그것의 의미가 비판적으로 검토되지는 않는다는 점은 특징적이다. 아마도 이것은 선우휘 자신이 학병으로 동원되지 않은 상태에서, 그것도 식민지 체제의 하부에서 협력한 교사로 해방을 맞았던 개인적 체험과도 관련되는 문제일 것이다.

물론 선우휘의 소설에도 가령 일제강점기 말 춘원 이광수의 친일 문제를 조명하고 있는 「묵시」(1971)와 같은 작품이 있기는 하다. 이 작품에서는 춘원의 일제강점기 말 대일 협력의 문제를 어떻게 평가해야 하는가 하는 등장인물 간 문답이 진행된다. 「외면」(1976)에서는 태평양전쟁의 종전 직후 B·C급 전범으로 처벌받았던 조선인 포로 감시원 하야시(임재수)의 재판 이야기도 모티프가 되고 있기는 하다. 또한 작가 생애의 말년에 쓰인 전작 소설인 『노다지』 제1부의 표제는 「굴레」로 되어 있는데, 러·일전쟁기로부터 해방 직전까지의 평안도 정주의 상황이 주동 인물인 김도흡의 연대기적 시간을 따라 서술되고 있기는 하다. 그러나 이 소설에서도 역시 일제의 식민주의와 독립을 위한 저항의 문제와 같은 '민족주의적 쟁점'은 중심적인 주제가 아니다. 반대로 이 소설은 식민지 수도인 경성으로부터 멀리 떨어진 '변방성'이 강조된다. 그러다 보니 평안도 정주 남산골이라는 작은 부락 안에서의 소민(小民)적 일상, 즉 격변하는 시대 속에서의 생활의 처세를 중심으로 소설이 서술된다. 요컨대 주동 인물인 김도흡이 혼란스러운 역사의 폭풍과 무관하게 어떻게 남산골의 자수성가한 생활과 가족 질서를 수호해 왔는가가 서술의 주된 초점인 것이다.

선우휘 소설의 반복 모티프(leitmotif)는 해방 직후 38선을 넘어 월남한 이후 조우하게 된 남한 사회의 정치적 혼란과 한국전쟁이 전개되는 과정에서 경험하게 되는 동족 간 전쟁이 초래하는 '인간적' '상황적' 모순으로 정리될 수 있다. 남한 사회의 정치적 혼란은 「테러리스트」(1957)에서처럼 '테러리즘'으로 흔히 나타나고, 한국전쟁을 통해서는 「단독강화」(1959)가 상징하듯 동족 간 살상의 부조리성이 거듭 반추된다.

선우휘의 문학을 연구한 주요 논의들을 일별해 보면, 대체로 '반공 국가주의'나 '반공 이데올로그'로서의 선우휘의 면모가 초점이 되어 왔다.[1] 대체로 이러한 평가는 월남한 서북 출신의 소설가이면서 장기간에 걸쳐 보수지인《조선일보》에서 활동했던 언론인으로서의 그의 칼럼, 논설 등과 관련되어 있는 것으로 보인다. 해방 직후 월남하여 한국전쟁을 현역 군인으로 체험하고, 박정희와 전두환의 군사 쿠데타 및 독재 체제를 거치면서 '반공주의' 이데올로기가 점차 강화되어 온 것으로 유추할 수 있다.

그러나 막상 선우휘의 소설을 읽어 가면서 필자가 생각하게 된 것은 좀 다른 측면이었다. 정치적 세계관이라고 보기에는 그의 반공주의는 체계적 이념형으로 구축되지 못했고,[2] 더구나 소설에서는 남과 북의 체제에 대한 날카로운 대결 의식보다는 그것이 남한의 자유주의건 북한의 사회주의건 간에, 해방 이후 외부로부터 주입된 이념에 의해 인간적 삶의 장구한 토착적 습속과 문화가 파괴되었다는 식의 관점이 반복적으로 나타나고 있는 것으로 보였다. 흔히 이러한 양상을 우리는 모호하게 '인간주의'[3]나 '휴머니즘'[4]으로 지칭할 수도 있지만, 본고에서는 그것을 '소민주의(小民主義)'로 명명하고자 한다. 이런 명명의 연장선상에서 필자는 선우휘 소설을 토대로부터 지탱하고 있는 서사적 아비투스를 '서북 소민주의적 에토스'라는 관점에서 검토해 보고자 한다.

1)   김건우, 「반공 국가주의와 지역주의 사이에서」, 『대한민국의 설계자들 ― 학병 세대와 한국 우익의 기원』(느티나무책방, 2017); 한수영, 「선우휘 연구 ② ― 반공 이데올로그의 사상과 문학」, 《역사비평》 59, (2002).

2)   김진기는 「테러리스트」, 「불꽃」, 「승패」, 『노다지』에 나타난 선우휘의 반공주의가 이념과 이데올로기와 관련된 '논리성의 부재'를 보여 준다고 평가한다. 즉 선우휘 소설의 등장인물들은 "이데올로기를 계급과 계급의 갈등으로 이해하지 않고 개인적 가족 단위적 친소"로 파악하는 '이데올로기의 개인적 친소화'만을 보여 주고 있다는 것이다. 김진기, 『개인주의와 휴머니즘』(보고사, 1999), 72~73쪽.

3)   이재선, 「인간주의의 불꽃」, 『선우휘 문학 선집 4 추억의 피날레 외』(조선일보사, 1987).

4)   이태동, 「이데올로기와 휴머니즘 사이」, 『선우휘 문학 선집 1 불꽃 외』(조선일보사, 1987).

2 '서북 소민주의'의 특이성

선우휘의 작품도 그러하지만, 그를 회고하거나 논의하는 글을 보면 많은 경우 그의 인간적 체취를 거론하는 경우를 발견한다. 조선일보사에서 발간한 『선우휘 문학 선집(1~5)』(1987)에는 소설가 김성한의 「인간 선우휘」라는 글이 편집자 서문 격으로 게재되어 있는데, 선우휘에 대한 가장 전형적인 인상기가 아닌가 생각된다.

> 선우휘는 분명히 우리 시대의 호남아였다. 시원스런 외모에 거칠 것이 없는 언동, 소절(小節)에 구애를 받지 않는 소탈한 성품은 그를 아는 모든 이들에게 유다른 인상을 주었다. 그늘진 구석, 부자연스러운 구석, 혹은 비밀로 하는 구석이라고는 하나 없는 성품으로, 옛사람들이라면 아마 뇌락(磊落)이나 천의무봉(天衣無縫)이니 하는 말로 평했을 것이다. 그는 이쪽에서 할 말이 없어도 그의 이야기를 듣는 것만으로도 즐거움을 주는, 그런 인품이었다.[5]

위의 인용문은 한마디로 대범하고 도량이 넓은 인품으로 선우휘를 평가하고 있는데, 진영의 좌우를 가리지 않고 월남한 서북 지역 지식인들과 폭넓게 교유했던 면모와 연관해 보면, 단순한 애도의 고평(高評)이라고만 볼 수는 없다. 그가 《조선일보》 재직 시절 남북한 동시 유엔 가입을 둘러싼 해외 동향을 보도했던 리영희와 함께 구속된 후 편집국장직을 사직했던 것이나,[6] 일본에서 한국의 민주화 관련 소식을 연재했던 지명관을 월간지 《세카이(世界)》에 소개하고 철저하게 필자의 신분을 비밀로 했던 일화는 선우휘의 인간적인 풍모를 잘 보여 주는 사례일 것이다.[7] 물론 이것

---

5) 김성한, 「인간 선우휘」, 『선우휘 문학 선집 1 불꽃 외』, 16쪽.

6) 임헌영, 「"남북한 유엔 동시 가입안 준비" 보도에 '빨갱이'로 몰아 연행」, 《경향신문》, 2017. 4. 27.

7) 「박정희·전두환 군부독재 실상' 알린 'TK생' 지명관 교수 별세」, 《한겨레》, 2022. 1. 3.

은 '반공주의자' 선우휘가 리영희나 지명관의 정치적 입장과 문제의식에 동의했다기보다는 동향인 서북 출신 지식인들에 대한 인간적 유대감에서 비롯된 행위라는 점은 두말할 필요가 없다.

이 인간적 유대감을 연구자들은 '서북(관서) 지역주의'라는 관점에서 접근하고 있는데, 문제는 그것의 속성에 대한 논의가 충분해 보이지 않는다는 사실이다. 선우휘의 초기작부터 만년의 작품까지 일관되게 작동하는 세계관 또는 체화된 성향 체계를 필자는 '서북 소민주의(小民主義)'로 명명하고자 한다. 이때 '소민'이라는 주체 개념은 이를테면 1960년대 한국문학에서 시민(市民) 개념과 관련해서 전개되었던 소시민(小市民) 개념과 유사하지만, 그렇다고 해서 완전히 일치하는 것은 아니다. 소시민 개념이 한국에서는 4·19혁명 이후의 도시적 교양 시민 계급의 형성과 관련해 '개인주의' 또는 '자유주의' 이념과의 관련하여 논의되었다면, 선우휘 소설에서의 소민(小民)이란 장구한 역사의 변전과 무관하게 끈질긴 가족경제와 생활을 영위해 간 서북 지역의 소농(小農) 또는 소생산자들의 처세관과 문화적 실천 행위 및 무의식의 형태로 보존된 전통과 관련해서 필자가 제안하는 개념이다. 이 논문에서의 소민은 전통적 향촌 사회의 대민(大民)들, 즉 재지 사족(士族)과 부민(富民)들의 정치적·경제적 이해관계와는 달리, 자립적 '생존'과 '생활'의 지속성을 중시했던 소농을 포함한 소생산자 계층을 의미하며, 소민주의란 그들이 견지했던 생존 윤리와 체화된 지역 문화적 전통에서 비롯된 집단적 세계관과 현실 인식을 의미한다.[8]

일견 소민은 전통 사회의 소농과 유사한데 무엇보다도 이들의 세계관과 처세관의 핵심을 이루는 것은 '위험의 회피'라는 생존 윤리에서 그렇다. 동남아시아의 소농 체제를 검토한 제임스 스콧에 따르면, 전자본주의적 농업 사회 질서의 기술적, 사회적, 도덕적 배열 대부분의 바탕에 깔려

---

8) 위에서의 소민(小民)과 대민(大民) 개념은 배항섭, 「19세기 향촌 사회질서의 변화와 새로운 공론의 대두 — 아래로부터 형성되는 새로운 정치질서」, 《조선시대사학보》 71, (2014) 조선시대사학회를 참조했다.

있는 것은 '안전제일'의 원칙이었다.[9] 위험 회피와 안전제일이라는 표현을 통해서 강조되는 것은 이들 소농 혹은 소생산자들에게 가장 중요한 것은 가족의 생계를 충족시켜야 한다는 최우선적인 목표, 즉 '생계윤리'라는 것이다. 소농들의 생계 윤리는 규범적이거나 도덕적 차원도 갖고 있었다. 스콧은 이것이 마을 내 호혜성의 구조, 사회적 선택, 소작 체계의 선호 방식, 세금에 대한 태도로 나타난다고 말한다.[10] 소농들은 그것이 민족국가이건 식민주의 외세이건, 최소한의 생존 경제가 지속될 수 있다면 결코 '저항'적 태도를 노골화하지 않는다는 것이다.

위의 설명에서 필자는 특히 '호혜성의 구조'가 선우휘의 소설에 등장하는 인물들의 관계성을 이해하는 데 중요한 요소라 생각한다. 그의 소설에 등장하는 등장인물들은 그들이 비록 서북청년단과 같은 사실상의 우익 테러리스트이건(「테러리스트」, 1956), 아니면 인민군에 의해 포위된 국군들이건(「싸릿골의 신화」, 1963), 배신당한 정보 요원이건(「추적의 피날레」, 1961), 조선인들에게 학살당할 처지에 빠진 중국인이건(『노다지』), 고립 상태에서 조우하게 된 적군이건(「단독강화」, 1959), 남한에서 전향한 사회주의자이건(「오리와 계급장」, 1958) 가리지 않고, 후원자(patron)-의존자(client) 관계와 유사한 온정주의적 상호부조(mutual aid)의 태도를 빈번하게 보여 준다. 물론 선우휘의 소설에서 이 모든 관계의 '외부'에는 일제에 의한 식민 지배와 해방, 미국과 소련에 의한 분단과 전쟁, 재건의 혼란과 문민·군사독재 및 근대화라는 '역사의 폭풍'이 휘몰아치고 있다. 그러나 선우휘 소설 속의 등장인물들은 이러한 역사의 폭풍을 체계화된 정치 이념 혹은 사상으로 분석적으로 바라보지 않는다. 인간관계는 근대적 이해관계와 합리성 대신 혈연과 지연에 결부된 온정주의와 인간적 배신감 등의 정념이 주를 이루고, 선명한 정치적 이데올로기와 신념 등과 같은 사항들은 극적 갈등의 외피(外皮)로만 존재하거나 '후경화'되어 있다.

---

9) 제임스 스콧, 김춘동 옮김, 『농민의 도덕 경제』(아카넷, 2004), 18쪽.
10) 위의 책, 27쪽.

물론 이러한 소설적 특징은 선우휘가 평생에 걸쳐 견지했던 소민주의적 아비투스(habitus, 성향 체계) 때문인데, 그것을 구조화하게 만든 토대가 이른바 서북인(西北人)이라는 지역 정체성일 것이다. 하지만 선우휘의 서북주의를 반(反)식민주의로서의 민족주의와 연결시키거나 기독교 박해에 따른 월남인들의 존재 근거를 들어 남한에서의 반공 국가주의의 형성과 결합시켜 이해하는 것도 타당해 보이지는 않는다.[11] 선우휘가 서북 지역의 월남 지식인들에 대해 깊은 향우애(鄕友愛)를 갖고 있었던 것은 사실이다. 지식인들이 아니더라도 이른바 실향(失鄕)에 따른 강렬한 향수(鄕愁)는 그의 소설 속에 숱한 월남민들의 초상을 그리게 만들었는데, 가령 「망향」(1965)과 「아아, 내 고장」(1964)과 같은 작품에서 그것은 여과 없이 드러난다. 그러나 이러한 향우애에서 민족주의나 반공주의와 같은 요소는 별다른 관련을 맺고 있지 않다. 감수성의 차원에서 보면 차라리 그것은 하이데거가 말한 존재론적 '고향 상실'(Heimatlosigkeit)의 비애에 가깝다.

선우휘의 소설에 나타난 서북 지역주의는 이를테면 《사상계》에 참여했던 장준하로 대표되는 서북 지식인들의 '이념형 지역주의'와는 결을 달리한다. 필자는 선우휘의 소설에서의 서북 지역주의는 지리적·문화적·역사적 '변방성'과 함께 소민주의적 가치가 삼투되어 있는 문화적 '자족성'에 있다고 생각한다. 가령 『노다지』에서 서북 지역에 대해 서술하고 있는 다음 부분을 음미해 보자.

---

11) 선우휘의 문학을 서북 지역 출신 지식인들이 주도했던 《사상계》와 관련해 논의하는 경우도 있는데, 그가 동인문학상을 수상했다는 점을 제외하고는, 실제로는 그 사상적 연관성을 찾기 어렵다는 것이 필자의 생각이다. 동시에 "그의 월남은 비단 공산주의에서 자유주의로의 이동이라는 성격에 그치는 것이 아니라, 민족이라는 단일성이 조각나면서 생겨난 새로운 통합적 시선을 향한 욕구에서 나온다."는 식으로 선우휘가 월남 이전에 민족 혹은 민족주의에 대해 강렬하게 의식했었다는 정주아의 주장 역시 설득력이 떨어진다. 정주아, 「두 개의 국경과 이동(displacement)의 딜레마」, 《한국현대문학연구》 37, (2012) 한국현대문학회, 262쪽 참조.

a) 평안도 일대를 일컫는 관서(關西) 사람들도 이씨 조선조 언제인가부터 과거 보는 사람들이 나타났지만 과거에 급제해도 벼슬자리를 얻을 수 없었으니 결과적으로는 한가하게 풍월이나 읊는 무위도식꾼만 길러 내는 꼴이었다. 주지도 않는 벼슬을 바라 과거에 급제하고 김칫국만 마시는 것도 우스웠지만 과거를 보지 못할 처지에 뇌골을 썩이는 글공부란 또 무슨 육갑이냐는 것이 도흡의 학문관이었다.[12]

b) 도흡뿐 아니라 이 관서 지방 사람들에게 벼슬아치란 수탈하는 작자들로서 두려웠고, 양반이란 수탈할 대로 수탈한 끝에 제 고장에 물러앉아 거드름 피우는 자들로 역겨웠다. 겨울대로 먹고 난 입을 쓱 내리쓸고 내가 언제 그랬더냐는 듯이 수염을 늘이고 공맹지도나 뇌까리면서 점잖을 빼는 꼴이 아니꼬왔다. 양반 상놈 없애라고 한 짓, 누가 했든 잘했지 뭔가 하는 것이 도흡의 속마음이었다.[13]

c) 그러나 관서 지방은 조선조 5백년 가까이 조정과 양반들에 의하여 모든 일에서 소외되었고, 나라의 중심지 한양에서 멀리 떨어져 있었던 만큼 단발령 위력은 미치지 않았다. 따라서 그로 말미암아 죽은 사람도 없었다. 게다가 단발령이 나자마자 그것을 일본화로 받아들여 거센 반발이 일어났고, 그 뒤 김홍집이 살해당함으로써 흐지부지되어 버린 탓으로 도흡이 사는 평안도 정주까지는 그 소문이 들려오기도 전에 사라져 버렸다. 그래서 관서의 변방 사람들은 효자도 아니면서 단발로 인한 불효를 걱정할 것도 없었고, 양반도 아니면서 '수지부모한 신체발부'를 앉아서 보존할 수 있었던 것이다. 그네들은 세상이야 어떻게 돌아가든 여전히 상투를 튼 채 속 편히 살고 있었다.[14]

---

12) 선우휘, 『노다지 1 굴레』(동서문화사, 1986), 13쪽.
13) 위의 책, 30쪽.
14) 위의 책, 43쪽.

d) 청국, 아라사, 일본, 또 어떤 나라를 가릴 것 없이 지금 어느 천하에 배 두드리며 "임금이 나와 무슨 상관이 있으랴" 하는 노래를 즐거이 들어 넘길 임금이고 졸개들이 있을까 (……)

어떻든 도흡은 천대받는 관서 지방 한구석에서 두더지처럼 땅을 파는 하잘것없는 농군으로 순사를 무서워하는 탓에 감히 소리 내어 격양가(擊壤歌)를 부를 수는 없었으나 쉬지 않고 일하며 우물을 파서 마시고 땅을 갈아 먹는 점에 있어서는 요순시대 백발노인과 다름없다고 믿었다. 다만 지금은 요임금 같은 성왕이 약에 쓰려 해도 나타나지 않는 것이 아쉬웠으나, 도대체 정말 있었는지 없었는지도 분명치 않은 이야기를 두고 더 이상 골똘히 생각할 것은 없었다. 무엇보다도 그는 몹시 바빴다.[15)]

위의 인용문은 전작 소설 『노다지』의 1부에 해당하는 부분으로, 구한 말에서 해방 직전까지에 이르는 시간 동안 주동 인물 김도흡을 둘러싼 상황에 대한 서술자의 시각을 잘 보여 준다. 물론 이것은 작가 선우휘가 '서북 지역 정체성'을 어떻게 인식하고 있는가 하는 점을 점검할 수 있는 부분이기도 하다.

우선적으로 눈에 띄는 것은 서북 지역의 '변방성'을 정의하면서 민족과 국가, 조국과 외세의 분류 체계를 완전히 상대화하는 독특한 관점이다. 이것은 단순히 지리적인 주변성만을 의미하는 것이 아니고, 선우휘가 민족과 국가로 상징되는 규율화하는 주권과 공동체성의 '외부'에 서북 지역 정체성을 부여하고 있다는 것을 의미한다. 그렇기 때문에 a)에서처럼 '과거 제도'로 상징되는 중앙의 권력 시스템을 멸시적으로 평가하고, b)와 같이 조선의 지배 통치 세력이 '수탈 세력'에 불과하다는 시각을 드러내는가 하면, c)에서처럼 외세에 의한 풍속의 변화와 국운의 위태로움과 무관하게 "세상이야 어떻게 돌아가든 여전히 상투를 튼 채 속 편히 살고 있었다."라

---

15) 위의 책, 77쪽.

는 서술이 가능해지는 것이다.

d)에서 서술자는 김도흡을 "천대받는 관서 지방 한구석에서 두더지처럼 땅을 파는 하잘것없는 농군"으로 서술한다. 『노다지』의 제1부는 청·일전쟁, 러·일전쟁, 국권 상실과 3·1만세운동 등 그야말로 개화기로부터 일제의 식민 통치기를 관통하는 과정에서 벌어지는 전쟁과 살육과 고통의 사건들이 파노라마처럼 펼쳐지던 격동기다. 그런데 이러한 역사적 격동기에 김도흡은 그러한 역사적·시국적 격변 상황과 무관하게 그저 "농군"으로서의 변함없는 생활에 집중할 뿐이라는 시각을 보여 준다. 한반도의 지배권을 둘러싸고 전개된 청나라, 러시아, 일본에 의한 연이은 전쟁이나 대한제국의 국권 상실과 같은 역사적 격변이 끝없이 이어진다고 하더라도, "쉬지 않고 일하며 우물을 파서 마시고 땅을 갈아 먹는" "천대받는 관서 지방"의 "농군"적 삶의 방식은 어떠한 변화도 없이 지속될 뿐이라는, 일견 완강한 시각이 여기에 담겨 있다.

요컨대 지금 김도흡에게 가장 중요한 것은 이러한 소민적 일상의 지속 가능성이며, 그것의 핵심적인 가치는 소민적 삶을 지탱하는 근거로서의 노동을 통한 생계와 생활의 유지·보존이다. 그것이야말로 김도흡이 꿈꾸는 삶의 궁극적 목적이자 소설 속에서 그의 모든 행위를 작동시키는 '생계윤리'다. 물론 위의 인용문 d)에서 환기되는 중국의 신화적 요순(堯舜) 시대의 늙은 농군이 불렀다는 격양가의 서정(抒情)은 근대 전환기의 격렬한 역사적 폭풍 속에서는 실현될 수 없는 낭만적 유토피아주의로 보이기도 한다. "해가 뜨면 나가 일하고/ 해가 지면 들어와 쉬네/ 우물을 파서 마시고/ 밭을 갈아 먹으니/ 임금의 힘이 나와/ 무슨 상관이 있으랴."[16] 어떤 측면에서 그것은 자본이나 국가의 운동에 포섭되지 않는 농민적 자치와 자율성을 담보하는 소민적 자율주의의 이상을 보여 주는 것처럼도 생각된다. 물론 소설을 읽다 보면 김도흡의 희망대로 역사는 전개되지 않는

---

16) 선우휘, 『노다지 1 굴레』, 77쪽. 격양가의 원문은 "日出而作/ 日入而息/ 耕田而飲/ 帝力于我何有哉"이다.

다. 그럼에도, 소민적 삶의 지속을 위한 김도흡의 삶의 방식과 신념은 끝까지 변하지 않는다. 여기에서 우리가 주목해야 할 지점은 이러한 김도흡의 삶의 방식과 인식이야말로 선우휘의 서북 지역주의 인식에 있어 문화적 무의식의 본질이자 근본적 토대로 작동하고 있다는 사실이다.

3 몰역사적 '경이'와 '충격'의 감각

생각해 보면, 『노다지』에서 격양가를 부르고 있는 김도흡의 소민주의는, 그 방향을 바꾸면 아나키즘과 사회주의 사상에 깃들어 있는 반(反)국가주의와 반자본주의 사상과도 연결될 수 있는 사상적 폭약을 내장하고 있었다. 실제로 1919년 중국에서 5·4운동의 발생 이후 신문화운동이 급진화되는 과정에서 탄생한 사회주의 지향의 계몽 단체 공독호조단(工讀互助團)[17]의 취지서는 다음과 같았다.

> 공독호조단은 "새로운 사회의 태아이며 우리의 이상을 실현하는 첫걸음이다."라고 일컬어진다. "능력에 따라 일하고 필요에 따라 취한다."는 이상은 '공독호조단'의 '점차적인 확산'을 통해 실현될 것이며, 적절한 시기에 도달하면 모든 장정·규약은 폐지될 것이다. …… " 해가 뜨면 나가 일하고 해가 지면 들어와 휴식하며 우물을 파서 물을 마시고 밭을 갈아 밥을 먹는다. 황제의 힘 — 정부 — 이 나와 무슨 상관이 있는가!"[18]

---

17) "사회주의의 이상은 그들로 하여금 관념을 혁신하고, 전통을 내던지고, 우상을 타파하도록 부추겼으며, 아울러 성급한 청년들(젊은 사람은 비교적 성급하다.)에게는 곧바로 이를 실천하도록, 곧바로 이러한 이상 사회를 설계하고, 조직하고, 건립하도록 요구하였다. 이러한 사례 가운데 가장 두드러진 것은 바로 5·4운동 후 한 시기를 풍미하여 적지 않은 청년들을 끌어들였고, 이대조·진독수·채원배도 적극 협조했으며, 모택동·운대영 등이 열정적으로 지지하였던 '공독호조단'이었다. '공독호조단'은 당시 가장 유명한 조직이자 가장 큰 영향력을 행사했던 '소년중국학회'의 지도자 왕광기가 제창한 것이었다."(李澤厚, 김형종 옮김, 『중국 현대사상사의 굴절』(지식산업사, 1992), 33쪽)

18) 위의 책, 같은 곳.

위의 인용문에서 보이듯, 격양가가 내면화하고 있는 소민적 자치와 자립의 세계관은 얼마든지 급진적 공동체주의의 이념과 접속할 수 있는 가능성을 내포하고 있었다. 중국의 5·4운동 이후의 '공독호조단'까지 갈 것도 없이 이를테면 구한말 조선에서의 갑오농민전쟁을 추동한 동학(東學)의 이념이 평균주의에 입각한 도덕 경제(moral economy)의 형태를 띤 것에서도 우리는 그것의 급진적 이념과의 접속 가능성을 발견할 수 있다.[19]

그러나 우리가 선우휘의 소설에서 거듭 확인할 수 있는 것처럼, 김도흡을 포함한 선우휘 소설에 등장하는 전환기의 인물들이 드러내는 소민주의는 근대적 이념과는 무관한 보수주의적 문화 전통 속에서 격양가의 '자족성'을 끈질기게 견지하고 있다. 선우휘의 소설을 일컬어 이념과는 무관한 "보통 사람, 민중들, 평균치의 한국인을 주인공으로 삼았다."라는 평가도 있거니와,[20] 그의 작품에서 반복적으로 나타나는 소민주의는 예측 불가능한 격렬한 역사 변동에도 불구하고, 끈질기게 가부장적 가족과 생활과 생계를 지속하고자 하는 보수적 존명(存命) 의지로 축소되고 있다.[21] 바꿔 말하면 선우휘의 소설에 나타나는 갈등의 주된 무대는 역사적 시간의 전개와 무관한 무(無)역사성 혹은 몰역사적 인식의 특징을 보여 준다는 것이다.

이러한 인식을 염두에 두고, 차분하게 아래의 인용문을 음미해 보자.

그런데 저는 지금은 북에 있는 아버지를 언급하겠습니다만, 지금 살아 계

---

19) 趙景達, 박맹수 옮김, 『이단의 민중 반란』(역사비평사, 2008), 230쪽.

20) 김윤식, 「학병 세대의 원심력과 구심력」, 『6·25의 소설과 소설의 6·25』(푸른사상, 2013), 155쪽.

21) 유종호는 『노다지』를 생활 의지와 존명 의지에 근거한 생활과 삶의 긍정적인 찬가로 고평한다. 열심히 악착같이 사는 것, 그 자체가 끊임없는 경탄의 대상이 되고 있다는 것이다. 그것을 '존명철학'이라고까지 고평하는데, '철학' 운운은 수사적 과장으로 보이지만, 선우휘의 소설에 나타난 세계관의 근거를 명확히 환기시키는 표현이라고는 볼 수 있다. 유종호, 「역사와 개인사의 교차」, 『노다지 4 새벽』(동서문화사, 1986), 274쪽.

시다면 백몇 세입니다. 평안도의 압록강 바로 남쪽에 살았는데, 일청(日淸)과 일러(日露)의 양 전쟁을 경험했습니다. 일러전쟁 때는 코자크에 고용된 이들이 무언가를 줘서 돈을 벌었다고 말했습니다. 그 아버지의 경험담에 의하면, 청나라와 일본, 러시아와 일본의 병사들을 비교할 때, 일본의 군대 쪽이 특별히 규율이 있고 행동이 반듯했다고 하더군요.

또 서울에 있는 독립문은 옛날에는 영은문(迎恩門)으로, 청국의 사신을 맞는 문이었습니다. 그것을 1896년에 독립 정신의 상징으로, 독립협회의 젊은 청년들이 허물고, 그 자리에 건설한 것이 독립문입니다. 그렇게, 중국에 반대해 건설한 것인데, 36년간의 병합의 시대에도 철거되지 않고 남게 된 것입니다. 그들은 일본을 모범으로 삼고, 개화사상을 받아들였던 청년들이었습니다. 개화파의 리더 김옥균 등도, 일본을 모범으로 삼자는 사상이었습니다.

유감스러운 것은 그 후의 '병합'입니다. 더 지혜로운 방법은 없었을까요. 굳이 일본을 모범으로 삼았던 한국 내의 주장이, 병합을 경계로 백팔십도 전환해 일본 거절의 형태로 변해 버렸기 때문입니다. 서양을 이적시한 한국인으로 하여금 서양을 존경하게 한 것은, 일본의 저런 병합이라는 형태였습니다. 그리고, 태평양전쟁 말기에 "한국어를 쓰지 마라", "이름을 바꿔라"와 같은 실로 난폭한 짓이었습니다. 이것이 기름에 불을 부은 것입니다.[22]

위의 인용문은 요미우리 신문사가 주최한 1982년의 한·일 지식인들의 연속 좌담회에서 선우휘가 한 발언 가운데 일부이다. 좌담회의 발언을 정리해 단행본으로 출간한 《요미우리신문》 측의 머리말에 따르면, 이것은 1982년 7월 7일에 시작해 19회에 걸쳐 요미우리신문에 연재된 것을 책으로 묶은 것이다. 좌담의 제목은 "일한(日韓) 좌담회·이해에의 길"이었고, 참석자는 한국 측에서는 선우휘(조선일보 논설 주간), 고병익(학술원 회원, 전

---

22) 鮮于輝·高柄翊·金達寿·森浩一·司馬遼太郎, 『日韓理解への道』(読売新聞社, 1983), 22~23쪽.

서울대 교수), 일본 측에서는 모리 고우이치(森浩一, 同志社大 교수, 고고학자), 시바 료타로(司馬遼太郎, 소설가, 일본 예술원 회원), 그리고 재일(在日) 소설가 김달수(金達寿) 등 5인이었다. 일본에서는 이 좌담이 화제를 모았고, 일본 의 외무성이 직접 원고를 번역해 한국을 대상으로 한 홍보지에 게재하기 도 했고, 당시 최경록 주일 대사가 요미우리 신문사에 감사장을 보내기도 했다는 내용이 있는 것으로 보아,[23] 한국과 일본의 상호 이해를 위한 단 순 좌담이라기보다는 전두환 군사정권의 등장 이후 한일 관계 개선을 위 한 양국 간 외교적 프로젝트의 일환이었던 것으로 보인다.

대체로 이 좌담의 내용을 읽어 보면, 고대로부터 중세를 거쳐오는 동세 에 한국과 일본은 문화적·역사적 관련성이 깊고, 특히 일본의 경우는 한 반도계 도래인 등을 통해 선진 문화를 받아들였다는 식의 잘 알려진 고 고학적 논의들이 주를 이룬다. 그러나 근대사의 매우 중요한 문제인 일본 제국주의라든가, 한반도에 대한 식민 지배와 같은 정치적·역사적 분석은 부재하는 대신 위와 같은 논법으로 역사를 문화적 '근친성'으로 채색하는 일이 이 책에서는 반복된다. '일본 문화의 원류'로서의 한반도라든가 '조선 문화와의 공통점' 등을 논하고, 그런 가운데 중국을 포함한 동아시아 3국 의 연대와 소통이 필요하다는 원론적인 이야기들이 박람강기의 소재로 펼쳐지지만, 당시에도 현재에도 문제가 되고 있는 일본의 교과서 왜곡 문 제에 대한 예각적 비판이나 식민지 지배 책임과 같은 첨예한 역사적 쟁점 은 교묘하게 회피되고 있는 것이 이 연속 좌담의 전형적 특징이다.

선우휘의 소설이 시간적·공간적 배경으로는 개화기와 일제강점기, 해 방과 전쟁, 산업화와 군사독재의 역사적 격동기를 배경으로 하면서도, 앞 에서 언급했듯이 역사적·정치적 쟁점은 '후경화'되고, 소민주의에 입각 한 개인의 주관적 경험만이 '전경화'되는 것은 위의 좌담의 발언에서도 우 리는 확인할 수 있다. 가령 선우휘가 청일전쟁과 러일전쟁에 대한 부친의

---

23) 위의 책, 2~3쪽.

경험담을 피력하면서 "청나라와 일본, 러시아와 일본의 병사들을 비교할 때, 일본의 군대 쪽이 특별히 규율이 있고 행동이 반듯했다고 하더군요."라고 회고하는 것은, 그 전쟁의 역사적·정치적 성격과는 완전히 무관한 개별적 경험의 '주관적 일반화'라고 할 수 있다. 실제로 선우휘 소설의 거의 모든 부분에서 강조되는 것은 러일전쟁기의 코사크 용병들의 의리, 해방 이후 38도선 이북을 점령한 소련군의 부녀자 강간과 시계 등의 약탈, 같은 시기 남한의 미군들이 보여 주는 성적 방종 등 대체로 '풍속적 차원'에 머물러 있다. 한반도를 둘러싼 국제 역학이나 냉전 질서의 형성과 관련한 여하한 체계적·분석적 시선이 결락되어 있는 것이다. 격동의 역사를 배경으로 하되, 다분히 풍속적으로 그것에 접근하고 있다는 점에서, 선우휘의 소설은 '풍속형 세태소설'로서의 성격을 띠게 되는 것이다. 일본의 식민 지배에 대한 역사적 평가나 비판적 접근 역시 치밀한 분석의 대상이 아니다. 식민주의의 본성이 국가 간의 도의나 온정주의와 같은 것으로 설명될 수 없음에도 불구하고, 마치 그것이 가능할 수도 있다는 것처럼 선우휘의 진술은 이 좌담에서 계속 이어진다.

해방에 대한 인식 역시 마찬가지다. 가령 『노다지』와 마찬가지로 자전적인 성격이 짙은 미완의 장편 『사도행전』(1966)의 주인공 이신은 일제로부터의 해방을 완전한 '혼란'으로 경험한다. 이신에게 "갑자기 들이닥친 해방"은 혼란 속의 두려움으로 감각되는 것이다.

그는 그에게는 갑자기, 정녕 갑자기 들이닥친 해방을 어떻게 받아들여야 할지 곤혹을 느끼고 있는 것이었다.

제대로 못 먹어 영양실조에 걸린 어린것들을 데리고 고작 솔방울이나 따러 다닌 그에게 해방은 정말 뜻밖으로 주어진 것이었다. 그러기에 그는 주어진 해방의 기쁨을 제대로 감당하지 못하고 이렇게 쩔쩔매고 있는 것이다. 액면 그대로 고스란히 해방을 기뻐해도 될까. 그렇게 받아도 좋을까. 너무 염치가 없는 것은 아닐까. 이신에게 해방은 언제 터질지 모르는 폭발물처럼 그저 두렵게만 느껴졌다. 그러니 더욱 빨리 제 고장으로 돌아가 바로 그의 성곽인 집에 틀어박혀 숨을 돌려야겠다고 생각했다. 이런 타향에 이런 어지러운 마음씨로 어정대다가 어떤 횡액을 당할지 모르겠다고 여겨졌다.

그는 갑작스레 들이닥친 해방이 그저 두려웠다. 무엇을 보고 놀라 짖어 대는지 모르는 똥개처럼 그는 그저 두려웠다.[24]

"갑작스레 들이닥친 해방"이라는 태도는 이후 이신의 역사적 사건에 대한 반응 모두에서 동일한 형태로 반복되어 나타난다. 이것은 『사도행전』뿐 아니라 선우휘의 소설에 등장하는 거의 모든 인물들이 '사건'을 바라보는 일종의 유형화·구조화된 시각이다. 요컨대 선우휘의 소설 속의 주동 인물들은 격동의 역사와 현실을 논리적·비판적으로 조명하지 않고 그것을 '경이'와 '충격'의 감각으로 수용한다. "무엇을 보고 놀라 짖어 대는지 모르는 똥개처럼 그는 그저 두려웠다."라는 극언은 현실의 역사적 변화를 논리적·분석적으로 파악할 수 없었던 작중인물 이신(선우휘)의 내면 풍경을 노골적으로 보여 준다.

현실과 역사적 사건에 대한 선우휘의 감각적 반응이 경이와 충격으로 점철된 것이기 때문에, 반대급부로 무엇보다 확실한 것으로 가열하게 추구되는 것은 우리가 앞에서 거론한 '존명주의', 즉 일신의 보존과 지속 가능한 생활의 구축이라는 범속한, 그러나 포기할 수 없는 소민들의 끈질긴 목표였다. 따라서 선우휘 소설에서 역사의 격변이란 그것의 정치 경제적 성격과 관련 없이 소민적 생활과 일상의 지속 가능성을 불가능케 만드는 갑작스러운 '재난'이자 예측 불가능한 '위협'으로 인식된다.

---

24) 선우휘, 「사도행전」, 『선우휘 문학 선집 5 성채 외』(조선일보사, 1987), 209쪽.

4 '문화심리 구조'와 애향심

선우휘의 소설을 읽어 나가면서 필자는 그의 소설에 반복적으로 나타나는 소민주의의 토대를 분석하는 가운데, 중국의 철학자인 리쩌허우(李澤厚)의 '문화심리 구조'라는 개념을 떠올렸다. 문화심리 구조란 단순화하면 심리 구조 가운데 축적되어 있는 문화를 의미한다.[25] 리쩌허우는 이 개념을 고대 중국의 '민족성의 문화심리'라는 관점에서 해명하고 있지만, 필자의 판단에 이것은 선우휘가 반복적으로 나타나는 서북 지역 출신 등장인물들의 소민주의의 특수성을 해명하는 데도 큰 의미를 띤다고 판단된다.

리쩌허우가 중국의 '문화심리 구조'에서 주목하고 있는 것은 '전통문화의 강한 영향'과 '보수성'이다.[26] 특히 리쩌허우는 중국의 문화심리 구조의 원형을 공자의 사상에서 찾고 있는데, 공자와 유가 학설로 대표되는 전통 문명이 중국인들의 현실 생활과 관습 및 풍속 가운데 스며들어 시대를 초월하는 '문화심리 구조'를 형성했다고 주장한다.[27]

물론 우리가 서북 지역의 정체성에 대해 선우휘가 품고 있는 관념의 일단을 그의 소설에서 살펴본 바에 따르면, 이 지역은 이른바 조선의 통치 철학으로 수용된 성리학적 명분론이나 입신출세의 관념 대신에 평등주의적 성격이 강한, 그러면서도 소농 혹은 소생산자들의 생활과 생계의 보존과 지속이라는 '가족경제'의 자족성으로 그 의미가 축소되고 있다. 그럼에도 불구하고 공자로 대변되는 유가 사상은 변방의 서북인들에게도『명심보감』등의 초보적 학습과 음미를 통하여 소박한 '실용 이성'으로 그들의 생활 속에 용해된 것으로 보인다. 요컨대 조선의 문인 사대부 계급들이 고구했던 성리학적 담론의 사상적 '심원함'은 제거된 대신, 가족의 확

---

25) 李澤厚, 정병석 옮김, 「리쩌허우의『중국 고대 사상사론』과 문화심리 구조」,『중국고대 사상사론』(한길사, 2005), 27쪽.

26) 위의 책, 28쪽.

27) 위의 책, 31쪽.

대 재생산과 생활과 노동의 안정성을 유지하기 위한 일상화된 처세론 혹은 실천 규범의 형태로 공자의 사상은 서북인의 '문화심리 구조'를 구축하게 된 것이다. 즉 서북인들에게 유교는 철학이나 사상이 아닌 실용주의적 '생계윤리'라는 범속한 형식으로 보존되어 현실 생활과 관습 및 풍속 가운데 스며들었다고 우리는 추론할 수 있다.

리쩌허우는 고대 중국의 '문화심리 구조'를 설명하면서 그것이 원시 씨족사회를 연원으로 하는 적장자 중심의 종법제[28]와 농업 소생산을 기초로 하는 경제구조에 의해 성립된 것이라 주장한다. 그런데 이것은 선우휘의 소설에 등장하는 소민들의 사회 경제적 조건 및 관념과 일치한다. 리쩌허우는 공자의 사상을 인(仁)으로 규정하면서, 그것의 네 가지 측면 1) 혈연의 기초, 2) 심리 원칙, 3) 인도주의, 4) 개체 인격으로 제시한 후에, 이 네 가지 요소가 상호 제약해 유기적 전체를 이루는데, 그것의 핵심이 '실용 이성'이라고 주장한다.[29] 이에 대해 잠깐 음미해 보는 것도 무의미한 일은 아닐 것이다.

1) '혈연의 기초'란 간단히 말하면 '혈연적 유대'를 강조하는 것이 인(仁)이라는 논리다. 그것이 확대되면 동일한 씨족 혹은 촌락의 유대를 강조하는 것으로 확대되는데, 가령 선우휘가 소설과 현실 모두에서 서북 지역 동향인(同鄕人)들에 대해 보여 주는 끈질긴 애착이란 이러한 태도로 해석될 수 있다.

2) 리쩌허우는 공자의 심리 원칙을 예(禮)로 규정한 후, 그것은 외재적 규범이나 경직된 강제적 규범이 아니라, 부모와 자식 간의 애정과 같은 생활 속의 자연스러운 감정에 따른 도덕규범을 의미한다고 규정한다.[30] 선우휘의 소설에서 가장 뚜렷하게 강조되는 것은 물론 부자간의 애정이지

---

28) 종법제(宗法制)란 적장자가 아버지의 지위를 대대로 계승해 나가는 혈연적인 사회제도로 일종의 가부장적 사회체제를 의미한다. 李澤厚, 앞의 책, 51쪽.

29) 위의 책, 43쪽.

30) 위의 책, 76쪽.

만, 이것과 함께 설사 적대적인 입장과 정치 이념을 선택하게 되었을지라도 결코 동향인들에 대한 애정을 포기하지 않는 인물들이 빈번하게 등장하는 것 역시 "자연스러운 감정에 따른 도덕규범"의 일종으로 보인다.

3) 인도주의란 인간의 사회성과 교류를 강조하고, 씨족 내부의 상하좌우, 존비장유 사이의 질서와 단결, 상호 협조를 강조하는 태도를 의미한다. 선우휘의 소설에서도 분단 이후 남한에 정착해 살아가는 서북인들은 과거 이북에서 체험했던 인간적 배신감에도 불구하고, 궁극적으로는 서북인으로서의 단결과 상호부조를 포기하지 않으려는 강인한 면모를 보여준다.

4) 개체 인격이란 개체로서의 인격이 갖고 있는 주동성과 독립성을 의미한다. 이러한 네 가지 요소들이 결합하고 상호 침투하는 과정에서 하나의 뚜렷한 '문화심리 구조'가 나타나는데, 그것이 바로 '실용 이성'이라는 것이다. 간단히 말하면 실용 이성이란 "모든 것을 실용적인 이성의 저울 위에 두고 달아 보며 처리"하는 것을 의미하는데, 리쩌허우는 「논어」의 "공자는 괴이한 것, 정상적이지 않은 것, 신비한 것에 대해 말씀하지 않으셨다.", "아직 삶도 모르는데 어찌 죽음을 알겠는가."와 같은 부분을 들어 그것을 설명한다.[31] 리쩌허우가 '실용 이성'으로 말하는 것은 우리 식으로 말하자면, 끈질긴 생활력과 관념성이 제거된 현실 적응을 의미한다.

선우휘의 반공주의는 전쟁과 독재, 냉전 체제의 지속이라는 과정에서 획득된 문화심리 구조의 '상부구조'로 규정하는 것이 타당하다. 즉 선우휘의 월남 이후 뿌리 없는 이남에서 생존하기 위해 '의식적으로' 획득한 정치 이데올로기라고 볼 수 있다. 한편, 필자가 소민주의로 명명하고 있는 혈연적·씨족적·지역적 유대감에 기초한 서북 동향인들에 대한 온정주의 혹은 인도주의는 선우휘의 문화심리 구조의 '무의식적 토대'를 형성하고 있다. 상부 구조인 정치 이데올로기(반공주의)가 문화심리 구조의 '외피'라면, 그

---

31) 위의 책, 93쪽.

것의 무의식적 토대는 오랜 세월에 걸쳐 누적되고 체화되어 이제는 '제2의 자연'처럼 되어 버린, 제거할 수 없는 심리적 본체(소민주의)에 해당한다. 그런 점에서 본다면 선우휘의 소설에 반복적으로 나타나는 서북인으로서의 문화심리 구조의 특이성을 우리는 비로소 이해할 수 있게 된다.

그것을 보여 주는 한 사례가 있다. 『사도행전』에서는 '허윤 선생'으로, 『노다지』에서는 '허 선생'으로, 그리고 「한평생」(1983)에서는 '김 선생님'으로 각기 다르게 호명되는 인물이 있다. 선우휘의 소설이 대개 자전적 성격을 지니다 보니, 동일한 상황과 갈등을 소설 속에서 반복적으로 변주하는 경우가 자주 있는데, 이 인물들 역시 그러한 사례에 속한다. 이 소설들 속에서 '선생'으로 호명되는 인물은 소설의 주동 인물이 보통학교 재학 시에 열정과 사랑으로 그를 가르쳤던 은사다. 그런데 해방이 되자 이 은사는 새롭게 조직된 공산주의 정권의 교육부에서 일하다가, 한국전쟁이 터지자 대남 선무 활동을 위해 남한으로 파견된다. 「한평생」에서는 이 인물이 "북괴 평양 정부 사법성 소속 국장 겸 검사"라는 북의 고위직 인사로 설정되어 있다.

앞에서 언급한 소설들에서 주동 인물들은 해방 직후의 혼란 속에서 과거의 '선생'을 만나게 되고, 그로부터 북의 혁명 과업에 참여할 것을 권유받는다. 그러나 주동 인물들은 사제지간의 애틋한 기억과 존경심을 마음 깊이 품고 있으면서도, 공산주의자들이 혁명이라는 대의로 동족 살상을 정당화하는 장면을 보고 깊은 충격에 빠져든다. 이것은 사람이 사람을 죽이고, 동포가 동포를 죽이는 사태 앞에서 느끼는 인간적인 매우 인간적인 혼란이다.

그런데 시간이 흘러 주동 인물들은 급기야 월남하게 되고 한국전쟁을 거치면서 관계가 역전된 형태로 '선생'과 재회하게 된다. 남한에서 군경에 체포된 선생은 수형 생활을 마친 후 부평초 같은 삶을 살아가는데, 가령 「한평생」 같은 소설에서는 서북청년단원이었던 춘봉 형과 김 선생이 전후의 남한에서 살아남기 위해 돼지 밀도살 일로 동업하는 기묘한 장면도 나타난다. 이제는 현역 군 장교가 되어 있는 '나'는 그들을 위해 사업에 필요한 돈을 빌려 준다. 전직 북한 사법성 검사와 서북청년단원, 그리고 현직 한국군 장교가 1956년이라는 전후 남한 사회에서, 각자가 선택했던 이데올로기의 가파른 '적대'를 넘어 생존과 생활을 위해 상호부조 관계를 형성할 수 있다는 발상이 가능한 것은, 그들이 평안도 정주의 동향인이라는 사실과 함께 보통학교 사제 관계였다는 지연과 학연과 같은 연고의 공통성 때문이다. 이것은 이데올로기나 정치적 이념이 아닌 지연적·씨족적 기초에 의거한 유대감과 상호부조의 문화심리 구조를 전형적으로 보여 주고 있는 장면인 것이다.

따지고 보면, 한국전쟁기에 처형 위기에서 '선생'이 살아남을 수 있었던 것 역시 이러한 지역적 유대에서 출발한 '인도주의' 또는 '온정주의'의 소산이었다.

"처음은, 모르겠다, 경찰관으로 눈 딱 감고 냉정하게 처리하자 거의 그렇게 결단했을 때였어요. 그리고 스승이고 은사고 뭐고, 지금은 죽느냐 죽이느냐의 전쟁판이요, 상대는 싸우는 원수인데 사정을 볼 게 뭐가 있느냐, 나부터 살고 봐야겠다고 생각했었지요. 그게 아이들은 물론 여편네까지 곤히 잠든 깊은 밤이었습니다.

그렇게 결단하고 불 끄고 자려다가, 눈이 옆에서 자고 있는 일곱 살배기와 세 살짜리로 갔어요. 왠지 얼른 불을 끄지 못하고 한참 동안 그 애들 얼굴을 들여다보게 되었어요.

그러다가 다시 생각을 바꾼 겁니다. 죽게 내버려 두자던 결단이 살려야겠다는 결단으로 말입니다."

"까닭은?"

"예, 그건 말입니다."

그는 잠시 또 입을 다물었다가 간신히 말을 이었다.

"만약, 눈 딱 감고 사무적으로 처리하면 김 선생은 틀림없이 죽게 되는데

그렇게 되면 당장은 무난히 넘길 수 있지만 두고두고 그것은 마음에 남을
것만 같았어요."

"흐음 그건 그랬을 걸세."

"그렇게 되면, 저 아이들이 고뿔감기만 앓아두 살리려면 살릴 수 있었을
스승을 매정하게 죽인 탓이라고 생각하게 될 게 아니냐……."

"흐음."[32]

　위의 인용문은 한국전쟁 당시 충북영동경찰서의 사찰계에서 일하던 김
경감이 해방 전 보통학교 스승이었던 김 선생을 체포해 당대의 관례대로
'처형'하느냐 살리느냐의 갈림길에서 고백하는 장면을 보여 주고 있다.

　적군의 핵심 간부를 군법에 따라 '처형'하는 것이 국가와 이데올로기의
냉혹한 명령이라면, 지금 김 경감은 그것을 사제지간(師弟之間)이라는 인
륜 또는 예(禮)의 관념으로 거부한 것이다. 전시라는 상황을 감안하면 이
것은 이적 행위에 해당할 수 있다. 이러한 김 경감의 선택과 결단은 불특
정 대중을 향한 보편적 인도주의라기보다는 사제 관계라는 인연이 서북
지역주의로 확장된 문화심리 구조의 반영으로 해석될 수 있다. 동시에 스
승을 부친과 동렬에 놓는 유가적 도덕규범이 선우휘 특유의 도덕 감정으
로 나타난 것으로 볼 수 있다. 이와 같은 장면은 사실상 선우휘 소설의 도
처에서 나타나는 반복 모티프에 해당하는 것인데, 이는 '애국심'이 근대
국민국가 성립 이후의 내셔널리즘의 논리라면, '애향심'은 소민들이 장구
한 역사 과정 속에서 형성하고 구축해 온 토착적 문화심리 구조를 의미한
다는 점에서, 선우휘 소설의 소민주의적 성격을 다시 한번 드러내는 장면
이다.[33]

---

32) 선우휘, 「한 평생」, 『선우휘 문학 선집 3 외면 외』(조선일보사, 1987), 344~345쪽.

33) 일본을 대상으로 한 것이긴 하지만 우네 유타카(宇根豊)의 다음과 같은 지적은 위의 상
　황과 관련해 음미해 볼 만한 가치가 있다고 판단된다. "이쯤에서 애국심과 애향심의 다
　른 점을 다시 설명해 둡시다. 이 둘은 혼동되기 쉬우나 서로 다른 것입니다. 애국심은 근

한편, 선우휘를 향해서 동시대에 가해졌던 "냉전 시대의 의식 구조를 지닌 낡은 인간형"이라는 세간의 비판에 대해, 그는 남한의 자기 또래가 북한에 대해 갖는 일반적인 사고방식과 자신은 좀 다른 점이 있다면서, 1982년의 좌담에서 다음과 같이 두 가지를 의견을 말한 바가 있다.

그 첫째는, 북(北)의 부작(不作)·흉작 뉴스가, 남쪽의 그것에 못지않게 염려된다는 것입니다. 왜인가? 진실로 북에 살고 있는 형제·친척·지인들의 식생활이 걱정되기 때문입니다. 그곳의 어르신들이 여하튼, 부작(不作)·흉작으로 제일 먼저 배고픔을 떠올리게 하는 것은, 역시 그분들이 아닐까, 아는 사람이 아니라 해도 그들은 모두 우리들의 동포다……라는 식으로 생각이 확대되기 때문입니다.

또 하나는, 제가 한국 내에서는, 엄격하게 북에 대한 비평을 합니다만, 절대로 말하지 않을 수 있을 때까지는, 할 수 있는 한 외국인들 앞에서는 북에 대한 험담을 자제해 왔습니다. 북에 대한 험담은 결국, 같은 민족인 우리 자신에 대한 험담으로 돌아가게 된다고 생각했기 때문입니다.[34]

위의 인용문을 통해서 우리가 확인할 수 있는 사실은 '반공 국가주의'로 보이는 북에 대한 의식적·공식적 부정의 이면에, 북에 있는 "형제·친척·지인들"에 대한 혈연적·씨족적·지역적 유대감을 은밀히 표현하는 선우휘의 "감정에 따른 도덕규범"이다. 외국인들 앞에서는 동족에 대한 "험담을 자제"한다는 발언 역시 그러한 감정에 따른 도덕규범을 잘 보여 준다. 이는 의식화된 선우휘의 '반공 국가주의' 혹은 '반공 이데올로그'로서

대국가의 성립과 더불어 생겼기 때문에 근대적인 새로운 정서입니다. 한편 애향심은 자신이 자란 고향(시골)에 대한 애착이고, 옛날부터 누구에게나 있는 것입니다. 조슈번이나 아이즈번의 농민들은 애향심은 있었지만 애국심은 없었던 것입니다."(宇根豊, 김형수 옮김, 『농본주의를 말한다』(녹색평론사, 2021), 120~121쪽)

34) 鮮于輝·高柄翊·金達寿·森浩一·司馬遼太郎, 앞의 책, 182~183쪽.

의 태도보다 더 뿌리 깊은 문화심리 구조로서의 소민주의적 '애향심'을 잘 보여 준다.

간명하게 말하면 선우휘의 소설에서는 '애국심'보다 '애향심'의 힘이 더 세다. 그것은 애초에 국가나 민족이라는 카테고리의 '변방'에서 자족적 '생계 경제'와 소민들 특유의 감정적 도덕규범을 체화해 왔던 선우휘의 뿌리 깊은 서북 지역주의의 지속성을 우리로 하여금 생각하게 만든다.

---

5 맺음말

본고는 선우휘의 소설에 나타나는 서북 지역주의를 소민주의(小民主義)라는 관점에서 검토해 보았다. 여기에서 소민이란 도시에 거주하는 소시민 개념과는 달리, 변방성을 특징으로 하는 서북 지역에서 가족적·씨족적 질서를 오랜 세월 동안 영위해 왔던 소농(小農) 또는 소생산자 집단을 의미한다. 물론 소민은 평민적 성격을 지닌 민중들을 의미한다. 그러나 평민이라는 개념이 전통적으로 양반 사대부와의 계급적 분리 개념에서 파생된 데 비해, 서북 지역의 경우는 조선의 성리학적·주자학적 이념이 뿌리 깊지도 않고, 동시에 민족이나 국가 개념 역시 절대적이지 않았던 자립적·자족적 성격이 강한 지역이었기에, 그 특이성을 강조하기 위해 소민이라는 주체 개념을 제안해 보았다.

지금까지 선우휘의 소설을 검토한 많은 논자들은 그를 '서북 지역주의' '반공 국가주의' '반공 이데올로그' 등의 관점에서 파악한 경우가 많았다. 이러한 일반적인 해석과 달리 본고에서는 선우휘의 소설을 '소민주의'라는 관점으로 해석해 보고자 했다. 선우휘의 소설에 나타난 서북 지역주의의 특이성을 해명하다 보면, 중국의 철학자 리쩌허우가 제안한 '문화심리 구조'로서의 소민주의가 좀 더 뚜렷하게 드러날 수 있다는 문제의식 때문이었다. 결론적으로 말하면 선우휘의 문화심리 구조는 의식적인 측면에서는 '반공주의'의 형태로 나타나지만, 더욱 끈질기고 지속적인 힘을 드러낸 것은 '애향심'에 기초한 소민주의였다. 필자는 이것이 선우휘의 소설을 읽어 나가면서, 우리들이 반복적으로 발견하게 되는 등장인물들의 모순적 관계 와 현실 인식을 명료하게 해석할 수 있는 해석학적 열쇠라고 생각했다.

선우휘의 소설은 시간적·역사적 배경에 있어서는 구한말로부터 일제강 점기, 해방과 전쟁, 산업화와 독재의 시대로 이행하는 격동의 사건들을 선 보이고 있다. 그러나 소설에 등장하는 인물들은 그러한 역사의 폭풍 앞에 서 정치적 신념이나 이데올로기를 둘러싼 갈등보다는 인간적인 유대감과 배신감 사이에서 더 큰 충격과 격정을 보여 주는 것으로 나타난다. 사정 이 그렇다 보니, 선우휘의 소설은 '이념형 역사소설'이 아닌 '풍속형 세태 소설'로 나타나며, 그 안에서 집중적으로 조명되는 것은 분단된 남한에서 의 생존과 생활을 선택한 서북인들의 생계 윤리와 실향의 비애, 그럼에도 불구하고 간절히 희구되는 서북인들의 결속과 갈등을 둘러싼 풍경들이다.

이것은 특히 전두환의 집권 이후 《조선일보》를 매개로 선우휘가 보여 주었던 반공 국가주의자로서의 강렬한 인상과는 자꾸만 빗나가고 어긋나 는 소설의 비대칭성에 대해 생각하게 만든다. 냉정하게 말하면 선우휘에 게 38선 이남의 국가는 본인의 모험적인 선택도 있었겠지만, 실제적으로 는 자신이 알 수 없는 뜻밖의 역사적 상황에 의해 운명적으로 귀속되게 된 공동체였다. 한 국가의 정치적 경계의 안쪽으로 귀속되었다는 것과 이 에 대해 그 자신이 진실한 귀속 의식을 느끼는 것은 다르다. 필자의 판단 에 선우휘에게 오히려 생생한 실감으로 귀속 의식을 제공한 것은 서북인 이라는 지역적 뿌리와 정체성이었을 것이다. 선우휘의 소설에는 '빨갱이' 라는 표현이 수없이 돌출되지만, 그 막무가내 식의 표현의 이면에서 오히 려 강력하게 뿜어져 나오는 감정은 이제는 갈 수 없고 회복될 수 없는 상 실된 고향과 마을에 대한 회한이다.

그는 여러 소설에서 축소된 형태로 평안도 정주 남산골의 마을과 집을 정착한 남한에서 끈질기게 재현하고자 했던 한 노인의 고향에 대한 기억 과 향수를 반복적으로 표현한 바 있다. 그렇게 자족적이고 축소된 세계

안에서, 이제는 상실된 과거의 지인들과의 관계를 재현하는 일이 소설 안에서는 끝없이 반복되고 회상된다. 서북 동향인들의 관계의 윤리나 결속감이라는 것은 이제는 상실되고 없는 옛 시절의 소민적 일상의 잔여 혹은 흔적들이다. 그러나 이 잔여와 흔적들이 불러일으키는 감흥은 「격양가」의 소박한 리듬처럼 선우휘의 소설에서 거듭 반복되면서 깊고 유장해진다. 반공 국가주의에 기반한 선동적 산문의 가면을 벗기면, 소민주의라는 선우휘 소설의 맨얼굴이 드러난다.

참고 문헌

기본 자료

선우휘, 『노다지』 1~4, 동서문화사, 1986

선우휘, 『선우휘 문학 선집』 1~5, 조선일보사, 1987

단행본

김진기, 『개인주의와 휴머니즘』, 보고사, 1999

宇根豊, 김형수 옮김, 『농본주의를 말한다』, 녹색평론사, 2021

李澤厚, 김형종 옮김, 『중국 현대 사상사의 굴절』, 지식산업사, 1992

_____, 정병석 옮김, 『중국 고대 사상사론』, 한길사, 2005

제임스 스콧, 김춘동 옮김, 『농민의 도덕경제』, 아카넷, 2004

논문

김건우, 「반공 국가주의와 지역주의 사이에서」, 『대한민국의 설계자들 ─ 학병
　　　세대와 한국 우익의 기원』, 느티나무책방, 2017, 94~104쪽

김윤식, 「학병 세대의 원심력과 구심력」, 『6·25의 소설과 소설의 6·25』, 푸른
　　　사상, 2013, 141~178쪽

배항섭, 「19세기 향촌 사회질서의 변화와 새로운 공론의 대두 ─ 아래로부터
　　　형성되는 새로운 정치질서」, 《조선시대사학보》 71, 조선시대사학회, 2014,
　　　99~125쪽

유종호, 「역사와 개인사의 교차」, 『노다지 4 새벽』, 동서문화사, 1986, 254~280쪽

이재선, 「인간주의의 불꽃」, 『선우휘 문학 선집 4 추억의 피날레 외』, 조선일

보사, 1987, 401~409쪽

이태동, 「이데올로기와 휴머니즘 사이」, 『선우휘 문학 선집 1 불꽃 외』, 조선일
    보사, 1987, 373~382쪽

李澤厚·정병석 옮김, 「리쩌허우의 『중국 고대 사상사론』과 문화심리 구조」,
    『중국고대사상사론』, 한길사, 2005, 25~42쪽

정주아, 「두 개의 국경과 이동(displacement)의 딜레마」, 《한국현대문학연구》
    37, 한국현대문학회, 2012, 247~281쪽

한수영, 「선우휘 연구 ② ― 반공 이데올로그의 사상과 문학」, 《역사비평》 59,
    역사비평사, 2002, 261~285쪽

국외 자료

鮮于輝·高柄翊·金達寿·森浩一·司馬遼太郎, 『日韓理解への道』, 読売新聞
    社, 1983.

제6주제에 관한 토론문

한수영 ┃ 연세대 교수

1

이명원 선생님의 발표문 「소민주의(小民主義)의 에토스 ─ 선우휘의 소설에 나타난 서북인(西北人)의 문화심리 구조」를 진심으로 흥미롭게 읽었습니다. 그리고, 결론을 미리 말씀드리자면, 이 선생님의 발표 내용에 대해 달리 이의를 제기할 만한 지점들이 거의 없었습니다. 오히려, 내용에 깊이 공감하면서 읽느라 읽는 도중 토론자로서의 소임을 종종 잊어버리곤 했습니다. 깊이 공감한 이유가 여럿 있습니다만, 그중의 한 가지만 잠시 말씀드리겠습니다. 대산재단으로부터 토론자 섭외 전화를 받고 그 주제가 '선우휘'라는 이야기를 듣던 바로 그 순간, 저의 뇌리에 번개처럼 달려든 후 계속 머릿속을 떠나지 않던 작품 하나가 있었는데, 그것은 바로 「1950년의 고뿔감기」라는 짧은 단편이었습니다. 솔직히 말씀드리자면, 이 단편의 제목은 정확히 기억나지 않았고, 작품의 마지막 장면으로 떠올랐습니다. 저는 얼추 30여 년에 걸쳐 틈틈이 '선우휘론'을 쓸 기회가 생겨, 그의 작품을 대부분 통독한 셈이었는데, 위에 말씀드린 저 작품은 그동안은 그다지 제게 큰 인상을 남긴 그런 작품은 아니었습니다.

제게 강렬한 기억으로 남은 이 소설의 마지막 장면이란 이런 것입니다. 주인공은 시골 지서의 사찰주임(정보 계통이겠지요.)인데, 한국전쟁 당시 패주하는 인민군에서 낙오한 북측의 거물급 인사가 동료 형사에게 체포되어 옵니다. 낙오한 패잔병이라 몰골이 상거지와 다름없는데, 얼굴을 확인하는 순간, 주인공은 경악하게 됩니다. 그 거물급 인사는 다름 아닌 자신의 초등학교 담임선생이었던 것입니다. 이 사람의 직분과 활동으로는 재판에 회부되면 거의 '사형'을 면하기 어려웠고, 더구나 당시가 전시(戰時)였으므로 즉결처분으로 사살한다고 해도 별문제가 되지 않을 그런 상황이지요. 주인공인 사찰주임은 월남한 서북 출신 인물인데, 잡혀 와 유치장에 임시 구금된 저 '옛 스승'을 어찌 해야 좋을지 며칠을 끙끙 앓습니다. 제 기억에 남은 마지막 장면은, 모두가 잠든 새벽, 즉 경비도 허술해졌을 그 신새벽에 주인공 혼자서 그 선생이 구금된 경찰서로 향하는 장면입니다. 소설은 거기서 끝납니다. 저는, 이 마지막 장면을 주인공이 동료들 몰래 선생을 풀어주어 도망가게 만들기로 결심하고, 새벽에 경찰지서로 향한다고 기억하고 있었습니다. (이 선생님의 발표문에 나오는 「한평생」은, 이 단편을 다시 확장하고 고쳐 쓴 것입니다. 그리고, 「한평생」을 읽으면, 「1950년의 코뿔감기」의 마지막 장면이 선생을 탈출시키려고 가는 것이 아니라, 다시 그를 제대로 만나 인연을 확인하고,(왜냐하면 첫대면 했던 순간 서로 모른 척했기 때문입니다.) 그를 살릴 방법을 좀 더 대국적인 맥락에서 고민하기 위한 첫걸음으로 이해가 됩니다. 그러나, 「1950년의 코뿔감기」에만 한정한다면, 탈출시키려 새벽길을 나선 것으로 기억했던 것이 완전히 '오독'은 아니고, 다양한 해석이 가능하도록 열린 결말로 처리되어 있습니다. 한 가지 확실한 것은, 그 새벽의 잠행이 '옛 선생'을 그냥 죽도록 내버려 두지 않고 어떻게든 구제하는 행동으로 이어지리란 짐작은 가능하다는 점입니다.)

선우휘의 「1950년의 코뿔감기」, 그리고 그것을 확장 개작한 「한평생」(그러나, 이건 정확한 건 아닙니다. 발표된 해가 1983년으로, 같은 해에 발표되어, 어느 것을 먼저 썼는지는 좀 더 정확한 실증이 필요합니다. 그리고, 확장 개편이라고는 하지만, 「한평생」에는 이 '옛 선생'의 구제에만 초점이 맞추어져 있지 않고, 그의 생애

전반을 다루면서 그중 하나의 에피소드로 처리되고 있습니다.)에 관해 이렇게 긴 사설을 편 것은, 이명원 선생님의 발표에도 이 작품이 매우 중요하게 다루어지고 있었기 때문입니다. 그래서, 발표문을 받아들고 읽자마자, 제 뇌리를 맴돌던 그 소설을 발표자께서도 중요하게 다룰 뿐만 아니라, 특히 그 '구원의 온정'과 관련된 사건을 매우 세심하게 분석/해석했음을 발견하고, 이 묘한 '우연성'에 일종의 경이감이랄까, 신기한 느낌을 느끼기조차 했습니다. 왜냐하면, 「한평생」은, 선우휘의 소설들에서 그다지 비중 있게 다루어지는 텍스트라고 하기는 어렵기 때문입니다. 저 역시, 지금보다 더 젊은 시절에는 이 작품에 대해 단 한 번도 주목한 적이 없었습니다. 그런데, 해가 갈수록 이 소설(들)이 드러내는 어떤 결정적 국면이, 선우휘의 문학과 그의 사상을 이해하고 해석하는 매우 중요한 '그물코'일 수도 있겠다는 자각이 들게 되었습니다. 바로 그러한 저의 개인적인 선우휘 읽기의 도정(道程)과, 이명원 선생께서 착목하신 지점이 공교롭게도 겹친다는 반가움, 그리고 발표문을 읽으면서 환기되는 선우휘에 관한 저의 개인적인 성찰 등으로 인해, 이 선생님의 글을 공감하면서 읽을 수밖에 없었습니다.

2

토론 덕분에 오랜만에 다시 읽게 된 「한평생」에 이런 구절이 나오더군요.

나의 좌익적 경향에 대한 반발과 혐오는 그런 역학적 현상에 머무는 것이 아니었다. 결코 그렇지 않고 좀 더 인간의 본질적인 문제와 관련이 있다는 것을 마음의 깊은 속에서는 뼈저리게 느끼면서 슬프게도 아직 미숙한 나로서는 내 나름의 자신 있는 이론을 구성하지 못하고 있었다.(『선우휘 문학 선집 3』, 325쪽. 밑줄 강조는 인용자)

공산주의(자)에 대한 작가 선우휘의 염오(厭惡)의 기원과 구조에 대해,

그간 여러 연구자나 비평가들이 달려들어 그것을 밝히거나 재구성하고 자 했습니다. 선우휘의 겸양지사인지 진정인지 모르겠으나, 작가 자신은 "미숙한 나는 아직 이론을 구성하지 못하고 있다."고 합니다만,(이 소설은 1983년에 발표되었으니, 작가의 나이 61세 때이고, 몇 년 후 세상을 떠나니 거의 말년 의 발언이라고 할 수 있을 것입니다.) 이명원 선생께서는, 바로 그 기원과 구조 를, 이렇게 간단히 줄이는 것이 허락된다면, "소민주의와 애향심에 기반한 문화심리 구조"라고 규정하시고, "상부구조인 정치 이데올로기(반공주의) 가 문화심리 구조의 '외피'라면, 그것의 무의식적 토대는 오랜 세월에 걸쳐 누적되고 체화되어 이제는 '제2의 자연'처럼 되어 버린, 제거할 수 없는 심 리적 본체(소민주의)에 해당한다. 그런 점에서 본다면 선우휘의 소설에 반 복적으로 나타나는 서북인으로서의 문화심리 구조의 특이성을 우리는 비 로소 이해할 수 있게 된다."라고, 그 세부를 정리하고 계십니다.

저를 포함해, 그간 여러 연구자들이 선우휘의 문학 사상과 관련하여, 주로 '반공 이데올로기'(사실 저도 이 개념의 실체에 대해 진작 문제를 제기한 적 은 있습니다. 어떤 '이데올로기'가 무엇에 관한 적극적 지향이 아니라, '무엇에 관한 반대'를 내포로 하여 구성될 수 있겠는가 하는 것이 근본적인 의문이고, 그런 점에서 이 무한히 넓은 외연은 좀 더 조밀하고 구체적인 것에 의해 다시 설명되지 않으면 안 되리라는 것이었지요.)에 집중해 왔다면, 이 선생님께서는 그 '외피'인 '반공 이데올로기'보다도, 훨씬 더 발생학적이고 근원적인 '심리 구조'의 형성 계 기와 발현을 짚어 내신 것입니다. 이 주장의 세목(細目)들이 지니는 장점, 혹은 토론자로서 제가 공감한 지점들을 새삼 재론할 필요는 없을 듯싶습 니다. 다만, 한 가지 확인해 두고자 하는 것은, 이 발표가, 선우휘 연구사 에서, 특히 그의 문학사상을 규명하는 연구의 계보에서 분명히 하나의 새 로운 이론적 기착점을 얻게 되었다는 사실입니다. 특히, 이 선생께서 제 안하신 '소민주의'는, 앞으로 이 선생께서 좀 더 다듬고 벼려 나가는 과정 속에서, 그리고 이 '소민주의'를 둘러싼 동료 학자들이나 비평가들의 토 론 과정을 통해 더 공교로운 개념의 속살을 얻게 되리라는 것입니다. 그리고, 여기에서 저는 '소민주의'라는 규정이 과연 선우휘 문학사상을 해명하는 적절한 개념인가에 대한 토론은 전개하지 않으려고 합니다. 기본적으로 이 개념의 유용성에 동의하는 까닭이기도 하지만, 저로서는 그에 견주거나 대체할 만한 대안적 개념을 아직 찾지 못했기 때문입니다.

3

이 자리가, 단순히 선우휘에 관한 연구 논문을 발표하는 자리가 아니라, 그의 탄생 100주년을 기념하는 자리임을 다시 상기하면서, 토론자로서 한 가지만 말씀을 드리고 토론에 갈음하고자 합니다. 다시 처음의 「1950년의 고뿔감기」로 돌아갑니다만, 주인공이 체포되어 온 현역 거물급 북한 관료이자 옛 선생이기도 한 사람을, 과연 어떻게 처리해야 옳을 것인가에 관련된 '고민'에 관한 것입니다. 학술 토론이나 학문적 객관성, 혹은 이론과 체계 등등을 다 떠나서, 그냥 한 사람의 '개인'으로서, 저는 날이 갈수록 이 '고민'이 저에게 매우 실존적이고 구체적으로 다가오는 것이어서 몹시 곤혹스러웠습니다. 아마도, 토론자 섭외 전화를 받자마자 이 작품이 번개처럼 떠오른 것도 그런 연유였을 것입니다. 대한민국의 '국민'이자 더구나 사법 체계의 한 축을 담당하는 '현역 경찰'이라는 '공인'인 주인공이, 개인적으로는 옛 스승이자 동향 선배이기도 한 '사적 인연'을 지닌 그 인물의 생사의 갈림길에서, 어떤 것을 선택해야 옳을 것인가? 소설은, 그 서북 출신 대한민국의 경찰이 선생을 살리기로 결정합니다. 이 소설에만 국한하자면, '공인 대 사인'이라는 구도가 성립됩니다만, 이와 유사한 '선택의 기로'는 동서고금의 수많은 문학과 예술작품에 허다하게 등장하는 것이기도 합니다. 깊이 고민하지 않고, 그냥 머릿속에서 얼핏 떠오르는 몇 가지 예만 들어 봐도, 황석영의 「손님」이나 김연수의 「밤은 노래한다」가 그렇고, 영국의 영화감독인 켄 로치의 「랜드 앤 프리덤」이나 「보리밭을 흔드는 바람」이 그러합니다. 모두 누군가를 죽입니다. 아는 사람, 심지어는 형제도 있고, 어제까지 혁명 대오에서 함께 투쟁하던 동료도 있습니다. 죽이는 사람이 갈등을 하고, 작품 안에서 그런 고뇌가 그려지기는 합니다만, 결국은 죽이고 맙니다. 이때 죽이는 사람의 '살해'를 정당화하는 것은, "내가 지금 죽이는 것은 내 형제, 혹은 내 동지, 혹은 내 이웃이 아니라, 내가 지향하는 이념(정신)의 방해자이거나 반역자일 뿐"이라는 것이지요. 이 선생께서는, 선우휘 소설에서, '살해를 주저하게 만드는 것'이, 지역적 정서(애향심)에 기반한 소농적 문화심리의 구현체로서의 '소민'이라고 규정하셨고, 이것은 근대 국민국가나 근대사회를 구성하는 합리주의나 이성과 배치되는, 전(前)근대적 가치나 정서와 더 밀접한 것이라고, 그리고 그것은 종종 '몰역사적'이고 '탈이념적'이라고 정리하셨습니다만, 저는 선우휘 소설이 보여 주는 이 장면, 혹은 갈등, 혹은 그 '사건'을 규정하는 더 큰 '크로노토프'는, 그렇게만 한정할 수 없는 철학적 지점들을 가리키고 있다고 생각합니다.

토론문을 쓰기 전에, 내내 염두를 떠나지 않던 또 한 가지는, 그리스의 비극「안티고네」였습니다. 좀 더 정확히 말하자면,「안티고네」에 관한 오래된 철학적/미학적 해석의 선편에 해당하는 헤겔의「안티고네」읽기였습니다.「안티고네」에 관한 해석이 워낙 다양하고, 더욱이 그 작품에 관한 헤겔의 해석에 대해서도 너무 많은 논의들이 있어서, 한마디로 말씀드리기는 어렵습니다만, 게다가「안티고네」는 죽은 자의 매장과 수습을 둘러싼 대립이어서, 살아 있는 자의 죽음을 이야기하는 저의 맥락과 썩 어울리는 예는 아닙니다만, 작가 선우휘의 '가치 판단'과 '해석적 평가'와 관련된 문제라는 점에서는, 헤겔이「안티고네」의 충돌하는 두 가치(인륜)를 대비시킨 것과 유사한 지점들이 있다고 생각됩니다. 요컨대, 선우휘의 소설은, '몰역사적'이거나 '비이념적', 혹은 '탈정치적'이 아니라, 사실은 매우 역사적이고 이념적이며, 어떤 점에서는 '정치적'이기도 하다는 점입니다.

이렇게 말씀드리면, 역사적이고 정치적이며 이념적인 편이, 그렇지 않은 편보다 더 낫다고 오인될 소지가 있어 조금 조심스럽기는 합니다만, 그것을 무엇이라 명명하든 간에, 선우휘 문학을 가로지르는 이 절체절명의 '기로(岐路)'에 있어서의 '선택'의 문제는, 단순히 전근대나 농촌, 혹은 농민이나, 애향심과 같은 '심리 구조'로 환원하기에는 훨씬 더 엄중한 철학적 의미가 내포되어 있는 것은 아닌가 생각합니다. 그것을 무엇이라고 저는 딱히 이 자리에서 명명하기는 어렵습니다. 여기에서 말하는 '그것'은, 국가나 민족, 혹은 계급이나 이념, 혹은 그것보다 더 크거나 작은 이 지상의 모든 '가치'들의 '압력'을 견디고, 당장 눈앞에 있는 저 초라하고 왜소한, 그리고 죽음의 공포에 떨고 있는, 그러면서도 저 자신은 또 제 스스로 믿고 있는 그 이념이나 가치의 이름으로 당당히 죽음을 맞을 수 있을 것처럼(실제로 그럴 수도 있을) 체념과 의지가 뒤엉킨 묘한 표정을 하고 있을 그 '인간(타자)혹은 적(敵)'에 관한 예우입니다. 그것을 동정이나 연민, 혹은 측은지심이나 온정, 혹은 휴머니즘…… 무어라고 부르든 간에, 이른바 '법'의 이름으로 역사에 종횡하는 그 엄청난 '압력'을, 가까스로 견뎌 내려는 의지가 선우휘의 문학에 면면히 존재하는 것을 새삼 깨닫습니다. 그리고, 그 의지나 힘은, 농촌, 농민, 실용, 애향과 같은 근대 이전의 가치와 체계로 환원되기에는 너무도 현재적이고 동시에 미래의 것이기도 한 것 같습니다.

헤겔은, 「안티고네」를 국가윤리와 가족윤리의 대립과 충돌로 읽었던 것 같습니다. 그 두 개의 이른바 '인륜'적 가치가 어떻게 충돌하고 어떻게 화해의 가능성을 담지하고 있는가를 「안티고네」를 통해 해석해 내고자 했습니다. 그런데, 선우휘의 문학을 가로지르는 이 '의지'나 '힘'은, 단순히 가족이나 지역, 혹은 농경사회적 상상력으로 소급되거나 환원되기 어려운 복잡한 면이 있습니다. 그리고, 그건 대타적이라기보다 한결 '절대적'입니다.(「불꽃」에서, 선우휘는 당연히 '계급'과 '국가'를 지우지만, '아버지-민족'도 지웁니다. 이 점이, 반공 이데올로기가 종종 민족주의와 결합하는 흔한 사례들과 구별되는 독특한 지점이기도 합니다. '아버지-민족'을 지운다는 점에서, 저는 「안티고네」에 관한 헤겔의 해석틀이 선우휘에게는 잘 맞지 않는 측면이 있다고 생각합니다. 제가 '절대적'이라고 한 것은, 서로 다른 두 가치나 힘이 길항하는 방식으로 그리지 않는다는 차원에서 그렇다는 것입니다. '그것'은 가까스로 버틸 만큼 미약하지만, 역설적으로 '절대적'인 것입니다.)

저는 이명원 선생님께서 적절히 주목하신 「한평생」의 그 '순간', 혹은 「1950년의 고뿔감기」의 그 '정황'의 선택이 지니는 의미나 가치를, 조금 더 현재나 미래의 가능성으로 읽어 주셨으면 얼마나 좋았을까 하고 생각해 봅니다. 저의 좁은 독해 탓인지도 모르겠습니다만, 선생님의 '소민주의', 그리고 그 개념의 의미 구조를 직조하고 있는 농촌, 향토, 농경적 상상력, 실용 그리고 거기에 부가되는 '몰역사성'과 '탈정치' '비이념'의 규정들이, 선우휘 소설의 이 독특한 크로노토프를 너무 소극적이고 전근대적이며 사인적(私人的)인 것, 그리고 다소 퇴영적(退嬰的)인 것으로 이해하도록 만드는 것은 아닌가 하는 아쉬움이 있습니다. 이런 부분에 관해, 이명원 선생님의 보충 설명을 듣는다면, 저의 소박한 의문이 풍요로운 대답을 만날 것 같습니다.

선우휘 생애 연보

1922년	1월 30일(음력 1월 3일), 평북 정주군 정주읍 남산동에서 선우억(鮮于億)의 장남으로 출생.
1943년(22세)	9월, 경성사범학교 본과 3년 졸업. 귀향 후 구성(龜城)보통학교 교사로 재직 중 해방을 맞음.
1946년(25세)	2월, 38선을 넘어 월남. 3월 조선일보사에 입사, 사회부 기자로 근무.
1948년(27세)	인천중학교 교사로 부임.
1949년(28세)	4월, 육군소위(정훈장교)로 임관.
1950년(29세)	대위로 통칭 전진군단 유격대장으로 6·25전쟁 참전.
1955년(34세)	단편 「귀신」을 《신세계》에 발표, 문단에 데뷔.
1956년(35세)	단편 「ONE WAY」를 《신태양》에, 「테러리스트」를 《사상계》에 발표.
1957년(35세)	단편 「불꽃」을 《문학예술》 신인 작품에 응모해 당선됨. 단편 「똥개」를 《사상계》에, 「거울」을 《문학예술》에 발표. 「불꽃」으로 제2회 동인문학상 수상. 정훈장교로 육군본부 정훈감실 정훈차감을 역임하는 등 9년간의 현역 생활을 마치고 대령으로 10월에 예편.
1958년(37세)	단편 「화재」, 「보복」, 「채스터피일드」를 《사상계》에, 「승패」를 《신태양》에, 단편 「견제」와 「오리와 계급장」을 《지성》에 발표. 단편 「소나기」를 《서울신문》에 발표. 한국일보사 논설위원으로 입사. 6월, 『한국 단편 문학 전집』에 「불꽃」 등 수록, 백수

사(白水社)에서 간행.

1959년(38세)　단편「흰 백합」,「도전」을 《사상계》에, 단편「단독강화」를 《신
태양》에, 단편「형제」, 중편「깃발 없는 기수」를 《새벽》에 발
표. 2월, 을유문화사에서 단편집 『불꽃』 간행.

1960년(39세)　단편「한국인」을 《현대문학》에,「대열」을 《중앙문학》에,「산
다는 것」을 《여원》에 발표. 장편 『아아, 산하여』를 《한국일
보》에 연재. 6월, 김팔봉, 김광주 등과 함께 한국소설가협회
의 창립 멤버로 참여.

1961년(40세)　단편「유서」를 《사상계》에, 중편「추적의 피날레」를 《신세계》
에 발표. 5월, 조선일보사 논설위원으로 재입사.

1962년(41세)　단편「도박」을 《사상계》에, 중편「싸릿골의 신화」를 《신세계》
에 발표. 장편 『언젠가 그날』을 《조선일보》에 연재.

1963년(42세)　단편「반역」을 《사상계》에,「세월」을 《여원》에,「언제 어디선
가」를 《신사조》에 발표. 장편 『성채』를 《사상계》에 연재.(미완
성) 12월 31일, 조선일보 편집국장에 취임.

1964년(43세)　단편「열세 살 소년」을 《세대》에,「아버지」를 《문학춘추》에,
「우스운 사람들의 우스운 이야기」를 《신동아》에, 중편「아아,
내 고장」을 《신사조》에 발표. 장편 『여인가도』를 《대한일보》
에 연재. 언론윤리위원회법을 둘러싸고 빚어진 언론 파동 때
현직 편집국장으로는 최초로 구속, 12월 불기소 석방.

1965년(44세)　단편「그의 동기」,「점배기 여인」을 《문학춘추》에 발표. 단편
「마덕창 대인」,「기통담」을 《현대문학》에, 단편「언제까지나」
를 《문학춘추》에,「좌절의 복사」를 《세대》에,「십자가 없는 골
고다」를 《신동아》에,「망향」을 《사상계》에 발표. 장편 『사라기
(沙羅記)』를 《서울신문》에 연재. 1월 21일, 다시 조선일보 논
설위원. 9월, 『한국 단편 문학 선집 ⑨』로 선우휘 소설집 『반
역』을 정음사에서 간행. 7월 9일, 재경 문인 80인과 함께 한일

협정 비준 반대 성명 발표.

1966년(45세)   단편 「띄울 길 없는 편지」를 《주간한국》에, 「호접몽」을 《한국
               문학》에 발표. 장편 『사도행전』을 《사상계》에, 『물결은 메콩
               강까지』를 《중앙일보》에 연재. 일본 도쿄대학 행정대학원에
               서 1년간 신문(新聞)학 연구. 4월 『현대 한국 문학 전집』 12권
               선우휘 편을 신구문화사에서 간행.

1967년(46세)   단편 「황야의 소역(小驛)에서」를 《신동아》에 발표. 9월, 한일
               신문세미나 협회에 한국 측 대표의 한 사람으로 참석.

1968년(47세)   조선일보 편집국장에 재취임.

1969년(48세)   단편 「상원사」를 《월간중앙》에, 「오욕과 영광」을 《아세아》에
               발표. 8월, 『한국 단편 문학 대계 10』에 「불꽃」 등 3편 수록,
               삼성출판사에서 간행. 시인 신동엽과 순수-참여 논쟁 전개.

1970년(49세)   미국 국무성 초청으로 미국 문화계 시찰. 11월, 『한국 대표 문
               학 전집』 11권에 「추억의 피날레」 등 4편 수록, 삼중당에서
               간행.

1971년(50세)   단편 「묵시」를 《현대문학》에, 단편 「선영」을 《월간문학》에, 단
               편 「포엠 마담」을 《동서문화》에 발표. 12월, 조선일보 주필,
               국제신문인협회(IPI) 회원이 됨. 인도네시아 정부 초청 총선거
               시찰.

1972년(51세)   1월, 선우휘 창작집 『망향』이 일지사에서 간행.

1974년(53세)   해외 취재를 위해 3개월간 세계일주 여행. 9월, 『신한국 문학
               전집』 24권에 「단독강화」 등 11편 수록, 어문각에서 간행.

1975년(54세)   국토통일원 고문 위촉.

1976년(55세)   중편 「외면」, 단편 「서러움」을 《문학사상》에, 단편 「늙은 한국
               인」, 「하얀 옷의 만세」 등 발표.

1977년(56세)   중편 「쓸쓸한 사람」을 《문예중앙》에 발표. 12월, 선우휘 소설
               집 『쓸쓸한 사람』을 한진출판사에서 간행.

1978년(57세)	중편 「희극배우」를 《한국문학》에, 단편 「우리말」을 《현대문학》에, 단편 「나도 밤나무」, 「에반 킴」을 《문학사상》에 발표.
1979년(58세)	『세계문학 100 선집』 4권(한국 단편소설)에 「테러리스트」 수록, 경미문화사에서 간행. 장편 『노다지』를 《주간조선》에 연재. 5월, 아시아신문재단으로부터 제2회 고재욱 언론상 수상. 11월 한국 현대문학 전집 26권에 「묵시」 등 3편 수록, 삼성출판사에서 간행.
1980년(59세)	4월, 『한국 단편문학 전집』 6권에 「망향」 등 2편 수록, 진문출판사에서 간행. 8월, 『한국 문학 전집』 26권 「외면」 등 4편 수록, 삼성당에서 간행.
1981년(60세)	6월, 『현대 한국 문학 전집』 21권에 「선영」 등 3편 수록, 금성출판사에서 간행.
1982년(61세)	중편 「진혼」을 《문예중앙》에 발표.
1983년(62세)	단편 「안경 낀 여자」를 《소설문학》에, 「1950년의 고뿔감기」를 《문학사상》에, 중편 「한평생」을 《한국문학》에, 단편 「이름 모를 꽃」을 《소설문학》에 발표. 대한민국 예술원 회원(소설)에 피선. 일본의 지식인들과의 좌담집 『日韓理解への道』을 요미우리신문사에서 출간.
1984년(63세)	단편 「목숨」, 「빛 한줄기」, 「오막살이 집 한 채」, 「거스름 돈」, 「불량노인」, 「올림픽」 등을 《월간조선》에 발표.
1985년(64세)	1월, 『한국 현대문학 전집』 14권에 『추적의 피날레』 수록, 삼성출판사에서 간행. 한국방송심의위원회 위원장 취임.
1986년(65세)	2월, 조선일보 정년 퇴임. 6월 7일, KBS 6·25 특집 「살아 있는 전장」 녹화 촬영을 위해 왜관에서 낙동강까지의 전투 전적지 취재 후 11일, 부산시 동구 초량동 세호장 호텔에 투숙. 12일, 뇌일혈로 별세. 부인 이형원(李馨遠) 여사, 장남 정(鉦)과 3녀를 남기고 충남 천안공원묘원에 영면. 9월, 장편 『노다지』

(전 4권)와 산문집 『아버지의 눈물』이 동서문화사에서 간행
됨. 국민훈장무궁화장 추서.

1987년	1주기를 맞아 『선우휘 문학 선집』(전 5권)이 황순원, 김성한, 이어령 책임 편집으로 조선일보사에서 간행.
1997년	『아들이여 아비의 슬픔을 아는가: 선우휘 에세이』(오늘) 출간.
2006년	『불꽃: 선우휘 단편선』(문학과지성사) 출간.
2010년	『선우휘 작품집』(지식을만드는지식) 출간.

선우휘 작품 연보

발표일	분류	제목	발표지
1955	단편	귀신	신세계
1956. 10	단편	ONE WAY	신태양
1956. 12	단편	테러리스트	사상계
1957. 7	단편	불꽃	문학예술
1957. 8	단편	똥개	사상계
1957. 9	단편	거울	문학예술
1958	단편	소나기	서울신문
1958. 1	단편	화재	사상계
1958. 12	단편	승패	신태양
1958. 7	단편	보복	사상계
1958. 11	단편	체스터 피일드	사상계
1958. 여름	단편	견제	지성
1958. 가을	단편	오리와 계급장	지성
1959	단편	형제	신태양
1959. 6	단편	흰 백합	사상계
1959. 9	단편	도전	사상계
1959. 6	단편	단독강화	신태양
1958. 5	단편	메리 크리스마스	신태양
1959. 12	단편	깃발 없는 기수	새벽

발표일	분류	제목	발표지
1960. 9	단편	화재	새벽
1960. 12	단편	한국인	현대문학
1960. 11	단편	대열	중앙문학
1960	단편	꼬부랑 할머니	신지성
1960. 4	단편	산다는 것	여원
1960. 6. 1 ~1961. 5. 4	장편 연재	아아, 산하여	한국일보
1961. 6~9	장편 연재	꽃구름	여원
1961. 11	단편	유서	사상계 특별증간호
1961. 12	장편	추적의 피날레	신세계
1962. 3	단편	갚을 수 없는 빚	한양 (도쿄에서 발행)
1962. 11	단편	도박	사상계
1962.12. 12 ~1963. 11. 6	장편	언젠가 그날	조선일보
1963	단편	반역	사상계
1963. 3	중편	세월	여원
1963. 9	단편	언제 어디선가	신사조
1963. 3 ~1964. 1	장편 연재 (미완)	성채	사상계
1963. 8~9	장편	싸릿골의 신화	신세계
1964. 1	중편	아아, 내고장	신사조
1964. 2	단편	열세 살 소년	세대
1964. 6	단편	아버지	문학춘추

발표일	분류	제목	발표지
1964. 12	단편	우스운 사람들의 우스운 이야기	신동아
1964	장편	여인가도	대한일보
1965	소설집	반역	정음사
1965. 1	단편	그의 동기	문학춘추
1965. 1	단편	점배기 여인/언제까지나	문학춘추
1965. 5	단편	마덕창대인	현대문학
1965. 5	단편	좌절의 복사	세대
1965. 7	단편	십자가 없는 골고다	신동아
1965. 8	단편	망향	사상계
1965. 11	단편	기통담	현대문학
1965. 4. 18 ~11. 30	장편	사라기	서울신문
1966	산문집	별빛은 가득히: 강제구 소령의 짧은 생애	흑조사
1966. 1~6	장편 연재	사도행전	신동아
1966. 6. 9 ~1967. 2. 28	장편 연재	물결은 메콩강까지	중앙일보
1966	단편	띄울 길 없는 편지	주간한국
1966	단편	호접몽	한국문학
1967	소설집	선우휘집	청구문화사
1967. 8	단편	황야의 소역에서	신동아
1969	단편	총과 호미	창작집 『망향』
1969. 1	단편	상원사	월간중앙
1969. 3	단편	오욕과 영광	아세아

발표일	분류	제목	발표지
1971. 7	단편	포엠 마담	동서문화
1971. 2	단편	묵시	현대문학
1971	단편	선영	월간문학
1975. 10	단편	하얀 옷의 만세	문학사상
1976	단편	늙은 한국인	소설집 『쓸쓸한 사람』
1976. 7	중편	외면	문학사상
1977. 4	단편	서러움	문학사상
1977. 12	단편	쓸쓸한 사람	문예중앙
1978	단편	희극배우	한국문학
1978. 3	단편	나도 밤나무	문학사상
1978. 12	단편	에반 킴	문학사상
1979. 2. 18 ~1981. 8. 29	장편 연재	노다지	주간조선
1982	중편	진혼	문예중앙
1983	단편	1950년의 고뿔감기	문학사상
1983	단편	한평생	한국문학
1983	좌담집	日韓理解への道	요미우리신문사
1983. 3	단편	이름 모를 꽃	소설문학
1983. 5	단편	안경 낀 여자	소설문학
1984. 3	단편	목숨	월간조선
1984. 4	단편	빛 한줄기	월간조선
1984. 5	단편	오막살이 집 한 채	월간조선
1984. 6	단편	거스름돈	월간조선
1984. 7	단편	승리	월간조선

발표일	분류	제목	발표지
1984. 8	단편	불량노인	월간조선
1984. 9	단편	올림픽	월간조선
1986	산문집	아버지의 눈물	동서문화사
1986	장편	노다지(전 4권)	동서문화사
1987	소설 선집	선우휘 소설 선집(전 5권)	조선일보사
1997	산문집	아들이여 아비의 아픔을 아는가	오늘
2004	소설집	쓸쓸한 사람 (한국문학 대표작 선집 5)	문학사상사
2006	소설집	불꽃: 선우휘 단편선 (한국문학 전집 25)	문학과지성사
2010	소설집	선우휘 작품집	지식을만드는 지식

작성자 이명원 경희대 교수

미학적 우스꽝스러움과 기대 규범의 위반*

손창섭의 문학 세계

오창은 | 중앙대 교수

1 "인간의 생리 자체가 변했다"

1956년 5월 22일 오후 2시 즈음이었다. 서울 종로구 효제동 130번지에 젊은 문인들이 속속 모여들었다. 그곳은 1955년 1월 창간한 《현대문학》 사무실이었다. 현대문학사는 오직 신인 작가들만을 초청해 좌담회를 열었다.[1] 사무실에서는 조연현, 오영수, 박재삼이 젊은 문인들을 맞아들였다. 초청을 받은 문인은 손창섭(소설), 곽학송(소설), 최인희(시), 오상원(희곡),

---

*   이 논문은 2022년 5월 13일 대산문화재단과 한국작가회의가 공동 주최한 '2022 탄생 100주년 문학인 기념문학제 심포지엄 ─ 폐허의 청년들, 존재와 탐색'에서 「미학적 우스 꽝스러움과 기대 규범의 위반 ─ 손창섭의 문학 세계」라는 주제로 발표한 글이다. 토론자 김지혜(이화여대) 교수의 논평을 참고하여 수정·보완했으며, 《세계문학비교연구》 제80 집(2022. 9. 30.)에 같은 제목을 게재한 후 재수록했다.

1)   손창섭 외, 「신세대를 말하는 신진 작가 좌담회」, 《현대문학》(제2권 제7호), 현대문학사, 1956년 7월호, 178~186쪽.

최일수(평론), 임희재(희곡), 김양수(평론), 이형기(시), 정창범(평론), 홍사중(평론), 천상병(평론)이었다. 1950년대에 주목받으며 문학 활동을 하고 있는 신진 작가들이었다.

좌담회는 1) 문학을 하게 된 동기, 2) 문단에 나오기까지, 3) 문단 등용에 대하여, 4) 신세대의 특성, 5) 현대문학의 특징과 그 과제, 6) 문학인의 정치 참여, 7) 문학상에 대하여, 8) 문학인으로서의 포부 순으로 진행되었다. 좌담회 구성은 2인의 소설가, 2인의 시인, 극작가 2인, 그리고 평론가 5인이었다. 논의가 진행될수록 최일수, 김양수, 정창범, 홍사중 같은 평론가들이 발언을 주도하는 양상을 보였다. 좌담 전체에서 손창섭은 단지 세 번만 발언하고, 내내 침묵했다. 손창섭 연구자들도 이 좌담회에서 손창섭의 역할이 미미했다고 평가했다. 하지만, 이 좌담에서 '신세대 작가'에 대한 논의가 제기되어 문학사적으로 중요하다.

1950년대 문학에서 '신세대 작가'는 뜨거운 쟁점이었다. 좌담에서 사회자가 "여러분들은 대체로 자신들을 신세대라고 자부하는 사람들이니까 새로운 것이 어떤 것인가 하는 문제를 좀 이야기해 주세요."라고 질문을 한다. 이 물음에 최일수가 먼저 구체적으로 대답했다.

○ 崔一 ─ 要컨대 舊世代는 事件밖에서 人生을 觀照的으로 다룬 데 對하여 新世代는 人生을 行動的으로 다루고 있는 그런 거죠. 舊世代는 行動以前에 회의하고 苦悶하는 인생을 그린 데 比하여 新世代는 行動以後에 自己分裂을 이르키는 거예요. 말하자면 質的 飛躍을 찾을 수 있어요. 假令 孫昌涉氏의 小說에서 高先生이 舊世代라면 貴男이는 新世代에 該當될 거예요.[2]

문학평론가 최일수는 손창섭의 「설중행」을 구체적인 예로 들어 신세대

---

2) 위의 글, 182쪽.

와 구세대의 감각을 설명했다. 소설 속에서 고 선생은 상황을 받아들이며 수락한다면, 귀남은 자기 삶의 방식을 추구하면서 상황적 어려움에도 당당한 모습을 보여 준다. 최일수는 고 선생이 '회의하고 번민하는 인생'이라면, 귀남은 '자기분열을 통해 질적 비약을 감행'하는 것으로 해석했다. 최일수의 말처럼 손창섭 소설에는 행위와 의식이 분열적으로 그려지는 경우가 빈번하게 등장한다. 손창섭은 극한 상황을 설정하고, 그 상황을 인식하는 것과 그에 파생되는 행위를 분열시켜 서사화했다. 손창섭은 이러한 이야기들을 들으며 "인간의 생리 자체가 변했다."라고 말했다. 손창섭은 '휴머니즘'을 논의하거나, '전통의 계승'을 이야기하더라도 현재의 '인간 생리 자체가 변한' 것에 주목하여, 그 진실을 탐구해야 한다고 보았다. 그것이 신세대 작가의 역할이라는 것이다.

한국전쟁 이후 1950년대 중반, 한국문학계는 세대 간 구분으로 재편되는 양상을 보였다. 매체의 측면에서는 1949년 창간한 《문예》가 한국전쟁과 전후 문단 시기에 중요한 역할을 했다. 손창섭도 김동리 추천으로 《문예》 1952년 5-6 합본호에 「공휴일」을 발표했고, 《문예》 1953년 6월호에 「사연기」를 김동리의 추천 완료로 게재했다. 1954년 '예술원' 선거는 전후 문단을 한국문학가협회와 자유문학자협회의 대립으로 끌고 갔다. 그 여파로 《문예》도 폐간되고 말았다. 《현대문학》은 《문예》가 폐간된 이후의 문단 공백을 대체하는 매체로 창간되었다. 1955년 1월, 주간 조연현, 편집장 오영수, 편집 관계사원으로 김구용, 임상순, 박재삼이 참여하여 첫발을 내디뎠다. 《현대문학》 창간호에 실린 소설의 면면이 이채롭다. 김동리의 「흥남철수」, 박영준의 「속죄」, 최정희의 「수난의 장─제일절」, 손창섭의 「혈서」, 염상섭의 「지평선(연재 1회)」이 실렸다. 젊은 작가로서는 유일하게 손창섭의 「혈서」가 게재되었다. 그의 작품 「혈서」는 "특수 인물들을 등장시키고 그 인물들을 하나하나 살림으로써 성공한 작품"[3]이라는 평가까지 곁들여져,

---

3) 곽종원, 「세태 묘사의 경향」(하), 《경향신문》, 1955년 4월 16일 자, 4면.

1950년대 문단을 대표하는 젊은 작가로서의 위상이 정립되었다. 손창섭은 《문예》가 폐간된 이후 《현대문학》의 중요 작가로서 문학적 위치를 확보해 나갔다. 게다가 '신세대'를 대표하는 작가로서 주목을 받았다.

1950년대 '신세대 작가'는 김상선이 1964년에 간행한 『신세대 작가론』에서 집중적으로 조명을 받았다. 김상선은 이 책에서 신세대 작가로 손창섭, 장용학, 김성한, 오상원, 선우휘를 꼽았다. 그는 "손창섭은 병의식 세계, 장용학은 인간적 결단, 김성한은 풍자적 자세, 오상원은 절망적 자아, 선우휘는 넓은 광장에의 시점"이 특징적이라고 했다.[4] 특히, 손창섭을 첫머리에 올리면서, 손창섭의 인물들이 "최후로 다달은 곳은 절망의 심연이었고, 재생의 꿈을 꾸어 보지도 못할 것 같은 허무의 포로가 되는 인간 최저의 시궁창"이라고 강렬한 언어로 표현했다.[5]

손창섭은 1950년대 신세대 작가로서뿐만 아니라, 1950년대 소설가 중에서도 독특한 개성을 발산하는 작가다. 그의 작품 분위기는 피와 죽음의 이미지로 채워져 강렬했고, 그의 작품 속 인물은 병들고 무력하게 그려져 1950년대 인간의 한 전형을 획득했다. 1950년대 문단에서도 "특이한 주목"[6]을 끌었고, 그 이후로도 독자들로부터 "많은 관심과 흥미를 모"았다.[7]

이 글은 1950년대 손창섭 문학 세계를 재해석하여, 그의 문학적 의미를 현재화하는 데 목적이 있다. 그의 작품 세계는 상황적 억압이 압도하는 현실에서, 주체의 반응을 비주류적 태도로 형상화했다. 이를 통해 폭력적 세계를 돋보이게 하면서도, 기존의 윤리를 해체적으로 재구성하는 특수한 서사적 의외성을 이끌어 냈다. 이는 존재하는 윤리적 질서를 무력화시

---

4) 김상선, 『신세대 작가론』(일신사, 1964), 64~65쪽.
5) 위의 책, 71쪽.
6) 조연현, 「병자의 노래 ― 손창섭의 작품 세계」, 《현대문학》(제1권 제4호), 현대문학사, 1955. 4, 74쪽.
7) 송기숙, 「창작 과정을 통해 본 손창섭」, 《현대문학》(통권 117호), 1964. 9, 104쪽.

킴으로써 '우스꽝스러움의 미학'으로 '윤리의 재구성'을 시도하는 '성찰적 서사'로 의미화할 수 있다.

2 문단 이단아와 기형적 남성성의 우스꽝스러움

손창섭은 "전후 소설의 제일인자이며 희생자"[8], "문학계의 '새로운 전율'"[9], "현대 한국 소설의 한 고전"[10] 등 인용하기에도 벅찬 찬사를 받았다. 하지만, 그의 인간적 면모에 대해서는 상이한 이야기들이 전해진다. 괴짜, 절필하고 일본으로 건너간 기인, 대인기피증 등과 같은 언어들이 손창섭의 이미지에 덧쓰였다. 손창섭은 스스로에 대해 이렇게 이야기했다.

나를 괴팍한 사람으로 보는 이가 있는 모양이다. 아마도 사람들과 잘 어울리지 않고, 술 담배를 입에 대지 않고, 넥타이를 매는 일이 없고, 누가 집에 찾아오는 걸 질색하고, 남의 집에 찾아가기를 꺼리기 때문인가 보다.[11]

손창섭은 자신의 외모에 대해서도 "어느 한구석 정상적인 엄격한 인간 규격에 들어가 맞는 풍모는 도시 아니다."라고 했다. '속된 얼굴', '희멀건 눈', '정채 없는 희멀건 눈', '불안하게 길고 가는 목', '좁고 찌그러진 어깨', '짝짝이 팔' 등 조목조목 부정적 언어를 쓰고 있다. 외모에 대한 자기비하적 인식 혹은 의도적 왜곡은 '미적 우스꽝스러움'의 기획으로 볼 수 있다. 소설 속 그는 '오기(傲氣)'로 버무려져 '원시적인 야생 동물적 요소'로 채워진 인물로 그렸다. 이는 우스꽝스러움, 혹은 그로테스크함을 환기한다. 가

---

8) 임중빈, 「실락원의 카타르시스 — 손창섭과 새로운 가능성」, 《문학춘추》, 1966. 7, 271쪽.
9) 유종호, 「소외와 허무」, 『낙서족 미해결의 장·잉여인간 외 — 한국 현대문학 전집 26』(삼성출판사, 1981), 440쪽.
10) 고은, 「실내작가론 ⑨ 손창섭」, 《월간문학》, 1969. 12, 197쪽.
11) 손창섭, 「나의 집필 괴벽 — 우경에 젖어서」, 《월간문학》(제4권 제8호), 1971. 9, 232쪽.

하적이고, 폭력적이고, 왜곡적인 상황도 자주 그렸다. 우스꽝스러움은 추함과 깊이 연결되어 있다. 정신적인 육체적 결함이 고상함과 대응되는 감각으로 제시되는 것이다.[12]

손창섭 소설에서 남자 주인공은 '어떤 뺄 풀이'로 여자를 강간하는 경우가 많다. 『낙서족』의 박도현은 '노리꼬'를 강간하고, 「신의 희작」의 S도 '영어 선생의 장녀', '하숙하는 주인집 딸' 그리고 '지즈꼬'를 겁간한다. 이들 여성들은 저항하다, 불가항력적인 완력에 의해 "죽이지만 말아 줘요."라며 포기한다. 남녀 관계의 일방성은 문학적 변형 과정을 거치기도 한다. 그 대표적인 경우가 「잉여인간」이다. 「잉여인간」의 주인공인 서만기 씨는 『낙서족』이나 「신의 희작」에 등장하는 인물들과는 다른 형상을 보여 준다. 서만기 씨는 아내의 존경을 받고 있을 뿐만 아니라, 처제조차 "한평생 만기만을 생각하고 사랑하며 깨끗이 혼자 늙겠다."고 한다. 또한 '간호원 홍인숙'도 자신의 급료를 모두 서만기를 위해 쓰겠다고 할 정도로 헌신적이다. 조금 다르기는 하지만 봉우의 처도 서만기 씨를 끊임없이 유혹하고, 천봉우 씨는 '간호원 홍인숙'에 종속되어 있다. 이들은 모두 쌍방 간의 관계를 중시하기보다는, 제도에 의해서건 처지에 의해서건 일방적이라는 특징이 있다. 상황에 따른 행위의 일방성은 서사적 기획으로 읽을 수 있다. 작가는 인간과 인간의 관계에서 '우스꽝스러운 상황'을 제시함으로써, 정상성을 초월하는 의외적 서사의 국면을 보여 준다.

「신의 희작」의 S는 '미요꼬'를 짝사랑하다 상처를 입었고, 모욕을 준 대상에 대해 복수하기 위해 강간을 행한다. 지즈꼬와의 관계도 지즈꼬 아버지에 대한 복수심과 연결되어 있다. 이러한 유아적이고 미성숙한 상황의 제시는, 소설 속 서사를 통해 현실의 서사를 변형하려는 시도로 읽을 수

---

12) "아리스토텔레스가 주장하는 우스꽝스러움이란 '고통이 없고 육감적으로 감지할 수 있는 추함'이 된다. 이러한 추함은 신체적인 결함, 영혼(혹은 성격)의 결함, 정신의 결함에서 유래한 것을 의미한다. 이를 다시 거칠게 단순화시켜 표현하면 육체적인 추함, 비열함, 어리석음이 된다."(류종영, 『웃음의 미학』(유로, 2005), 72쪽)

있다.

특히, 중요 작품인 『낙서족』[13]은 손창섭의 첫 중편이자, 장편의 길목에 자리한 의미 있는 소설이다. 이 작품은 식민지 시기를 배경으로 박도현이라는 미성숙한 자아의 '특이적 기질'과 '정신적 반항 의식'을 과잉된 의식으로 우스꽝스럽게 그려 냈다. 자유롭고자 하는 강렬한 열망이 체제적 억압과 규율 권력의 힘, 그리고 세상에 대한 재인식의 과정으로 형상화되어 있다.

『낙서족』은 「비오는 날」, 「사연기」, 「생활적」[14] 등이 보여 주던 극한적 인간형과 상황 인식이 낭만적 필치로 전환된 점이 눈길을 끈다. 『낙서족』은 손창섭의 이전 소설과 달리 시대를 소급해 일제강점기인 1938년의 동경을 다루고 있다. 어찌 보면, 전후의 인간상이 비극의 극한에서 토해 내는 절규의 이미지라면, 『낙서족』의 인간상은 방황의 에너지를 안고 있는 의도적으로 왜곡된 우스꽝스러운 이미지로 형상화되어 있다. 1938년 즈음의 일본제국주의는 강력한 위력을 발휘하여 식민지 조선을 통치했다. 중일전쟁의 와중에서 일본은 1938년 11월 무한 삼진의 함락으로 결정적 국면 전환을 이뤄 냈다. 이 시기를 배경으로 1922년생인 손창섭은 소설을 창작한 것이 특이하다. 경험적 측면에서 따졌을 때, 손창섭의 나이는 대략 16~17세 전후이다.

『낙서족』은 평양에서 은행에 협박 전화를 넣어 쫓기게 된 박도현이 일본으로 밀항해 동경의 J중학교 4학년에 편입하면서 겪는 좌충우돌의 사건을 그렸다. 이 소설 속 도현은 행동형 인물로 자신의 감정에 좌우되고, 조

---

13) 손창섭, 「낙서족」, 『낙서족』(일신사, 1959).
14) 손창섭의 초기 단편 중 특히 「사연기」와 「생활적」은 문학사적 가치가 높은 작품들이다. "「사연기(死緣記)」(1953)와 「생활적」(1954)은 월남한 피난민들의 부산 생활을 '삶과 죽음이 충돌'하는 강렬한 에너지가 표출되는 형태로 그리고 있다. 그의 소설에는 한국전쟁의 피해를 가장 낮은 곳에서 고스란히 감내해야 했던 민중의 모습이 섬뜩할 정도로 적나라하게 형상화되어 있다."(오창은, 「전후의 예외적 개성, 손창섭의 문학 세계」, 《문학사상》(제51권 6호), 2022. 6, 27쪽)

국과 민족에 대한 부채 의식에 시달리는 반항아이다. 이 소설은 1930년대 후반의 동경 유학생들의 여러 삶의 태도를 보여 준다. 타락한 인간형으로 한상혁과 차행준과 같은 인물이 있는 반면, 조선 독립의 대의적 명분에 따라 돌발 행동을 하는 박도현과 안광욱, 병호와 같은 인물도 등장한다.

박도현은 손창섭이 자아를 투영해 상상적으로 형상화한 인물이다. 소설의 공간은 동경의 구체적 장소를 제시한다. 이 소설은 '시나가와' 쪽 하숙방, '히비야 도서관' 등 동경의 공간을 넘나든다. 특히 인상적인 부분은 경찰의 감시를 피해 도현이 '시나가와'의 2층 방을 선택했는데, 그 이유는 "차별감이 좀 덜한 하층 지대에 방"을 찾았기 때문이라고 했다. 하층민들의 세계에서는 일본인의 조선인 차별이 상대적으로 덜했음을 알 수 있다. 비극은 오히려 이곳에서 발생한다. 시나가와 하숙방 집 주인의 딸인 '노리꼬'와의 만남이 이뤄지고, 한상희에게로 향해 있던 욕망이 노리꼬에게 분출되면서 서사의 또 다른 결이 형성된다.

도현은 독립운동을 하는 아버지와 "연안 방면에서 좌익 활동"[15]을 하는 숙부에 대한 부채 의식을 깊이 간직하고 있다. 상희 또한 3·1운동 당시 희생당한 아버지로 인해 "조국의 기대와 사회의 요구"[16]를 의식하는 인물이다. 특히 도현은 '조국, 자유, 행복, 투쟁'[17]과 같은 언어에 매혹되어 있다. 그는 행동이 앞서는 성격으로, 돌발 사건을 일으키면서 불령선인으로 감시의 대상이 되고 만다. 이 소설은 도현을 감시하는 일본 경찰을 집요하게 형상화한다. 경찰국가의 감시 체계는 치밀하고 엄혹하며, 그 억압에 직면한 개인은 심한 굴욕감을 품을 수밖에 없다. 그 감시의 실상은 다음과 같이 제시되어 있다. "그 사내는 노리꼬를 찾아와 가지고 자기는 모 권력 기관에 있는 사람이라 하면서, 도현은 지독한 위험 인물이기 때문에 각 기관에서 철저히 감시하고 있는 중이니, 노리꼬도 국민의 의무로서 도현을

---

15) 위의 책, 55쪽.

16) 위의 책, 84쪽.

17) 위의 책, 113쪽.

경계하고 감시하는 동시에 세밀한 정보를 자기에게 제시해 달라고 강요하더라는 것이다."[18] 경찰에 끌려가 고문과 학대를 당하면서 도현은 "형언할 수 없는 굴욕감과 패배감과, 그리고 자신에 대한 불만"[19]에 휩싸인다. 그 출구가 막힌 분노가 시시때때로 경찰을 상대로 개인적 보복인 박치기로 표출된다. 도현의 방식은 개인적 폭력 행사에 그친다. 도현의 구원의 여인으로서 한상희가 등장한다. 도현은 "상희의 관심만 끌 수 있다면 자기가 지금 생각하고 맛보고 있는 굴욕감이나 패배감이나 우울이 처리될 수 있을 것만 같았다."[20]라고 이야기한다. 하지만, 한상희에 대한 도현의 감정은 '존경'으로만 표출될 뿐이고, 정신적 영역에만 머문다. 오히려 도현을 위로해 주고 감싸 주는 인물은 노리꼬라고 할 수 있다. 『낙서족』의 박도현이 한상희를 사랑하는 데에서는 육체적 관계가 빠져 있는 반면, 노리꼬와의 관계는 육체성으로만 채워져 있다. 도현이 '복수'라는 이름으로 가하는 성적 폭력을 노리꼬는 감내해 낸다. 도현은 죄의식 없이 약자인 하층민 여성 노리꼬에게 폭행을 가하면서 '조국의 독립'을 이야기한다. 이는 우스꽝스러운 상황의 의도적 제시로 읽을 수 있다. 독립운동을 가장한 성적 폭력은 제국주의 폭력의 재생산이다. 도현이 노리꼬에게 가하는 성폭행은 '우스꽝스러운 상황 제시'를 통한 폭력 비판이기도 하다.

『낙서족』이 '일제강점기의 민족 저항 서사'로 읽히지 않는 부분에 '다미야·노리꼬'가 자리하고 있다. 이 작품을 희극적이며, 의식 과잉의 소설로 볼 수 있다. 조선 독립의 진지한 서사이기보다는 돌출적이고 미숙한 한 남성의 여성과의 관계 서사이다. 노리꼬와 한상희는 도현의 분열적 인식이 나눠 놓은 구원의 여인상으로 그려진다. 노리꼬의 내면 묘사는 절제되어 있지만, 노리꼬가 도현을 대하는 진심은 잔잔하면서도 감동적이며, 비극적이다. 임신한 노리꼬와 함께 있을 때, 노리꼬의 어머니는 도현에게 다음

---

18) 위의 책, 104쪽.
19) 위의 책, 46쪽.
20) 위의 책, 47쪽.

과 같이 말한다. "난 임자가 조선 사람이라두 뭐 괜찮우. 상대가 조선 사람이건, 중국 사람이건, 인도인이건 그런 것보다두 그저 노리꼬를 버리지 않구 평생 잘 돌봐 줄 사람이문 난 그걸루 만족이우."[21] 이는 '민족과 조국'을 이야기하는 이면에 존재하는 인간의 도리에 대한 이야기이다. 한상희가 노리꼬의 자살 이후에, 도현에게 한 다음과 같은 말도 인상적이다. "그건 하나님을 노엽게 하는 비열한 행위예요. 하필이면 왜 그런 엉뚱한 복수를 하시는 거예요. 하나님이 아끼시는 한 인간의 영혼에 상처를 입힐 권리는 도현 씨에겐 없으셔요. 복수란 오직 악마에게 대해서만 허락되는 최후의 수단예요. 순진하고 무력한 한 여자를 유린하는 게 어째서 명분 있는 복수예요."[22] 도현은 심리적인 면에서나 행동적인 면에서도 의도적으로 우스꽝스럽게 과장되어 있다. 손창섭은 도현을 통해 이데올로기의 과잉과 인간관계의 도리를 대비시킨다. 인간관계라는 윤리적 측면에서 보았을 때, 도현의 행위는 애국적이기보다는 우스꽝스러운 '판단착오, 실수'이다.

도현은 노리꼬에게 "뜻하지 않았던 죄의식"[23]을 느끼고, 중국으로 밀항 직전에 '조시가야의 묘지'를 방문해 헌화를 한다. 이는 도현의 성장 서사의 일면이며, 억압적 상황, 혹은 미숙한 상황에서 벗어나는 서사의 의외성을 보여 주는 것이라고 본다.

손창섭 소설의 '강간 모티프'는 '폭력에 대한 대항 폭력'으로 그려진다. 강자로부터 당한 폭력을, 강자와 관계가 있는 약자를 공격함으로써 해소한다. 그 대상이 약자인 여성으로 표상되는 것은 이중적 의미를 지닌다. 여성의 약자적 위치를 과잉되게 드러내는 것이자, 여성이 왜곡된 주체를 포용해 주리라는 기대를 드러내는 것이기도 하다. 손창섭 소설의 여성들은 '악녀'와 '성녀'의 이미지로 그려진다. 그러면서도 약자이기도 하다. 그

---

21) 위의 책, 185쪽.
22) 위의 책, 204~205쪽.
23) 위의 책, 182쪽.

의 소설 속 남성 인물을 구원해 주는 인물들이 대부분 여성이라는 사실은 손창섭의 여성에 대한 태도를 보여 주는 것이기도 하다. 『낙서족』의 노리꼬·한상희, 「신의 희작」의 지즈꼬, 「잉여인간」의 홍인숙과 은주, 「유실몽」의 춘자 등은 모두 남성 인물의 구원자들이다. 손창섭은 여성과의 이러한 기형적 관계에 대해 「신의 희작」에서 "어머니가 모르는 남자와 동침하는 현장을 발견했을 때"의 충격에서 기인한다고 이야기한다. 어머니에 대한 배신감으로 모성을 향한 열망이 변질되어, 자살 충동으로 이어지면서 '야뇨증'을 달고 사는 불안한 인생이 되었다는 것이다. 손창섭 소설 속 여성은 '배신의 화신'이기보다는, '구원의 천사'일 때보다 구체성을 지닌다.

여성에 대한 폭력 충동은 '자기 위안'이라는 형식을 취하면서, 일방적이고 이기적이기에 독자에게 윤리적 성찰을 촉구한다. 여성을 '복수/구원'의 이중 이미지로 그린 것은 자기 중심적 세계관을 통해, 세상과 대결하려는 의식과도 관련이 있다. 세상은 온통 야만과 폭력으로 점철되어 있고, 소설 속 도현은 오로지 생존을 위해 세상과 싸운다. 도현은 스스로를 약자고 피해자며, 오기와 원시적 야성만이 자신을 지킬 수 있다고 생각한다. 남성은 환경의 지배를 받는 비참한 인간인 반면, 여성은 세상의 시련에서 비껴서 있다. 소설 속 남성과 이질적인 세계에 있는 '여성'은 복수의 대상이 되거나, 소설 속 남성을 구원해야 한다. 이러한 불행한 자의식은 '자기중심적 세계'에서 벗어나지 못한 유년기적 태도이다. 도현은 윤리적 인간이고자 했으나, 상황에 의해 자신을 파괴할 수밖에 없었던 인물이다. 손창섭 소설은 전후의 남성성의 발현이고, 무능한 남성들을 위무하는 텍스트이자, 그러한 남성을 우스꽝스럽게 형상화함으로써 독자에게 성찰을 촉구하는 텍스트이다. 스스로를 "난 부모두 형제두 집두 없는, 전도가 암담한 오줌싸개"라고 지칭하는 모멸 의식은 '반항적 성격'과 '원시적 야성'으로 표현되었다. 여성을 사냥감으로 규정하는 도현과 같은 공격적인 남성은, 여성을 대상화하기에 의식 과잉의 정신적 결함을 가진 존재로 그려질 수밖에 없다.

그렇다면, 1950년대의 대표 작가로 손창섭이 평가받는 이유는 무엇일까? 남성 인물의 병적 심리가 1950년대 남성의 보편적 심리와 접맥되는 부분이 있었다. 손창섭 소설 속 남성 인물의 고아 의식, 월남민 의식, 그리고 원시적 야성과 반항 의식은 또 다른 에너지로 변환되곤 한다. 때로는 지적 풍모로 여성을 매료시키기도 하고,(「유실몽」) 민족운동의 화신처럼 변환되는가 하면,(『낙서족』, 「신의 희작」 등) 완벽한 남성으로 이미지화되기도 한다.(「잉여인간」) 이러한 남성성이 비굴한 일상 속에서 생존을 위해 발버둥치고 있는 1950년대 남성 독자들에게 위안의 서사로 작동했다. 그러면서도 '남녀 관계'가 일방적이면서도 어긋나게 설정되어 있어, 성적 판타지는 지연되거나 좌절한다. 손창섭 소설은 1950년대 남성의 피해 의식을 위무하는 역할을 함과 동시에, 그러한 결함을 독자들이 우스꽝스러운 희극으로 받아들이게 함으로써 성찰적 요소 또한 지녔다.[24] 고아, 일본 유학, 월남민이라는 개인사적 경험이 식민지 경험과 민족 감정, 그리고 분단이라는 상황과 어울려 시대적 공통 감각과 접맥된 것이다. 특히, 손창섭 소설의 '미적 우스꽝스러움'은 기존의 규범을 뒤흔들며, 새로운 윤리의 탐색으로 나아가는 중요한 서사의 기제이기도 하다.

3 여성 약소자 탐구와 대안 가족의 새로운 윤리

손창섭 소설에서 흥미로운 부분은 절대적으로 타락한 존재도 없고, 절

---

24) "카니발의 웃음은 첫째, "모든 민중의 웃음"이다. 둘째, 이 웃음은 "보편적"이다. 즉, 모든 사물과 모든 사람들을 (심지어 카니발에 참여하고 있는 사람들까지도) 웃음의 대상으로 삼는다. 전 세계가 희극적으로 나타나며, 전 세계가 우스꽝스러운 관점들에서 그리고 상대적으로 좀 더 즐거운 관점들에서 감지되고 이해된다. 셋째, 이웃음은 양면적 가치가 있다. "이 웃음은 유쾌하고 환성을 지르는 동시에 조소적이기도 하며, 이 웃음은 부정(否定)도 하고, 인정(認定)도 하며, 매장시키기도 하고 다시 생명을 일깨워 주기도 한다."(류종영, 앞의 책, 109쪽)

대적으로 순결한 존재도 없다는 점이다. 성적 취향의 차이가 존재하지만, 기본적으로 인간은 동물성을 공유한다. 그것이 계몽주의적으로 더 훈육되어 있거나, 자연 친화적으로 보다 더 직접적이거나의 차이가 있을 뿐이다. 그렇기에 손창섭 가족 서사의 근간은 '위선적 관계의 드러냄'이라고 할 수도 있다.[25] 가족 관계가 마치 자연적 질서처럼 당연시되지만, 그 내밀한 관계를 살펴보면 자신의 위선을 포장하는 도구로 이용될 뿐이다. 오히려 자신의 욕망에 충실한 것이 보다 더 솔직한 현실에 대면하는 것일 수 있다. 손창섭 소설은 이러한 솔직함은 서사의 의외성을 향해 있다.

손창섭의 장편소설은 『길』을 제외한 대부분이 가족 내의 사건, 가족의 파국을 다뤘다. 『이성연구』, 『부부』, 『인간교실』, 『결혼의 의미』, 『아들들』로 이어지는 소설들은 가족제도, 혹은 이성애적 관계가 왜 행복의 전제일 수 없는지를 끊임없이 추궁했다. 그것이 경제적 문제로 인한 것이든, 성격 차이로 인한 것이든, 혹은 서로의 욕망이 갈리기 때문이든 간에 파국의 과정과 화해 불가능성이 중요한 화두였다. 남녀의 성적 욕망의 엇갈림, 혹은 이상적 관계에 대해 서로 상상하는 것의 어긋남이 서사적 의외성의 근간이었다. 그 중심에는 항상 가족제도에 대한 문제 제기가 자리 잡고 있다. 때로는 남성이 성적 욕망에 치중하고, 여성이 윤리적 염결 의식을 보이기도 하고, 반대로 여성이 성적 혐오감을 지니고 있고 남성이 타락하는 상황을 그리기도 한다.

손창섭의 초기 장편이라고 할 수 있는 『여자의 전부』는 《국제신문》에 1961년 4월 10일부터 1961년 10월 29일까지 『내 이름은 여자』로 연재된 소설이다. 이 소설에서는 1961년의 시대 상황을 좀처럼 유추할 수 없다. 내

---

25) 김지혜는 '기성세대와 청년 세대의 대립'에 주목해 논의를 전개했다. 김지혜는 "기성세대에 진입한 남녀 인물들을 통해 애정 문제와 그를 둘러싼 사회의 윤리적 규범, 그리고 급격히 변모하는 한국 사회의 세태"를 통해 " 사회 체제에 대한 저항 의식을 드러냄으로써 사회의 부조리를 고발"한다고 했다.(김지혜, 「1960년대 손창섭의 신문 연재소설에 나타난 청년 표상 연구」, 《어문학》 제131집, 한국어문학회, 2016. 3, 193~194쪽)

적 구성, 문화사적 서사를 위주로 '여성의 정체성'과 '여성의 위치'라는 문제를 끊임없이 추궁하고 있다. 손창섭은 '사적 세계의 탐구' 혹은 '가족의 탐구'라는 질문에 천착한다. 이 소설은 이혼녀의 문제, 여성의 경제활동의 문제, 재혼의 문제, 그리고 가족 윤리의 문제에 대해 순화된 어조로 이야기한다.

『여자의 전부』는 화자인 최미라가 정원복과 이혼한 후, 경제적 곤란 등으로 겪는 어려움을 형상화하고 있다. 내면세계에 대한 집요한 진술과 '여성으로서의 주체적 삶'에 가해진 난관과 제약을 제시하고 있다는 측면에서 흥미롭다. 소설은 최미라의 동생 최미원이 구동천과 결합하는 과정으로부터 시작해, 구동천과 최미원의 파국까지를 그리고 있으며, 대략적으로는 1년 남짓의 시간을 배경으로 한다.

『여자의 전부』는 제한된 관계 속에서 욕망과 윤리의 문제를 다룬다. 결혼과 이혼, 그리고 이혼한 여자를 둘러싼 남자들의 쟁투라는 측면에서 통속적이고, 내면의 혼란함을 그대로 노출하면서 서사적 맥락을 끌고 나간다는 측면에서 진지하다. 무엇보다 끊임없이 윤리적 질문을 제기하나, 윤리적 측면으로 서사의 결론을 이끌지 않기에 의외로 사실적이다.

구동촌의 이종사촌이자, 최미라에게 열렬한 사랑을 표현하는 서창렬은 마치 스토커처럼 집요하다. 최미라는 주변 남성들로 인해 움츠러들면서 '선택의 궁지'에 몰린다. 최미라는 자조적으로 "임자 없는 여자", "마치 노변에 핀 꽃송이처럼 누구나 오다가다 먼저 손을 내밀어 꺾는 사람이 주인일 수 있"[26]는 자신의 처지를 비관한다. 게다가 아버지마저 연로해 오히려 초조해질 지경이다. 최미라는 옛 남편 정원복이 재결합을 요구하고, 황 사장은 적극적이고 집요하게 물량 공세로 나오며, 강현수는 자신 없는 태도로 결정을 회피하고 있어 선택에 곤란을 겪는다. 문제는 미원의 남편 구동천이다. 자신이 진심으로 애정을 갖고 있는 인물은 아이러니하게도 구

---

26) 손창섭, 『여자의 전부』(국민문고사, 1969), 183쪽.

동천이기에, 동생의 남편이라는 가족 관계로 인해 윤리적 혼란에 빠질 수밖에 없다. 이 소설의 애정 관계는 구동천과 강현수처럼 교감하는 사람이 있고, 처음에는 혐오의 감정을 가졌다가 점차로 이해의 감정으로 돌아서는 황 사장과 서창렬이 있다. 그리고 이혼한 남편 정원복은 고려의 대상이 아닌 상태로 남아 있다.

최미라의 '선택 불가능성'은 '욕망과 현실'의 충돌 속에서 나온다. 최미라는 결혼의 조건으로 "첫째 생활력이 있어야 해요. (중략) 아무리 생활력이 있더라도 전실 자식이 많음 싫어요. (중략) 다만 착실한 남자라야 돼요."[27]라는 세 가지 사항을 아버지에게 이야기했다. 이러한 최미라의 욕망은 현실과 항상 엇갈리게 됨으로써 문제가 발생한다. 생활력이 있는 구동천은 이미 동생과 결혼한 상태이다. 마음속으로 호감을 갖고 있는 강현수는 아이가 넷인 데다, 누나까지 모시고 있어 궁핍한 생활을 한다. 경제적으로 풍족한 황 사장은 정실부인을 포기할 생각은 없고, 첩으로만 최미라를 들일 생각을 한다. 서창렬은 '착실한 남자'와는 거리가 먼 인물이다. 욕망은 현실과 충돌하고, 현실은 욕망의 바깥에서 미끄러질 뿐이다.

『여자의 전부』는 최미라의 선택 유보 상황이 문제를 복잡하게 하면서도 서사적 흐름을 끌고 나가게 한다. 예산에서 농장을 개척하고 있는 구창렬은 미라의 손길을 간절히 필요로 하지만, 미원이 때문에 직접적으로 표현하지 못한다. 게다가 미라의 아버지가 갑자기 심장마비로 사망하면서 남성들의 경합은 격렬함을 더해 간다. 정원복과 서창렬, 구동천과 황 사장이 장례 과정에서 서로 충돌하며 갈등하는 상황이 소설 속에서 핍진하게 그려진다. 이 충돌이 전면화되면서 사이비 통신사 기자인 서창렬은 황 사장의 비리를 탐문하고, 황 사장은 오히려 미라를 방패막이 삼으려 하며, 구동천과 서창렬도 격렬하게 갈등한다. 결국은 서창렬이 미라를 겁탈하면서, 자포자기의 상태에 빠진 미라의 체념은 파국으로 치닫는다.

---

27) 위의 책, 197쪽.

『여자의 전부』는 '결여된 인간'들의 욕망과 현실의 문제를 다룬다. 소설 속 인물들은 모두 불완전하기에 욕망이 강한 존재들이다. 최미라는 결혼 생활에 실패하고, 몸과 마음 모두에서 상처를 안고 있는 인물이다. 구창렬은 아내 미원에게서 충분한 이해를 받지 못하는 존재다. 서창렬은 이루어질 수 없는 일방적 사랑을 강렬하게 갈구한다. 강현수는 현실적 조건에 억눌려 있으면서도 미라와의 관계를 열망한다. 황 사장도 경제적 성취를 이룬 인물이지만, 아이들이 모두 자신의 소생이 아니다. 그래서 명시적으로 이야기하지는 않지만 황 사장은 미라를 통해 자신의 아이를 갖기를 열망한다. 충족되지 않는 욕망은 관계의 어긋남을 통해 증폭된다. 이 소설의 갈등도 관계의 어긋남, 욕망과 현실의 불일치, 자신의 결여에 대한 성찰적 태도의 부족으로 인해 비극은 커져만 간다. 이 소설은 정상적이라고 상상하는 이상적 가족 관계의 불가능성에 대한 서사이자, 상상의 세계가 실재의 세계와 충돌했을 때 나타날 수 있는 혼란을 그린다. 인간과 인간의 관계라는 복잡한 실타래가 삶을 어떻게 망가뜨리는가에 대한 서사이자, 인간 속물성에 대한 묘파이기도 하다.

장편소설 『이성연구』는 《서울신문》에 1965년 12월 1일부터 1966년 12월 30일까지 연재된 작품이다. 이 소설은 홍신미의 일인칭 시점에서 존칭어 진술과 구술적 서사로 전개된다. 일인칭 존칭은 정보의 제한성, 일방적 서사의 전달이라는 특성을 갖는다. 이를 극복하기 위해서 손창섭은 홍신미, 오계숙, 선주를 중심축으로 설정했다. 오계숙과 차 사장, 홍신미와 배현구의 관계가 대비를 이루며 이야기가 전개된다. 오계숙은 스스로 이성 연구를 자처하며 차 사장과 배현구 사이를 저울질하다가 홍신미에게 배현구를 소개시켜 준다. 그리고 차 사장과 결별한다. 『이성연구』는 홍신미의 결혼과 이혼까지의 과정에서 발생하는 다양한 사건들의 서사화라고 할 수 있다. 일종의 결혼에 대한 로망의 파괴 과정, 결혼 실패에 따른 파국을 감당해야 하는 여성의 약소자적 위치에 초점이 맞춰져 있다.

다른 관점의 접근도 가능하다. 이 서사 자체가 홍신미의 일방적 진술로 구성되기에 주관적이다. 서사적 균열의 징후는 곳곳에 나타난다. 신미는 남편 배현구와 동생 홍신애가 부적절한 관계에 있으리라고 판단했다. 결론에서는 이 부분은 오해로 판명 나 서사의 의외성이 극적이다. 이성 관계, 이성애에 대한 각자의 개별적 인식은 있을 수 있으나, 모두에게 적용 가능한 보편적이고 일률적인 판단의 준거는 없다. 신미는 배현구와 합의이혼하고, 삼백만 원의 위자료를 받아 내고, 딸 명희의 양육권을 양도한다. 이런 최종 결론에 도달한 후 신미는 자신의 판단에 합리성을 부여하려 하지만 쉽지 않은 회의에 빠진다. 신미는 "날더러 회의증과 신경질이 심하고, 만사에 지나치게 까다롭다."라고 말한 전 남편 배현구의 말을 되새긴다.[28] 모든 것이 자신의 오해였음이 드러나는 순간, 스스로를 '의심과 질투심이 많은 여자'였는가 하고 반성을 한다.

오계숙과 홍신미는 상대성에 대해 이야기한다. 계숙은 "사내란 어떤 거다 하는 걸 알았으니까, 그럼 그런 사내에게 어떻게 하면 귀염받는 여자, 귀염받는 아내가 될 수 있을까에 관해 생각하고 있어. 어때? 나의 연구 과정이."[29]라고 말한다. 이는 약자로서의 여성의 태도가 기입되어 있는 담화이다. 약자인 여성은 결혼 과정에서 겪은 실패의 경험을 통해 상호 의존적인 남녀 관계를 다시 되돌아보게 된다. 그런 의미에서 이상적인 관계로서 선주와 권진호를 떠올리게 된다. 선주가 계부의 부적절한 요구로 불행을 맞이했다가 극복하고 권지호와 농촌에서 새 출발하는 것은 의미가 남다르다. 선주와 진호는 상황의 곤란을 극복하고, 서로 의존하는 상호성을 획득한 '이성 연구'의 한 사례가 된다.

『이성연구』는 여성에게 구조적으로 불평등한 가부장적 사회질서를 제시한다. 신미는 이혼 이후 차 사장에게 농락당한 것이 되고, 계숙은 새 출발을 위해 김포공항을 거쳐 홍콩을 선택해야 했다. 결국 한국 사회에서는 비전을 생산하지 못하는 이혼녀의 비극이 이 소설에 기입되어 있는

---

28) 손창섭, 『이성연구』(동방서원, 1967), 332~333쪽.
29) 위의 책, 354쪽.

셈이다.

『삼부녀』는 손창섭 가정소설 결정판이라고 할 수 있다. 이 소설은 《주간여성》(한국일보사)에 1969년 12월 30일부터 1970년 6월 24일까지 연재되었다. 『삼부녀』는 드물게 위선의 폭로에서 더 나아가 노골적으로 '사건 이후'를 서사화한 작품이라고 할 수 있다. 초기 단편 소설에서 등장하는 미확정의 상태, 예를 들면 「사연기」의 파국적 서사 이후의 이야기를 직접적으로 형상화한 것으로도 해석 가능하다.

『삼부녀』는 새로운 가족의 탄생을 직접적으로 형상화한다. 이 소설은 사건 세계에서 사건 이후의 세계로 나아가는 서사를 펼쳐 보인다. 상처받은 이들이 모여 서로의 상처를 배려하며, '새로운 가족 관계'를 형성한다는 서사가 이채롭다. 이를 손창섭은 '계약 가족'이라고 했다.

소설의 초반부에서 '삼부녀'는 강인구와 강보경, 강보연을 지칭했다. 소설의 결말 부분에 이르러서는 '삼부녀'가 강인구와 안경희, 김경미로 대체된다. 『삼부녀』는 46세의 강인구가 20세의 보경과 17세의 보연이 함께 사는 '새로운 가족'을 제시한다. 강인구는 은행원이었으나 지금은 부동산업을 하는 비교적 풍족한 생활 능력을 가진 가장이다. 그는 3년 전에 이혼했는데, 이혼 사유가 충격적이다. 아내 영실이 처제 영애의 남편 박병관과 바람을 피웠다. 강인구와 영실은 이혼하지만, 박병관과 처제 영애는 결혼 생활을 계속한다. 더구나 영실이만 지방(부산, 대구)으로 쫓기듯 떠나야 했고, 가족 관계에서 배척되었다. 아내 영실의 추방, 그것은 한국 사회의 가부장 제도의 폭력이라고 할 수 있다.

이혼 3년 후의 상황을 제시하며, 46세의 강인구가 겪는 신체적 변화, 그리고 중년의 육체적 욕망이 소설에 그려진다. 사건은 영실이 귀환하면서부터 발생한다. 영실이 다시 서울로 올라와 다방을 차리고, 큰딸 보경은 전 아내 영실의 다방에서 아르바이트를 하며 아빠 강인구의 통제로부터 벗어나 자유로운 생활을 한다. 보경은 강인구의 친딸은 아니었다. 강인구의 입장에서 서술되던 아내 영실의 타락한 불륜이, 보경의 입장에서 다시 재구성되면서 서사의 의외성이 커진다. 보경은 강인구에게 '아버지만 허락하면 어머니 영실이 다시 집에 돌아오고 싶어 한다'고 전한다. 강인구가 부인 영실의 행실을 비난하자, 딸 보경은 아버지도 '결혼 전에, 애인이 따로 있는 엄마를 강제로 가로챘고, 지금까지도 적당히 바람 피우고 살아왔다'는 이야기를 들었다고 전한다.[30] 강인구의 행실이 폭로되며 의외의 서사가 전개된다.

강인구의 변명 같은 진술에도 불구하고 실상은 복잡했음이 드러난다. 강인구는 대학생 안경희와 계약 관계 교제를 한다. 그 계약 조건이 "1) 교제 기간 2) 데이트 횟수와 장소 3) 외면상의 호칭과 태도 4) 연락 방법 5) 그 밖의 주의사항"이다. 6개월간 1주일에 한 번 데이트를 하고, 아저씨로 호칭하면서 강인구는 안경희에게 등록금과 매달 4만 원을 지급한다. 경희도 상처투성이의 삶을 하고 있다. 그녀의 어머니는 세 남자와 결혼했고, 세 번째 의붓아버지는 경희를 성폭행했다. 가정교사로 들어갔던 집의 주인에게 또다시 성폭행을 당하기까지 했다. 강인구는 경희의 세 번째 남자인 셈이다. 경희는 한국을 떠날 준비에 여념이 없다. 한국을 떠나 미국에서 새로운 출발을 하는 것, 미국 남성과 과거에 구애받지 않고 결혼해 행복한 결혼 생활을 하는 것이 경희의 꿈이다. 점잖은 체하던 강인구는 경희와 인천, 수원, 유성온천 등의 지방 여행을 하고, 성적 관계를 맺는다.

강인구는 경희와의 관계가 금전에 의한 계약관계라고 생각한다. 하지만, '계약'이라기보다는 일방적인 권력의 불균형 관계이기에 문제적이다. 강인구와 경희의 관계에 비해, 영실과 보경의 자유로운 행위는 자율적인 판단에 따른 것이다. 강인구와 경희의 관계는 친밀성에 기반한 것으로 변화하기는 하지만, 관계의 비정상성이 두드러진다.

강인구와 경희의 관계에 김경미가 끼어들면서 서사적 흐름은 더 복잡

---

30) 손창섭, 『삼부녀』(예옥, 2010), 145~146쪽.

해진다. 김경미는 강인구의 친구 김창갑의 딸이다. 김창갑 가족의 관계도 복잡하기는 마찬가지다. 창갑은 결혼 전에 어떤 여자와 결혼을 했으나 부모의 강압에 의해 경미의 모친과 결혼했다. 창갑은 경미 모친의 여동생과도 성관계를 맺어 그 둘 사이에 아이가 있다. 그 사건의 충격으로 경미 모친은 자살을 했고, 경미는 김창갑에 대한 증오심을 안고 살아왔다. 장성한 경미는 요정에서 일을 한다. 김창갑은 회한의 마음으로 경미에게 용서를 빈다. 김창갑이 죽으면서 딸 경미의 장래를 강인구에게 부탁했다. 경미는 남자에 대한 증오심을 갖고 있어 강인구를 끊임없이 유혹하지만, 강인구는 안경희와의 관계에 충실하면서 경미의 유혹을 절제하며 뿌리친다. 이러한 긴장 관계 속에서 혈연관계로 맺어졌던 강인구, 보경, 보연의 관계가 계약관계로 맺어진 강인구, 안경희, 김경미의 관계로 대체된 것이다.

손창섭은 관계를 '공동 운명체의 결속'이라고 이야기한다.[31] 그는 "주의 사상의 이동(異同), 이해관계의 격차, 애정상의 갈등에서 현저히 나타나고 있"는 것이 현대인의 특징이라고 하면서, "현대인은 단순히 혈육지정이나 인습적인 제도로만 묶어 놓기에는 너무나 자아의식이 강한 존재들인 것"이라고 강조한다. "유대와 결속에는 무엇보다도 먼저 강렬한 공감과 공명이 필요한 것"이라고도 했다. 손창섭은 자연적인 것, 당연한 것이라고 생각하는 것이 얼마나 허구적인가를 드러내려 한다. 그것이 손창섭 가족 서사의 의외성을 만드는 문제의식이자, 비주류적 세계관의 표현이다. 그는 가족 구성의 원리가 당연시됨으로써 오히려 폭력적 상황이 용인되는 것에 문제 제기를 한다. 손창섭은 혈연이 아니더라도 '공감과 공명', 그리고 '유대와 결속'이 중요하다는 사실을 강조한다. 그의 장편소설 『여자의 전부』, 『이성연구』, 『삼부녀』는 손창섭의 서사적 지향의 궁극이 자유로운 선택을 옹호하는 것이며, 새로운 관계 속에서 '유대와 결속'에 대한 탐색이었다는

---

31) 위의 책, 216쪽.

사실을 보여 준다. 그는 가부장적 질서에 대항하는 비주류적 세계관으로 '새로운 가족의 탄생'을 서사화했다.

4 흑석동 산4번지와 손창섭의 문학 공간

정철훈의 『내가 만난 손창섭 — 재일 은둔 작가 손창섭 탐사기』[32]는 '잊혀진 작가'를 동시대 문학사로 소환한 중요한 저작이다. 정철훈은 《국민일보》 기자로 재직하던 시절 「전후 최고 문제 작가 '손창섭 살아 있다'」(2009. 2. 19~23)를 연재했다. 그 연재 기사에 후속 취재와 '손창섭 일대기의 재구성'을 붙여 단행본을 간행했다. 『내가 만난 손창섭 — 재일 은둔 작가 손창섭 탐사기』는 문헌 조사와 인터뷰, 일본 현지 방문 취재를 담고 있어, 손창섭 문학 연구의 귀중한 자료이다.

정철훈은 손창섭이 1953년 직후에 부산에서 상경했던 것으로 보고 있다. 그 후 1958년부터 1973년까지 흑석동에서 17년간 살았다고 했다.[33] 정철훈이 일본에서 인터뷰한 손창섭의 부인 우에노 지즈코는 흑석동 시절에 대해 다음과 같이 이야기했다.

"그래도 흑석동에서 살 때가 제일 행복했던 것 같아요. 한강이 내려다보이는 언덕 위에 집이 있었지요. 선생은 남들과 어울려 식당에도 가지 않았아요. 언제나 내가 끓인 김치찌개와 밥이 제일 맛있다며 손가락을 치켜세웠지요. 술과 담배도 안 하고 우아키(바람기)도 없는 강직하고 청결한 사람이었어요."[34]

손창섭은 흑석동에 거주하던 시절에 작가들에게 그의 주소를 밝힌 적

---

32) 정철훈, 『내가 만난 손창섭 — 재일 은둔 작가 손창섭 탐사기』(도서출판b, 2014).
33) 위의 책, 42쪽.
34) 위의 책, 115쪽.

이 없었다. 심지어 민완 기자라 할 수 있는 신문기자도 그를 만나려면 며칠 동안 애를 먹어야 했다.[35] 그런 손창섭의 흑석동 주소가 다행히도 남아 있다. 손창섭의 주소지는 《경향신문》 1964년 4월 1일 자에 '서울 흑석동 산4번지'로 나와 있다.[36]

내막은 이렇다. 유현목 감독의 영화 「잉여인간」은 1964년 최고의 화제작이었다. 1964년 11월 30일 시민회관에서 거행된 제2회 청룡영화제의 주인공은 「잉여인간」이었다. 한양영화사가 작품상, 유현목 감독이 감독상을, 김진규 배우가 남우주연상을, 황정순 배우가 여우조연상을, 홍동혁이 흑백촬영상을, 박석인이 미술상을 수상했다. 총 14개 부문에서 6개 부문을 휩쓴 것이다.[37] 그런데, 이 영화는 「잉여인간」의 원작자인 손창섭의 허락 없이 제작되었다. 손창섭은 저작권을 침해했다고 소송을 제기했다. 이 소송을 보도한 기사에 그의 주소지가 기록되어 있다.

정철훈은 흑석동을 답사했지만, 흑석동 산4번지가 어디인지를 밝혀내지 못했다. 필자는 2022년 4월 15일, 옛 주소를 확인하려고 '흑석동주민센터'를 방문했다. 주민센터 공무원은 구주소지를 확인하기 위해서는 동작구청의 '부동산정보과'로 가야 한다고 했다. 필자는 동작구청의 부동산정보과에서 '폐쇄지적(임야)도등본'을 발급받았다. 이를 통해 구주소인 '흑석동 산4번지'가 현재 '동작구 흑석동 141-2번지 일대'임을 확인했다. 지금까지 손창섭의 거주지는 정확히 알려져 있지 않았다. 그런 의미에서 주소지를 밝힌 것은 향후 작가론 연구와 작가의 작품 배경 연구에서 의미 있는

---

35) 고은 시인은 "지난해(1973년) 12월 25일 작가 손창섭이 그의 아내의 나라 일본으로 가족을 먼저 보내고 아주 이주했다."라고 처음 알렸다. 손창섭에 대해 "그는 한 번도 그의 현주소를 밝힌 일이 없고 그를 만나려면 민완(敏腕)의 기자라도 며칠씩 애를 먹어야 했다."고 했다.(고은, 「「상황」은 절망을 낳고 절망은 이주를 낳는가 — 작가 손창섭도 일본으로 떠나갔다」, 《조선일보》 1974년 1월 31일 자, 5면)

36) "31일 하오 소설 「잉여인간」의 작가 손창섭(서울 흑석동 산4) 씨는 한양영화공사대표백관(을지로1가 188) 씨를 걸어 저작권 침해, 사문서 위조 및 동행사협의로 서울지검에 고소를 제기했다."(「승낙 없이 영화화」, 《경향신문》, 1964년 4월 1일 자, 3면)

37) 「주연상에 김진규·문정숙」, 《경향신문》 1964년 12월 2일 자, 5면.

구) 흑석동 산4번지 「폐쇄지적(임야)도등본」

현) 흑석동 141-2번지 「현 효사정」

작업이라고 할 수 있다.

문헌에 따르면, 손창섭 거주지 일대는 일제강점기인 1912년에 건립된 '웅진강신사(熊津江神社)' 혹은 '한강신사(漢江神社)'로 불리던 신사가 있던 곳

'국토지리정보원'의 흑석동(일원) 항공사진(1973년)

이라고 한다.[38] 한국전쟁 시기에 격전지였던 기록이 남아 있어, 전쟁으로 인해 폐허가 되다시피했을 것으로 추정된다. 이후 주택들이 들어섰고, 손창섭이 이사해 왔던 것으로 보인다. 현재 흑석동 산4번지에는 1993년 7월 '효사정'이 건립되었다. 효사정은 조선 초 우의정 노한(盧閈. 1376~1443)의 정자이다. 노한의 호가 효사당(孝思堂)이었다고 한다. 효사정은 노태우 대통령 재임 시절에 이곳에 만들어졌으며, 현판은 노한의 17대손인 노태우 대통령이 썼다. 역사 전문가들은 이곳이 조선 초기 '효사정'이었는지 실증하는 자료는 없다고 한다.

2018년 6월 14일에는 '효사정 문학공원'이 조성되었다. 효사정 문학공원은 심훈의 동상, 심훈의 「그날이 오면」 시비 등이 조성되어 있다. 심훈의 생가터는 효사정 문학공원으로부터 580미터 떨어져 있는 '흑석동 성당'

---

38) 이순우, 「식민지 비망록 37, 흑석동 한강변 언덕 위에 한강신사가 건립된 까닭은? ― 서울 지역 곳곳에 포진한 일제 침략 신사들의 흔적」, 민족문제연구소.(https://www.minjok. or.kr/archives/98835, 2022년 5월 3일 검색)

(흑석동 186번지)에 위치해 있는데, 비교적 가까운 효사정 주변에 기념공원이 만들어졌다.

위의 이미지는 '국토지리정보원'에서 제공하는 1973년 항공사진이다. 1973년 즈음은 손창섭이 일본으로 이주할 즈음이기에 위치를 확인할 수 있는 중요한 자료이다.

'효사정 문학공원' 주변에는 손창섭을 기념하는 어떤 표지석도 존재하지 않는다. 손창섭은 흑석동에 거주하면서 그의 대표작 중 하나인 「잉여인간」(1958), 첫 장편인 『낙서족』(1959. 3), 첫 신문 연재소설 『세월이 가면』(《대구일보》 1959. 11~1960. 3)을 연재했고, 『내 이름은 여자(여자의 전부)』(《국제신문》 1961. 4. 10~10. 29), 『부부』(《동아일보》 1962. 7. 1~12. 29), 『인간교실』(《경향신문》 1963. 4. 22~1964. 1. 10), 『이성연구』(《서울신문》 1965. 12. 1~1966. 12. 30), 『길』(《동아일보》 1968. 7. 29~1969. 5. 22), 『삼부녀』(《주간여성》 1969. 12. 30~1970. 6. 24) 등을 창작했다. 특히, 그의 장편소설 『인간교실』은 흑석동 자택과 그 주변을 중요한 공간적 배경으로 한 작품이기도 하다. 『인간교실』과 흑석동 공간에 대한 연구는 추후 과제로 남겨 놓는다.

손창섭은 서사 미학적 층위에서 볼 때, 의외성의 서사, 우스꽝스러움의 미학, 비주류적 세계관을 개성적으로 표현해 낸 작가다. 그는 1950년대 비극적 현실을 재난·이주·난민의 상태로 깊이 있게 그려 냈다. 그의 소설에는 우스꽝스러운 상황과 무력한 인물, 현실을 비약하는 의외의 서사가 등장한다. 의외성의 서사와 미적 비약은 1950년대 독자들로부터 열렬한 호응을 불러일으켰다. 그리고, 기존 체제의 윤리를 비인간의 시선으로 바라봄으로써, 비주류적 세계관에 입각해 서사를 구성하는 힘도 지니고 있었다. 손창섭 소설의 '우스꽝스러움의 미학'은 풍부하게 현대적으로 해석될 수 있다.[39] 손창섭은 1950년대 한국문학에서 최고의 인기 작가였다. 그가

---

39) 김진기는 '하층민에 대한 연민'의 감각을 의미화했다. 김진기는 손창섭의 미의식을 연민과 연결해 "연민을 받는 자들은 연민하는 자에 의해 약함과 불충분함이 드러나며 연민하는 자는 연민할 수밖에 없는 자신들의 한계를 유약함과 허약함으로 드러낸다."라면서, 손

일본으로 이주한 후, 애석하게도 잊혀진 작가가 되어 가고 있다. 흑석동에 그의 문학을 기리는 표석이 '효사정 문학공원'에 자리한다면, 그의 문학 세계를 기념하는 실질적인 효과가 있을 것으로 기대한다. 그의 문학 공간 조성은 한국문학사의 소중한 '미적 성취'였던 손창섭의 소설 세계가 현재적으로 재해석되는 데 기여할 수 있을 것이다.

창섭이 "하층민과 자신의 삶이 다르지 않다는 일체감"을 보인다고 했다.(김진기, 「1950년대 손창섭 소설의 현실 지향성 연구」, 《어문논집》(77권), 민족어문학회, 2016. 8, 93쪽) 필자는 이를 민중성으로 적극적으로 해석한다.

제7주제에 관한 토론문

김지혜 | 이화여대 교수

　오창은 선생님의 발표문은 손창섭의 문학 세계를 '미학적 우스꽝스러움'과 '기대 규범의 위배'라는 두 가지 축으로 분석한 흥미로운 논문입니다. 이질적인 성격을 지닌 탓에 함께 연구되지 않았던 「낙서족」과 1960년대 신문 연재소설들을 분석하여 손창섭의 문학 세계를 좀 더 연속적으로 이해하는 데 도움이 되었습니다. 또한, 흑석동 산4번지라고만 알려졌던 손창섭 작가의 자택의 위치를 구체화함으로써 효사정 문학공원 내에 손창섭 문학 공간 조성을 꾀하고 있다는 점에서 의의가 있다고 생각합니다. 다만, 토론자로서 선생님의 발표문을 좀 더 충실하게 이해하고자 몇 가지 질문을 드림으로써 저의 미진한 이해를 돕고자 합니다.

　첫째, 선생님께서는 「낙서족」이 '일제강점기의 민족 저항 서사'가 아닌 "희극적이며, 의식 과잉의 소설"이며, "돌출적이고 미숙한 한 남성의 여성과의 관계 서사"로 볼 수 있다고 하셨습니다. 주인공인 도현은 조국의 독립과 자유 등의 대의명분을 내세우며, 독립투사인 아버지의 뒤를 따르고자 하지만 그가 벌이는 민족적 저항은 우발적으로 조선은행 평양지점에

협박 전화를 하거나 순사에게 박치기를 하고 이내 사과를 하는 객기에 불과합니다. 그가 보여 주는 이상과 현실의 괴리, 과도한 영웅심과 그에 반하는 비열한 심리는 그를 희화화하고 우스꽝스럽게 만들고 있다는 데 동의합니다. 그러나 노리꼬 등의 여성 인물에 대한 폭력적 복수(혹은 복수라는 핑계), 나아가 일방적이면서도 어긋나게 설정되어 있는 남녀 관계를 '미적 우스꽝스러움'으로 해석하는 부분에는 쉽사리 동의가 되지 않습니다. 이 부분에 대해 좀 더 자세한 설명을 듣고 싶습니다.

둘째, 3장에서는 『여자의 전부』, 『이성연구』, 『삼부녀』의 가족제도의 탐구를 통해 "손창섭의 서사적 지향의 궁극이 자유로운 선택을 옹호하는 것이며, 새로운 관계 속에서 '유대와 결속'에 대한 탐색"임을 밝히고 있습니다. 그러나 『여자의 전부』와 『이성연구』에서 여성의 결혼에 대한 로망과 파국을 통해 여성의 약소자적 위치를 확인하고 있다는 분석은 이러한 3장의 결론과는 조금은 균열일 일으키고 있다고 여겨집니다. 또한, 『삼부녀』에서 강인구와 경희, 경미가 만들어 내는 대안 가족이 진정한 의미의 '공동 운명체의 결속', 대안 가족의 새로운 윤리라 할 수 있을지 의문이 듭니다. 이러한 신세대적인 계약 가족은 기성세대의 권위와 위선을 비판하는 동시에 혈연 중심의 전통적 가족 제도에 대한 도전을 보여 준다고 할 수 있으나 계약 연애로 학업을 마치고 미국으로 유학 갈 꿈을 꾸고 있는 경희나 자신의 후견인이 된 강인구를 유혹하려는 경미는 이러한 계약 가족이 지닌 윤리적 위기를 보여 주고 있으며, 이들의 개방적 태도는 위선적인 한국 사회에 대한 비판의 기능보다는 통속적 흥밋거리가 되고 있기 때문입니다.[40] 그렇다면, 이러한 손창섭의 이러한 '유대와 결속의 탐색'은 대중성에 기반한 신문 연재소설이라는 형식과 함께 다루어져야 하지 않을까요.

셋째, 선생님께서는 서론에서 이 글의 목적이 "1950년대 손창섭 문학

---

40) 김지혜, 「1960년대 손창섭의 신문 연재소설에 나타난 청년 표상 연구」, 《어문학》 131, 한국어문학회(2016), 204쪽.

세계를 재해석하여, 그의 문학적 의미를 현재화하는 데" 있음을 밝히고 계십니다. 그렇다면, 1959년 「낙서족」과 1960년대 『여자의 전부』 등의 신문 연재소설들을 통해 재규명한 1950년대 손창섭의 문학 세계가 지닌 의미는 무엇일까요? 1950년대 손창섭 소설의 본류라 할 수 있는 「비 오는 날」, 「생활적」, 「사연기」, 「혈서」, 「광야」, 「잉여인간」 등에 나타난 비정상성과 절망적 무력감은 '우스꽝스러움의 미학'과는 잘 연결되지 않는 듯합니다. 그러므로 서론의 "이는 존재하는 윤리적 질서를 무력화시킴으로써 '우스꽝스러움의 미학'으로 '윤리의 재구성'을 시도하는 '성찰적 서사'로 의미화할 수 있다."라는 내용을 좀 더 자세히 청해 듣고자 합니다.

마지막으로, 선생님께서는 4장에서 손창섭 작가의 흑석동 자택에 대해 자세히 밝히고 계십니다. 특히, 흑석동은 발표문에 언급된 것과 같이 소설 『인간교실』의 공간적 배경이 되기도 했습니다. "한강이 눈 아래 굽어보이고 여름이면 아카시아 숲이 우거지는 속에 아늑히 자리 잡고 있다. 70평 남짓한 대지에 빨간 벽돌로 벽을 두껍게 쌓아 올리고 특수한 청록색 기와를 얹은 건평 25평짜리의 제법 아담한 문화주택인 것이다."(『인간교실』, 76쪽)라고 묘사되어 있는 흑석동 문화주택은 실제 손창섭 작가의 집은 아니겠으나, 서울 중산층의 욕망을 보여 주는 동시에 대학가에 자리 잡은 덕분에 당대의 신세대 의식을 경험할 수 있는 공간으로 볼 수 있습니다. 소설에서는 이 집에 세 들어 살고 있는 김두형, 윤명주, 조선영, 안동철 등이 당시의 청년 의식을 보여 주는 역할을 하고 있습니다. 그런데, 본 발표문에서는 『인간교실』을 분석 대상에서 제외하고 있어 아쉬움이 남습니다. 이 작품을 제외하신 특별한 이유가 있는지요.

제 토론이 미력하나마 선생님의 논문의 의미를 규명하는 데 도움이 되기를 바라며, 토론을 마치겠습니다.

손창섭 소설과 기독교

김진기 | 건국대 교수

1 서론

그동안 손창섭 소설에 대한 연구는 다소 과할 정도로 많이 진행되어 왔다. 단일 작가에 대한 연구로 이토록 많은 연구자들의 조명을 받은 작가도 그리 흔치 않다. 무엇이 연구자들을 이처럼 손창섭 소설에 몰두하게 했을까. 그것은 손창섭 소설을 일관되게 해석할 수 없게 하는 작품 자체의 불가해성 때문이다. 무엇보다도 손창섭 작품 중 상당수가 그 의미를 파악하기 어려운 것들이 많다. 「인간동물원초」라든가, 「미소」, 「층계의 위치」 등은 무엇을 말하려고 하는지 잘 해석되지 않는다. 그러니 이러한 작품들을 제외하고 그의 작품 세계 전체를 설명한다는 것이 그리 가능할 것 같지 않다. 나아가 이러한 개별 작품의 의미 해독뿐만 아니라 작품과 작품 사이의 콘텍스트적 의미도 쉽게 이해할 수 없다. 예컨대 「미소」와 「생활적」, 혹은 「층계의 위치」와 「치몽」의 세계를 어떻게 연결시킬 수 있겠는가.

그러니 손창섭 소설에 대한 연구는 늘 결핍되어 있고 그 결핍을 메우려는 연구들이 지속적으로 나타날 수밖에 없었던 것이다.

그뿐만이 아니다. 손창섭 소설은 시대적으로도 분리되어 있다. 흔히 손창섭을 1950년대 대표 작가라 하지만 최근에는 그의 1960년대 작품도 연구자들의 각별한 관심의 대상이 되고 있다. 지금까지 그의 1960년대 작품은 대체로 신문 연재소설로 연구자들의 관심 밖에 머물러 있었다. 그렇지만 비단 손창섭이 자신의 신문 연재소설이 독자의 인기에 영합한 것만은 아니었다고 해서만이 아니라 실제로 그의 연재 작품 자체만을 두고 보아도 결코 통속적이거나 대중의 인기에만 영합한 것이 아닌 그만의 독특한 세계가 분명 존재한다고 할 수 있다. 최근 그의 신문 연재소설에 대한 관심이 부쩍 늘어나고 있는 데에는 연구자들에 의해 그동안 확인조차 되지 않았던 연재 작품들이 속속 발굴된 데 힘입은 바 크지만 그보다는 이처럼 연재 작품 하나하나에 실려 있는 주제 의식의 무게가 만만치 않기 때문일 것이라 판단된다.[1] 그 작품 하나하나에 대한 미시적 접근도 앞으로의 중요한 연구 과제라 할 만하다. 그렇지만 그보다 더 시급한 문제는 1950년대의 단편들과 1960년대의 장편들의 세계가 매우 동떨어져 있는 것처럼 보이고 있기 때문에 그것을 어떻게 인과적으로 연결시킬 수 있겠느냐 하는 것이다.[2]

---

1) 방민호, 「손창섭 소설의 외부성」, 《한국문화》 58, 규장각한국학연구소, 2012, 198~199쪽.

2) 손창섭의 신문 연재소설에 대한 연구는 현재 활발하게 진행되고 있다. 이에 대한 연구로는 강유진, 「손창섭 소설의 변모 양상」, 중앙대 박사 학위 논문, 2012; 공종구, 「손창섭의 「길」에 나타난 '서울'과 '도일'」, 《현대소설연구》 36, 한국현대소설학회, 2007; 곽상인, 「손창섭의 신문 연재소설 연구 「얄구진 비」와 「미스테이크」를 중심으로」, 《현대소설연구》 49, 한국현대소설학회, 2012; 류동규, 「1960년대 손창섭 장편소설에 나타난 가부장제 이데올로기 비판」, 《문학과 언어》 31, 문학과 언어학회, 2009; 류동규, 「손창섭 장편소설 「세월이 가면」에 나타난 윤리 문제」, 《국어교육연구》 38, 국어교육학회, 2005; 《작가연구》 창간호, 손창섭 특집호, 새미, 1996; 이정옥, 「경제개발 총력전 시대 장편소설의 섹슈얼리티 구성 방식」, 《아시아여성연구》 42, 아시아여성연구원, 2003; 조은정, 「손창섭 후기 소설 연구」, 한양대 석사 학위 논문, 2012; 방민호, 「손창섭 소설의 외부성」, 《한국문화》 58, 규장각한국학연구소, 2012; 한명환, 「1960년대 손창섭 신문소설의 사회적 연구 — 1960년대 사회적 인습과 체제에 대한 비판으로서의 신문소설 전개 양상을 중심

흔히 손창섭의 1950년대 소설들은 정신적 육체적인 비정상적 인물들과 그로부터 빚어진 우울한 분위기로 설명되곤 한다. 「혈서」를 예로 들자면 육체적인 불구자로 창애와 준석이 등장하지만 그들은 육체적 불구로 인해 정신적인 면까지도 비정상성을 보여 주고 있다. 그러한 정신적 비정상성에서는 달수라고 해서 예외는 아니다. 그 역시 준석의 폭력에 주체적으로 반응하지 못하고 과도한 죄의식에 사로잡혀 있는 것이다. 정도의 차이는 있지만 손창섭의 1950년대 소설들은 이러한 정신적 육체적 불구의 인물들이 내뿜는 우울한 정서로 가득 차 있다. 이러한 작품들이 많은 독자의 사랑을 받은 것도 전쟁 직후의 암담한 현실이 배경으로 작용하고 있기 때문일 것이다. 수백만 명이 죽어 나가고 눈앞의 모든 것이 파괴된 마당에 정신이라고 온전하게 남아 있을 리 없다. 1950년대 손창섭 소설은 그야말로 소리 없는 비명으로 가득 차 있다. 1950년대 문학과 1960년대 문학을 비명과 성찰의 차이로 나누기도 하지만[3] 아닌 게 아니라 손창섭의 문학도 그렇게 바라볼 여지는 있다. 그의 1960년대 문학은 1950년대 문학과 달리 일상과 성찰의 세계로 채워져 있다.[4]

손창섭의 1950년대 소설에 대한 이러한 설명은 당대 비평가들의 시각도 일정하게 작용한 바 크다. 작가 스스로 자신의 문학을 '목석의 문학'과

으로」,《현대소설연구》52, 한국현대소설학회, 2013 등이 있다.

3) 하정일, 「주체성의 복원과 성찰의 서사」, 민족문학사연구소 현대문학분과, 『1960년대 문학 연구』(깊은샘, 1998), 19쪽.

4) 김명임도 "손창섭 작품의 중요한 특징이었던 비정상적인 인물들은 1960년대 이후로 현저하게 줄어든다. 오히려 지나치다 싶을 정도로 이상적이고 도덕적인 인물이 등장하여 작품을 이끌어 나간다."라고 하면서 "작가가 애착을 갖고 있는 '못나고 구질구질하고 각박한 현실에선 처세술이 극도로 빈약한 낙오된 인간'들이 바뀐 것이다."라고 했는데 이러한 변화의 중요한 쟁점이 되는 작품으로 「신의 희작」을 꼽고 있다. 따라서 연구자들은 집중적으로 이 「신의 희작」의 의미를 탐구하기 시작했는데 그렇지만 아직은 뚜렷한 결론에 도달하지는 못한 상태이다. 본 논문의 의도도 일정 부분 변곡점에 해당하는 이 작품의 의미를 탐구하는 데 있기도 하다. 김명임, 「손창섭 소설에 나타난 작중인물의 병인적 요소」,《한국문예비평연구》27, 한국현대문예비평학회, 2008, 5쪽.

'인간의 모멸'로 규정한 바 있지만 비평가들 역시 손창섭의 인물들을 주체성을 상실한 광기와 정신병적인 생리가 두드러지는, 비인간적이며 기형적인 것의 전형이며 이것은 작가의 자기모멸 의식의 확대이며 병적인 증후군의 표출이라고 규정했다. 그렇지만 최근의 연구자들은 한 걸음 더 나아가 손창섭 소설 인물들이 보이는 정신적 불구성의 연원이 한국전쟁에만 있는 것이 아니고 이미 어린 시절에 겪었던 트라우마에도 있다고 해석했다. 이러한 인식은 그의 충격적인 작품 「신의 희작」에 의해 촉발된 바크다. 이에 따라 연구자들은 손창섭 소설에 대해 정신분석학적 방법론을 동원해 그의 기형적인 인물의 기원을 추적하기 시작했으며 나아가 인물들의 병적인 증상을 주로 프랑스 정신분석학자 자크 라캉의 이론을 통해 규명하려 했다.[5] 거의 대세라 할 이러한 연구 경향은 손창섭 소설 인물들의 현실적인 행위에 무의식이 어떻게 관련되고 있는가 하는 일반적인 문제를 해명하는 것으로부터 시작해서 점차 작품의 당대적 과제나 성과와 관련한 작품의 현실 관련성을 해명하는 것으로까지 확대되고 있다. 작가는 다양한 관계를 통해 사회 속에 열려 있는 존재이고 당대의 모순된 현실 구조에서 자신에게 부여된 현실적 과제를 해결하려는 의지를 보이는

---

5) 정신분석학적 방법론은 아마도 가장 폭넓은 접근 방법이라 할 수 있는데 대표적인 연구 결과로는 다음과 같은 것들이 있다. 이수형, 「1950년대 손창섭 소설에 나타난 죄의식에 관한 연구」, 《한국학논집》 41, 계명대 한국학 연구소, 2010; 박죽심, 「손창섭의 자전적 성격의 소설에 나타난 의미 고찰」, 《어문논집》 53, 중앙어문학회, 2013; 공종구, 「손창섭 소설의 기원」, 《현대소설연구》 40, 한국현대소설학회, 2009; 양소진, 「손창섭 소설에서 마조히즘 연구」, 《비교한국학연구》 14, 국제비교한국학회, 2006; 홍주영, 「「부부」와 「봉술랑」에 나타난 마조히즘 연구」, 《현대소설학회》 39, 한국현대소설학회, 2008; 홍주영, 「「부부」, 「이성연구」를 통해 본 손창섭 장편소설의 여섯 가지 특징과 그 의미」, 《작가세계》 27, 2015; 최강민, 「손창섭 소설에 나타난 폭력성」, 《어문논집》 26, 중앙어문학회; 공종구, 「「삼부녀」에 나타난 오이디푸스 콤플렉스와 가족주의」, 《현대소설연구》 50, 한국현대소설학회, 2012; 송주현, 「손창섭 소설에 나타난 탈주 욕망과 여성성 — 1960년대 장편을 중심으로」, 《한국문화연구》 30, 한국문화연구원, 2016; 이다온, 「전후 손창섭 문학의 애도와 멜랑콜리」, 《춘원연구학보》 13, 춘원연구학회, 2018; 김주리, 「손창섭 소설의 마조히즘과 여성」, 《인문논총》 76, 인문학연구원, 2019 등이 있다.

존재이기도 하다.

현실 관련성을 해명하려는 이러한 연구들이 중요한 이유는 첫째, 실제로 손창섭 소설이 1950년대 후반으로 갈수록 당대 현실의 모순에 대해 밀도 있는 분석을 시도하고 있기 때문이다. 「고독한 영웅」이나 「잉여인간」, 「반역아」, 「육체추」, 「신의 희작」, 『저마다 가슴속에』와 같이 1950년대 후반에 쓰인 작품들은 한국 사회의 부정과 부패, 그리고 불평등에 대해 극단적인 반발을 보이고 있다. 사실이 그러하고 보니 그러한 현실 관련성에 대한 분석은 의당 수행했어야 할 과제였다는 점에서 오히려 시급한 과제에 속한다고 할 것이다. 둘째는 손창섭의 1960년대 신문 연재소설에서 볼 수 있는 한국 사회의 다양한 모순에 대한 분석과 그에 대한 대응들이 갑자기 연대가 바뀌었다고 해서 전혀 아무것도 없었던 무에서 평지돌출할 수 있는 것은 아니기 때문이다. 작가에게 있어 그러한 주제에 대한 관심은 이미 1950년대 소설에서부터 싹트고 실험되고 창작되었다고 볼 수밖에 없는데 그렇기 때문에 1960년대 소설의 현실 인식과 연결된 1950년대 소설의 현실 관련성에 대한 분석과 해명은 반드시 필요한 작업이다. 본 논문이 손창섭 소설의 현실 관련성을 분석하고 정리하겠다는 동기도 여기에 있다.

그런데 이러한 연구가 갖는 난점은 이러한 연구를 수행하기 위한 기초 자료가 너무나 빈곤하다는 데 있다. 예컨대 작품 속에서 피해 의식에 젖어 살던, 혹은 방향 상실의 권태로운 인물들이 어떻게 현실 속의 부정적 대상과 강력하게 맞서고 그와 사활을 건 적대적인 관계 속에 들어갈 수 있게 되었는가 하는 그 변화의 작가적 동기라든가 현실 변혁에 착수하게 했던 작가의 사적 체험 등에 대해 전혀 알 길이 없다. 왜냐하면 작가는 자기 자신뿐만 아니라 작품에 대해서도 거의 언급하지 않고, 그가 만나는 사람들도 철저하게 제한하고 있기 때문에, 그의 삶이 거의 베일에 가려져 있다고 해도 과언이 아니기 때문이다. 연구자들이 작품의 현실 관련성에 대한 다양한 이해를 시도해 보지만 그것이 늘 미진한 느낌으로 끝나는 것도 이러한 자료의 절대적인 부족 때문이다. 손창섭 소설을 기독교와 관련시키려는 본 논문 또한 그와 관련한 자료의 미비로 난항을 겪을 수밖에 없다. 하지만 그렇다고 해서 그 중요한 과제를 포기한다는 것은 손창섭 소설을 이해할 수 있는 주요한 통로를 스스로 봉쇄하는 결과를 초래할 것이라 생각된다. 손창섭 소설에 대한 총체적 이해는 다양한 접근 방식을 통해서 가능할 것이라 본다.

손창섭 소설을 기독교와 관련시킨 논문은 거의 찾아볼 수 없다. 그렇지만 손창섭은 「아마추어 작가의 변」에서 "기구한 운명과 역경 속에서 인간 형성의 가장 중요한 소년기와 청년기를 보내 온 내가 비로소 자신을 자각했을 때, 나의 눈앞에 초라하게 떠오른 나의 인간상은 부모도 형제도 고향도 집도 나라도 돈도 생일도 없는, 완전한 영양실조에 걸린 육신과 정신의 고아였다."[6]라고 하면서 이러한 유치하고 빈약한 정신 내용을 극복하기 위해 "뒤늦게 독서의 필요성을 깨닫고 책에다 과대한 기대를 걸어 보기 시작하였지만"[7] "그러나 사람은 '하나님의 말씀(진리)'만으로는 살 수 없는 '동물'(강조는 인용자)이기도 했다."[8]라고 했다. 이 '하나님의 말씀'이라는 문장과, "이 격렬한 대인 투쟁에서 내가 비로소 타인을 자각했을 때 나의 눈앞을 가로막고 선 타인의 정체는 '이기'와 '위선'에 찬 적이었다."라면서 "이와 같이 새로운 '나'와 '남'의 발견은 결과적으로 나에게 인간 및 사회에 대한 불신과 반발심을 길러 주었고 심지어는 **신에 대한 원망마저 품게 하였던 것이다.**"(강조는 인용자)라고 술회한 부분을 보면 손창섭에게 있어 기독교란 단순히 관심의 대상에 불과한 것이 아니라 작가의 세계관의 위치에 존재하고 있는 것이었다고 해도 과언이 아닐 것이다.

이와 관련해 이처럼 작가의 말뿐만 아니라 실제 생활에서 손창섭이 기독교와 어떤 관련성을 가지고 있었는가를 보여 주는 증언도 많다. 우에노 지즈꼬 여사는 손창섭이 집안에 성경책을 두고 있으나 정식으로 교회를

---

6) 손창섭(1965), 「아마추어 작가의 변」, 송하춘 편, 『손창섭』(새미, 2003), 312쪽.
7) 위의 글, 같은 곳.
8) 위의 글, 같은 곳.

다닌 적은 없다고 밝힌 바 있다. 또 정철훈의 기록에 따르면 손창섭은 도일 이후 말년을 보내고 있던 히가시쿠르케 시의 서민 아파트에 십자가 하나를 두고 있었다고 했다. 극도의 대인기피증을 보이고 있던 작가가 교회라고 해서 공개적으로 다녔을 리는 만무하다는 점에서 손창섭이 개인적으로 신앙생활을 했을 것으로 추정할 수 있게 하는 발언이다. 이와 관련해 유종호도 주목할 만한 발언을 하고 있다. 손창섭이 기독교 계통의 이단적인 종파의 열렬한 신자가 되어서 거리에서 전단을 나누어 주고 이따금 한국대사관이 있는 건물에 나타나 계단에서 통곡을 하기도 하고 큰 소리로 횡설수설했다는 얘기이다. 그러면서 유종호는 김승옥을 거론하며 작가가 종교에 귀의하면 소설이 망가진다고 우려하고 있다. 이런 자료들로부터 우리는 손창섭이 개인적으로 기독교 신앙생활을 했으며 그가 믿었던 종교는 기성 종교와 다른 성격을 띠고 있었을 것이라 추정해 볼 수 있다.[9]

그렇지만 손창섭의 기독교 관련성은 말년에 이르러 비롯된 것이 아니라 훨씬 초기로 거슬러 올라갈 수 있으리라 판단된다. 먼저 지즈꼬 여사의 말에 따르면 손창섭의 어머니는 독실한 기독교 신자라고 하였다. 어머니뿐 아니라 그가 그토록 사랑했던 할머니도 독실한 기독교 신자였다고 한다. 이러한 독실한 어머니와 할머니를 따라 유년기의 손창섭이 교회에 즐겨 갔는지를 확인할 길은 없다. 그렇지만 그들이 모두 독실한 분들이므로 주일마다 교회에 다녔을 터인데 어린 손창섭만이 혼자 집을 지키고 있었을 리는 만무하다는 점에서 손창섭의 기독교 관련성은 유년기로까지 거슬러 올라갈 수 있으리라 판단된다. 이때가 10세 전후이고 도일(1973년) 이후라면 1950대 이후를 말하므로 이 시기 사이, 즉 10세 전후부터 40대까지의 작가의 기독교적 행적에 대해서는 확인해 볼 도리가 없다. 그런데 이 시기라면 그가 한국에서 활발한 창작 활동을 했던 시기와 상당 부분 겹친다. 따라서 이 시기 그의 기독교 관련성은 그의 발언이 확인되지 않는

---

9)   이에 대해서는 정철훈, 『내가 만난 손창섭』(도서출판 b, 2014), 98, 180~181쪽 참조.

한 그의 작품을 통해 확인할 수밖에 없다.

실제 작품에서는 의외로 기독교적인 요소가 상당히 많이 발견된다. 그의 초기작 「비 오는 날」에서 원구의 친구 동욱은 "꼭 목사가 되겠노라고"[10] 하고 "그것이 자기의 갈 길인 것 같다고 하며 이제 새 학기에는 신학교에 들어가겠"(334쪽)다고 다짐한다. 뿐만 아니라 거기에 "후두둑후두둑 유리 없는 창문으로 들이치는 빗소리를 들으며, 사십 주야를 비가 퍼부어서 산꼭대기에다 배를 묶어 둔 노아네 가족만이 남고 세상이 전멸을 해 버렸다는 구약성경에 나오는 대홍수를 원구는 생각해 보는 것이었다."(341쪽)라는 의미심장한 문장이 등장한다. 이 작품이 그의 나이 32세인 1953년에 쓰였음을 감안하면 유년기 이후 일본에서의 고학 생활 내내 손창섭은 기독교와 관련된 생각을 이어 갔으리라 추정해 볼 수 있다. 그리고 그가 생각한 기독교란 '노아의 방주'에서 엿볼 수 있는 것처럼 세상을 불의의 장소라 여기고 의로운 존재가 되어 그러한 현실로부터 구원받으려는 소수의 의로운 삶들과 관련되어 있다. 이러한 인식은 전술한 바 작가의 말처럼 세상을 이기와 위선에 찬 악으로 규정하고 자신은 그 속에서 격렬한 대인 투쟁을 벌여 왔다는 인식과도 잘 맞아떨어진다. 30대 초반의 이러한 세상과 종교에 대한 인식은 10대 중후반의 일본에서의 그의 고학 생활의 가혹한 정도를 잘 설명해 준다 하겠다.

그 외에도 많은 작품에서 이러한 기독교 관련성을 찾아볼 수 있는데 「미소」에서도 "귀양의 미소에는 분명히 기독교적인 냄새가 풍기고 있습니다."[11]라든가 "기독교 냄새를 풍기는 투명한 귀양의 미소에는 속일 수 없는 유혹의 빛이 어리어 있었습니다."(363쪽) 같은 구절이 반복적으로 서술되어 있고 심지어 그는 자신을 유다의 자손이라 하면서 유다 다음으로 베드로를 좋아한다고 절규하고 있다. 이러한 기독교 관련성은 1950년대 후기로 갈수록 점점 더 작품의 전면에 직접적으로 등장하고 있다. 예컨대 「포

---

10) 손창섭, 「비 오는 날」, 『손창섭 대표작 전집』 3(예문관, 1970), 334쪽.
11) 손창섭, 「미소」, 『손창섭 대표작 전집』 1, 362쪽.

말의 의지」에는 죄 없는 자 돌을 던지라라는 '간음한 여인'의 얘기(「요한복음」 8장 3-11절)가 등장하고 나아가 작품의 서사 구조나 주제 자체가 '진정한 기독교적 삶'이고 보면 작품의 기독교적 성격은 단순한 인용의 문제가 아니라 작가의 세계관이 반영된 것으로 해석할 수밖에 없다. 「신의 희작」은 작품명 자체가 신과 관련되어 있거니와 작품 중간중간에도 S의 행동을 '신을 실소케 할' 어이없는 것으로 수차례 표현한다는 점에서 기독교가 그의 작품에 미치는 영향은 매우 크다고 할 수 있다. 「육체추」에 이르면 "오오, 주님이시여, 괴롭고 무거운 짐 진 사람들과, 천한 사람과, 죄인과, 원수까지도 아끼고 사랑하시는 나사렛 예수 그리스도 우리 주님이시여, 이 한많은 인간을 긍휼히 여기시사, 제 육체 위에 기적을 베풀어 하나님 아버지께 무한한 영광을 돌리게 하시옵소서."[12]와 같은 불구자들의 '기적'을 바라는 간절한 절규가 숱하게 그려져 있고 '소돔과 고모라'라든가 '가룟유다' 같은 성경의 이야기들이 가득 채워져 있다.

본 논문은 이처럼 작품 내에 존재하는 수많은 기독교적 언급과 묘사 중에서 그의 작품의 변곡점에 해당하는 1950년대 중후반 현실 모순에 대한 급진적인 관심에 기독교가 어떠한 영향을 미쳤는가 하는 것에 대해서 규명해 보려고 한다. 그를 위해 분석의 대상으로 삼은 작품은 「포말의 의지」이다. 그리고 이러한 기독교적 관념이 그의 작품의 급진적 현실 인식에 어떤 영향을 미쳤는가에 대해서는 비슷한 시기에 나온 「고독한 영웅」과 「잉여인간」을 통해 분석해 보기로 하겠다. 여기에는 기독교적 서사인 「포말의 의지」와 현실에 대한 급진적 서사인 「고독한 영웅」, 「잉여인간」과의 유사성과 차이점이 동시에 분석될 것이다. 차이점이 드러나는 이유는 종교적 서사와 현실 변혁 서사는 근본적으로 서로 다른 장에 위치하고 있기 때문이다. 또한 논의의 편의를 위해 시기적으로 가장 뒤늦게 창작된 「신의 희작」을 먼저 분석해 보기로 한다. 왜냐하면 이 작품은 시기적으로 가장

---

12) 손창섭, 「육체추」, 『손창섭 대표작 전집』 4, 344쪽.

나중에 쓰이긴 했지만 손창섭 소설의 원체험이라 할 유년기의 내적 구조를 가장 잘 보여 주고 있기 때문이다. 손창섭의 기독교 수용의 근원에 이러한 유년기의 내적 구조가 유기적으로 결합되어 있기에 1950년대 중후반 소설의 현실에 대한 급진적 관여를 설명하기 위해서는 먼저 이 작품에 대한 분석이 필수적이다.

2 수치심과 어머니 콤플렉스

손창섭 소설은 흔히 전후 폐허의 현실 속에서 개인적 원체험에 바탕을 둔 단편을 발표했던 1950년과 이후 장편소설을 주로 연재했던 1960~1970년대로 구분된다. 그리고 그 기점으로 대부분 「신의 희작」을 꼽는다. 그만큼 「신의 희작」은 손창섭 소설의 변곡점으로서 각별한 의미를 지닌다. 「신의 희작」은 자기를 잘 드러내지 않고 대인 관계도 극도로 기피해 온 S라는 인물이 자신에 대해 파괴적으로 드러낸 작품이어서 다른 작품들을 이해하는 데에도 매우 중요한 자료로 활용되어 왔다. 무엇보다도 이 작품은 인물의 비정상적 행위로 인해 사후적으로 그 이전의 작품까지도 병리적으로 해석하게 했다. 작가의 추천 소감 '목석의 문학'은 인간모멸론으로 강조되었고 인간혐오와 공격성, 불안, 분노 등의 병리적 특성들이 새롭게 강조되었다.[13] 이렇게 하여 손창섭 소설에 대한 분석 방법론으로서 정신분석학이 중요한 의미를 띠게 되었다.

본 논문에서는 이러한 정신분석학적 방법과 코헛의 자기심리학을 결부시켜 손창섭 소설 인물들에게서 공통적으로 나타나고 있는 수치심이라는 심리적 현상에 초점을 맞추기로 한다. 수치심은 유아기에 최초로 발생하여 그의 정신 구조에 지대한 영향을 미치지만 성인이 되었을 때도 여전히 응집된 '자기'를 방해한다는 면에서 그 '자기'의 심리를 발생론적으로

---

13) 이에 대해서는 공종구, 「손창섭 소설의 기원」, 《현대소설연구》 40, 한국현대소설학회, 2009; 조두영, 『목석의 울음, 손창섭 문학의 정신분석』(서울대 출판부, 2004) 참조.

분석할 수 있게 한다. 코헛의 자기심리학은 주로 성격이나 정체성 등의 응집된 자기에 관심을 가진다.[14] 이와 같은 이론적 접근이 가진 장점은 손창섭 작품 분석에 있어 인물의 내적 구조를 자기애적 성격장애로 이해할 수 있게 한다는 것이다. 손창섭 소설에 있어서 인물들의 내면을 이처럼 자기애적 성격장애로 분석하면 여러모로 유익한 면이 많다. 예컨대 손창섭 소설에 등장하는 정신병적 망상이나 환영 현상도 자기애적 성격장애로 해석하면 정태적인 내적 구조가 아니라 동태적인 변화 가능한 구조로 이해할 수 있다. 손창섭 소설은 1950년대 후반으로 접어들면서 이러한 자신의 정신적 한계를 극복하고 과감하게 현실 모순에 관여하고 있기 때문에 이러한 변화에 대한 분석으로서 코헛의 자기심리학은 매우 유용한 도구가 될 수 있다. 손창섭 소설에서 망상이나 환영 현상은 「비오는 날」과 「신의 희작」, 「미소」, 「층계의 위치」 등 1950년대 초중반 소설에서 많이 볼 수 있는데 불안과 공포의 결과이기는 하지만 분열이나 파편화의 정도가 지속적이거나 자아를 압도할 정도는 아니다. 만약 그랬다면 작가의 창작 행위가 지속될 수는 없었을 것이다.

「신의 희작」은 프롤로그와 에필로그의 형식 안에 4개의 장으로 구성되어 있다. 프롤로그와 에필로그도 첫 장과 끝 장에 포함되어 있어 실제로는 모두 6장으로 편성되어 있다. 이 중 프롤로그와 에필로그는 1961년 현재의 S의 발화이고 그 안의 삽화들은, S의 현재적 평가가 내재해 있기는 하지만 그와 분리해서 볼 수 있는, 유년기의 원체험에 해당한다고 하겠다. 이 원체험 중 앞자리에 있는 것이 유년기 어머니에 대한 충격적 보고이다. 이 이야기는 여러 가지 면에서 문제적이다. 먼저 부모의 성행위가 아들에게 노출되었다는 것 자체가 충격적이고 부모 중 아버지의 자리에 '멧돼지 같은 남자'가 앉아 있다는 것도 충격적이다. 이것이 문제적인 이유는 아이가 어머니와의 2자 관계적 욕망 속에 존재하면서도 동시에 '멧돼지 같은

---

14) 하인즈 코헛, 이재훈 옮김, 『자기의 분석』(한국심리치료연구소, 2002), 43쪽.

남자'와 함께 3자 관계 속으로 편입돼 들어간다는 데에 있다. 여기에서 아이는 오이디푸스적 발달 과정에 장애를 입게 되고 자기애에 손상을 겪게 되어 어머니에 대한 심각한 외상적 실망을 경험하게 된다.

이 사건이 있기 전까지 아이와 어머니와의 관계는 어느 정도 원만했던 것으로 보인다. 집의 문이 잠겼을 때 "열어 달라고 고함을 지를 필요"[15]도 없이 "다람쥐처럼 판자 울타리를 멋지게 기어 넘으면 그만이"(144쪽)었고 "그만한 재주가 한창 자랑이었"(144쪽)다고 술회한 것으로 보아 거울 자기 대상(어머니)의 공감적 반응을 통해 '과대적 자기'의 '자기애적 평정'이 '최적의 좌절'을 통해 정상적으로 작동되고 있었다고 보아야 하기 때문이다. 그렇지만 어머니와 '멧돼지 같은 남자'와의 동침이나 아이에 대한 어머니의 모욕적 반응은 아이의 '과대적 자기의 과시적인 욕구', 즉 일차적인 자기애적 평정을 여지없이 붕괴시켜 버렸다.

그렇더라도 모친이 웬 남자와 동침한 사건을 구체적으로 이해하기에는 S는 너무 어리었다.

그저 막연히 자기 운명에 어떤 불길한 변화가 닥쳐올지도 모른다는 불안감이 엄습했을 뿐이었다. 그러한 불안감은 미묘한 작용으로 자기 자신에 대한 자책적인 수치감과 혼합되어 갔다.

언젠가 잠자리에서 있은 일이었다. 물론 S는 아직도 어머니와 한 이불 속에서 잤다. 밤중에 어렴풋이 잠이 깼을 때였다. 사타구니에 별안간 어머니의 손길을 느끼었다. 어머니의 손은 다정하게 그것을 주물러 주었다. 그러자 그의 그 조그만 부분은 어이없게도 맹렬한 반응을 일으킨 것이다. 어머니가 놀라선지 주무르던 손을 멈추었다. 그러나 놓지는 않고 한참이나 꼭 쥔 채로 있었다. 그는 어머니의 손의 감촉을 향락하듯이 고간에 힘을 주어 꼭 끼었다. 어머니는 갑자기 손을 뺐다. 그러더니 그를 탁 밀어붙이듯 하고

---

15) 손창섭, 「신의 회작」, 『손창섭 대표작 전집』 1, 144쪽.

돌아누워 버리었다.

그 일이 왜 그런지 S는 늘 부끄러웠다.

이 수치감은, 마침내 어머니의 동침 사건과 결부되어 극히 희미하나마 일종의 까닭 모를 공모 의식 같은 것으로 변하여 그의 심중에 번지어 갔다.

사건 이후에도 어머니가 그 남자와 만나는 것을 알았을 때, S는 더욱 강하게 그런 야릇한 심리를 경험했고, 오금이 나른하도록 풀기가 꺾이었다.

학교에서 돌아오다가, 꼭 멧돼지같이 생긴 그 남자와 나란히 걸어가는 어머니를 발견했다. S는 얼굴이 해쓱해지며 옆 골목으로 뛰어 들어갔다.

"칵 뒈져라, 뒈져."

S는 어느 집 뒷벽에 기대서서 그렇게 저주하며 두 주먹으로 자기 머리를 자꾸만 쥐어질렀다.

그것은 어머니가 자기더러 그러는 것이다. 한편 그것은 자기가 어머니에게 그러는 것이기도 했다.

어머니는 날더러 칵 뒈지라고 했다. 어머니는 그 남자와 동침하기 위해서는 정말 나를 죽일지도 모른다. 어쩨 꼭 그럴 것만 같았다. 그는 무서운 생각이 들었다.[16]

위 인용에서 잠자리에서 있었던 어머니와의 삽화가 눈길을 끈다. 위 인용의 S와 어머니와의 관계는 아버지가 부재하므로 여전히 전오이디푸스 단계의 2자 관계의 구조 속에 있다고 할 수 있다. 이 구조 속에서 자기 대상으로서 어머니는 아이의 '과대적 자기'를 반영하거나 부모를 이상화시키도록 허용함으로써 아이의 발달이 순조로울 수 있도록 도울 수 있다. 하지만 잠자리에서 S는 어머니의 애무와 관련하여 자신의 과대함이 무시됨으로써 심각한 수치심을 입게 된다. "그 일이 왜 그런지 S는 늘 부끄러웠다."라는 말은 S가 자기애적 상처를 받아 그의 자기가 파편화되었음을

___
16) 위의 책, 145~146쪽.

보여 준다.[17] 이렇게 되면 '과대적 자기'와 '초라한 자기'로 양분되면서 그동안 자기 대상과의 관계 속에서 유지되었던 자신의 완전성, 완벽적 경향을 상실하게 되는데 이 '초라한 자기'에 대한 정서적 반응이 곧 수치심이라 할 수 있다.[18] 따라서 이 수치심은 자기 발달의 보상 구조가 제대로 작동되지 않게 되었다는 것을 의미하며, 이렇게 되면 아이는 "자기를 파괴하는 위협, 자기의 결함, 또는 실패감 그리고 낮은 자존감 등으로 귀결되는 자기감에 집중"할 수밖에 없게 된다.

그런데 이 사건이 중립적인 상황에서 발생하지 않고 '멧돼지 같은 남자'와의 3자 관계 속에서 이루어짐으로써 S의 혼란은 걷잡을 수 없는 방향으로 흘러가게 된다. 여기에서 중립적 상황이란 "유아적인 욕구들이 충분히 충족이 되는 한편 이들을 현실화시키는 과정에서 외상적이지 않고 최적의 좌절을 통해 타협을 이끌어 나가는 것"[19]을 말한다. 다시 말해 자기애적인 자기는 "누군가가 나를 바라보고 감탄해 주기를 바라는 소망"[20]을 갖고 있는데 S의 경우 그 감탄의 욕망이 어머니에 의해 고무되지 않고 무시됨으로써 심각한 타격을 받게 되었다는 것이다. 그리고 이 무시가 '멧돼지 같은 남자'와의 관계 속에서 발생한 것이라는 상황 논리 속에서 S로 하여금 "희미하나마 일종의 까닭 모를 공모 의식 같은 것으로" 빠져들게 만든다. 말하자면 S는 어머니를 사이에 두고 '멧돼지 같은 남자'와 경쟁 관계 속에 들어가게 되었던 것이다. 이렇게 하여 S는 전오이디푸스적 단계에 고착되어 상징계[21] 전체를 경멸하고 증오하면서 동시에 어머니가 자신보다

---

17) 김용태, 「사회-심리적 특성으로서 수치심의 이해와 해결」, 《상담학연구》 11, 한국상담학회, 2010, 65쪽.
18) 김용태, 앞의 글, 65~66쪽 참조.
19) 박경순, 「수치심과 자기애의 정신분석적 이해」, 《한국심리학회지》 30, 한국심리학회, 2011, 899쪽.
20) 위의 글, 같은 곳.
21) 본 논문에서 쓰이고 있는 상징계라는 용어는 자크 라캉의 이론적 용어이다. 그는 인간 정신을 상상계, 상징계, 실재계로 나누었고 그것으로 인간의 무의식을 설명했다. 특히 상징계는 인간 세계의 활동을 지배하는 자율적인 영역이며 언어, 개념 체계, 그리고 이것들

도 오히려 혐오와 증오의 대상인 '멧돼지 같은 남자'의 편을 듦으로써 어머니에 대한 증오라는 모친 살해 콤플렉스에 빠져들 수밖에 없게 되었다.

이렇게 하여 S의 수치심 속의 좌절과 두려움은 응집된 자기의 통제 의지를 현격하게 약화시켰다. 서술자는 이에 대해서 "막연히 자기 운명에 어떤 불길한 변화가 닥쳐올지도 모른다는 불안감이 엄습했"[22]다는 추상적 표현으로 드러내고 있다. 그리고 이 "불안감은 미묘한 작용으로 자기 자신에 대한 자책적인 수치감과 혼합되어 갔다"고 표현한다. 이것은 S가 자신의 수치심에 대해 명료한 의미를 가지고 자각한 것이 아니라 막연한 불안감으로 느끼고 있었다는 것을 보여 준다. 일반적으로 수치심은 느낄 수 있는 것과 느낄 수 없는 것으로 나눌 수 있고 후자를 간과하는, 혹은 인식되지 않는 수치심이라 부르는데, 병리적인 수치심은 주로 후자의 경우에 나타나고 이럴 경우 수치심은 항상 표면화되지 않고 그 대신 분노, 경멸, 모욕감, 부러움, 우울 혹은 공허감으로 변형되어 나타난다.[23] S는 이에 대해 단지 "야릇한 심리", "오금이 나른하도록 풀기가 꺾이"는 것, 또는 "칵 뒈져라, 뒈져."라는 어머니의 말에 대한 무의식적 행위로서 "자기 머리를 자꾸 쥐어질"르는 행위로 반응하고 있다. 이 자기 머리를 쥐어지르는 행위를 "어머니가 자기더러 그러는 것"이며 "자기가 어머니에게 그러는 것"

속에 용해되어 있는 문화적인 규율을 뜻한다. 상징적 질서는 각 개인이 태어나기 전부터 그를 기다리고 있다. 그는 태어나서 자신의 이름을 부여받자마자 그 이름과 결부된 의무와 권리를 이어받는다. 이에 대해서는 홍준기, 『라캉과 현대철학』(문학과 지성사, 1999), 204쪽 참조. 상상계와 상징계는 비록 변별적이고 대립적이긴 하지만 상징계는 상상계를 잠식해 들어가며, 조직하며 또 그 방향을 지시해 준다. 이에 대해서는 마단 사럽 지음, 김해수 옮김, 『알기 쉬운 자크 라캉』(백의, 1996), 156~161쪽 참조. 손창섭 소설에서 인물들이 유년기의 어머니와의 실망스러운 관계와 상징계에 접어들게 할 매개체로서의 아버지의 부재, 나아가 그 아버지의 자리에 '멧돼지 같은 남자'가 앉아 있음으로 하여 상징계적 규율 자체를 완강히 거부하고 있음을 볼 수 있는데, 손창섭 소설의 변화는 이러한 상징계와 어떻게 관련을 맺어나갈 것인가 하는 주체의 고뇌의 산물이라 할 수 있다.

22) 손창섭, 「신의 회작」, 앞의 책, 145쪽.
23) 박경순, 앞의 글, 901~902쪽 참조.

이라고 하여 어머니에 대한 공격성과 어머니로부터의 살해 공포가 뒤섞여 있음을 보여 주고 있다.

이렇게 보면 S의 유년기는 어머니에 대한 실망과 원망으로 점철되어 있음을 알 수 있다. 그것은 전오이디푸스기의 2자 관계가 형성한 어머니에 대한 이상화, 그리고 자기 자신에 대한 과대한 구성이 최적의 좌절을 통해 이차적인 자기애적 평정으로 전환되지 못하고 멧돼지 같은 남자의 등장으로 하여 회복할 수 없는 자기애적 상처를 겪게 되었음을 말해 준다. 이 자기애적 상처는 S로 하여금 과대적 자기를 적절한 자아 내용으로 융합되지 못하게 하고 변화되지 못한 채 남아 있게 하면서 원초적인 목적들을 성취하기 위해 퇴행하게 하는데 이러한 원초적인 목적이 전오이디푸스기의 과대한 자기와 이상화된 어머니상에의 고착을 의미하는 것은 물론이다. S에 대한 어머니의 반응이 공감적이지 않고 신뢰할 수 없다면 무조건적이고 원초적이며 완전한 상에 집중되어 있는 리비도를 점차적으로 철수시키는 과정이 방해를 받게 된다. 말하자면 어떠한 변형적 내면화도 발생하지 않으면서도 정신은 한계가 막연하고 또 절대적이고 완전한 상에 계속 매달려 있음으로 해서 이차적으로 자기애적 평정을 재구축하는 다양한 내적 기능들을 발달시키지 못하게 되는 것이다.

일본에서 중학교를 다닌 S는 성장한 이후에도 이차적으로 자기애적 평정을 재구축하는 다양한 내적 기능들을 전혀 발달시키지 못하고 있다. 그는 야뇨증에 대해 치욕적으로 인식하고 "자기 자신을 별수 없는 인간이라고 체념"하고 있으며 누가 자신의 야뇨증을 놀리기라도 하면 "얼굴이 새빨개져서 눈에 살기를 띠고 덤벼"들기도 했다. "싸우다 죽어도 좋다고 생각하며", "단순한 아이들 싸움이라고 볼 수 없을 만큼 소름 끼치는 잔인한 격투"를 벌이기도 했다. 그리고 이 살인과 자멸의 보복심은 반드시 성폭행으로 결과한다는 점에서 자기애적 성격장애를 보여 주고 있다. 자기애적 성격장애자의 행위가 성화(sexualize)되어 나타나는 것은 그의 기본적인 정신 구조가 취약하고 결과적으로 그것의 중화 기능이 손상되었기 때문이다.[24] 이러한 현상의 근원에는 대상 상실의 두려움, 혹은 대상의 사랑을 상실할 것에 대한 두려움이 자리 잡고 있다.[25] '웬 남자와 동침한 사건'이 주는 막연한 불안감이 "미묘한 작용으로 자기 자신에 대한 자책적인 수치 감과 혼합되어 갔다."라고 할 때 S의 내면을 사로잡고 있는 것은 어머니, 혹은 어머니의 사랑을 상실하게 한 자신의 어떤 행동들과 그로 인한 과도한 수치심이다.

「신의 희작」에는 이처럼 인물의 수치심이 인물의 행동의 동인이 되는 경우가 많다. 그만큼 수치심의 지배를 많이 받고 있다는 것인데[26] 전술한 것처럼 유년기에 겪었던 수치심이 그의 일생에 걸쳐 그를 사로잡아 왔기 때문이다. 그런데 특이한 것은 분노, 복수심, 자멸의 충동 등 병리적 수치심의 증상들에 대해 「신의 희작」에서는 서술자의 표현이 상호 모순되는 경우가 많다는 것이다. 예를 들어 그는 야뇨증으로 치욕감에 의해 타자와 죽기를 각오하고 싸웠다고 했고 그로 인해 '갱까도리'란 별명까지 얻었다고 했지만 또 다른 문장에서는 자신의 야뇨증을 철저하게 감춰 거의 발각되지 않았다고 서술하고 있다. 발각되어 죽기를 각오하고 싸운 것이 맞는 것인지 아니면 발각될까 두려워 끝끝내 그것을 감춘 것이 맞는지 알 수가 없다. 또 본인이 일상적 폭력으로 '갱까도리'라는 별명을 얻었을 정도라 했는데 다른 부분에선 "의젓한 중학생"(150쪽)이었고 "늦도록 공부하는 (척하다가)"(150쪽) 모범생이었다고 표현되고 있다. 아마 둘 다 맞을 것으로 보이지만 그중 어느 부분은 실제보다 상당히 과장되게 표현되었으리라 판단된다.[27]

---

24) 하인즈 코헛, 앞의 책, 82쪽.

25) 위의 책, 32쪽.

26) 예컨대 「혈서」에서 준석의 과도한 반응이나 「인간동물원초」에서 죄수들의 음식과 여성에 대한 잡담에서 보이는 모욕감과 폭력, 혹은 「고독한 영웅」의 인구의 굴욕감이나 「포말의 의지」에서의 '똥갈보'에 대한 영실의 자의식 등은 모두 그러한 수치심과 그로부터 비롯된 분노와 불가분의 관련을 갖고 있다. 그 외 「생활적」의 동주나 「미해결의 장」의 아버지, 문 선생, 장 선생, 「사제한」의 홍 선생, 「설중행」의 고 선생 등도 면밀히 따지고 보면 모욕과 그로 인한 수치심이 그들의 행동 동인이라는 것을 알 수 있다.

27) 손창섭 소설을 흔히 자전적 성격의 변형이라고 하지만 이 작품은 작품 내적 서술의 상위

이렇게 보면 「신의 희작」의 S가 보인 중학 시절의 기이한 행태는 그의 내면을 사로잡았던 충동 중 일부가 상당히 과장되게 표현된 것이라 판단된다. 많은 것들이 과장되어 있고 한편으로는 은폐되어 있다. 작가의 말처럼 그의 작품은 "소설의 형식을 빌린 작가의 정신적 수기요, 도회 취미를 띤 자기 고백의 과장된 기록"이었다고 할 수 있다. 이것은 자기 자신을 필요 이상으로 조롱하거나 풍자한 결과라 할 수 있는데 왜 그러했는가에 대해서는 뒤에서 다시 논하기로 하겠다. 어쨌든 S가 「신의 희작」에서 파격적으로 보여 준 자신의 폭력성이나 보복적 성폭력 등은 작품 내적 표현과 달리 그의 내부에서 들끓고 있던 충동의 과장된 형상화에 가깝다 할 것이다. 그렇지만 영어 교사와의 영단어 논쟁이나 그와 연계된 교사 딸의 성폭행, 민족 차별의 거사 이후 병원에서 미요코에게 뜬금없이 결혼하겠다고 한 말 등을 보면 이 또한 상당히 과장된 표현이긴 하지만 그럼에도 불구하고 이미 S의 내면이 현실과 분리된 망상이나 환영의 영역에 진입했다는 증거로 볼 수 있다. 따라서 이 자아 파괴와 자아분열의 위태로운 경계 위에서 망상이나 환영의 영역으로 넘어가지 않고 끝끝내 자신을 지킬 수 있었던 동력이 어디에 있었는가에 대한 분석은 필수적이라 하겠다.

3 어머니와의 관계 복원과 기독교

이에 대한 접근 방식엔 여러 가지가 있을 수 있다. 본 논문에서는 자아 파괴와 자아분열의 위태로운 경계선상에서 그를 지켜 주었던 동력으로서 기독교에 주목하고자 한다. 「신의 희작」이라는 제목에서도 이미 기독교적 존재로서의 성격을 볼 수 있겠거니와 작품 곳곳에 이와 관련된 표현들이 산재해 있는 것을 보아도 이 작품의 기독교적 관련성을 충분히 유추할 수 있

성뿐만 아니라 실제의 자전적 사실과도 상당한 차이를 보이고 있다. 이에 대해서는 홍주영, 「손창섭의 멜랑콜리와 모성 추구의 문학」, 《한국현대문학연구》 37, 한국현대문학회, 2010, 208~217쪽 참조.

다. "이렇듯 신을 실소케 할"(148쪽) "조물주에 대한 필사적인 도전"(150쪽), "어쩌면 신을 당황케 했을지도 모르는 S의 정신 및 육체의 선천적 혹은 후천적 불구성", "그렇다면 그는 그러한 비극을 연출하기 위한 의미로만 존재하는 것일까. 신은 이 세상 만물 중 어느 것 하나 의미 없이 만든 것이 없다고 하니 말이다. 여기서 S는 너무나 저주스럽고 짓궂은 신의 의도와 미소를 발견하고"(181~182쪽) 등 작품 곳곳에 S의 행위를 신과 연관시키는 표현들이 다수 발견된다. 그렇지만 이러한 표현이 청소년기 S의 종교적 신앙을 드러내는 것은 아니다. 왜냐하면 이러한 표현은 이 작품이 발표되었던 1961년 당시 신앙인의 입장에서 지나간 과거를 회상하며 쓴 것이기 때문이다.

그렇지만 전술한 것처럼 어린 시절 독실한 기독교 집안에서 성장한 S가 사고무친의 낯선 땅 일본에서 장래의 성공을 바라며 어려운 고학 생활을 할 때 신앙은 그를 지켜 줄 마지막 보루가 될 수는 있다. 그리고 그 신앙은 30세 전후의 그의 작품 「비 오는 날」에서 드러났듯이 '노아의 방주'가 함축하는 '불의한 세상/의로운 나'라는 구조로 구성되어 있었을 것이라 할 수 있다. 암울하고 암담한 수치심, "나는 부모두 형제두 집두 없는, 전도가 암담한 오줌싸개"라는 세상에 대한 분노와 절규, '정체불명의 터무니없는 복수심' 등은 세상을 불의의 장소로, 그리고 '나'를 그 안에서 희생된 순결한 존재로 보려는 내적 구조를 창출하기에 충분하다. 그의 종교적 사고는 이러한 세계관과 밀접한 관련을 갖고 있으며 이러한 세계관에 의해 제한된 성격의 신앙으로 구성되었을 가능성이 크다. 이렇게 본다면 작가는 자신의 유년기와 청년기를 지배했던 수치심과 이 수치심에 의해 촉발된 자신의 병리적 증상들, 그리고 세계에 대한 말할 수 없는 적대감과 고립감을 종교를 통해 극복하고자 했다고 할 수 있다.

자기 구조에 대한 기독교적 연구들은 하인즈 코헛이 언급한 자기 구조는 한 개인의 심리적 정체성만을 고려한 자기이기에 인간 본연의 핵심 자기 구조를 설명하지 못하는 한계가 있다고 비판한다. 개인은 자기 대상을 선택할 수 있고 자기 대상과의 관계 경험을 통해 자기 구조를 형성하여 자기감을 느낄 수 있지만 자신에게 자기의 존재에 대해 확증을 해 주는 하나님이 부여하신 정체성, 하나님으로 인해 확증되는 영적 영역에 대해서는 설명되어 있지 않다는 것이다. 타인의 사려 깊은 반영과 공감은 한 개인이 자신을 존귀하도록 돕는 과정이 될 수는 있지만 궁극적으로는 그로부터 자기의 존재 가치를 확증받을 수는 없기 때문이다.[28] 손창섭 또한 어린 시절 자기 대상에게서 공감적 관계를 통해 응집된 자기를 형성하지 못하고 자라서는 이상화 자기 대상을 만나지 못해 원초적 자기애적 고착 상태로 퇴행하게 되었지만 이러한 기독교적 인간관을 바탕으로 하여 파탄을 맞은 자신의 자기 구조를 극복할 수 있는 가능성을 확보했다고 할 수 있다. 그럴 경우 손창섭 소설에서 손상된 자기애가 기독교적인 신앙 속에서 어떻게 극복되었는가가 검토되어야 할 것이다. 이것을 분석하는 작업은 파괴되고 분열된 '조각난 자기'가 어떻게 사회적 정체성을 확보하게 되었는가 하는 문제와도 직접적으로 관련되어 있다. 여기에는 자기애적 고착 대상이었던 '이상화된 어머니'의 문제를 어떻게 처리해야 할 것인가 하는 과제가 놓여 있다.

　손창섭 소설에서 어머니는 다양한 변형을 통해 수많은 작품 속에 등장한다. 「신의 희작」에서 살펴보았듯이 어머니는 S의 수치심의 근원에 존재하고 따라서 어머니의 상실은 어머니에 대한 복잡한 애증의 관계, 즉 어머니를 떠나보내지 못하는 애도의 실패를 결과하게 하였다. 이를 멜랑콜리적 우울이라 하는데[29] 이러한 증상이 그의 존재론적 조건을 이루고 있다고 해도 과언이 아니다. 그래서 유년기에 고착되었던 '이상화된 어머니'는 주체에 의해 응시되지 못하고 작품 속에서 변형되어 '연민과 동정, 희

---

28) 심정연, 「우울 내담자의 자기 구조 회복에 관한 기독교 상담적 고찰: 하인즈 코헛의 이론을 중심으로」, 《신학과 실천》 69집, 한국실천신학회, 2020, 473~475쪽.

29) 이다온, 「전후 손창섭 문학의 애도와 멜랑콜리」, 《춘원연구학보》 13, 춘원연구학회, 2018, 461~465쪽 참조.

생자와 피해자'의 유형과 '요녀, 혹은 악녀'의 유형으로 지속적으로 분열되어 등장하는 것이다. 「비 오는 날」의 동옥, 「생활적」의 순이, 「유실몽」의 춘자, 「미해결의 장」의 광순이 등이 전자에 해당한다면 「신의 회작」의 S의 어머니, 「생활적」의 춘자, 「유실몽」의 누이, 「잉여인간」의 봉우 처 등은 후자에 해당한다고 할 수 있다. 특히 후자의 요부, 혹은 악녀들에게는 「신의 회작」에서 '멧돼지 같은 남자'와 동침하던 어머니의 모습이 투영되어 있다. 다시 말해 손창섭 소설에서 이러한 여성에 대한 부정적 시각의 주체는 남성으로 나타나고 있으며 그것은 '멧돼지 같은 남자'에게 어머니를 빼앗긴 아이임에 분명하다.[30] 따라서 이 분열된 어머니상을 어떻게 통일시킬 것인가가 손창섭 소설의 주요 과제라 할 것이다. 이 문제들을 「포말의 의지」를 통해 분석해 보기로 하겠다.

「포말의 의지」는 손창섭 소설에서 처음으로 기독교적 주체가 등장하여 기독교적 이데올로기 속에서 현실을 총체적으로 서사화한 거의 유일한 작품이다. 기독교 이데올로기는 그에게 부정하고픈 어머니와, 어머니에 대한 용서 감정에 의해 사후적으로 긍정된 매춘 여성들을, 사회적인 주체로 끌어올릴 수 있는 명분을 제공해 줄 수 있었기에 절대적인 의미로 다가올 수 있었다. 말하자면 손창섭 소설의 인물들에게 있어서 기독교 이데올로기는 그들의 실재 존재 조건에 대한 자신의 상상적인 관계의 표상이었던 셈이다.[31] 이 작품의 주인공 종배는 기독교 안에서 자신의 불우한 처지와 현실에 대한 적개심, 그리고 어머니와 관련된 환영과 망상으로부터 벗어나 하나의 주체로 새롭게 탄생할 수 있게 되었다. 따라서 손창섭 소설에서 기독교가 약자와 기적의 종교로 제한되어 나타나는 데에는 그들이 기적이 없이는 사회적 존엄성을 회복할 수 없는 최하층의 존재들이

---

30) 전성욱, 「전후의 현실과 섹슈얼리티 — 손창섭의 단편소설을 중심으로」, 《인문학연구》 17, 인문학연구원, 2010, 80쪽 참조.

31) 홍기숙, 「알튀세의 이데올로기론에 관한 연구」, 《시대와 철학》 4, 한국철학사상연구회, 1993, 236쪽.

었기 때문이다.[32] 손창섭 소설에서 기독교는 기적을 바라는 약자의 종교이고 자신과 같은 불우하고 가난한 하층민의 종교이다. 기적을 바란다는 의미에서 그들의 삶은 벗어날 수 없는 고통의 굴레와 같은 것이었기에 그들의 종교는 종말론적 성격을 강하게 띤다. 그 약자는 물론 매춘으로 표상된 어머니로부터 비롯된 것이고 그 어머니는 지금까지의 부정적 이미지를 벗고 기독교적 이데올로기 안에서 '간음한 여인' 이야기를 통해 새롭게 긍정되고 있다.

종배는 어떤 보람과 자신을 갖고 여인을 재촉했다. 그는 거의 억지로 여인을 끌어내다시피 했다. 여인은 망설이면서도 마지못해 따라나섰다. 예배당은 바로 오 분이 걸릴까 한 거리에 있었다. 하나둘 교인들이 모여들고 있었다. 종배는 터질 듯한 긴장과 흥분을 느끼면서 여인의 소매를 끌고 다가갔다. 여인도 몹시 긴장해 있었다. 마침 예배당 문을 들어서려던 점잖은 풍채의 남녀 신자 한 패가, 걸음을 멈추고 이상한 눈으로 종배와 영실을 바라보았다. 그들의 얼굴에는 접근할 수 없는 교만과 우월감이 있었다.
"절 노려봐요. 무서워요!"
영실은 소매를 홱 뿌리치고 돌아서고 말았다. 미처 붙잡을 사이도 없이 영실은 뒤도 돌아보지 않고 뛰어내려 가 버리었다. 종배는 형언할 수 없는 어떤 분노 같은 것을 느끼었다. 그는 예배당 입구에 서서 이쪽을 바라보고 있는 신자들을 향해 소리를 질렀다.

---

32) 기독교를 기적의 종교로 보는 것은 「육체추」의 불구자들이나 『인간교실』의 보숙 등에게서 보이는데 이는 정신적 불구나 존재론적 한계를 거의 변화 불가능한 것으로 인식하고 있었기 때문에 나타난 현상이다. 「신의 희작」에서 S는 "아무래도 자기 자신은 별수 없는 인간이라고 체념했다."라든가 "숱한 사람 가운데서 유독 저만이 저주받은 인간으로 태어난 것 같아서"라든지, "더욱 우스운 것은, 그것이 생리적인 결함이라기보다도 정신박약증, 혹은 기형성에 기인한 것으로 단정하고 있었다." 등등 자신의 내적 불구성에 대해 불치의 병과 등가적으로 생각하고 있는데 이것은 신앙을 통해 자신의 불구성이 기적적으로 구원되기를 바라는 소망을 낳았다고 할 수 있다.

"당신들은 뭐요. 당신들만이 하나님을 독차지하자는 거요. 어림두 없소. 예수님께선 당신들을 보고 너희들 중에 죄 없는 자는 돌을 들어 치라고 하셨소. 당신들은 창녀만두 못한 사람들이오. 다들 물러가요. 다들 썩 물러가란 말요."

흡사 미친 사람이었다. 흥분해서 말이 다 떠듬거려졌다. 울부짖듯 하는 그의 음성은 황혼이 깃들기 시작하는 주위에 기괴한 음향으로 번지어 갔다.[33]

이 작품에서 종배는 고아로서 이모와 이모부 내외의 목재상에서 기거하면서 근근이 생계를 이어 가고 있다. 이모와 이모부는 독실한 크리스천으로서 종배를 "눈먼 양"(381쪽)으로 부르고 있다. 신앙심이 부족하다는 얘기다. 그들은 또한 종배를 "죄악의 씨"(381쪽), "악마의 새끼"(382쪽), "징그러운 악마"(382쪽)로 부르고 있다. 그것은 종배가 악령의 힘으로 잉태되어 그의 몸속에 '악마의 씨'가 돌고 있을 것이라고 생각하기 때문이다. 누구나 종배를 '우리에 갇혀 있는 징그러운 악마'로 피했고 종배는 이모부 내외의 '신앙의 채찍과 능숙한 기교'로 조련되고 있었다. 종배 또한 "냉소와 조소와 체념이 뒤섞인 미묘한 웃음으로 그들에게 그저 순하게 대했을 뿐, 굳이 울타리를 뛰어넘으려고는 하지 않았다." 그것은 우리밖에 나가 보았자 이모부 내외와 비슷한 '인간'들의 세계가 존재하고 있었기 때문이다. 여기에서 종배가 악령의 힘으로 잉태되었다는 것은 종배 어머니가 창녀였기 때문이다. 어머니는 "어쩌다 창녀의 신세로 전락하"(377쪽)여 "단 하나의 동기인 동생을 여학교에 보내는 것으로 굴욕을"(377쪽) 참아 왔으나 미션 계통의 일류 여학교를 졸업한 여동생이 종배를 맡아 달라는 언니의 부탁을 거절하고 오히려 언니가 몸을 팔아 자신을 뒷바라지했다는 말에 대해 모욕적인 언동으로 언니에게 침을 뱉듯 하여 마침내 집 근처의 어

---

33) 손창섭, 「포말의 의지」, 『손창섭 대표작 전집』 2, 385~386쪽.

느 여관방에서 유서를 남기고 자살하기에 이른다.

그런 종배는 인생의 아무 목적도 없이 거품처럼 떠서 흐르는 불안한 존재에 불과했고 그저 끊임없이 흐르는 인간의 거대한 흐름의 어느 역사적 지점에서 우연히 태어나, 예측할 수 없는 운명에 밀리어 어느 지점까지 흐르다가 흔적 없이 꺼져 버릴 한 방울의 거품으로 스스로를 인식하고 있다.(372쪽) 도저한 허무주의를 보이고 있는 것이다. 그러다가 우연히 몸 파는 여성 옥화(본명은 강영실)를 만나 그녀를 위한 삶 속에서 처음으로 삶의 보람을 맛보게 된다. 이 영실이 바라는 바는 죽을 때라도 예배당에 가서 죽고 싶다는 자그마한, 그러나 간절한 소망이다. 살아서 교회에 갈 수 없는 이유는 자신이 몸을 파는 '똥갈보'이기에 모든 사람들이 자신을 향해 손가락질할 거라는 윤리적 두려움 때문이다. 원로급 장로인 이모부와 가장 열성적인 집사인 이모는 단 한 번도 성전에 나가기를 거르거나 아침저녁 예배를 거르는 일이 없었지만 종배가 보기에 그들이 가슴을 치며 주를 찾고 울부짖어도 서투른 연기를 보듯 낯간지러울 뿐이었고 따라서 예수의 옷자락이라도 만져 보기를 원하는 병자와 죄인의 절박한 갈구가 느껴지지 않았다. 그에 비해 영실의 바람은 죽음에 임한 자의 간절한 호소였고 사형수가 마지막으로 물 한 모금을 요구하듯 생명의 비중보다 더 크고 절실한 최후의 소망이었다.

따라서 이 소설은 이모부 내외가 보이는 찬란한 '최대의 소망'을 꿈꾸는 족속들과 초라한 '최후의 소망'을 보이는 영실들이 대립되어 있다. 여기에서 영실들이라 한 것은 영실이 어머니의 분신과 같은 성격을 띠고 있기 때문이다. 영실의 아이가 유년기의 종배와 동일한 위치에 있음을 암시하는 표현들은 여러 곳에 흩어져 있다. "얼굴이 유난히 새까맣고 야윈 어린애는 주먹을 입에다 넣고 빨며 짐승 같은 소리를 냈다. 종배는 그 모습에서 자기를 보았다."(378쪽)라는 표현은 그 비근한 예인데 종배가 영실을 위해 보람 있는 일을 하고자 하는 이유도 영실에게서 어머니를 보고 있었기 때문이다. 어머니처럼 영실도 몸을 파는 창녀이고 또 어머니처럼 영실에게 아이가 있으며 어머니나 영실이나 모두 이 일을 하고 싶었던 것이 아니라 가족을 위해 어쩔 수 없이 했던 것이고 둘 다 스스로를 죄인이라고 여기고 있는 것도 동일하다. 따라서 영실을 위하는 마음은 어머니를 위하는 마음이고 어머니를 위하는 마음에서 어머니에 대한 증오와 보복심에서 벗어나 어머니의 존재 전체를 용서하려는 마음을 확인할 수 있다. 이러한 변화가 가능하게 된 계기도 그들이 성경 속의 '간음한 여인'의 이야기를 통해 종교적으로 재해석되었기 때문이다.

이제 손창섭 소설에서 어머니는 증오와 적대의 성격에서 벗어나 용서와 화해의 대상이 되었고 그들은 하나가 되어 정의롭지 못한 사회에 공동으로 맞서는 위치에 서게 되었다. 그런 그들이 저항하는 세계는 위선과 이기주의의 이모부 내외의 삶으로 표상된 교회 내의 지배적 동일성의 세계로 나타난다.[34] 말하자면 손창섭 소설의 인물들은 하나님의 사랑을 통해 비로소 어머니와 자신의 수치심을 극복하고 하나님은 저들의 신이 아니라 우리의 하나님이라는 사실을 간절히 믿는다는 점에서 '버림받은 자들'의 종교를 꿈꾸고 있는 것이다. 그렇다는 말은 손창섭 소설 인물들의 기독교 수용이 단순히 자신의 병적 병리성을 극복하기 위한 방안이었던 것만이 아니라 그를 통해 위선적인 교회의 지배적인 동일성의 경향에 대해 자

---

34) 이러한 인물들은 손창섭의 다른 소설들, 예컨대 종교적 색채가 없는 소설들에서는 '이기'와 '위선'의 성격을 부여받고 있다. 「생활적」의 봉수, 「유실몽」에서의 상근, 「미해결의 장」에서의 진성회 회원들, 「고독한 영웅」에서의 교장, 「반역아」의 윤 교장, 「청사에 빛나리」에서의 계백 등 손창섭 소설의 부정적 인물 대부분이 이처럼 '이기'와 '위선'의 성격을 보여 주고 있는 것이다. 소설 인물들의 이러한 성격은 작가의 타자에 대한 시각을 반영하고 있다. 그만큼 손창섭 소설은 작가의 말대로 작가의 생각과 인물의 의식이 유사한 인생학으로서의 성격을 가지고 있는 것이다. 작가는 "그렇게도 절실히 내게 필요한 것들을 남들만이 모두 차지하고 있었다. 뿐만 아니라 그들은, 나도 가질 권리가 있는 그러한 것들을 독점한 채 분여(分與)하려 하지 않았다. 여기에서 그것들을 뺏기 위한 나의 타인과의 투쟁은 더욱 격렬해질 수밖에 없었다. 이 격렬한 대인 투쟁(對人鬪爭)에서 내가 비로소 타인을 자각했을 때 나의 눈앞을 가로막고 선 타인의 정체는 '이기와 위선에 찬 적이었다.'라고 말하고 있다. 손창섭(1965), 앞의 글, 312쪽.

신들의 세계관을 명확히 정립하기 위한 한 방도였다는 의미도 함축하고 있다. 세계는 형식적 신앙과 진정한 신앙으로 나뉘어 있고 형식적 신앙은 하나님에 대한 진실한 신앙보다는 그러한 형식성을 통해 자신의 이익만을 취하고 있으며 그들만의 공동체를 형성하고 있고 진정한 신앙인을 무시하고 배제하고 있다는 사실, 그 구도 속에서 수치심에 의해 감히 하나님 앞에 가지도 못하고 죄의식에 사로잡혀 괴로워하고 있는 진정한 신앙인들이 있다는 사실, 따라서 그 구도 속에서 오로지 진정한 신앙인의 편에 서서 그들을 '간음한 여인'의 이야기를 통해 긍정적으로 재해석하면서 그들이 진정 하나님이 원하는 존재들이라고 강조하는 것이 이 작품의 전체적인 서사 구조라 하겠다.

따라서 여기에서 말하는 형식성/진정성의 문제는 현실적으로 객관화된 권력관계를 말하는 것이 아니라 윤리적이고 주관적으로 구성된 대립의 성격을 띠고 있다. 이처럼 손창섭 소설에서 약자는 단순한 피지배집단의 일원이 아니다. 어떠한 피지배집단의 일원이라도 예배당에 출입할 수는 있기 때문이다. 「포말의 의지」에서 '피지배자'는 예배당에도 들어갈 수 없는 추한 존재들이다. 말하자면 영실들과 종배는 "인간의 자격을 상실"하거나 "인간의 자격을 구비치 못"(384쪽)한, 인간 이하의 존재들인 것이다. 인간의 자격을 상실하거나 구비하지 못했기에 인간 세계에 편입될 수도 없는 지워진 존재들이다. 따라서 그들이 저항하는 세력도 단순한 '지배집단'이 아니다. "점잖은 풍채의 남녀 신자", "이쪽을 바라보고 있는 신자", "점잔을 빼고 모여든 신도들", 즉 예배당을 찾아온 일반 교인들이 품고 있는 '이기'와 '위선'이라는 윤리적 차원의 동일성을 함축하고 있다. 여기에서 손창섭의 종말론적 사상이 대두한다. 손창섭은 즐겨 '노아의 방주'나 '소돔과 고모라'라는 성경 이야기들을 인용하고 있는데 이 인용들은 소수의 의로운 자를 제외한 모든 사람, 모든 인류를 불과 홍수의 세례를 통해 심판하려는 종말론의 메타포이다. 손창섭이 바라는 하나님은 '간음한 여인'에게 돌을 던지는 의롭지 못한 바리새인들의 하나님이 아니라 "전신을 내맡

기고 몸부림"치는 자식을, "잃었던 아이를 다시 찾은 듯이 기뻐하"는, 창녀와 탕아, 불구자들의 하나님이다. 다시 말해 "예수의 옷자락이라도 만져 보기를 원하는 병자나 죄인의 절박한 갈구"와 같은 "초라한 '최후의 소망'"을 가진 자들이야말로 하나님에 대한 진정한 신앙을 가진 자들이라는 점에서 손창섭의 종말론적 사상은 좁혀 말하자면 사회에서 무시되고 비난받는 사회적 소수자들의 종말론이라 하겠다.

손창섭의 인물들이 이렇듯 기독교의 종말론적 세계관을 내면화하게 된 이유를 그의 내적 구조의 차원에서 살펴보자면 '어머니에 대한 실망과 원망, 그리고 사랑'이라는 자기애적 성격장애로 인해 실망 이전의 이상화된 어머니에 고착되었던 퇴행성이 하나님이라는 절대적인 존재에 전이되었기 때문이다. 흔히 아이와 이상화된 부모상과의 관계는 진실한 신자가 그의 신과 갖는 관계와 유사하다고 말한다.[35] 다시 말해 손창섭 소설의 인물들이 기독교와 맺는 방식이 자기애적 상처를 서서히 치유하고 그것을 자신의 성격 안에 통합하려는 정상적인 내적 구조 형성의 방식이 아니라 그것에 실패하여 그 이전의 자기애적 완전함에 대한 경험의 일부를 여전히 남겨 놓고자 하는 결여의 보상과 관련되어 있다는 점에서 여전히 객관성을 상실하고 있다. 그렇지만 이러한 기독교적 종말 사상은 어머니와의 분열된 관계를 봉합하고 자신과 현실의 소외 관계를 절대자를 통해 극복하게 한다는 점에서 주관적으로나마 주체의 복원을 불러왔다. 주체가 복원된다는 말은 주체가 비로소 환경과 상호작용할 수 있게 되었음을 의미한다.[36] 주체가 부재할 때 환경은 한갓 배경일 뿐이다. 주체와 환경이 상호 연관될 때 서사성이 회복되는데 손창섭 소설에서 서사성의 회복은 이처럼 기독교의 내면화와 불가분의 관련성이 있다. 이것이 1950년대 손창섭 소설의 서사성이 갖고 있는 고유한 특성이라고 할 수 있다.

---

35) 하인즈 코헛, 앞의 책, 39쪽, 각주 11 참조.
36) 하정일, 앞의 글, 23쪽.

4 현실에 대한 기독교적 투사와 인정투쟁

세계관을 확립하는 이러한 변화는 손창섭 자신의 내면적 요구의 결과이기도 하지만 동시에 변화를 요구하는 강렬한 현실의 요구가 있었기에 가능했다. 손창섭은 초기의, '작가의 굴곡되고 과장된 의식 세계'가 빚어낸 인물의 불구적 신체, 병적인 분열, 암울하고 폐쇄적인 환경 등의 작품 세계로부터 벗어나 1950년대 중후반부터 사회적인 의미망을 갖춘 소설들을 집필하기 시작한다. 「설중행」, 「사제한」, 「고독한 영웅」, 「포말의 의지」, 「잉여인간」, 『낙서족』, 『저마다 가슴속에』 등 1950년대 중후반의 소설들은 초기의 갇혀 있고 고여 있던 현실로부터 벗어나 점차 새로운 가치관으로 모순된 현실을 극복하고자 하는 방향으로 선회하고 있는 것이다. 이러한 변화의 배경에는 전쟁의 여파에서 어느 정도 벗어나 전쟁 이후의 현실을 객관적으로 바라볼 수 있는 정신적 여유가 작용하고 있다. 그러나 그보다는 《사상계》와의 만남이 더 우선적이고 직접적이라 할 것이다. 1955년 「저어」를 시작으로 손창섭은 《사상계》에 매년 한 편 이상의 작품을 게재한다. 그리고 마침내 1959년 「잉여인간」이 《사상계》 동인문학상을 수상하는데 이 또한 그 전해에 오상원과 경합을 벌인 끝에 작품의 긍정적 변화를 주문받고 난 뒤의 결과여서 《사상계》와의 각별한 인연을 확인할 수 있다. 또 《사상계》는 잡지의 첫 장편 연재를 손창섭에게 청탁함으로써 손창섭과 《사상계》와의 관계가 남다름을 보여 주었다 하겠다.[37]

《사상계》에의 이러한 지속적인 작품 게재는 《사상계》만의 독특한 역사나 성격과 무관하지 않다. 무엇보다 이 잡지의 발행인 장준하가 서북 지역 출신이고 편집진 다수가 서북 지역 출신이며 그들 대부분이 1920년 전후 출생자여서 손창섭과 비슷한 연배에 속해 있다. 이들의 그와 같은 지역적 편향성은 문학상에 사상과 비교적 관련성이 없는 김동인을 결부시킨 것에

---

37) 김진기, 「손창섭 소설과 사상계」, 《한국언어문학》 84, 한국언어문학회, 2013, 337~345쪽 참조.

서도 알 수 있다.[38] 1950년대 네 명의 동인문학상 수상자가 전원 북한 출신 작가로 선정되었는데 손창섭 또한 고향이 평양이고 보니 그러한 지역적 연고로 하여 그들과의 각별한 관계를 형성했으리라는 것은 쉽게 추정할 수 있다. 이렇게 하여 손창섭의 후기 소설은 적극적으로 현실 모순에 개입하기 시작한다. 실제로 손창섭의 작품 세계는 「저어」를 《사상계》에 발표했던 1955부터 서서히 변모하기 시작한다. 무엇보다 인물의 퇴행적 성격이 약화되고 점차 현실 상황을 개선하기 위한 방법이 모색되고 있는 것이다. 이에 대한 단초를 이 시기에 쓴 「미해결의 장」을 통해 확인해 볼 수 있거니와[39] 이처럼 《사상계》 교류을 통해 손창섭 소설 성격도 점차 자기 주변에 대한 모순의 자각으로부터 시작해 마침내 국가와 민족이라는 거대 담론에 대한 인식에까지 이르게 되었다. 그런데 이러한 인식에는 「포말의 의지」에서 보았던 그의 기독교적 사상과 그것을 잉태하게 했던 그의 내면적 구조가 무의식적으로 작용하고 있다. 다시 말해 그의 현실 모순에 대한 적극적 개입에는 '점잖은 풍채의 남녀 신사'에 의해 수치심을 느꼈던 종배 등 하층민들의 극단적 현실 부정이라는 종말론적 구조가 그대로 투사되어 있다는 것이다.

---

38) 1953∼1967년 사이의 사상계 편집위원 수는 50명으로 나타나고 이 중 북한 출신 위원의 수는 무려 30명에 달한다.(김상태, 「1950년대∼1960년대 초반 평안도 출신 사상계 지식인층의 사상」, 《한국사상과 문화》 45, 한국사상문화학회, 2008, 부록) 1950년대에 국한해서 보자면 북한 출신 편집위원은 29인 중 무려 21인으로 나타나 있다. 이들 중 다수가 기독교 신자였다. 대표적 지식인은 장준하(1918), 김준엽(1920), 안병욱(1920), 김형석(1920), 양호민(1919), 신상초(1922), 황산덕(1917) 등인데 이들은 모두 1920년대 전후 출생자로 손창섭과 비슷한 연배에 속한다. 이로 인해 마지막으로 주간을 맡았던 지명관도 이 지역 편향성을 가장 심각한 문제로 고민했다고 술회한다. 특히 제1회 동인문학상 심사위원 9인 중 김팔봉과 이무영만 제외하고 백철, 전영택, 계용묵, 최정희, 정비석, 주요한, 이헌구 등 7인 모두가 이북 출신이었으며 손창섭이 제4회 동인문학상을 받을 때 심사위원은 김동리를 제외한 백철, 안수길, 최정희, 황순원 모두 이북 출신이었다. 김건우, 『사상계와 1950년대 문학』(소명출판사, 2003), 89∼97쪽.

39) 이에 대해서는 황정현, 「손창섭 소설에 나타난 욕망의 문제」, 《현대소설연구》 28, 한국현대소설학회, 2005, 186∼196쪽 참조.

이 시기에 나온 작품으로 눈에 띄는 것은 「고독한 영웅」, 「잉여인간」, 『낙서족』, 「신의 희작」 등인데 이 작품들은 모두 문제적인 작품들이고 손창섭 소설을 대표하는 작품이기도 하다. 또 이 작품들은 모두 비슷한 시기에 나온 것들이어서 분명한 선후 관계를 따지기는 쉽지 않다. 이 중 「고독한 영웅」과 「잉여인간」은 「포말의 의지」와 직접적인 연관성을 갖고 있어서 주목을 끈다. 이 두 작품에는 「포말의 의지」의 종배와 같이 현실 전체를 부정하는 인물이 등장하고 있다. 「고독한 영웅」의 인구와 「잉여인간」의 채익준이 그들인데 이 중 인구는 일류 중고등학교 교사이며 교육적 원칙에 충실한 고지식한 성격의 인물이고 익준 또한 남달리 정의감과 의분이 강한, 그래서 현실과 한 치의 타협도 허용하지 않는 역시 고지식한 인물이다. 이들은 또한 사회적 주류로부터 배제된 사회적 소수에 속하고 그들이 몸담고 있는 사회에서 배제되어 있다는 점에서 전형적인 아웃사이더이기도 하다. 먼저 「고독한 영웅」의 인구를 보면 그는 학교를 설립한 이사장 아들의 '고의적인 탈선'에 대해 교육자적 양심으로 맞섬으로써 오히려 위기에 처해 있다. 교장 이하 시도 학무과 직원들, 장학관들의 심문과 압박을 받게 되었던 것이다. 이들은 모두 설립자 전기택의 금력과 권력의 영향력 아래에서 자초지종을 들으려 하지도 않고 일방적으로 인구를 심문, 압박하러 왔다는 점에서 부당한, 혹은 불의의 권력들이다.

부당하거나 불의한 권력들은 이들만이 아니다. 인구가 이 학교에 발령을 받기까지 힘을 써 준 인구의 중학교 선배이자 도청의 모국장인 윤 국장이나 그의 친구인 인구의 형님도 "위신이나 체면이란 곰팡이 속에 칩거하여 자신을 위장"[40](103쪽)할 뿐 금력이나 권력의 시녀인 것은 마찬가지다. 윤 국장과 형을 찾아가는 길에 샀던 신문들도 인구에 대한 매도로 도배를 하고 있다. 그 신문들에는 인구의 입장을 반영하는 기사는 하나도 없고 온통 "'현직 교원이 학생에게 야만적 폭행'이란 제목 밑에 인구의 성

---

40) 손창섭, 「고독한 영웅」, 《현대문학》, 1958, 103쪽.

명을 밝혀 놓고 부권이라는 중학교 2학년 재학생을 사소한 일로 무수 난타하여 전치 3주일의 중상을 입혀 환자는 현재 도립병원에 입원 가료 중이라는 대목에 이어, 책임 교원과 학교 당국에 대한 학부생과 일반 시민의 비난이 자자하다는 말까지 적히어 있었다."(101~102쪽) 심지어 경찰까지 나서서 인구에게 동행을 요구하는 마지막 장면은 인구를 둘러싼 부당하고 불의한 권력이 단순히 개별 기관에 제한되어 있는 것만이 아니고 금력과 권력을 중심으로 하여 언론과 교육기관, 행정부서와 경찰에까지 연루되어 있는 그야말로 악의 요새를 구축하고 있음을 보여 주고 있다. 이렇게 보면 전기택의 금권적 영향력은 곧 국가권력과 상동적 구조를 보여 주고 있다고 할 만한데, 이 작품에서 손창섭이 비판하고자 하는 바도 이처럼 사회 전방위에 걸쳐 지배하고 있는 국가의 힘인 것이며, 국가와 연루되어 있는 여러 사회적 기관들이 금력과 권력을 중심으로 하여 일사불란하게 움직이고 있는 악의 카르텔이라 하겠다.

이 작품은 이렇게 거대한 악의 카르텔과 맞서고 있는 인구를 그리고 있으며 그 거대함에 홀로 맞서고 있다는 점에서 그는 '영웅'에 해당한다고할 수 있다. 그렇지만 그의 옆에는 아무도 도와주는 이가 없다는 점에서'고독'하지 않을 수 없다. 인구의 동료 교사들마저 금력과 권력의 전기택의 영향력 속에서 눈치를 보는 "처세에 현명한 족속"(91쪽)들이었기 때문이다. "취중에도 그들은 자기들의 인생행로에 손해를 가져올 실언을 하지않으려고 조심하며 인구의 용감성을 격찬"(104쪽)하고 "인구를 현대의 영웅이니 이십 세기의 영웅이니 하며 야단스레 치켜세"(104쪽)우지만 "그러한 그들의 언동 속에는 확실한 조소가 섞이어 있"(104쪽)어서 인구는 더욱외로워지지 않을 수 없다. 이에 대해 인구는 "네깐 놈들처럼 굶어 죽을 줄아느냐"(104쪽)고 하면서 코웃음 치는데 그런 의미에서 그는 '고독한' '영웅'에 해당한다 할 것이다. 문제는 이와 같은 현실 속에서 인구가 서 있을 공간이 전혀 없다는 데에 있다. 물론 그는 "자동차 운전면허를 가지고 있"(104쪽)어서 "내일이라도 당장 기름투성이가 되어 차를 끌리라고 결심"(104쪽)하지만 그것이 생각처럼 그리 쉬운 일은 아니라는 점에서 그가 서 있을 공간이 전혀 없다고 할 것이다. 「잉여인간」의 채익준도 "남달리 정의감과 결벽성이 세기 때문에 사소한 부정이나 불의를 보고도 참지 못하"고 그래서 "설사 어떤 직장이 얻어걸렸다 해도 오래 붙어 있지 못했"[41]던 것을 보면 인구의 미래 또한 그가 자동차 운전을 업으로 한다 했을지라도 과연 그 직장에 얼마나 오래 붙어 있을 것인가 하는 것에 대해서는 장담할 수 없을 것이라는 점에서 어떠한 벌이도 없이 가족을 죽음에 이르게 한 익준의 삶과 크게 다를 바가 없다고 하겠다.

국가와 민족을 악의 카르텔로 보고 이를 전면 부정하는 「잉여인간」의 채익준은 인구보다 더 극단적인 반응을 보이고 있다. 그는 "소매치기나 날치기에서부터 간상 모리배도 총살, 협잡 사기한도 총살, 뇌물을 먹고 부정을 묵인해 주는 관리도 총살, 밀수범도 총살, 군용 물자를 훔쳐 내다 팔아먹는 자도 총살, 국고금을 횡령해 먹는 공무원도 총살, 아무튼 이런 식으로 부정 불법을 자각하면서도 사리사욕에 눈이 멀어서 국가 사회에 해독을 끼치는 행위를 자행하는 대부분의 형사범은 모조리 총살해 버려야 한다."(201쪽)라고 눈에 살기를 띠며 말한다. 그는 세상 사람이 모두 도둑놈이라면서 소매치기나 날치기 등 사소한 범죄까지도 총살형에 처해야 한다고 주장하는 극단적인 현실부정론자라 할 것이다. 채익준이 부정하는 현실에는 저러한 '세상 사람'뿐 아니라 그들의 부정에 무능한 행정 당국, 곧 국가가 포함되어 있음은 물론이다. 손창섭 소설에서 극단적 현실부정론자를 찾기란 어려운 일이 아니다. 이미 초기작인 「생활적」에서 동주는 "이 일대 주민들이 온통 구더기처럼만 보이는 것이었다. 이 방대한 거름 더미에서 무수히 꿈틀거리는 구더기"[42]라고 하고 있거니와 「미해결의 장」에서 지상은 인간을 악성 세균으로 보면서 그것이 지구 덩이의 피부를 파먹어 들어갈 거라고 예측한다. 따라서 현실을 악이나 부정이나 불의의 표상

---

41) 손창섭, 「잉여인간」, 『손창섭 대표작 전집』 1, 199쪽.
42) 손창섭, 「생활적」, 『손창섭 대표작 전집』 3, 351쪽.

인 '구더기'나 '악성 세균'으로 규정하면서 그것을 전면 부정하는 이 도저한 현실 부정론은 '간음한 여인'(「포말의 의지」), '노아의 방주'(「비 오는 날」), '소돔과 고모라'(「육체추」) 등의 성경 이야기를 인용하며 현실이 몰락하기를 바랐던 작가의 종말론적 세계관이 투사된 것이라고 하겠다.

이러한 극단적 현실 부정, 혹은 종말론적 세계관의 근원에 현실로부터 받은 무시나 모욕감이 자리 잡고 있다는 점은 위 작품들의 공통적 요소이다. 이미 「신의 희작」에서 본 바와 같이 손창섭의 주요 인물들은 유년기의 어머니에 의한 외상과 청소년기의 야뇨증이 촉발한 무시와 모욕감에 의해 극도의 수치심과 분노, 굴욕, 원한, 자멸과 살인적 보복성을 보였다. 따라서 이 무시와 모욕감의 문제는 그의 성장기 내내 지속돼 왔던 자기애적 손상을 강화시켜 왔다. 「포말의 의지」에서 종배가 분노하는 일차적 이유도 '몸 파는 여성'에 대한 일반 신자들의 무시, 경멸이 야기한 수치심 때문이었다고 할 때, 그 수치심에서 벗어나 자존감을 회복할 수 있는 길을 찾는 것은 그 무엇보다도 중요한 과제이다. 그 딜레마에서 종배가 찾은 해법은 성경의 재해석을 통한 비교 우위에 도달하는 것이었다. '간음한 여인'의 이야기를 인용하면서 하나님이 진정 사랑하는 사람은 진실로 주를 찾는 자이고 초라한 최후의 소망을 부르짖는 자이며, 찬란한 최대의 소망을 바라는 이모부 내외는 단지 신앙을 흉내 내는 존재에 불과하다는 이 역전의 드라마는 종말론적 사고를 그대로 보여 주는 예시라 할 것이다. 그렇지만 같은 현실 부정을 보여 준다 할지라도 「포말의 의지」와 「고독한 영웅」의 차이는 현실 구속성 여부에 따라 '초월/구속의 구조'로 달리 나타나게 된다.

"저는 사과해야 할 아무런 과오도 범하지 않았습니다. 내가 부권이라는 학생에게 대해서 취한 일은 선생으로서 너무나 당연한 일이었습니다. 도리어 잘못이 있다면 처음부터 끝까지 부권이 그 녀석에게 있습니다. 도리어 저는 사과를 받아야 할 사람입니다."

어디까지나 의젓한 태도요 부드러운 음성이었다.

"그게 무슨 소리요? 차(車) 선생."

교장은 울컥 화가 치밀어 아까처럼 또다시 자리에서 벌떡 뛰어 일어났다. 격분한 감정을 누르지 못해 입술을 떨며 인구(仁九)를 잡아 먹을 듯이 노려보고 섰던 교장은 씨근거리면서 말을 이었다.

"차 선생은 고의적인 파괴 행동을 하러 드는 거요? 내게 대해서 의식적으로 반항해 보자는 거요? 이번 일이 얼마나 중대한 사건이라는 걸 차 선생은 여태 인식하지 못하는구료. 이 지방에서뿐 아니라 중앙에까지 그 경제적인 정치적인 세력이 쟁쟁하게 뻗치고 있는 전기택(全基澤) 선생의 외동아들을 개 잡듯 때려눕혀 놓구두 세상이 태평할 줄 알우. 차 선생 하나쯤은 전 선생이 임의로 죽일 수두 살릴 수도 있는 거요. 차 선생의 운명은 오로지 전 선생의 장중에 있단 말요. 알겠소? 그래두 나는 부하 직원인 차 선생에 대한 책임과 인정상 어떻게든 이 사건을 무사히 수습해 보려고 신새벽부터 땀을 철철 흘리고 쫓아다니며, 체면 불고하고 머리를 숙여 왔소. 그런데 아 그런데 차 선생은 그 무슨 오만불손한 태도요. 대체 뭣을 믿구 그렇게 도도하게 구는 거요?"

교장의 입에서는 수없이 침방울이 튀었다. 인구는 수건을 내서 여러 번 얼굴을 문댔다.

"조금도 저는 오만불손한 맘으로 교장 선생님을 대하는 것은 아닙니다. 다만 저도 인제는 믿는 데가 있어서 바른대로 저 자신을 주장하구 내세울 수가 있을 뿐입니다."

"뭐, 뭐라구요. 대체 차 선생 따위가 뭘 믿구 그리 큰소릴 치는 거요."

"저는 먼저 저 자신을 믿습니다. 제가 결론적으로 도달한 비장한 각오를 믿는단 말씀입니다. 교장 선생님처럼 금력이나 권력만을 믿는 일에 저는 그만 지쳐 버렸습니다."

"차 선생 말좀 삼가죠. 누구에게 훈계를 하러 드는 거요. 그따위 미친 소리 하려 건 당장 나가슈, 나가! 꼴 보기 싫소."

인구는 빙긋이 웃어 보이고 나서

"물론 저는 분부대로 하겠습니다. 제 주머니에는 사직원서가 들어 있으니까요. 그럼 우선은 이 자리를 물러나겠습니다."

그리고 천천히 교장실을 걸어 나온 것이다. 인구는 극히 만족하였다. 삼십 평생에 비로소 자기가 인간 행세를 한 것같이 흐뭇하였다.(94~95쪽)

위 인용은 악의 카르텔을 매개하고 있는 교장과 그에 맞선 인구가 설전을 벌이는 부분이다. 이 인용에서 교장은 전기택의 금력과 권력을 신성시하고 그들의 아성에 도전하는 사람들을 억압 및 교화하려 하는 권력의 대리자로 등장한다. 그는 무슨 일에서나 그 결과를 중시한다고 하면서 "어떤 사건 어떤 사태가 발생되었을 때 그 결과가 국가나 사회에 유리하겠는가, 불리하겠는가를 먼저 생각"(96쪽)하며 자기 자신과 관련된 문제도 "우선 그 결과가 내게 유리하겠느냐 불리하겠느냐부터 민감히 계산"(96쪽)해 "내게 불리한 결과가 미치게 될 우려가 있는 경우에는 먼저 만사를 제폐하고 그 불리한 결과를 방지 혹은 극복하기 위해서 최선의 노력을 다"(96쪽)한다고 강조한다. 그렇기 때문에 "뭐 대단한 자리는 아니지만 사십이라면 아직 젊은 나이에 일류 중고등학교의 교장의 지위에 앉기까지는 그러한 내 인생의 태도의 덕이"(96~97쪽) 크다고 자화자찬하면서 이와 같은 자신의 인생 태도를 권하고 싶다고 유도한다. 이러한 인생의 태도는 자기의 이익을 무엇보다 우선시하는 이기주의, 보신주의의 전형이며 인구의 부권에 대한 교육적 행동을 신성한 학원 내에서 어린 학생에게 가한 야만적인 폭행으로 해석한다는 점에서 교육적 선을 가장한 위선적인 이기주의라 하겠다. 다시 말해 이 부분을 통해 작가가 말하고자 하는 부분은 국가와 민족은 구성원들의 출세와 성공에의 의지에 의해 구성되며 그 출세와 성공은 이기주의와 위선에 의해 구성된다는 것이다. 그리고 국가와 민족의 작동 방식은 이러한 출세와 성공을 향한 상승 운동, 혹은 이를 위한 강요나 배제의 메커니즘에 있으며 이 메커니즘에 귀속되지 않는 자들은 철저

하게 배제 혹은 거세한다는 것을 함축하고 있다.[43]

그런데 여기에서 교장과 인구 이 두 사람이 설파하는 교육적 가치는 매우 유사하다. 단지 교장은 그 교육적 가치를 이용해 자신의 이기적 욕망을 채우려 하고 있고 인구는 그것을 자신의 진정한 가치로 생각한다는 점에서 차이가 있다. 이러한 차이는 「포말의 의지」에서 성경을 중심으로 한 이모부 내외의 '형식적 신앙'과 영실네의 '진정한 신앙'과의 차이와 유사하다. 그리고 종배가 신도들의 경멸적인 시선에 의한 수치심으로 그들과 자신을 선명하게 구분하고 그들보다 신앙에 있어서 우위를 점하려 하는 것과 같이 이 작품에 있어서 인구도 교장에 대한 자신의 비굴함과 그 수치심으로 학교 권력과 자신을 선명하게 구분하고 교육에 있어서 가치에 대한 진정성으로 스스로를 우위에 놓으려 하는 것도 매우 유사하다. 이렇게 종배와 인구는 학교 또는 교회 안에서 교육, 혹은 신앙의 가치를 두고 중심 권력과 대립함으로써 인정투쟁을 벌이고 있는 것이다. 이렇게 인정투쟁을 벌일 때 중심 권력의 공격에 의해 극도의 수치심을 받게 되면 그 투쟁은 더 가열차게 전개될 수밖에 없다.

이처럼 이 소설은 모욕과 수치심, 분노, 원한 혹은 보복이라는 손창섭 소설의 내적 구조를 충실하게 반영하고 있다. 그러한 내적 구조를 중심으로 하여 그의 현실 비판은 선명하고 극단적인 방향으로 치닫고 있다. 그렇지만 그 비판은 한국 사회의 모순을 선악의 잣대로 규정함으로써 현실 관련성보다는 도덕적 의지에 더 지배되고 있다. 그 악에 대한 규정도 자기의 것마저 빼앗아 가는 타인에 대한 원한적 감정에 기초한 것이어서 악을 물리치고 선을 세우려는 강한 욕망을 갖게 한다. 이 작품에서 인구가 교장에 대해 "어디까지나 의젓한 태도요 부드러운 음성"[44]으로 대하려는 태도

---

43) 민족주의 비판에 대해서는 전성욱, 「국문학과 민족주의 ― 민족주의 담론의 비판과 극복을 위하여」,《국어국문학》 25, 동아대 국어국문학과, 2006, 6쪽 참조.

44) 이러한 자신에 대한 의젓함의 표현은 이 작품 도처에서 발견할 수 있다. 교장에 대해 승리감을 느끼며 나오는 인구는 "삼십 평생에 비로소 자기가 인간 행세를 한 것 같이 흐뭇

는 악을 부정하고 그 자리에 자신의 원칙을 세워 보려는 선의 욕망의 표현인 것이며 교장 이하 교사들과도 거리를 두고 그들보다 도덕적으로 우위에 존재하려고 하는 면모라 할 수 있다. 그런데 이 시기 들어 손창섭 소설 세계에는 기존의 종말론적 세계관으로 세상을 전면 부정하려던 윤리적 의지에 약간의 변화가 생긴 것처럼 보인다. 왜냐하면 인구는 교장과 선명하게 선을 긋고 그로부터 초월적인 위치로 가면서도 교장의 흥분을 즐기고 그를 냉소하며 그와 동등한 존재로 인정받으려고 하는 인정 욕망 속에 종속되고 있기 때문이다. 따라서 그는 초월한 것이 아니라 인정 욕망에 결박되어 있다고 할 수 있다.

이것은 손창섭 소설의 인물들이 비로소 사회 밖에서 사회 안으로 들어왔음을 의미하고 사회적 악과 투쟁하는 과정에서 자신도 모르게, 또는 불가피하게 인정투쟁의 맥락 속으로 진입하게 되었다는 것을 말해 준다. 그렇기에 이 인정투쟁은「포말의 의지」와 달리 현실에 대한 종말론적 전면 부정이 아니라 현실 안에서의 인정 욕망으로 수정되어 나타나게 된 것이다. 그렇지만 이러한 인정 욕망을 교장을 대하는 의젓한 자세를 통해 달성하려 했지만 정작 자신의 존재 기반은 송두리째 소멸되는 대가를 치러야 했기에 심각한 모순을 담고 있는 것이었다. 이 모순을 해결하기 위해서는 인정 욕망을 달성하면서도 자기의 존재 기반은 지켜 나가는 해법을 찾지 않을 수 없다. 「잉여인간」에서 이 문제는 이원적 구조를 통해 해결된다. 다시 말해 서만기의 삶과 채익준의 삶을 분리해 서만기의 삶을 전면에 배치하고 채익준의 삶의 방식을 배경에 억압하는 것이다. 이것은 인정 욕망과 현실에 대한 전면 부정이라는 인구의 분열된 내면을 둘로 나누어 그것을

하였다.”라든가 “지금까지는 교장이란 무조건 도도하고 위엄있고 지배적인 존재였다. 그 앞에서 직원들은 심신이 위축되어 긴장된 자세로 하고 싶은 말조차 시원스레 툭툭 쏟아 놓지 못했던 것이다. 그것이 하나의 예의요 법칙처럼 되어 있었다. 아무도 그러한 법칙을 깨뜨릴 용기를 지니지 못했다. 그것을 처음으로 인구가 오늘 깨뜨려 버릴 수가 있는 것이다.” 등의 인정 투쟁에서의 승리의 표현을 반복해서 강조하고 있다.

각각 두 인물에 분산하여 배치한 결과이다. 이러한 방식의 의도는 명확하다. 그 의도는 종말론적 사상의 현실적 타협이다. 그렇지만 그러한 타협은 현실에 대한 긍정을 전제해야 한다는 점에서 현실 문화의 수용이 불가피하다.

「잉여인간」에서 현실 문화의 긍정과 수용은 이상적 남성상의 모습을 통해 이루어진다. 만기는 손창섭 소설에서 가장 이상적인 인물이다. 이러한 이상적 인물화는 허위와 허세, 그리고 성적 문란이라는 손창섭 소설에서 즐겨 비판되던 전후 현실의 타락상에 맞서 자신의 윤리적 우월성을 보여 주고 타자로부터 인정받으려는 강한 인정 욕망의 결과이다. 이 '남성적 이상화'와 '남성적 파탄'이라는 서만기와 채익준의 완고한 분리가 말해 주는 것은 그 둘의 타협이 불가능하다는 것이다. 다시 말해 이 둘 사이에서 이 둘을 조화시키며 현실적 자아로 성장하기 위해서는 '최적의 좌절'을 통해 현실적인 실망과 그에 따른 여러 역기능들을 달래 가며 그것들을 성격 속에 통합해 나가는 내적 구조가 형성되어야 하는데 이 두 인물의 철저한 분리는 그러한 형성에 실패했다는 것을 함축하고 있는 것이다. 이렇게 되면 현실의 부정과 부패, 이기와 위선에 대한 윤리적 부정에 의해 손창섭 소설의 인물들은 점점 더 이상화된 인물상에 고착되려 할 터인데 문제는 그것이 그가 그토록 혐오하고 경멸했던 가족과 국가, 그리고 민족의 동일성 담론 속으로 점점 더 들어가게 된다는 데에 있다.[45] 그렇지만 그의 인

---

45) 사회를 구성하는 가장 중요한 단위인 국가나 민족, 가족에 대한 손창섭의 입장은 대체로 이 단위들에 대한 부정적 인식으로 주목되어 왔다. 다시 말해 손창섭은 가족을 형성하는 근원적 동인이 국가, 민족 등의 거대 담론과 가부장제에 있다고 보고 이들에 대한 비판적 시각으로 일관해 왔다는 것이다.(이선미, 「1960년 전후 (성)문화 풍속과 '사랑'의 사회성 ─ 손창섭의 『부부』를 중심으로」, 《상허학보》 29, 상허학회, 2010, 437쪽) 그렇게 비판하는 이유는 "개성을 잃고 집단의 일원이 될지 아니면 독립된 개인이 될지 선택의 기로에서 후자를 선택하는 것이 의미 있다고 판단했기 때문이다.(정보람, 「1960년대 손창섭 소설의 가족 공동체 연구」, 《현대소설연구》 71, 한국현대소설학회, 2018, 419~421쪽 참조) 국가와 민족이라는 기표는 손창섭의 1950년대 중반 이후의 소설에서부터 집중적으로 등장하는데 「혈서」의 준석이 달수에게 국적이라고 비난하는 것이나 「미해결의 장」

물들이 서 있어야 할 현실적 자리는 익준의 자리(고통받고 무시되지만 개혁의 주체이기도 한 사회적 소수자에 대한 애정)이지 결코 만기의 자리(존중받고 이상화되려는 욕망)는 아니다. 그래서 만기와 익준은 서로의 자리를 교환할 수밖에 없었는데 그 결과가 「신의 희작」과 같이 자기 자신의 위선에 대한 극단적인 파괴로 나타나게 된 것이다.

「신의 희작」과 관련한 손창섭의 파격적 변신의 한 축에는 이처럼 국가와 민족이라는 기표가 가지고 있는 동일성의 폭력에 대한 비판이 내재해 있다. 『낙서족』은 그러한 동일성의 폭력이 도현 자신에게도 동일하게 발생할 수 있다는 위기의식의 표현이기도 하다. 다시 말해 국가라는 거대한 악과 민족이라는 동일성의 담론들을 중심에 놓고 그것들과 대립했을 때 자신도 모르게 이 담론들의 중심과 동원, '이기'와 '위선'의 작동 방식이 자신의 내면에서도 그대로 작용할 수도 있다는 이 '대립하면서 닮아 가기'의 위기의식이 자신의 삶을 전면 재검토하게 했다는 것이다. 가족, 국가, 민족 등과 같은 공동체 단위의 자기동일적 담론 체계들은 동일성의 신화로 위장한 근대의 폭력적인 거대 담론들인 것이며 그것은 체계와 구조라는 틀 속에서 차이를 차별로 강화함으로써 미세한 일상적 삶을 유린해 왔다고 할 수 있다. 이렇게 본다면 인구의 악의 카르텔과의 싸움은 자기를 중심에 두고 동료 교사들을 자신에게 동일화하려는 욕망을 가동시키게 한다는 점에서 그것 또한 중심과 동원이라는 거대 담론의 작동 방식을 자기 자신 역시도 그대로 내면화하고 있음을 보여 준다. 그는 선한 의지로 악과 싸워 왔지만 결과적으로는 자신의 내부에 이 거대한 악의 괴물을 키워 왔다고 할 수 있다. 이것이 「신의 희작」을 통해 자신의 소설 세계를 과감하

에서 진성회 회원들의, 자신들도 먹고살기 힘들면서도 국가와 민족을 위해 진실하고 성실하게 살자라는, 자기기만의 말들에 대한 지상의 날카로운 비판에서 그 사례를 찾아볼 수 있다. 이후 「고독한 영웅」에서 국가 시스템을 악의 카르텔로 표상한 점이라든가, 「잉여인간」에서 국가의 부정과 비리에 대한 채익준의 근본적 부정 등은 그 비근한 사례라 하겠다.

게 파괴한 이유라고 할 수 있다.

그런데 이 국가와 민족, 가족이라는 거대 담론 중 손창섭이 처음부터 끝까지 가장 큰 관심을 보였던 중요한 담론은 역시 가족이었다. 그것은 평생을 어머니에 대한 애도의 실패와 멜랑콜리적 우울의 삶을 살아왔기에 어쩌면 당연한 것이었는지도 모른다. 그것이 「포말의 의지」에서 어머니를 성경의 '간음한 여인 이야기'로 재해석하고 긍정하려 했던 가장 큰 이유였고 「고독한 영웅」에서 인구가 마지막까지 감당해야 할 단위도 가족이었으며 「잉여인간」에서 아내에 대해 무한한 사랑을 보이고 처제와 홍인숙, 혹은 봉우처의 애정에 대해서는 명백하게 선을 그은 이유이기도 했다. 그러한 담론 속에서 그 담론이 요구하는 이상적 남성상이야말로 그 담론을 내면화한 주체의 자연스러운 논리적 귀결점이었다는 점에서 서만기의 등장은 필연적인 현상이었다고 하겠다. 그렇기 때문에 국가와 민족, 가족 담론 중 가장 역점을 두어 비판해야 할 영역이 가족이었던 것이며 그렇기에 「신의 희작」에서 어머니는 지금까지의 이상화된 이미지로부터 벗어나 자기를 버리고 떠난 비정한 이미지로 변형되었던 것이다. 손창섭의 소설은 제도와 혈연으로 구성된 가족을 비판하고 계약으로서의 가족 공동체를 꿈꾸게 되었던 것이다.[46]

이러한 변화와 더불어 눈에 띄는 현상은 종교와 사회가 이원화되지 않고 하나로 통일되어 나타나고 있다는 것이다. 종교적 장과 사회적 장이 분리되어 있던 지금까지의 모습에서 종교적 부패와 사회적 부패가 동일한 인물 속에 서로 겹쳐져 나타나고 있다. 예컨대 「육체추」에서 사회적 악의 표상이라고 할 서원장은 원생들을 착취하는 사악한 존재이면서 동시에 목사이기도 하다. 이런 현상은 「반역아」에서도 동일하게 나타나고 있다. 「반역아」에서도 시종이네를 노예처럼 부려먹는 윤 교장은 자유중고등학교의 이사장 겸 교장이며 동시에 교회의 장로이기도 하다. 그러면서도 그는 밀

---

46) 정보람, 앞의 글, 418~424쪽 참조.

수품을 취급하는 악인이기도 하다. 이러한 설정 속에서 약자들은 강자와 싸우긴 하지만 그들은 인구나 만기처럼 결코 인정투쟁에 머물지 않고 비타협적으로 투쟁하고 있다. 이러한 변화와 1960년대 손창섭 소설의 관계에 대한 탐구가 중요한 과제라 할 것인데 이에 대해서는 지면을 달리해서 살펴보아야 할 것 같다. 이처럼 손창섭 소설은 오랜 우회로를 거친 끝에 이상화 대상에 고착되려 했던 지금까지의 '퇴행'에서 벗어나 마침내 삶과 종교의 종말론적 일치에 도달하게 되었으니 그것이 또한 1960년대 손창섭 소설의 시작이기도 하다는 점에서 손창섭 소설의 변곡점에 해당한다고 하겠다.

5 결론

본 논문은 손창섭 소설을 수치심과 기독교라는 키워드로 분석하여 손창섭 소설을 재해석해 보려는 시도로 쓰였다. 그동안 기독교라는 키워드로 접근한 논문이 하나도 없었다는 것은 조금 의외라 생각된다. 그동안 손창섭 소설은 오랫동안 정신분석학의 도움을 통해 연구되어 왔다. 이러한 연구 방법은 병적이고 분열적인 인물의 내면을 탐구하는 데 큰 도움이 되었다. 손창섭은 「신의 희작」을 통해 자신의 불우하고 병리적인 삶을 보여 주었고 이러한 불우함과 병리성이 그의 소설을 소급하여 이해하게 만들었다. 말하자면 그동안 전후 소설로만 해석되었던 「생활적」이나 「유실몽」 등의 작중인물들이 「신의 희작」의 인물의 내면 분석을 통해 재분석됨으로써 병리성을 가장 큰 특징으로 부여받게 되었다는 것이다.

그렇지만 그러한 병리성을 가진 인물이라도 1950년대라는 특수한 현실 속에서 살기 위해서는 그 현실의 물질적 성격과 구조에 제한되지 않을 수 없다. 손창섭 소설에 대한 분석에서는 유독 이러한 제한성이 간과됨으로써 1950년대적 작가라기보다는 그의 유년기의 자살 충동이나 야뇨증에 의한 수치심을 원형으로 삼아 시대 변화와 무관한 특수한 작가로 평가되었다. 그렇지만 다시금 확인해야 할 일은 그도 또한 1950년대를 대한민국에서 살았고 그 사회의 병리성에 대해 그 누구보다도 고통스러워했다는 사실이다. 이러한 사실의 지적이 자살 충동이나 야뇨증에 의한 수치심과 그러한 사회적 존재로서의 작가를 분리해서 연구해야 한다는 것을 말하는 것은 아니다.

손창섭은 어린 시절부터 극도의 수치심에 사로잡혀 있었다. 그것은 어머니의 재가와 관련된 것인데 어머니를 둘러싼 '멧돼지 같은 남자'와의 갈등에 의해 더 증폭되었다고 할 수 있다. 이로써 손창섭은 상징계를 제대로 진입하지 못하고 사회적 권위를 제대로 수용하지 못하게 되었다. 이러한 메커니즘은 그를 자살 충동에까지 몰아갔는데 이 충동은 자라면서 야뇨증에 의해 더 심화되어 갔다. '멧돼지 같은 남자'와의 공모 의식으로 인해 어머니를 무의식적 성적 욕망의 대상으로 여기게 되고 아버지의 자리에 아버지가 아닌 자가 있음으로 하여 상징계 진입이 불가능하게 되었다. 그러한 아이의 내면은 소름 끼치는 환영과 망상으로 채워져 갔다.

그렇지만 그러한 아이의 성장을 비교적 순탄하게 했던 것은 기독교의 수용이 있었기에 가능했다. 아이의 불우한 상황과 고학의 어려움, 그리고 야뇨증에 의해 촉발된 수치심과 분노, 복수심은 내면에서 들끓었음과 달리 외부적으로는 비교적 평온해 보였는데 이 또한 기독교적 수용이 없었다면 거의 불가능에 가까웠을 것이다. 이 모든 것이 어머니와의 관계에서 실망한 결과 나타난 현상이라 할 것이다. 손창섭의 초기 소설부터 후기 소설을 지배하는 가장 큰 모티프는 어머니다. 그만큼 어머니가 차지하는 비중은 어마어마하다. 그렇기 때문에 그의 전 소설은 그 어머니를 긍정하는 과정이라고 할 법하다. 그 어머니는 돈 때문에 재가했으므로 매춘 이미지로 등장하는데 그것은 어머니에 대한 원망의 한 표현이다. 그렇지만 그 원망은 어머니를 이상화했던 원초적 시점으로 퇴행, 고착화하는 것과 혼재되어 있다. 작가가 매춘 여성들에 대해 과도한 애정을 보이는 것도 어머니와의 외상적 불화를 극복하고 이상화된 어머니에 고착되려는 퇴행의 결과이다.

매춘을 비난하는 윤리적 현실에 맞서 작가가 구원을 얻게 되는 것은 성경에 의해서이다. '간음한 여인'에 대한 이야기는 매춘과 관련된 윤리적 비난에서 벗어나 자신을 드러낼 수 있는 정당성을 부여했고 이 신앙을 통해서 그는 마침내 현실과 대적하기 시작한다. 그 대적은 종말론적 세계관에 의해 뒷받침되어 현실과 비타협적으로 투쟁할 수 있게 했다. 그러나 그 투쟁 과정에서 작중인물들은 종말론적 방식보다 인정투쟁의 형식을 취하게 되는데 그렇지만 인정투쟁의 형식은 이 사회의 담론을 기반으로 하여 성립되므로 이 사회에서 존중받는 인물이 되려는 주인과 노예의 변증법을 낳게 된다.

문제는 이 변증법이 사유에 있어서는 주인과 동등한 자리에 오를 수 있지만 현실에 있어서는 노예의 상황을 면치 못한다는 데 있다. 그리고 주인의 위치에 있기 위해서는 많은 것을 은폐해야 하고 정작 자신이 추구했던 약자에 대한 애정도 사라지고 그 자리에 존중받는 자기만 남게 된다는 데에 있다. 자신이 그토록 비난해 마지않았던 부정부패 집단의 이기와 위선의 내적 구조(구체적으로는 국가와 민족, 그리고 가족이라는 담론의 동일성)가 자신에게도 동일하게 나타난다는 각성이 그로 하여금 새로운 길을 모색하게 했으리라 판단된다. 「신의 희작」은 '규격품적 인간'이 부여하는 인정에 그렇게도 연연해하는 자기 자신에 대한 파괴가 만든 것인데 그렇게 무참하게 파괴할 수밖에 없었던 이유는 그 연연함이 「환관」에서 볼 수 있는 것처럼 그렇게 하지 않으면 절대로 끊을 수 없는 그러한 끈질긴 속성을 가지고 있는 것이었기 때문이다.

참고 문헌

1 자료

손창섭, 『손창섭 대표작 전집』 1~5, 예문관, 1970

2 논저

공종구, 「손창섭 소설의 기원」, 《현대소설연구》 40, 한국현대소설학회, 2009,
    159~184쪽

김건우, 『사상계와 1950년대 문학』, 소명출판사, 2003

김명임, 「손창섭 소설에 나타난 작중인물의 병인적 요소」, 《한국문예비평연
    구》 27, 한국현대문예비평학회, 2008, 237~266쪽

김상태, 「1950년대~1960년대 초반 평안도 출신 사상계 지식인층의 사상」, 《한
    국사상과 문화》 45, 한국사상문화학회, 2008, 201~232쪽

김용태, 「사회-심리적 특성으로서 수치심의 이해와 해결」, 《상담학연구》 11,
    한국상담학회, 2010, 59~73쪽

김주리, 「손창섭 소설 속 의협과 폭력」, 《민족문화연구》 82, 고려대 민족문화
    연구원, 2019, 365~391쪽

김진기, 「손창섭 소설과 사상계」, 《한국언어문학》 84, 한국언어문학회, 2013,
    327~364쪽

마단 사럽, 김해수 옮김, 『알기 쉬운 자크 라캉』, 백의, 1996

박경순, 「수치심(Shame)과 자기애(Narcissism)의 정신분석적 이해」, 《한국심리
    학회지》 30, 한국심리학회, 2011, 889~907쪽

방민호, 「손창섭 소설의 외부성」, 《한국문화》 58, 규장각한국학연구소, 2012,

197~228쪽

송하춘 편, 『손창섭』, 새미, 2003

심정연, 「우울 내담자의 자기 구조 회복에 관한 기독교 상담적 고찰—하인즈 코헛의 이론을 중심으로」, 《신학과 실천》 69, 한국실천신학회, 2020, 459~483쪽

이다온, 「전후 손창섭 문학의 애도와 멜랑콜리」, 《춘원연구학보》 13, 춘원연구학회, (2018), 457~495쪽

이선미, 「1960년 전후 (성)문화 풍속과 '사랑'의 사회성 — 손창섭의 『부부』를 중심으로」, 《상허학보》 29, 상허학회, 2010, 437쪽

전성욱, 「국문학과 민족주의 — 민족주의 담론의 비판과 극복을 위하여」, 《국어국문학》 25, 동아대 국어국문학과, 2006, 5~38쪽

_____, 「전후의 현실과 섹슈얼리티 — 손창섭의 단편소설을 중심으로」, 《인문학연구》 17, 인문학연구원, 2010, 411~449쪽

정보람, 「1960년대 손창섭 소설의 가족 공동체 연구」, 《현대소설연구》 71, 한국현대소설학회, 2018, 417~450쪽

정철훈, 『내가 만난 손창섭』, 도서출판 b, 2014

조두영, 『목석의 울음, 손창섭 문학의 정신분석』, 서울대 출판부, 2004

하인즈 코헛, 이재훈 옮김, 『자기의 분석』, 한국심리치료연구소, 2002

하인즈 코헛, 이재훈 옮김, 『자기의 회복』, 한국심리치료연구소, 2002

하정일, 「주체성의 복원과 성찰의 서사」, 민족문학사연구소 현대문학분과, 『1960년대 문학 연구』, 깊은샘, 1998, 13~44쪽

홍기숙, 「알튀세의 이데올로기론에 관한 연구」, 《시대와 철학》 4, 한국철학사상연구회, 1993, 229~239쪽

홍주영, 「손창섭의 멜랑콜리와 모성 추구의 문학」, 《한국현대문학연구》 37, 한국현대문학회, 2010, 207~245

홍준기, 『라캉과 현대 철학』, 문학과 지성사, 1999

황정현, 「손창섭 소설에 나타난 욕망의 문제」, 《현대소설연구》 28, 한국현대소설학회, 2005, 183~205쪽

제8주제에 관한 토론문

유승환 | 서울시립대 교수

김진기 선생님의 「손창섭 소설과 기독교」는 손창섭 소설에 꽤 자주 등장하는 모티프이지만, 그동안 거의 분석이 되지 않았던 '기독교'를 키워드로 하여, 이를 손창섭이 겪고 있는 '수치심'의 극복, 다시 말해 수치심으로 인한 "자아 파괴와 자아분열의 경계 위에서 위태롭게 자신을 지킬 수 있었던 동력"으로 파악하며, 이를 바탕으로 손창섭 작품 세계의 전개 과정을 새롭게 설명하려는 시도입니다. '기독교' 혹은 '기독교적 사유'의 문제가 손창섭 소설에 대한 논의에 있어 중요한 주제가 될 수 있다는 지적에 공감하며, 또한 손창섭이 전개했던 기독교적인 사유의 방식이 1950년대 중반 이후 손창섭 작품 세계의 일정한 변화를 추동했다는 지적은 몹시 흥미롭다고 생각합니다. 몇 가지 질문 혹은 관련된 제 생각을 말씀드리는 것으로 토론을 대신하려고 합니다.

첫째, 선생님께서 말씀하셨듯이 손창섭 소설에서 '기독교'와 관련한 모티프는 꽤 자주 드러납니다. 이때 손창섭이 이처럼 기독교에 관심을 가졌던 이유 내지 배경으로 선생님께서는 손창섭의 자전적 요소들을 주로 언급하고 계신데요. 손창섭이 근대 기독교 운동의 중심지였던 '서북' 출신의 '월남민'이라는 점에 주목할 필요도 있다고 생각합니다. 이를테면 글에서 언급하고 계시는 「비 오는 날」에서 목사가 되기를 소망했던 동욱이가 그 꿈을 포기했던 것에는 그가 '월남민'으로 신원 증명에 있어 어려움을 겪는 인물이라는 점이 긴밀하게 관련되어 있습니다. 이 글에서 언급되어 있지는 않지만, 「낙서족」에서 주인공 도현의 욕망의 대상이자, 도현을 지도하게 되는 상희 또한 독실한 기독교인이라는 것을 중요한 특징으로 하고 있는데요.[1] 관련하여 상희의 고향이 사리원이라는 점, 그리고 부친이 3·1 운동 때 희생되었던 상희네 집안이 기독교 선교사들과 긴밀하게 연결되고 있다는 점은 생각해 볼 만한 지점입니다. 흥미로운 점은 오히려 이러한 설정이 「낙서족」 이후의 소설에서는 사라졌다는 점인데요. 이를테면 이 글에서 매우 중요하게 다루어지는 「포말의 의지」의 경우, 종배와 옥화의 고향에 대한 정보가 삭제되어 있어, 기독교의 문제가 특정한 지역과 연관되어 나타나진 않고 있습니다. 「부부」의 경우 좀 더 문제적이라고 생각합니다. "청교도적인 이상주의와 결백성"을 가지고 있는 '아내'의 모습은 끊임없이 주인공 '나'(차성일)와 대비되는데, 사실 그 배후에는 평양 출신 월남자로서의 '나'와 토착 엘리트로서의 '아내'의 대비라는 문제가 놓여 있습니다.[2] 말하자면 손창섭 소설의 '기독교'는 한편으로는 '서북의 기독교 정신주의'와 관련시킬 수 있는 지점을 가지고 있으면서도, 또한 작품에 따라서는 오히려 '서북 지역'과 분리되어, '서북 지역' 출신자로서의 정체성을 가지고 있는 작중의 주요 인물로부터 '분리'되는 측면이 있습니다. 이러한 점

---

1) 이를테면, 일본에서 음악 학교에 다니고 있는 상희의 하숙방 "경대 앞에는 가죽 뚜껑을 한 성경책이 한 권. 책상 뒷 벽에는 예수의 사진이 붙어" 있습니다.(「낙서족」, 《사상계》, 1959. 3, 363쪽)

2) 이 작품은 차성일-서인숙, 한덕만-박은영의 부부 관계가 차성일-박은영, 한덕만-서인숙의 관계로 바뀔 수 있는 가능성을 서사의 주요한 전개 요소로 삼고 있습니다. 이때 차성일과 박은영이 '월남자'라는 공통적인 정체성을 가지고 있다는 점은 충분히 강조될 필요가 있겠습니다.

에서, 저로서는 손창섭 소설에 나타나는 '기독교'라는 문제의 배경 내지 맥락을, 특히 손창섭이 '서북' 출신의 '월남민'이라는 문제와 관련하여 어떻게 생각하고 계시는지가 궁금합니다.

둘째, 이 논문의 주요한 성과 중 하나는 손창섭의 기독교적 사상을, 손창섭을 현실에 대한 비판적 인식으로 이끌었던 주요한 동기로 분석해 내고 있다는 점입니다. 하지만 이 점과 관련하여 손창섭 소설에 나타나는 '기독교'의 모습이 많은 경우 비판의 대상이 될 만한 것이라는 점은 흥미롭습니다. 많은 기독교인들이 부정적으로 그려지며, 특히 여기에 '사회적인 위계'의 문제는 중요한 변수가 됩니다. 논문에 지적되었듯이 「포말의 의지」에 나오는 사제 '이모부 부부'의 모습이 그렇고, 「육체추」에 나오듯 장애가 있는 원생들을 버리고 도망가려는 '서 목사'의 모습이 그렇고, 「반역아」에 나오는 "자유 중고등학교" 이사장 겸 교장이자 교회의 장로인 '윤 교장'이 그렇습니다. 「비 오는 날」의 동욱이 그렇고 「포말의 의지」의 영실(옥화)이 그렇듯이 손창섭 소설의 주인공들인 불우한 인물들은 기독교적 구원을 간절히 원하지만, 출입이 허용되지 않았던 예배당 앞에서 시체로 발견된 영실의 모습이 암시하듯이, 현실의 교회는 오히려 이들에게 적대적이고, 구원은 이들에게 너무나 멀리 떨어져 있습니다. 논문에서 이는 '종교와 사회'가 이원화되지 않고 '통일되어 나타나고 있다'는 지적으로 설명되지만, 손창섭 소설의 주동 인물들이 교회 혹은 구원에 대해 느끼는 기묘한 거리감은 일종의 양가감정에 가까운 것으로 보이기도 합니다. 이는 이를테면 「낙서족」에서 도현이 청교도적인 독실한 기독교인인 상희에게 느끼는 동경과 거리감이 겹쳐진 양가적인 감정 및 상희네 집안의 배덕자인 상혁에게 느끼는 묘한 동질감에서도 나타나는 부분이 있다고 생각합니다. 관련하여, 손창섭 소설에 나타나는 기독교 모티프의 이러한 복잡성 속에서 특히 손창섭 소설의 주인공들이 '교회'와 '구원'에 대해 느끼는 이러한 거리감과 양가감정을 어떻게 해석할 수 있을지에 대한 선생님의 생각을 여쭙고 싶습니다.

셋째, 이 논문이 겨냥하고 있는 바 중 하나는 손창섭 소설 연구의 일반적 문제 중 하나로서 주로 단편이 중심이 된 1950년대 소설과 연재 장편 중심의 1960년대 소설 사이의 단절을 어떻게 극복할 수 있는지의 문제입니다. 그럼에도 이 논문이 주로 1950년대 중반~1960년대 초반의 중단편만을 주로 언급하고 있다는 점은 조금 아쉽기도 합니다. 이러한 맥락에서, 특히 1960년대 이후 장편소설의 세계에서 1950년대 손창섭 소설의 기독교 모티프가 어떻게 드러나고 있는지가 궁금합니다. 아울러, 4·19혁명의 영향력이 분명히 느껴지는「저마다 가슴속에」를 포함하더라도, 1960년대 이후 손창섭 장편의 세계가 단순히 '비판적 현실 인식'이라는 말로써만 설명될 수는 없다고 볼 때, 손창섭 소설의 기독교적 사유의 구조를 설명하는 이러한 논의가 1950년대 소설과 1960년대 소설 사이의 단절이라는 손창섭론의 해묵은 한계를 극복하는 데 어떤 기여를 할 수 있을지에 대한 대체적인 생각도 아울러 청해 듣고 싶습니다.

손창섭 생애 연보*

1922년	평양 인흥동에서 가난한 집안의 3남 1녀 중 막내로 출생, 형 손창익, 손창환, 누나 손정숙.
1924년	아버지 사망, 어머니 재혼, 할머니에 의해 양육됨. 우에노 지즈코(上野千鶴子)의 말에 따르면 할머니와 어머니 모두 독실한 기독교 신자였다고 함. 손창섭의 기독교 수용은 이러한 집안 환경에서 자연스럽게 이루어졌을 것으로 생각됨.
1935년	이후 10여 년간 만주를 거쳐(어머니 찾아갔다는 설과 할머니 고생 덜어드리고자 갔다는 설이 있음) 일본으로 건너가(1936년) 생활. 신문 배달, 목공소 견습공 등의 일을 하며 고학으로 일본 교토와 도쿄에서 몇 군데의 중학교를 전전.
1943년	교토대학에 입학.(입학 연도에 대한 기록과 니혼대학 중퇴 연도에 대한 자료가 없어 추정할 수밖에 없음) 이때 이후 아내가 되는 우에노 지즈코의 오빠 우에노 세이지(淸二)와 입학 동기생으로 친하게 지냄. 입학 이듬해 같이 니혼대학 문학부로 옮겨 감.
1945년	니혼대학 중퇴.(1943년으로 설정한 자료도 있음. 여기에서는 정철훈의 자료를 따름)
1946년	해방으로 귀국. 고향인 평양으로 가 무성공업학교(이후 체신학교에 흡수 통합)에서 교편 생활을 함. 이후 황해도의 한 중

---

* 이 연보는 여러 연보를 참조하되 주로 『내가 만난 손창섭』(정철훈 저, 도서출판 b)의 도움을 많이 받았음. 손창섭 연보는 다른 작가의 연보와 달리 작가의 사적 정보가 거의 없어 정확성을 기하기 매우 어려움.

	학교 교사로 자리를 옮김.
1948년	월남. 연세대 뒷산에서 제자 나동섭, 이창욱 등과 함께 움막 생활. 교사, 잡지 기자, 출판사 편집인 등으로 일함.
1949년	시모노세키에서 우에노 지즈코와 약혼. 예식은 생략하고 부산에 국어 교사 자리가 생겨 홀로 귀국, 몇 년 뒤 지즈코도 귀국해 부산에서 신혼살림을 시작. 3월, 단편 「얄궂은 비」(《연합신문》, 3월 29~30일) 발표.
1950년	한국전쟁 시 북한산에 숨어 있다가 인민군에 잡혀 곤욕을 치렀다 함.
1951년	부산에 피난.
1952년	단편 「공휴일」로 김동리에 의해 《문예》(5, 6월호 합본)에 추천됨.
1953년	단편 「사연기」(《문예》 6월호)로 추천 완료하여 문단에 데뷔. 「당선 소감 '인간에의 배신'」(《문예》 7월호), 단편 「비오는 날」(《문예》 11월호) 발표.
1954년	세검정의 유산으로 물려받은 집에 정착함. 단편 「생활적」을 《현대공론》 11월호에 발표. 여기서 2년여 생활하다 흑석동 산 4번지로 이사.
1955년	단편 「혈서」, 「미해결의 장: 군소리의 의미」(《현대문학》 6월호), 「인간동물원초」(《문학예술》 8월호), 「피해자」(《신태양》 3월호), 「저어」(《사상계》 7월호), 「모자도」(《중앙일보》)에 발표. 동화 「꼬마와 현주」(《새벗》 11월) 발표.
1956년	「혈서」, 「미해결의 장」 등으로 제1회 《현대문학》 신인상 수상. 「괴짜의 변」(제1회 신인문학상 수상 소감, 《현대문학》 4월), 단편 「유실몽」(《사상계》 3월호), 「광야」·「사제한」(《현대문학》 5월·10월호), 「미소」(《신태양》 8월호), 「설중행」·「층계의 위치」(《문학예술》 4·12월) 발표. 「신세대를 말하는 신진 작가 좌담회」(《현대문학》 7월).

1957년	단편 「치몽」(《사상계》 7월호), 「소년」(《현대문학》 7월호), 「조건부」(《문학예술》 8월호), 「저녁놀」(《신태양》 9월호) 발표. 창작집 『비 오는 날』(일신사) 출간.
1958년	「고독한 영웅」(《현대문학》 1월호), 「가부녀」(《자유문학》 1월호), 「침입자(속 치몽)」(《사상계》 3월호), 「인간시세」(《현대문학》 11월호), 「잉여인간」(《사상계》 9월호) 등을 발표하고 동화도 계속 발표.
1959년	「잉여인간」으로 제4회 동인문학상 수상. 최초의 장편 『낙서족』(《사상계》 3월호) 발표. 「포말의 의지」(《현대문학》 11월) 발표. 창작집 『비 오는 날』·『낙서족』(일신사) 출간. 첫 신문소설 「세월이 가면」(《대구일보》 11월~1960년 3월) 연재.
1960년	『저마다 가슴속에』(통속의 벽: 《세계일보》 6. 15~30, 《민국일보》 1960. 7. 1 ~1961. 1. 31) 연재.
1961년	자전적인 단편 「신의 희작」(《현대문학》 5월호), 「육체추」(《사상계》 101호) 발표. 『내 이름은 여자(여자의 전부)』(《국제신문》 1961. 4. 10~10. 29) 연재.
1962년	장편 『부부』를 《동아일보》에 연재하고 정음사에서 간행.
1963년	장편 『인간교실』(《경향신문》 1963. 4. 22~1964. 1. 10) 연재. 「나는 왜 신문소설을 쓰는가」(《세대》 대담).
1964년	『결혼의 의미』(《영남일보》 2. 1~9. 31) 연재. 한양영화공사 대표 백관을 저작권 침해, 사문서 위조 및 동행사 혐의로 서울지검에 고소.
1965년	「공포」(《문학춘추》 1월호) 발표. 『아들들』(《국제신문》 7. 14~1966. 3. 21) 연재. 『이성연구』(《서울신문》 12~1966. 12. 30) 연재. 「아마추어 작가의 변」(《사상계》 7월) 발표.
1966년	『장편(掌篇)소설집』(《신동아》 1월호) 발표.
1967년	장편소설 『이성연구』(동양출판사) 출간.

1968년	「환관」(《신동아》 1월호), 「청사에 빛나리: 계백의 처」(《월간중앙》 5월호) 발표. 『길』(《동아일보》 1968. 7. 29~1969. 5. 22) 연재.
1969년	장편 『길』(동양출판사) 출간. 『여자의 전부』(국민문고사) 출간. 장편 『삼부녀』(《주간여성》 1969. 12. 30~1970. 6. 24) 연재.
1970년	단편 「흑야」(《월간문학》) 발표. 『손창섭 대표작 전집』 전 5권 (예문관) 출간.
1971년	「나의 집필 괴벽: 우경(雨景)에 젖어서」(《월간문학》 9월) 수록.
1972년	흑석동 집을 팔고 도일하기 직전에 평양 무성공업학교 제자 노윤기의 구리시 토평동 과수원 별채에서 잠시 기거함.
1973년	12월 25일, 일본으로 건너감. 우에노 지즈코 여사는 이미 2년 전 도일.
1976년	장편 『유맹』(《한국일보》 1. 1~10. 28) 연재. 잠시 귀국.
1977년	장편 『봉술랑』(《한국일보》 6. 10~1978. 10. 8) 연재.
1984년	『잉여인간』(동서문화사) 간행.
1998년	아내의 성을 따라 우에노 마사루(上野昌涉)로 개명.
1999년	일시 귀국.
2008년	9월, 급성 폐기종 증세로 입원.
2010년	6월 23일, 폐질환 악화로 일본 도쿄 무사시노 다이 병원에서 별세. 9월 25일, 니가타현의 한 사찰에 안치.

손창섭 작품 연보*

발표일	분류	제목	발표지
1938. 6	동시	봄	아이생활 13
1949. 3. 6	단편	싸움의 원인은 동태대가리와 꼬리에 있다	연합신문
1949. 3. 29	단편	얄구진 비	연합신문
1952. 5	단편	공휴일(추천작)	문예 14
1953. 6	번역	평요전	고려출판사
1953. 6	산문	당선소감 — 인간에의 배신	현대문학
1953. 6. 20	단편	死緣記	문예 16
1953. 6. 20	산문	당선소감	문예 16
1953. 10	단편	비 오는 날	문예 18
1954. 11	단편	生活的	현대공론 11
1955. 1	단편	혈서	현대문학 1
1955. 3	단편	被害者	신태양 31
1955. 6	단편	미해결의 장 — 군소리의 의미	현대문학 6
1955. 7	단편	齟齬	사상계 24
1955. 7. 29	단편	母子道	중앙일보
1955. 8	단편	人間動物園抄	문학예술 5

---

*   여러 작품 연보를 참조했는데 특히 홍주영의 자료에서 많은 도움을 받았음.

발표일	분류	제목	발표지
1955. 9	산문	나의 작가 수업	현대문학 9
1955. 11	소년소설	꼬마와 현주	새벗
1955. 11	산문	여담	문학예술 8
1956. 3	단편	流失夢	사상계 32
1956. 4	단편	犧牲	해군
1956. 4	단편	雪中行	문학예술 13
1956. 4	산문	受賞所感―괴짜의 辯	현대문학 16
1956. 4. 2	산문	과분	조선일보
1956. 5	단편	마지막 선물	새벗
1956. 5	단편	廣野	현대문학 17
1956. 7	산문	신세대를 말하는 신인 작가 좌담회―손창섭 외 10인	현대문학 19
1956. 8	단편	微笑	신태양48
1956. 10	단편	師弟恨	현대문학22
1956. 12	단편	層階의 位置	문학예술 21
1957	소년소설	앵도나무집	출전미상
1957. 5	소년소설	심부름	새벗
1957. 7	단편	稚夢	사상계 48
1957. 7	단편	少年	현대문학 31
1957. 8	단편	條件附	문학예술 28
1957. 9	단편	저녁놀	신태양 60
1958. 1	단편	애정의 진리	아리랑
1958. 1	소년소설	장님강아지	새벗
1958. 1	단편	孤獨한 英雄	현대문학 37
1958. 1	단편	假父女	자유문학 10

발표일	분류	제목	발표지
1958. 3	단편	侵入者―續稚夢	사상계 56
1958. 4	단편	罪 없는 刑罰	여원
1958. 4	방송소설	비둘기 한 쌍	방송
1958. 5	단편	人間繫累	희망
1958. 5	산문	면서기 같은 곽학송	현대문학 41
1958. 7	소년소설	너 누구냐	새벗
1958. 8	단편	雜草의 意志	신태양 71
1958. 9	단편	剩餘人間	사상계 62
1958. 8. 21 ~9. 5	단편	미스테이크	서울신문
1958. 11	단편	人間時勢	현대문학 47
1958. 11	소년소설	돌아온 세리	새벗
1959. 1	掌篇소설	STICK 씨	嶺文
1959. 3	소년소설	싸움동무	새벗
1959. 3	장편	落書族	사상계
1959. 3. 20	산문	문학과 생활	신문예 10
1959. 4	단편	반역아	자유공론
1959. 6	단편	愛情無效	소설계
1959. 10	산문	당선소감― 작가의 대원과 소원	사상계 75
1959. 11	단편	泡沫의 意志	현대문학 59
1959. 11. 1 ~1960. 3. 30	장편	세월이 가면	대구일보
1960. 6. 15 ~1960. 6. 30	장편	저마다 가슴속에	세계일보

발표일	분류	제목	발표지
1960. 7. 1 ~1961. 1. 31	장편	저마다 가슴속에	민국일보
1960. 12. 4	掌篇소설	인식부족	동아일보
1960. 6 ~1961. 6	소년	싸우는 아이	새벗
1961	산문	作業餘摘	한국전후문제 작품집
1961. 4. 10 ~10. 29	장편	내 이름은 여자	국제신문
1961. 5	단편	神의 戲作─自畵像	현대문학 77
1961. 11	단편	肉體醜	사상계 100호 기념특별증간호
1962. 7. 1 ~12. 29	장편	부부	동아일보
1962. 12. 20	산문	후기	『부부』
1963. 1. 4	산문	작가 손창섭 씨의 변 ─놀라운 독자의 항의	
1963. 4. 13	산문	『인간교실』 연재 예고	경향신문
1963. 4. 22 ~1964. 1. 10	장편	인간교실	경향신문
1963. 8	산문	나는 왜 신문소설을 쓰는가	세대 3
1964. 2. 1 ~1964. 9. 29	장편	결혼의 의미	영남일보
1965. 1	단편	공포	문학춘추 10
1965. 7	산문	아마튜어 작가의 변	사상계

발표일	분류	제목	발표지
1965. 7. 14 ~1966. 12. 30	장편	아들들	국제신문
1965. 12. 1 ~1966. 12. 30	장편	이성연구	서울신문
1966. 1	掌篇소설	장편소설집: 다리에서 만난 여인, 전차 내에서, 장례식, 탈의범, 한국의 상인, 신서방	신동아
1967. 3. 5	산문	사족	『이성연구』
1968. 1	단편	宦官	신동아 41
1968. 5	단편	靑史에 빛나리 ─階伯의 妻	월간중앙 2
1968. 7. 18	산문	작가의 말	동아일보
1968. 7. 29 ~1969. 5. 22	장편	길	동아일보
1969. 5. 24	산문	소설『길』을 끝내고	동아일보
1969. 11	단편	黑夜	월간문학 13
1969. 12. 30 ~1970. 6. 24	장편	삼부녀	주간여성
1971. 9	산문	나의 집필 괴벽	월간문학
1972. 7. 20	산문	머리말	『싸우는아이』
1976. 1. 1 ~1976. 10. 28	장편	유맹	한국일보
1977. 6. 10 ~1978. 10. 8	장편	봉술랑	한국일보
1993~2001	육필시조	自嘆, 不孝罪, 生, 死, 空手去,	

送友, 老化, 動物讚, 處身,

母國, 清貧, 자랑炳, 標本人,

有名病, 賞, 鳥籠속새, 弱肉强食,

꿈, 世上 꼴, 天惠物, 有害動物,

落鄕, 思祖母, 祖母님 靈前에,

제精神, 隱遁, 돈毒, 送年辭,

不公平, 似而非, 반신도 ― 神父,

牧師, 僧侶들에게, 벗, 이心情,

惡質動物, 사람, 西洋 흉내, 종교(I),

雜草人生, 世上, 종교(II),

聖經, 親友, 生의 意味, 얼,

反省, 生死, 他國살이,

造物主(肉食動物), 奉仕 인간,

無名人, 生死(II), 戲作, 人生,

虛送歲月, 難事, 春夢, 三無民族,

有恨, 後悔, 無題, 樂園道,

이 世上, 送年辭(II), 人生道,

死卽空, 余生道, 後悔, 人生 공부,

나부터, 人間社會

작성자 김진기 건국대 교수

폐허의 청년들,
존재와 탐색

탄생 100주년 문학인 기념문학제 논문집 2022

1판 1쇄 찍음 2022년 12월 15일
1판 1쇄 펴냄 2022년 12월 30일

지은이 김응교 · 김진기 외
펴낸이 박근섭, 박상준
펴낸곳 (주)민음사

출판등록 1966. 5. 19.(제16-490호)
주소 서울특별시 강남구 도산대로 1길 62(신사동)
        강남출판문화센터 5층(우편번호 06027)
대표전화 02-515-2000, 팩시밀리 02-515-2007

www.minumsa.com
www.daesan.or.kr

이 논문집은 대산문화재단과 한국작가회의가 기획, 개최한
'탄생 100주년 문학인 기념문학제'의 일환으로 제작되었습니다.

ISBN 978-89-374-2768-8 03800

* 잘못 만들어진 책은 구입처에서 교환해 드립니다.